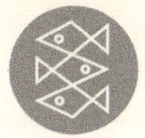

Theresa Jeßberger

# TÖCHTER
# DER FREIHEIT

FISCHER Taschenbuch

Aus Verantwortung für die Umwelt hat sich der Fischer Kinder- und Jugendbuch Verlag zu einer nachhaltigen Buchproduktion verpflichtet. Der bewusste Umgang mit unseren Ressourcen, der Schutz unseres Klimas und der Natur gehören zu unseren obersten Unternehmenszielen.

Gemeinsam mit unseren Partnern und Lieferanten setzen wir uns für eine klimaneutrale Buchproduktion ein, die den Erwerb von Klimazertifikaten zur Kompensation des $CO_2$-Ausstoßes einschließt.

Weitere Informationen finden Sie unter:
*www.klimaneutralerverlag.de*

Originalausgabe
Erschienen bei FISCHER Kinder- und Jugendtaschenbuch
Frankfurt am Main, Juli 2020

© 2020 Fischer Kinder- und Jugendbuch Verlag GmbH,
Hedderichstraße 114, D-60596 Frankfurt am Main

Satz: Dörlemann Satz, Lemförde
Druck und Bindung: CPI books GmbH, Leck
Printed in Germany
ISBN 978-3-7335-0641-4

# INHALT

Prolog  7

Der gebeugte Rat  18

Schlangen im Garten  28

Das Buch und das Band  34

Loánne  41

Mit Blut geschrieben  54

Morgengrauen  67

Auf den Stufen der Gerechtigkeit  74

Die Brüder Mhyrias  83

Sitz der Nattern  88

Praetimaria  92

Feuer und Eis  100

Der verlorene Sohn  105

Das Herz der Feindin  118

Verrat  122

Neue Allianzen  125

Götter  145

Heimat  153

Ellerys Klage  167

Alte Wunden  177

Unter die Haut  196

Regenreigen  200

Maiball  207

Unter Sternen  226

Die Frau in Rot   234
Meisterin und Schülerin   240
Das Geschick der Magie   251
Schlange und Feuer   263
Ein neues Versteck   266
Festmahl der Grausamkeiten   273
Stumme Schreie   284
Den Bogen überspannt   286
Kein Tag zum Sterben   295
Ruhe vor dem Sturm   302
Lavendelkrieg   311
Eine Frage der Übung   317
Solange wir hoffen   327
Bruder und Schwester   335
Worte in der Nacht   341
Kampf um Avendúr   356
Leere Worte   366
Kirchensturm   380
Elliotts Trumpf   386
Königskinder   393
Im Zeichen der Sieger   409
Der letzte Feind   425
Ein goldener Tag   437

# PROLOG

Als Elliott an diesem Morgen vor die Tür trat, war die Luft erfüllt vom Geruch sterbender Bücher.
Er konnte es noch in der Ferne riechen, während er über den gepflasterten Hof zur Universität eilte. Eine Mischung aus schwelendem Papier, Leder und Binderleim, die nicht in den ansonsten so klaren Novembertag passte. Sofort waren die Bilder wieder in seinem Kopf: schmorende Einbände, Seiten, die wie altes Laub zerbröselten, ausgelöschtes Wissen, brennende Gedanken ... Bilder, wie er sie im Moment fast täglich auf dem Marktplatz sah.

An jedem anderen Morgen wäre er an dieser Stelle längst zum Fluchen übergegangen. *Bücherverbrennungen! Scheiterhaufen des Verstands, es ist eine Schande für unser Land*, hätte er geschimpft und überlegt, welche Wissenschaftler oder Geistesgrößen es wohl diesmal geschafft hatten, den Zorn der Königin auf sich zu ziehen. Heute aber galten seine Gedanken einzig und allein dem abgerissenen Stück Papier, das er zusammengeknüllt in der Faust verbarg.

Die Angst hatte ihn aus dem Bett getrieben, blanke Panik vor dem, was die Botschaft in seiner Hand behauptete. Er musste wissen, ob es stimmt. *Der kann doch nicht wirklich so dumm sein und sich dort sehen lassen?* Mit einer Mischung aus Sorge und Wut öffnete er die Tür zum Seiteneingang des philosophischen Instituts. So früh am Morgen herrschte noch nicht viel Betrieb, und seine Schritte hallten unnatürlich laut von den Wänden des alten Gemäuers wider, als er durch den Eingangskorridor lief. Ein paar Nachzügler, die zu spät zu ihren Vorlesungen kamen, hetzten an ihm vorbei. Elliott blieb hinter ihnen zurück und sah sich um. Er war noch nie an der Universität gewesen. Als Waise hatte er keine Eltern, die für seine Ausbildung gezahlt hätten, und bis auf einige Informanten und heimliche Unterstützer im Akademikerkreis kannte er hier niemanden.

Zu seiner Rechten zweigten sich weitere Gänge ab. Ein Wegweiser mit der Aufschrift *Fakultät für Geschichte und Zeitgeschichte* zeigte die Richtung an, in die er gehen musste. Vorsichtig, wie es nur jemand tat, der sich auf unbekanntem Gebiet bewegte, tastete

er sich weiter voran. Übungsräume und Arbeitszimmer von Magistern reihten sich aneinander. Seine Augen flogen über Schilder mit Namen, Fleming, Holwein, Elgyn ... Schließlich erreichte er eine imposante Flügeltür aus dunklem Holz und mit altmodischen Glasfenstern. Spannung und Staub kitzelten in seiner Nase. Er hob den Kopf, um die Worte zu lesen, die in eleganten silbernen Lettern am oberen Türbogen standen: *Die Vergangenheit ist kein Grab, das verschlossen, sondern eine Tür, die geöffnet werden muss.*
So leise er konnte, folgte Elliott der Aufforderung und trat ein. Noch im Türrahmen blieb er stehen und blinzelte. Der Raum, den er betreten hatte, glich einem kleinen Amphitheater. Dunkle Tisch- und Stuhlreihen zogen sich in Halbkreisen vom Rednerpult bis zur Tür. Wie in einer Arena blickten die hintersten Reihen auf die vorderen hinab, so dass jeder etwas sehen konnte.

Im Hörsaal herrschte ein Summen wie in einem Bienenstock. Es war brechend voll, und das überraschte Elliott, da es doch hieß, Studenten seien eher in den seltensten Fällen Frühaufsteher. Hier aber waren mindestens dreihundert Leute versammelt. Sie drängten sich teilweise zu zweit auf den Sitzplätzen, manche waren schon auf die Treppenstufen ausgewichen, so dass kaum noch ein Durchkommen möglich war. Es war schlicht naiv zu glauben, dass er in dieser Menschenmenge ein vertrautes Gesicht ausmachen könnte, doch zu seiner Überraschung hatte er Glück. Direkt neben der Tür in der letzten Reihe fand er, wen er suchte.

Lyonel hatte das Gesicht halb unter einer Kapuze verborgen. Von hinten war es fast unmöglich auszumachen, um wen es sich handelte, aber Elliott erkannte ihn an seiner steifen Hand, die er vor sich auf den Klapptisch gelegt hatte. Mit ein paar Schritten war er bei ihm und presste den Zettel auf den Tisch. »Was hast du dir dabei gedacht?« Elliott sprach leise, mit zusammengebissenen Zähnen. Obwohl er zornig war und im Hörsaal ein enormer Lautstärkepegel herrschte, konnte er nicht riskieren, dass jemand auf sie aufmerksam wurde.

Lyonel sah zu ihm auf, und seine Augen weiteten sich vor Erstaunen. »Elliott? Wie ...«

»Ich muss von Acte in einem Brief erfahren, dass du Praetimaria verlassen und beschlossen hast, einen kleinen Ausflug nach Tenébra an die Universität zu machen?« Elliotts Stimme bebte vor unterdrückter Wut. »Alleine! Es hätte weiß Gott was passieren können!«

»Beruhige dich.« Lyonel sah sich um, dann rückte er zur Seite und zog Elliott neben sich auf den Stuhl. »Es ist doch nichts passiert. Ich kann schon auf mich selbst aufpassen, ihr müsst mich nicht alle wie ein kleines Kind behandeln. Weißt du, wann ich das letzte Mal in Tenébra war? Hier erinnert sich niemand mehr an mein Gesicht.« Sein Blick war versöhnlich, er hatte diese Gabe, Leute allein mit seiner Stimme zu beruhigen, doch Elliott wollte sich nicht einfach abspeisen lassen.

»Du hättest mir Bescheid sagen können, dass du herkommst!«

»Dann hättest du mich davon abgehalten ...«

»Es war unvernünftig!«

»Vernunft.« Lyonel schnaubte. »Zum Teufel mit der Vernunft! Ich habe es satt, immer eingesperrt zu sein. Und ich musste sie einfach hören.«

»*Sie?*«

»Loreba Elgyn. Sie hält heute diese Vorlesung.«

Elliott schüttelte den Kopf: »Bist du eigentlich noch bei Trost? Du setzt dich der Gefahr aus, gefangen und getötet zu werden, weil du eine Vorlesung hören willst? Hast du jetzt deine intellektuelle Ader entdeckt, oder was soll das?«

»Du verstehst nicht«, sagte Lyonel und klang nun fast ärgerlich. »Es ist nicht irgendeine Vorlesung, und es ist auch nicht irgendeine Magistra. Loreba Elgyn hat die *Aurenen* gegründet.«

Bei diesen Worten wurde Elliott hellhörig: »Aurenen?« Irgendwo, weit hinten in seinem Kopf, regte sich bei der Erwähnung des Begriffes etwas, doch er konnte ihn nicht recht einordnen.

»Aurenen«, bestätigte Lyonel mit einem grimmigen Lächeln. »Die meisten Leute kennen sie als eine kleine Gruppe von Studentinnen, die in Tenébra Familien in Not unterstützt. Aber das tun sie erst seit einigen Monaten, seit sich die soziale Lage durch Obsidias Politik so verschärft hat. Ich habe Loreba Elgyn schon seit Jahren beobachtet. Es wird erzählt, dass sie die Arroganz an der Universität nicht mehr ausgehalten hat und nicht länger akzeptieren wollte, dass nur, wer wohlhabend ist, studieren kann. Sie hat viele aus niederen Ständen an die Uni gebracht und Studentinnen um sich geschart, die sie unterstützen. Ihre kleine Gruppe ist an der Uni längst zu einer Institution geworden, und wenn sie sich sogar schon einen eigenen Namen geben, dann beweist das nur, dass die Aurenen auch in Tenébra ziemlich bekannt sind.«

»Klingt nach einer Frau, die uns gefallen könnte«, sagte Elliott und konnte sich ein Schmunzeln nicht ganz verkneifen.

Lyonel nickte. »Ja, das dachte ich auch. Leider hat Magistra Elgyn vor einiger Zeit beschlossen, einen offenen Brief an Obsidia zu schreiben, in dem sie ihr die Schuld an den Schließungen der Schulen und Krankenhäuser in letzter Zeit gegeben hat.«

»Und? Sie hat doch recht, das alles ist Obsidias Verschulden!«

Lyonel presste die Lippen zusammen: »Natürlich hat sie recht. Aber sagen darf sie es nicht. Vor allem nicht als Magistra an einer Universität, die von der Krone finanziert wird. Ein paar Frauen, die Brot verteilen, haben Obsidia nicht wirklich gekümmert, aber wenn man ihr öffentlich Versagen als Herrscherin vorwirft, muss sie reagieren. Vor einer Woche hat sie Loreba Elgyn wegen Zersetzung der Gesellschaftsordnung Lehrverbot erteilt und auf unbestimmte Zeit von der Universität verwiesen.«

»Lehrverbot? Wieso hält sie dann heute eine Vorlesung?«

»Es ist ihre letzte. Und sie behandelt die Schriften von Lynesse.«

»Spinnt die?« Elliott riss die Augen auf. »Diese Schriften sind doch verboten! Die Exemplare der öffentlichen Bibliotheken sind schon vor Monaten verbrannt worden. Wenn sie die behandelt, bringt sie die Königin nur noch mehr gegen sich auf.«

»Ich glaube, genau das hat sie vor«, meinte Lyonel, und als er Elliotts entsetzte Miene sah, lächelte er noch breiter. »Ein letzter Auftritt, an den sich jeder erinnert. Was glaubst du, wieso hier heute so viel los ist? Das ist Widerstand, Elliott, stummer Protest. Diese Studenten wollen ihre Magistra behalten, und sie wollen die letzte Chance nutzen, zu hören, was eigentlich nicht mehr laut ausgesprochen werden darf. Die Schriften von Lynesse stehen auf dem offiziellen königlich abgesegneten Lehrplan, und der läuft erst nächstes Jahr aus. Es ist also ganz legal, sie als Vorlesungsthema zu wählen. Obsidia kann nicht gegen ihre eigenen Gesetze handeln.«

Elliott schnaubte. »Da wäre ich mir nicht so sicher. Erst gestern haben wir Nachricht bekommen, dass sie schon wieder die Sicherheitsgesetze verschärft hat. Ab jetzt ist es unter Androhung der

Todesstrafe verboten, ein Mitglied ihrer königlichen Leibwache körperlich anzugreifen.«

»Was?« Lyonels Augen blitzten alarmiert. »Wieso tut sie das? Da ist doch irgendwas im Busch. Es traut sich doch jetzt schon keiner, sie anzugreifen, was soll dann das Gesetz?«

»Keine Ahnung.« Elliott lehnte sich in seinem Stuhl zurück und massierte sich den Fuß, der durch die ziemlich beengte Platzsituation mittlerweile eingeschlafen war. »Ich nenne das Verfolgungswahn. Wäre ja nicht das erste Mal.«

In diesem Moment läutete die Glocke, und es wurde schlagartig ruhig im Hörsaal. Dreihundert Köpfe wandten sich um, als die Tür aufging und die Magistra den Raum betrat. In der plötzlichen Stille klackerten ihre Schuhe bei jedem Tritt, den sie die Treppenstufen hinunter machte. Elliott erhaschte von seinem Platz aus nur einen kurzen Blick auf sie, doch einem geübten Beobachter wie ihm reichte es, um sich ein Bild von ihr zu machen.

Loreba Elgyn bot eine eindrucksvolle Erscheinung, wie sie da zwischen den Reihen der Studenten zum Rednerpult ging, mit gemessenem, aber durchaus selbstbewusstem Schritt. Ihre Haut war hell, ihr Haar dunkelbraun. Elliott schätzte, dass es ihr im offenen Zustand weit über den Rücken reichen musste, doch sie trug es hochgesteckt, so dass man die tatsächliche Länge nur erahnen konnte. Sie hatte blaue Augen unter scharfen, wie mit dem Lineal gezogenen Brauen und ein ernstes Gesicht. Auf Elliott machte sie einen klugen, wenn auch etwas strengen Eindruck. Ihr folgte ein blondes Mädchen, vielleicht in Elliotts Alter, mit einem Stapel Bücher im Arm.

»Und wer ist das jetzt?«

»Keine Ahnung. Wahrscheinlich ihre Schülerin«, murmelte Lyonel, ohne den Blick von Magistra Elgyn abzuwenden, die mittlerweile ihren Platz hinter dem Pult eingenommen hatte und dem Mädchen die Bücher abnahm.

»Schülerin?« Elliott verstand nicht ganz, auf was sein alter Freund hinauswollte. »Ich war zwar noch nie auf einer Universität, aber sind das hier nicht Studenten?«

Lyonel hob verschwörerisch die Brauen: »*Magier*schülerin«, wisperte er mit bedeutungsschwerer Stimme. »Loreba Elgyn ist eine Magierin. Habe ich das nicht erwähnt?«

»Nein, dieses kleine Detail hast du wohl vergessen.«

Es war grundsätzlich keine wirklich aufregende Neuigkeit. Magier waren in Avendúr nicht selten, sie gehörten zum Land wie die Felsen und Bäume. Dennoch hatte Elliott ziemlichen Respekt vor jemandem, der ihn mit einem Fingerschnippen an die Wand werfen konnte, und entsprechend war seine Reaktion.

»Guten Morgen«, sagte Magistra Elgyn mit klarer Stimme und ließ ihren Blick durch den Hörsaal schweifen. Es war fast vollkommen still. Elliott fragte sich, wie dreihundert Leute es überhaupt schafften, so ruhig zu sein. Bis auf das gelegentliche Kratzen eines Füllfederhalters und das Rascheln von Papier hörte man nichts.

»Wie Sie wissen, ist das die letzte Stunde, die Sie bei mir haben werden«, fuhr Magistra Elgyn fort. »In Zukunft übernimmt Tutor Holwein diese Vorlesung. Ihr Stoff wird wie gewohnt fortgeführt. Nun ... unser heutiges Thema sind die sogenannten Handschriften von Lynesse.« Sie war hinter dem Rednerpult hervorgetreten und hatte sich direkt vor die erste Reihe gestellt. »Die Schriften von Lynesse zählen bis heute zu den wichtigsten kulturellen Werken unseres Landes. Sie sind eine Gesamtheit aus über hundert Aufsätzen, Konzepten und theoretischen Überlegungen der Universalgelehrten Canora Valoar.« Bei der Erwähnung des Namens ging ein Raunen durch die Reihen der Studenten.

Loreba Elgyn lächelte: »Wie ich sehe, ist Ihnen der Name nicht unbekannt, und das ist auch gut so, denn Canora Valoar war eine der zentralen Geistesgrößen der Neuzeit. Ich werde diesen Kurs nicht abgeben, ehe Sie nicht wenigstens die Grundlagen ihrer Werke kennen. Sie lehrte hier vor etwa fünfzig Jahren in einer Zeit, in der Avendúr mehrmals eine drohende Eroberung abwenden musste. Damals sah sich Avendúr mit einer Philosophie konfrontiert, die das Recht des Stärkeren propagierte und versuchte, Werte wie Mitleid, Hilfe für Schwächere, Alte und Kranke als unnatürlich darzustellen.« Sie machte eine Pause, und Elliott spürte, dass sie den Studenten Zeit geben wollte, selbst die richtigen Schlüsse zu ziehen und ihre Worte weiterzudenken.

*Damals sah sich Avendúr mit einer Philosophie konfrontiert, die das Recht des Stärkeren propagierte ...*

Die Geschichte hatte sich wiederholt. So wie damals geschah es auch heute. Elliott sah sich verstohlen um. Fast alle Studenten hatten die Köpfe gesenkt und machten sich eifrig Notizen. Er fühlte sich ein wenig deplatziert und konzentrierte den Blick auf die Tischplatte vor ihm, wo sich scheinbar schon Generationen von Studenten mit Gravuren und Kritzeleien verewigt hatten.

»Sie plädierte für das Mitleid als stärkste Kraft des Menschen, für die Liebe und die Freiheit!«, referierte Magistra Elgyn jetzt, und ihr Vortrag klang um einiges leidenschaftlicher als das, was Elliott von seinen Lehrern aus der Volksschule in Erinnerung hatte. »Machen Sie sich klar, was es bedeutet hat, in einer Zeit, in der Stärke als höchste Tugend galt und Macht als Lebensziel, solche Überlegungen anzustellen! Ich werde Ihnen, um es zu verdeutlichen, den Anfang der Handschriften vorstellen, ein Gedicht. Es ist übrigens Valoars einziges, sie sah sich selbst nie als große Lyrikerin. Ursprünglich trug es den Titel *Zeitenwende*, doch heute ist es vor allem als *Canoras Klage* bekannt.« Wieder ging eine Art aufgeregtes Wispern durch die Sitzreihen. Bei dem Begriff regte sich sogar in Elliotts Gedächtnis etwas.

»Hören Sie genau hin und achten Sie darauf, was Valoar als erstrebenswert für eine Gesellschaft ansah. Wären Sie vielleicht so nett, es vorzutragen?«

Sie reichte einem jungen Mann in der ersten Reihe ein Blatt. Er räusperte sich, stand auf, wandte sich ans Publikum und begann zu sprechen:

*In dieser Zeit, in unsrer Zeit,*
*Dunkelheit.*
*Schwärze, Nacht ohne Stern.*
*Kein Freund, nur Feind,*
*Kein Licht, nur Leid,*
*Kein Friede, nur Streit.*
*Bücher wie Asche,*
*Asche wie Rauch, wie totes Denken.*
*Leichen der Freiheit.*
*»Doch sieh, die Sonne geht auf, und ein neuer Tag beginnt!«*
*»Du Narr! Es sind die Bücher, die das Feuer verschlingt,*
*Frau und Mann und Greis und Kind.«*
*Kein Lachen, kein Singen, kein Dichten.*
*Nur Flüstern vom Sterben, vom Leid.*
*In dieser Zeit, in unser Zeit.*

*In dieser Zeit, in unsrer Zeit,*
*Helligkeit.*
*Sonne, gleißendes Gold.*
*Nur Freund, kein Feind,*
*Nur Licht, kein Leid,*
*Nur Friede, kein Streit.*
*Rosen aus Asche,*
*strahlend wie Silber, wie blühendes Denken.*
*Töchter der Freiheit.*
*»Doch sieh die Sonne geht auf, und ein neuer Tag beginnt!«*
*»Es ist die Liebe, mein Kind, ein Licht, dass nur der Tag vollbringt.«*
*Ein Lachen, ein Singen, ein Dichten!*
*Kein Flüstern vom Sterben und Leid.*
*In dieser Zeit, in unsrer Zeit.*

»Jetzt wird mir einiges klar«, flüsterte Lyonel, als der Student geendet hatte und seine Kommilitonen zum Applaus mit ihren Fingerknöcheln auf die Tische klopften. »Deswegen also der Name *Auren*. Es ist das Wort der alten Sprache für *Töchter der Freiheit*. Und darum wurde die silberne Rose ihr Erkennungszeichen. Sie haben sich von der berühmten Canora Valoar inspirieren lassen. Ist ja sehr interess…«

Weiter kam er nicht. In diesem Augenblick wurde die Tür zum Hörsaal mit einer derartigen Wucht aufgestoßen, dass die Glasscheiben klirrten. Noch bevor Elliott auch nur den Kopf drehen konnte, hatten sich um die dreißig schwerbewaffnete Soldaten in den Raum gedrängt. Als die Studenten erkannten, um wen es sich dabei handelte, schien der Saal augenblicklich in eine Art Schockstarre zu fallen. Dann, als wäre ein Hebel umgelegt worden, hörte man plötzlich Schreie aus den vorderen Reihen. Einige Studenten sprangen auf und rannten zu den Ausgängen, doch sie kamen nicht weit, denn die Soldaten hatten sich jetzt wie eine menschliche Wand formiert und versperrten die Tür. Stimmengewirr brach los. Elliott tauschte einen Blick mit Lyonel, Panik lag in seinen Augen, und er spürte, dass sein Freund dasselbe dachte wie er: *Was, wenn sie wegen ihm gekommen waren?*

»Was geht hier vor?« Magistra Elgyns Stimme drang durch die allgemeine Verwirrung, lauter als die ihrer Studenten. »Ruhe!«

Tatsächlich hielten die Fliehenden inne. Die aufgeregten Gespräche verebbten zu einem leisen Murmeln, als sich alle Augen auf Magistra Elgyn richteten, die jetzt, mehrere Stufen gleichzeitig nehmend, auf die Soldaten zueilte.

»Was tun Sie hier?«, fragte sie mit funkelndem Blick, »Wer hat Ihnen erlaubt, meine Vorlesung zu unterbrechen? Erklären Sie sich!«

Einer der Soldaten trat vor und nahm den Helm ab. Er hatte ein spitzes Gesicht, und das dünne Lächeln, das seine Lippen kräuselte, ließ Elliott nichts Gutes ahnen. »Mein Name ist Lysander Farosch, Hauptmann der königlichen Leibgarde. Wir sind angewiesen, Eure Vorlesung zu überwachen, Magistra«, sagte er feixend und trat einen Schritt vor, bis er Magistra Elgyn fast unangenehm nahe war. »Von königlicher Stelle. Habt Ihr ein Problem damit?«

Wenn Magistra Elgyn Angst hatte, dann verbarg sie es gut. Ihr Blick verfinsterte sich, doch sie wich nicht zurück. »In diesem Saal gebe *ich* die Anweisungen.«

Elliott wunderte sich, dass der Soldat noch lächelte. Wäre er in diesem Ton angesprochen worden, hätte er schnellstens die Flucht ergriffen.

Magistra Elgyns nächste Worte waren akustisch kaum noch zu hören, doch die Schärfe in ihrer Stimme machte es leicht, auf den Inhalt zu schließen: »Ich erwarte, dass Sie diese Veranstaltung verlassen.«

»Das hättet Ihr wohl gerne.« Der Hauptmann grinste breit und zuckte mit den Schultern. »Aber wenn ich mir's recht überlege … uns gefällt's hier ganz gut, was, Jungs?« Aus der Soldatengruppe kam zustimmendes Johlen, ein Laut, der Elliott an die Betrunkenen vor der hiesigen Spelunke erinnerte. Ihm wurde fast schlecht bei dem Gedanken.

Farosch trat ein paar Schritte zur Seite und setzte sich dann, ohne jegliche Vorwarnung, neben eine junge Frau in der letzten Reihe. »Hallo, meine Schöne.« Die Frau stieß einen Schrei aus, als er sie an sich drückte und ihr besitzergreifend die Hand um die Taille legte: »Nicht wahr, Süße, du möchtest auch, dass wir bleiben?«

»Hände weg!« Es war das erste Mal, dass man so etwas wie Fassungslosigkeit in Magistra Elgyns Stimme hörte, »Was erlauben Sie sich?«

Elliott spürte, dass Lyonel neben ihm im Begriff war aufzustehen. Er hatte seine Hand so fest zur Faust geballt, dass sie mittlerweile weiß geworden war. Elliott konnte gerade noch den Arm ausstrecken und ihn am Hemdsaum zurück in den Stuhl ziehen. »Bleib sitzen, bist du verrückt?«, zischte er. »Mach jetzt bloß nichts Unüberlegtes!«

Der Hauptmann warf Loreba Elgyn ein diebisches Grinsen zu, er schien sich an ihrer Wut zu weiden. »Ich erlaube mir, was ich will«, sagte er genüsslich. »Und die Kleine hier gefällt mir gut, ich glaube, die kommt jetzt mit mir.« Die junge Frau kreischte, als er sie an den Haaren packte und von ihrem Stuhl zog.

Elliott sah nur aus dem Augenwinkel, wie Loreba Elgyn die letzten Stufen hinaufrannte. Sie hob den Arm, rief ein unverständliches Wort, und eine unsichtbare Druckwelle sauste auf den Soldaten zu. Er wurde nach hinten geschleudert, weg von der Frau, die wimmernd auf die Knie sank, und schlug mit dem Rücken gegen die Tür. Die Scheiben zerbarsten. Feine Glassplitter stoben auf den Gang. Diejenigen, die in den hinteren Reihen saßen, verbargen kreischend die Köpfe unter ihren Armen, doch der Scherbenschauer erreichte sie gar nicht. Stille senkte sich über den Raum. Alle Blicke waren auf den Hauptmann gerichtet, der in einem Haufen von Splittern am Fuß des Eingangsportals zusammengebrochen war. Mühsam rappelte sich Farosch hoch. Scherben bohrten sich in seine Hände, und er keuchte vor Schmerz. Doch als er aufstand, zeichnete sich zu Elliotts Überraschung ein Grinsen in seinem Gesicht ab. »Das war ein Fehler, Magistra«, sagte er geradeso laut, dass es jeder im Raum verstehen konnte. Dann rief er: »Ergreift sie!«

Ehe irgendjemand mehr tun konnte, als die Augen aufzureißen, hatten die Soldaten Magistra Elgyn eingekreist und hielten sie fest. Offenbar waren auch Magier dabei, denn sie schien sich nicht wehren zu können.

Keiner der Studenten rührte sich. Schock und Entsetzen standen ihnen in die Gesichter geschrieben, sie schienen unfähig zu handeln.

»Hiermit nehme ich Euch fest, Loreba Elgyn, wegen Angriff auf einen Soldaten der Königin und Widerstand gegen die Staatsgewalt.« Farosch bemühte sich erst gar nicht, die Häme in seiner Stimme zu unterdrücken. *In die Falle getappt*, sagten seine Augen.

Langsam drehte Elliott den Kopf und sah Lyonel an. Die Miene seines Freundes wirkte wie versteinert, als er mit dem Blick Loreba Elgyn folgte, die nun hastig in Begleitung ihrer protestierenden Schülerin aus dem Saal geführt wurde. Ein bitterer Ausdruck zuckte um seine Lippen: »Da siehst du es …«, flüsterte er. »Das macht *unsere* Zeit aus Töchtern der Freiheit.«

Elliott nickte, während im Saal allmählich Tumult losbrach: »Und so endet die Geschichte der Aurenen …«

»Nein.« Lyonels Stimme bebte. Sein Blick war auf die Studenten gerichtet, die jetzt lauter wurden. In ihre Verwirrung und Unverständnis mischte sich Wut. »Das hier wird nicht ihr Ende sein«, sagte er. »Es ist erst der Anfang.«

# DER GEBEUGTE RAT

*Fünf Monate später*

Heute wurde über Leben und Tod entschieden. Nichts anderes konnte es bedeuten, wenn die Königin ihren Kronrat noch vor Tagesanbruch zu sich rief. Avian nahm den Sonnenaufgang nur am Rande wahr, gedimmt durch die Vorhänge seiner Sänfte, als man ihn schaukelnd die tausend Stufen zum Schloss von Tenébra hinauftrug. Noch immer dröhnten Aensleys Worte in seinen Ohren: *Es ist mir nicht wichtig, wie viel Macht du hast oder ob wir reich sind und was aus dieser Familie wird. Ich will einen Bruder mit Ehre und einen, der sein Gesicht nicht verliert, wenn es hart auf hart kommt.* Am liebsten hätte er ihr zugerufen, er würde lieber sein Gesicht als seinen Kopf verlieren, sie solle zufrieden sein, dass wenigstens einer in ihrer Familie noch die Nerven bewahrte. Schließlich war er es gewesen, der verhindert hatte, dass seine Schwester ins Gefängnis wanderte.

Und was könnte er schon ausrichten? Dieser Prozess um Loreba Elgyn war zu groß für ihn. Es würde nichts helfen, im Rat für ihre Freilassung zu stimmen. Obsidia traf alle Entscheidungen diesbezüglich allein. Sie wollte diese Frau gefangen sehen, und sie daran zu hindern, kam Selbstmord gleich. Schon in der Vergangenheit hatte Obsidia deutlich gemacht, was Leute erwartete, die sich ihr in den Weg stellten, und er, Avian, würde das Leben seiner Familie bestimmt nicht so leichtfertig in Gefahr bringen. Er würde seine Schwester schützen, notfalls auch vor sich selbst. All das hatte er ihr gestern Abend erklärt, wieder und wieder, doch Aensley wollte nichts davon hören: *Ihr habt kein Recht über Loreba Elgyn zu urteilen, sie hat nie etwas Schlechtes getan! Deine Königin will sie loswerden, weil sie die Einzige ist, die sich traut, die Wahrheit auszusprechen!*

*Deine* Königin. Stets nannte sie Obsidia so. Als ob Avian etwas dafür konnte, dass ausgerechnet ihre Familie im Kronrat einer Wahnsinnigen sitzen musste! Seit Generationen gehörten die Famorgans dem Rat Tenébras an, ihre Ämter hatten ihnen zu Ruhm und Ansehen verholfen, es war seine Pflicht, daran anzuknüpfen. Und Avian hatte immer nur seine Pflicht erfüllt. Als sein Vater gemeinsam mit dem alten König beschlossen hatte, dass er das nächste Oberhaupt der avenischen Kirche werden würde, hatte er ohne Widerrede zugestimmt. Dabei war er Atheist! Aber es war schließlich zum Wohl der Familie Famorgan, da spielten persönliche Interessen keine Rolle, geschweige denn, ob man an Gott glaubte oder nicht.

Seine Schwester hingegen hatte sich alle Freiheiten herausgenommen und das studiert, was sie wollte. Und das konnte sie nur, weil er in die Fußstapfen seines Vater getreten war, Beziehungen geknüpft hatte und seine Zeit mit Banketts und Hofgeplänkel verschwendete, während andere für ihn Predigten schrieben, die er brav auswendig lernte, obwohl er in ihnen nichts als Volksverdummung sah … Alles für das Ansehen der Famorgans, seiner Familie.

*Und welches Ansehen wird dir bleiben, wenn die Nachwelt erfährt, dass du deinen Segen zum Niedergang einer Frau gegeben hast, die gerechter und besser war, als du es jemals sein wirst?*, hatte seine Schwester gefragt. Avian war darauf keine Antwort eingefallen, und das war Aensleys Sieg gewesen: *Ob du es dir ausgesucht hast oder nicht, du trägst Verantwortung für dieses Land. Verdammt, du bist nicht irgendein Graf, du bist Oberhaupt der Kirche, eine moralische Instanz! Du darfst nicht zulassen, dass dieses Monster, das sich unsere Königin nennt, schrankenlos mordet. Was ist das für eine Kirche, die den Mächtigen nach dem Mund redet? Ich weiß schon, warum ich nichts vom Glauben halte … Wenn du es nicht tust, dann werde ich etwas sagen. Unser Kronrat ist eine armselige Versammlung voll höriger Feiglinge. Zwing mich nicht, dich auch einen Feigling zu nennen!*

Er hatte Aensley versprechen müssen, dass er versuchen würde, das Schlimmste von den Aurenen abzuwenden, auch wenn er nicht den leisesten Schimmer hatte, wie er das anstellen sollte. Seiner Schwester hatte er verschwiegen, dass heute Morgen eine außerordentliche Sitzung des Kronrates angesetzt war, obwohl auch sie als Leiterin der Universität das Recht besaß, dort zu sprechen. Nach allem, was sie sich in den letzten Monaten geleistet hatte, war es besser, wenn sie vorerst Abstand zum Hof hielt.

*Dabei wäre das die Chance, endlich den Mund aufzumachen,*

hörte er Aensley sagen, *unsere Chance, endlich zu zeigen, dass wir mehr sind als Marionetten.*

Seine Diener trugen ihn in den Innenhof des Schlosses. Dort wurde die schwere Seide beiseitegeworfen, und man half ihm beim Aussteigen. Avian war heilfroh, der käfiggleichen Enge seiner Sänfte entflohen zu sein. Gierig sog er die frische Morgenluft in sich auf, um seine Nerven zu beruhigen. Schnellen Schrittes trat er auf eines der Bogenfenster zu, die den Innenhof umschlossen, und stützte sich mit den Armen auf die steinerne Balustrade. Zu seinen Füßen lag Tenébra im rosigen Glanz des Sonnenaufgangs. Wie ein Irrgarten aus Stein oder ein Ungeheuer mit tausend Köpfen schälte sich die Stadt aus der Dämmerung. Zuerst kamen die Prunkbauten, Villen und Kirchen, deren Türme Zähnen gleich in den Himmel ragten. Dach für Dach traten sie aus der Dunkelheit hervor, und es wirkte fast, als schüttelten sie den Frühnebel ab wie die Menschen morgens ihre Bettdecken. Dann erst lugte die Sonne auch in die Gassen. Beschien die bunten Fachwerkhäuser und Sandsteinfassaden, kroch durch Fenster und Türspalten, weckte, was schlief, leuchtete in jeden versteckten Winkel, zu den Beamten in ihren Archiven, den Arbeitern auf den Weinbergen und den Fischern am Fluss. Die Stadt ruhte noch, aber Avians Herz raste.

»Guten Morgen, Bruder.«

Erschrocken wirbelte er herum. Aensley stand, düster und angespannt, im steinernen Rahmen des Säulengangs hinter ihm.

»Was ...«, begann Avian überrascht, als er seine Schwester erkannte, doch ein einziger Blick von ihr ließ ihn verstummen.

»Wann genau hattest du vor, mich über dieses Treffen zu informieren?«, fragte sie mit zusammengekniffenen Lippen, und ihre Augen hinter den Rändern der dünnen Brille funkelten kalt.

Avian wusste ganz genau, dass mit seiner Schwester nicht zu spaßen war, wenn sie eine solche Miene aufgesetzt hatte. »Ich dachte mir ... es ist vielleicht besser so ... Sieh mal, ich habe doch selbst keine Ahnung, um was es heute gehen soll, sicher nur irgendwelche langweiligen Haushaltsdebatten, und du ...«

Doch Aensley dachte gar nicht daran, ihn aussprechen zu lassen: »Du weißt ganz genau, um was es gehen wird! Lorebas Prozess. Der Fall der Aurenen. Unserer Königin allerliebstes Thema.«

»Sprich nicht so«, zischte Avian und sah sich hastig um. »Wie oft muss ich dir noch sagen, du sollst vorsichtig sein! Du hast in den letzten Wochen wahrlich genug angerichtet. Wenn ich dich nicht bei der Königin verteidigt hätte ...«

»Ja, ja, ich weiß!«, schnaubte seine Schwester. Der Spott in ihrer Stimme war kaum zu überhören. »Dann säße ich längst im Kerker. Na und? Wenn das der Ort ist, an den ich für meine Meinung in diesem Land hingehöre, dann sei es eben so. Was musst du dich überhaupt einmischen? Geh doch zurück in deine Kirche und erzähl den Leuten etwas von *Guten und Gerechten*, während du hinter ihrem Rücken eine Tyrannin unterstützt. Mach! Wenn du so viel Angst um dein Leben hast ...«

»Ja! Ich habe Angst!«, rief Avian lauter als beabsichtigt. Rasch besann er sich wieder, packte Aensley, die ihn ganz erschrocken ansah, an den Schultern und zog sie hinter eine Säule. »Hör mir zu«, flüsterte er eindringlich. »Ich habe Angst um *dich*. Dieses Land hat in letzter Zeit mehr als genug Männer und Frauen an den Kerker verloren, und das waren alles Leute ohne besonderen Namen oder Position. Was, glaubst du, macht Obsidia mit der Leiterin der Universität, wenn die sich ihr öffentlich entgegenstellt? *Du warst es, die Loreba Elgyn als Lehrerin an die Universität geholt hat, bedenke das. Du warst es, die zuließ, dass sie eine Gruppe von Studierenden um sich scharen konnte und ihre Köpfe mit hochverräterischen Gedanken ...«*

»*Hochverräterische Gedanken?*« Aensleys Stimme klang ungläubig. »Glaubst du eigentlich selbst, was du da sagst? Das Einzige, was sie gefordert hat, war bessere Medizin, Krankenhäuser, Schulen und Steuersenkungen, damit sich die Leute ihr Leben wieder leisten können!«

»Sie hat einen Soldaten angegriffen! Das ist nun mal Widerstand gegen die Staatsgewalt.«

»Einen Soldaten, der gerade dabei war, ein Mädchen zu überfallen! In jeder anderen Zeit wäre sie dafür eine Heldin gewesen, keine Kriminelle.« Sie sah ihrem Bruder in die Augen und schüttelte mit einem traurigen Lächeln den Kopf. »Aber in Wahrheit wird sie gar nicht *dafür* verurteilt, richtig?«, fragte sie sanft. »Dieses Gesetz, das als Hochverrat definiert, wenn man Soldaten der Königin angreift, trat einen Tag vor ihrer Festnahme in Kraft. Seltsam, nicht? Und die Zeugen, die dabei waren, sagen übereinstimmend, dass der Soldat sie förmlich provoziert hat. Mitten in einem vollbesetzten Hörsaal, direkt vor den Augen von Hunderten? Ich bitte dich, wenn das nicht inszeniert war, will ich nicht Famorgan heißen. Weißt du, was ich glaube? Obsidia hat einen Grund gesucht Loreba loszuwerden, und ihre Bluthunde auf sie gehetzt, damit sie ihr etwas anhängen. Warum, weiß ich ehrlich gesagt nicht. Loreba hat sich nie direkt gegen die Königin gewandt ...«

»Ach nein?«, fragte Avian, ganz froh darüber, dass seiner Schwester für einen Moment die Argumente fehlten. »Dann wusstest du also nichts davon, dass sie in ihren Vorlesungen die *Schriften von Lynesse* behandelt hat?«

»Doch, natürlich.« Aensley zuckte mit den Schultern. »Na und? Wir sind ein wissenschaftliches Institut, da ist es ganz normal, dass man auch alternative Denkansätze behandelt.«

Avian schnaubte. »*Alternative Denkansätze* ... Diese Schriften fordern eine Rückkehr zur Demokratie! Dass so etwas der Königin nicht gefällt, kannst du dir ja wohl denken!«

»Oh, ja, das kann ich. Ich habe die Scheiterhaufen auf dem Marktplatz gesehen.« Aensleys Lippen wurden schmal, bei ihr immer ein Zeichen von lange unterdrückter Wut. »Bücher, Avian ... Uralte Schriften von Politikern, Königen und Geisteswissenschaftlern ... einfach verbrannt, weil sie nicht ins Weltbild unserer Herrscherin passen ...« Ihre Stimme hatte einen bitteren Klang angenommen. »Bei den Büchern fängt es an. Aber du und ich, wir beide wissen, dass es nicht dort enden wird.«

Avian sah zu Boden. »Ich ...«

»Du! Was *du*?«, rief Aensley, nun wieder lauter. »Loreba sitzt jetzt schon ein paar Monate im Gefängnis. Und warum? Weil sie es gewagt hat, etwas anderes zu *denken*? Oder vielleicht, weil sie versucht hat, den Leuten zu helfen, die unser Staat im Stich lässt? Den Kranken und Hungernden, für die nie Geld da ist? Den Menschen, die im Gefängnis sitzen, weil sie die Steuern nicht mehr bezahlen können? *Sie* ist zu ihnen gegangen, Avian, sie hat sich für sie eingesetzt, sie freigekauft, ihnen Mut zugesprochen. Loreba Elgyn lebt, was du Sonntag für Sonntag predigst, und dafür willst du sie verurteilen? Wo waren deine Kirche und du? Wäre das nicht eigentlich eure Aufgabe gewesen?«

»Das ist nicht gerecht«, knurrte Avian durch zusammengebissene Zähne. »Ich wollte ...«

»Ja, ich weiß«, höhnte Aensley, »du wolltest nie ein Geistlicher werden, Vater hat dich ja *gezwungen*. Das erzählst du immer gerne, nicht? Mittlerweile glaubst du es vielleicht sogar selber.« Sie schnaubte und beugte sich zu ihm, bis ihre Gesichter nur noch Zentimeter voneinander entfernt waren. »Die Wahrheit ist aber«, flüsterte sie, »du warst zu feige, dich gegen Vater zu stellen. Es war einfach bequemer zu tun, was er diktiert hat. Und heute machst du es noch genauso. Das darfst du auch ruhig, wenn du mit diesem Gewissen leben kannst, fein. Aber erwarte nicht von mir, dass ich da reingehe und über die Bestrafung einer Frau verhandle, von der wir beide wissen, dass sie nie etwas Böses getan hat.«

Avian antwortete nicht. *Von uns beiden ist Aensley die Jüngere. Vielleicht ist das der Grund, weshalb sie sich traut, Dinge auszusprechen, die alle Welt nur heimlich denkt. In ihr brennt noch das Feuer. Wo bei mir nur mehr Angst, ist bei ihr noch Mut.*

»Wenn das so ist, kann ich dir nicht mehr helfen, Schwester«, sagte er schließlich, ohne sie anzusehen. »Ich kann dich nur warnen: Sprich, was du gerade zu mir gesagt hast, niemals wieder laut aus. Und jetzt lass uns gehen. Wir werden erwartet.«

Schweigend machten sie sich auf den Weg ins Schloss. Sie durchquerten die steinernen Gärten von Galene, wo jetzt im Frühjahr die Magnolien blühten und um deren Säulengänge sich indigoblaue Kletterlilien rankten, dann traten sie durch eine Seitentür in den Thronsaal von Tenébra. Auf der einen Seite der Halle fiel durch eine Reihe großer Bogenfenster Licht in den Saal. Die Morgenröte tupfte buttercremefarbene Flecken auf die vierzehn schlanken Säulen, die jeweils zu siebt die gegenüberliegenden Wände säumten. An der Stirnseite des Saals, erhöht über einem Podest aus Sandsteinstufen, stand der leere Thron der Königin. Er war aus Eibenholz gefertigt und beste tenébrische Schnitzarbeit. Blumenornamente zogen sich über das Holz, zwei Drachenköpfe mit aufgerissenen Mäulern bildeten die Armlehnen, das Sitzkissen war von feinster toulinischer Seide. Zu Füßen des Podests erstreckte sich der Tisch des Kronrats, und er war bereits voll besetzt. Die Anwesenden begrüßten die beiden Neuankömmlinge, manche durch Kopfnicken, andere mit einer herzlichen Umarmung. Man kannte sich, oft genug hatten sie hier stundenlang zusammengesessen und die Zeit mit fruchtlosen Diskussionen verschwendet.

»Na, Hochwürden, auch wieder unter den Lebenden?«, scherzte der dralle Herr Tauler, als das Geschwisterpaar seine Plätze eingenommen hatte. »Wo habt Ihr denn gesteckt, ich habe Euch letzte Woche vermisst! Wenn Ihr wüsstet, was Ihr verpasst habt, wir hatten einen Spaß über die Feiertage ...«

Avian bemühte ein gequältes Lächeln. »Ich habe schon von Eurer kleinen *Feier* gehört. Mich wundert es nur, wie Ihr Bischof Garwein dieses Saufgelage in den Mauern seiner Kirche erklärt habt. Noch dazu während der heiligen Woche ...«

»Garwein!« Tauler angelte sich ein Obststück aus einer Schüssel in der Mitte der Tafel und winkte ab. »Unser elender Asket hat davon doch überhaupt nichts mitbekommen. Der war ja *so* in seine Liturgie vertieft ...« Er seufzte. »Wenn ich nur meinen Rausch hätte ausschlafen können ... Ich frage mich, ob es diese Loreba Elgyn wirklich wert ist, dass man extra eine Sitzung für sie einberuft. Noch dazu so früh am Morgen«, überlegte er schmatzend. »Wer sind diese Aurenen überhaupt, dass sie die Königin so beschäftigen? Ein paar Weiber aus der Unterschicht, angeführt von einer Magierin, die sich als Heilige der Bettler aufspielt ... Na und? Ist das jetzt gleich eine Staatskrise?«

Avian spürte, wie sich Aensley neben ihm verkrampfte. Sie warf ihrem Sitznachbarn einen finsteren Seitenblick zu, doch bevor sie etwas entgegnen konnte, wurde hinter ihr mit lautem Knallen eine Tür aufgeworfen. Augenblicklich verstummten alle Gespräche.

Esgarth, Vorsitzender des Kronrates und rechte Hand der Königin, betrat den Saal. Zügig schritt er zum Eibenholzthron und ließ sich wie selbstverständlich darauf nieder: »Guten Morgen, meine hohen Damen und werten Herren«, sagte er laut. »Verzeiht mir, dass ich Euch schon so früh hier versammle, aber ich habe eine Ankündigung zu machen.« Er öffnete eine Schriftrolle. »Wie sich der ein oder andere hier sicher denken kann, geht es um den Fall der Anführerin einer Rebellengruppe, die sich die *Aurenen* nennt. Nun, wir mussten für die Verkündung zwar erst das Ende der Karwoche abwarten, aber während der Feiertage hat unsere Königin am …«, er warf einen Blick auf die Schriftrolle, »… vergangenen Freitag, dem 7. April, endlich das Urteil im Prozess Loreba Elgyn gefällt.«

»Bitte!?« Ein Mann des Rates hatte sich erhoben. »Aber Herr Vorsitzender, wie kann die Königin ein Urteil dieser Wichtigkeit ohne unsere Zustimmung fällen? Das gab es noch nie.«

»Jetzt eben schon«, erwiderte Esgarth kühl. »Ich teile Euch dies mit, weil die Königin es gern hätte, wenn Ihr alle auf dem Urteil unterschreibt. Das würde vor dem Volk die Legitimation um einiges verstärken.« Ein dünnes Lächeln kräuselte seine Lippen. »Aber Eure Zustimmung *brauchen*? Nein. Der Kronrat ist lediglich ein beratendes Gremium, habt Ihr das vergessen?«

Einen Moment lang schienen die Versammelten sprachlos. In vielen Gesichtern war deutlich unterdrückte Wut zu sehen, doch keiner widersprach.

*Vielleicht stimmt es, was Aensley sagt*, dachte Avian. *Vielleicht ist dieser Rat wirklich eine armselige Versammlung höriger Feiglinge. Und ich bin mittendrin.*

»Und?«, fragte Herr Tauler in die Stille. »Wie lautet das Urteil?«

»Nun …« Esgarths Finger strichen bedächtig über das Schriftstück. »So, wie es aussieht, werden wir Frau Elgyn morgen auf den Stufen der Gerechtigkeit sehen.«

»Nein!« Es war Aensleys Stimme. Ehe Avian sie zurückhalten konnte, war sie aufgesprungen. »Das kann sie nicht tun. Das ist nicht rechtens!«

»Dies ist ein Urteil der Königin. Natürlich ist es rechtens.«

»Nein. Das geht zu weit, Esgarth.«

Von allen Seiten erhob sich zustimmendes Raunen. Die gemeinsame Empörung und das Entsetzen schienen den Kronrat zum ersten Mal, seit Esgarth den Saal betreten hatte, mit Leben zu erfüllen.

»Ihr könnt eure Namen nicht unter diese Schrift setzten«, forderte Aensley laut über das allgemeine Gemurmel hinweg. »Dieses Urteil trägt keinen Funken Recht in sich!«

Esgarth stand auf. »Ihr habt geschworen, der Krone zu gehorchen, Famorgan! Was maßt Ihr Euch an, das Gesetz dieses Landes in Frage zu stellen? Das Gesetz, das seit Jahrtausenden für Sitte und Ordnung sorgt! Davon wird Eure Königin erfahren«, drohte er kalt. »Und dies gilt für euch alle: Jeder, der sich weigert zu unterschreiben, wird vor die Königin treten und ihr erklären, was ihn daran hindert!«

Sofort wurde es ganz still im Thronsaal. Man könnte förmlich sehen, wie die Ratsmitglieder ihre Köpfe einzogen. Nur Aensley stand noch aufrecht. »Das ist mir gleich«, sagte sie, die Stimme voller Wut. »Für so etwas gebe ich meinen Namen nicht her. Entschuldigt mich.« Mit diesen Worten machte sie kehrt und verließ den Saal. Das Knallen der schweren Tür hinter ihr hallte lange nach.

»Befindet sich hier noch jemand, der die Rechtmäßigkeit des Urteils unserer Königin anzweifeln möchte?«, fragte Esgarth und sah zornig in die Runde. Der bedrohliche Unterton in seiner Stimme entging niemandem. »Ihr vielleicht, Weimar?«

Der angesprochene Mann schüttelte hastig den Kopf: »Ganz Eurer Meinung, Herr Vorsitzender ...«

»Frau Corelli? Ich nehme mal an, Ihr seid immer noch an der Vermählung Eurer Tochter mit meinem Sohn interessiert, richtig?«

»Natürlich ... Nun, wenn es die Königin befiehlt, dann wird wohl alles seine Berechtigung haben«, sagte sie mit matter Stimme.

»Und was ist mit Euch, Famorgan?«

Avian saß da wie eine Statue.

*Worauf wartest du?*, hallten Aensleys Worte in seinem Kopf. *Jetzt ist es Zeit, zeig ihnen, dass es noch Männer gibt, die standhaft bleiben.*

Seine Kehle schien mit jeder Sekunde trockener zu werden. Er spürte die geballten Blicke des Kronrats auf sich lasten.

»Herr Famorgan?« Esgarth hob die Brauen. »Wie ist die Meinung der Kirche? Schließt ihr Euch Eurer Schwester an, oder habt wenigstens Ihr noch Anstand?«

»Ich ...«

*Sag es, los widersprich! Sei mutig!*

Doch die Worte seiner Schwester drangen nicht durch die Mauer aus Angst, die sich in seiner Brust aufgebaut hatte. »Sicher«, murmelte er, die Stimme leer und ausdruckslos, »Das Urteil ist rechtens.«

Esgarth grinste, und auf einmal fühlten sich Avians Hände

schrecklich klebrig an. Er spürte den dringenden Wunsch, sie zu waschen und den Ort so schnell wie möglich zu verlassen.

»Weise gesprochen, Famorgan«, sagte Esgarth zufrieden. »Wenigstens Ihr scheint zu wissen, was gut für Euch ist.«

Avian aber hörte ihn nicht mehr. Ein Gesicht war vor seinen Augen erschienen, Aensleys Gesicht, und er sah sie vor sich, als stünde sie ihm hier im Thronsaal gegenüber.

*Feigling*, sagte ihr enttäuschter Blick. *Du bist ein Feigling, Bruder.*

»Ich weiß«, flüsterte er und senkte den Kopf. »Ich weiß.«

# SCHLANGEN IM GARTEN

Eigentlich fing er ganz harmlos an, der Tag, der Elodeas Leben zum zweiten Mal in eine Hölle verwandeln sollte. Mit den ersten Sonnenstrahlen erwachte der Schlosspark Touleránts. In den Ästen regten sich die Singvögel, die Schwäne am Wasser schüttelten sich den Tau aus dem Gefieder, und überall, wo das Morgenlicht hinfiel, funkelte der Rasen wie ein Teppich aus Glasperlen. Die Bäume standen in zartem Grün. Tulpen bevölkerten die Beete, Kirschen und Blutpflaumen blühten in den Farben von Rahm und Rotwein. Es war Frühling, doch schon jetzt war der Tag sommerlich heiß. Eine Hitzewelle lastete seit Wochen auf Touleránt und machte Menschen wie Tieren schwer zu schaffen. Normalerweise war April der Monat des Wachstums, der Blumen und der angenehmen Wärme. Dieses Jahr aber schien das Wetter launisch zu sein, erst regnete es wochenlang, dann brannte die Sonne herab wie im Hochsommer.

Das Licht hatte sich noch nicht ganz ausgebreitet, da schlenderten bereits fröhlich schwatzend zwei Hofdamen der Gräfin von Touleránt über den Kiesweg. Der Garten mit seinen Wasserspielen und Rosenlauben war der einzige Platz, an dem man es bei diesem Wetter aushalten konnte. Zypressen und Alleebäume boten wenigstens einigermaßen Schatten, ganz im Gegensatz zum Schloss, in dem die Luft schon seit Tagen zum Schneiden war. Die Mädchen wedelten mit ihren Fächern gegen die flirrende Hitze und hielten ihre Hände unter die kühle Fontäne des Springbrunnens. Elodea war eine von ihnen. Sie trug ein lachsfarbenes Seidenkleid mit Spitzenverzierungen und Tüllfüllung, was zwar hübsch, aber bei diesen Temperaturen ganz und gar nicht angenehm zu tragen war.

»Lass das!«, rief Elodea der zweiten Hofdame zu, die sie kichernd mit Wasser nass spritzte. »Ivette, meine Frisur! Was soll man nur von uns denken?« Mit gespielt theatralischer Miene griff sie nach ihren Haaren, nur um Sekunden später von einer weiteren Ladung Wasser erwischt zu werden. »Na warte!«

Gerade als sich Elodea zum Gegenangriff bereit machte, hörte sie, wie sich hinter ihnen jemand räusperte. Die beiden waren so beschäftigt gewesen, dass sie den Mann auf dem Zypressenweg gar nicht bemerkt hatten. Beinahe lautlos war er von hinten an sie herangetreten. Rasch sanken sie in einen tiefen Hofknicks, wie es die toulinische Etikette vorschrieb. »Verzeiht, Herr«, sagte Ivette, bemüht, die Situation zu retten. »Wir haben Euch nicht gesehen.«

Der Mann zeigte keinerlei Anzeichen, dass er sie gehört hatte. Stattdessen musterte er sie von oben bis unten, mit einem Gesichtsausdruck, der ihnen ganz klar zu verstehen gab: *Was bildet ihr euch eigentlich ein? So benehmen sich keine Hofdamen.* Als seine Augen an Elodea hängenblieben, verfinsterte sich sein Blick. Und Elodea sah finster zurück. Sie wusste sehr wohl, dass Ivette und sie sich nicht gerade vorbildlich verhielten, wenn sie durch den Schlossgarten rannten, ihre schweren Kleider über den Boden schleifen ließen und ihnen die Haarsträhnen nass über die Schulter hingen. Aber trotzdem war das noch lange kein Grund, sie anzusehen, als hätten sie eine Todsünde begangen. Warum wurde einem hier nur immer das Gefühl gegeben, man würde etwas falsch machen? Konnte eine Hofdame in ihrer Freizeit nicht auch einmal so etwas wie Spaß haben? »Gedenkt Ihr, heute noch zu sprechen, oder haltet Ihr uns nur so zum Vergnügen auf?«, fragte Elodea bemüht höflich, wenn auch recht kühl, nachdem der Fremde sie weiterhin musterte, ohne etwas zu sagen. »Ihr müsst wissen, dass wir heute nicht für den Empfang der Gäste zuständig sind, sondern eigentlich freihaben. Wenn Ihr Eure Laune also freundlicherweise an jemand anderem auslassen könntet ...«

Der Mann verzog den Mund zu einem Lächeln, und Ivette trat Elodea, versteckt unter den Massen ihres Tüllkleides, unsanft auf den Fuß. Ivette war im Gegensatz zu Elodea eine richtige Hofdame, die es als Ehre betrachtete, hier arbeiten zu dürfen, und es daher mit dem Protokoll immer ganz genau nahm. Natürlich war auch Elodea klar, dass sie solche frechen Antworten in ihrer Position nicht geben durfte, doch es war ihr herzlich egal. Sollte doch jeder sehen, wie schlecht sie hier reinpasste. Sie war weder hübsch, noch bestach sie durch andere Reize, die eine gute Hofdame auszeichneten. Im Grunde war sie völlig ungeeignet. Und auch wenn sie in den letzten Monaten ruhiger geworden war, ließ sie noch immer keine Gelegenheit aus, das zu beweisen.

»Meine Freundin wollte damit sagen«, wandte Ivette rasch ein, nicht ohne einen missbilligenden Seitenblick auf Elodea zu werfen, »dass wir Euch natürlich trotzdem gerne behilflich sind. Was wünscht Ihr denn?« Sie sprach mit ihrer zuckersüßen Mädchenstimme und sah den Fremden an, als wolle sie ihm jeden Moment einen Heiratsantrag machen. Wieder so etwas, das Elodea nicht beherrschte: nett zu Leuten sein, die sie nicht leiden konnte.

»Also eigentlich wollte ich genau zu Euch und nicht zur Gräfin«, sagte der Mann mit einer kleinen Verbeugung. »Ich bin ein Bote vom königlichen Hof.«

Elodea, auf dem falschen Fuß erwischt, schreckte hoch und musterte den Mann genauer. Tatsächlich bemerkte sie erst jetzt die kronenförmige Brosche an der Uniform des Fremden. Das Zeichen der königlichen Bediensteten. Ihre Stimmung sank schlagartig in Richtung Gefrierpunkt. Aus Tenébra hatte sie seit Monaten nichts mehr gehört. Der Schock musste sich in ihrem Gesicht abgezeichnet habe, denn der Bote musterte sie noch eindringlicher, als er weitersprach. »Ich suche Elodea Thurmar. Aber ich denke …« Er schmunzelte, und seine Augen schienen sie zu durchbohren. »Dem Tonfall nach zu schließen, habe ich sie schon gefunden.«

Elodea war nicht mehr nach Scherzen zumute. Wenn jemand vom Hofe sie sprechen wollte, war das bei ihrer Vergangenheit kein gutes Zeichen. Fast bereute sie, so unhöflich gewesen zu sein. »Was … Was wollt Ihr von mir?«

»Ich soll Euch eine Nachricht übermitteln. Es geht um Eure Meisterin. Loreba Elgyn.«

Elodea spürte den Stich in der Magengegend, bevor ihr Kopf die Worte richtig verarbeitet hatte. Sie war nicht darauf gefasst gewesen, diesen Namen zu hören. Ihr Herz begann zu rasen, und in ihrem Kopf tauchten Erinnerungen auf. Bilder aus ihrer Vergangenheit, klar umrissen, als wäre es erst gestern gewesen.

»Loreba?«, fragte sie bemüht ruhig, während in ihrem Innern der Sturm tobte. »Was ist mit ihr?« Der Schmerz in ihrem Magen wurde schlimmer. Es war, als würde ihr die Wut, die sie in den letzten Monaten so mühevoll verdrängt hatte, mit einem Mal bis in den Hals steigen. »Seit einem halben Jahr ist sie schon gefangen, und nie durfte ich sie besuchen oder ihr Briefe schreiben. Warum kommt Ihr jetzt damit auf mich zu?«

»Nun, die Zeiten haben sich geändert ... Außerdem ist es ja wohl klar, dass Ihr keine Briefe schreiben durftet, schließlich ist das Teil Eurer Strafe und ...«

»Meiner Strafe?« Elodea versuchte mit Mühe, ihre Stimme unter Kontrolle zu bringen, die im Zorn eine Oktave nach oben gerutscht war. Was wusste er von ihrer Strafe? Dieser Mann riss an den Rändern ihrer schmerzhaftesten Erinnerungen, in einem Ton, als plauderten sie über das Wetter. Seit man sie bei ihrem Prozess in Tenébra getrennt hatte, war es ihr praktisch unmöglich gewesen, mit ihren Freundinnen Kontakt aufzunehmen. Während Loreba als Gefangene in Betháne verblieben war, hatte man die anderen Aurenen in die Verbannung an unterschiedliche Adelshöfe des Landes geschickt. Man hatte sie nicht verurteilen können, da sie gegen kein Gesetz verstoßen hatten. Doch nachdem sie sich weigerten, von Lorebas Ideen Abstand zu nehmen und sie als Verbrechen anzuerkennen, hatte das Gericht befunden, es sei besser, sie vorerst in *Sicherheitsverwahrung* zu bringen. *Umerziehung* nannten sie das, *Rückführung zur Sittlichkeit.* Von diesem Zeitpunkt an war Elodea eine Hofdame in Toulerànt, lernte, wie man einen Fächer richtig hielt und vornehm Tee trank. Über politische Angelegenheiten wurde nicht geredet. Das einzige, was sie noch zu tun hatte, war ein schmückendes Beiwerk auf Bällen oder Teepartys abzugeben. Man wollte sie blenden, da war sie sicher, durch Luxus und Annehmlichkeiten von ihrem Kurs abbringen, damit man sie in ein paar Jahren als geläuterte, königstreue junge Frau präsentieren konnte.

*Aber nicht mit mir*, dachte sie bitter. *Ich habe nichts vergessen. Und nichts vergeben.*

»Laut dem Gesetz ist Loreba Elgyn schuldig«, bemerkte der Bote, und in seiner Stimme lag etwas Lauerndes. »Ihr habt das damals in Frage gestellt, habt Euch auf ihre Seite geschlagen.«

Elodea schnaubte. »Gesetz? Wohl eher Willkür. Alles, was Obsidia will, ist ihre Gegner unter dem falschen Schein der Gerechtig ...«

»Elodea!« Ivettes Stimme war ungewöhnlich scharf. Sie hatte Angst, das hörte man ganz deutlich. »Pass auf, was du sagst.«

Der Bote grinste. »Ein guter Rat. Besser, Ihr hört auf Eure Freundin.«

Elodea atmete einmal tief durch. Ivette hatte recht, heute war nicht der Zeitpunkt für ein Wortgefecht. Auch wenn sie gerade wirklich in der richtigen Stimmung gewesen wäre.

»Nun ... Ich möchte mich nicht mit Euch streiten«, fuhr der Bote fort, jetzt fast gelangweilt. »Ich bin eigentlich nur gekommen, um Euch mitzuteilen, was mir aufgetragen wurde: Frau Elgyn möchte Euch noch einmal sehen.«

»Was soll das heißen, *noch einmal sehen?*« entgegnete Elodea und sah auf. »Will sich Obsidia in ihrem Fall endlich öffentlich äußern?«

»Ach?« Über das Gesicht des Boten huschte wieder ein Grinsen. »Das wisst Ihr noch gar nicht?«

»Lasst die Spielchen. Sagt mir, was Sache ist.« Dieser Mann regte sie allmählich wirklich auf.

Der Bote lächelte noch ein wenig breiter. »Die Königin hat längst gerichtet. Im Moment tagt noch der Kronrat darüber, aber das Urteil steht fest.«

»Was?« Elodea keuchte. »Warum hat mich niemand informiert?« Wie oft hatte sie versucht, Genaueres über den Stand von Lorebas Prozess herauszufinden. Sie hatte sogar heimlich Briefe aus Tenébra, die an die Gräfin adressiert waren, gelesen. Ohne Erfolg. Und jetzt kam dieser Bote und sagte ihr, dass der Prozess längst entschieden war? So ungefähr musste es sich anfühlen, wenn einem der Boden unter den Füßen weggezogen wurde.

»Tja, vielleicht ist es besser, dass Euch niemand etwas gesagt hat«, meinte der Mann und fuhr mit gespielt mitleidiger Stimme fort. »Die Königin hat ein hartes Urteil gefällt. Ein sehr hartes ...«

Elodea schluckte. Alle Wut, die sie gerade noch gespürt hatte, fiel von ihr ab. Was übrig blieb, war blankes Entsetzen. Entsetzen und Furcht. Ihre Beine zitterten, und auf einmal war sie dankbar für ihr bauschiges Kleid, das jede Regung verbarg. Es war allgemein bekannt, was Obsidia unter einem harten Urteil verstand. Sie starrte den königlichen Boten an. »Aber ... Ihr meint doch nicht ... was ... nein, sie ...«

Hilfesuchend wandte sie sich zu Ivette um, die das Gespräch der beiden bis jetzt im Hintergrund verfolgt hatte, nun aber selbst vortrat und Elodea die Hand auf die Schulter legte. »Mein Herr«, sagte sie, und auch in ihrer Stimme lag jetzt ein unterschwelliges Beben. »Hört auf, sie zu quälen.«

»Oh, das würde ich nie tun.« Der Bote schien langsam Spaß an seiner Aufgabe zu finden. »Es ist so, Ihr seid Loreba Elgyns Schülerin, was Euch in den Status einer Blutsverwandten erhebt und das Recht gibt, ihr ... beizustehen. Deswegen erfahrt Ihr es schon heute Vormittag, damit Ihr Euch auf die Reise vorbereiten könnt. Vorausgesetzt natürlich, die Gräfin gestattet es Euch.« Seine Stimme stockte, und er sah Elodea nachdenklich an. Eigentlich brauchte er gar nicht weiterzusprechen. Elodea ahnte auch so, wie er enden würde. Ein dumpfes Gefühl breitete sich in ihren Beinen aus, und sie musste sich auf Ivette stützen, um nicht umzukippen.

»Seid Ihr Euch sicher, dass Ihr den Rest überhaupt hören wollt?«, fragte der Bote. »Ich weiß nicht, ob ...«

»Jetzt redet endlich!«, rief Ivette, die ganz bleich geworden war.

»Also gut. Loreba Elgyn ist für schuldig befunden worden. Sie wird hingerichtet. Morgen früh.«

*Ich werde keine Schwäche zeigen.* Elodea wollte auf ihn zugehen, irgendetwas Stolzes entgegnen, das ihm das verdammte Lächeln aus dem Gesicht wischte. Aber schon als sie den ersten Schritt machte, merkte sie, dass ihre Beine sie nicht mehr trugen. Sie schwankte, versuchte sich an Ivettes Schulter zu halten, rutschte ab und fiel auf den Boden in den Staub. Erst kämpfte sie gegen die Tränen an, stumm, die geballte Faust zwischen die Zähne gedrückt. Doch es dauerte nicht lange, bis ihr Widerstand brach. Aus Schluchzen wurden Weinen, dann Wimmern und schließlich ein einziger langgezogener Schrei, unter dem ihr Körper erbebte.

# DAS BUCH UND DAS BAND

Elodea lag auf dem Bett und starrte an die Decke. Seltsamerweise spürte sie ihren Körper nicht mehr richtig. Ein bisschen war es, als wäre sie schwerelos, doch in ihrem Kopf wirbelten die Gedanken dafür umso heftiger. Sie sah Loreba am Schreibtisch sitzen, in ein Buch versunken, die Brauen konzentriert zusammengezogen, zu diesem leicht skeptischen Ausdruck, wie immer, wenn sie las ... Es war dieses Bild, an das sie sich in den letzten Monaten geklammert hatte. Eine Alltagsszene, Loreba in ihre Arbeit vertieft. Glücklich. Die anderen Erinnerungen, ihre Verhaftung und der Prozess, hatte sie, so gut es ging, ausgeblendet. Nun kamen sie mit voller Wucht zurück.

Das Gefühl der Körperlosigkeit wich einem dumpfen Schmerz, als der Schockzustand, in den ihr Unterbewusstsein sie offenbar gerettet hatte, allmählich abklang. Die vielen Bediensteten, die in ihrem Zimmer herumwuselten und ihr Dutzende Kleider aus Samt und Brokat vorlegten, bemerkte sie nur am Rande. Nachdem sie zum zehnten Mal gefragt worden war, ob sie nun lieber das blaue oder das gelbe Kleid mitnehmen wollte, riss ihr der Geduldsfaden.

»Raus!« In einer einzigen Bewegung stand sie auf und warf, unter den empörten Blicken der Zofen, sämtliche Kleider von ihrem Bett. Diese ewig langen, aufgebauschten Roben, bei denen man immer Angst haben musste, eine Vase von der nächsten Anrichte zu fegen, wenn man sich bewegte, waren bei einer Reise völlig ungeeignet. Und überhaupt hasste sie diesen toulinischen Flitter. Die Fächer, die Hüte, die Massen aus Tüll ... Das war nicht ihre Welt.

»Verschwindet!«, rief sie so laut, dass ihre Stimme brach. Mit einem Mal schienen sich Ohnmacht und Schmerz in ihr zu einem krampfhaften Bündel zu schnüren. Sie musste schreien, musste die Wut loswerden, bevor sie daran erstickte. Ohne wirklich zu realisieren, was sie tat, griff sie nach hinten und bekam das Teeservice auf ihrem Nachttisch zu fassen. Tasse für Tasse schleuderte sie auf die fliehenden Zofen. »MÖRDER! Verdammte Mörder, ihr ALLE!«

»Elodea!« Die Gräfin war im Türrahmen erschienen. Als sie die

Situation erkannte, hob sie die Hände, als würde sie sich ergeben. »Ganz ruhig«, sagte sie und schüttelte den Kopf. »Bitte, Elodea. Das bist doch nicht du ...«

Elodea hörte auf zu schreien. So schnell ihr Wutanfall gekommen war, so rasch verebbte er auch wieder. Die Hände, die sie zuvor zu Fäusten geballt hatte, hingen nun schlaff herunter. Statt zu toben, schluchzte sie. »Es tut mir leid, ich ... Sie hat doch nichts verbrochen.« Elodea biss sich auf die Lippe, als sie spürte, wie ihr Tränen in die Augen schossen.

»Scht.« Rasch trat die Gräfin ein paar Schritte vor und nahm sie in die Arme. »Ich weiß doch.«

Elodea sah auf. Als sie vor Monaten an den Hof gekommen war, hatte sie noch geglaubt, alle Adeligen wären genau wie die Königin, machtbesessen und herzlos, doch sie hatte schnell bemerkt, dass das auf die Gräfin von Touleránt nicht zutraf. Isobel hatte sie mit Rücksicht behandelt, ihr Zeit gegeben, den Prozess zu verarbeiten, und sie nie zu etwas gezwungen. Ganz im Gegenteil, die Gräfin schien geradezu erpicht darauf, dass Elodea ihr alles über Loreba und die Aurenen erzählte. Und obwohl sie nie auch nur ein negatives Wort über Obsidia fallenließ, war aus den Gesprächen herauszuhören, dass sie und die Königin nicht gerade die besten Beziehungen zueinander pflegten. Gegen ihren Willen hatte Elodea begonnen, ihr zu vertrauen.

»Komm«, sagte die Gräfin und ließ sie los. »Ich habe alles für deine Reise nach Tenébra vorbereitet. Du kannst sofort aufbrechen. Aber bevor du gehst ...« Sie griff hinter sich, nahm eine hölzerne Schachtel vom Tisch und öffnete sie. »Ich denke, es ist der Moment gekommen, dir das hier zurückzugeben.«

Elodea beugte sich vor. Auf dunklem Samt lag ein Buch, kaum größer als ihre Hand. Der Einband war golden, feine Linien zogen sich über den Buchdeckel und formten ein Blütenmuster. Am Rand war eine filigrane Goldschließe angebracht, und auf der Vorderseite stand der Name der Besitzerin aufgeprägt: *Elodea Thurmar*.

»Mein Kontemplet.« Mit zittrigen Händen streckte Elodea den Arm aus und nahm das Buch aus seiner Schatulle. Es fühlte sich an wie ein alter Freund, als sie es durch die Hände gleiten ließ und ihm über den Rücken strich. Sie spürte ein Kribbeln auf der Haut.

Kaum hatte sie den Verschluss berührt, jagte ein warmer Schauer durch ihre Fingerspitzen, ganz als erkenne das Buch seine Besitzerin. Was Elodea da in den Händen hielt, war kein normaler Haufen gebundenen Papiers, kein Bibliotheksband, kein Lehrbuch und auch kein Roman. Ein *Kontemplet*, wie man Bücher dieser Art nannte, war nicht weniger als das Lebenswerk eines Magiers. Seit Jahrhunderten war es Tradition, dass jeder Magier über sein Leben Buch führte. Nicht nur ein Grundwortschatz der für Magier so wichtigen finyrischen Sprache sollte darin festgehalten werden, auch Erinnerungen wurden aufgeschrieben, Sorgen, Ängste, Freuden, Erkenntnisse. Der Wissensschatz, der durch diese Bücher entstanden war, füllte mittlerweile ganze Bibliotheken, doch ein Kontemplet war mehr als bloßer Informationsübermittler. Las ein anderer die Worte, die ein Magier darin aufgeschrieben hatte, so erlebte und fühlte er nach, was der Verfasser selbst empfunden hatte. Man tauchte gewissermaßen in die Gedanken desjenigen ein, sah dessen Erinnerungen in Bildern vor sich, wie ein Schatten des Vergangenen, und schaute ihm direkt ins Herz. Es war schwer, die Wirkung eines Kontemplets in Worte zu fassen, fast ein bisschen, als wolle man jemandem Musik beschreiben, ohne dass er je welche gehört hatte. Es war einfach eines der Dinge, die man erlebt haben musste, um sie zu begreifen.

»Ich habe mich nicht getraut, es anzufassen«, wisperte die Gräfin, und in ihrer Stimme lag eine Art Ehrfurcht, die Elodea bis jetzt nicht von ihr gekannt hatte. »Man hört so einiges über diese Bücher. Sie sollen einem die Hände verbrennen, wenn man nicht ihr Besitzer ist ...«

Elodea schüttelte den Kopf. »Das ist ein Gerücht. Natürlich sind es magische Artefakte, und wenn sich ein neues Buch erst mal an seinen Besitzer gebunden hat, kann es kein anderer mehr beschreiben. Aber die Hände verbrennen, nein.«

Die Gräfin senkte den Blick. »Obsidia wollte eigentlich, dass ich es verbrenne«, gestand sie leise. »Aber das habe ich nicht über mich gebracht.«

»Ihr hättet es auch gar nicht gekonnt. Ein Kontemplet ist kein gewöhnliches Buch. Es gibt nur wenige Substanzen, die es überhaupt beschädigen können. Und die besitzen weder Ihr noch die Königin.«

Vorsichtig, fast ein bisschen zaghaft nach der langen Zeit, öffnete Elodea den goldenen Verschluss. Gewöhnliche Bücher rochen nach Papier, neuem oder altem, je nachdem. Bei diesem aber wurden die Erinnerungen, die es trug, förmlich lebendig. Als sie durch die Seiten blätterte, schien es im Zimmer auf einmal nach Kälte zu riechen, nach Tannennadeln, Schnee und Winternacht. Dazu kam ein Rauschen wie von Bäumen im Wind und schließlich Stimmen, die sie zwischen die Seiten locken wollten, hin zu Erinnerungen an den Tag, als Elodeas Welt eine andere wurde ...

Sie war wieder in Tenébra. Der Garten von Agona lag in Dunkelheit, Mitternacht war nicht mehr fern. Elodea saß auf einer der steinernen Parkbänke, über ihrem Kopf spannten sich die Eichen wie eine lebendige Kathedrale. Noch schneite es leicht, doch wo der Himmel aufriss, blitzten schon Sterne hervor. Das einzige Licht kam aus den Fenstern der nahen Kirche, in der man die Christmette vorbereitete, und von der Laterne neben ihnen. Schatten huschten über den Schnee, wann immer eine Flocke den Lichtkegel streifte. Es war Heiligabend, der Tag, an dem Familien zusammenfanden und Gaben geteilt wurden.

Erwartungsvoll sah Elodea die Frau ihr gegenüber an. Lorebas Gesicht war ernst. Sie hatte die Kapuze abgenommen, und im Laternenlicht glitzerten Eiskristalle auf ihrem Haar. »Bist du dir im Klaren, was das hier bedeutet?«, fragte sie feierlich und eröffnete damit die Zeremonie. »Hast du die Konsequenzen verstanden, die mit deiner Erwählung einhergehen?«

Elodea nickte. Ganz die eifrige Schülerin, begann sie, ihr Wissen herunterzubeten, wie es an dieser Stelle von jedem Magie-Anwärter erwartet wurde: »Wenn ein Magier sich entscheidet, einen Schüler zu erwählen, seine Magie an ihn weiterzugeben, dann ist das einmalig und endgültig. Es ist eine weitreichende Entscheidung, die beide ihr ganzes Leben lang verbindet. Der Meister nimmt den Schüler wie einen Sohn oder eine Tochter in seine Familie auf, nach dem Recht steht die Verwandtschaft in der Magie sogar noch über der des Blutes.«

»Und du bist dir sicher, dass du das willst? Dass ich dir eine Mutter werde?«

»Ja.« Die Frage war reine Formsache, ihre Entscheidung längst gefällt.

Loreba zog einen Handschuh aus und griff in ihre Manteltasche. Sie legte das kleine Buch, das Elodeas Kontemplet werden würde, auf die Bank zwischen ihnen. Elodea senkte ihre Hand auf den Einband. Sie hatte den Ablauf so oft geübt, doch nun, da der Tag wirklich da war, zitterte sie. Erst als Loreba eine Hand auf ihre legte, wurde sie ruhig. Sie sahen sich in die Augen, und Loreba begann zu sprechen, begann, die Nacht mit der Melodie jener alten Worte zu füllen, die ein Magier nur einmal in seinem Leben aussprechen konnte. Worte, unmöglich zu wiederholen, einzig für den Menschen bestimmt, der durch sie zum Magier werden würde. Worte, die Seelen verbanden, Leben veränderten ...

Elodea keuchte und schlug das Buch zu. Die Bilder verblassten augenblicklich, als hätten sich Wolken vor die Sonne geschoben. Sie hatte gerade noch rechtzeitig eingegriffen. Es wäre leicht gewesen, sich in den Erinnerungen an die guten Zeiten zu verlieren. Zu vergessen. Aber so groß die Verlockung auch war, Elodea wusste, dass sie ihr nicht nachgeben durfte. Die Gegenwart forderte ihre Aufmerksamkeit. Sie schloss die Faust um den Buchrücken und drückte ihn an die Lippen. Es fühlte sich tröstlich an, ihr Buch wiederzuhaben. Man hatte es ihr nach dem Prozess weggenommen, um sie auch noch vom Letzten zu trennen, was an ihr altes Leben erinnerte, und sein Verlust hatte fast mehr weh getan als ihre verlorene Freiheit.

»Ich habe noch etwas anderes für dich«, sagte die Gräfin, ehe Elodea ihren Dank stammeln konnte, und hielt ein zusammengefaltetes Bündel hoch. Schon bevor sie es öffnete und der Stoff über den Teppich floss, wusste Elodea, um was es sich handelte. Zum Vorschein kam ein Umhang, bodenlang und wallend, hellblau wie der Himmel. Goldene Wellen brachen sich auf dem Stoff, wenn das Licht ihn traf. Nur bei genauerem Hinschauen konnte man erkennen, dass es in Wahrheit feine Rosenstickereien waren, die sich um den Saum und die Ränder der ausladenden Kapuze rankten. Elodea schluckte. Auch der Umhang war ein Geschenk Lorebas gewesen. *Buch und Mantel. Die Attribute der Magier.*

Während Elodea nur dastehen und mit den Tränen kämpfen konnte, legte Isobel ihr den Mantel um die Schultern und verschloss ihn mit einer Spange. Fast augenblicklich änderte der Stoff seine Farbe. Das helle Blau verdunkelte sich, wurde zu einem schmutzigen Grauschwarz, als der Umhang sich der Stimmung seiner Trägerin anpasste. Elodea hatte fast schon vergessen, dass er diese Eigenschaft besaß.

»Danke«, flüsterte sie und meinte es aufrichtig. »Warum tut Ihr das für mich? Obsidia wird das nicht gefallen ...«

»Die wird es gar nicht erst erfahren« Isobel von Touleránt lächelte mitfühlend und strich Elodea den Umhang über den Schultern glatt. »Du sollst deiner Meisterin anständig gegenübertreten. Als Magierin, wie sie dich in Erinnerung hat. Aber du musst mir versprechen, dass du keine Dummheiten machst oder gar Fluchtversuche mit Magie planst. Magistra Elgyn wird zu gut bewacht, auch von Magiern, es ist zwecklos.«

»Ich weiß.« Elodea senkte den Kopf. Tatsächlich hatte sie einen Moment lang mit dem Gedanken gespielt, doch sie musste eingestehen, dass Isobel recht hatte. Allein der Versuch wäre Selbstmord.

Die Gräfin warf einen Blick auf die Uhr an der Wand. »Geh jetzt. Deine Kutsche steht bereit. Ich habe dir Geld und Kleidung einpacken lassen, das dürfte für die Reise genügen.« Sie sah Elodea ernst an. »Bleib stark. Schau deinen Feinden ins Gesicht, mit festem Blick. Lass sie in deine Augen sehen, aber niemals in dein Herz. Gönn ihr diesen Triumph nicht.«

Stumm, mit zugeschnürter Kehle, nickte Elodea. Es war klar, wen die Gräfin mit *ihr* meinte. Sie sprach von Königin Obsidia, für die die ganze Angelegenheit natürlich einen doppelten Nutzen hatte. Sie konnte eine kritische Gegnerin aus dem Weg räumen und die Aurenen am Boden zerstört sehen. Ein perfekter Plan, wie es schien. Aber die Gräfin hatte recht: Diesen Triumph durfte Elodea ihr nicht gönnen.

Unter dem Tuscheln der Bediensteten schritt sie, das Kontemplet in den Händen und ihren Umhang um die Schultern, die Prachttreppe hinab in den Hof. Nachdem sie in der Kutsche Platz genommen hatte, gaben die Gardisten ein Zeichen, und ihr Gefährt setzte sich mit quietschenden Rädern in Bewegung.

Elodea warf keinen Blick mehr zurück.

• • •

Am Fenster sahen Ivette und Isobel ihr nach, bis die Kutsche allmählich kleiner wurde und schließlich am Ende der Zypressenallee in einer Staubwolke verschwand.

»Hoffentlich zerbricht sie nicht daran«, murmelte Isobel. »Wie schrecklich muss das für so ein junges Mädchen sein ...«

Noch bevor sie den Kopf drehte, spürte sie Ivettes Blick, die stumme Anklage darin. *Warum erlaubt Ihr das?*, schien sie zu fragen. *Ihr habt Soldaten, Ihr habt Macht. Warum steht Ihr nur da und schaut zu? Früher hättet Ihr so etwas nie zugelassen.*

Doch Ivette presste nur die Lippen zusammen. »Können wir denn gar nichts tun?«

»Nein«, gab Isobel zur Antwort, mehr sich selbst als ihrer Hofdame. »Können wir nicht.«

*Noch nicht.*

# LOÁNNE

Erst am Abend erreichte Elodea die Gegend um Tenébra. Weiden säumten das letzte Stück des Weges. An ihren Ästen verblühten die Palmkätzchen, und zusammen mit den Märzenbechern am Boden schienen sie in Großbuchstaben *Frühling* in die Landschaft zu schreiben. Normalerweise hätte Elodea sich an diesem Anblick erfreut. Heute aber wurde ihr schlecht davon. *Was für ein Hohn, im Frühjahr sterben zu müssen, wenn dir das Leben so entgegenschreit.* Sie senkte den Kopf und versuchte, Klarheit in ihre Gedanken zu bringen. Fast den ganzen Weg lang waren ihr stumme Tränen über die Wangen gelaufen, und sie war sich sicher, dass sie furchtbar aussehen musste.

In der Ferne glänzen bereits die Dächer Tenébras in der Abendsonne. Hoch über der Altstadt Thurau ragte Obsidias Schloss mit spitzen Zinnen und Türmen in den Himmel. Obwohl Elodea wusste, dass die Königin das Schloss nicht gebaut hatte, schien es wie für sie gemacht. Dort oben, einsam auf einem Berg, uneinnehmbar und abweisend. Beim Gedanken an die Königin stieg Zorn in ihr auf. Wie konnte Obsidia es wagen, Loreba zu töten? Einfach so, ohne Grund, nur weil sie es gewagt hatte, ihre Meinung zu sagen, einzufordern, was ihr Land immer ausgemacht hatte: Solidarität, Hilfe für Schwächere, Barmherzigkeit. Und warum ließen sich das eigentlich alle gefallen? Weil sie keine andere Wahl hatten. Das war die Wahrheit. Beinahe der ganze Adel und die vornehmen Bürger Avendúrs standen hinter Obsidia. Mächtige, die so dachten wie Gräfin Isobel, waren selten. Obsidia unterhielt den Adel und sorgte auf Kosten der ärmeren Bevölkerung dafür, dass die Oberschicht von allem mehr als genug hatte. Ihr Ideal war das des starken Kriegers, des Menschen ohne Schwächen, der sich einzig durch die Herrschaft über andere definierte. Menschen, die diesem Bild nicht entsprachen, die Armen, Kranken, Alten und vom Leben Gebrochenen, fanden in ihrer Vorstellung der Gesellschaft keinen Platz mehr.

Dagegen anzukämpfen war schwer geworden. Obsidia hatte im Laufe der letzten Jahre ein stehendes Heer von nie gekannter

Größe hinter sich versammelt. Was sie von den Bürgern nahm, steckte sie fast komplett in ihre Armee. Seit August wurden jeden Monat hunderte neuer Männer zum Armeedienst einberufen. In Militärschulen erzog man die Soldaten zu bedingungslosem Gehorsam ihren Hauptmännern gegenüber und drillte sie für den Einsatz im Krieg, notfalls sogar gegen die eigene Bevölkerung. So zumindest behaupteten es Gerüchte. Was genau in diesen Armeeschulen mit den Männern geschah, wusste niemand so richtig, doch wenn es einmal einer schaffte, entlassen zu werden, dann kehrte er völlig verändert zurück.

Trotzdem war Obsidias Vorgehen bis jetzt eher subtil. Eine Schulschließung hier, eine Personalkürzung beim Spital dort. Alles, weil angeblich gespart werden musste. Ihre Taktik, die Alten und Kranken als Schmarotzer darzustellen, die Avendúrs Gesellschaft in den Ruin trieben, ging zunehmend auf. Sie gab einfach ihnen die Schuld an den immer drastischeren Steuererhöhungen. Dass die Steuern in Wahrheit fast vollständig in ihr Heer flossen, verschwieg sie dabei.

Als die Kutsche das Stadttor von Tenébra passierte, zog Elodea instinktiv den Kopf vom Fenster zurück. Sie wollte auf keinen Fall erkannt werden.

Eigentlich war Tenébra Elodeas Heimatstadt. Sie stammte aus einer Winzerfamilie und hatte lange mit ihren Eltern im Handwerkerviertel Trasnocrae auf der Südseite des Flusses gelebt. Gearbeitet hatte sie aber hier in Thurau, als Gehilfin ihres Großvaters, der damals Inhaber der Universitätsbuchhandlung gewesen war. Wenn sie die Augen schloss, konnte sie den Laden noch immer vor sich sehen. Seine roten Fensterläden und die feine Goldschrift auf dem Schild über der Tür. Sie hörte sogar noch die Glocke, die das Kommen und Gehen der Kundschaft ankündigte. Vor allem aber roch sie den Bücherduft, die einzigartige Mischung aus neuem und altem Papier, die es nur in Läden wie diesem gab. Für Elodea war die Buchhandlung immer ein Ort der Wunder gewesen. Hier hatte sie ihre Leidenschaft für Bücher entdeckt, in den vielen Stunden, die sie als Kind allein zwischen den Regalen verbracht hatte. Sie erinnerte sich noch genau daran, wie es gewesen war, als ihr Großvater ihr endlich das Lesen beigebracht und sich hinter den geheimnisvollen Schriftzeichen zwischen den Buchdeckeln plötzlich eine völlig neue Welt aufgetan hatte, die sie bis heute begeisterte.

»Elodea wird mal meine Nachfolgerin«, hatte ihr Großvater auf Familienfesten zu sagen gepflegt. »Sie ist wie ich. Die Bücher haben sie gepackt und lassen sie nicht mehr los.«

Als er einige Jahre später seine Ankündigung wahr gemacht und ihr den Laden vererbt hatte, war sie überglücklich gewesen.

Beim Gedanken daran, dem Mittelpunkt ihrer Kindheit plötzlich wieder so nahe zu sein, spürte Elodea, wie sich ihre Kehle zuschnürte. So viele Erinnerungen waren damit verbunden. Die Buchhandlung war nicht nur der Ort, wo sie das Lesen und Denken gelernt hatte. Hier war sie auch zum ersten Mal Loreba begegnet, der Frau, die sie fasziniert hatte, vom ersten Augenblick an, weil sie ihr so ähnlich und gleichzeitig völlig anders war. Dabei konnte man bei ihnen nicht gerade von einer gelungenen ersten Begegnung sprechen ...

»Ihr solltet das hier lesen, da kann man wunderbar die Welt um sich herum vergessen«, hatte Elodea ihr vorgeschwärmt, als Loreba einmal in den Laden gekommen war, um sich die Neuerscheinungen anzusehen.

Lorebas Antwort war genauso kurz wie kühl gewesen: »Wenn ich die Welt vergessen will, kaufe ich mir eine Flasche Wein. Dafür brauche ich kein Buch. Ich lese, um zu verstehen, nicht, zu vergessen.«

Allein der Blick, den sie ihr dabei zugeworfen hatte, wäre vermutlich ausreichend gewesen, um die meisten einzuschüchtern, doch Elodea hatte sich ihren Geschmack nicht einfach so schlechtreden lassen wollen: »Dann lest Ihr also nie zum Spaß? Einfach so, weil es Euch Freude macht?«, hatte sie entgegnet.

»Doch. Aber ich habe keine Freude an billigen Geschichten wie dieser. Sie sind nach Schema geschrieben, immer gleich und auf schnelle Gefühlseffekte aus. Dabei bieten sie nichts Neues, sie fordern meinen Verstand nicht. Und das ist es, was ich von Büchern erwarte.«

Damit schien das Gespräch für Loreba beendet, aber Elodea war nicht bereit gewesen, so schnell klein beizugeben: »Kann ein Buch denn nicht einfach mal nur schön sein? Es ist doch faszinierend, wie man gerade in der Lyrik Wörter so verweben kann, dass sie Melodien ergeben, dass sie in den Köpfen der Menschen Bilder malen. Muss dahinter immer ein Sinn stehen? Man betrachtet doch auch keine Blume und fragt sich, ob das jetzt den Verstand fordert ...«

Der Blick, mit dem Loreba sie daraufhin angesehen hatte, war lang nicht mehr so abschätzig gewesen wie der erste. Elodea hatte ihr angemerkt, dass sie auf Widerrede nicht gefasst gewesen war, und das hatte sie in ihrem Vorhaben bestärkt, noch eins draufzusetzen: »Sind nicht vielmehr die Bücher die besten, die Verstand und Gefühl gleichermaßen ansprechen? Wieso trennen wir immer das eine vom anderen? Hohe Literatur für den Geist und Trivialliteratur fürs Gefühl, das ist doch Unsinn. In uns ist beides vorhanden, untrennbar, es gehört zusammen, und das sollte es auch in der Literatur. Ich bin vielleicht nicht besonders klug, Magistra. Aber ich lese, weil ich Bücher liebe. Ist das so falsch?«

An Lorebas unmittelbare Reaktion konnte Elodea sich nicht mehr erinnern. Nur dass die Magistra eine ganze Weile stumm geblieben war, mit fast so etwas wie Anerkennung im Blick. »Wie ist dein Name?«

»Elodea«, hatte sie mit klopfendem Herzen geantwortet, erstaunt über die Frage. »Elodea Thurmar. Wieso wollt Ihr das wissen?«

Das Schmunzeln, dieser plötzliche Anflug von Lächeln in Lorebas Gesicht, der auf ihre Worte hin gefolgt war, hatte Elodea vollends verwirrt. »Weißt du, es kommt nicht oft vor, dass mir jemand widerspricht«, hatte sie gesagt. »Was schade ist, ich wünschte, man täte es öfter. Meine Meinung ist schließlich nicht absolut. Aber die meisten haben zu viel Angst vor meinem Namen. Du hast das nicht. Und deswegen bist du jemand, den man sich merken sollte.«

Nach ihrem ersten Treffen war Loreba immer öfter in die Buchhandlung gekommen. Sie hatte sich von Elodea Bücher aussuchen lassen, hauptsächlich Lyrik, für die Elodea schwärmte, die Loreba aber bis dahin nicht besonders interessiert hatte. Im Gegenzug hatte sie Elodea in Philosophie und Politik eingeführt, einmal in der Woche, als sie sich getroffen hatten, um bei viel zu starkem Kaffee bis spät in die Nacht über Gott und die Welt zu diskutieren. Aus ihren Gesprächen, an denen sich manchmal auch Elodeas

Großvater beteiligt hatte, war mit der Zeit Vertrauen gewachsen und aus der Neugier so etwas wie Zuneigung.

Eines Abends hatte Loreba ihr schließlich einen Auszug aus ihrem Lieblingsbuch vorgelesen, Canora Valoars *Minnade*, ihr berühmtes Werk vom Wesen der Liebe. Noch heute erinnerte sich Elodea an das Gefühl, das sie damals gehabt hatte, die leise Ahnung, Loreba in diesen Worten zum ersten Mal wirklich zu durchschauen.

*Den Himmel sehen wir schon lang nicht mehr.*

*Wir sitzen in Mauern aus Stein, abgeschottet vom Leben, und diskutieren Weltwissen.*

*Ich wollte zu euch gehören, jahrelang. Ich habe eure Sprache gelernt, dieses affektierte Gehabe der Wissenschaftler. Ich habe akzeptiert, dass intelligente Menschen an der Welt verzweifeln müssen. Dass wir gebrochene Wesen sind, geboren aus Staub, die Seele nichts als eine Vertröstung der Dummen.*

*Ich lag falsch.*

*Mein ganzes Leben lang habe ich die Wahrheit gesucht. Gefunden habe ich nur die Liebe.*

*Sie ist es, in der alles Gute seinen Ursprung hat, Mitleid und Vergebung, Hoffnung und Gewissen. Sie ist es, die unseren Blick aus dem Staub zum Himmel erhebt.*

Es gab nichts, was Lorebas Lebenseinstellung so gut zusammenfasste wie diese Worte. In den letzten Monaten hatte Elodea sie immer wieder beschworen, hatte sie gehütet wie einen Schatz, doch heute kamen sie ihr auf einmal schal vor.

*Wie soll man zum Himmel schauen, wenn man in einem Kerker sitzt?*

Elodea schob die Vorhänge ihrer Kutsche ein Stück zu. Sie hatte nicht die geringste Lust, dass sie jemand in diesem Zustand sah, und auch keine Nerven für hämische Blicke. Tatsächlich aber war die Stimmung in der Stadt anders. Die Leute waren nicht dumm, viele sahen das Wappen Touleránts auf der Kutsche und zählten eins und eins zusammen. Während sie vorbeifuhr, begannen sie miteinander zu flüstern. Manche sahen sie sogar traurig an oder aber mit einem seltsamen Blick, den sie nicht so recht einordnen konnte. Hatten sie Mitleid?

Elodea hätte eine andere Stimmung erwartet in der Hauptstadt, der es doch sonst so gut ging und in der früher alle glühende Anhänger des Königshauses gewesen waren. Offenbar änderten sich selbst hier langsam die Zeiten, denn überall konnte man verschärfte Sicherheitsvorkehrungen sehen. Auf allen öffentlichen Plätzen waren Wachen postiert, und der Marktplatz schien wie ausgestorben. An den Hauswänden hingen Plakate mit neuen Anordnungen der Königin und verdeckten die steinernen Weinblätter, die sich um die Fensterrahmen vieler Häuser Tenébras rankten. Die Fassaden wirkten stumpf, selbst die gelb oder cremefarben verputzten Fachwerkhäuser mit ihren bunten Fensterläden hatten nichts Warmes mehr an sich. Kein Lachen erfüllte die Gassen, die Stadt schien vor Leere zu hallen, nicht ein Kind tobte über die Kopfsteinpflaster. Tenébra, die blühende Hauptstadt der Provinz Betháne, die Perle an der Nocram, die Stadt der Universität, der Kultur und Literatur, der Bibliotheken und des Wissens – sie schien ihren Glanz verloren zu haben.

Elodeas Magen verkrampfte sich, als sie hoch zum Schloss blickte. Irgendwo dort oben saß Obsidia, lauernd wie eine Spinne in ihrem Netz, die nur an einem Faden ziehen musste, um über Leben und Tod zu entscheiden. Um über Lorebas Leben zu entscheiden.

Die Kutsche machte einen Schlenker, als sie hinter dem Marktplatz abbogen und der Weg plötzlich anstieg. Elodea wusste, wohin sie fuhren. Schon seit Jahren diente Schloss Loánne, ein kleiner Landsitz der bethánischen Grafen direkt am Waldrand über der Stadt, Obsidia als zweites inoffizielles Gefängnis. Hier landete, wer Gegenstand eines öffentlichen Prozesses wurde und zu wichtig war, als dass er still und heimlich in den Kerkern dahinsiechen konnte.

Es war eine Grausamkeit für sich, dass Schloss Loánne auch noch in direkter Sichtweite des Universitätsviertels lag. Zu jeder Tageszeit konnte Loreba nun von ihrem Gefängnis aus hinüber nach Agona auf ihre Fakultät schauen. Wissend, dass es nicht nur die paar Kilometer Luftlinie, sondern Welten waren, die sie von ihrem alten Leben trennten. Und mit ihm von allen Menschen, die ihr etwas bedeuteten.

Die meisten Menschen in Elodeas altem Leben hatten nie verstanden, wieso Loreba ausgerechnet sie zu ihrer Schülerin erwählt hatte. Sie hatten sich für sie gefreut, ja, aber mehr wegen des gesellschaftlichen Aufstiegs, der mit der Erwählung zum Magier einherging, weniger wegen Loreba als Person. Die Magistra war ihnen insgeheim nicht geheuer gewesen, sie war anders, irgendwie seltsam, so wie *die alle von der Universität,* und schien mit ihrer ernsten Art überhaupt nicht zu Elodea zu passen.

*Ich weiß nicht, was du an ihr findest,* hatte Elodeas Tante einmal auf einer Familienfeier gesagt. *Ich kann mir ja denken, dass die Aussicht, eine Magierin zu werden, verlockend sein muss, aber sich deswegen an so eine Person zu binden ... Sie wirkt so unnahbar, richtig kalt. Außerdem hat sie keinen Humor. Ganz hübsch ist sie ja, aber warum, um Himmels willen, lässt sie ihre Haare nicht mal offen, so sieht sie zehn Jahre älter aus. Und lächeln könnte sie auch ein bisschen mehr ... Na, kein Wunder, wahrscheinlich wird man so, wenn man keinen Mann haben darf.*

*Rede nur ... Ich weiß es besser,* hatte Elodea damals gedacht, und sie dachte es wieder, als sie auf die schwarze Kutschwand starrte. Noch heute machten sie diese Worte wütend. Nur weil Lorebas Humor mehr Intelligenz forderte, als ihre Tante aufbringen konnte, und ihre Vorstellung von einem guten Gespräch nicht unbedingt Tratsch und Verleumdung einschloss, war sie noch lange nicht unnahbar. Und *hübsch,* was war das denn für ein Wort? Hübsch war ein Körper, eine Fassade, aber ein Mensch? Wen interessierte denn, wie sie ihr Haar trug, wenn man schon allein an der Art, wie sie sprach und dachte, erkennen konnte, dass sie schön war? Nicht im Sinne dieses *hübsch,* sondern schön von innen heraus, in ihrem ganzen Wesen. Es stimmte zwar, dass Loreba, was Gefühlsäußerungen anging, nie überschwänglich gewesen war. Tatsächlich mochte das auf manche reserviert wirken. Ja, vielleicht sogar kalt. Aber das entsprach einfach nicht der Wahrheit. In ihrem Herzen war Loreba nicht kalt. Sie war auch nicht lau. Laue Menschen starben nicht für das, woran sie glaubten. Dafür musste man brennen.

Mittlerweile hatte Elodea den Waldrand fast erreicht. Hier gab es immer weniger Häuser, und es wurde allmählich stiller. Sie bogen in die *Vya lacrimae* ein, die steil anstieg, bis sie auf einem Hügel endete. Von hier oben hatte man eine überwältigende Aussicht auf Tenébra. Die spitzen Dächer und eng verwinkelten Gassen, die so typisch für die Altstadt Thurau waren, lagen einem zu Füßen. Dahinter erstreckte sich, von der Bischofskirche ausgehend, der weitläufige Garten von Agona, Tenébras größter Park. Wären die Bäume nicht so hoch, sie hätte sicher schon von hier aus zur Universität drüben auf der anderen Lycram-Seite sehen können.

*Hier hat es begonnen*, dachte Elodea und spürte, wie ihr ein Frösteln über die Arme kroch. *Hier wird es enden.*

Langsam fuhr die Kutsche die letzten Meter bis zum gepflasterten Hof. Dann hielt sie an, und die Soldaten der Gräfin halfen ihr auszusteigen. Elodea hatte die Füße kaum auf den Kiesweg gesetzt, als sie auch schon von einem Gardisten in Empfang genommen wurde.

»Elodea Thurmar aus Touleránt?«

»Ihr sagt es.«

»Tragt Ihr Waffen bei Euch? Wenn ja, dann muss ich Euch bitten, sie mir auszuhändigen.«

Elodea sah ihn an, und ihre Augen verengten sich. »Hätte ich Waffen, würde ich wohl kaum noch hier stehen und mit Euch diskutieren.«

Der Mann schürzte die Lippen, beschloss dann aber offenbar, es auf sich beruhen zu lassen. »Ihr werdet bereits erwartet, Fräulein Thurmar. Geht nach drinnen, man wird Euch empfangen. Euer Gepäck lasse ich dann nach oben bringen.«

»In Ordnung. Danke.« Sie war ein wenig verwirrt, denn der Wachmann hatte diese letzten Sätze gesagt, ohne sie anzusehen oder auch nur eine Miene zu verziehen. Obsidia hatte wirklich ganze Arbeit geleistet.

»Ist noch etwas, Fräulein Thurmar?«, fragte er, als sie ihn weiterhin anstarrte.

»Nein.« Elodea schluckte. Schnell schob sie sich an ihm vorbei durch das Eingangsportal. Das Erste, was ihr auffiel, war, dass es im Schloss wesentlich kälter war als draußen. Sie fand sich in einer großen Eingangshalle mit holzgetäfelten Wänden und einem Bogenfenster, das in Richtung Wald wies, wieder. Von der Halle zweigten weitere Türen ab, in der Mitte erstreckte sich eine große Steintreppe, die in die oberen Stockwerke führte. Eigentlich hatte Elodea keine Ahnung, wohin sie gehen sollte, aber der Wachmann hatte gesagt, er würde das Gepäck *nach oben* bringen. Also durchquerte sie die Halle in Richtung Treppe, wobei jeder ihrer Schritte in der Stille des Gemäuers widerhallte. Stufe um Stufe stieg sie empor, bis sie schließlich in eine zweite Durchgangshalle gelangte, die der des Erdgeschosses ziemlich ähnlich sah.

»Elodea!«

Sie wirbelte herum. Am anderen Ende des Raums war eine Frau erschienen. Es dauerte nur Sekundenbruchteile bis Elodea begriff, um wen es sich handelte. Noch bevor sie mehr tun konnte, als überrascht die Augen aufzureißen, rannte die Frau auf sie zu und fiel ihr in die Arme. »Elodea«, schluchzte sie, den Kopf an ihre Schulter gedrückt. »Ich kann es nicht glauben, du bist es!«

»Martha.« Elodea schloss die Augen. »Verzeih mir, ich habe nicht mit dir gerechnet.«

Vor lauter Verzweiflung über die jüngsten Ereignisse, vor lauter Hektik bei ihrer schnellen Abreise und bei all der Zeit, die inzwischen vergangen war, hatte Elodea fast vergessen, dass noch eine zweite Aurene in Schloss Loánne lebte.

Martha war Lorebas Amme aus Kindertagen, seit sie selbst mit sechzehn Jahren in den Dienst der Familie Elgyn getreten war. Auch später, als Loreba Magistra an der Universität wurde, hatte Martha für sie gearbeitet. Sie kochte, führte den Haushalt und war dabei längst zu einer engen Vertrauten geworden. Nur weil sie Lorebas Angestellte und nicht direkt eine ihrer aufmüpfigen Schülerinnen war, hatte man Martha freigestellt, ob sie bei ihrer Dienstherrin in der Gefangenschaft bleiben oder wie die anderen in die Verbannung gehen wollte. Und Martha war geblieben. Die ganze Zeit über, bis zum heutigen Tag.

Natürlich wusste Elodea, dass sie nichts dafür konnte, doch trotzdem beschlich sie ein schlechtes Gewissen, wenn sie daran dachte, dass die beiden hier leben mussten, während es ihr, als Hofdame der Gräfin von Toulerànt, wesentlich besser ergangen war. Und dieses Gefühl verstärkte sich noch, als sie Martha ansah. Sie hatte ihr graublondes Haar unter einem schwarzen Haarnetz zusammengebunden, und ihr Gesicht war noch bleicher als sonst. Fast hätte man sie für ein Gespenst halten können. Die Falten um ihre Stirn schienen tiefer geworden zu sein, sie stand gebeugt und wirkte zu müde für ihre 52 Jahre.

Elodea versetzte es einen Stich, sie so zu sehen. Martha war eine treue Seele, ein richtiger Familienmensch. In den letzten Monaten hatte sie nur überlegt, was die Trennung der Aurenen für sie bedeutete. Wie es Martha damit ging, daran hatte sie keinen Gedanken verschwendet. Es musste ihr das Herz gebrochen haben.

Die beiden sahen sich einen Moment lang schweigend an, und in diesem Moment lagen all die Fragen, die sie monatelang beschäftigt hatten. Aber für lange Gespräche war heute nicht der richtige Augenblick, das wussten sie beide. Unter anderen Umständen hätten sie sich sicher mehr gefreut, sich wiederzusehen und miteinander zu sprechen, doch die morgigen Ereignisse überschatteten alles.

»Wir haben schon auf dich gewartet. Loreba hatte den Verdacht, dass sie dich vielleicht absichtlich zu spät benachrichtigen«, sagte Martha leise.

»Ich bin gekommen, so schnell ich konnte.« Elodea merkte, dass ihr erneut Tränen in die Augen stiegen, doch sie blinzelte sie weg. »Wie geht es ihr?«

Martha sah ein wenig gefasster aus als sie. Zumindest hatte sie keine verweinten Augen.

»Gut, ich schätze mal, den Umständen entsprechend.« Ihre Stimme war belegt, und sie blickte zu Boden. Als sie nach einer kurzen Pause wieder aufsah, waren auch ihre Augen feucht. »Loreba hat Angst«, stieß sie hervor. »Und wer könnte es ihr verdenken, kein Mensch geht seelenruhig seiner eigenen Hinrichtung entgegen. Aber sie gibt es nicht zu. Sie will vor uns keine Schwäche zeigen. Immer muss sie so verdammt tapfer tun!« Martha schluckte. »Was soll sie auch machen? Schau uns doch an, weinend, verzweifelnd. Wir sind ihr kein Trost. Und Loreba weiß das ganz genau. Sie trägt unseren Schmerz mit. Nicht sie braucht unseren Beistand, wir brauchen ihren! Das ist doch nicht richtig so ...«

Elodea konnte ihr nur im Stillen beipflichten. Nichts anderes hatte sie von Loreba erwartet. Und was sie selbst betraf ... Ganz gleich, wie sehr sie sich zusammennahm, es gelang ihr nicht, ihre Gefühle zu verbergen, nicht einmal, um Loreba den Abschied aus der Welt zu erleichtern. Martha hatte recht. Sie war schwach. Nie zuvor hatte sie sich unwürdiger gefühlt, Lorebas Schülerin zu sein, als in diesem Moment. Trotzdem sagte sie zu Martha: »Mach dich nicht selbst schlecht. Wir geben unser Bestes. Kannst du mich zu ihr bringen?«

Martha führte sie einen von hohen Fenstern gesäumten Gang entlang, der ihr zuerst gar nicht aufgefallen war. Vor einer Holztür hielt sie inne. Davor waren Wachen mit Speeren postiert, die jedoch zur Seite traten, sobald Martha ihnen zunickte, und die beiden Aurenen vorbeiließen.

»Bist du bereit?«, wisperte Martha und legte die Hand auf die Türklinke.

Stumm nickte Elodea, obwohl sie sich nie weniger bereit gefühlt hatte. Sie atmete einmal tief durch.

Der Raum, den sie betraten, war so gesichtslos wie leer. Es gab Bett, Tisch und Stuhl, Ton in Ton mit den dunklen Holzdielen, aber persönliche Gegenstände fehlten. Nur die zurückgeworfenen Leinen im Bett offenbarten, dass dieses Zimmer überhaupt bewohnt wurde. Daneben, in einem Wasserglas auf dem Nachttisch, stand ein einzelner Stengel Himmelsschlüssel. Obwohl so zart, waren sein Gelb und Grün ein tröstlicher Kontrast zum Kalkweiß der Wände. Es wirkte, als hätte jemand versucht, den Frühling in die Gefängnismauern zu tragen. Auf der Fensterbank, den Kopf über das Buch in ihren Händen geneigt, saß eine Frau. Als Martha die Tür schloss, hob sie den Blick.

Man hatte Loreba schon vor Monaten die Lehrerlaubnis entzogen, trotzdem trug sie nach wie vor Blau, die Farbe der Magister. Ihr Kleid, hochgeschlossen und dunkel wie der Nachthimmel, stammte noch aus ihrer Zeit an der Universität. Elodea zweifelte keine Sekunde an einer Absicht dahinter.

*Sie kann es nicht lassen. Selbst im Gefängnis noch Rebellin.*

Loreba hatte keine Tränen vergossen, das fiel sofort auf. Ihre Augen waren weder rot, noch wirkte sie traurig. Überhaupt schien die Gefangenschaft sie nicht verändert zu haben, und als ihr Blick den ihrer Schülerin fand, öffnete sie den Mund, wie in leichter Überraschung.

Hinter ihnen räusperte sich Martha vernehmlich. »Ich werde dann mal gehen. Du weißt ja, Loreba, ich bin nebenan, wenn etwas sein sollte.« Damit verschwand sie und ließ die beiden allein.

In Büchern hieß es immer, dass sich Trauer wie körperlicher Schmerz anfühlte, wie ein Messer, das einem das Herz zerschnitt, zerriss, zerfraß oder auf sonstige Weise zerstörte. Doch Elodea empfand es nicht so. Ihr Herz war noch da, vielleicht schlug es ein wenig schneller als sonst, aber es schlug. Es hielt sie am Leben. Und es würde sie am Leben halten, auch nach dem morgigen Tag. Die Welt endete nicht, nur weil ein Mensch starb. Sie kannte keine Trauerzeit, keine Rücksicht auf Gefühle. Elodea würde weiterleben, musste weiterleben. Man ließ ihr keine Wahl.

*Das ist die eigentliche Tragik am Sterben. Nicht der Tod, sondern das Weiterleben. Leben in einer Welt, die noch genau die gleiche ist. Obwohl sich alles verändert hat.*

Loreba sah ihre Schülerin nur an. Mehrmals öffnete sie den Mund, ohne etwas zu sagen. Ihr Blick wanderte über Elodeas zerknitterten Umhang, ihr Haar und blieb schließlich auf ihrem Gesicht ruhen. »Du siehst schrecklich aus.«

*Was?* Für einen Moment war Elodea so verwirrt, dass sie nicht antworten konnte. »Ich ...« Die Worte blieben ihr im Hals stecken. »Du warst auch schon mal schöner!« Als sie begriff, was sie gesagt hatte, schlug sie sich die Hände vor den Mund. »O Gott, es tut mir leid!«

Um Lorebas Mundwinkel zuckte ein Lächeln. Dann begann sie zu lachen. Aber es war kein Lachen aus Galgenhumor oder Zynismus, sie lachte aus vollem Herzen, und irgendwann stimmte Elodea mit ein. Es war falsch, das wusste sie. Respektlos und völlig fehl am Platz. Über das Sterben machte man keine Witze, jedes Kind wusste das. Aber es kümmerte sie nicht. *Ist nicht das ganze Leben falsch?* Wenn eine Unschuldige als Verbrecherin starb, wenn die Wahrheit mit jedem Herrscher neu definiert wurde ... an was sollte man sich denn dann noch halten? An *wen* sollte man sich halten? Also lachten sie. Aus Verzweiflung, aus Überforderung und ein bisschen auch aus Trotz. Irgendwann war ihr Lachen in Schluchzen übergegangen, und Loreba hatte sie in den Arm genommen. Sie hatten sich aufs Bett gesetzt und zusammen geschwiegen. Für manche Dinge gab es einfach keine Worte, auch nicht, wenn man noch so viele Bücher gelesen hatte. Schmerz konnte man nicht wegdiskutieren. Er musste gefühlt werden. Das forderte er ein. Elodea versuchte erst gar nicht, ihn mit Zorn erträglicher zu machen. Sie klagte nicht über Obsidia, weil sie genau wusste, dass Loreba es nicht dulden würde. *Sie ist kein Monster, sprich nicht so*, hatte sie ihre Schülerin schon einmal zurechtgewiesen. *Wenn wir reden wie die, die uns hassen, hassen wir am Ende nur selbst.* Ihr blieb nichts anderes übrig, als den Schmerz zu fühlen. So, wie er war, unverwässert und scharf.

Äußerlich wirkte Loreba, wie Martha gesagt hatte, sicher und gefasst, aber Elodea kannte sie zu gut. Sie merkte, dass Loreba vor jedem neuen Satz schlucken musste, damit ihr die Worte nicht im Hals steckenblieben, und sie spürte die Kälte in ihren Fingerspitzen, wenn sie ihre Hand drückte. Loreba mochte die Angst verbergen. Aber ihr Körper verriet sie.

Schweigend blickten Schülerin und Meisterin aus dem Fenster, wo die Sonne im Wald versank.

*Ich wünschte, ich könnte die Zeit anhalten*, dachte Elodea und ließ den Blick in die Ferne schweifen. *Verhindern, dass es Nacht wird, den Moment bewahren. Ich wünschte, man gäbe uns noch einen Tag, nur einen ...* Doch die Zeit, und das hatte auch sie längst erfahren müssen, ließ sich nicht aufhalten, selbst dann nicht, wenn man es noch so sehr wollte. Unbarmherzig schnell verschwand die Sonne hinter den Bäumen und nahm jeden Rest Licht mit sich. Der Tag, Lorebas letzter Tag, war endgültig vergangen.

Nun kam die Dunkelheit.

# MIT BLUT GESCHRIEBEN

»Mein Herr, schmeckt es Euch nicht?«

Avian starrte auf seinen Teller. In den Händen hielt er Messer und Gabel fest umklammert, doch das Reh in Wacholdersoße hatte er noch nicht einmal angerührt. Sein Hals war wie zugeschnürt, allein der Gedanke an Essen bereitete ihm Übelkeit.

»Es liegt nicht an dir. Ich habe einfach keinen Appetit«, seufzte er und lehnte sich zurück, damit sein Diener abräumen konnte. Missmutig legte er das Besteck beiseite. Sein Blick wanderte über den Kerzenschein der Tafel hinaus durch das schwach beleuchtete Speisezimmer und blieb auf dem leeren Stuhl gegenüber ruhen.

»Wo ist meine Schwester?« Er hatte sie den ganzen Abend über kaum gesehen, und es war höchst ungewöhnlich, dass sie das Essen ausfallen ließ. Schon seit der Urteilsverkündung heute Morgen hatte Aensley kein Wort mehr mit ihm gewechselt und ihn lediglich mit eisigen Blicken bedacht.

»Die Dame hat sich entschuldigen lassen, sie ist in ihrem Arbeitszimmer. Mit einem Herrn.«

»Mit einem *Herrn*?« Avian hob die Brauen. »Welcher Herr? Ein Kollege aus der Universität?«

»Ich weiß nicht, ich habe ihn noch nie gesehen«, meinte der Diener ausweichend und senkte den Blick.

»Na schön.« Avian warf seine Serviette auf den Tisch und stand auf. Dann würde er sich die Sache eben selbst ansehen. Er hatte so langsam genug davon, dass Aensley meinte, ihn mit Verachtung strafen zu müssen. Loreba Elgyns Tod war nicht seine Schuld! Das zumindest redete er sich ein, als er die Treppe nach oben in das Stockwerk seiner Schwester ging. Die Tür von Aensleys Arbeitszimmer stand einen Spaltbreit offen, ein schmaler Lichtstreifen fiel über die Dielen ins Treppenhaus.

Avian hörte eine gedämpfte Männerstimme. »Meine Leute sind bereit, und ich stehe mittlerweile hoch in der Gunst der Wache. Man hat mir sofort die Erlaubnis erteilt, als ich mich freiwillig gemeldet habe. Es wird nichts schiefgehen.«

»Und du bist dir sicher, dass sie das Messer wählt?« Aensley sprach so leise, dass Avian selbst direkt hinter der Tür Mühe hatte, ihre Worte zu verstehen.

»Ziemlich. Sie ist nicht der Typ für halbe Sachen, denke ich. Aber seid unbesorgt, auch für den anderen Fall haben wir vorgesorgt. Baldrischer Sirup und Traumtee, das sieht fast aus wie Nachtschatten.«

»Gut. Hoffen wir, dass alles so klappt, wie du sagst.«

Avian runzelte die Stirn. Worüber zum Teufel wurde hier geredet? Mit einem Fußtritt stieß er die Tür auf und trat in den Rahmen.

»Avian!« Aensley wirkte erschrocken, als sie ihn erkannte. Schnell erhob sie sich aus ihrem Stuhl und kam um den Schreibtisch herum auf ihn zu. »Was willst du hier?«

Auch ihr Gast war aufgesprungen. Er fuhr sich hastig über den Bart, als wollte er ihn richten, und verschränkte dann die Arme hinter dem Rücken.

Der *Herr* schien noch ziemlich jung, kaum achtzehn Jahre alt. Sein blondes Haar war zerzaust, als wäre erst vor kurzem ein Wind hindurchgefahren, und Avian fand, dass es nicht so recht zu dem ordentlich geschnitten Bart passte.

»Ich wollte gerade gehen«, sagte der Junge. »Magistra Famorgan.« Er neigte den Kopf in ihre Richtung, bevor er das Gleiche bei Avian tat. »Hochwürden.«

»Warte!« Aensley trat zu ihm und nahm seine Hände. »Pass auf dich auf, Elliott«, flüsterte sie, offenbar bemüht, dass ihr Bruder nichts mitbekam. Elliott nickte, dann wandte er sich schließlich um und verließ das Zimmer.

Avian verschränkte die Arme vor der Brust. »Wer war das?« Eigentlich wollte er seine Stimme misstrauisch klingen lassen, doch bei dem strengen Blick, den Aensley ihm zuwarf, verging es ihm.

Seine Schwester kniff die Lippen zusammen und schenkte sich aus einer Karaffe Wein nach. »Es geht dich zwar nichts an«, beschied sie ihm kühl. »Aber er war ein Student. Er bricht bald zu einer Forschungsreise auf und hat sich von mir letzte Ratschläge eingeholt.«

»Und das soll ich dir glauben?«

Aensley zuckte mit den Schultern. »Glaub, was du willst. Mit dem Glauben hast du es ja bekanntlich ohnehin nicht so.«

Avian überhörte die Spitze. Kopfschüttelnd beobachtete er, wie seine Schwester das Glas an den Mund setzte und den Wein in einem Zug hinunterstürzte. Ihm wurde allein vom Zuschauen schlecht. Aensley schien es nicht zu kümmern. »Hör mir zu. Ich will, dass du etwas für mich tust. Du bist der Einzige, der mich nach Loánne bringen kann, einem Mann der Kirche werden sie den Eintritt nicht verweigern. Geistlicher Beistand, das ist ja schließlich *offiziell* deine Aufgabe.« Aensley machte keinen Hehl aus ihrer Verachtung, ihre Stimme triefte vor Spott. »Du wirst mich mitnehmen. Ich habe Loreba noch etwas zu sagen.«

Avian öffnete den Mund, um zu protestieren, doch Aensley schnitt ihm mit einem einzigen funkelnden Blick das Wort ab: »Wage es ja nicht! Das bist du mir schuldig. Ich erwarte dich morgen früh um sechs am Eingang von Schloss Loánne, und dann verschaffst du mir Zutritt.« Mit diesen Worten wandte sie sich um und rauschte an ihm vorbei.

»Wo willst du hin?«, rief ihr Avian hinterher im verzweifelten Versuch, wenigstens ein bisschen Kontrolle über die Situation zurückzugewinnen. Von Aensley kam ein höhnisches Lachen. »Dahin, wo sie was Stärkeres als diesen Wein haben. Vielleicht vergesse ich dann ja, dass ich mit einem Mörder verwandt bin.«

• • •

Zwei Stunden später wälzte sich Avian schlaflos in seinem Bett. Was er auch versuchte, er fand keine Ruhe. Wenn er sich auf den Bauch drehte, spürte er sein Herz gegen das Kissen pochen, so heftig schlug es. Seine Gedanken kreisten nur noch um das, was er in ein paar Stunden erleben würde, und das bohrende Gefühl in seinem Magen tat sein Übriges. *Das ist die Schuld*, hörte er Aensley sagen, sobald er die Augen schloss, *das schlechte Gewissen.* Schließlich gab er auf. Er zog sich an – seine Hände zitterten beim Verschließen der Knöpfe – und warf sich einen Mantel über.

Die Nacht war noch warm, aufgeheizt von der Hitze des Tages, als er auf die Straße trat. Die Zeiger der Kirchturmuhr standen auf elf, es waren kaum Geräusche zu hören, Tenébra schlief tief und fest. Wie von selbst fanden Avians Beine den Weg durch das

Geflecht aus Gassen und Straßenwinkeln Thuraus, über die *Vhera Viscalae* und die *Vya lacrimae* hinauf bis zum Schloss. In den Fenstern brannte kein einziges Licht, als er das Gebäude hinter den Bäumen auftauchen sah. Einen Moment überlegte er, wieder kehrtzumachen, doch irgendetwas, und er konnte selbst nicht benennen, was es war, trieb ihn weiter.

Die Wachen kannten ihn, ein Zunicken reichte, um ihn passieren zu lassen. Natürlich. Einen Geistlichen kontrollierte man nicht auf Waffen. Nur in der Eingangshalle hielt ihn ein Soldat an und reichte ihm ein zusammengefaltetes Blatt Papier.

»Entschuldigt, Hochwürden. Es ist Magistra Elgyns Testament. Ich bin beauftragt, es dem Kronrat in Verwahrung zu geben.«

Rasch streckte Avian die Hand aus und nahm das Blatt entgegen. *Letzter Wille von Loreba Catharina Elgyn* stand in schräger Handschrift auf der Vorderseite. »Danke«, sagte er abwesend und ließ es in seiner Tasche verschwinden. Er würde sich später damit befassen.

Erst vor der schmalen Holztür, die Magistra Elgyns Gefängnis vom Rest des Schlosses trennte, hielt er inne. Die Soldaten beachteten ihn auch hier nicht, sie wussten, dass es ihm gestattet war, herzukommen. Er war das Oberhaupt der Kirche. Wenn er beschloss, einem Todgeweihten oder Gefangenen seinen Beistand anzubieten, hielt ihn niemand, der sich um sein eigenes Seelenheil sorgte, davon ab.

Es war das erste Mal, dass Avian als Geistlicher zu einer Gefangenen ging. Für gewöhnlich wälzte er diese Aufgabe an die Priester Tenébras ab. Er war ja nicht einmal geweiht und sein Amt im Grunde reine Verwaltung. Außerdem: Wie sollte jemand, der nicht an Gott glaubte, angemessen Trost spenden? Das war schlichtweg lächerlich. Doch hier stand er nun, ohne zu wissen, warum eigentlich, mit leeren Händen. Nicht einmal ein Gebetbuch hatte er dabei. Er öffnete die Tür einen Spaltbreit und spähte hinein. Durch das Fenster fiel Mondlicht in den Raum, und kurz nach Ostern war er noch so hell, dass sich in seinem Widerschein die Umrisse von Personen auf dem Bett abzeichneten.

Loreba Elgyn hatte einen Arm um ihre reglose Schülerin gelegt. Sie strich ihr über das Haar und murmelte leise Worte. Es wirkte, als wolle sie das Mädchen in den Schlaf wiegen. Neben ihnen flackerte eine Kerze, und sie erinnerte Avian unwillkürlich an die kleinen Lichter, die Eltern für ihre Kinder im Flur brennen ließen, damit sie sich nicht vor der Dunkelheit fürchteten.

Zum ersten Mal bekam er eine Ahnung davon, was es für eine Magierin wie sie heißen musste, eine Schülerin zu haben. Eine Tochter, die man sich selbst erwählt hatte, die man so sehr liebte, dass man seine Magie, ein Stück seiner eigenen Identität, an sie weitergab. Eine Tochter, die ihrer Ziehmutter nun beim Sterben zuschauen musste. Er senkte den Kopf. Die Szene hatte etwas so Intimes, dass er sich wie ein Eindringling vorkam. *Was tue ich hier eigentlich?*, fragte er sich kopfschüttelnd und wollte schon die Türe wieder schließen, als Loreba Elgyn plötzlich aufsah und ihn bemerkte. Einen Moment schien sie überrascht, doch dann legte sie einen Finger auf die Lippen und deutete in den Gang. *Draußen sprechen*, formte ihr Mund.

Avian wartete am Fenster, bis sie sich zu ihm stellte.

»Entschuldigt, Herr Famorgan. Aber sie ist gerade erst eingeschlafen. Wieso seid Ihr gekommen?« Sie sah noch immer so aus, wie Avian sie vom Prozess in Erinnerung hatte. Schlank und groß, mit dunklem Haar und blasser Haut. Ihre Stimme war ihm schon im Gericht aufgefallen, ungewöhnlich kraftvoll für eine Frau und angenehm tief. Vielleicht lag es an ihrem Beruf, jedenfalls hatte sie damals im Gericht stundenlang die Argumente ihrer Gegner in Stücke geschlagen, ohne dass ihre Stimme ein einziges Mal an Schärfe verloren hatte. Heute Nacht aber war sie weich, und ihr Klang sandte Schauer über Avians Kopfhaut.

Er sah aus dem Fenster auf die schlafende Stadt und die schwarzen Weinberge, während er um eine Antwort rang. Was sollte er sagen? *Dass mich die Schuld aus dem Bett getrieben hat, mitten in der Nacht, weil ich ein schlechtes Gewissen habe, weil ich sehen wollte, wie es Euch geht?*

»Es ist meine Aufgabe, den zum Tode Verurteilten geistlichen Beistand anzubieten«, sagte er schließlich. Obwohl es keine Lüge im eigentlichen Sinn war, fühlte Avian sich auf einmal ziemlich unwohl in seiner Haut und hatte das Bedürfnis, schnellstens zu verschwinden. »Also, wenn Ihr keine letzten Wünsche mehr in dieser Hinsicht habt …?« Er erwartete, dass sie ihn spöttisch ansehen, vielleicht sogar auslachen würde. Er, der hinterwäldlerische

Religiöse, der ihr als vernünftiger Magistra seinen Beistand anbot. Doch als sie zu sprechen begann, war ihre Miene ernst.

»Ich würde gerne noch einmal in die Kirche gehen«, sagte Loreba Elgyn leise. »Wäre das möglich?«

Avian starrte sie an. Er hatte mit vielen Antworten gerechnet, aber nicht damit. Für einen Moment war er versucht zu fragen, ob sie Witze machte, doch etwas an ihrem Blick sagte ihm, dass das nicht der Fall war.

»Sicher.« Die Worte waren gesprochen, ehe er richtig darüber nachgedacht hatte. »Natürlich ist das möglich.«

• • •

Schon bevor er über die Schwelle trat, nahm Avian den vertrauten Geruch von Kerzenwachs und Weihrauch wahr. Es herrschte absolute Stille im Kirchenraum. Fast alle Öllampen waren erloschen, Dunkelheit lag zwischen den Bänken, nur das kleine rote Licht hinter dem Altar leuchtete trotzig in der Finsternis. Wie er gehofft hatte, war keine Menschenseele zu sehen, doch die Komplet konnte nicht lange vorbei sein, in den Seitenkapellen brannten noch die Andachtskerzen.

»Hol Bischof Garwein her«, raunte er einem der Soldaten zu, die sie begleiteten. »Sag ihm, jemand verlangt die Sterbesakramente.«

Avian sah ihm mit gemischten Gefühlen nach. Tenébras Bischof war kein Freund der Mächtigen, am allerwenigsten, wenn sie sich in die Angelegenheiten der Kirche einmischten. Anders als seine leichtbestechlichen Vorgänger schienen ihn Aussichten auf Reichtum und Einfluss völlig kaltzulassen. Einladungen zu Empfängen und Bällen sagte er fast immer ab. Stattdessen fand man ihn meist hier, wo er Stunden, manchmal ganze Nächte, in kniender Anbetung verbrachte. Einmal hatte Avian ihn gefragt, ob ihm die ganze Beterei nicht ab und zu lästig wurde. Garwein hatte ihn darauf nur verständnislos angeschaut, mit einer Miene, als glaubte er, Avian würde sich über ihn lustig machen: *Fragt Ihr einen Ehemann auch, ob es ihm lästig wird, seine Frau zu lieben?*

Schon am Tag seiner Amtseinführung, bei der sich Garwein als Einziger für eine strikte Trennung von Staat und Kirche und damit gegen Avians Ernennung zum Kirchenoberhaupt ausgesprochen hatte, war ihm der Verdacht gekommen, dass der Bischof ihn nicht leiden konnte. Mit den Jahren hatte sich diese Vermutung nur gefestigt. Wie Loreba Elgyn gehörte auch Thomas Garwein zu jener so seltenen wie gefährlichen Sorte Menschen, die nicht nur selbst glaubten, was sie predigten, sondern sogar danach lebten. Für Mittelmäßige wie ihn konnten solche Leute nur Verachtung übrighaben.

Sein Blick wanderte zu Magistra Elgyn, die, das Haar unter der Kapuze verborgen, von einem halben Dutzend Wachen umringt wurde. Sie war den Weg über sehr schweigsam gewesen, doch immerhin hatte sie Wort gehalten und nicht versucht zu fliehen. Der Hauptmann der Schlosswacht hatte sie nur unter der Bedingung gehen lassen, dass ihr *kleiner Ausflug*, wie er es nannte, nicht länger als eine Stunde dauerte und sie von seinen besten Leuten bewacht werden würden. Es war dem Mann anzumerken gewesen, dass ihm die ganze Sache nicht behagte, doch Famorgan war ein bedeutender Name und ihm etwas abzuschlagen keine kluge Entscheidung. Auch Avian selbst war nicht ganz wohl. Zwar wusste er, dass Magistra Elgyn unter einer solchen Bewachung keine Magie wirken konnte, doch sollte es ihr trotzdem irgendwie gelingen zu fliehen, würde er, Avian, den Kopf dafür hinhalten müssen. Im wahrsten Sinne des Wortes. Dennoch, etwas sagte ihm, dass er es dieser Frau schuldete, ihren Wunsch zu erfüllen. Was wäre auch die Alternative gewesen? Dass *er* mit ihr betete? Allein der Gedanke jagte ihm einen Schauer über den Rücken. Er hatte ja keine Ahnung, wie man mit Menschen in so einer Extremsituation umging. Es war wirklich besser, das jemandem zu überlassen, der sich damit auskannte.

Avians Augen wanderten langsam durch die dämmrige Kirche, über die Heiligenfiguren und die schlanken Säulen, die das Hauptschiff einrahmten, bis zum Altar. Das Klappern einer Rüstung verriet ihm, dass der Soldat zurückkehrte. Tatsächlich war er in Begleitung des Bischofs, der sich im Laufen hastig seine Stola überwarf.

»Famorgan«, begrüßte ihn Garwein knapp, und seine buschigen Augenbrauen zogen sich zusammen. »Euer *Freund*«, er warf dem Soldaten einen kühlen Blick zu, »hat behauptet, hier sei ein

Ster...« Er verstummte. Avian war zur Seite getreten und hatte den Blick auf Frau Elgyn offenbart.

»Magistra.« Dem Bischof klappte der Mund auf. Seine Augen wanderten über die Wachen und dann in schnellem Wechsel zwischen Avian und der Frau hin und her. Allmählich schien er zu begreifen.

»Bitte.« Es war das erste Mal, dass Loreba Elgyn das Wort ergriff. Sie hatte die Kapuze ihres Mantels zurückgeworfen und das Gesicht dem Bischof zugewandt. Ihre Stimme wirkte ungewöhnlich dünn. Erst jetzt fiel Avian auf, wie blass sie wirklich war und dass ihre Hände zitterten. »Kann ich mit Euch sprechen? Ich meine, würdet Ihr ...?«

»Natürlich.« Der Bischof machte einen Schritt vor und reichte ihr die Hand. Er stellte keine weiteren Fragen, und Avian war ihm dankbar dafür. Ohne auf die anderen zu achten, führte er sie nach vorn in die zweite Sitzreihe vor den Stufen des Altarraums und setzte sich ihr gegenüber.

»Geht und bewacht die Eingänge«, wies Avian die Soldaten an. »Sorgt dafür, dass keiner rein- oder rauskommt.« Er wartete, bis sie seinen Befehl ausgeführt hatten, dann wandte er sich ab. Er war sich nicht sicher, was er jetzt tun sollte. Zwar hatte er gewisse Skrupel bei der Vorstellung, eine Beichte zu belauschen, aber andererseits wusste er nicht, ob es klug war, die beiden aus den Augen zu lassen. Diskret hielt er sich hinter den Säulen des Seitenschiffs und achtete darauf, Abstand zu halten. Trotzdem hörte er Magistra Elgyns Stimme im leeren Kirchenraum widerhallen, und über den Klang erschrak er so sehr, dass er wie angewurzelt stehen blieb.

»Verzeiht«, sagte sie. »Wie fängt man mit einer Beichte noch mal an? Es ist so lange her ...«

»Kommt erst einmal zur Ruhe.« Avian war überrascht, wie rücksichtsvoll der Bischof auf einmal war. »Ihr zittert ja.«

»Es geht schon.« Selten hatte er Worte gehört, die in Inhalt und Ton so uneins gewesen waren. Ihre Stimme ähnelte jetzt nicht mehr der kraftvollen im Gericht, es lag ein Beben darin, und beim Gedanken, dass sie womöglich weinte, stellten sich Avian die Nackenhaare auf. »Mir ist nur kalt, mehr ...«

»Magistra Elgyn. Hört auf, mir und Euch selbst etwas vorzumachen«, unterbrach sie Garwein sachte. »Ich bin nicht die Königin, und Ihr steht noch nicht auf den Stufen der Gerechtigkeit. Nichts, was Ihr sagt oder tut, wird diese Kirche verlassen. Hier müsst Ihr nicht die Starke spielen.«

Diesmal war unverkennbar ein Schluchzen zu hören. Avian schob den Kopf ein wenig vor und sah, dass Loreba Elgyn in sich zusammengesunken war. Sie zitterte. Ihr ganzer Körper bebte, als breche mit einem Mal alles, was sie in den letzten Tagen verborgen hatte, gewaltsam aus ihr heraus. Magistra Elgyn schien darüber mindestens so entsetzt wie Avian. Ihre Augen wurden weit, sie ballte die Fäuste, um sich zu beherrschen, bis Garwein eine Hand auf ihre Schulter legte.

»Nicht«, sagte der Bischof. »Lasst los.«

Sie sah ihn an, rang nach Luft. Dann verlor sie die Kontrolle. Garwein konnte sie gerade noch festhalten, seine Hände packten ihre Arme und verhinderten, dass sie von der Bank rutschte. Die Panik schüttelte ihren Körper. Sie krümmte sich, weinte, würgte. Auf ihre Stirn trat Schweiß.

Vor Jahren hatte Avian in einem von Aensleys medizinischen Fachbüchern mal gelesen, dass es Menschen gab, die unter extremer Angst sogar Blut schwitzten. Damals hatte er darüber noch geschmunzelt, es als Übertreibung abgetan. Jetzt war ihm nicht mehr nach Lachen. *Sie ist siebenunddreißig.* Seine Kehle zog sich zusammen. *Jünger als ich.* Es war, als würde sich eine Hand um seinen Brustkorb schließen und auch noch die letzten inneren Widerstände aus ihm herausquetschen. Sein Leben lang war er vor starken Gefühlen lieber davongelaufen, hatte menschliches Leid gemieden, wo er konnte. Diesmal rannte er nicht. Avian stand still, Auge in Auge mit Loreba Elgyns Todesangst. Reue, Mitleid, Scham – die ganze Nacht schon hatten sie seinen Panzer aus Teilnahmslosigkeit durchlöchert wie feine Nadeln. Nun, im Angesicht dieses Horrors, waren sie zum Schwert geworden. Es bohrte sich in seine Brust, drang durch Knochen und Fleisch. Es öffnete sein Herz. Während sich Avian im Schaudern an einer Säule abstützen musste, ließ Frau Elgyns Zittern endlich nach.

»Ich fühle mich so verlassen.« Sie sprach leise, ihre Worte waren kaum zu verstehen. »Seit heute Nacht … Ich kann nicht mehr beten, ich kann nicht mehr hoffen. Alles ist dunkel.« Garwein hielt sie und strich ihr über den Rücken, bis sie wieder normal atmete, und als er sie losließ, tropften ihre Tränen auf die verschränkten Hände zwischen ihnen. »Warum werde ich so gequält?« Ihre Lippen bebten. »Hat Euer Gott mich aufgegeben?«

Avian beneidete den Bischof um seine Ruhe. »In Eurer Situation ist das normal«, sagte er. »Todesangst und Gottesdunkel gehen oft Hand in Hand. Ihr müsst vertrauen, auch wenn Ihr Euch im Moment nicht danach fühlt. Er lässt Euch nicht fallen.«

»Und wenn doch? Ich meine …« Sie nickte in Richtung Altar, und Avian spürte, dass sie gerade etwas aussprach, was ihr lange auf der Seele gelegen haben musste. »Ich war keine Heilige.«

»Wer ist das schon?« Avian meinte, den Anflug eines Schmunzelns aus Garweins Stimme herauszuhören. »Wollt Ihr mir erzählen, was Euch so beschäftigt?«

»Ach«, sie fuhr sich mit dem Handrücken über die Augen, während sie Luft holte. »Es ist nichts Bestimmtes. Ich war einfach mein ganzes Leben lang kein besonders umgänglicher Mensch. Weder privat noch beruflich.« Um ihre Lippen formte sich ein bitterer Ausdruck. »Ich gelte als kalt. Streng. Unnahbar. So einen Ruf bekommt man doch nicht, wenn nichts dran wäre, oder?« Magistra Elgyn sah dem Bischof in die Augen. In ihrem Blick lag etwas Herausforderndes, als würde sie nur darauf warten, jeden möglichen Widerspruch von seiner Seite zu entkräften. »*Eine Frau, so spröde wie die Seiten ihrer Bücher*, hat mal jemand über mich gesagt. Mit den Jahren bin ich stolz geworden, herablassend. Natürlich taugt ein Lehrer, der selbst nicht mehr zweifelt und fragt, ungefähr so viel wie eine Brille aus Fensterglas, aber das habe ich damals nicht gesehen. Ich dachte, es stünde mir zu, die Welt an meinem Verstand zu messen, nur weil ich Magistra war. Demut hat mir erst Loánne wieder beigebracht.« Sie schluckte. »Im Gefängnis lernt man beten. Und man hat jede Menge Zeit, über sein Leben nachzudenken. Kennt Ihr dieses Bild, dass die ganze Welt eine Symphonie Gottes ist und jeder von uns eine Kombination von Noten, eine individuelle Melodie, die zum großen Ganzen beiträgt? Nun … wenn dem so ist, dann hatte meine Melodie einige schiefe Töne.«

Garwein zog die Augenbrauen zusammen. »Zu anderen mögt Ihr streng sein, aber zu Euch selbst seid Ihr grausam. Seht mal, jede Seele ist anders, und jede hat ihre eigene Berufung. Meint Ihr nicht, dass der Herr Euch so gewollt hat, wie Ihr seid? Wie hättet Ihr Euch durchsetzen wollen, ohne Strenge? Wie hättet Ihr Eure Meinung verteidigen und Menschen aufrütteln wollen, ohne Schärfe in Euren Worten? Nur ein *spröder* Charakter, ein unangepasster, konnte sich doch überhaupt erst gegen die schweigende Masse stellen, habe ich recht?«

Sie zauderte. »Schon, aber ...«

»Magistra Elgyn«, hörte Avian den Priester mit sanfter Stimme sagen, »Ihr seid ein Mensch, natürlich habt Ihr Eure Fehler. Aber was ist mit dem Guten? Ihr habt Familien geholfen, die niemanden sonst hatten, aus Güte. Ihr habt Euren Studenten die Freiheit gelehrt, habt für Mitleid und Nächstenliebe gesprochen, als jeder geschwiegen hat. Wenn die Leben der Menschen Melodien ergeben, dann war Eures eine Ode an die Liebe.«

Magistra Elgyn ließ ein Geräusch hören, das wie eine Mischung aus Schluchzen und Schnauben klang. »Habt Ihr schon jemals eine Liebesgeschichte gelesen, die in einer Hinrichtung endet?«

»Alle großen Liebesgeschichten werden mit Blut geschrieben«, antwortete der Bischof.

Bei diesen Worten spürte Avian, wie ihm eine Gänsehaut über den Rücken lief.

»Schaut auf unseren Herrn! Ist er vielleicht friedlich im Bett gestorben? Nein, man hat ihn umgebracht, auf grausamste Weise! *Es gibt keine größere Liebe, als wenn einer sein Leben für seine Freunde hingibt.* Erinnert Ihr Euch? Loreba ...« Garwein hatte die letzten Sätze zunehmend energisch gesprochen, doch bei der Erwähnung ihres Vornamens wurde seine Stimme sofort wieder sanft. »*Er* kennt die Todesangst. Ihr seid in dieser Nacht nicht allein. Leid und Tod sind unsere größtmögliche Prüfung für Liebe und Gottvertrauen. Aber ich bin sicher, dass Ihr sie bestehen werdet.«

Avian wandte sich ab und setzte seinen Gang durch die Kirche fort. Ihm war merkwürdig zumute. Wäre er an einem anderen Tag hergekommen, er hätte vermutlich nur gespottet. *Schaut sie euch an, die sogenannten Gläubigen! Versammeln sich, um Statuen anzubeten und sich mit Vertröstungen einlullen zu lassen, damit sie nicht gegen ihr Leben rebellieren. Das nenne ich Dummheit!* Er hätte sich erhaben gefühlt, weil er als Einziger die Wahrheit hinter Weihrauch und Kerzen erkannt hätte, nämlich dass es keinen Gott gab, dass alles ein Konstrukt der Mächtigen war, um das einfache

Volk ruhig zu halten. Ein echter Gott, davon wäre er überzeugt gewesen, hätte eine so kaputte Welt nie zugelassen. Doch jetzt ... Es war seltsam, Loreba Elgyn zu sehen, eine eigentlich kluge Frau, die diesem Gott vertraute, als existiere er wirklich. Die glaubte, dass er sie liebte. Die *ihn* liebte, einen Herrn, den sie nie gesehen hatte.

In Gedanken versunken, trat Avian in eine Seitenkapelle und ließ sich in der letzten Bank nieder. Die Stille um ihn herum war so ungewohnt, dass ihm der Nacken davon prickelte. Er hatte schon lange nicht mehr mit Gott gesprochen, und für einen Moment wusste er nicht, wie er anfangen sollte. *Hilf ihr*, dachte Avian unwillkürlich, und ohne dass er es bemerkte, faltete er unbeholfen die Hände. *Wenn es dich gibt, dann steh ihr morgen bei. Sie tut das alles hier für dich, und es wird Zeit, dass du das zu schätzen weißt!*

Er klang absolut lächerlich, also unterbrach Avian sein Gebet, oder wie auch immer man dieses Stammeln nennen sollte, sobald er sich dessen bewusst wurde. Was hatte er sich dabei gedacht? Da er sich albern vorkam, verzichtete er auf irgendwelche abschließenden Gesten und ging rasch zurück ins Hauptschiff.

Garwein öffnete gerade eine silberne Dose, als Avian an ihn herantrat, und in den Geruch von Wachs und Weihrauch mischte sich ein anderer, zart, wie von einem Duftöl. Der Bischof tauchte die Finger in die Flüssigkeit, dann beugte er sich vor und zeichnete etwas davon auf Loreba Elgyns Stirn und in ihre geöffneten Handflächen.

Erst als Avian sich räusperte, sah der Bischof auf. Seine Miene verdüsterte sich für einen Moment, doch dann wandte er sich wieder der Frau ihm gegenüber zu, und sein Blick wurde mild. »Lasst mich den Segen über Euch sprechen, bevor Ihr geht.«

Avian trippelte nervös mit den Füßen, während er den Bischof beobachtete. Langsam wurde er unruhig, sie durften nicht zu lange wegbleiben. Wenn Magistra Elgyns Fehlen jemandem auffallen würde, konnte das unangenehme Fragen nach sich ziehen.

Endlich stand Garwein auf und reichte Frau Elgyn die Hand. »Nutzt die Stunden, in denen Ihr wacht. Euch ist vergeben, also versucht, auch denen zu vergeben, die Euch Unrecht tun. Ist in Loánne jemand bei Euch?«, fragte er leise und sah sie an. »Eure Schülerin vielleicht?«

Sie nickte.

»Gut. Dann weckt sie. Ihr braucht heute Nacht ihren Beistand.«

Auch ohne ihr Gesicht zu sehen, wusste Avian, dass Magistra Elgyn nicht vorhatte, seinem Rat zu folgen. Die Schwäche, die sie Garwein gerade gezeigt hatte, würde sie außerhalb dieser Mauern nie wieder zulassen.

Als sie die Kirche verließen, wandte sich Avian noch einmal zum Bischof um. »Danke«, sagte er mit trockener Stimme. »Auch dass Ihr mich nicht rausgeworfen habt.«

Garwein runzelte die Stirn: »*Er* hätte Euch auch nicht rausgeworfen, und es ist schließlich sein Haus. Ich verwalte es nur. Ihr seid hier jederzeit willkommen.«

Avian schnaubte. »Da gibt es auch andere Meinungen unter Euren Kollegen.«

»Andere Meinungen interessieren mich nicht.« Der Bischof trat einen Schritt auf Avian zu und musterte ihn. »Man hat mir die Mitglieder des Kronrats immer als Monster beschrieben, als Marionetten der Königin, Menschenschlächter ...«

»Das sind ein paar der Namen, die sie uns gegeben haben, ja«, erwiderte Avian, und er wünschte sich die Bitterkeit aus seiner Stimme zu verbannen, sie kühl und distanziert klingen zu lassen, doch es gelang ihm einfach nicht.

»Ich sehe aber kein Monster«, fuhr Garwein fort. »Ich sehe einen Mann, der seinen Platz in der Welt sucht.«

Bevor Avian etwas entgegnen konnte, unterbrach ihn der Bischof. »Denkt daran: jederzeit willkommen«, sagte er schnell, bevor er sich abwandte und durch eine Seitentür das Gotteshaus verließ.

Einen Moment lang stand Avian noch da und sah ihm nach, sprachlos, was bei ihm selten vorkam, die Worte verdauend, die er gerade gehört hatte.

*Es tut weh, nicht?*, sagte Aensleys Stimme in seinem Kopf. *Wenn man so bis auf den Grund seines Herzens durchschaut wird. Wenn die Fassade bröckelt und es ist, als würde man plötzlich nackt dastehen. Wenn ein fremder Mensch erkennt, wie es in deiner Seele wirklich aussieht.*

*Seele*, dachte Avian bitter, zog den Mantel bis zum Kinn und machte sich auf den Weg in die Nacht. *Es gibt keine Seele, Schwester. Und wenn doch, dann habe ich meine längst verkauft.*

# MORGENGRAUEN

Als Elodea aufwachte, war Loreba fort. Erschrocken fuhr sie hoch und sah sich im Raum um. Wann war sie eingeschlafen? Halb verfluchte sie sich für ihre Unachtsamkeit, doch es dauerte nicht lange bis sie ihre Meisterin entdeckte. Loreba kniete, den Kopf gesenkt, vor dem Fenster, durch das schon die ersten grauen Vorboten der Morgendämmerung sickerten. Ein blasser Lichtstrahl fiel auf ihr Gesicht. Sie hatte die Augen geschlossen und die Hände aufs Herz gelegt. Es war ein so friedlicher Anblick, dass er Elodea fast unwirklich vorkam. Leise, bedacht, den Moment nicht zu zerstören, warf sie die Bettdecke zurück und wollte aufstehen, doch Loreba musste sie dennoch gehört haben, denn sie öffnete die Augen.

»Elodea.« Rasch erhob sie sich. »Du bist wach.«

Am liebsten wäre sie vor Scham im Erdboden versunken. *Da hätte es eine Nacht gegeben, in der du wach bleiben und deiner Meisterin beistehen solltest, und was machst du? Schlafen!*, schalt sie ihre innere Stimme. *Was bist du eigentlich für eine Egoistin?* »Tut mir leid. Ich wollte dich nicht stören. Und ich wollte auch nicht einschlafen, wirklich nicht ...«

Loreba schüttelte den Kopf. »Dafür mache ich dir doch keinen Vorwurf.«

»Ich mir aber, ich ...« Elodea kam nicht dazu, weiterzureden. In diesem Moment klopfte es, und sie zuckte zusammen. Reflexartig schob Loreba sie hinter sich in Deckung, bevor die Tür aufgestoßen wurde.

Einer ihrer Wachsoldaten stand im Rahmen. »Entschuldigt, Magistra Elgyn. Aber Ihr habt Besuch.«

»Besuch? Wen?«

Der Wachmann trat zur Seite und gab den Blick auf die Frau hinter ihm frei. Sie hatte Gesicht und Haar unter einer Kapuze verborgen, doch Elodea erkannte sie auch so. Es war Aensley Famorgan, die Leiterin der Universität von Tenébra.

»Fünfzehn Minuten«, meinte der Soldat bedauernd, »länger darf ich nicht.«

Sie wartete, bis er die Tür wieder hinter sich geschlossen hatte. Dann warf Magistra Famorgan ihre Kapuze ab und trat einen Schritt auf Loreba zu. Ihrem Gesicht nach zu schließen, hatte sie die Nacht über kaum geschlafen. Ihre Haut war fahl, ihre Haare waren unordentlich nach hinten gesteckt, und unter ihren Augen lagen Schatten. Trotzdem wirkte sie noch verhältnismäßig gefasst.

Magistra Famorgan holte Luft. »Ich wollte nur klarstellen«, sagte sie ernst, aber mit ruhiger Stimme, wofür Elodea sie bewunderte, »die Universität und ich, wir stehen an deiner Seite. Wir wissen, dass du im Recht bist, und wir werden nicht zögern, das auch in Zukunft zu bezeugen.«

»Danke.« Loreba zeigte ein schwaches Lächeln, aber sie schien nicht weitersprechen zu können. Beide verfielen sie in Schweigen. Was hätten sie auch sagen sollen? Jedes *Wie geht es dir?* wäre in dieser Situation schlichtweg grotesk gewesen. Es war ein Lebewohl in Stille, ein Abschied, für den es keine Worte gab. Schließlich trat Loreba vor und umarmte ihre ehemalige Kollegin. Erst schien Magistra Famorgan überrascht, dann aber erwiderte sie die Geste. Elodea sah, wie sie die Augen schloss und die Lippen zusammenpresste, doch als sie sich wieder losließen, wischte sich Famorgan nur kurz über die Wange und versuchte, sich nichts anmerken zu lassen.

»Ich habe noch etwas für dich.« Magistra Famorgan räusperte sich. Unter ihrem Umhang zog sie ein Bündel grauen Stoffs hervor, darin eingewickelt war ein Kleid. Behutsam breitete sie es auf dem Bett aus, damit Loreba und Elodea es ansehen konnten. Auf den ersten Blick wirkte es wie ein gewöhnliches Kleid, bodenlang, am Oberkörper enganliegend und langärmelig. Doch es war der Rock, der ins Auge fiel. Er fächerte sich auf wie eine Blüte, warf Falten die Hüfte abwärts und endete in einer kurzen Schleppe.

»Wo hast du das her?« Loreba fuhr mit den Fingern über den Stoff. Feine Silberfäden zogen sich durch weiße Seide. Das hier war ein Festkleid, nichts, was man sich einfach ohne Anlass kaufte.

»Es hat einmal Benoatriz von Touléránt gehört«, antwortete Magistra Famorgan leise und beobachtete, wie Loreba das Kleid hochhob. »Nach ihrem Tod wurde es dem Museum der Universität zur Aufbewahrung gegeben. Man sagt, es war ihr Krönungskleid.«

Loreba sah auf. »Das kann ich nicht annehmen.«

»Doch, du kannst.« Famorgans Stimme war sanft, aber bestimmt. »Wir Magister sind uns einig. Glaubst du, wir lassen zu, dass du wie eine Verbrecherin stirbst? Trag es. Niemanden kleidet es würdiger als dich.«

Für einen Moment schwieg Loreba. Sie starrte Aensley Famorgan an. Dann aber nickte sie. »Also gut.«

•••

Elodea saß am Fenster und schaute dem Morgen entgegen. Noch hatte es die Sonne schwer, durch den Nebel zu dringen, der wie ein Schleier über den Bäumen lag. Es war im wahrsten Sinne des Wortes ein Morgen*grauen*, düster und endgültig. Ein letztes trübes Dämmerlicht, bevor die Welt zerbrach.

Schließlich klopfte es an der Tür. *Das ist die Stunde.*

Martha, die Haushälterin, fuhr bei dem Geräusch zusammen. Fast wäre ihr eine Haarnadel aus der Hand gerutscht, so sehr zitterte sie. Erst vor wenigen Minuten hatte man ihnen gesagt, dass sie sich bereit machen und umziehen sollten. Elodea trug schon das schwarze Trauerkleid aus Touleránt, Ton in Ton mit ihrem Umhang, während Martha damit beschäftigt war, Elodeas Haar zu richten.

»Tut mir leid«, sagte Martha mit belegter Stimme, als sie ihr eine letzte Nadel in die Frisur schob. »Der Flechtteil ist heute nichts geworden.«

Loreba saß allein am Tisch und schrieb in ihr Kontemplet. Das Schreiben schien sie zu entspannen, zumindest äußerlich wirkte sie erstaunlich ruhig. Sie legte gerade ihren Federhalter beiseite, als der Wachmann eintrat.

»Herr Famorgan ist jetzt da«, verkündete er.

»Dann wollen wir ihn nicht warten lassen.« Loreba rückte ihren Stuhl zurück. Für einen Moment hielt sie inne. Sie schloss die Augen und atmete ein letztes Mal tief durch, bevor sie aufstand und sich zur Tür wandte. In Magistra Famorgans Kleid hatte selbst diese kleine Bewegung etwas Majestätisches. Der weiße Stoff fächerte sich hinter ihr zu einer anmutigen Schleppe, deren langer Saum bei jedem Schritt, den sie in Richtung Tür trat, über den Boden schleifte.

Elodea war nicht entgangen, welche versteckte Botschaft in diesem Kleid lag. Weiß war die Farbe der Unschuld, ein klares Zeichen an Obsidia: Loreba beugte sich ihrem Urteil nicht, sie war unschuldig und bezeugte es bis zur letzten Sekunde. Kein Gericht der Welt konnte ihr die Würde absprechen. Jene Würde, die allen Menschen gemeinsam war und die auch der ehrloseste Tod nicht zerstörte. Loreba wusste darum. Sie strahlte es aus. Plötzlich erfüllte Elodea ein jähes Gefühl von Stolz auf ihre Meisterin. Wie sie dastand, aufrecht, den Kopf erhoben und das Kinn gereckt ...

Als Herr Famorgan eintrat, strich Loreba noch einmal über den Stoff des Kleides und nahm ihr Kontemplet in die Hand, als würde sie sich wappnen. »Ist es Zeit?«

»Ja.« Famorgan kam einen Schritt auf sie zu. »Ich habe Euer Testament gelesen, aber ... ich muss Euch mitteilen ...« Er zögerte. »Nun. In Eurer Position steht es Euch nicht mehr zu, etwas zu vererben. Auch dass Euer Kontemplet an Eure Schülerin übergeben wird, ist nicht möglich. Ich soll es noch heute der Königin bringen. Sie möchte nicht, dass ...«

»Sie möchte nicht, dass meine Gedanken in die Welt gelangen«, schloss Loreba an seiner Stelle, und ihre Lippen wurden zu einem Strich. »Ich verstehe. Soll sie es bekommen. Ich habe nichts zu verbergen.« Für einen Moment konnte man ihr die Bitterkeit deutlich anmerken. Doch es war nur ein Augenblick, und als sie das Buch hinter sich auf das Fensterbrett legte, war er schon vergangen.

Herr Famorgan mied ihren Blick. Er schien mit sich zu ringen, als fechte er einen inneren Kampf aus. Dann sagte er schließlich: »Ich ... Es tut mir leid, Magistra Elgyn. Dass ich für Euren Tod gestimmt habe. Ich weiß, es ist meine Mitschuld ...«

»... und ich vergebe sie Euch«, unterbrach ihn Loreba entschieden. »Ihr habt mir in den letzten Stunden sehr geholfen. Dafür danke ich Euch. Von ganzem Herzen.«

Ehe er sich versah, hatte sie ihm die Hand gereicht. »Findet Frieden. Ich wünsche es Euch aufrichtig.« Kurz blieb ihr Blick noch auf seinem Gesicht ruhen. Es lag Mitleid darin. Dann wandte sie sich ab. Mit einem Schritt trat Loreba zwischen Martha und Elodea. Sie fassten einander an den Händen. Jetzt, da es ernst wurde, spürte Elodea plötzlich eine neue Welle der Panik in sich aufsteigen. Sie konnte nicht gehen, konnte Obsidia nicht gegenübertreten, konnte Loreba nicht in den sicheren Tod führen. Es war seltsam, aber Elodea hing wahrscheinlich mehr an Lorebas Leben als sie selbst. Sie klammerte sich an jede gemeinsame Sekunde, wollte die Zeit anhalten, das Unvermeidliche wenigstens noch eine Weile hinauszuzögern. Aber das war natürlich unmöglich. Sie konnte den Tod ihrer Meisterin nicht mehr verhindern, aus diesem Albtraum gab es kein Erwachen. Sie musste da durch.

Einen Moment lang verstärkte Loreba den Druck auf Elodeas Hand, als wollte sie sich vergewissern, dass sie und Martha auch wirklich an ihrer Seite waren. Dann sagte sie mit fester Stimme: »Gehen wir.«

Eine Gruppe Soldaten empfing sie vor der Tür. Schweigend durchquerten sie die Halle und traten hinaus ins Freie. Herr Tauler, ein Mitglied des Kronrates von Tenébra, erwartete sie bereits. »Magistra Elgyn«, begrüßte er sie knapp, ohne ihr in die Augen zu sehen. »Seid Ihr bereit?«

Loreba sah auf den kleineren Mann herab, doch als sie sprach, war ihre Stimme nicht spöttisch. »Ist man zum Sterben jemals bereit?« Tauler starrte sie an, plötzlich beschämt, doch Loreba schüttelte nur den Kopf. »Es ist gut. Tut Eure Pflicht. Bringt mich in die Stadt.«

Allmählich zeigten sich am Himmel über Schloss Loánne die ersten Sonnenstrahlen. Es hätte tröstlich wirken können, vielleicht sogar hoffnungsvoll, hätte dazu nicht dieser Wind geweht, warm, aber schwer vom Regen, wie die Luft vor einem Sommergewitter. Stumm stiegen sie die *Vya lacrimae* hinab, schritten durch Straßen, die wie ausgestorben wirkten. Ganz Tenébra schien menschenleer. Stille lag über der Stadt, erdrückendes Schweigen in den Gassen. Mittlerweile war es so diesig, dass die Sonne nur noch wie durch Milchglas schien. Die Luft roch nach Erde und Regen, doch es blieb trocken. Kein einziger Tropfen fiel.

Elodea schlug das Herz bis zum Hals. Die Atmosphäre hatte etwas Bedrohliches, Spannungsgeladenes. Ihre Fingerspitzen waren kalt vor Angst, und sie spürte kaum, dass sie ging.

Als sie sich über die breiteren Straßen dem Marktplatz näherten, hielt Loreba inne. Bebend holte sie Luft und schloss die Finger fest um Elodeas Hand. »Lass mich nicht allein«, wisperte sie ihr zu.

Elodea schluckte. Ihr Herz hämmerte gegen ihren Brustkorb, doch als sie antwortete, war kein Zittern in ihrer Stimme: »Nie.«

• • •

Die Tür des kleinen Zimmers war aufgestoßen worden, und Morgenlicht flutete Loreba Elgyns Gefängnis. Es drang in jeden Winkel. Ließ die Wände leuchten. Brach sich im Wasserglas auf dem Nachttisch, das jetzt statt der Schlüsselblume einen Palmzweig fasste. Floss über das tadellos gemachte Bett. Glänzte auf den silbernen Schließen des zurückgelassenen Buches am Fenster. Eine ganze Weile stand Avian im Türrahmen, den Fuß genau auf der Schwelle, als fürchtete er sich vor dem, was dahinter lag. Dieser Raum hatte viel Leid gesehen. Einsamkeit, Tränen und in Angst durchwachte Nächte. Vor allem die Angst jener letzten, schweren Nacht hatte sich in Avians Gedächtnis gebrannt. Nun aber war auch sie ausgestanden, und durch die Tür, die Loreba Elgyn im Hinausgehen offen gelassen hatte, füllte Licht die alten Mauern.

Er hatte es nicht übers Herz gebracht, den Soldaten in die Stadt zu folgen. Magistra Elgyns Stimme klang in seinen Ohren nach und trieb ihm die Scham ins Gesicht.

*Ich vergebe Euch.*

Als sein Blick auf ihr Kontemplet fiel, kam ihm sein Auftrag wieder in den Sinn. Mit ein paar Schritten war er am Fenster. Er hob das Buch hoch. Silberne Wirbel zogen sich über den dunkelblauen Einband. Dazwischen blitzten immer wieder winzige Kristalle. *Wie Tautropfen auf Blättern oder Splitter von Sternen*, dachte er unwillkürlich. *Die Schönheit der Erde in einem Buchdeckel.* Avian konnte die Macht der Worte spüren, die zwischen den Seiten dieses Buches lag. Zuerst war er ein wenig unschlüssig, nicht sicher, ob er es wagen sollte. Dann aber gab er sich einen Ruck und schlug es auf.

Er fand ihren letzten Eintrag an der Stelle, die mit dem heutigen Datum markiert war. Einen Moment lang war er verwirrt. Zweimal wendete Avian die Seite, um sicherzugehen, dass er nichts übersehen hatte. Anders als erwartet, waren Loreba Elgyns letzte Worte an die Nachwelt kein langer Abschiedsbrief und auch keine finale Rede gegen Obsidia, wie er vermutet hatte. Direkt unter dem Datum, in einer feinen Handschrift, stand ein Zitat. Es war das Schlusswort aus Canora Valoars *Minnade*, schmucklos, aber in seiner Botschaft so klar, dass es weh tat. Als Avian es las, brannten seine Augen. Ihm war, als hörte er Loreba Elgyn durch die Zeilen sprechen:

*Ich weiß jetzt, dass ich noch heute sterben werde. Vielleicht ist es gut so. Der Tod kann mich nun nicht mehr überfallen. Ich werde ihn erwarten, meine Lampe entzündet. Nicht als Räuber komme er in mein Haus. Er reiche mir die Hand, führe mich, wie der Vater die Braut, über die Schwelle, durch die Finsternis. Meine Lampe weist den Weg. Ich folge ihm ohne Zittern. Denn wenn wahr ist, was sie sagen, und an seinem Ende die Liebe selbst liegt ...*

*Was sollte ich fürchten?*

# AUF DEN STUFEN DER GERECHTIGKEIT

Elodea hörte das Tuscheln der Zuschauer, noch ehe sie etwas sehen konnte.
»Macht Platz!«, schrie der Wachmann, der sie anführte. »Eine Gasse bilden!«

Sie gingen weiter, traten um eine Biegung, dann um noch eine, bis sie schließlich auf dem Marktplatz standen. Er war voller Leute. Elodea hatte das erwartet. Hinrichtungen waren ein öffentliches Ereignis, es gab genug Menschen, die sie sich gerne ansahen. Menschen, die nach Blut lechzten, Menschen, die sich am Tod ergötzten, als sei er ein unterhaltsames Schauspiel. Sie waren Elodea zuwider, doch schien ihre Gefühlswelt zu sehr mit Trauer ausgelastet, um auch noch Hass empfinden zu können, und so nahm sie es gleichmütig hin.

Die Zuschauer wichen zur Seite, sobald die Soldaten mit den Aurenen in ihrer Mitte an ihnen vorbeigingen. Von allen Seiten war Getuschel zu hören. Nervös. Ängstlich. Knisternd vor Anspannung. Elodea spürte tausend Blicke auf ihr lasten. Langsam schritten sie durch die Menge, Loreba erhobenen Hauptes, den Blick geradeaus gerichtet, Elodea und Martha möglichst aufrecht zu ihrer Seite. Tauler ging voran, auf ein großes Gebäude aus Sandstein zu, das den Mittelpunkt des Platzes bildete. Es war das Rathaus Tenébras, hier tagten normalerweise Stadtrat und Gericht. Vor dem Eingang befand sich ein steinernes Podium, groß wie eine Bühne, rund eineinhalb Meter hoch und über breite Treppenstufen zu erreichen. Flankiert wurde es von zwei quaderförmigen Steinstelen. Normalerweise waren sie leer, doch am Tag einer Hinrichtung stand auf der linken ein gläserner Kelch mit schwarzer Flüssigkeit, auf der rechten lag ein Messer. So auch heute.

Seit Jahrhunderten wurden auf diesem Podium Verbrecher gerichtet. *Die Stufen der Gerechtigkeit* nannte man den Ort im Volksmund, doch für Elodea war der Name reiner Hohn. In den letzten

Jahren hatten hier mehr Menschen den Tod gefunden als je zuvor, die wenigsten davon nach einem *gerechten* Prozess. Die alte Richtstätte war längst zur Bühne für Obsidias Machtdemonstrationen geworden. Und auch Lorebas Tod würde sie dort inszenieren. Vor aller Augen sollte sie sterben, um jedem im Volk zu zeigen: *Seht eure Heldin, eure Hoffnung! Am Ende war sie auch nur ein Mensch, hilflos gegen den Tod und die Macht ihrer Königin.* Obsidias Botschaft hätte klarer nicht sein können: *Die Aurenen gehen zugrunde, so wie jeder zugrunde geht, der sich mir in den Weg stellt. Ihr könnt gegen mich nicht gewinnen. Ich herrsche unangefochten, ich schaffe Gesetze ab und erfinde neue, ich erhebe und vernichte gleichermaßen. Ich bin Herrscherin von Avendúr. Ich bin Herrin über Leben und Tod.*

Auf dem steinernen Podium war bereits der gesamte Kronrat versammelt. In Avendúr war es üblich, einen zum Tode Verurteilten die Art seines Sterbens selbst wählen zu lassen. Das mochte auf den ersten Blick seltsam erscheinen, erfüllte aber einen nützlichen Zweck: Der Vorsitzende des Kronrates verlas vor allen Anwesenden die Anklage. Danach wurde der Verurteilte gefragt, ob er die Verbrechen gestehe. Tat er das, durfte er den Kelch mit einer hochgiftigen Mixtur aus Nachtschatten und anderen Substanzen von der linken Stele trinken. Das galt als milde, der Tod trat innerhalb weniger Minuten ein, angeblich war es nicht anders als einzuschlafen.

Gestand man aber nicht und beteuerte seine Unschuld, musste man durch die Atyre auf der rechten Stele sterben. Atyren waren Richtmesser, spitze, zweischneidige Klingen, eine Mischung zwischen Dolch und Schwert. Dem Verurteilten wurde mit einem Stoß in den Nacken die Wirbelsäule durchtrennt. Offiziell galt auch das als schnelle, weitestgehend schmerzlose Methode, die nur eine kleine Wunde hinterließ, doch Elodea wusste nicht recht, ob sie dem glauben sollte – sie hatte anderes gehört. Wann immer in einem Gespräch das Wort Atyre fiel, lief ein Schaudern durch die Umstehenden. Allein der Anblick, wie jemand von der Atyre erstochen wurde, jagte den meisten Leuten eine Gänsehaut über den Rücken. Ein solcher Tod galt als Grausamkeit, als Gewalttat, die man nicht ohne Schrecken ertrug.

Nein, es war wohl keine Frage, welche Methode die mildere war.

Die meisten Verurteilten entschieden sich für das Gift, gestanden ihre Verbrechen, selbst wenn sie unschuldig waren, und starben. Obsidia und ihren Mördern war das nur recht, denn wer konnte behaupten, sie hätten einen Unschuldigen getötet, wenn dieser die Tat vor ganz Tenébra selbst gestanden hatte?

Inzwischen waren sie vor den Stufen der Gerechtigkeit angelangt. Außer dem Kronrat hatte sich neben dem Podium noch eine Vielzahl anderer Leute versammelt. Obsidias treuste Gefolgsleute standen ganz vorn, nur Herr Famorgan und die Königin selbst waren nicht unter ihnen.

Elodea ballte die freie Hand zur Faust. *Selbst dazu ist sie zu feige! Sie lässt andere für sich morden und schaut ihren Opfern nicht mal in die Augen!*

Als Tauler und seine Soldaten beiseitetraten, hob Loreba ihr Kleid und stieg die Stufen hinauf. Elodea musste sich zwingen, einen Fuß vor den anderen zu setzen. Obwohl nur ein kleines Stück, kam es ihr ewig vor, bis sie endlich auf dem Podium stand. Um sie herum war es still geworden. Die Menge schwieg und beobachtete mit Spannung das Geschehen.

Ein Mann trat zu ihnen, Herr Esgarth, der amtierende Vorsitzende des Kronrates und ein treuer Anhänger Obsidias, wie es hieß. Begleitet wurde er von zwei Männern in schwarzen Mänteln, der eine groß, vielleicht ein paar Jahre älter als Elodea, der andere blass und schmächtig, ein Junge von höchstens dreizehn Jahren. Der Junge hielt eine Klinge im Ärmel verborgen, die, obwohl nur zur Hälfte sichtbar, unschwer als Atyre zu erkennen war. Elodea drehte sich bei dem Anblick der Magen um. Wer die Atyre an sich nahm, musste sie auch führen. Konnte es wirklich sein, dass Obsidia diesen Jungen, dieses *Kind*, zu Lorebas Mörder bestimmt hatte? Seine Hände zitterten ja jetzt schon, wie sollte er denn jemals einen sauberen Stich hinbekommen?

*Das hat sie geplant!*, schoss es Elodea durch den Kopf. *Natürlich, das hier ist genau Obsidias Handschrift. Lorebas Leben in den Händen eines unerfahrenen Kindes! Sie will ihr den Tod so grausam wie möglich machen, sie will sie um jeden Preis gebrochen sehen.*

Loreba schien Ähnliches zu denken. Ihr Blick ruhte auf dem blassen Gesicht des Jungen, doch sie verzog keine Miene. Auch nicht, als Esgarth vortrat, um die Anklage zu verlesen.

»Loreba Elgyn!«, begann er und entrollte die Urteilsschrift. »Vor dem Gesetz seid Ihr des Widerstands gegen die Staatsgewalt beschuldigt und zum Tode verurteilt worden. Wegen Eurer früheren Hetzreden gegen die Königin wurde von einer Strafmilderung abgesehen. Ich frage Euch also: Gesteht Ihr diese Taten als Verbrechen ein?«

»Nein«, sagte Loreba und hob das Kinn.

Ein Raunen ging durch die Menge.

Auch Esgarth schien erstaunt. »Ihr beugt Euch dem Recht nicht?«

»Ich beuge mich keinem Recht, das gegen mich gebeugt wurde«, entgegnete Loreba kühl. »Jeder hier weiß, dass dieses Gesetz, das mich verurteilt, eigens zu meinem Fall, und nur zu meinem Fall, geschaffen wurde.«

»Nun, das tut nichts zur Sache. Das freie Gericht von Tenébra hat ...«

»Das freie Gericht?«, fiel ihm Loreba ins Wort. »Ihr nennt ein Gericht, das für das Schützen eines Mädchens den Tod verhängt, *frei*?«

»*Das tut nichts zur Sache!*«, wiederholte Esgarth zorniger. »Es kann Euch gleichgültig sein, wer das Urteil gefällt hat. Die Königin will Euren Tod, also werdet Ihr sterben!«

Er verstummte abrupt mit einer Miene, als würde er sich am liebsten auf die Zunge beißen. Unter den Zuschauern erhob sich Gemurmel, und für einen Moment spiegelte sich so etwas wie Triumph auf Lorebas Gesicht. »Sprecht die Wahrheit nur aus«, sagte sie ruhig. »Ja, *die Königin* will meinen Tod. Kein Gericht, kein Gesetz. *Die Königin* will es. Und sie ist es, der ich mich nicht beugen werde. Ich verschachere meinen Seelenfrieden nicht für einen Becher voll Gift!«

»Also wählt Ihr die Atyre?«

»Also wähle ich sie.«

Esgarth hob die Stimme: »Dann erkläre ich den Prozess für abgeschlossen. Loreba Elgyn, durch das Gesetz seid Ihr verurteilt zum Tod durch die Atyre.« Er trat vor und blickte in die Menge. »Bürger Avendúrs! Billigt ihr die Entscheidung des Gerichts?«

Elodea hielt den Atem an. Esgarths Frage war eine reine Floskel. Es kam hier nicht auf die Meinung der Menschen an, seine Worte dienten lediglich zur Aufstachelung. Sie hatte diesen Moment noch aus ihrer Kindheit in Erinnerung: Eine enthemmte Menge, der die Blutgier ins Gesicht geschrieben stand, forderte schreiend den Tod des jeweiligen Verurteilten. Normalerweise hatte Obsidia bei Prozessen dieser Art immer ein paar bezahlte Aufwiegler, die Stimmung machten. Auch diesmal würde es nicht anders sein. Bebend schloss Elodea die Augen. *Lass Loreba das erspart bleiben*, flehte sie stumm. *Welche Gottheit auch immer zuhört, wenn du so etwas wie Gerechtigkeit kennst, dann lass sie das nicht erleben müssen.* Mit geschlossenen Augen, Marthas Hand umklammernd, wartete sie. Doch nichts geschah. Keine Rufe, keine Schreie. Die Menge schwieg. Vor Überraschung schlug Elodea die Augen wieder auf. Von ihrem erhöhten Platz aus sah sie in ernste Gesichter. Kummer spiegelte sich in den Mienen der Zuschauer. Manche wirkten traurig, andere schienen mühsam ihre Wut zu unterdrücken. Überhaupt war das Publikum ein anderes. Da stand kein anonymes, vielgesichtiges Monster, das auf Blut wartete. Die linke Hälfte des Platzes schien fast ausschließlich aus jungen Menschen zu bestehen. Es waren die Studenten der Stadt, Seite an Seite mit ihren Magistern. Rechts davon hatte Thomas Garwein, der Bischof von Tenébra, seine Gemeinde versammelt. Dahinter gruppierte sich der Rest. Elodea erkannte einzelne Gesichter, Kunden aus ihrem Laden, Mitarbeiter des Spitals und Lorebas Stammtischfreunde, mit denen sie früher jeden Samstag zum Wirtshaussingen gegangen war …

Keiner sprach. Schwer lag das Schweigen auf dem Marktplatz, wie ein stummer Protest, ein Zeichen an die Herrscherin: *Nein. Unsere Zustimmung bekommt ihr nicht.*

Esgarth schien zu merken, dass seine Worte keinen rechten Anklang fanden. »Ich frage euch: Billigt ihr das Urteil?«, wiederholte er mit Nachdruck. »Billigt ihr es?«

Das *Nein* sprach den Menschen aus den Gesichtern. Zwar wagten sie nicht zu widersprechen, doch die geballte Stille war Zeichen genug. Elodea und Martha tauschten Blicke, sie dachten das Gleiche: Nie zuvor hatten die Bürger Tenébras so geschlossen ihre Missbilligung zum Ausdruck gebracht. Das hier war etwas Neues. Ein Aufbegehren, eine Art stille Rebellion. Die Menschen leisteten Widerstand.

»Nun gut, dann nicht«, zischte Esgarth. Er wirkte fahrig, als er sich zu den Soldaten umwandte. »Vollzieht das Urteil.«

Für einen Moment schien in der Menge Unruhe aufzukommen, die jedoch sofort verflog, als Esgarth das Wort an Loreba richtete: »Zeit, sich zu verabschieden, Magistra Elgyn. Das wollt Ihr doch?«

»Sicher.« Loreba kehrte ihm den Rücken und trat auf ihre Begleiter zu. Zuerst richtete sie sich an Martha, der jetzt unverkennbar Tränen in den Augen standen, umarmte sie, sagte Lebwohl, bedankte sich für über drei Jahrzehnte Freundschaft und Beistand. Danach wandte sie sich zu Elodea um. Schweigend blickten sie sich in die Augen. Loreba ergriff Elodeas Hände und nahm sie in die ihren. Für einen Moment sah es so aus, als wollte sie lächeln, doch dann schien sie Elodeas Gesichtsausdruck bemerkt zu haben, und auf ihrer Stirn zeichneten sich Sorgenfalten ab. »Ich bin nicht gut in Abschiedsreden«, sagte Loreba ernst. »Aber ich will, dass du eines nie vergisst: Es spielt für mich keine Rolle, ob ich dich geboren habe oder nicht. Seit der Nacht, in der du meine Schülerin wurdest, bist du meine Tochter. Mein Kind. Und wie viel mir das bedeutet, habe ich dir zu selten gesagt.«

Elodea schluckte. *Mein Kind.* Ihr Mund formte Worte, doch ihre Kehle war wie zugeschnürt und konnte sie nicht freigeben. Als ihr Tränen in die Augen stiegen, nahm Loreba sie rasch in den Arm.

»Nicht«, flüsterte sie in ihren Nacken, und Elodea konnte spüren, dass sie lächelte. »Du weißt doch, wie schlecht sich Tränen mit unseren Büchern vertragen.«

Elodea stieß etwas aus, das eine Mischung aus Lachen und Weinen sein konnte. Sie wollte etwas sagen, doch in diesem Moment räusperte sich hinter ihrem Rücken jemand. »Wenn Ihr bitte zum Ende kommen würdet ...«

Elodea war es ein Rätsel, wie Loreba so ruhig bleiben konnte, als sie sich zu Esgarth umwandte. Sie selbst schaffte es kaum die Stufen hinunter, ohne zu stolpern. Hektisch wischte sie sich mit dem Handrücken über die Augen, während sie sich neben die leichenblasse Martha in die erste Reihe der Zuschauer stellte. Sie war drauf und dran, die Fassung zu verlieren, schaudernd rang sie mit sich, bis sich plötzlich Marthas Hand auf ihre bebende Schulter legte. »Nicht weinen«, sagte sie behutsam. »Sieh nur, wie tapfer sie ist.« Mit einem Nicken wies sie zum Podium. Tatsächlich hob

Elodea den Kopf und folgte ihrem Blick. Loreba hatte sich an den Rand des Podiums gestellt, um ihre letzten Worte an die Menge zu richten.

In diesem Moment frischte der Wind auf. Elodea zitterte in ihrer dünnen Seide, doch Loreba stand still, reglos wie eine Statue. Würdevoll und gefasst blickte sie auf die Zuschauer hinab, und als sie sprach, war ihre Stimme fest: »Ich weiß, es ist Sitte geworden, an dieser Stelle ein paar geistreiche letzte Worte zu sagen. Aber ich weiß auch, dass viele, die heute hier versammelt sind, mir schon lang genug bei meinen Gedankengängen zuhören mussten. Deswegen werde ich darauf verzichten.«

Elodea meinte, vereinzeltes Gelächter aus den Reihen der Studenten zu hören, doch es fand keinen Widerhall und verebbte in der schweigenden Masse.

»Das allermeiste, was ich über das Leben zu sagen hätte, haben kluge Frauen und Männer schon vor mir gesagt«, fuhr sie fort, »Lest lieber deren Werke, solange ihr noch dürft. Und selbst wenn ihr nicht mehr dürft, lest sie trotzdem! Lasst die Büchermörder nicht gewinnen.« Loreba stockte. »Um ganz ehrlich zu sein«, sagte sie und schluckte, »es ist nicht leicht, hier zu stehen, und noch weniger, zu sprechen. Ich habe nicht das Gefühl, dass mir meine Stimme noch lange gehorchen wird, deswegen verzeiht. Nur eine letzte Bitte ...« Sie zögerte. Ihre Augen schienen in der Menge nach etwas zu suchen. Schließlich verharrten sie auf einem Punkt, und ihr Blick wurde fest. »Vergesst meine Seele nicht.«

Loreba drehte sich um, doch noch ehe sie den ersten Schritt auf Esgarth zumachen konnte, kam in der Menge plötzlich Unruhe auf. Elodea wandte den Kopf. Einzelne Gesichter verschwanden hinter den Rücken ihrer Vorderleute, die Religiösen folgten Lorebas Aufforderung und beteten kniend. An sich war das nichts Ungewöhnliches. Dann aber breitete sich die Welle auf einmal aus. Immer mehr Löcher durchbrachen die gesichtslose Masse. Einer nach dem anderen sanken die Zuschauer auf die Knie, bis außer den Soldaten niemand mehr aufrecht stand. Vom Boden sahen die Bürger Tenébras zu Loreba auf, die mitten in ihrer Bewegung erstarrt war. Hier geschah etwas Einmaliges, nie Dagewesenes. Es dauerte einen Moment, bis Elodea sich dessen Ausmaßes bewusst wurde. Mit Gebet hatte das nichts mehr zu tun. Die Menschen zollten Loreba Respekt, öffentlich, geschlossen standen sie zu ihr. Tenébra verneigte sich vor dieser Frau, deren einziges Verbrechen ihr Mitleid gewesen war. Erneut ließen Tränen Elodeas Atem stocken, aber diesmal nicht aus Angst oder Trauer. Sie war gerührt, und auch Loreba schien die Anteilnahme der Menschen zu bewegen. Doch sie hatten nicht lange Zeit, den Moment auf sich wirken zu lassen. Hastig stolperte Esgarth zum Podiumsrand, um die Situation zu retten. »Das genügt!«, rief er drohend in die Menge.

Langsam richteten sich die Zuschauer wieder auf. Sosehr sie Esgarth auch verachteten, sie wagten es nicht, einen eindeutigen Befehl zu missachten.

Elodea legte den Arm um Martha, die jetzt noch stärker zitterte. Schweigend sahen sie die Stufen der Gerechtigkeit hinauf.

Esgarth gab dem Jungen in Schwarz ein Zeichen. Der trat vor und zog ein langes Messer, einer Speerspitze gleich geformt, aus seinem Umhang: die Atyre.

Elodea schluckte, ihre Kehle war wie zugeschnürt. Rasch fasste sie Marthas Hand, während der Junge hinter Loreba seine Position einnahm.

»Loreba Elgyn, beugt Eure Knie vor Königin und Recht«, rief Esgarth laut, sobald es wieder ruhig geworden war. Auch dieser Satz war eine Floskel, überliefert seit Jahrhunderten. Die letzten Worte an einen Verurteilten, bevor er starb.

»Ich beuge meine Knie vor dem, der das letzte Recht sprechen wird«, entgegnete Loreba und sank zu Boden. Sorgsam ordnete sie ihr Kleid und schob sich den Kragen aus dem Nacken.

Einen Moment zögerte Esgarth, den Blick auf Loreba geheftet, die ihre Hände über dem Herzen gefaltet hatte, wie man es tat, wenn man betete. Dann nickte er dem schwarz gekleideten Jungen zu und trat zurück.

Stille senkte sich über den Platz.

Elodea umklammerte Marthas Hand so fest, dass sie jeden ihrer Knochen spüren konnte, während sie den Jungen beobachtete, der die Klinge jetzt mit beiden Armen über Lorebas Nacken hob. Seine Hände bebten.

*Er hat Angst*, schoss es ihr durch den Kopf. *Er hat nie zuvor getötet. Und er ist doch fast noch ein Kind. Mehr Junge als Mann.*

In diesem Moment zerriss ein langgezogener Laut das Schweigen, wie ein Trompetensignal, doch viel höher. Elodea zuckte zusammen, und auch der Junge erschrak. Klirrend fiel ihm die Atyre aus der Hand. Er bückte sich, seine Hände tasteten suchend am Boden, bis er den stählernen Griff zu fassen bekam. Gerade wollte er sich wieder aufrichten, als von hinten der zweite Mann auf ihn zukam. »Gib her, Junge«, sagte er mit ausdrucksloser Stimme. »Gib mir die Atyre.«

»Nein.« Der Junge drückte das Messer an sich. »Die Königin hat *mir* den Auftrag erteilt, nur weil du ...«

Es passierte so schnell, dass Elodea nicht einmal schreien konnte. Der Mann holte aus und warf den Jungen mit einem einzigen Schlag zu Boden. Bewusstlos sackte der zusammen und rutschte vom Podium, der kreischenden Martha vor die Füße. Einige wenige schrien mit, doch die Mehrzahl der Leute starrte sprachlos zu dem Mann auf, der sich jetzt die Atyre schnappte und die Kapuze vom Kopf riss.

»Was soll das?«, rief Loreba und sah zu ihm hoch. »Wie lange wollt Ihr mich noch zwingen, auf meinen Tod zu warten? Könnt Ihr mir nicht wenigstens ein schnelles Ende bereiten?«

»Nein.« Rasch trat er auf Loreba zu und zog sie auf die Beine. »Das wird heute kein schnelles Ende, fürchte ich.«

Elodea hatte gerade noch Zeit, einen Blick in das Gesicht des Unbekannten zu werfen.

»Flieht«, formten seine Lippen.

Dann brach um sie herum der Sturm los.

# DIE BRÜDER MHYRIAS

Ein Donnern, wie als hätten sich die Wolken am Himmel doch noch zu einem Gewitter entladen, erfüllte den Platz. Elodea riss den Kopf herum. Beinahe im selben Augenblick brach ein Dutzend Reiter aus den umliegenden Gassen. Sie waren überall. Aus jeder Richtung stürmten sie auf den Marktplatz, Schwerter und Bögen in den Händen, die Gesichter unter Kapuzen verborgen.

Mit versteinerten Mienen beobachteten Elodea und Martha, wie die Reiter näher kamen und Obsidias Soldaten schreiend ihre Waffen zogen. Überrascht, aber bereit zum Kampf. Die beiden Frauen konnten nicht einen Finger rühren. *Was um Himmels willen geht hier vor?*

Es herrschte völliges Chaos. Die herandonnernden Reiter trieben Keile in die Menge, Soldaten wie Zuschauer stoben gleichermaßen auseinander und flohen in die Seitenstraßen.

*Wo ist Loreba?* Inmitten der heillosen Verwirrung griff Elodea nach Marthas Arm und zog sie mit sich. Sie stolperten auf das Podium zu, doch noch bevor sie es erreichten, kam ihnen Loreba schon entgegengeeilt, gefolgt von dem unbekannten Mann, dessen Haar, jetzt, wo er keine Kapuze mehr trug, frei im Wind wehte. Er hielt die Atyre in der rechten Hand, während er mit der anderen seinen Umhang öffnete und ein ganzes Sammelsurium an Wurfdolchen offenbarte.

»Runter!«, schrie er ihnen zu und stieß die drei Aurenen vor sich zu Boden. Keinen Moment zu früh. Im nächsten Handgriff zog er eine Klinge und schleuderte sie so knapp über ihre Köpfe, dass sich Elodeas Haare im Luftzug kräuselten.

»Was passiert hier?«, schrie sie gegen den Lärm der Waffen an. Loreba und Martha antworteten nicht. Mit starren Gesichtern beobachteten sie den Kampf, der nun über ihnen tobte.

Die Zivilbevölkerung hatte sich längst hinter Hauseingängen verschanzt, und auch Obsidias Soldaten merkten bald, dass die Lage aussichtslos war. Auf einen Überfall dieser Größenordnung waren die Gardisten schlicht nicht vorbereitet gewesen, weder an

Zahl noch an Ausrüstung. »Rückzug!«, hallte es durch die Straßen, »Rückzug!«

»Nein! Was tut ihr?! Bleibt auf euren Plätzen!« Ohne Zweifel gehörte diese Stimme zu Esgarth.

Elodea hob den Kopf eine Handbreit und spähte zum Amtshaus. Hals über Kopf floh der Kronrat ins Gebäude, nur Esgarth stand noch auf dem Podium. »Kommt zurück!«, schrie er den fliehenden Soldaten entgegen. »Wir haben einen Auftrag der Königin! Wo ist Loreba Elgyn!? Wo ...«

Elodea schlug sich die Hand vor den Mund. Esgarth war jäh verstummt. Ein Pfeil ragte aus seinem Hals. Er wankte, fiel nach vorn und blieb der Länge nach auf den Stufen der Gerechtigkeit liegen. Blut rann über den Sandstein. Nun hielt auch die letzten Soldaten nichts mehr auf dem Platz. Binnen zehn Minuten waren sämtliche Wachposten Obsidias überwältigt oder geflohen. Die fremden Reiter steckten ihre Schwerter ein und lenkten ihre Pferde auf die drei Aurenen zu, die immer noch am Boden kauerten.

»Schnell, steht auf!«, befahl der Blonde, die Atyre noch immer in der Hand, und sah sich um.

»Wer seid Ihr?«, flüsterte Loreba, als er sie auf die Füße zog.

»Nennt mich Elliott, den Rest werde ich Euch erklären, wenn wir in Sicherheit sind. Hier könnt Ihr nicht bleiben, die werden Verstärkung holen.« Er wies mit einem Kopfnicken in Richtung Amtsgebäude.

Loreba riss die Augen auf, als ihr Blick auf Esgarth fiel, der reglos am Boden lag. »Was ...«

»Das ließ sich nicht vermeiden«, unterbrach sie Elliott und knirschte mit den Zähnen. »Kommt schon. Wir müssen uns beeilen.«

Loreba zauderte, doch schon waren in den Gassen nicht weit von ihnen neue Rufe zu hören.

»Los!«, drängte Martha, die ihre Fassung offenbar wiedergewonnen hatte. »Loreba, bitte!«

Eilig wurden Pferde herbeigeführt. Elliott half Martha aufzusteigen, und auch Elodea nahm hinter einem schwarz gekleideten Mann Platz. Sie stellte keine Fragen, dachte nicht einmal nach. Ihre Gedanken waren wie zu Eis erstarrt. Als Loreba weiterhin zögerte, packte Elliott sie an der Schulter. »Magistra Elgyn, seht mich an«, flüsterte er eindringlich, »Ich bringe Euch hier raus, in Ordnung? Das ist kein Trick.« Er schwang sich auf sein Pferd und hielt ihr die Hand entgegen. »Vertraut mir.«

Zögernd, immer noch unsicher, legte Loreba ihre Hand in seine. »Also schön.«

Erst als sie hinter ihm im Sattel saß, wandte sich Elliott wieder seinen Männern zu. »Nicolas und Johann, ihr kommt mit mir. Der Rest reitet nach Süden, verteilt euch. Damian, du weißt, was du zu tun hast. Lass dich nicht erwischen. Wir erwarten dich in zwei Tagen.« Dann nahm er die Zügel und trieb sein Pferd an.

Elodeas Vordermann drehte sich zu ihr um: »Haltet Euch fest«, warnte er noch, bevor sie Elliott folgten.

Elodea spürte, wie der Wind an ihrem Umhang riss, als sie über den Platz galoppierten. Ihre Fingernägel krallten sich in die Schultern des Mannes vor ihr. Sie ritten so schnell, dass sie nicht einmal die Umgebung wahrnahm. Tenébra rauschte an ihr vorbei, ein Wirbel aus Sandstein und Farben. Erst nach einigen Minuten, als sie endlich langsamer wurden, realisierte Elodea, wo sie waren. Die *Vya lacrimae* tauchte vor ihren Augen auf. Rasch zügelten die Männer ihre Pferde und lenkten sie an Schloss Loánne vorbei auf einen Pfad in den Wald. Ihre Nerven lagen blank. Während sie sich durch das Unterholz tasteten, zuckte Elodea schon beim kleinsten Knacken zusammen. Jeden Augenblick rechnete sie damit, dass Obsidias Soldaten hinter einem Baum hervorkamen und sie einkreisten.

Der Wald wurde allmählich immer dichter. Nur noch selten drang jetzt ein Sonnenstrahl durch das Blätterdach zu ihnen auf den Pfad. Ab und zu mussten sie den ohnehin schon schlechten Weg ganz verlassen, weil er an Dörfern und einzelnen Siedlungen entlangführte. Dann keuchten sie, die Pferde hinter sich führend, Elliott nach, der sie durch Dornenhecken und Dickungen führte. Wenigstens er schien genau zu wissen, wo er hinwollte. Elodea jedoch hatte plötzlich ein mulmiges Gefühl im Bauch, und Loreba sah aus, als würde es ihr ganz genauso gehen.

Je mehr Distanz sie zwischen den Marktplatz und sich brachte, desto klarer trat ihr vor Augen, was da gerade geschehen war. Zwar schien ihr Kopf die Informationen noch nicht geordnet zu verarbeiten, aber es reichte, um sie zweifeln zu lassen. Was hatten diese Männer mit ihnen vor? Unten in der Stadt hatte es sie nicht gekümmert, da hatte sich die Möglichkeit zur Flucht geboten, und sie hatte sie ergriffen, ohne nachzudenken. *Vermutlich war das dumm. Ziemlich dumm sogar.* Rettungen in letzter Sekunde gab es im Märchen, da waren sie ein eigenes Stilmittel. Aber in der Realität? Bis jetzt war ihr Leben nicht sonderlich märchenhaft verlaufen, und sie sah keinen Anlass zu glauben, dass sich das nun ändern würde. Waren sie in eine Falle gerannt? *Aber was soll das denn sein? Loreba retten, um sie dann zu entführen?* Wo war da der Sinn?

Nachdem sie ungefähr eine Stunde geritten waren, begann der Weg anzusteigen, bis sich der Wald langsam lichtete. Sie erreichten die Kuppe eines Hügels, die zwar frei von Bäumen, dafür aber dicht mit Farn und Fingerhut bewachsen war. Elliott führte sie bis zum Rand des Hügels, von dem aus man zum ersten Mal, über den Wald hinweg, auf die ferne Hauptstadt zurücksehen konnte. Unter ihnen lag das Tal von Tenébra, aber die Stadt war so weit weg, dass man kaum mehr die Dächer erkannte. Auch die Flüsse Nocram und Lycram wirkten aus dieser Entfernung nur noch wie eine einzige graue Linie.

»Wir machen hier kurz Pause«, rief Elliott ihnen zu und saß ab. »Nicolas wird sich um euch kümmern. Esst etwas, ruht euch aus. Wir müssen noch den restlichen Tag und die Nacht durchreiten.«

»Wartet!« Loreba rutschte vom Pferd. Über ihre Stirn zogen sich tiefe Falten, als sie Elliott ansah. »Ich verstehe nicht ... Was soll das alles? Wer seid Ihr?«

»Euer Retter«, antwortete Elliott leichthin und deutete eine Verbeugung an. »Ist das nicht offensichtlich?« Als er den Ausdruck auf Lorebas Gesicht bemerkte, verschwand sein Grinsen allerdings recht schnell.

»Ihr wart mein Henker!«, sagte Loreba so laut, dass selbst Elliotts Männer zusammenzuckten. »Das heißt, Ihr steht im Dienst der Königin! Habt ihr mich gerade entführt? Wollt ihr mich verschachern, irgendwo im Stillen, damit ich nicht zur Märtyrerin werde? Wollt Ihr meine Amme gleich mit töten und meine Schülerin? Ist das der Grund, warum wir hier sind?«

Elliott wirkte für einen Moment überrascht, fast betroffen von der Schärfe ihrer Worte. Doch er fing sich rasch wieder, auch wenn seine Stimme nun nicht mehr ganz so selbstsicher klang. »Magistra Elgyn, bitte ... Das gehört doch alles zum Plan. Wir bereiten uns schon seit Wochen auf diese Aktion vor, seit wir erfahren haben, dass Obsidia Euch töten will. Es gab Leute unter uns, die sich durch Beziehungen ins Wachpersonal einschleusen konnten, so wie ich. Mitglieder des Kronrats und heimliche Unterstützer haben uns mit Informationen versorgt, über die Anzahl der Wachposten, die Sicherung des Platzes und so weiter. Meine Leute haben sich rund um die Vhera Viscalae positioniert, und ich selbst habe alles versucht, um mir die Rolle Eures Henkers zu sichern. Für gewöhnlich ist das keine Aufgabe, um die sich die Soldaten reißen. Dass Obsidia sich für den Jungen entscheidet, war nicht geplant, es war ... eine ihrer Launen. Aber trotzdem: Wir waren da, wir hätten Euch nie sterben lassen. Wir sind auf Eurer Seite.«

»Wer sind *wir*?«, fragte Loreba, diesmal mit Nachdruck. »Erklärt Euch endlich! Wem dient Ihr, wenn nicht der Königin?«

Elliott schien zu zögern, rasch tauschte er einen Blick mit seinen Männern. Sie nickten ihm zu, und daraufhin trat er einen Schritt vor, bis er Loreba auf Augenhöhe gegenüberstand. »Wir dienen nur einer Macht, Magistra«, sagte er ernst und mit etwas wie Stolz in der Stimme. »Der Gerechtigkeit.«

Loreba schüttelte den Kopf, die Augen vor Überraschung geweitet. »*Wer* seid Ihr?«, beharrte sie mit zusammengebissenen Zähnen, obwohl sie es insgeheim schon ahnen musste. Elodea jedenfalls tat es.

*Wir dienen der Gerechtigkeit* ... Das waren keine Worte, die man einfach so in den Raum warf, nicht in Avendúr, und es war schlicht unmöglich für eine Magistra der Geschichte, das nicht zu erkennen. Zeitgleich mit Elliott setzte Elodea zum Sprechen an, und ihre Stimmen hallten synchron über die kleine Lichtung, die eine stolz, die andere ungläubig: »*Die Brüder Mhyrias.*«

# SITZ DER NATTERN

*Immer wenn die Schlange ihr Maul aufreißt, passiert etwas Schlimmes*, sagte man in Tenébra, wenn sich die Tore des Schlosses auftaten und die Königin ihre Boten mit neuen Anweisungen aussendete. Noch schlimmer war es allerdings für die Boten, die im umgekehrten Fall der Königin Bericht erstatten mussten.

Der Mann hob kaum den Blick, als man ihn durch die Flügeltüren in den Thronsaal führte. Wie eine Natternzunge wand sich der rote Teppich von seinen Füßen bis zum erhöhten Sitz der Königin. Die Büchermörderin wartete bereits. Beide Hände in die Armlehnen gekrallt, saß sie auf ihrem Eibenholzthron, als wolle sie auf diese Weise an ihrer Macht festhalten. Der Saal war vollkommen leer, die Tische des Kronrats weggeräumt. Offenbar hatte man im Schloss noch nicht begriffen, dass Karfreitag vorbei war, denn sämtliche Bilder im Raum waren mit schwarzen Tüchern verhüllt. Einzig das überlebensgroße Porträt eines Mannes schmückte die Halle und musterte den Neuankömmling wie ein stummer Wächter.

Hinter den Bogenfenstern ging die Sonne unter und tauchte die Szenerie in dunkelrotes Licht. Im Schatten verborgen, an der Seite der Königin, stand ein Mädchen. Mit seinen hochgezogenen Schultern und dem gesenkten Kopf wirkte es wie die Personifikation der Ängstlichkeit. Auch der Bote hatte ganz offenbar Angst. Hastig verbeugte er sich und sprach mit zitternder Stimme: »Wir haben alles abgesucht, meine Königin. Keine Spur von den Entflohenen. Oben bei Schloss Loánne wurden Spuren gefunden, die in den Wald führen, aber sonst ... Es gibt Berichte von einigen Grafen aus den Provinzen. Sie sagen, dass auch die anderen Aurenen geflohen sind. Heimlich, in der Nacht, und sie hatten Hilfe ... Es heißt ... die Brüder Mhyrias ...« Er warf Obsidia einen scheuen Blick zu.

Die Königin war aufgestanden. »Lügner!«, schrie sie, und das Mädchen neben ihr zuckte zusammen. »Wie kannst du es wagen, mir so eine Nachricht zu überbringen. Diese Gruppe ist Geschichte, mein Vater hat sie eliminiert!«

Der Bote senkte rasch wieder den Kopf. »Das war auch so, aber sie scheinen sich neu gebildet zu haben … Wir vermuten, es sind dieselben, die vor Jahren Euren Bruder …«

»Sei still!«, tobte Obsidia, riss sich vor Wut ein rubinbesetztes Perlenhaarband aus der Frisur und schleuderte es quer durch den Raum, wo es gegen die Wand schlug und in seine Einzelteile zerbarst. Einer der Rubine rollte bis vor die Füße des Boten. Er hatte die Farbe der untergehenden Sonne. Blutrot.

Die Königin achtete nicht darauf. Erhitzt schrie sie weiter: »Ich habe keinen Bruder! Wie kannst du es wagen, in meiner Anwesenheit solche Lügen zu erzählen? Du bist ab sofort kein königlicher Bote mehr!«

»Aber, Eure Majestät … Ich kann doch nichts …«

»Genug! Geh mir aus den Augen! Ich will dich hier nicht mehr sehen!«

Noch während der stammelnde Mann von ihren Wachposten davongeschleift wurde, ließ sich Obsidia auf ihren Thron zurücksinken. »Nächster!«

Avian Famorgan schlich in den Saal. Wie immer hatte er den Rücken gebeugt und die Schultern eingezogen, als lastete ein unsichtbares Gewicht auf ihnen. Kurz hob er seinen Blick, ließ ihn über die Königin streifen und dann rasch wieder zu Boden fallen.

»Hochwürden.« Selbst im aufgebrachten Zustand war der Spott, den Obsidia in seinen Titel legte, überdeutlich herauszuhören. Sie holte Luft, noch immer atemlos von den Ereignissen, die sich am Morgen unter dem Auge ihrer Staatsmacht zugetragen hatten. »Was wollt Ihr von mir?«

»Ihr habt mir befohlen, Euch das hier auszuhändigen.« Er griff in seine Manteltasche und zog ein kleines Buch hervor.

Die Augen der Büchermörderin weiteten sich, wie bei einem Tier, dem man einen Fleischbrocken zugeworfen hatte. »Ihr Kontemplet«, flüsterte sie lauernd, »Ihr bringt mir das Herz meiner Feindin.«

Zum Glück war Obsidias Blick auf den Gegenstand in seiner Hand fixiert. So entging ihr, wie Avian für einen kurzen Moment die Gesichtszüge entgleisten und er sie mit unverhohlenem Zorn anstarrte.

Als sie aufsah, war der Augenblick schon vergangen. »Lasst

es in meine Gemächer bringen«, herrschte Obsidia ihn an. »Ich werde mich bei Gelegenheit damit befassen. Und schickt Farosch zu mir.«

Im Gegensatz zu seinen beiden Vorgängern trat der dritte Mann wenig später mit erhobenem Haupt vor die Königin. Er zeigte nicht die geringste Spur von Angst und bewegte sich mit einer Sicherheit im Thronsaal, die an Arroganz grenzte. »Ihr habt gerufen, Eure Majestät.«

Obsidia schritt die Stufen zu ihm hinunter, sie ließ sich Zeit dabei. Famorgans Mitbringsel hatte ihre Gedanken wieder geklärt. Vielleicht war doch noch nicht alles verloren.

»Ich will, dass du diese verdammten Aurenen findest, Lysander. Und wenn du ganz Avendúr auf den Kopf stellen musst, bring sie mir.« Ihre Stimme hallte wie das Zischen einer Schlange durch den Thronsaal. »Und finde heraus, wer ihnen geholfen hat. Es muss Verräter in unseren eigenen Reihen geben, vielleicht sogar im Kronrat. Diese Brüder Mhyrias wussten Bescheid, wie viele Soldaten heute im Dienst waren und wie sie sich in unsere Wache einschleusen konnten. Das ist nichts, was ich einfach auf der Straße ausplaudere. Jemand hat geredet, jemand Hochgestelltes, und ich will Schuldige sehen!«

Der Soldat Lysander Farosch leckte sich über die Lippen. »Wie wollt Ihr die Verräter? Tot oder lebendig?«

»Das kommt ganz darauf an.« Die Stimme der Königin war nun kaum mehr als ein Flüstern, und sie hatte sich zu ihm hintergebeugt. Dennoch hallten ihre Worte an den Wänden wider und wirkten bedrohlicher als jeder Wutanfall. »Loreba Elgyn will ich lebend. Sie wird auf den Stufen der Gerechtigkeit sterben, genau wie es geplant war. Aber was ihre Helfer betrifft ... Töte sie. Töte sie *alle*!«

»Natürlich, Eure Majestät.« Lysander neigte den Kopf. »Noch heute werde ich Truppen aussenden.«

»Gut. Dann geh. Lass mich allein.«

Zufrieden lächelnd schlenderte Lysander Farosch nach einer letzten Verbeugung zur Vordertür hinaus.

Obsidia aber stand auf und hob ihren Blick zu dem Porträt an der Wand. Nach einem tiefen Atemzug faltete sie die Hände. »Ich sagte, ihr sollt mich allein lassen. Das gilt auch für dich, Farya.«

Das Mädchen neben ihr erschrak, als die Königin es so plötzlich ansprach. »Was ist mit Eurer Medizin?«, fragte es zaghaft. »Soll ich die noch bringen lassen, Eure Majestät?«

»Welche Medizin?«

»Die Essenz aus Nachtsaum und Traumtee gegen Euren schlechten Schlaf. Euer Arzt behauptet, sie könne auch Eure Paniken mildern.«

Obsidia ließ ein Schnauben hören. »Es wäre besser für ihn, nicht so viel zu behaupten, richte ihm das aus. Eine Königin leidet nicht unter Paniken! Es sind diese Aurenen, die mir keinen Schlaf lassen.«

»Wie Ihr meint«, sagte Farya ausweichend.

»Ja, ich meine! Und jetzt verschwinde. Ein drittes Mal werde ich den Befehl nicht wiederholen. Meine Geduld ist für heute erschöpft.«

Rasch sank Farya in einen tiefen Knicks und entfernte sich ohne weitere Worte durch eine Seitentür.

Die Königin hatte ihr da längst den Rücken gekehrt. Mit gesenktem Kopf stand Obsidia vor dem Bildnis, das neben ihrem Thron an der Wand hing, wie die Beterin vor dem Andachtsbild. Hätte es Kerzen gegeben, man wäre fast versucht gewesen, sie für eine Kirchenbesucherin zu halten. Ehrfürchtig hob sie den Blick. Der Mann mit den stechenden Augen sah auf sie herab, ihr kam es vor, als seien seine Züge härter geworden. Er war unzufrieden mit ihr, sie fühlte es.

»Sei unbesorgt, Vater«, flüsterte sie. »Ich werde in unserem Land wieder für Ordnung sorgen. Niemand stellt sich gegen uns. Wir werden sie besiegen, einen nach dem anderen. Und dann …« Obsidia fuhr mit dem Finger über den Bilderrahmen. Bedächtig, zärtlich fast. »… dann werden wir herrschen bis in alle Ewigkeit.«

# PRAETIMARIA

Als die Nacht hereinbrach, zögerte Lysander Farosch keine Sekunde, den Befehl seiner Königin auszuführen. Mit seinen Männern durchkämmte er die Wälder rund um Tenébra, ritt Wege ab, über die nur Stunden zuvor die Aurenen geflohen waren, und ließ alle Verbindungsstraßen zur Hauptstadt absperren. Er war fest entschlossen, die drei aufzuspüren, bevor sie die Gebiete Tenébras verlassen konnten. Dennoch brachten all seine Anstrengungen nicht den gewünschten Erfolg. Aber so schnell gab sich Farosch nicht geschlagen. Er kannte schließlich noch andere Methoden, an Informationen zu kommen. Spitzeln, Erpressen, Drohen – Waffen, so alt wie die Welt, aber noch immer scharf. Und ganz nebenbei seine Spezialität.

•••

Elliott und die Aurenen befanden sich inzwischen schon jenseits der Hügel Tenébras, tief im Tal der Lycram, die im Osten der Provinz entsprang und bei Tenébra in die größere Nocram mündete. Immer in Richtung Praetimaria, einer Stadt an der Grenze der Provinzen Téska und Touleránt gelegen. Elodea selbst war noch nie dort gewesen, aber sie kannte die Stadt aus Erzählungen. In ihrem Kopf wirbelten noch immer die Gedanken. *Die Brüder Mhyrias ...* Zwar lag ihre eigene Schulzeit schon eine Weile zurück, doch der Name war so bekannt, dass sie sich an die Geschichte dahinter erinnerte, als sei es erst gestern gewesen.

König Nicolas der Zweite, so lautete die offizielle Version, hatte einst versucht, seinen Sohn als Erben einzusetzen, obwohl eigentlich seine Tochter Mhyria als Erstgeborene dieses Recht besaß. Die hatte das nicht akzeptieren wollen und war deswegen verbannt und auf einen Landsitz abgeschoben worden. Was Nicolas allerdings nicht bedacht hatte, war, dass sein Vorgehen Unruhen in der Bevölkerung auslösen würde. Viele sahen in seinem Verhalten einen Skandal, und es dauerte nicht lange, bis sich eine Gruppe gebildet hatte, die sich die *Brüder Mhyrias* nannte, um der Thronfolgerin zu ihrem Recht zu verhelfen. Sie sammelten so viele Unterstützer, dass Nicolas schließlich einlenken musste. Doch auch nach Mhyrias Thronbesteigung blieben die Brüder Mhyrias bestehen, als eine unabhängige Gruppe, die sich für Benachteiligte einsetzte und schwor, nur der Gerechtigkeit zu dienen.

Seit der Regentschaft von Obsidias Vater galten sie allerdings als offiziell aufgelöst. Es gab Gerüchte, wonach eine Gruppe von Nacheiferern in den Untergrund gegangen war, aber die meisten sahen darin nur wilde Verschwörungstheorien. Umso überraschter war Elodea von Elliotts Offenbarung. Dass die Brüder Mhyrias, ein Gespenst, das immer beschworen, aber nie wirklich gesichtet wurde, plötzlich vor ihr stehen sollten, hatte Elodeas Vorstellungsvermögen fast überstrapaziert.

Sie befanden sich nun so nahe am Fluss, dass sie nur hintereinander reiten konnten. Elodea war müde. Sie konnte die Stunden nicht zählen, die sie nun schon unterwegs waren, aber es musste eine Ewigkeit sein. Zitternd rieb sie sich die Hände. Mit dem Einbruch der Dunkelheit war es kalt geworden. Eisig kalt. Zwar trug sie ihren Umhang, doch das dünne toulinische Trauerkleid darunter war eindeutig nicht zum Wärmen gedacht. Zudem war da immer noch die Angst, verfolgt zu werden, und die Tatsache, dass sie in der letzten Nacht kein Auge zugemacht hatte und nun vor Erschöpfung beinahe aus dem Sattel fiel. Auch die anderen warfen besorgte Blicke über die Schulter, als der Weg erneut anstieg und in den Wald führte.

Elodea war klar, dass nur ihre Notsituation Loreba und Martha dazu gebracht hatte, Elliott zu folgen. Hätten sie eine andere Wahl gehabt, wären sie eigene Wege gegangen, denn wirklich trauen taten sie ihm noch lange nicht. Dazu war ihre Lage zu ungewiss. Dennoch: Warum sollte er sich als Mitglied der Brüder Mhyrias ausgeben und behaupten, sie in Sicherheit zu bringen, wenn er ihnen in Wahrheit etwas antun wollte? So ein Theater war selbst für Obsidias Verhältnisse lächerlich.

Mit den Kilometern, die sie zurücklegten, änderte sich auch allmählich die Landschaft. Von den bewaldeten Hügeln und grünen Wiesen der Provinz Betháne, zu den leicht gewellten Steppenlandschaften Téskas. Am Himmel leuchteten Mond und Sternbilder, in ihrem fahlen Licht lag das Grasland vor ihnen wie ein graues

Schattenmeer. Rechts und links von ihnen befand sich nichts außer einigen vereinzelten Gehöften, die von Zeit zu Zeit unvermittelt aus der Dunkelheit auftauchten, reetgedeckt, mit ausladenden Dachkanten und niedrig gebaut. Bis auf ihre Herdfeuer und die Gestirne über ihnen gab es keine einzige Lichtquelle.

Es war lange her, dass Elodea zum letzten Mal die Grenze nach Téska überschritten hatte. Die Provinz war so ganz anders als ihre Heimat Betháne. In Téska wohnte und lebte man von dem, was die Steppe hergab, und das war hauptsächlich Gras. Davon allerdings gab es reichlich. Allein in den Steppen um die Hauptstadt Estika, weiter oben im Norden, kannte man Hunderte Sorten von Gräsern. Stachelige Sternginster, Wollgras mit wattierten Ähren, Taublatthalme, Rohrschilf in allen Farben, von Safrangelb bis Indigo ... Die nördliche Lage der Provinz, die überwiegend flache Landschaft und die vielen Seen machten die Bedingungen für weite Graslandschaften ideal. Deckung gab es hier keine mehr, andererseits waren auf diese Distanzen mögliche Verfolger leicht auszumachen.

Vielleicht hätte Elodea die Reise spannend gefunden, wenn sie eine Sicht auf mehr als fünf Metern gehabt und nicht alle paar Minuten gegen den Sekundenschlaf gekämpft hätte. Aber im Moment sehnte sie sich nur danach, ihr Ziel endlich zu erreichen.

Plötzlich, ohne Vorwarnung, hielt Elliott, der an der Spitze ritt, an. Auch Elodeas Vordermann zügelte sein Tempo und sah nach vorn.

»Was ist denn ...?«, fragte Loreba, aber Elliott unterbrach sie und deutete lautlos in die Dunkelheit. Dort, ungefähr fünfhundert Meter von ihnen entfernt, leuchteten Laternen in der Finsternis. Die runden Lichtkegel hüpften auf und ab, als würden sie mit Pferden transportiert werden.

»Schnell«, seufzte Elliott. »Wir müssen uns verstecken, sie kommen direkt auf uns zu.«

»Wo denn? Hier gibt es weit und breit nichts als Gras und Büsche!«, zischte Martha von hinten und sprach damit aus, was Elodea dachte.

»Egal, wir müssen es versuchen. Wer weiß, was das für Leute sind. Um diese Uhrzeit sicher keine Kaufmänner. Bindet die Pferde hier an und folgt mir.«

Martha zögerte. »Die Pferde hierlassen?«

»Besser sie entdecken die als uns.«

Hastig, mit zittrigen Händen, halfen die Aurenen den Männern, ihre Pferde an eine Schlehe zu binden, und huschten dann so leise wie möglich hinter einen Ginster, etwas abseits des Weges. Niemand sprach. Elodea kam selbst ihr Atem verräterisch laut vor. Sie versuchte, absolut still zu sein, obwohl sie die Stacheln des Ginsterbuschs in Finger und Arme stachen. Was, wenn diese Leute Soldaten Obsidias waren und sie entdeckten? Sie wollte lieber nicht daran denken. Mit zusammengebissenen Zähnen wartete sie wie alle anderen darauf, dass die Reitergruppe vorbeizog.

Allmählich nahmen die Umrisse dreier Pferde, beleuchtet vom Schein der Laternen, in der Finsternis Gestalt an. Als die Reiter noch ungefähr zwanzig Schritte von ihnen entfernt waren, wehten einige Gesprächsfetzen zu ihnen herüber. Ganz deutlich hörten sie die raue Stimme eines Mannes.

»Wo machen wir denn Pause? Wir sind jetzt schon seit Stunden unterwegs, wenn wir so weitermachen, spüre ich bis Tenébra meine Beine nicht mehr.«

Ein anderer antwortete: »Siehst du hier irgendwo ein Gasthaus? Oder erwartest du vielleicht, dass ich dir eins zaubere?«

Die beiden Männer lachten auf, während ein dritter grölte: »Seit wann kannst du zaubern? Naja, ich hätte gesagt, lass es dir von dieser Loreba Elgyn beibringen, aber ich fürchte fast, dafür ist es inzwischen zu spät. Die Gute weilt ja seit heute nicht mehr unter uns.« Wieder schallendes Gelächter.

Versteckt hinter ihrem Strauch, ballte Elodea die Hände zu Fäusten.

»Aber du hast recht«, lallte der Mann weiter. »Wenn ich nicht bald was zu essen bekomme, kippe ich noch aus den Latschen.«

»In Tenébra könnt ihr euch noch lang genug ausruhen. Die Königin wird nach dem heutigen Tag bestens gelaunt sein«, versicherte einer der Männer.

Die Gruppe ritt jetzt genau an ihrem Busch vorbei, und Elodea wagte kaum, zu atmen. Sie konnten nur hoffen, dass die Pferde sich nicht bemerkbar machten.

»Ist auch völlig egal, Hauptsache sie bezahlt uns die Überstunden in Praetimaria. War schließlich anstrengend genug …«

Der mit der rauen Stimme lachte. »Ja genau, bezahlt fürs Trinken, oder was?«

»Nein, wo denkst du hin, das würden wir uns nie erlauben«, erwiderte der andere mit gespieltem Ernst. »Deswegen werden wir jetzt bis Tenébra noch ein paar Steuern eintreiben und uns dann aufs Ohr hauen.«

Das Lachen der Männer hörte man noch, als sie schon längst wieder in der Dunkelheit verschwunden waren. Zitternd kämpften sich die Aurenen mit Elliotts Leuten aus dem Gestrüpp und sahen den immer kleiner werdenden Lichtern nach.

»Betrunkene Soldaten der Königin ...«, stellte Martha fassungslos fest.

Elliott schnaubte. »Das waren keine Soldaten. Nur ganz gewöhnliche Steuereintreiber. Und das war wohl auch unser Glück. Echte Soldaten hätten selbst im angetrunkenen Zustand bemerkt, dass zwei Schritte neben ihnen herrenlose Pferden stehen. Aber das ist typisch. Für ihre Drecksarbeit hat Obsidia sich schon immer die Dümmsten und Grausamsten ausgesucht. Blöd für sie, dass die Königin bestimmt nicht so gut gelaunt ist, wie sie hoffen ...«

Als es schon langsam hell wurde und der Himmel sich rosa färbte, sahen sie in der Ferne die ersten Lichter. Erst klein, stecknadelgroß, tauchten sie am Horizont auf, wie eine Ansammlung von Glühwürmchen mitten im Nichts. Dann allmählich konnten sie durch die Dunkelheit Umrisse einer Stadt erkennen, die inmitten eines schwarz gefärbten Sees thronte. Umso näher sie kamen, desto deutlicher schälte sie sich aus der Nacht: Praetimaria, die Stadt auf Wasser gebaut.

Erleichtert versuchte Elodea, ihre steifen Finger zu bewegen, mit denen sie sich in den letzten Stunden festgeklammert hatte und die sich nun nur noch schwer ausstrecken ließen. Seit ihrer kleinen Flucht vor den betrunkenen Beamten hatte es keine nennenswerten Zwischenfälle mehr gegeben, doch die Brüder Mhyrias hatten sie trotzdem ohne Pause weiterreiten lassen und das Tempo sogar noch angezogen.

Elliott stieß Martha an, die ihren Kopf gegen die Schulter ihres Vordermanns gelehnt hatte und nun aus dem Schlaf schreckte. Loreba zeigte keine Müdigkeit. Ihr Blick ging nach vorn zur Stadt, und in ihren Augen lag die übliche Wachsamkeit.

Nach einigen Minuten erreichten sie den Weg, der hinunter zum See führte. Elliott wies seine Männer an, die Pferde anzuhalten und sich um ihn herum zu versammeln. Dann wandte er das Wort an die Aurenen, zum ersten Mal seit Stunden und mit etwas kratziger Stimme: »Hört mir genau zu: Wir sind jetzt kurz vor Praetimaria.« Er sah jede der drei einzeln an, bevor er fortfuhr: »Es gibt einen Ort in der Stadt, an dem ihr fürs Erste sicher seid. Aber bis wir dort ankommen, müsst ihr euch völlig normal verhalten, auch wenn kaum Leute um diese Uhrzeit auf der Straße sein werden. Praetimaria ist unzählige Kilometer von Tenébra entfernt. Das heißt, hier können sie noch gar nicht wissen, dass ihr geflohen seid. Also keine Panik, verstanden?«

Obwohl sie wusste, dass Elliott recht hatte, zog sich Elodea ihre Kapuze tiefer ins Gesicht, als sie zur Stadt hinunterritten. Ihr war nicht wohl bei dem Gedanken, offenkundig in eine der größten Städte des Landes zu spazieren. Hineinzukommen mochte ja noch möglich sein. Aber was, wenn Obsidia nach ihrer Flucht die Sicherheitsmaßnahmen im Land verstärkte? Wie sollten sie die Stadt dann je wieder ungesehen verlassen? Sie konnten nur hoffen, dass Elliott wusste, was er tat.

Aus der Nähe zeigte sich, wie imposant Praetimaria war. Obwohl sie sich noch immer in Avendúr befanden, hatte diese Stadt nichts mit den Orten gemeinsam, die Elodea aus Betháne kannte. Als Grenzstadt zwischen den Provinzen Téska, Betháne und Toulernánt gelegen, war Praetimaria ein Schmelztiegel der Kulturen. Das sah man auch am Straßenbau: Klassisch toulinisch zogen sich schnurgerade, wie mit dem Lineal gezogene Prachtstraßen durch die Innenstadt, die auf einer Insel in der Mitte des Sees errichtet worden war, gesäumt von kunstvoll verzierten Häusern aus weißem Stein. An den Außenrändern jedoch wucherten die Armenviertel. Einfache Holzhäuser mit Schilf und Stroh gedeckt, wie sie auch auf dem Land in Téska üblich waren. Sie hatten längst keinen Platz mehr auf der Hauptinsel, und so waren sie auf Pfählen, Stelzen und Stegen direkt ins Wasser gebaut worden, ohne Verbindung zum Festland, so dass die Bewohner nur mit Booten ihre Hütten verlassen konnten. Über den See führte ein einziger, von dunstigen Laternen gesäumter Holzsteg. Es war auch der Weg, den Elliotts Männer und die Aurenen nahmen, als sie in die Stadt ritten. Vor dem Tor hielten sie zunächst inne, doch als sie bemerkten, dass die Wachposten sich nicht um sie kümmerten, stahlen sie sich leise an ihnen vorbei. Sobald es möglich war, führte sie Elliott von der Hauptstraße weg in eine Seitengasse, die von kugelförmigen Korblampen beleuchtet wurde. Um sie herum roch es nach dreckigem Flusswasser, ein Gestank, den Elodea vom Fischerviertel Tenébras kannte. Sie war nicht gerade begeistert, als sie vor einem heruntergekommenen Haus nur eine Straße weiter anhielten.

Immer noch zögerlich, aber zu müde, um Bedenken zu äußern, stiegen die drei Aurenen ab und folgten Elliott, der sich bereits am Türklopfer zu schaffen machte, während seine Männer mit den Pferden zurückblieben. Elodea fiel auf, dass Elliott ein ganz bestimmtes Muster zu klopfen schien, denn er war sehr darauf bedacht, im richtigen Rhythmus auf das Holz zu schlagen. Schließlich ließ er den Türklopfer wieder in seine Halterung fallen und trat zurück.

Eine Weile passierte nichts. Dann hörten sie auf der anderen Seite Schritte. Die Türe wurde einen Spaltbreit geöffnet.

»Elliott?« Irgendwo im Schatten, außerhalb der Reichweiten der Korblampen, verbarg sich eine Frau.

»Wer sonst? Beeile dich, mach auf.« Er sprach so leise, dass man ihn kaum verstand.

Hinter der Tür schien die Frau aufzuatmen. »Hast du es geschafft? Hast du die Aurenen ...«

»Scht!«, machte Elliott hastig und sah sich um. »Nicht hier, Acte! Lass mich rein, bevor uns noch jemand sieht.«

Von der Frau war ein Schnauben zu hören, aber einige Sekunden später klirrte eine Kette, und die Tür öffnete sich.

»Bleibt zusammen«, sagte Elliott noch, allerdings ohne sich umzusehen, und verschwand im dunklen Hauseingang.

»Nach dir«, flüsterte Martha und wies Loreba an, ihm zu folgen.

Hinter der Tür verbarg sich die Frau, Acte, immer noch im Halbdunkel. Als sie an ihr vorbeigingen, erhaschte Elodea nur einen kurzen Blick auf sie, und was ihr am meisten im Gedächtnis blieb, war das Misstrauen, mit dem sie eine Aurene nach der anderen taxierte.

Im Innern des Gebäudes war es nicht viel heller als auf der Straße. Zwar hingen entlang des Gangs Deckenlampen, doch sie beleuchteten lediglich kreisrunde Ausschnitte des dreckigen Mosaikbodens unter ihnen. Die Wände waren überraschend hoch für ein einfaches Wohnhaus und hell getüncht, während der schmale Gang weit in das Gebäude zu führen schien. Links und rechts zweigten einzelne Türen ab, aber sie hielten nicht an, bis der Hauptgang in einen größeren Raum mündete.

Als Elodea eintrat, hatten sich Elliott, Loreba und Martha schon zusammengefunden. Sie schienen in einer Küche zu sein. Gegenüber stand ein großer Herd, um den herum Messingpfannen und Töpfe in den Regalen gestapelt waren. Am Tisch in der Mitte saßen zwei Frauen und aßen. Dann war plötzlich das Klappern eines Löffels zu hören, gefolgt von einem Schrei: »Martha!«

Stühle wurden umgeworfen, und ehe Elodea sich versah, schoben sich Gesichter in ihr Blickfeld: grüne Augen und sommersprossige Haut, umrahmt von einem Busch aus orangefarbenen Locken, neben einem blassen schwarzhaarigen Kopf.

Elodea brauchte nicht erst Marthas ungläubiges »Cloé? Tyrza?«, damit sie begriff, um wen es sich bei diesen beiden Frauen handeln musste. Ihr Herz machte einen Hüpfer.

Vor ihnen standen Tyrza Dimara und Cloélise Loán.

Die anderen Aurenen.

# FEUER UND EIS

Einen Moment lang konnte sich vor Überraschung niemand rühren. Zu überfordert waren sie vom Wechsel aus Angst, Flucht und jetzt unverhofftem Wiedersehen. Die Aurenen brauchten ein paar Atemzüge, um überhaupt zu erfassen, was sich hier gerade ereignete.

Martha schlug sich die Hand vor den Mund. »Wie ... Wie kommt *ihr* denn her?«

»Tja«, sagte Cloé, »man nennt es Überraschung, weißt du?«

Martha starrte sie nur an, doch Elodea konnte sich ein Lachen nicht verkneifen. Cloé hatte sich kein bisschen verändert. Ihr Haar war glatt und schwarz, ihre Augen dagegen blassblau wie Eis. Elodea fand, dass Cloés Erscheinung immer etwas Wildes, Unzähmbares an sich hatte. Fast als hätte man einen Wolf in die Gestalt eines Mädchens gezwängt und nur die Augen, blau und hart, wie sie waren, sichtbar gelassen.

Tyrza war das genaue Gegenteil von ihr. Wenn Cloé den Winter darstellte, dann vertrat sie den goldenen Herbst. Ihr Haar war von einem flammenden Orange, und als sie auf Martha zurannte, fiel es ihr in wilden Locken über die Schultern.

Während sich die Aurenen umarmten, trat Elliott von hinten zu Loreba, die etwas abseits auf eine Bank gesunken war. »Ist alles in Ordnung?«

»O Gott, Loreba!« Bevor sie auch nur den Mund aufmachen konnte, eilte Tyrza auf sie zu und schloss sie mit überschwänglicher Geste in die Arme. »Es tut mir so leid, dass wir nicht bei dir sein konnten, wirklich, so leid. Ich hab mir solche Vorwürfe gemacht ...«

Cloé rollte mit den Augen.

»Es ist alles gut, Tyrza, wirklich«, versicherte Loreba und legte ihr die Hand auf die Schulter. »Ich habe nur nicht damit gerechnet, euch zu sehen. Heute Morgen noch ...« Sie schluckte. »Wahrscheinlich bin ich einfach müde.«

»Ihr habt in den letzten Stunden einiges durchgemacht«, sagte Elliott, und in seiner Stimme schwang Besorgnis mit. »Wenn Ihr Euch hinlegen wollt ...«

»Nein.« Loreba versuchte sich an einem Lächeln, und die anderen schienen beruhigt, doch Elodea sah, wie viel Kraft sie allein diese kleine Bewegung kostete, und runzelte die Stirn. »Ihr schuldet mir noch ein paar Antworten, Elliott. Wieso habt Ihr nicht gesagt, dass Cloé und Tyrza bei Euch sind?«

»Ich wusste es selbst nicht«, gestand er schulterzuckend. »Ein paar unserer Leute hatten den Auftrag, die beiden herzubringen. Sie sollten sie aus den Provinzen ihrer Verbannung holen, parallel zu Eurer Rettung. Aber keiner von uns wusste, ob es wirklich gelingen würde. Es ist ein ziemliches Risiko, in das Schloss eines Grafen einzudringen und ein paar seiner Schutzbefohlenen zu entführen. Das macht man nicht einfach mal so nebenbei.«

»Vor allem nicht, wenn sich diejenige, die man eigentlich retten will, bis aufs Blut dagegen wehrt«, warf Tyrza ein. »Ja, los, Cloé, erzähl, wie du dich wieder aufgeführt hast!«

Alle Blicke richteten sich auf das schmächtige Mädchen mit dem blassen Gesicht, das jetzt genervt die Augen verdrehte. »Woher soll ich denn auch wissen, dass die zu den Guten gehören? Das hätte genauso irgendein heimliches Mordkommando von Obsidia sein können. Mitten in der Nacht durchs Fenster in mein Zimmer einsteigen und dann noch sagen, es wäre nur zu meinem Besten ... Da hättest du auch erst mal zugeschlagen!«

Martha brach in schallendes Gelächter aus. »Cloé, Cloé ... Ich habe dich vermisst!«

Loreba schüttelte nur den Kopf. »Wie lange seid ihr denn schon hier?«

»Erst seit einer knappen Stunde«, sagte Tyrza und strahlte wieder. »Wir sind ohne Pause von Morugan hergeritten. Ein Mann, Lukas, hat uns erklärt, dass er zu den Brüdern Mhyrias gehört und dass sie versuchen würden, dich zu befreien und uns Aurenen wieder zusammenzubringen. Zuerst ging es mir wie Cloé, und ich habe ihm nicht geglaubt. Aber es klang einfach zu gut, was er versprochen hat. Ich meine, große andere Hoffnungen hatten wir ja nicht, oder? Und als wir dann nach Téska gekommen sind und Cloé rausgeholt haben, wusste ich, dass er es ernst meinen muss. Die Brüder Mhyrias, dieses Haus ... ist es nicht phantastisch?«

»Ja«, sagte Loreba, verzog dabei aber die Stirn. »Mir wäre trotzdem wohler, wenn ich erfahren könnte, wo wir hier eigentlich sind. Elliott ... Ihr habt gesagt, wenn wir in Sicherheit wären, würdet Ihr unsere Fragen beantworten? Also? Wer sind die *neuen* Brüder Mhyrias? Wer sind eure Unterstützer, woher habt ihr diesen Einfluss? Und wer ist euer Anführer, wer steckt hinter dem ganzen Plan, mich zu befreien?«

»Ihr bekommt Eure Antworten, keine Sorge«, seufzte Elliott und stützte sich vor Erschöpfung auf die Tischplatte. »Und wenn Ihr darauf besteht, dann von mir aus auch noch heute. Wollt ihr anderen euch nicht erst einmal setzen?«

Die Aurenen zögerten.

»Setzt euch«, wiederholte Elliott matt. »Bitte.«

Widerwillig ließen sie sich zu Loreba auf die Bank sinken.

Sichtbar müde setzte sich nun auch Elliott auf einen Stuhl am Kopfende des Tisches und faltete seine Hände. Alle fünf blickten zu ihm und warteten darauf, dass er das Wort ergriff.

Elliott schloss kurz die Augen und strich sich über die Stirn, als hätte er Kopfschmerzen. Dann begann er zu erzählen: »Schon in den späten Regierungsjahren von Obsidias Vater, aber vor allem seit Obsidias Krönung, bildeten sich in der Bevölkerung Gruppen, die eine Rückkehr zur Demokratie fordern, wie es unsere vorletzte Königin ursprünglich geplant hatte. Die größte unter ihnen war die Nachfolgergruppe der Brüder Mhyrias. Obsidias Vater hat sie verbieten lassen, sie konnten Jahrzehnte lang nur im Untergrund arbeiten, aber so haben sie sich ein verborgenes Netzwerk aufgebaut. In Praetimaria ist das Hauptquartier, von hier aus laufen Verbindungen ins ganze Land. Die Brüder Mhyrias haben sich mit anderen Widerstandsgruppen zusammengeschlossen, ihr kleiner Verbund ist schnell gewachsen. Bald waren sie auf alle Provinzen verteilt, hatten Mittelsmänner an den Höfen, an der Universität, selbst in der Armee. So bin ich auf sie aufmerksam geworden. Ich war einmal Soldat, auch wenn ich nicht ganz freiwillig in die Armee eingetreten bin. Aber die Details erspare ich euch. Jedenfalls habe ich mein ganzes Leben lang am eigenen Leib erfahren, wie Obsidia herrscht. Es ist den Brüdern Mhyrias nicht schwergefallen, mich für den Widerstand zu gewinnen. Und es hat sich bald herausgestellt, dass ich ihnen nützlich sein konnte. Ein paar meiner Kameraden und ich wurden in Morugan stationiert, oben in den Bergen auf einer ziemlich einsamen Festung. Wir mussten einen … wie soll ich es nennen … Bewohner? Gast? Gefangenen? Naja, egal, wir sollten *jemanden* dort bewachen, jemand Wichtigen. Aber es kam anders. Wir freundeten uns mit ihm an. Statt ihn zu bewachen, haben wir beschlossen, ihn zu befreien. Und das war eine Entscheidung, die nicht nur mein Leben, sondern den gesamten Widerstand verändert hat.« Er endete mit bedeutungsschwerer Stimme und erhob sich.

»Was soll das?«, fragte Cloé, und ihre Augenbrauen zogen sich zusammen. »He, wo wollt Ihr hin? Ist das jetzt die dramatische Kunstpause vor dem Höhepunkt, oder was? Ihr wart noch nicht fertig!«

Elliott lächelte und wandte sich um. »Folgt mir. Manche Dinge sieht man besser mit eigenen Augen.«

Die Freundinnen schauten erst einander, dann Loreba an. Die zuckte nur mit den Schultern. Nacheinander folgten sie Elliott durch die gegenüberliegende Tür in einen steinernen Gang. Er war von Fackeln erleuchtet, die in regelmäßigem Abstand an den tunnelartigen Wänden hingen. Ungewöhnlich für ein normales Wohnhaus. Während sie ihren Weg fortsetzten, fiel der Gang nach unten ab und schien in eine Art Kellergewölbe unter der Erde zu führen. Sie gelangten in einen von Säulen getragenen Raum, der ebenfalls durch Fackeln erhellt wurde und an dessen Wänden ein Sammelsurium aus Wandteppichen und Bannern hing. Hier unten war es spürbar kühler als im Hauptgebäude, und es roch nach altem Gemäuer. Elodea mochte diesen Geruch genauso wenig wie den Gedanken, unter der Erde zu sein. Solche Orte erinnerten sie immer an Kerker, und eine Gänsehaut jagte ihr über den Rücken, die nichts mit der Temperatur zu tun hatte.

In der Mitte des Raumes stand eine lange Holztafel, um die herum mehrere Reihen hoher Lehnstühle gruppiert waren. Als Elodea näher herantrat, merkte sie instinktiv, dass etwas nicht stimmte. Erst auf den zweiten Blick erkannte sie, was. Neben dem Tisch an der Wand hing ein königliches Banner. Aber es war nicht geschmückt mit dem Wappen Obsidias, das normalerweise eine Schlange auf rotem Grund zeigte. Es war das Zeichen der vorletzten Königin Avendúrs, Benoatriz von Touleránt, ein Phönix mit Purpurschweif, der sich aus der Asche eines halbverbrannten Buches erhob. Doch einige Details unterschieden sich von dem alten Wappen. Was hatte das zu bedeuten?

Elodea sah an Lorebas Blick, dass auch sie nicht verstand, was hier vor sich ging, während Elliott sie um eine Säule herum zum Tisch führte. Nun hatten sie freie Sicht auf einige Personen an der Stirnseite, die zuvor verborgen gewesen waren. Die kleine Gruppe aus Männern und Frauen beugte sich über ausgebreitete Karten und diskutierte dabei eindringlich.

Elliott räusperte sich. »Lyonel? Alles ist nach Plan verlaufen, die Mission ist geglückt.«

Augenblicklich trat Stille im Raum ein. Der Mann, der vorn am Tisch gesessen hatte, erhob sich. Er sah aus, als käme er geradewegs von der Wanderschaft. Sein dunkelbraunes Haar reichte ihm bis zum Kinn. Es war unordentlich geschnitten, genau wie sein Bart. Trotzdem schien er der Ruhepol des Raumes zu sein. Seine Haltung drückte Sicherheit aus, und seine Augen, die durch das Halbdunkel zu den Aurenen herüberfunkelten, blitzten wachsam.

Elodea hatte außer Loreba noch nicht viele Menschen getroffen, die durch ihre bloße Präsenz so respekteinflößend wirken konnten. Aber genau wie ihre Meisterin beherrschte es dieser Mann, die Aufmerksamkeit der Umstehenden auf sich zu ziehen, ohne auch nur den Mund zu öffnen.

»Elliott«, sagte er schließlich und wirkte im ersten Moment überrascht. Dann jedoch, als er um den Tisch herum auf sie zuging, breitete sich ein Lächeln auf seinem Gesicht aus, und er klopfte Elliott anerkennend auf die Schulter. »Wir haben noch gar nicht mit dir gerechnet. Sehr gut, ich wusste, dass du es schaffst.« Sein Blick blieb auf Loreba ruhen. »Das sind also die legendären Aurenen. Willkommen. Willkommen im Quartier der Brüder Mhyrias.«

Wie aufs Stichwort trat Loreba ein paar Schritte aus dem Halbschatten hervor. »Danke, aber mit wem haben wir es eigentlich zu tun, wenn ich fragen darf?« Sie sah zu Elliott.

»Natürlich. Ihr wolltet wissen, was es mit uns auf sich hat, und Ihr sollt es erfahren. Das«, Elliott wies mit einer kleinen Verbeugung auf den Mann, der gesprochen hatte, während er offenbar noch die richtigen Worte suchte, »ist Lyonel. Lyonel von Betháne, älterer Bruder Obsidias und somit rechtmäßiger König von Avendúr.«

# DER VERLORENE SOHN

Stille machte sich im Raum breit. Es fühlte sich an, als würde die Raumtemperatur augenblicklich um zehn Grad kühler. Die Kälte schien auch Elodeas Gedächtnis erlahmen zu lassen, sie erfasste Elliotts Worte nur langsam.

*Lyonel von Betháne, älterer Bruder Obsidias und somit rechtmäßiger König von Avendúr.*

War ihm eigentlich klar, was er da sagte? Obsidia hatte keinen Bruder! Elodea starrte Lyonel an. Was redete der für Unsinn?

Lyonel hatte offenbar bemerkt, dass Elliotts Worte für Unverständnis sorgten. »Ich weiß, das klingt ziemlich seltsam. Und es ist eine lange Geschichte. Aber ich bitte euch, hört sie an, bevor ihr etwas dazu sagt.«

Die anderen Aurenen schienen allmählich wieder zu sich zu kommen. Cloé schnaubte auf, sie war die Erste, die ihre Stimme zurückgewann. Sie schüttelte den Kopf und verschränkte die Arme. »Nein! Obsidia hat keine Geschwister, das wüssten wir doch … Das … das ergibt einfach keinen Sinn!«

»Was ergibt keinen Sinn? Ihr habt unsere Erklärung doch noch gar nicht gehört!«

»Ich brauche keine Erklärung!«, unterbrach ihn Cloé, sie schien sich langsam in Rage zu reden. »Wenn Ihr Obsidias Bruder seid, warum taucht Ihr dann nicht in der Geschichte Avendúrs oder in den Familienchroniken auf? Warum hat man Euch noch nie in der Öffentlichkeit gesehen?« Sie kniff die Augen zusammen, während sie auf Lyonel zuging. »Und warum lebt der Erbe Avendúrs nicht in seinem Schloss, sondern versteckt sich im Keller eines heruntergekommenen Hauses?«

»*So* heruntergekommen ist es nun auch wieder nicht …«, murmelte Elliott von irgendwoher, doch keiner achtete auf ihn.

Lyonel sah einen Moment lang überrascht aus. Es schien fast, als habe Cloé ihn sprachlos gemacht. Dann jedoch zeichnete sich ein Lächeln auf seinem Gesicht ab. »Nun, ich muss gestehen, ich bin ein bisschen enttäuscht. Gerade von den Aurenen hätte ich erwartet, dass sie in der Lage sind, ihren Horizont ein wenig zu erweitern. Bis jetzt macht ihr eurem Ruf keine Ehre.« Aus dem Augenwinkel bemerkte Elodea, wie Cloés Gesicht vor Zorn errötete. Lyonel aber ließ sich davon nicht beeindrucken. »Also, bevor ich eure Fragen beantworte – und ja, ich werde sie beantworten –, würde ich vorschlagen, wir beruhigen uns alle erst einmal. Nehmt Platz.«

Er selbst ließ sich auf seinen alten Sitz ganz vorn an der Tafel sinken. Die meisten Aurenen folgten seinem Beispiel, doch Cloé rümpfte nur die Nase. Sie stand immer noch mit verschränkten Armen im Schatten der hohen Säulen, und auch Elliott bewegte sich irgendwo in der Dunkelheit hinter dem Tisch. Vielleicht hatte er Angst, Cloé könnte Lyonel an die Gurgel gehen, wenn er sich zu weit von ihm entfernte.

Lyonel lehnte sich in seinem Stuhl zurück, und als er zu sprechen begann, war es mehr zu sich selbst als zu sonst jemandem: »Mein Name ist Lyonel von Betháne. Ich war der Erstgeborene meiner Familie, größter Stolz meines Vaters.« Er ließ ein Schnauben hören, um die Ironie in seinen letzten Worten zu unterstreichen. »Ihr könnt Euch seine Freude nicht vorstellen, als ich geboren wurde. Man sagt, es gab tagelange Feiern. Er war unheimlich froh, seine Linie gesichert zu sehen. Aber die Monate vergingen, und allmählich stellte sich heraus, dass es sich bei dem Kind in seiner Wiege nicht um einen Traumprinzen handelte.« Er verstummte. Umständlich zog Lyonel einen Lederhandschuh von seiner rechten Hand und hob sie in die Luft, als wollte er winken.

Zuerst erkannte Elodea nicht, was das sollte. War er jetzt völlig verrückt geworden? Dann aber fiel ihr auf, dass er offenbar vom Ellenbogen abwärts seinen Unterarm, die Hand und alle fünf Finger nicht bewegen konnte. Sie schienen steif und teilweise merkwürdig gekrümmt, wie bei einem Kind, das die Bewegungen noch nicht richtig beherrschte.

Lyonel folgte den Blicken der Aurenen, und um seine Mundwinkel zuckte ein trauriges Lächeln. Rasch zog er den Handschuh wieder an und ließ seinen Arm unter dem Tisch verschwinden. »So ähnlich muss mein Vater auch geschaut haben, als man ihm die Nachricht überbracht hat«, sagte er und sah in die Runde.

Elodea senkte beschämt den Kopf.

»Sein Sohn, seine Zukunft, hatte eine steife Hand, eine *Miss-*

*bildung*, wie sie es nannten.« Die Bitterkeit in seiner Stimme war nicht zu überhören. »Ich würde nie ein Schwert führen können, geschweige denn noch einen zusätzlichen Schild. Ich war ein *Krüppel*, eine Schande. Mein Vater hasste mich. Alles, was nicht seinem Bild von Stärke und Perfektion entsprach, sah er als minderwertig an. Ich schätze, das nennt man Ironie der Geschichte: Genau jene Ideologie, die Benoatriz von Touleránt in den padmedischen Kriegen bekämpft hat, ist mit meinem Vater nur ein paar Jahrzehnte später in unserem eigenen Land auf den Thron gekommen. Natürlich war er nicht so blöd, seine Ansichten offen zu zeigen. Dafür waren die Erinnerungen an den Krieg in der Bevölkerung noch zu frisch. Als er gemerkt hat, dass er seine Weltherrschaftsvorstellungen in seinem Leben nicht mehr ausleben kann, hat er alles daran gesetzt, seine Erben auf Linie zu bringen. Zu seinem Glück kam ein paar Jahre später meine Schwester auf die Welt, Obsidia. Sie war sein neuer Liebling. Es war schon krankhaft, wie viel Angst er um sie hatte. Er hat sie nie aus den Augen gelassen, sie völlig auf sich fixiert. Selbst meine Mutter kam nicht mehr an sie heran. Ich weiß das alles nicht aus eigener Erfahrung, Vertraute haben es mir erzählt. Denn als ich vier wurde, hat mein Vater mich schließlich fortgeschickt. Eine Burg im Nordgebirge, irgendwo in der Einöde. Offiziell bin ich für tot erklärt worden, gestorben an einem Fieber. Ich glaube, es ist nur den Tränen meiner Mutter zu verdanken, dass er mich nicht wirklich getötet hat. Sie hat mich ab und zu besucht, daran erinnere ich mich noch. Hat mir Spielzeug gebracht und später Waffen, Kleider, Lehrer, Gesellschaft. Immer heimlich natürlich. Ich hatte auch Soldaten als Gefährten, in späteren Jahren Elliott, zum Beispiel. Wie alt warst du da? Ich erinnere mich nicht mehr …«

Von Elliott kam ein Brummen. »Zu jung«, murmelte er.

Lyonel seufzte. »Irgendwann starb meine Mutter dann, bei der Geburt meiner zweiten Schwester, Enite. Sie hat auch nicht lange überlebt, wurde nur drei Tage alt. Jahre später hieß es dann plötzlich, dass mein Vater tot sei und meine Schwester die Krone geerbt hätte. Ich dachte zuerst, meine Lage würde sich jetzt vielleicht bessern. Obsidia und ich haben uns, seit wir erwachsen sind, bis heute nur einmal gesehen, beim einzigen Besuch meines Vaters in meinem Exil. Ich kannte sie ja gar nicht. Aber Elliott und andere meiner Wachen haben schnell Wind davon bekommen, dass Obsidia plante, mich töten zu lassen. Sie hatte Angst, ich könnte Ansprüche erheben, jetzt, wo ihr Beschützer gestorben war. Vor allem als es erste Kritik an ihrem Regierungsstil gab. Sobald wir davon erfuhren, bereitete ich mich mit meinen Freunden auf die Flucht vor. Elliott war da schon Teil des Widerstands, die Brüder Mhyrias halfen uns, und es gelang. Natürlich war Obsidia rasend vor Wut. Aber sie konnte nicht verhindern, dass ich mit ihnen in den Untergrund ging und Unterstützer sammelte. Seitdem hat mich meine Schwester nie wieder erwähnt, sondern tut so, als hätte es nie einen Bruder gegeben. Etwas anderes bleibt ihr auch gar nicht übrig. Sie kann nicht öffentlich nach mir suchen lassen, dann würde sie die jahrelange Lüge unseres Vaters entlarven. Und wer weiß, wer sich dann im Volk für mich bewaffnen würde. So muss sie immer mit der Gewissheit leben, dass ich noch irgendwo bin und wieder auftauchen könnte, um ihr gefährlich zu werden.«

Auf Lyonels Worte folgte eine lange Pause.

*Das ist schon eine ziemlich seltsame Geschichte*, dachte sich Elodea. Der Thronfolger von Avendúr floh vor seiner machthungrigen Schwester, die ihn aus Angst umbringen wollte, und sann nun auf Rache? Das klang ja wie aus einem der Groschenromane, die sie früher im Buchladen an gelangweilte Hausfrauen verkauft hatte, nicht wie etwas, das sich im echten Leben ereignete. Die vielen Probleme bereiteten Elodea langsam Kopfschmerzen. Viel zu viel war in den letzten Stunden passiert, sie konnte das alles gar nicht mehr wirklich fassen.

»Habt Ihr denn irgendwelche Beweise, dass Ihr Obsidias Bruder seid?«, fragte Cloé und stieß sich von der Säule ab.

»Lass es gut sein, Cloé.« Lorebas Stimme war nicht laut, aber entschieden. Alle Köpfe wandten sich zu ihr um. »Er sagt die Wahrheit. Es gab einen Lyonel von Betháne, der im Kindesalter offiziell an einem Fieber starb, das ist geschichtlich verbürgt.«

»Aber das muss doch noch nichts heißen!«, beharrte Cloé. »Vielleicht ist er ein Betrüger, der nur auf den Thron aus ist.«

Loreba schüttelte lächelnd den Kopf. »Hast du mal ein Porträt unseres letzten Königs gesehen? Er ist ihm wie aus dem Gesicht geschnitten. Und nicht nur das. Seine Gesten, seine Haltung ... Ihr seid ganz der Sohn Eures Vaters.«

»Leider.« Lyonel machte eine Miene, die halb Zustimmung, halb Bedauern war. »Man kann seine Verwandtschaft eben nicht leugnen.«

Elodea starrte erst ihn, dann ihre Meisterin an.

»Ihr glaubt mir jetzt also?«, fragte Lyonel und blickte von einer Aurene zur anderen die Tafel entlang. Loreba nickte, und als sie das sahen, schlossen sich Tyrza und Martha an. Selbst Cloé kapitulierte mit einem missmutigen Schnauben. Auch Elodea nickte, obwohl es für sie noch schwer zu realisieren war, dass der Mann vor ihnen vielleicht einmal König von Avendúr werden würde. Wie sollten sie sich ihm gegenüber denn jetzt verhalten?

»Gut«, riss Lyonel sie aus ihren Gedanken. »Dann können Elliott und ich endlich erklären, warum wir euch alle hergebracht haben.«

»Das würde mich in der Tat interessieren«, raunte Cloé, wenn auch nicht mehr ganz so mürrisch wie zuvor, und schob sich einen Stuhl zurück.

»Denk dran, sie haben uns gerettet. Wenn Elliott und Lyonel nicht gewesen wären, dann ... naja, du weißt schon«, zischte Tyrza ihr ins Ohr. »Du könntest ruhig ein wenig dankbarer sein.«

»Also ...«, begann Elliott. »Ich gebe zu, dass unser Einsatz nicht ganz uneigennützig war. Wir wollten, dass ihr hier am Stützpunkt der Brüder Mhyrias seid und erfahrt, wer wir sind und was wir tun, damit ihr euch gegebenenfalls dazu entscheidet, unseren Widerstand zu unterstützen.« Nachdem er Lorebas Miene gesehen hatte, fügte er hastig an: »Natürlich liegt die Entscheidung bei euch. Eure Rettung ist nicht an Bedingungen geknüpft. Aber auch wenn ihr es vielleicht nicht glauben wollt: Die Aurenen genießen großen Respekt im Land, vor allem in der Provinz Betháne. Wir brauchen Leute wie euch, um etwas zu verändern.«

Loreba nickte ernst und ging auf Elliott und Lyonel zu. »Ich weiß, ich bin euch zu Dank verpflichtet. Ohne euch wäre ich tot, und was mit den Aurenen passiert wäre ...«

»Ja, ja, natürlich sind wir euch dankbar«, unterbrach sie Cloé. »Aber wie soll es denn jetzt mit uns weitergehen? Wir können uns nicht ewig hier verstecken. Im Übrigen haben wir selbst ein Haus, und das ist um einiges sicherer als dieses hier.«

»Sicherer? Meine Liebe, unser Versteck sieht vielleicht von außen aus wie eine Bruchbude, aber es gibt hier Katakomben, metertief unter der Erde. Wie soll ein Ort noch sicherer sein?«, fragte Elliott und presste die Lippen zusammen, als hätte Cloé versucht, ihn zu beleidigen.

»Durch Magie«, erwiderte Loreba schlicht. »Aber das ist jetzt nicht wichtig.«

»Nun, wenn ihr tatsächlich einen Ort habt, an dem ihr sicher seid, spricht natürlich nichts dagegen, dass ihr dorthin zurückkehrt«, sagte Lyonel, bevor Elliott den Mund aufmachen konnte. »Ich bitte euch aber, noch bis übermorgen zu bleiben. Morgen Abend findet eine Beratung von uns Brüdern Mhyrias und ein paar Freunden statt. Wir wollen euch zu nichts zwingen, aber wir würden uns freuen, wenn ihr daran teilnehmt.«

Loreba nickte. »Gut. Dann hören wir uns an, was ihr zu sagen habt. Das sind wir euch auf jeden Fall schuldig.«

»*Ihr* seid uns gar nichts schuldig«, meinte Lyonel entschieden und stand auf. »Ihr habt so viel für das Land getan, da ist es nur gerecht, wenn euch endlich auch mal jemand hilft. Trotzdem freue ich mich über euer Vertrauen. Ich wünsche euch eine gute restliche Nacht. Schlaft euch aus. Ihr wirkt, als hättet Ihr es nötig. Wir sehen uns morgen wieder.«

Elliott führte die Aurenen durch den Gang mit den Fackeln zurück nach oben ins Haupthaus.

Wieder in der Küche angelangt, wurden sie bereits erwartet. In einer Ecke stand die Frau, die ihnen bei ihrer Ankunft die Tür geöffnet hatte.

»Acte wird euch eure Zimmer zeigen«, sagte Elliott und wies auf die Frau, die bei seinen Worten allerdings nicht besonders glücklich aussah. »Ich muss jetzt wieder runter, die Sitzung für morgen vorbereiten. Gute Nacht.«

Noch ehe sie sich von Elliott verabschiedet hatten, rauschte Acte schon an ihnen vorbei. »Mir nach«, zischte sie und klang dabei alles andere als freundlich. Cloé und Tyrza warfen sich vielsagende Blicke zu, während sie ihr folgten. Von hinten fiel Elodea auf, dass Acte die Haare in kunstvolle Locken gedreht hatte. Außerdem trug sie ganz andere Kleider als die Aurenen. Ihre Ärmel waren an der Seite offen und wurden durch goldene Spangen festgehalten. Darüber hatte sie bunte Tücher aus Wolle geschlungen. Das war also die Tracht Téskas, von der Tyrza immer so schwärmte.

Acte führte sie in einen großen Raum im oberen Stockwerk. Eigentlich war es gar kein richtiger Raum, mehr ein Durchgangszimmer zwischen den einzelnen Treppen. In der Ecke brannte ein Feuer im offenen Kamin, um den herum Lehnstühle und Sitzpolster gruppiert waren.

»Wartet hier«, beschied Acte kühl. »Ich sehe nach, wo ich euch unterbringen kann.« Mit einem letzten finsteren Blick auf die Aurenen ging sie aus dem Zimmer. Die Freundinnen sahen ihr sprachlos nach.

»Habt ihr nicht auch das Gefühl, dass sie uns irgendwie nicht leiden kann?«, meinte Cloé mit einem Kopfnicken in Richtung der Tür, durch die Acte verschwunden war.

»Ja, allerdings, und ich weiß auch, warum«, sagte Tyrza schnippisch und ließ sich in einen Lehnstuhl sinken.

»So?« Cloé hob die Augenbrauen, während die anderen sich ebenfalls setzten. »Und teilst du deine Erkenntnis mit uns?«

»Das liegt doch auf der Hand. Ich habe vorhin zufällig ein Gespräch mit angehört.«

Elodea sah verstohlen zu Martha hinüber. Die beiden konnten sich das Lachen kaum verkneifen. Als ob Tyrza je etwas *zufällig* mit anhören würde.

»Jedenfalls«, fuhr Tyrza fort, »hat sie nachgefragt, ob jemand wüsste, was mit einem gewissen Damian sei. Er war anscheinend einer der Männer, die euch in Tenébra bei der Flucht geholfen haben. Offenbar ist er noch nicht wieder hier angekommen. Jetzt macht Acte sich natürlich die ganze Zeit Sorgen. Damian ist wohl ihr Ehemann.«

»Und?« Cloé schien verwirrt. »Ich verstehe immer noch nicht, warum sie dann auf uns wütend ist. Wir können doch nichts dafür.«

»O Cloé! Damian kam nach Tenébra, um Loreba zu retten. Wenn ihm also bei dieser Aufgabe etwas zugestoßen ist, gibt sie natürlich uns die Schuld dafür. Wie es aussieht, findet sie es nicht besonders gut, dass Damian für Loreba sein Leben riskiert hat.«

»Das mit Acte tut mir leid«, sagte Martha. »Ich meine, es wäre ja eigentlich wirklich unsre Schuld, oder?«

Cloé schüttelte den Kopf. »Bis jetzt ist doch gar nicht klar, warum er noch nicht wieder hier ist. Vielleicht verspätet er sich einfach. Diese Acte soll sich nicht so aufregen! Als ob wir nicht schon genug Feinde hätten.«

»Ist ein wenig Mitgefühl mal wieder zu viel verlangt, Cloélise?«, fragte Tyrza. »Immer noch die gleiche Schreckschraube wie früher ...«

»Ich hab dich auch vermisst, Tyrzalein«, erwiderte Cloé zwinkernd.

Die beiden grinsten sich an. Es war immer wieder erstaunlich, wie gut Cloé und Tyrza miteinander auskamen, obwohl sie so unterschiedliche Charaktereigenschaften hatten. Wo Cloé mit Emotionen oder überhaupt nur einem freundlichen Blick geizte, schien Tyrza vor Lebensfreude überzusprudeln. Sie liebte alles, was schön war, tanzte, musizierte, sang und hatte dazu noch einen ausgeprägten Sinn für Mode. Auf den ersten Blick schien in ihr das Ideal der Tochter aus gutem Hause verwirklicht. Nicht nur in diesem Punkt unterschied sie sich völlig von Cloé.

Wenn in einer Kneipe um ein Uhr morgens plötzlich eine Gruppe Kerle anfing, sich zu schlagen, konnte man meistens davon ausgehen, dass Cloé dahintersteckte. *Dieses Kind ist kein Mädchen, sondern ein Sturm*, pflegte Martha zu schimpfen. *Immer muss sie provozieren, sie redet sich mit ihrem losen Mundwerk eines Tages noch um Kopf und Kragen, ihr werdet schon sehen!*

Elodea bezweifelte allerdings, dass Martha damit recht behielt. Zwar stimmte es, Cloé nahm selten ein Blatt vor den Mund, und mit ihrem rauen Umgangston und der schonungslosen Ehrlichkeit machte sie sich nicht gerade viele Freunde, doch sie war auch keine, die das nötig gehabt hätte. Schon immer war Cloé gut alleine klargekommen. Sie beherrschte den Umgang mit Schwert und Bogen besser als die meisten Soldaten. Und ohne ein Messer trat sie nicht mal vor die Haustür.

Zu Beginn hatten sich Tyrza und Cloé nicht ausstehen können. Und auch Elodea war zunächst nicht begeistert gewesen, als Martha mit Lorebas Einwilligung beschlossen hatte, die beiden bei ihnen aufzunehmen. Tyrza war ihr oberflächlich vorgekommen und Cloé zu unverschämt. Doch mit der Zeit hatten sie sich besser kennengelernt und festgestellt, dass hinter ihren Fassaden weit mehr lag. Die eine mochte ihre Narben lieber überschminken oder mit schönen Farben zudecken, während sich die andere hinter Stahl und einer unnahbaren Miene verschanzte, aber beide versteckten sie die gleichen Wunden.

*Wenn ich ein neues Kleid nähe, dann schaffe ich Schönheit*, hatte Tyrza einmal zu Elodea gesagt. *Und ganz gleich, wie hässlich die Menschen sind, ich weiß dann, dass es etwas Gutes in der Welt gibt, zu dem ich zurückkehren kann, wann immer ich will. Die Mode ist mein sicherer Ort, so wie deiner das Lesen ist. Sag mir: Nur weil deine Leidenschaft als intellektuell gilt und meine nicht, bin ich deswegen gleich oberflächlich?*

Spätestens seit diesem Gespräch hatte Elodea ihre Meinung zu den beiden geändert.

»Jetzt erzählt mal«, forderte Tyrza die anderen auf. »Ich hoffe, euch haben sie in eine bessere Provinz verfrachtet als mich. *Morugan!* Grauenvoll war das. War ja klar, dass ausgerechnet ich in den Norden muss! Nichts als verregneter Nadelwald, Berge und Kälte! Wenn es mal nicht geschneit hat, hast du vor lauter Nebel die Hand vor Augen nicht gesehen, und erst die Mode dort ... Katastrophe!« Tyrza schlug sich theatralisch die Hand vors Gesicht. »Versteht ihr, ich bin Betháne gewohnt! Laubwald, Vogelgezwitscher, milde Temperaturen ... nicht diese Eiswüste! Wie können Leute überhaupt in dieser Provinz leben?«

»Also mich haben sie hierher nach Téska verbannt«, erzählte Cloé. »Und das war auch nicht gerade angenehm. Ich war am Hof des Grafen, weiter oben bei den großen Seen, mitten in der Steppe. Obsidias Armee ist dort stationiert, und da liegen auch die Militärschulen, in denen sie ihre Männer *erzieht*. Ich habe nicht viel davon mitbekommen, aber man hat sich auch bemüht, mich ja nichts sehen zu lassen. Die gesamte Grafenfamilie macht, was Obsidia ihnen befiehlt, ohne auch nur einmal drüber nachzudenken. Lauter Feiglinge!«

»Gegen dich ist doch jeder feige, Cloé«, warf Martha ein.

»Stimmt gar nicht« Cloé schürzte die Lippen, aber Elodea wusste, dass sie die Beleidigte nur spielte. In Wahrheit waren Marthas Worte genau das, was sie hören wollte. »Ist aber auch egal. Dieser Graf von Téska ist jedenfalls seltsam. Während ich da war, hat der nicht einen Ball oder so was veranstaltet. Ich meine, nicht, dass ich es vermisst hätte, aber komisch war das schon.«

Elodea lachte. Cloé kam aus Touleránt, wo jedes Mädchen

mit Begeisterung auf Bälle ging. Sie hatte selbst erlebt, wie es in Avendúrs elegantester Provinz zuging, und irgendwie hatten Cloés Eltern bei ihrer Erziehung wohl einen Fehler gemacht, denn Cloé hasste tanzen und alles, was man allgemein als *Mädchenkram* bezeichnen könnte.

»Wo warst du eigentlich?«, fragte Tyrza und sah Elodea an.

»Ich?« Elodea setzte sich auf. Sie hatte die Frage befürchtet. Nach allem, was die anderen erzählt hatten, fühlte sie sich nicht besonders wohl dabei, von ihrer eigenen Verbannung zu berichten. Denn egal, wie sie es drehte und wendete: In Touleránt war es nicht schlimm gewesen. Natürlich, das Heimweh nach Betháne und die Ungewissheit über die Zukunft hatten sie gequält, aber ansonsten ... In Ivette hatte sie eine Freundin gefunden, und die Gräfin hatte sie mit Respekt behandelt, obwohl ihr Verhalten insbesondere in den ersten Wochen nicht immer angemessen gewesen war.

»In Touleránt«, antwortete sie und wandte ihren Blick vom Feuer ab. »Eigentlich war es gar nicht so schlecht dort. Ich glaube sogar, dass die Gräfin von Touleránt gut findet, was wir tun. Sie hat mich immer unterstützt, hat mir mein Kontemplet zurückgegeben und so ...«

»Na, das ist doch schon mal was«, sagte Tyrza in einer Stimmlage, die wahrscheinlich optimistisch wirken sollte. Sie drehte sich zu Loreba und Martha um. »Und wie ging es euch so?«

Martha zuckte mit den Schultern. »Alles in allem hätte es schlimmer kommen können. Ich hatte ziemlich viele Freiheiten, durfte sogar jede Woche in die Stadt gehen und für uns einkaufen. Natürlich unter Bewachung, Unterhaltungen waren verboten. Aber Loreba musste immer im Schloss bleiben.«

»Das war bestimmt furchtbar, die ganze Zeit so eingesperrt«, meinte Tyrza mitfühlend.

»Es wäre längst nicht so tragisch gewesen, hätten sie mich wenigstens lesen lassen«, sagte Loreba. »Aensley war ein paarmal da und hat mir Bücher gebracht, aber sie wurden vorher überprüft, und außer ein bisschen *Trivialliteratur*«, sie sprach das Wort aus, als brenne es ihr auf der Zunge, »hat es nichts durch die Zensur geschafft. Ich habe mich geistig nie so tot gefühlt. Keine Nachrichten. Keine Briefe. Obwohl ... einen Brief habe ich bekommen.«

Aus dem Augenwinkel sah Elodea, wie sie schluckte. »Er war von deiner Mutter, Elodea.«

»Bitte?« Elodea setzte sich in ihrem Stuhl auf. »Wieso durfte sie dir schreiben und ich nicht?«

Um Lorebas Mundwinkel zuckte ein bitteres Lächeln. »Obsidia hat mir ihren Brief nicht aus Nächstenliebe zukommen lassen. Der Inhalt war … wenig erbaulich. Deine Mutter hat mir Vorwürfe gemacht. Hat gesagt, dass meine Verhaftung dich zerstört hätte, emotional und vor allem gesellschaftlich. Dass ich verantwortungslos bin und dass sie, wenn sie früher gewusst hätte, was es mit mir für ein Ende nimmt, niemals zugelassen hätte, dass du meine Schülerin wirst. Sie schrieb, ich hätte dich ihr weggenommen und eure Familie zerstört.«

»Was!?«

»Obsidia muss gewusst haben, was drinsteht.« Loreba presste die Lippen zusammen. »Sie wollte, dass ich mir Vorwürfe mache.«

»Aber das hast du doch nicht, oder? Loreba?« Elodea wollte ihr in die Augen sehen, doch ihre Meisterin mied plötzlich ihren Blick.

»Ich gehe und sehe nach, wo Acte bleibt«, sagte Loreba und stand auf. »Seid mir nicht böse. Ich bin wirklich müde.«

»Was ist eigentlich los mit ihr?«, fragte Cloé, als sie fort war. »Sie wirkt total verändert, richtig … *schwach*.«

»Wundert dich das?« Tyrzas Worte waren ungewöhnlich scharf. Sie hatte die Stirn in Falten gezogen, und Elodea war sich nicht sicher, ob aus Wut über Cloés taktloses Verhalten oder aus Sorge um Loreba. »Keiner von uns hat eine Ahnung, was sie in den letzten Tagen durchgemacht hat, oder? Ich möchte dich mal sehen, wenn dir jemand sagt, dass du am nächsten Tag umgebracht werden sollst!«

»Schluss damit!« Martha hob die Hände. »Ich will nichts mehr davon hören. Das alles ist vorbei. Was Loreba jetzt braucht, sind Zeit und Ruhe. Wir müssen aufeinander achten, zusammenhalten. Eure Streiterei nützt ihr nichts, nehmt lieber ein bisschen Rücksicht. Ich bin sicher, morgen geht es ihr schon wieder besser.«

● ● ●

Selbst später, als sie wach im Bett lag, ging Elodea Lorebas Gesichtsausdruck nicht aus dem Kopf. *Sie wirkt richtig schwach.* Nicht nur Cloé war es aufgefallen, auch sie hatte ihre Meisterin noch nie so kraftlos gesehen. Es machte ihr Angst. Gleichzeitig war sie wütend. Was fiel ihrer Mutter ein, so etwas zu schreiben? Loreba hatte sich doch nicht absichtlich verhaften lassen. Elodea war stolz auf sie. Für die eigenen Prinzipien einzustehen, auch wenn es schwierig wurde, war genau das, was eine Meisterin ihrer Schülerin vorleben sollte. Mal davon abgesehen, dass sie dieselben Prinzipien vertrat, ihre Verbannung war schließlich selbstgewählt. All das hätte sie Loreba sagen müssen, dort im Kaminzimmer, hätte ihre Zweifel im Keim ersticken sollen. Aber Elodea war stumm geblieben. Wie so oft.

Sie wandte den Kopf und spähte durch die Dunkelheit zu Martha hinüber, die längst schlief. Das Zimmer war eine Abstellkammer. Außer zwei Feldbetten aus Drahtgestell und einer Kerze auf dem Fensterbrett, die im Zug des undichten Fensters flackerte, gab es nichts.

Elodea nahm ihr Kontemplet und hielt es in den Lichtkegel. Jeder ihrer Muskeln schmerzten mittlerweile vor Müdigkeit und Anstrengung. Seit sie Praetimaria erreicht hatten, war der Fluchtmodus, der ihren Körper die letzten zwei Tage am Laufen gehalten hatte, ausgeschaltet. Übrig geblieben war nichts als völlige Erschöpfung. Trotzdem konnte sie nicht schlafen. Sie hatte es versucht, doch ihr Geist ließ sie nicht zur Ruhe kommen. Wann immer das der Fall war, schrieb sie normalerweise ihre Gedanken in ihr Kontemplet, denn was schon für normale Menschen eine Methode war, um Ordnung in den Kopf zu bekommen, empfanden Magier als richtige Befreiung. Elodea hatte damit gerechnet, Seiten über die letzten Tage zu füllen, doch herausgekommen war nur ein Satz. *Ich war ohnmächtig.*

Ohnmächtig beim Prozess, ohnmächtig in ihrer Verbannung, auf den Stufen der Gerechtigkeit und ohnmächtig selbst jetzt noch, unfähig Loreba zu helfen, für die Loánne ganz offensichtlich noch nicht abgeschlossen war.

Elodeas Hand verkrampfte sich um ihren Stift. Was hatte sie in den letzten Monaten getan, außer in Touleránt zwischen Tüll und Rosen im Selbstmitleid zu versinken? Das Wiedersehen mit den anderen Auren hatte ihr nur noch einmal deutlicher vor Augen geführt, wie erbärmlich ihr Verhalten gewesen war. Martha, Cloé, Tyrza, sie alle hatten in ihrem Leben viel mehr durchgemacht, hatten viel mehr überwinden müssen. Wenn jemand würdig gewesen wäre, Lorebas Schülerin zu sein, dann eine von den dreien. Wer war sie neben ihnen? Nur eine Winzertochter aus Tenébra, die durch Zufall in der falschen Geschichte gelandet war.

*Oh, Elodea, du wandelnder Minderwertigkeitskomplex*, hörte sie eine Stimme in ihrem Kopf, die seltsamerweise wie Cloé klang. *Jetzt übertreibst du aber ein bisschen, oder?*

Nein, tat sie nicht. Sie hatte zugesehen, wie Loreba ihrem Tod entgegenging, stumm, als Randfigur, wie eine dieser Edeldamen in den Geschichten, die den Drachentöter bejubelten, aber selbst zu nichts in der Lage waren. Mit Loreba wären auch ihre Ideen gestorben. Elodea hätte nicht die Stärke gehabt, das Erbe ihrer Meisterin anzutreten.

*Weil du dich verhalten hast wie ein Kind. Du wolltest gerettet werden, von all diesen Leuten um dich herum, die besser, stärker, tapferer waren. Aber Loreba ist nicht gestorben. Und Kinder werden erwachsen.*

Da war etwas dran. Die Auren waren wieder vereint, bei den Brüdern Mhyrias, im Herzen des Widerstands. Vor einigen Monaten war sie siebzehn geworden, volljährig. Die Dinge hatten sich geändert. Es wurde Zeit, Verantwortung zu übernehmen.

*Ich werde nicht mehr einfach zusehen, wie sie mir alles wegnehmen. Ich werde nicht mehr nur danebenstehen, wenn über mein Schicksal entschieden wird.*

Wieder sah sie auf ihr Kontemplet. *Ich war ohnmächtig.*

Nein. Das war es nicht, was dieser Tag sie lehren sollte. Mit einer schnellen Handbewegung strich sie den letzten Satz durch, beugte sich über das Buch und schrieb einen neuen. Dann legte sie das Kontemplet zu Seite, drehte sie sich um und zog die Bettdecke bis zum Hals.

Die Kerze am Fensterbrett beleuchtete ihren Eintrag, ließ die feuchte Tinte funkeln. Mit jedem Windstoß flackerten Elodeas Worte auf, das Versprechen an sie selbst. *Ich werde nie wieder eine Zuschauerin sein.*

# DAS HERZ DER FEINDIN

*Sie sah das Kind vor sich in der Wiege liegen, schlafend. Endlich hatte es aufgehört zu schreien. Langsam schlich sie an sein Bett. Als sie sich über das Geländer beugte, tropften ihre Tränen auf sein Gesicht. Plötzlich schlug das Mädchen die Augen auf. In den paar Sekunden, die es brauchte, bis das Baby die Brauen verzogen und zum Schreien angesetzt hatte, war ihre Entscheidung gefällt. Sie streckte die Hände aus, legte sie der Kleinen auf das Gesicht und drückte zu ...*

Obsidia erwachte schreiend. Es dauerte einige Atemzüge, bis sie erkannte, wo sie war, in ihrem Bett, schweißgebadet und um Atem ringend.

Faryas bleiches Gesicht stand im Türrahmen, eine Lampe in der Hand. »Meine Königin? Was ist passiert? Hattet Ihr wieder einen Albtraum?«

»Verschwinde!« Obsidias Stimme war herrisch, doch etwas in ihr rebellierte, wollte Farya zurückrufen, anflehen, dass sie bei ihr blieb. Am liebsten hätte sie sich auf die Zunge gebissen. Besonders nachts wurde ihre schwache Seite mächtig. Der Teil von ihr, der sich nach Gesellschaft sehnte, nach menschlicher Berührung. Erst einmal hatte Obsidia den Kampf gegen ihn verloren, als sie zugelassen hatte, dass Farya nach einen Albtraum an ihrer Seite ausgeharrt hatte, bis sie eingeschlafen war. Zur Strafe für dieses Verhalten hatte sie die Hofdame am nächsten Tag schlagen lassen. Und nicht nur sie. Auch ihr eigener Rücken trug seitdem neue Narben.

Obsidia schluckte ihre Schwäche hinunter und sank zitternd zurück in die Kissen. Sie versuchte, gleichmäßig zu atmen, ihr Herzklopfen zu beruhigen. *Diese Träume ...*

»Wieso verfolgst du mich?«, wisperte sie und wischte sich über die kalte Stirn. »Lass mich doch eine Nacht in Frieden ... Ist das deine Rache? Willst du mich in den Wahnsinn treiben?«

Mühsam stand sie auf und wankte zum Schreibtisch. Ihr Nachthemd klebte am Rücken, so durchgeschwitzt war es. Bei jedem Schritt rieb der Stoff über die frischen Striemen darunter. Jetzt, wo die Wirkung der Schmerzmittel nachgelassen hatte, brannten die Wunden wieder wie Feuer.

*Gut so.* Sie hätte erst gar keine Medikamente nehmen dürfen. Im Schmerz lag schließlich die Strafe. Und wer die Flucht der Aurenen zugelassen hatte, verdiente jedes bisschen davon. *Du wirst dich bestrafen, für alles Versagen, selbst die kleinste Schwäche,* hatte ihr Vater gesagt. Seit seinem Tod war Lysander ihr Mann dafür, der Einzige im Schloss, der keine Skrupel hatte, seine Königin blutig zu schlagen.

Am Anfang hatte er es sogar übertrieben. Einmal, kurz nach einer Bestrafung, war sie beim Abendessen vor aller Augen zusammengebrochen, als eine falsche Bewegung die Wunden an ihrem Rücken wieder aufgerissen hatte. Innerhalb weniger Minuten war die helle Seide ihres Kleides rot durchweicht gewesen. Mittlerweile wussten sie zwar beide besser, wie viel sie ertragen konnte, trotzdem kleidete sie sich seit dieser Nacht nur noch in Schwarz.

Mit bebenden Händen stützte sie sich auf die Tischplatte und nahm ein paar Schlucke Wasser. Sie musste sich ablenken, wenn sie nicht die ganze restliche Nacht zitternd im Bett kauern wollte, das wusste sie aus Erfahrung. Vor ihr, auf dem sonst makellos aufgeräumten Arbeitsplatz, lag das Buch.

Den ganzen Abend schon hatte es dort gewartet, unschuldig, als wüsste es nicht, dass es das Lebenszeugnis einer Verbrecherin war. Herr Famorgan hatte es ihr aus Loánne gebracht. Obsidia hatte es beinahe vergessen, aber nun, da sie es vor sich liegen sah, kehrte ihre Neugier schlagartig zurück. Es juckte sie in den Fingern, einen Blick in Loreba Elgyns Kontemplet zu werfen. Sie konnte die Anziehungskraft, die von dem kleinen Ding ausging, fast körperlich spüren. Wieso sollte sie es sich nicht ansehen? Es würde sie von ihren Albträumen ablenken. Und hatte ihr Vater nicht immer gesagt, man musste herausfinden, wie seine Feinde dachten?

Fahrig öffnete sie die silbernen Verschlüsse. Sie kam noch dazu, einige Worte der Seite zu lesen, die sie aufgeschlagen hatte, dann aber schienen die Buchstaben merkwürdig vor ihren Augen zu verschwimmen. Sie las zwar weiter, doch gleichzeitig begann sie, das Geschriebene zu hören, zu sehen und zu fühlen. In ihrem Kopf entstanden Bilder, und es war, als ziehe sie etwas in den Text hinein …

*Schuldig!*

*Sie hatte keine Zeit, sich zu verabschieden. Das Urteil war kaum gesprochen, da holte man sie bereits von der Anklagebank, weg von den anderen.*

*»Wo ist Elodea?« Ihr Kopf wirbelte herum, als sie versuchte, in dem Gewirr aus Menschenrücken, Schaulustigen und Soldaten ihre Schülerin zu erkennen.*

*»Loreba!« Elodeas Schreie hallten von den Wänden wider, während Soldaten sie das Treppenaus hinunter in die Eingangshalle des Gerichts führten. Fratzen flogen an ihren Augen vorbei, Massen aus Gaffern drängten sich um die Treppengeländer, sie alle wichen zurück, als man sie an ihnen vorbeizog. Ängstlich, entsetzt.*

*»Darf ich mich noch verabschieden?«*

*Die Soldaten gaben keine Antwort. Nur das Echo von Elodeas Stimme, grotesk verzerrt durch den Hall der Gewölbe, schlug ihr entgegen. »Loreba, stopp!«*

*Sie wandte den Kopf und sah Elodea auf sich zurennen. Ihre Schülerin kämpfte sich durch die Menge, vorbei an den Soldaten, die das tatsächlich zuließen, bis sie ihre Meisterin berühren konnte. Über die verschränkten Speere ihrer Bewacher hinweg reichten sie sich die Hände. Sie schaute in Elodeas Augen, und der Schmerz, als ihr klarwurde, dass sie sich vielleicht zum letzten Mal sahen, bohrte sich wie ein Messer in ihren Bauch. »Halte durch«, hörte sie sich sagen und merkte, wie sie Elodeas Hände dabei fester umklammerte. »Wir werden uns wiedersehen.«*

*Dann zerrte man sie auseinander. Elodea blieb auf der Marmortreppe zurück, während die Soldaten Loreba weiterdrängten, weg vom Gericht und weg von ihrer Schülerin ...*

Als der Eintrag endete, kniete Obsidia am Boden. Ihre Wangen waren feucht. Ohne es zu merken, hatte sie geweint. *Was ...?* Sie wischte sich die Tränen ab und hielt sich die Finger vor die Augen, als könne sie es nicht begreifen. Es hatte sich so echt angefühlt, die Angst, der Schmerz ... Oh, sie kannte Schmerz. Und dieser, das Wissen, jemanden verloren zu haben, der einem alles bedeutet hatte, war der schlimmste von allen. Es waren Jahre vergangen, seit sie ihn beerdigt hatte, doch das Gefühl war noch genauso lebendig wie damals. Wenn sie die Augen schloss, sah sie sich wieder in der Gruft stehen, in ihren neuen schwarzen Kleidern, die sie bis heute nicht mehr abgelegt hatte ...

Auf einmal spürte sie eine Welle von Mitleid für diese Frau im Buch. Das Gefühl traf sie so unvorbereitet, dass sie keuchte. Als die Erkenntnis kam, war es wie ein Schlag: *Ich bin es. Ich habe ihr das angetan.*

Aber war diese Frau nicht eine Verbrecherin? Eine Volksverhetzerin, die ihre Untertanen gegen sie, die Königin, aufbrachte? Die ihre Gesetze kritisierte, Gesetzte, die noch ihr Vater ausgearbeitet hatte? Und wenn sie dadurch sein Andenken beschmutzte ... Verdiente sie all das dann nicht?

Zornig schlug Obsidia das Buch zu und stand auf. Beinahe hatte es diese Magierin geschafft, ihren Verstand zu täuschen. Dabei waren es doch bloß Trugbilder, die so ein Kontemplet beschwor.

Sie klingelte, und Farya kam zurück. »Meine Herrin?«

»Schaff das weg«, wies sie das Mädchen an und deutete auf das Buch am Boden. »Versteck es, vergrab es, egal was, nur sorg dafür, dass es niemand mehr in die Finger bekommt.«

Farya nickte folgsam. Mit dem Kontemplet in der Hand verneigte sie sich und verließ den Raum. Draußen vor der Tür aber, weg von Obsidia, verschwand die aufgesetzte Miene der Hofdame. Sie zog das Buch hervor. Einen Moment lang betrachtete sie es und drückte es dann ans Herz wie einen Schatz.

*Ihr habt die Verfasserin nicht vernichten können, Königin*, dachte sie grimmig. *Ihr werdet es auch mit ihrem Werk nicht schaffen.*

# VERRAT

Während in Praetimaria allmählich die Sonne aufging, war die Provinz Betháne noch in Dunkelheit gehüllt. Zwielichtige Gestalten bewegten sich im Schutz der Nacht durch die Straßen Tenébras. Kein Mensch, der etwas auf sich hielt, war zu dieser Zeit noch unterwegs. Dennoch schlich eine junge Frau die Stufen vom Schloss hinunter in die Stadt. Sie verbarg sich im Schatten der Hausfassaden, um nicht von den Laternen verraten zu werden, die in den verwinkelten Gassen brannten. Immer wieder sah sie sich um. Schließlich blieb sie unter einer Heiligenstatue an einer Straßenecke stehen. Sie schien auf jemanden zu warten. Ihr Blick wanderte immer wieder zu der großen Uhr, die einige Straßen weiter an einem Kirchturm hing. Der Zeiger wies auf halb sechs Uhr. Er verspätete sich. Allmählich wurde sie ungeduldig. So lange hatte sie noch nie warten müssen, normalerweise war er immer vor ihr an ihren vereinbarten Treffpunkten. Ihm war doch hoffentlich nichts passiert?

Endlich tauchte ein Mann aus der Dunkelheit vor ihr auf.

Die Frau seufzte erleichtert. »Damian, wieso bist du so spät?«

Sie sprach flüsternd, während er sich die Kapuze vom Kopf zog. »Ich musste vorsichtig sein«, sagte Damian. »Sie überwachen die ganze Stadt.«

Die Frau sah zu Boden. Nervös wippte sie mit den Füßen auf und ab, offenbar lag ihr irgendeine wichtige Frage auf der Zunge, aber sie schien nicht zu wissen, wie sie anfangen sollte. Schließlich sagte sie: »Und …? Loreba? Habt ihr sie aus der Stadt hinausgeschafft, ist sie in Sicherheit?«

Damian runzelte die Stirn. »Das weißt du doch längst, oder? Obsidia hat sicher auch schon davon erfahren.«

»Ich weiß nur, dass sie entkommen ist.«

»Viel mehr kann ich dir auch nicht sagen«, wandte Damian ein. »Die Aurenen sind mit Elliott durch den Wald geflohen. Bis dahin hat unser Plan funktioniert. Wenn alles glattgegangen ist, sind sie längst in Sicherheit an einem vereinbarten Treffpunkt.«

»Und wo ist dieser Treffpunkt?«

»Farya. Du weißt ganz genau, dass ich dir diese Information nicht geben darf. Zumindest jetzt noch nicht. Ich muss vorher mit den Aurenen sprechen.«

»Nein, ich will nicht länger hierbleiben. Bitte, nimm mich mit!« Sie sah ihn flehentlich an.

Damian jedoch packte sie an den Schultern und zog sie tiefer in den Schatten der Statue. Aus einer der umliegenden Straßen war plötzlich Gesang zu hören. Der tiefen Männerstimme nach musste es ein Nachtwächter sein, der seine Runde drehte und die Laternen löschte. »Ich kann dich nicht mitnehmen«, versuchte Damian ihr zu erklären. »Du bist keine Aurene mehr, und das ist deine eigene Schuld.«

»Aber ich ...«

»Du hast die Aurenen verraten! Was erwartest du? Dass sie dich wieder mit offenen Armen empfangen? Ich werde mit ihnen reden, aber ich kann dir nichts versprechen.«

»Klar. Einmal Verräter, immer Verräter ... So läuft das bei euch, richtig?« Sie schien ihm gar nicht wirklich zuzuhören. Damian gebot ihr mit einem Zischen, leiser zu sprechen, aber sie dachte nicht daran, ihre Stimme zu senken. »Weißt du, es ist nicht gerade lustig, hier in Tenébra rumzusitzen und die Launen der Königin zu ertragen. Ja, ich habe die Aurenen damals verraten. Ich hatte Angst, verdammt! Aber ich habe es bereut, und bereue es jeden Tag aufs Neue. Seit Monaten spioniere ich für die Brüder Mhyrias, und noch immer vertraut ihr mir nicht! Ich will, ich *kann* nicht mehr hierbleiben, versteh das endlich!«

»Das tue ich doch«, sagte Damian und griff nach ihrer Hand. »Aber die Entscheidung liegt nicht bei mir. Du musst Geduld haben, vielleicht sieht die Welt in ein paar Wochen schon ganz anders aus.«

Enttäuscht wand sich Farya von ihm los. In ihren Augen glitzerten Tränen, als sie zu ihm aufsah. »Hier«, sagte sie kühl und zog etwas unter ihrem Umhang hervor. »Ihr Kontemplet. Das ist es, was ich dir eigentlich geben wollte. Ich habe es vor Obsidia gerettet. Bring es Loreba, es gehört ihr.« Sie drückte es ihm in die Hand, dann wandte sie sich um und trat zurück auf die Straße.

Als sie schon fast bei den Stufen angekommen war, die hinauf zum Schloss führten, rief Damian, so laut es seine Flüsterstimme zuließ: »Danke, Farya. Ich weiß wirklich zu schätzen, was du für uns leistest. Aber bitte verstehe, dass ich dir bei deiner Vergangenheit eben nicht alles erzählen kann.«

Farya hielt vor der ersten Treppenstufe inne und wirbelte herum. »Die Vergangenheit hat an sich, dass sie vergangen ist! Ich habe mich geändert, Damian. Wenn du mir nicht helfen willst, dann muss ich mir eben selbst helfen. Ich werde mich nicht länger quälen lassen. Obsidia scheint langsam wahnsinnig zu werden. Sobald es geht, verschwinde ich aus Tenébra. Mit oder ohne deine Hilfe!«

Damian wollte ihr hinterherlaufen, doch Farya war schnell. Bevor er den Treppenabsatz erreichte, war sie schon auf die laternenbeschienenen Stufen zum Schloss getreten. Es war zu gefährlich für Damian, ihr dorthin zu folgen, also blieb er im Schatten stehen und versuchte, sie mit einer Mischung aus heiserem Flüstern und Fluchen zurückzurufen.

Aber Farya drehte sich nicht noch einmal um. Wütend stieg sie die Stufen hinauf und war verschwunden.

# NEUE ALLIANZEN

Elodea blinzelte. Durch das offene Fenster fiel Licht in den Raum. Es dauerte eine Weile, bis ihr wieder einfiel, wo sie eigentlich war. Dann erst bemerkte sie, dass Martha am Fenster stand und auf sie herabsah.

»Wurde auch Zeit, dass du mal aufwachst, Langschläferin. Es ist schon Nachmittag«, sagte sie und zog ihr die Bettdecke weg.

»Dir auch einen guten Morgen, Martha.« Elodea gähnte und begann im Liegen nach ihren Schuhen zu suchen. Ihr Kleid hatte sie gestern gar nicht erst ausgezogen, sie strich es nur ein wenig glatt, dann stand sie auf. Obwohl sie mindestens acht Stunden geschlafen haben musste, fühlte sie sich noch immer nicht wirklich wach. »Hast wenigstens du gut geschlafen?«

Martha stemmte die Arme in die Hüften und sah Elodea an, als würde sie sich über sie lustig machen. »Soll das ein Scherz sein? Mein Kreuz leidet auf dieser Pritsche Höllenqualen. Ich glaube, ich werde langsam zu alt für solche Späße. In meinem Alter sollte man wohl einfach ruhig auf einer Bank vor seinem Häuschen sitzen und nicht auf der Flucht sein.«

Elodea lachte. »Da hättest du dir einen anderen Schützling aussuchen müssen. Lorebas Leben wird nie ruhig sein, fürchte ich.«

»Ich weiß.« Marthas Gesicht nahm einen schmerzhaften Ausdruck an. »Manchmal frage ich mich, wieso sie nicht einfach sein kann wie alle anderen. Mit einem normalen Beruf, verheiratet, was eben so üblich ist. Stattdessen musste sie unbedingt an die Universität gehen und nach diesem unmenschlichen Akademikerzölibat leben.«

»Sie wollte es so«, sagte Elodea bestimmt. »Niemand hat sie gezwungen. Und sie ist doch glücklich. Sind wir mal ehrlich, kannst du dir Loreba in irgendeinem anderen Beruf vorstellen? Im Handwerk?«

Martha gluckste.

»Eben. Das Lehren ist ihre Leidenschaft. Und der hat sie alles andere untergeordnet.«

»Es ist trotzdem nicht gerecht«, murrte Martha. »Ich verstehe es einfach nicht. Wieso soll man nicht heiraten, nur weil man Magister ist?«

»Warum, warum ...« Elodea zuckte mit den Schultern. »Magister zu sein ist eben eine *Berufung*, kein normaler Beruf. Man ...«

»*... ist die personale Vertretung des Fachs und soll ganz dafür da sein. Nur wer die nötige Willensstärke beweist, aus Liebe zu seiner Wissenschaft auf eine Familie zu verzichten, erweist sich dieser Verantwortung würdig. Die Magister verteidigen die Freiheit des Denkens, zur Not auch um den Preis ihres Lebens*«, betete Martha herunter und verdrehte die Augen. »Ja, ja, ich weiß. Den letzten Punkt hat Loreba ja bekanntermaßen wörtlich genommen.«

Elodea seufzte. »Ganz egal, ob du es gut findest, die Regeln haben ihren Sinn. Du weißt doch selbst, wie viel Loreba früher zu tun hatte. Mit einer Familie wäre das nie machbar gewesen, allein das Reisen. Außerdem, einsam ist sie ja jetzt auch wieder nicht. Sie hat schließlich uns.« Elodeas Blick streifte ihr Kontemplet, das nach wie vor am Fenster lag, und sie schluckte. »Dieser Brief von meiner Mutter ... Er hat sie mehr getroffen, als sie zugeben will, oder?«

»Am Anfang schon«, sagte Martha leise. »Aber ich habe ihr immer gesagt, dass du das niemals so sehen würdest. Und insgeheim wusste sie das auch selbst. Da ist einfach viel zusammengekommen. Der Prozess, die Isolation. Es war alles so unglaublich zermürbend, und der Brief hat ihr den Rest gegeben.«

Elodea nickte. »Ich bin wirklich froh, dass du bei ihr geblieben bist, in den letzten Monaten.«

»Natürlich.« Martha straffte die Schultern. »Das werde ich immer. Ich habe sie aufwachsen sehen. Seit sie klein war, habe ich mich um sie gekümmert. Nach dem Tod ihrer Mutter hatte sie ja sonst niemanden mehr, denn ihr Vater ... Sei einfach froh, dass du ihn nie getroffen hast. Aber deswegen habe ich auch solche Angst um sie. Ich will kein zweites Loánne erleben, verstehst du?«

»Das werden wir nicht. Nicht, wenn du auf sie aufpasst.«

Martha steckte leise lächelnd eine Haarsträhne hinter Elodeas Ohr. »Ich passe auf euch beide auf. Du bist ihre Schülerin, ein Teil von ihr und damit auch von mir. Irgendjemand muss ja bei so vielen Magiern die Bodenhaftung behalten. So, und jetzt lass dir mal eine vorzeigbare Frisur verpassen, bevor wir zum Frühstück gehen. Mit diesem Gestrüpp auf dem Kopf kannst du unmöglich in die Öffentlichkeit.«

• • •

Die beiden waren sich nicht mehr sicher, wo genau es zur Küche ging, und verliefen sich zweimal in dem Gewirr aus Gängen, bis sie schließlich die Treppe nach unten fanden. Als sie in der Küche ankamen, waren dort schon fast alle Aurenen versammelt, nur Loreba fehlte.

»Wieso muss die Schülerin aufstehen, wenn ihre Meisterin noch nicht mal da ist?«, raunte Elodea, als sie sich auf die Bank am Küchentisch fallen ließ.

Martha, die sich ihr gegenüber neben Tyrza gesetzt hatte, verdrehte zur Antwort die Augen. »Du bist auch ein paar Jährchen jünger. Gönnen wir ihr die Ruhe.«

»Guten Mittag, Fräulein Thurmar«, sagte Elliott munter.

Elodea warf ihm einen Seitenblick zu. Elliott wirkte bestens gelaunt und ausgeruht, sein Haar war ordentlich gekämmt und der letzte Rest seines falschen Barts beseitigt. Ohne den Bart wirkte sein Gesicht kantiger, aber es stand ihm gut, und Elodea sah an Tyrzas Blick, dass sie nicht die Einzige war, der das auffiel. Die Flucht und die Diskussionen des gestrigen Abends schienen ihm jedenfalls nicht sonderlich in den Knochen zu stecken. Verstohlen beäugte Elodea ihr eigenes Spiegelbild in der Rückseite eines Löffels. Sie selbst sah überhaupt nicht erholt aus. Wie machte er das nur?

»Guten Mittag«, erwiderte sie, immer noch in Gedanken versunken. Das *Herr* lag ihr schon auf der Zunge, bis ihr einfiel, dass sie Elliotts Nachnamen nicht einmal kannte. Aber war es nicht ohnehin lächerlich, nach allem, was sie gestern erlebt hatten, noch auf Höflichkeitsformen zu bestehen? »Könntet Ihr mich vielleicht einfach Elodea nennen? An dieses Fräulein Thurmar werde ich mich sowieso nie gewöhnen.«

»Einverstanden«, meinte Elliott lässig und widmete sich wieder seinem Teller.

Ihm gegenüber plauderte Tyrza mit Martha, während Cloé missmutig in einer Schüssel Brei herumstocherte. Am anderen Ende des Tischs waren Lyonel und Acte in eine Unterhaltung mit einem fremden Mann vertieft. Die drei schienen sich gut zu verstehen, ihr Ton war freundlich, und Lyonel wirkte um einiges entspannter als noch am Abend zuvor. Acte hatte dem Fremden besitzergreifend die Arme umgelegt, und Elodea folgerte, dass es sich um Damian handeln musste. Offenbar war er endlich zurück.

Nachdem sie ihre Teller geleert hatten, erhob sich Lyonel und bat um Ruhe. »Ich wollte eigentlich nur darauf hinweisen, dass heute Abend die Beratung stattfindet, über die wir gesprochen haben. Ich erwarte euch alle gegen Sonnenuntergang unten im Versammlungsraum. Bis dahin fühlt euch frei, zu tun, was immer ihr wollt. Vielleicht nutzt ihr die Zeit und ruht euch noch ein wenig aus?«

»Wisst Ihr, Lyonel, ich stamme aus Praetimaria«, unterbrach ihn Tyrza schnell, »und ich wollte eigentlich mal wieder die Stadt gehen, wenn ich schon hier bin. Meint Ihr, das wäre möglich?«

»Also, ich weiß nicht, ob das eine gute Idee ist ...«

»Ach, kommt schon ...« Elodea fand den Vorschlag genial. »Praetimarias Markt ist legendär. Den würde ich mir auch gerne mal ansehen.« Ein paar Stunden in der Stadt waren genau, was sie jetzt brauchte. Einfach in der Menge verschwinden, eine von vielen sein, Menschen beim Einkaufen beobachten, das Gefühl von Alltag haben ... Nach den letzten Monaten und vor allem Tagen sehnte sie sich nach nichts anderem. Auch Martha neben ihr nickte begeistert.

Doch so einfach ließ sich Lyonel nicht umstimmen. »In eurer Situation ist es gefährlich. Die Stadt wird voller Leute sein, man könnte euch erkennen.«

»Von mir aus begleite ich die drei. Und wenn ich dabei bin, kann ich auch gleich unsere Einkäufe erledigen«, wandte Elliott ein. »Ich sorge schon dafür, dass ihnen nichts passiert. Es handelt sich ja lediglich um ein, zwei Stunden.«

Lyonel hob abwehrend die Hände. »Schön. Auf deine Verantwortung.«

»Die können auch gut auf sich selbst aufpassen«, murrte Cloé und rollte mit den Augen.

»Sicher. Das hat man in den letzten Tagen ja gesehen«, raunte ihr Elliott von der Seite ins Ohr, zwinkerte aber dabei.

Cloé ignorierte ihn.

Martha, Tyrza und Elodea grinsten sich derweil an wie überdrehte Schulmädchen. Sie würden Praetimarias Markt sehen! Tyrza war ganz hibbelig vor Aufregung, und Elodea ließ sich von ihrer Vorfreude anstecken. Sie hatte schon so viel von diesem Ort gehört, dass sie es kaum erwarten konnte, loszugehen.

»So könnt ihr aber nicht auf die Straße«, bemerkte Acte, die gerade den Tisch abräumte, und warf einen abfälligen Blick auf Marthas Kleid. »Der Aufzug ist vielleicht in Betháne modern, aber hier fallt ihr damit auf, und das wollt ihr doch nicht?«

Elodea sah an sich hinunter. Sie trug noch immer das Kleid vom Vortag. Mal davon abgesehen, dass es sich dabei um ein Trauergewand handelte, sah es Actes seltsamer Kleidung aus bunten Tüchern tatsächlich nicht besonders ähnlich.

»Du hast recht, das habe ich nicht bedacht«, murmelte Lyonel. »Kümmerst du dich darum, Acte?«

»Ich? Aber gerne.« Ihr Ton ließ Elodea nichts Gutes ahnen. »Würdet ihr mir folgen? Du auch, Elliott. Wartet nur, bis ihr meine Kleider gesehen habt, ihr werdet staunen!«

• • •

Eine Stunde später staunte Elodea tatsächlich. Während Tyrza sich munter unterhielt und offenbar ganz in ihrem Element war, musterten sich Elodea und Martha skeptisch im Spiegel. Die letzte halbe Stunde hatten sie damit verbracht, sich von Tyrza und Acte, die nun, da es um Mode ging, offenbar blendend miteinander auskamen, einkleiden zu lassen. Von Kopf bis Fuß war Elodea mittlerweile in beigefarbene Tücher gehüllt, die sich kunstvoll verknotet über ein weißes Kleid schlangen. Acte hatte außerdem darauf bestanden, sie noch mit einem halben Dutzend Gewandspangen und breiten Kupferreifen auszustatten, deren Gewicht sie förmlich zu Boden zog.

Martha schien es ähnlich zu gehen. Sie bewegte sich ziemlich ungeschickt unter den langen Stoffbahnen, die ihr von den Schultern hingen, und klimperte bei jedem Schritt mit ihrer schweren Kette aus bunt gefärbten Tonperlen.

»Wie kann man denn so was freiwillig anziehen?«, fragte Martha leise, damit Tyrza und Acte nichts mitbekamen. »Ich komme mir vor wie ein überfrachteter Weihnachtsbaum!«

Auf dem Flur wurden die drei schon von Elliott erwartet. »Ihr seht ja ganz reizend aus«, bemerkte er, als sie bei ihm am Treppenabsatz ankamen.

Tyrza, die seine Ironie nicht erkannte, setzte ein strahlendes Lächeln auf und schritt gut gelaunt an ihm vorbei.

Elodea jedoch zog die Brauen hoch. »Wenn ich noch einen Kommentar höre, verwandle ich Euch in einen Frosch«, sagte sie mit finsterer Miene.

Elliott zwinkerte ihr zu. »Wir wissen beide, dass Ihr dazu nicht in der Lage seid. Ihr müsst mir nichts vormachen, ich kenne die Grenzen der Magie. Und im Übrigen nehme ich meine Worte nicht zurück: Ihr seht selbst im lächerlichsten Aufzug hübsch aus.«

Elodea konnte nicht verhindern, dass sie errötete. *Da kommt dieser Schleimer, der sich nur über dich lustig macht, und du wirst gleich rot wie eine Tomate!*, schalt sie sich. *Wie alt bist du eigentlich, Elodea, dreizehn?*

Zu ihrer Erleichterung kamen in diesem Moment Loreba und Lyonel die Treppe hinunter, jeder einen großen Stapel Bücher in den Händen.

»Ihr geht schon?«, fragte Lyonel, als er die Aurenen bemerkte.

Elliott nickte. »Ja, wird langsam Zeit. Sonst sind wir bis zur Versammlung nicht rechtzeitig zurück.«

Loreba blieb stehen und musterte einen Moment lang belustigt ihre Schülerin in dem praetimarischen Kleid. »Ich habe schon von eurem Vorhaben gehört«, sagte sie, bevor sie sich mit strengem Blick an Elliott wandte: »Ihr bringt mir die drei doch heil zurück?«

»Aber natürlich, seid unbesorgt.« Er zwinkerte, was offenbar charmant wirken sollte.

»Gut.« Lorebas Augen blitzten. »Denn ansonsten ...«

»... verwandelt Ihr mich in einen Frosch. Ich weiß.«

Für einen Moment zeigte sich Verwirrung in Lorebas Miene. Doch dann huschte ihr Blick zu Elodea, und um ihre Mundwinkel erschien ein Lächeln.

Elodea zuckte nur mit den Schultern. »Wie die Meisterin, so die Schülerin«, sagte sie und grinste.

• • •

Als Elliott endlich die Haustür aufschloss, trippelte Tyrza schon mit den Füßen.

Die kleine Nebengasse vor dem Versteck der Brüder Mhyrias war selbst jetzt bei Tageslicht wenig belebt. Dafür sahen die Hausfassaden im Sonnenschein aber um einiges einladender aus. Elodea und Martha blieb der Mund offen stehen, als sie von Elliott durch die Straßen zur Innenstadt geführt wurden. Die meisten Gebäude waren aus weißem Stein erbaut und hatten kunstvolle Verzierungen um die Fensterrahmen, die an toulinische Prachtbauten erinnerten.

Den ganzen Weg lang plauderte Tyrza ausgelassen. Sie erklärte ihren Freundinnen, dass alle Straßen fächerförmig zum Marktplatz hin aufgebaut waren, damit man sich nicht verlaufen konnte, und auf welchen König die Stadt zurückging, doch Elodea hörte gar nicht wirklich hin. Sie war viel zu beschäftigt, die Menschen zu beobachten, die zusammen mit ihnen in Richtung Marktplatz strömten. Selten hatte sie so viele unterschiedliche Leute auf einem Haufen gesehen: Da waren Bauern aus den umliegenden Steppen, die um Fleisch und Vieh feilschten und dabei alle noch die ursprüngliche Tracht Téskas trugen, eine Mischung aus Wolldecken, Grasflechten und bunten Tüchern, wie sie Actes Mode auf edlere Weise nachzuahmen versuchte. Sie entdeckte Kaufleute aus der Provinz Galene im Süden, mit sonnengebräunter Haut und ganzen Wagenladungen an Gewürzen und Zitronen von der Küste. Dazwischen Mütter beim Einkaufen, die ihre Kinder an der Hand hielten, um sie vor den vorbeirollenden Fuhrwerken zu schützen. Pelzhändler aus Morugan, Glashändler aus Betháne … Elodea konnte sich nicht sattsehen.

Auch Martha und Tyrza schienen den Ausflug zu genießen. Die beiden blühten regelrecht auf. Es war, als hätte es das Grauen der letzten Tage nicht gegeben, als wären keine fünf Monate vergangen, seit sie sich das letzte Mal gesehen hatten. Zum ersten Mal seit langer Zeit waren sie wirklich unbeschwert. In diesem Moment konnte Elodea einfach nicht anders als glücklich sein. Sie dachte gar nicht daran, dass die Aurenen eigentlich auch hier noch nicht wirklich in Sicherheit waren. Praetimaria schien so weit von Tenébra entfernt, zu weit, um sich viele Sorgen zu machen. *Hier wird uns vorerst schon nichts passieren.*

Plötzlich stieß Martha ihr in die Seite und deutete nach vorn. »Sieh dir das an!«

Erst konnte Elodea nicht erkennen, was sie meinte, weil ihr die vielen Menschen die Sicht versperrten, aber als sich die Menge langsam teilte, blickte sie staunend auf einen geschäftigen Marktplatz. Große Stoffhimmel in sämtlichen Farbvariationen erstreckten sich, so weit das Auge reichte. Darunter stapelten sich Waren aller Art auf hölzernen Verkaufstischen: Gefäße aus Weidengeflecht, meterlange Seidentücher, durchwirkt mit Goldfäden, Schwerter, deren Stahl leuchtete wie das Feuer, in dem sie geschmiedet waren, Körbe voll Weihrauchharz, exotische Früchte … Elodea und Martha wussten gar nicht, wo sie als Erstes hinsehen sollten. Alles schien so üppig und bunt.

»Die berühmte *Vhera tescálae*, der schönste Markt Avendúrs«, sagte Tyrza überflüssigerweise, mit Stolz in der Stimme.

Während sie und Elliott sich langsam durch die Reihen von Marktständen bewegten, gab es für Martha und Elodea kein Halten mehr. Sie liefen voraus und nahmen alles genau in Augenschein. Es war, als wären sie in ein Meer aus Farben eingetaucht. Nicht nur die Stoffhändler boten Ware in grellen Farben an, auch die verschiedenen Gewürze und Früchte strahlten in kräftigen Grün- und Rottönen. Datteln, Safran und Orangen aus Galene lagen Seite an Seite mit Streuobst von den Wiesen Bethánes. Selbst Händler aus ihrem Nachbarland Padmador waren angereist, um die Reichtümer ihres Landes, Gold und Edelsteine, unter die Leute zu bringen. Von überallher wehten die verschiedensten Gerüche zu ihnen herüber. Elodea erkannte toulinischen Lavendel, Zimt, Mandarine und Nelke, doch da waren noch andere. Süß und schwer hingen sie in der Luft, ein Gemisch aus Jasmin, Sandelholz und Dingen, die Elodea nicht benennen konnte.

»Sieh mal, das hier würde Cloé auch gefallen, wenn sie hier wäre«, meinte Martha und deutete auf einen großen Stand, an dem Waffen jeglicher Art angeboten wurden.

Elodea lächelte, während sie mit dem Finger vorsichtig die Riefe eines Schwertes nachfuhr. *O ja, das würde Cloé gefallen. Das und irgendein armer Soldat, an dem sie es ausprobieren kann.*

Neben einem Bücherstand fanden sie schließlich Elliott und Tyrza wieder. Ihre Freundin hatte den Kopf giggelnd in einem

Band *Erotische Tagelieder* vergraben, während Elliotts Finger verhalten in den Seiten eines Kompendiums avenischer Geschichte blätterten. Als sein Blick auf den Preis fiel, ließ er die Schultern hängen und stellte es zurück.

»Tyrza! Hör sofort auf, so einen Schund zu lesen!« Martha schlug ihr das Tagelieder-Buch vor der Nase zu. »Wenn du dich schon mit Liebeslyrik beschäftigst, dann wenigstens mit etwas Niveauvollem. Komm mit.« Sie zog die protestierende Tyrza zum nächsten Stand.

Elliott warf Elodea ein Grinsen zu. »Auch auf der Suche nach neuer Lektüre?«

Ihr Blick streifte kurz die Auslage vor ihr, und sie schüttelte den Kopf. »Die meisten Bücher hier kenne ich schon. Es sind Standardwerke, nicht mit der Auswahl zu vergleichen, die man in Tenébra hat. In meinem Laden...« Elodea verstummte. Vor ihrem geistigen Auge war ein Bild entstanden von einem Sandsteinhaus mit roten Fensterläden und Räumen, die bis zur Decke mit Büchern gefüllt waren. Sie schluckte.

»Ihr habt einen Laden?«, fragte Elliott neugierig.

»Ich will nicht darüber sprechen.« Elodea versuchte, die Erinnerung auszublenden, bevor noch mehr davon hochkam. »Tut mir leid.«

Elliott nickte nur, als würde er verstehen. »Muss es nicht. Wollen wir weiter?«

»Gleich. Geht schon mal vor.«

Während sie ihm nachsah, fasste Elodea spontan einen Entschluss. Sie zog den Geldbeutel der Gräfin von Touleránt aus der Tasche, den sie seit ihrer Flucht immer bei sich trug, und wandte sich an den Händler: »Dieses Buch«, sagte sie und deutete auf die Geschichte Avendúrs. »Wie viel kostet das?«

Kaum hatte sie Elliott und die beiden anderen ein paar Stände weiter wieder eingeholt, fiel ihr auf, dass Tyrza plötzlich nicht mehr besonders glücklich wirkte. Als Elodea sie darauf ansprach, meinte sie nur ausweichend, es hätte sich einiges verändert seit ihrem letzten Besuch. Viele Stände hätten zugemacht, und der Markt sei kleiner geworden.

Elliott schien zu wissen, wieso. »Die Leute müssen ihr Geld zusammenhalten, keiner gibt es mehr vorschnell aus. Die meisten kommen nur zum Kaufen der Grundnahrungsmittel auf den Markt oder besorgen Stoffe. Viele Dinge wurden in den letzten Monaten mit so hohen Steuern belegt, dass die Verkäufer aufgeben mussten. Es sieht nicht sonderlich gut aus für den Markt, wenn es so weitergeht. Kommt, ich will euch jemandem vorstellen.«

Elliott führte sie an einen kleinen Stand im Schatten der umliegenden Hausfassaden, an dem offenbar Kleidung verkauft wurde.

»Abend, Achaz, wie laufen die Geschäfte?«, fragte Elliott und beugte sich über die Warenauslage, um den Händler zu begrüßen.

»Elliott, mein Junge, schön dich auch mal wieder zu sehen.« Der Mann namens Achaz lachte. »Wen hast du denn da mitgebracht?«, fragte er und spähte unter dem lila Stoffhimmel seines Ladens hindurch auf die drei Freundinnen.

»Das sind Cousinen von mir aus Betháne. Sie sind zu Besuch und wollten schon immer mal den Markt hier sehen«, antwortete Elliott, ohne mit der Wimper zu zucken. Elodea war verblüfft, wie leicht ihm diese Lüge über die Lippen ging. Wahrscheinlich hatte er sie sich längst zurechtgelegt.

»Na dann, sehr erfreut, meine Damen«, sagte Achaz mit einer kleinen Verbeugung.

Zur Antwort nickten die Aurenen höflich in seine Richtung.

»Also, Achaz, erzähl mal. Wie steht's ums Geschäft?«, fragte Elliott bemüht lässig, aber mit einer gewissen Ungeduld in der Stimme.

»Ach, war schon schlechter. Die Leute kaufen eben nicht mehr so viel. Nur noch die günstigeren Stoffe gehen. Frau Melvar war vorhin hier. Die hat früher immer nur das Beste vom Besten gekauft. Seide, Brokat«, er zählte die Stoffe an den Fingern ab, »Samt … und heute kommt sie und verlangt drei Meter Leinen!? Wenn das so weitergeht, kann ich dichtmachen.«

Elliott warf den Aurenen einen vielsagenden Blick zu. Elodea verstand ihn auf Anhieb. Allmählich bekam offenbar sogar der wohlhabendere Teil der Bevölkerung die Auswirkungen der Politik zu spüren. Es sah ganz danach aus, als wollte Obsidia nach ihrem Sozialsystem nun auch noch die Wirtschaft ruinieren. Nachdenklich griff Elodea nach einer Tasche auf dem Tisch vor ihr. Sie war aus feinem grünem Stoff und mit roten Klatschmohn-Stickereien verziert, gerade groß genug, um ein Buch zu fassen.

»Schöne Farbe«, sagte eine Stimme neben ihr.

Elodea wandte sich um und erkannte Elliott. Er hatte seine Unterhaltung mit Achaz beendet, der nun wieder einen Kunden bediente. »Passt zu Euren Augen.«

»Meinen Augen?«, fragte Elodea und hielt sich die Tasche neben das Gesicht. »Etwa zu diesem Moosgrün?«

Elliott zog die Brauen hoch. »Eure Augen sind doch nicht moosgrün. Ich finde eher … smaragdgrün. Ja, das ist eine gute Bezeichnung.«

Elodea starrte ihn an. *Nur nicht wieder rot werden*, dachte sie. *Augen wie Smaragde? Was zum …?*

Elliott schien ihren Gesichtsausdruck bemerkt zu haben. Rasch senkte er den Blick und betrachtete scheinbar höchst interessiert die Warenauslage vor ihm.

Immer noch verwirrt, wandte sich Elodea Achaz zu, und etwas anderes fiel ihr in die Augen. In einer Ecke des kleinen Stands, neben einer Auswahl an Winter- und Reisemänteln, hing ein Umhang. Er war aus fließendem dunkelblauem Stoff gefertigt und am Saum mit kleinen Steinen wie Sternsplittern bestickt.

»Kann ich mir den mal anschauen?«

»Welchen, diesen?« Achaz drehte sich um und hob den Umgang vom Bügel. Seine Lippen kräuselten sich. »Das ist ein Magiermantel, meine Liebe, seid Ihr Euch sicher, dass Ihr damit umgehen …«

»Vollkommen. Ich würde ihn gern kaufen.«

Als er merkte, wie entschlossen sie war, glänzten seine Augen: »Der ist aber nicht billig …«

»Das ist mir gleich. Nennt Euren Preis.«

Sie hatte mehr als genug Gold aus Touleránt mitgebracht, und so reichte sie Achaz über den Stand einige Münzen.

Selbst durch die Papierverpackung spürte sie die Struktur des Stoffs, fließend weich, wie eingewobenes Wasser, als sie den Umhang in Empfang nahm. Elodea lächelte verstohlen.

In diesem Moment kam im Zentrum des Platzes Unruhe auf. Martha bemerkte es als Erste, mit zusammengekniffenen Augen stellte sie sich neben Elliott auf die Zehenspitzen, um etwas sehen zu können. Ein Mann in Uniform stieg die Stufen zu einer kleinen Tribüne hinauf und blies in ein Horn. Elodea erkannte das Signal sofort, auch in Betháne und Touleránt wurde es verwendet. Offenbar war der Mann ein königlicher Gesandter, der eine Nachricht aus Tenébra verkünden sollte. Die Menschenmasse auf dem Platz wurde immer größer, aus allen Richtungen kamen die Leute vom Markt, um den Boten zu hören. Auch Achaz und Elliott horchten auf.

»Bürger von Praetimaria und der Provinz Téska!«, begann der Gesandte mit lauter Stimme. »Einigen von euch ist vielleicht zu Ohren gekommen, dass unsere Königin Loreba Elgyn, ehemalige Magistra der Universität von Tenébra und Anführerin einer kriminellen Vereinigung, die man Aurenen nennt, zum Tode verurteilt hat. Gestern sollte sie ihre gerechte Strafe erhalten, doch sie und die übrigen Mitglieder der Aurenen haben mit Hilfe von ein paar anderen Verschwörern die Wachen niedergeschlagen und sind geflohen.«

Aufgeregtes Flüstern erhob sich in der Menge, und Elodea spürte bei dem Geräusch einen kalten Schauer im Nacken. Das hörte sich ganz und gar nicht gut an.

Der Bote fuhr fort: »Wir bitten daher inständig die Bevölkerung, alle Hinweise auf einen möglichen Aufenthaltsort der Aurenen und deren Verbündeten unverzüglich einem Mitglied der Stadtwache oder den Soldaten zu melden. Diese Verschwörer bedrohen die Stabilität des Landes und die Sicherheit unserer Königin! Sollte irgendjemand wichtige Informationen verschweigen, wird er dafür bestraft werden. Die Königin kennt in diesem Fall keine Gnade.« Der Bote hielt inne und ließ seine Worte einen Moment nachwirken. Dann stieg er kommentarlos, als wäre nichts gewesen, die Stufen hinab und mischte sich wieder unter die Leute.

Elodea ballte die Fäuste. »Lasst mich da hingehen und diesem Kerl den Hals umdrehen!«, zischte sie.

»Das werdet Ihr bleiben lassen!« Elliott fasste sie am Arm. Er war bleich. »Etwas Dümmeres könntet Ihr gar nicht tun. Wir sehen zu, dass wir von hier verschwinden. Lyonel hatte recht, das Risiko war viel zu hoch. Ihr hättet nicht herkommen dürfen.«

Elliott wirkte besorgt, als er sich zu Achaz drehte, der die Stirn in Falten gelegt hatte. »Ich fasse es nicht, dass sich die Königin immer noch mit dieser Lehrerin rumschlägt ...« Offenbar hatte er von der kurzen Unterhaltung zwischen Elliott und seinen *Cousinen* nichts mitbekommen. »Im Norden hungern die Menschen, wieso kümmert sie sich nicht darum? Hat unser Land nicht dringendere Probleme?«

»Das ist eine Frage, die wir uns wohl alle stellen«, erwiderte Elodea abwesend.

Der Ausflug und ihre gute Laune waren ihr gründlich verdorben worden. Stattdessen machte sich nun wieder die altbekannte Angst in ihr breit. Plötzlich fühlte sie sich seltsam beobachtet, alle Umstehenden schienen sie zu mustern. Die Frau dort hinten an der Wegkreuzung ... was tuschelte sie da hinter vorgehaltener Hand? Sah sie nicht zu ihnen herüber? Und diese Gruppe von Männern, die so taten, als interessierten sie sich für die Warenauslage eines Töpfers ... Soldaten in Zivil? Auf einmal erschien es ihr purer Leichtsinn, mitten auf dem belebtesten Platz Praetimarias unterwegs zu sein.

Auch Elliott war ganz offensichtlich unwohl in seiner Haut. Er kämpfte sich mit den Aurenen zurück durch die kleinen Wege zwischen den Marktständen und rempelte dabei Menschen an, die in die entgegengesetzte Richtung strömten.

Diesmal blieb keine Zeit, die bunten Stände zu betrachten, Elodea drehte sich immer wieder um und vergewisserte sich, dass sie Martha und Tyrza in dem Trubel nicht verloren hatten. Erst als sie wieder vor dem Hauptquartier der Brüder Mhyrias standen, atmete sie auf.

Hinter der Tür lehnte Martha sich schnaufend an die Wand. »Ich hätte nie gedacht, dass die uns so schnell auf den Fersen sein könnten.«

»Beruhigt euch«, wandte Elliott ein. »Niemand weiß, dass ihr hier seid. Diese Ankündigungen werden wahrscheinlich überall gemacht. Am besten geht ihr bis zur Versammlung nach oben zu den anderen. Ich muss Lyonel suchen.«

Als sie im Durchgangszimmer ankamen, saß Loreba schon am Kamin, in dem noch die verkohlten Holzreste des gestrigen Abends lagen, ein Buch auf dem Schoß. Sofort ließ sich Tyrza zitternd in einen Sessel fallen.

»Was ist denn los?« Loreba sah von einer Aurene zur anderen.

»Sie lässt nach uns fahnden«, sagte Elodea. »Offiziell. Wir haben es selbst gehört. Die Königin bitten um Mithilfe bei der Suche nach den *Verbrechern*.«

»Nun, das ist keine große Überraschung, oder?« Loreba erhob sich. »Über kurz oder lang musste es so kommen.«

»Aber die kriegen uns doch nicht!« Nun, da sie den Schreck verdaut hatte, schien Tyrza wieder zu ihrem üblichen Optimismus zurückgekehrt. »Wenn wir es irgendwie schaffen, nach Hause zu kommen, dann sind wir in Sicherheit.«

»Und wie soll das gehen?« Martha sah verzweifelt aus. »Wir kommen doch niemals so einfach aus der Stadt raus, wie wir reingekommen sind. Falls du es noch nicht gemerkt hast, Praetimaria ist von Wasser umgeben, und es gibt nur einen Zugangssteg. Diese Stadt ist eine Sackgasse!«

»Beruhige dich, Martha, es gibt bestimmt eine Lösung«, wandte Loreba ein, wobei sie allerdings selbst nicht besonders überzeugt schien. »Wieso gehst du nicht zu Elliott und fragst ihn, wenn du dir ganz sicher sein willst?«

»Weißt du was, das mache ich jetzt auch!« Entschlossen stand Martha auf. »Aber vorher muss mich noch jemand aus diesen lächerlichen Kleidern befreien. Tyrza?« Sie warf ihr einen strengen Blick zu. »Ich erwarte deine Mithilfe.«

Als die beiden gegangen waren, wandte sich Loreba mit einem Schmunzeln an ihre Schülerin. »Hat sich die ganze Aufregung wenigstens gelohnt? Ich sehe, du hast etwas gefunden.« Ihr Blick ruhte auf dem Paket in Elodeas Armen.

»Gefunden?« Elodea sah an sich hinunter. »Oh. Ja, aber ehrlich gesagt, ist es eigentlich für dich.« Sie riss das Packpapier von der Schachtel und konnte sich das Lachen nicht verkneifen. Lorebas Miene, als sie den Umhang hochhielt, war ein Bild für die Götter.

»Ich weiß, er kann nicht wiedergutmachen, dass sie dir dein Kontemplet genommen haben. Aber zumindest hast du jetzt eines der Attribute einer Magierin zurück.«

»Das ... Du hättest nicht ...«

»Doch«, entgegnete Elodea, die schon auf Widerrede vorbereitet war. »Ich hätte. Und noch viel mehr als das.« Sie sah Loreba fest in die Augen. »Egal, was meine Mutter dir geschrieben hat. Ich bin stolz, deine Schülerin zu sein. Ich war es immer, ob in Touleránt, in Loánne oder auf den Stufen der Gerechtigkeit. Vielleicht erinnert dich der Umhang in Zukunft daran, bevor du ihr noch einmal mehr glaubst als mir.«

• • •

Es wurde zehn, bis Elliott sie endlich zur abendlichen Versammlung abholte. Wie gestern erhellten Fackeln den unterirdischen Gewölberaum. Die Tafel war fast voll besetzt.

Als die Aurenen eintraten, verstummten die Gespräche abrupt. Alle Köpfe wandten sich ihnen zu, während sie mit Elliott um die Säulen herum zum Tisch liefen. Loreba trug voll Stolz ihren neuen Umhang, und bei ihrem Anblick begannen einige Anwesende zu flüstern. Auch Elodea spürte Blicke im Nacken, als sie platznahmen, doch sie versuchte, nicht darauf zu achten.

Anscheinend gehörte zur Versammlung ein Essen. In großen Körben vor ihnen lagen unterschiedlichste Sorten Brot, von hellen Teigfladen mit eingebackenen Oliven und Tomaten, wie man sie im Süden aß, bis zu toulinischen Weißbrötchen. Elodea war nicht besonders hungrig, trotzdem nahm sie etwas von dem bethánischen Holzofenbrot. Aus Anstand, wie sie sich einredete, in Wahrheit jedoch wohl eher, weil der vertraute Geschmack ihr Heimweh ein wenig linderte.

Nachdem alle Plätze am Tisch besetzt waren, erhob sich Lyonel.

»Willkommen zu unserer Ratsversammlung, Brüder Mhyrias, Freunde, Verbündete und ganz besonders Aurenen.« Bei Lyonels Worten reckten sich erneut alle Köpfe. »Ich möchte als erstes Elliott und seinen Leuten danken, die unter großem Risiko dafür gesorgt haben, dass die fünf heute hier sein können.«

Elliott stand auf, und von allen Seiten erhob sich Beifall, in den Elodea nur zu gern mit einstimmte. Zwar fühlte es sich ein wenig seltsam an, seine eigene Rettung zu beklatschen, doch Lyonel hielt offensichtlich eine politische Rede, und vor seinen Unterstützern eigene Siege zu feiern, war wohl einfach ein Teil davon.

»Das ist aber nicht der einzige Grund unserer Versammlung«, sage Lyonel, nun wieder ernster. »Wir haben in den letzten Monaten ein Verhalten meiner Schwester beobachtet, das mich beunruhigt.«

Im Raum wurde es plötzlich ziemlich still. Die Brüder Mhyrias raunten ihren Sitznachbarn hinter vorgehaltener Hand ein paar

Worte zu, und aus all dem Geflüster konnte man eines heraushören: Wenn Lyonel beunruhigt war, dann hatte das meist triftige Gründe.

»Wie es scheint, nimmt Obsidias Größenwahn neue Formen an«, fuhr Lyonel fort. »Fast alle Steuereinnahmen und Zwangsabgaben der Bevölkerung verwendet sie dazu, ihr Heer aufzustocken. Gleichzeitig wächst im Norden und auf dem Land die Armut. Aber Obsidia ist zumindest in diesem Punkt nicht dumm. Sie nimmt den meisten Leuten immer nur so viel, dass es für sie noch klüger ist, die Abgaben zu ertragen, als offen zu rebellieren.« Lyonel hielt inne und holte Luft. »Bis jetzt dachten wir, Obsidia bräuchte dieses Heer, um ihre Verfolgungsängste zu beschwichtigen. Nun, wir lagen falsch. Ihre Pläne sind viel konkreter, und wie sich herausgestellt hat, verfolgt sie damit seit Jahren ein ganz bestimmtes Ziel. Krieg.«

In Raum hob Flüstern an.

»Was soll das heißen?«, rief ein Mann.

»Das soll heißen, dass Obsidia in eines unserer Nachbarländer einfallen und einen Krieg anzetteln will.«

Um den Tisch herum brach Tumult los. Viele Mitglieder der Brüder Mhyrias schienen entsetzt, manche wütend. Auch den Aurenen stand die Verwirrung ins Gesicht geschrieben. *Krieg.* Das war so ziemlich eines der schlimmsten Dinge, die passieren konnten. Der letzte Krieg Avendúrs mit einem anderen Land lag schon mehrere Jahrzehnte zurück, trotzdem war er vielen noch lebhaft in Erinnerung. Ihren Frieden hatten sie damals teuer erkauft. Und nun wollte Obsidia das alles aufs Spiel setzen?

Mittlerweile hatte sich auch Damian, Actes Mann, erhoben und versuchte, gegen die aufgeregten Brüder Mhyrias anzuschreien, die in hitzige Diskussionen verfallen waren: »Es gibt keinen Beweis dafür, dass Obsidia ihre Pläne wirklich schon in den nächsten Monaten durchzieht! Trotzdem sollten wir vom Schlimmsten ausgehen, und Tatsache ist, dass Obsidias Verhalten für unser Land nicht mehr lange tragbar sein wird. Wir müssen handeln.«

Die Versammelten brummten zustimmend.

»Und was gedenkt Ihr zu tun«, fragte Cloé mit sarkastischem Unterton. »Habt Ihr zufällig ein privates Heer, mit dem Ihr die Königin stürzen könnt?«

»Nicht ganz«, erwiderte Lyonel. »Aber es gibt andere Möglichkeiten. Dazu müssten wir es allerdings schaffen, die Adeligen auf unsere Seite zu bringen. Wenn wir sie davon überzeugen, sich unserer Sache anzuschließen, könnten die Heere der Grafen es vielleicht mit Obsidias Armee aufnehmen. Sollten dann noch Teile der Bevölkerung mitkämpfen, haben wir eine echte Chance, sie zur Abdankung zu zwingen. Vielleicht lenkt sie freiwillig ein, wenn sie sieht, dass die Lage aussichtslos ist.«

»Wieso schickt ihr nicht einfach einen Attentäter, der Obsidia für uns beseitigt? Bei euren Mitteln dürfte das doch kein Problem sein?«

»Cloélise!« Martha stemmte die Hände in die Hüften. »Du kannst sie doch nicht einfach hinterrücks ermorden, wenn es auch Chancen auf eine friedliche Lösung gibt!«

»Und wieso nicht? Besser, wir begehen *einen* Mord, als dass *sie* noch tausend weitere begeht.« Cloé verschränkte die Arme und lehnte sich gegen eine Säule. »Was? O bitte, tut nicht so heilig, ihr habt es doch alle gedacht ...«

»Beruhigt euch«, schaltete sich Elliott ein. »Glaubt Ihr, wir hätten das nicht schon versucht? Obsidia ist von einer starken Leibwache umgeben, sie hat Magier an ihrer Seite, die sie zu jeder Tages- und Nachtzeit schützen, vor Giften, versteckten Waffen, einfach allem. Es war schwer genug für mich, als einfacher Soldat eingeschleust zu werden, und dabei hatte ich sogar Hilfe aus dem Kronrat. In ihre Nähe zu kommen, ist unmöglich, wenn man nicht mit genügend Leuten ins Schloss eindringt. Und dafür brauchen wir nun mal eine Armee.«

Lyonel seufzte. »Elliott hat recht. Sollte sie sich weigern zu kapitulieren, werden wir an einer militärischen Auseinandersetzung nicht vorbeikommen. Natürlich nur, wenn sie ihre Kriegsdrohung wahrmacht. Aber erst einmal möchte ich wissen, ob wir mit den Aurenen als Verbündete rechnen können?«

»Sicher. Wir wollen etwas tun. Oder was meint ihr?«, fragte Cloé in die Runde.

Die anderen Aurenen nickten, doch Loreba schien skeptisch. »Ich verstehe noch immer nicht ganz ...«, sagte sie. »Was nützen wir euch? Wir sind eine zusammengewürfelte Gruppe aus ganz normalen Leuten. Wie können *wir* euch helfen?«

»Oh, es gibt durchaus ein paar Dinge, bei denen ihr nützlich sein könntet. Ganz besonders Ihr, Frau Elgyn.« Lyonel wandte sich zu Loreba und lächelte. »Keine Sorge. Ich verlange nicht, dass Ihr Eure Seele verkauft. Aber ich habe es Euch schon einmal gesagt: Ihr habt einen größeren Einfluss, als Ihr denkt. Vor allem in Tenébra, unter den Intellektuellen und Studenten. Wenn Obsidia ihre Idee vom Krieg wirklich in die Tat umsetzen will, dann müssen die als Erstes informiert werden.«

Lorebas Lippen wurden schmal. »Ihr wollt, dass ich für Euch Propaganda mache.«

»*Propaganda*, das klingt ein bisschen negativ. Wir planen Flugblätter, Rundschreiben und Brandbriefe, damit die Leute aufgerüttelt werden. Nicht nur die Akademiker, auch die ganz normalen Bürger von der Straße.« Er stockte und hielt einen Moment inne, offenbar unschlüssig, ob es klug war, gleich mit der Tür ins Haus zu fallen. »Wenn Ihr sie für uns verfassen könntet ... Wenn Ihr Euren Namen für unsere Sache hergeben würdet, dann hätte das alles noch mal ein ganz anderes Gewicht.«

»Unsere Sache?« In Lorebas Worten lag plötzlich eine Spur Schärfe. »Was ist denn *unsere Sache*? Meint Ihr damit, einen Krieg verhindern oder Euch zum König machen?«

Lyonel schüttelte den Kopf. »Frau Elgyn ...« Er wirkte ein wenig erschöpft, als wäre er es allmählich leid, alles zehnmal zu erklären. »Ich weiß, wenn es nach Euch ginge, wären wir längst eine Demokratie. Aber selbst wenn wir Obsidia stürzen, können solche Veränderungen nicht über Nacht stattfinden. Ihr wisst das. Unser vorrangiges Ziel ist es, diesen Krieg zu stoppen, ja. Das bedeutet aber nicht, dass danach alles so weitergehen soll wie bisher. Obsidias Herrschaft wird sich nicht wiederholen. Wenn ich König bin, dann werde ich kein Alleinherrscher sein. Ich werde meine Macht abgeben, Stück für Stück. Glaubt mir, ich habe am eigenen Leib erfahren, was passiert, wenn ein Einzelner über richtig und falsch entscheidet.« Kurz hob er seine steife Hand, um seine Worte zu unterstreichen. »Solltet Ihr also Angst haben, mit mir einen zukünftigen Tyrannen zu unterstützen, dann kann ich Euch beruhigen. Das wir nie passieren.«

»Wirklich? Woher wissen wir, dass Ihr das auch noch sagt, wenn Ihr an der Macht seid?«

»Gar nicht.« Lyonel sah ihr fest in die Augen. »Ihr müsst mir vertrauen. Aber seid gewiss: Die Brüder Mhyrias hätten mich nie unterstützt, wenn für sie auch nur der Verdacht bestünde, ich könnte werden wie meine Schwester. Ihr wisst jetzt, was Obsidia vorhat. Ich werde alles tun, um sie aufzuhalten. Und ich hoffe, dass ich dabei auf Euch zählen kann.«

Loreba öffnete den Mund, nur um ihn gleich darauf wieder zu schließen. »Ich brauche Bedenkzeit«, sagte sie schließlich.

»Natürlich, die bekommt ihr«, entgegnete Lyonel schnell, anscheinend froh, dass sie nicht sofort abgelehnt hatte.

»Und was ist mit uns?« Cloé sah ihn und Elliott herausfordernd an. »Was können wir tun? Oder sind wir nicht *wichtig* genug?«

»Keineswegs« Lyonel ließ den Blick von Loreba über die restlichen Aurenen schweifen. »Die Bevölkerung aufzurütteln, ist schließlich noch nicht alles. Es gilt, auch die hohen Herrschaften zu überzeugen, denn die haben die Macht und die Soldaten. Und da kommt ihr anderen Aurenen ins Spiel. Obsidia hat euch unbewusst zur Geheimwaffe gemacht. Ihr wart Hofdamen an allen wichtigen Adelshöfen des Landes, ihr kennt euch aus, versteht die Leute, wisst über die Etikette Bescheid und wie man sich dort zu verhalten hat. Ihr könntet uns Informationen geben. Wisst ihr, wer an den Höfen sich vielleicht für den Widerstand gewinnen lässt? Und wärt ihr bereit, sollte es tatsächlich zu einem Treffen oder sonstigem Kontakt mit den Grafen kommen, als Vermittlerinnen für uns zu sprechen?«

Elodea sah auf. *Toulerànt*, dachte sie sofort. Die Gräfin von Toulerànt würde Lyonel womöglich unterstützen, wenn sie wüsste, dass es ihn gab. Hatte sie nicht schon während ihrer Zeit dort versucht, Obsidias Einfluss in ihrer Provinz möglichst gering zu halten? Und hatte sie ihr nicht immer vertraut, einem wildfremden Mädchen, von dem sie am Anfang nur gewusst hatte, dass es die Schülerin einer Verbrecherin war? Wenn sie als Mittlerin nach Toulerànt reisen würde …

»Soviel ich weiß, legt Obsidia noch immer Wert darauf, sich mit der Oberschicht gut zu stellen. Wie sollen wir die dann überzeugen?«, unterbrach Martha ihre Gedanken. »Es ist ein ziemliches Risiko, wenn wir durch das Land reisen und versuchen, Anhänger Obsidias für ein Unternehmen *gegen* sie zu gewinnen.

Schließlich werden wir Aurenen offiziell als Verbrecherinnen gesucht.«

Lyonel machte eine beschwichtigende Geste. »Ich weiß, dass es ein Risiko ist. Es war auch nur eine Überlegung. Fürs Erste sind andere Dinge ohnehin wichtiger. Niemand zwingt euch dazu. Es wäre nur schön, wenn ihr darüber nachdenken würdet.«

»Das werden wir«, versprach Loreba und sah die anderen an. »Gebt uns ein wenig Zeit, die letzten Tage waren sehr ... ereignisreich.«

»Selbstverständlich. Ich nehme an, ihr möchtet uns immer noch verlassen?«

Loreba nickte.

»Dann wollen wir euch dabei nicht im Weg stehen. Ich habe Frau Fellmar«, Lyonel wies mit einer Kopfbewegung auf Martha, »schon gesagt, dass wir einen diskreten Weg aus der Stadt heraus kennen. Morgen Nacht können wir euch rausschaffen, wenn ihr wollt.«

»Wir schulden Euch großen Dank, Lyonel«, sagte Loreba.

»Ach, was. Es war uns eine Ehre.« Er lächelte, dann wandte er sich an Elliott. »Würdest du die Aurenen wieder nach oben bringen?«

Elodeas Gedanken waren noch immer viel zu aufgewühlt, um zur Ruhe zu kommen, als sie Elliott folgte. Sie spürte, dass Loreba die Vorstellung, so aktiv im Widerstand mitzuarbeiten, nicht behagte, und auch sie selbst war von Lyonels Plänen für die Aurenen noch nicht ganz überzeugt. Andererseits ...

Während sie durch die Küche und die Treppe zurück nach oben gingen, malte sie sich aus, wie ihre Zukunft aussehen könnte. Es würde ein Risiko sein, den Adel davon zu überzeugen, offensiv gegen Obsidia vorzugehen, ja. Aber es gab dort auch Leute wie Isobel von Touleránt, die mit der Königin unzufrieden waren. Und wer Touleránt als Verbündeten gewinnen konnte, hatte einen enormen Vorteil ...

Es half nichts, Risiko hin, Risiko her. Die Aurenen hatten diese zweite Chance bestimmt nicht bekommen, um sich ihr restliches Leben lang zu verstecken. Wenn es Krieg geben würde, mussten sie jetzt etwas gegen Obsidia tun. Bevor es endgültig zu spät war.

# GÖTTER

»Thomas?«

Er erkannte schon an der Stimmlage, dass etwas nicht stimmte. Bischof Garwein hatte seine Haushälterin selten so ängstlich gesehen. Mit beiden Händen und am ganzen Körper zitternd, stützte sich Igraen auf den Schreibtisch. Sofort legte er die Feder beiseite. »Was ist los?«

»Er ist hier«, wisperte sie und kniff die Lippen zusammen. »Lysander Farosch.«

Thomas erstarrte. *Seltsam, wie viel Angst ein einziger Name machen kann*, dachte er, als sein Herz heftig zu klopfen begann. *Dabei kenne ich ihn doch gar nicht.*

Lysander Farosch gehörte zu der Sorte Menschen, denen ihr Ruf vorauseilte. In Tenébra gab es wohl niemanden, der noch nichts über Obsidias Hauptmann gehört hatte, und sei es nur von Bekannten. *Obsidias Vollstrecker* nannte man ihn und seine Männer hinter vorgehaltenen Händen, *Bluthunde der Königin*. Er war ihr Mann fürs Grobe, ob Spitzeln, Erpressen, Rebellennester ausfindig machen oder Leute mit *schlagenden Argumenten* davon zu überzeugen, ihre Steuern zu bezahlen. Lysander erledigte alles. Und es schien ihm, nach allem, was man hörte, sogar ziemlichen Spaß zu bereiten.

*Was ist das für ein Mann, dem das Unglück anderer solche Freude macht?*, hatte Thomas sich schon öfter kopfschüttelnd gefragt, wenn Menschen sich als letzten Ausweg an die Kirche gewandt und ihm ihr Leid geklagt hatten. Lysander galt als grausam und unbarmherzig. Ein Mann, der sich hochgearbeitet hatte, angeblich aus der Gosse kam und nur durch extremen Ehrgeiz und Rücksichtslosigkeit aufgestiegen war. Erst vor einigen Monaten hatte er einen Priester wegen *volksverhetzender Rede* festnehmen lassen, und Thomas wusste, dass auch seine eigenen Predigten schon lange bespitzelt wurden. Bis jetzt hatte ihm das nicht viel Sorge bereitet. Er wetterte nicht öffentlich gegen die Königin, seine Kritik war eher subtil und – wie er gedacht hatte – klug im Wort Gottes versteckt. Doch nun, nach Loreba Elgyns Flucht ... Wenn

Obsidia wollte, konnte sie ihm auch aus versteckten Äußerungen einen Strick drehen. In Zeiten wie diesen machte sich jeder, der noch einen anderen Herrn über der Königin anbetete, verdächtig. Und wer weiß, vielleicht suchte sie einen Sündenbock, einen, an dem sich ihre Wut über die gescheiterte Hinrichtung entladen konnte ...

»Sie kann dir nichts tun«, hörte er Igraen wispern, als hätte sie seine Gedanken erraten. »Du bist unser Bischof!«

Fast hätte er gelacht. »Auch der ist ersetzbar, täusche dich nicht.«

»Aber«, Igraen rang die Hände, »was soll ich denn jetzt tun?«

»Du tust, was wir besprochen haben.« Thomas erhob sich. Er versuchte, ruhig zu wirken, auch wenn sein Herz inzwischen so schnell schlug, dass er flacher atmete. »Wenn ich in einer Stunde nicht zurück bin, wenn sie mich verhaften ... O Igraen, wir müssen der Möglichkeit ins Auge sehen!«, meinte er unwirsch, als die Haushälterin bei seinen Worten entsetzt den Kopf geschüttelt hatte. »Wenn sie mich verhaften, dann packst du so schnell wie möglich deine Sachen und gehst mit deinem Mann für ein paar Tage zu Verwandten. Sie werden dieses Haus durchsuchen, aber mit etwas Glück lassen sie meine Angestellten in Ruhe, wenn sie ihnen nicht direkt in die Arme laufen, verstehst du?«

Igraen nickte, wirkte aber nicht überzeugt. »Du könntest auch versuchen zu fliehen. Komm mit uns!«

Thomas versuchte, sein klopfendes Herz zu ignorieren. »Ist unser Herr geflohen?«

»Nein«, entgegnete sie kopfschüttelnd, »aber das kann er doch von dir nicht verlangen. Du bist nur ein Mensch! Und ich habe Angst um dich.«

Langsam kam Thomas um den Schreibtisch herum und drückte ihre Hand. »*Fürchtet euch nicht*, sagt der Herr«, flüsterte er heiser. »Was kommen muss, wird kommen.«

Dann ging er an ihr vorbei, ohne weitere Worte, auch weil er den Ausdruck in ihrem Gesicht nicht ertragen konnte. Sie sah ihn an, als wäre er schon verloren.

*Fürchtet euch nicht.*

*Hoffentlich*, so dachte er, als er durch die schmale Gasse zu seiner Kirche lief, *ist dieser Lysander kein Kenner der Schrift. Denn ich fürchte mich. Und wie ich mich fürchte.*

• • •

In der Kirche angekommen, erwiesen sich seine Sorgen ziemlich schnell als unbegründet. Noch während er am Eingangsportal in seine gewohnte Kniebeuge sank – die Beine zitterten ihm dabei so heftig, dass er seine Hand auf den rechten Oberschenkel drücken musste, um nicht umzukippen –, fiel ihm die Männergruppe im Hauptschiff auf. Allein beim Anblick von Waffen in seinem Gotteshaus wurde ihm schlecht und erst recht, als er weiter nach vorne ging und die Person ins Auge fasste, die dort, durch Kleidung und Ausrüstung von den gewöhnlichen Soldaten sichtbar abgehoben, auf ihn wartete. Thomas zweifelte keine Sekunde, dass es sich bei dem blonden spitzgesichtigen Mann um Lysander Farosch halten musste. Er hatte diese Art … Etwas Stolzes, unheimlich Blasiertes lag in seiner Miene, etwas, das Selbstbewusstsein ausstrahlen sollte, es aber nicht tat, weil schlichtweg die Natürlichkeit fehlte.

Farosch hatte sich in die erste Bank gefläzt und die Füße provokant auf der Kniebank abgestellt. »Bischof Garwein!«, begrüßte er ihn gut gelaunt, sobald er ihn entdeckte, und klang dabei, als hätten sie sich gerade zu einem lustigen Würfelabend in der Kneipe getroffen.

Am liebsten hätte Thomas ihn allein für dieses Verhalten am blonden Haarschopf gepackt und aus der Kirche geschleift, doch er besann sich rechtzeitig und verschränkte stattdessen die Arme. »Herr Farosch. Was soll das Theater? Es ist kein Geheimnis, wo ich wohne. Warum kommt Ihr nicht direkt zu mir, sondern zitiert mich hierher und verängstigt meine Haushälterin?« Während er sprach, würdigte er die anderen Männer um sie herum keines Blickes. Seine Augen ruhten auf dem Hauptmann, der unentwegt grinste.

»Warum nicht? Zugegeben, ich war neugierig, eine Kirche hab ich schon lange nicht mehr von innen gesehen.« Farosch tätschelte der Heiligenfigur an der Säule zu seiner linken die Wange und grinste noch ein wenig breiter. »Gestattet Ihr mir eine Frage?

Wieso habt Ihr hier eigentlich so viele schöne Frauen aus Stein stehen? Als Trost, weil Ihr eine echte nicht haben dürft?«

Seine Begleiter brüllten vor Lachen, es hallte verzerrt durch den Kirchenraum, doch Thomas hob nur die Brauen.

*Oh, bitte, sind wir jetzt schon auf diesem Niveau?*

»Es ist die heilige Aurelia«, erklärte er ruhig und deutete auf die Statue. »Patronin der Stadt Tenébra.«

»Ach ja?« Farosch grinste, während sich seine Gefährten das Lachen kaum verkneifen konnten. »Was hat die denn so Tolles geleistet? Lasst mich raten, sie ist eine von denen, die für Euren Aberglauben gestorben sind. Wie nennt Ihr sie noch gleich?«

*Märtyrer*, dachte Thomas, doch er sprach es nicht aus. Angesichts seiner gegenwärtigen Lage hatte das Wort einen bitteren Beigeschmack bekommen. »Sie war die Gründerin der Universität von Tenébra«, sagte er stattdessen. »Kirchenlehrerin und ...«

»Danke, danke«, lachte Farosch. »So genau wollte ich es dann doch nicht wissen.« Mit einer schwungvollen Bewegung trat er aus der Bank. Im Stehen überragte er Thomas fast um einen ganzen Kopf. Der Bischof musste zum Hauptmann aufschauen, um ihm in die Augen sehen zu können, und Farosch schien es zu genießen. Er gab seinen Männern das Zeichen, sich zurückzuziehen.

Thomas atmete kaum hörbar aus. Wenn der Hauptmann es riskierte, allein mit ihm zu sprechen, konnte sein Vergehen nicht so gravierend sein. Zumindest hatten sie ihn nicht sofort festgenommen.

Als die Männer gegangen waren, verschwand das Lächeln auf Faroschs Gesicht. »Warum ich Euch hier treffen wollte, habt Ihr gefragt«, sagte er leise und fixierte Thomas mit den Augen. »Weil ich will, dass Euer Gott unser Zeuge ist. Ich glaube, Ihr würdet es nicht wagen, hier vor seinem Angesicht zu lügen, nicht wahr, Bischof?«

»Warum sollte ich lügen?«, fragte Thomas und zog die Brauen zusammen.

Faroschs Lippen zuckten spöttisch. »Als ob Ihr das nicht wüsstet. Magistra Elgyn war bei Euch, in der Nacht vor der Hinrichtung. Dass es dieser Trottel Famorgan auch noch erlaubt, hätte ich mir ja denken können, aber dass sogar die Schlosswacht mitspielt, hat mein Vertrauen in unsere Staatsmacht doch etwas erschüttert.«

*Ah. Darum geht es also. Er will die Lücke in seinem Plan finden, er will wissen, wer diese Reiter auf der Vhera Viscalae waren.*

»Ihr könnt es einer Frau in Todesangst nicht verbieten, um geistlichen Beistand zu ersuchen.«

»Geistlichen Beistand!« Farosch schnaubte. »Tut doch nicht so blöd, Garwein. Loreba Elgyn ist eine *Magistra*, keines von den dummen Schafen, die Euch Woche für Woche hinterherrennen. Sie war hier nicht zum Beten.«

»Ach nein?«, bemerkte Thomas trocken. »Hört sich an, als wärt Ihr dabei gewesen.«

Farosch wurde allmählich ungehalten. »Lasst die Spielchen, Bischof. Ich will wissen, ob sie hier jemanden getroffen hat, was sie zu Euch gesagt hat, einfach alles. Oder steckt Ihr etwa selbst mit drin?«

*Leider nein*, dachte Thomas bei sich. Er hatte wie alle anderen in den letzten Tagen gerätselt, wer die Männer sein mochten, die Magistra Elgyn gerettet hatten. Eine Widerstandsgruppe, die so schlagkräftig war, dass sie eine Aktion dieser Größe planen und ausführen konnte, hatte es lange nicht gegeben. Er brannte darauf, die Wahrheit zu erfahren, allein weil ihn das Schicksal Loreba Elgyns persönlich interessierte.

»Fällt es Euch so schwer, zu glauben, dass sich auch eine Magistra in ihrer Todesstunde nach Trost sehnt?«, fragte Thomas und sah Farosch in die Augen. »Sie hat mit mir gesprochen und mit niemandem sonst. Ich habe von dieser Flucht nichts gewusst und Magistra Elgyn auch nicht. Wenn Ihr sie an diesem Abend gesehen hättet, wüsstet Ihr das, so gut kann man nicht schauspielern. Ihre Angst war echt. Außerdem wurde sie so gut bewacht, hier kam keiner rein oder raus … aber das hat Euch die Schlosswacht sicher bereits bestätigt, oder nicht?«

Farosch knirschte mit den Zähnen. »Über was hat sie mit Euch gesprochen?«

»Das kann ich Euch nicht sagen.«

»Wie bitte?« Der Hauptmann sog scharf die Luft ein, doch Thomas ließ sich nicht beeindrucken.

»Beichtgeheimnis.«

Farosch sah aus, als habe er ihn geschlagen. »Ihr erklärt mir gerade ernsthaft, dass Ihr *mir* – und damit auch der Königin – wissentlich Informationen verweigert, nur aufgrund dieses ... dieses schwachsinnigen ...?«

»Aufgrund des Beichtgeheimnisses, ja«, bestätigte Thomas und bemühte sich, das Beben aus seiner Stimme zu verbannen. »Es gibt Dinge, gegen die weder Ihr noch die Königin etwas ausrichten könnt.«

Für einen Moment schien Farosch sprachlos. Dann aber kniff er die Augen zusammen, bis sie zu Schlitzen verengt waren. »Ihr glaubt gar nicht, was ich kann«, zischte er und trat näher an ihn heran. »Ich habe die Macht, Eure Kirche einzureißen, Garwein, Eure hübschen Statuen, einfach alles. Ich könnte Eure Priester einsperren lassen und Euch auf die Stufen der Gerechtigkeit schicken, wenn ich nur wollte!«

»Und was hindert Euch daran?«, fragte Thomas leise. Es war ihm bewusst, dass er auf einem schmalen Grad ging.

Farosch schien vor Zorn rot anzulaufen, doch dann grinste er plötzlich wieder. »Nun ... Leider hat Eure Kirche ziemlich viele Anhänger. Aber bis jetzt waren auch noch keine schärferen Maßnahmen nötig«, sagte er leichthin. »Gläubige sind immer sehr zuvorkommend. Sie lassen alles mit sich machen, ohne sich zu beschweren. *Rechte Wange* und so, Ihr versteht. Ständig suchen sie die Fehler bei sich selbst, Schuld, Schuld, Schuld, das ist doch euer aller Lieblingswort. Wann werdet ihr endlich begreifen, dass es so etwas wie Schuld nicht gibt, nur starke Menschen, die Schwache besiegen. Das ist keine Schuld, das ist natürliche Auslese. Eure Religion ist dumm, sie verherrlicht Schwäche und verurteilt die Starken. Warum? Hat Euer Gott den Schwachen schon jemals geholfen?«

»Ich ...«

»Nein, hat er nicht!«, fuhr Farosch fort, ohne eine Antwort abzuwarten. Irgendetwas an seinem Tonfall sagte Thomas, dass der Hauptmann dieses Gespräch schon lange geplant haben musste. »Weil es ihn nicht gibt! Euer Gott war es nicht, der mich von der Straße geholt hat. *Ich* war es, ich allein und durch harte Arbeit! Und ich habe nie irgendetwas von seiner *Liebe* gespürt, wenn ich im Winter frierend vor den Häusern dieser reichen Schnösel gelegen hatte. Einige von denen sitzen heute im Gefängnis. Hübsch, wie sich das Blatt wenden kann, nicht wahr? Die Welt ist nicht so, wie Ihr behauptet, Garwein. Liebe ist auch nur eine Form von

Egoismus. Der Stärkere überlebt, der Schwächere wird aussortiert. So läuft es nun mal.«

»Waren es Gott oder die Menschen, die Euch auf der Straße liegen ließen?«, warf Thomas beiläufig ein, und seine Worte erzielten die gewünschte Wirkung.

Farosch hielt inne. »Ihr seid wohl ein ganz Schlauer, was?«, spottete er. »Na, wir werden sehen. Lasst uns eine kleine Wette machen, Bischof. Eure Macht der Nächstenliebe gegen meine Macht des Stärkeren. Euer Gott gegen mich, der sich selbst Gott ist. Wie sieht es aus?«

Thomas schüttelte ruckartig den Kopf und wich zurück. »Ihr seid von Sinnen!«

»Ich? Aber nein!« Farosch lachte. »Da Ihr mir keines von Euren Geheimnissen verraten wollt, erzähle ich Euch eben eins: Unsere Königin hat etwas mit diesem Land vor, etwas Großes, und es wird nicht mehr lange dauern, bis wir es verkünden können. Danach wird sich zeigen, wer von uns beiden recht hat, Garwein. Wenn es hart auf hart kommt, sehen wir, wie die Menschen sich entscheiden. Beugen sie sich der Staatsmacht und schließen sich unserem Kampf der Stärke an, oder protestieren sie für die Liebe und den Frieden?« Seine letzten Worte trieften nur so von Spott. »Ich bin wirklich gespannt, und Ihr dürft es auch sein.«

Thomas hatte absolut keine Ahnung, von was der Hauptmann da sprach, aber seine Worte erschreckten ihn. Dieser Mann war so von sich selbst geblendet, dass er gar nichts anderes mehr wahrnahm.

Farosch wandte sich ab und schritt in Richtung Portal. »Für heute war es das, Bischof«, sagte er, nun wieder in vergnüglichem Plauderton. »Ich denke, Ihr braucht Zeit zum Nachdenken. Aber ich warne Euch: Es wird der Tag kommen, an dem man Euch wählen lassen wird, zwischen Eurem Beichtgeheimnis und Eurem Leben. Ich kann Euch nur raten, dann eine kluge Entscheidung zu fällen. Und eines noch.« Er wandte sich noch einmal um. »In Zukunft werden die Messen ohne Predigt gehalten. Das mit Eurem Brotausteilzeugs könnt Ihr weiterhin machen, aber sonst nichts, auf Anordnung der Königin.« Farosch lächelte. »Einen schönen Abend noch.«

• • •

»Thomas!« Igraen kam die Straße entlang auf ihn zugerannt, kaum dass die Kirchentür hinter ihm ins Schloss gefallen war. Tränen der Erleichterung rannen von ihrem Gesicht, als sie ihn umarmte. »Dem Herrn sei Dank! Was hat er denn von dir gewollt, du bist so blass?«

Thomas schluckte. Er sehnte sich nach seinem Arbeitszimmer, nach Gebet, nach Ruhe. »Mit mir über Gott sprechen«, antwortete er bitter. »Nur haben wir nicht denselben gemeint.«

# HEIMAT

Die Aussicht auf eine baldige Rückkehr nach Betháne schien Martha beflügelt zu haben. Beim Mittagsessen mit Elodea, fernab vom Trubel des Hauses, redete sie wie ein Wasserfall, ein Verhalten, das sonst eher Tyrza an den Tag legte.

»Ich will gar nicht wissen, wie der Garten aussieht«, seufzte sie, während sie nebenbei an einer grauen Decke strickte. »Fast ein halbes Jahr ohne jegliche Pflege ... Und für diese Saison aussähen konnten wir auch nicht!«

Elodea schmunzelte. »Das wird wohl unsere geringste Sorge sein. Erst einmal müssen wir es überhaupt bis nach Hause schaffen.«

Ganz ungefährlich war ihre bevorstehende Reise nicht. Sie wurden noch immer gesucht. Wenn auf dem Weg irgendetwas schiefging, wenn sie jemand zurückkehren sah und verriet, konnten die Folgen tödlich sein. Doch trotz der Gefahr überwog auch bei ihr die Vorfreude. Sie war einfach zu lange von ihrem Zuhause getrennt gewesen. Es zählte wohl zu Elodeas Eigenarten, einen so engen Bezug zu ihrer Heimat zu haben, dass ihr Umfeld darüber nur noch den Kopf schüttelte. Fernweh oder Reiselust gehörten nicht zu ihrem Wortschatz. Wo sich andere in ihrem Alter danach sehnten, die Welt zu entdecken, wünschte sie sich nichts anderes als einen friedlichen Platz zum Leben. Mittlerweile mochten einige das sogar nachvollziehen können, schließlich war sie monatelang allein in der Verbannung gewesen. Doch Elodea wusste, dass die Zeit in Touleránt nicht allein für ihr starkes Heimweh verantwortlich gemacht werden konnte. Sie war schon immer so gewesen. Als Kind hatte sie Tenébra nur unter Tränen verlassen, um für ein paar Tage ihre Verwandten in Ashkya zu besuchen, und selbst heute spürte sie jedes Mal dieses einengende Gefühl in Hals und Brust, wenn sie ihre gewohnte Umgebung verließ. Heimweh und Trauer waren miteinander verwandt, mittlerweile wusste sie das. Beide verarbeiteten einen Verlust, ob gefühlt oder real, der Psyche war es gleich. Für Elodea war ihr Heimweh Fluch und Segen zugleich. Denn obwohl es sich schrecklich anfühlte, beleuchtete es auch regelmäßig, was ihr im Leben wichtig war. Es erhielt ihr eine Wertschätzung für das, was sie hatte, die anderen Menschen oft fehlte. Sie war froh, etwas zu kennen, nachdem man Heimweh haben konnte. Loreba war ihr in dieser Hinsicht überhaupt nicht ähnlich. Ja, auch sie liebte Tenébra, aber wenn sie für Gastvorträge an andere Universitäten des Landes eingeladen wurde, genoss sie die Reisen und den Trubel der Großstädte. Nur Martha konnte Elodeas Gefühle nachvollziehen. Ihr war sogar die Zeit in Lorebas Stadthaus zu viel, in dem sie während des Semesters lebten. Sie hasste längere Aufenthalte in Städten und war heilfroh, wenn sie in den Ferien wieder in ihr Häuschen auf dem Land zogen.

*Wir sind Lebewesen*, sagte Martha immer. *Es ist nicht gut für Menschen, wenn sie zwischen Steinen eingesperrt und aneinandergedrängt leben. Man muss doch atmen können, die Erde zwischen den Zehen spüren. Ich kann es nicht leiden, wenn ich nicht weiß, wie meine Nachbarn heißen und wenn sich niemand auf der Straße grüßt. Nennt mich hinterwäldlerisch, aber Dörfer sind mir einfach lieber.*

•••

Gegen Abend rief Elliott sie nach unten in den Vorratsraum. »Acte hat euch Proviant für die Reise bereitgestellt«, begrüßte er sie und wies auf zwei große Jutesäcke zu seinen Füßen. »Das sollte für die erste Woche in Betháne reichen. Habt ihr sonst noch einen Wunsch, was die Ausrüstung betrifft?«

»Was ist mit Waffen?«, fragte Cloé und verschränkte die Arme.

»Ähm...« Elliott warf ihr einen skeptischen Blick zu. »Waffen?«

»Ja. Ihr wisst schon, die Dinger, mit denen man sich verteidigt, sollte einen jemand auf dem Weg angreifen?«

»Ich will euch ja nicht zu nahe treten«, begann Elliott mit einem dünnen Lächeln, »aber Waffen muss man auch benutzen können.«

»Und Ihr glaubt, das kann ich nicht?« Cloés Augen verengten sich. »Ich habe schon gekämpft, da hängen die meisten Kerle noch am Rockzipfel ihrer Mutter!«

Für einen Moment sah Elliott tatsächlich eingeschüchtert aus. »Also schön. Wir hätten ... ähm ... Messer, Schwerter, Pfeil und Bogen ...«

»Perfekt«, fiel ihm Cloé ins Wort. »Ich nehme den Bogen.«

Elodea grinste, als sie Elliotts Gesichtsausdruck bemerkte. Man sah es Cloé nicht auf den ersten Blick an, aber als Gegnerin sollte man sie niemals unterschätzen.

»Meinetwegen.« Elliott zuckte mit den Schultern. Er ging hinüber zur Wand, öffnete eine Halterung und hob einen schwarzen Bogen heraus, den er Cloé übergab.

Die wog ihn nur in der Hand. »Ganz nett«, war ihr knapper Kommentar, während sie sich einen Köcher nahm, ihn mit Pfeilen bestückte und über die Schulter warf.

Tyrza funkelte sie an. »Cloé scheint sich heute mal wieder von ihrer charmantesten Seite zu präsentieren.«

Ein wenig irritiert wandte sich Elliott an die anderen Aurenen. »Möchtet ihr auch was?«

»Nein, danke«, sagte Tyrza entschieden. »Wir haben doch unsere beiden Magierinnen, die werden uns schon verteidigen. Bevor ich so ein Ding in die Hand nehme, muss schon die Hölle losbrechen.«

Elodea verkniff sich einen Kommentar. Sie war nicht sicher, ob das mit der Verteidigung wirklich so funktionierte, wie Tyrza dachte. Loreba hatte ihr Kontemplet in Tenébra zurücklassen müssen, sie wusste nicht, wie viele Vokabeln ihre Meisterin auswendig konnte, und sie selbst hatte mit magischem Kampf bis jetzt noch nicht sonderlich viel Erfahrung. Ihre Ausbildung war ja in den letzten Monaten zwangsweise unterbrochen worden.

Nachdem sie mit Ausrüstung versorgt waren, kochte Acte Abendessen. Diesmal allerdings ganz allein für die Aurenen, da sich die meisten Brüder Mhyrias noch in einer Versammlung oder außer Haus befanden. Sie unterhielt sich recht munter mit Tyrza und machte einen viel freundlicheren Eindruck als noch Tage zuvor.

Als die Aurenen gerade dabei waren, ihre Teller abzuräumen, betrat Actes Mann den Raum. Damian sah abgekämpft aus. Offenbar hatte er in letzter Zeit nicht viel Schlaf bekommen. »Liebes, würdest du die Aurenen und mich kurz allein lassen? Ich habe noch eine Sache mit ihnen zu besprechen, bevor sie abreisen.«

»Sicher.« Acte warf ihm im Vorbeigehen einen fragenden Blick zu, doch er schüttelte den Kopf mit einer Miene, die eindeutig *später* ausdrücken sollte.

Nachdem die Tür hinter Acte ins Schloss gefallen war, ließ er sich auf ihren nun freien Stuhl sinken. Seine Miene war ernst. »Ich komme in einer privaten Angelegenheit. Es geht um Farya.«

Stille. Was auch immer die Aurenen erwartet hatten, das war es nicht. Cloé fiel ein Messer aus der Hand, klirrend schlug es auf den Steinboden auf. Martha verschluckte sich, Tyrza stand der Schreck buchstäblich ins Gesicht geschrieben. Auch Elodea musste Damians Worte erst einmal verarbeiten. Er hatte einen wunden Punkt getroffen: Farya Talmhol. Die sechste Aurene. Farya, die Verräterin.

Das *Verräterin* war nicht ihre Erfindung. Cloé hatte damit irgendwann angefangen, aus Wut und verletztem Stolz. Dabei stimmte es genau genommen gar nicht, Farya hatte sie nie wirklich verraten. Damals bei ihrem Prozess in Tenébra hatte man den Aurenen die Möglichkeit gegeben, sich öffentlich von Loreba zu distanzieren und so der Verbannung zu entgehen. Tyrza, Cloé und auch sie selbst hatten abgelehnt und sich auf Lorebas Seite gestellt, aber Farya … Bis heute war Elodeas einzige Erklärung für ihren Widerruf, dass sie panische Angst gehabt haben musste. Niemand von ihnen hatte schließlich gewusst, wie ihre Strafe ausfallen würde. Das Gericht und der Prozess mussten Farya eingeschüchtert haben, so sehr, dass sie ihre Unterstützung für Loreba leugnete. Anders konnte, anders *wollte* Elodea es nicht verstehen.

Hatte Farya es mittlerweile bereut? Auch darüber konnte man nur mutmaßen. In Touleránt hatte Elodea erfahren, dass Obsidia sie als Hofdame zu sich geholt hatte. Ob als Demütigung für die Aurenen oder als Informationsquelle, niemand wusste es so genau. Aber Elodea hatte den starken Verdacht, dass diese Zeit in Tenébra für Farya weit schlimmer gewesen war als ihre eigene Verbannung an den Hof der Gräfin.

»Was ist mit Farya?«, fragte Cloé. Sie hatte die Augen zusammengekniffen, und ihre Lippen bebten, während sie sprach.

»Sie möchte wieder in euren Kreis zurückkehren«, sagte Damian leise, ohne Cloé anzusehen.

»So, will sie das?« Cloés Stimme war kaum mehr als ein Flüstern.

»Farya hat in den letzten Monaten für die Brüder Mhyrias spioniert. Sie war die ganze Zeit auf unserer Seite. Und bereut ihr Verhalten.«

Elodea tauschte einen schnellen Blick mit Loreba, die ihre Stirn in Falten gelegt hatte, einen Ausdruck von Überraschung auf dem Gesicht.

Cloé stieß ein Zischen aus. »Das sind ja ganz neue Töne!«

»Gebt ihr noch eine Chance. Bitte. Sie hat es wirklich verdient.«

»Nie im Leben! Sie hat uns verraten. Sie hat Obsidia triumphieren lassen. Sie ist eine Verräterin, sonst nichts!«

»Sie hatte Angst«, mischte sich Tyrza ein. »Das ist menschlich.«

»Menschlich!? Ist es etwa menschlich, seine Freunde zu verraten? Ist es menschlich, die Hofdame einer Frau zu werden, von der man ganz genau weiß, dass sie eine Feindin ist? Wie lange habe ich in meinen Gedanken gefleht, dass Farya sich umentscheidet, dass sie Obsidia entgegentritt und für uns einsteht. Und? Hat sie es getan? Nein! Jetzt merkt sie, dass Obsidia doch nicht so großartig ist, und kriecht zu uns zurück? Das kann sie vergessen! Ich will mit einer heimtückischen Verräterin nichts zu tun haben!«

»Ganz so war es ja auch nicht«, wandte Damian ein, doch Cloé unterbrach ihn, schnaubend: »Ihr könnt sagen, was Ihr wollt. Aber ich verzeihe Farya nicht. Wenn ihr nichts dagegen habt, gehe ich jetzt nach oben und packe meine Sachen.«

Mit diesen Worten rauschte sie an ihnen vorbei die Treppe hinauf. Damian und die übrigen Aurenen blieben sprachlos zurück.

»Farya und Cloé waren gut befreundet«, flüsterte Tyrza schließlich in die Stille. Sie wirkte leicht abwesend. »Die ganze Sache hat sie deshalb besonders hart getroffen, daher ist sie so wütend. Ich werde noch mal mit ihr reden.« Tyrza schob ihren Stuhl zurück und machte sich ebenfalls auf den Weg nach oben.

Damian sah ihr nach, bis sie verschwunden war, dann wandte er sich an die verbliebenen Aurenen: »Ihr habt euch noch gar nicht geäußert, wie seht ihr die Sache?«

Elodea spürte nicht die geringste Lust, irgendetwas zu sagen. Schon wieder hatte sie das Gefühl, dass in den letzten Tagen einfach zu viel passiert war. Wer sollte da noch mitkommen? Sie konnte nur stumm dasitzen und auf ihren Teller starren.

»Ich denke, wir sollten das Ganze nicht hier und heute ausdiskutieren«, sagte Loreba matt und stand auf. »Es ist nicht klug, ausgerechnet jetzt alte Wunden wieder aufzureißen. Gebt uns etwas Zeit.«

»Halt!« Damian fasste Loreba am Arm, bevor sie den Raum verlassen konnte.

»Was ...«

»Ich habe noch etwas für Euch.« Er zog ein Buch aus der Tasche und hielt es ihr hin.

»Mein Kontemplet.« Lorebas Augenbrauen hoben sich erstaunt, als sie nach dem kleinen Buch griff. »Aber ich habe es in Loánne zurücklassen müssen, wie kommt Ihr ...?«

»Farya«, antwortete Damian mit einem Schmunzeln. »Bei unserem letzten Treffen hat sie es mir für Euch mitgegeben. Sie muss es Obsidia irgendwie abspenstig gemacht haben. Seht es als Vertrauensbeweis. Ob Ihr es wollt oder nicht. Ihr habt noch eine Verbündete in Tenébra.«

•••

Als der Moment des Abschieds gekommen war, alle ihre Taschen geschultert und lange Mäntel übergestreift hatten, wandte sich Lyonel für ein letztes Wort an die Aurenen: »Ich kann nur immer wieder sagen, passt auf euch auf«, flüsterte er. »Ich hoffe doch, dass wir uns wiedersehen.«

»Das werden wir«, versicherte Loreba, als sie die Kapuze ihres neuen Umhangs über die Stirn schob.

Mittlerweile hatte sich auch Elliott wieder zu ihnen gesellt. Er sollte die Aurenen sicher aus der Stadt bringen, doch danach würden sie allein zurechtkommen müssen.

Nachdem sie sich auch von Damian und Acte verabschiedet hatten, machten sie sich auf den Weg. Sie hielten sich in den Nebenstraßen, huschten durch die schummrig erleuchteten Gassen und versuchten, möglichst nicht aufzufallen. Es dauerte eine Viertelstunde, dann erreichten sie eine kleine Steintreppe, die zwischen zwei Häusern nach hinten in die Dunkelheit führte. Dicht aneinandergedrängt zwängten sie sich durch die schmale Öffnung. Zu Elodeas Überraschung gelangten sie allerdings nicht wie erwartet in einen Innenhof oder Garten. Sie befanden sich am Ufer des Sees, in den Praetimaria eingebettet lag. Inzwischen war es so dunkel, dass sie das andere Ufer in der Ferne nur als fahlen Schatten erkennen konnten.

Elliott mustere jede Einzelne der Aurenen, als wolle er sich vergewissern, dass keine fehlte, dann sagte er leise: »Am sichersten ist, wenn ihr hier mit dem Boot übersetzt. Der See ist an dieser Stelle nicht besonders breit, und vom Stadttor seid ihr zu weit weg, um gesehen zu werden. Auf der andren Seite führt ein Pfad bis hoch zu einem großen Baum. Dort wartet Olwen mit den Pferden. Verliert keine Zeit, reitet auf direktem Weg zu eurem Ziel, haltet euch von Dörfern und Städten fern.«

»Danke, Elliott«, sagte Loreba. »Für alles, was Ihr in den letzten Tagen getan habt.«

»Keine Ursache.« Er wandte sich ab und machte sich an einem Boot zu schaffen, das am Seeufer in den Wellen schaukelte. »Ich werde euch zu gegebener Zeit besuchen und fragen, wie ihr euch entschieden habt. Lyonel weiß ja, wo wir euch finden können. Er behauptet, Ihr hättet es ihm heute Mittag erklärt. Vielleicht begleitet er mich auch. Ich will ihm zwar immer ausreden, sich in der Öffentlichkeit zu zeigen, aber er hört ja doch nicht.«

Cloé, die gerade dabei war, hinter Tyrza in das schwankende Boot zu steigen, kicherte, verstummte aber recht schnell, als sie Marthas strengen Blick bemerkte.

Elliott band das Boot los und blieb am Ufer zurück. »Gute Reise!«, wisperte er noch, ehe ihn die Dunkelheit verschluckte. »Trinkt einen Thurmaner für mich mit, wenn ihr wieder in der Heimat seid!«

Es war ein merkwürdiges Gefühl, über den dunklen See zu gleiten. Keine der Aurenen sprach, nur das gleichmäßige Eintauchen der Ruder war zu hören. Elodea konnte weder Elliott noch das andere Ufer sehen. Die Fahrt mit dem Boot fühlte sich an wie das Schweben zwischen zwei Welten, sie hatte etwas Unwirkliches und Zeitloses, als befänden sie sich in einem Vakuum. Unter ihnen lag schwarzes Wasser, über ihnen der Nachthimmel, der nur hier und da mit ein paar Sternen besprenkelt war. Elodea war froh, als das Boot auf der anderen Uferseite anlegte und sie mit wackligen Beinen aussteigen konnte. Zusammen hievten sie die schweren Satteltaschen den Pfad nach oben, bis sie zu beschriebenem Baum kamen, dessen mächtige Äste bizarr in den Himmel ragten. Im Schatten des breiten Stamms wartete Olwen bereits. Es dauerte jedoch noch eine ganze Weile, nachdem er ihnen die Pferde übergeben hatte, bis die Aurenen reisefertig waren. Da nicht jede von ihnen eine geschickte Reiterin war, wollte die Sitzverteilung wohl überlegt sein. Elodea hatte das Reiten auf dem Hof ihrer Eltern schon früh gelernt, so konnte sie die etwas unsichere Martha zu sich nehmen. Auch Cloé, Tyrza und Loreba ritten gut, in den Gesellschaftsschichten, aus denen sie stammten, gehörte das zur Grundbildung. Mangels Pferde einigte man sich schließlich darauf, dass Tyrza und Cloé sich eines teilten, was allerdings, wie üblich bei den beiden, nicht ohne kleinere Streitereien vonstattenging.

Sie kamen gut voran, größtenteils konnten sie sich nahe der Vya ostiae halten, die wie eine Schlange aus Pflastersteinen durch die einsamen Graslandschaften führte. Nur manchmal, wenn sie ein Dorf aus der Dunkelheit auftauchen sahen, machten sie einen kleinen Umweg, doch nie weit genug, als dass sie in Gefahr gerieten, die Straße nicht mehr wiederzufinden.

Bei dieser zweiten Reise durch die Provinz Téska fühlte Elodea sich bei weitem nicht so unwohl wie bei ihrer Flucht aus Tenébra. Es war eine angenehme Frühlingsnacht und von der Kälte ihrer Hinreise nichts mehr zu spüren. Sogar hier war endlich der Frühling eingezogen, die Schlehen blühten und saßen wie weiße Schaumtupfen in der Landschaft. Sie kannten die Gegend nun besser, die Brüder Mhyrias waren keine Fremden mehr, und dass Loreba ihr Kontemplet wieder hatte, beruhigte sie am meisten. Wenn es zu einem Angriff kommen sollte, hatte sie jetzt wenigstens die Chance, sich zu verteidigen.

Und verteidigen würde sie sich. Sie war nicht mehr hilflos, kein namenloses Dämchen in Touleránt, bei dem man ganz deutlich sah, dass es am Hof völlig fehl am Platz war. Hier, zwischen den Aurenen, da war sie zu Hause.

*Du wirst nie zu diesen Leuten gehören*, sagte die Stimme ihrer Tante in ihrem Kopf. Es waren alte Erinnerungen, tief eingegraben. Samen des Selbstzweifels, die über die Jahre gewuchert waren wie Unkraut. *Du bist Elodea Thurmar, ein ganz normales Mädchen, nichts Besonderes. Jemand wie du wird keine Magierin, wer soll vor dir Respekt haben? Das Einzige, was dir diese Loreba Elgyn bringen wird, ist der Spott der gesamten Nachbarschaft. Vor allem wenn du als ihre Schülerin versagst.*

Heute Nacht konnte Elodea über diese Worte nur lachen. Was sagte ihre Tante wohl mittlerweile über sie? *Elodea Thurmar, Schülerin einer Verbrecherin, Verbannte auf der Flucht und seit neuestem auch noch Rebellin.*

Immerhin. Jetzt hatten die Nachbarn wirklich etwas, worüber sie reden konnten.

Allmählich färbte sich der Himmel wieder orange, und die Steppenlandschaft begann, in Laubwälder überzugehen, ein sicheres Zeichen, dass sie sich Bethánes Grenze näherten. Es war ein gutes Gefühl, den vertrauten Buchenwald wieder um sich zu haben.

Vor ihrer Verhaftung hatten sie abwechselnd in Lorebas Stadthaus nahe der Universität und in einem kleinen Häuschen auf dem Land gelebt, das mit der Kutsche ungefähr eine halbe Stunde von Tenébra entfernt lag. Loreba hatte das Haus vor zwei Jahren gekauft, damit *wir wenigstens am Wochenende und in den Semesterferien aus der Stadt rauskommen, man sollte ja auch mal Abstand von der Arbeit haben,* wie sie behauptet hatte, doch Elodea wusste, dass sie es vor allem Martha zuliebe getan hatte. Loreba war ein Stadtmensch, sie brauchte den Austausch mit ihren Kollegen und das Gefühl, mitten im Zeitgeschehen zu sein. Martha hingegen blühte in den Monaten, die sie außerhalb Tenébras verbrachten, regelrecht auf. Und auch für Elodea gab es inzwischen keinen schöneren Ort als das kleine Haus am Waldrand. Allein dass sie es überhaupt bekommen hatten, war schon ein halbes Wunder. Gebäude ohne großen Hof und Felder standen auf dem Land selten zum Verkauf, noch dazu so nah an Tenébra. Entsprechend begeistert waren sie gewesen, als sie mitbekommen hatten, dass man für das alte Pfarrhaus in Eleringorn einen Käufer suchte. Schon bei der ersten Besichtigung hatte sich Martha in den Garten verliebt, und danach war die Entscheidung im Prinzip bereits gefällt gewesen.

Mittlerweile hatten die Aurenen ihr Ziel fast erreicht. Es war hell geworden. Das Licht des neuen Tages fiel durch die Baumkronen und flirrte zwischen den jungen Buchenblättern, die jetzt im April noch weich und knittrig wie Seidenpapier waren. Sie ritten durch Täler und Wälder, stets den Fluss Nocram im Auge, der sich durch die Provinz wand und in Tenébra mit der Lycram vereinigte. Sogar die Luft hatte sich auf ihrem Weg von Téska hierher verändert. Elodea schloss die Augen und atmete den Geruch nach warmem Gras und Wald, der so typisch für Betháness Frühling war, dass es fast weh tat, solange nicht mehr hier gewesen zu sein. Am Vorabend musste es geregnet haben. Manche Stellen im Wald waren noch immer feucht und erfüllt von der Würze neuer Kräuter. Zu dieser Jahreszeit konnte man förmlich zuschauen, wie sie aus dem Boden schossen. Wo kurz zuvor noch Bärlauch den Boden bedeckt hatte, standen nun Knoblauchsrauke und die ersten Blätter der Mariendistel. Martha hatte leise zu summen begonnen, irgendein Mailied, und Elodea sang im Geiste mit, so gut gelaunt war sie.

*Auf Maiens grüner Au*
*wir Freudenlieder singen,*
*und über Blatt und Tau*
*zu dir das Lob soll dringen!*
*Bring es zur Blüte,*
*Herrin voll Güte!*
*Auf Maiens grüner Au,*
*Du königliche Frau.*

Rechts und links von ihnen erhoben sich bewaldete Hügel, gesäumt von Wiesen und Feldern, in denen im Sommer der Klatschmohn im Wind wogte. Als sich die Hügel schließlich öffneten und den Blick auf ein kleines Seitental freigaben, dessen blühende Streuobstwiesen sich bis zum Waldrand zogen, war Elodea, als fiele ein Gewicht von ihr ab. *Das ist mein Flecken Erde. Hier gehöre ich hin.*

In die Talmulde schmiegte sich ein kleines Dorf. Ein paar Höfe, ein Wirtshaus und eine Kirche am Hang. Eleringorn hatte alles, was eine bethánische Ortschaft brauchte, und mehr als genug für Elodea. Oberhalb der Ortschaft weideten Schafe. Noch ein Stück weiter, über der Kirche, direkt am Waldrand, schaute zwischen den Hecken etwas Sandsteingemäuer hervor. Elodeas Herz schlug schneller. Es war noch da. Durch Lorebas Schutzkreis vor fremden Augen verborgen, überblickte das alte Pfarrhaus das Tal.

»Dass ich das noch erleben darf …«, seufzte Martha. »Kneift mich mal.«

»Ob wir kurz bei Ellery vorbeischauen sollen?«, fragte Tyrza von hinten und wies mit einem Kopfnicken auf die Häuser im Tal.

»Ich glaube, da warten wir lieber bis morgen«, meinte Loreba.

»Es ist Abendessenszeit, mit etwas Glück können wir es jetzt bis hoch zum Haus schaffen, ohne dass uns jemand sieht.«

»Glaubt ihr denn, wir können Ellery überhaupt noch vertrauen?«, fragte Cloé.

Ellery war die Wirtin Eleringorns, und obwohl sie für viele im Ort Informationsquelle und Tratschlieferantin war, vertrauten ihr die Aurenen wie niemandem sonst. In all den Jahren hatte sie ihnen als loyale Freundin zur Seite gestanden, auch und vor allem nachdem sich die Lage für sie zugespitzt hatte.

Im Sommer letzten Jahres waren die Aurenen übereingekommen, ihr Haus in Eleringorn mit einem Schutzkreis zu umgeben. Loreba hatte unterdessen im Tal das Gerücht gestreut, dass sie das Haus aufgeben und von nun an nur noch in Tenébra leben wollten, während sie sich in Wahrheit immer mehr hierher zurückgezogen hatten. Der Schutzkreis wirkte wie ein Schleier. Dahinter lebte man wie gewohnt weiter, doch Außenstehende sahen nur ein verlassenes, langsam verfallendes Haus mit verwildertem Garten. Es hätte ihr Refugium werden sollen. Ihre Zuflucht, falls der Konflikt mit der Königin weiter eskaliert wäre, doch dazu war es nicht mehr gekommen. Von ihren Plänen wusste bis heute nur Ellery, und dass sie nun dort oben am Waldrand keine Gruppe Soldaten erwartete, sprach dafür, dass sie ihr Geheimnis bewahrt hatte. Trotzdem, für einen Besuch bei ihr war morgen noch Zeit.

Sie ritten weiter, einen schmalen Weg hinauf, an dem Obstbäume Spalier standen, bis sie schließlich am Waldrand zum Stehen kamen und die Pferde anbanden.

Von außen sah ihr Haus furchtbar aus. Man konnte kaum noch die Fassade erkennen, so überwuchert war es von wildem Wein und Kletterrosen. Um den verrosteten Zaun drängten sich efeubewachsene Büsche. Die Fensterläden hingen schief, und an manchen Stellen war die grüne Farbe abgesplittert. Loreba hatte bei ihrem Trugbild ganze Arbeit geleistet.

»Offensichtlich wirkt er noch«, raunte Elodea ihrer Meisterin zu, die neben ihr stand und auf die Wildnis vor ihnen starrte.

Loreba legte den Kopf schief. Vorsichtig streckte sie ihren Zeigefinger aus und fuhr eine Armlänge von ihr entfernt durch die Luft. Plötzlich begann sich die Stelle, die Loreba berührt hatte, zu wellen wie die Oberfläche eines Sees, in den man einen Stein geworfen hatte. »Ja. Er ist tatsächlich immer noch intakt«, stellte sie zufrieden fest. Dann schritt Loreba durch die unsichtbare Barriere. Die Luft um sie herum vibrierte, Loreba verschwand kurz und nahm dann auf der anderen Seite wieder Gestalt an.

Elodea bekam eine Gänsehaut, bevor sie ihr schließlich folgte. Sie hatte noch in Erinnerung, dass es ein ziemlich unangenehmes Gefühl war. Fast als würde man durch eine Wand aus Wasser schreiten.

Auf der anderen Seite angekommen, fand sich Elodea auf einem Kiesweg wieder. Sie rieb sich die Augen, wie man es tat, wenn man aus einem Schwimmbecken auftauchte. Wo von außen nur verwilderte Büsche zu sehen gewesen waren, erstreckte sich nun ein weitläufiger Garten mit Obstbäumen, Beeten und einem mächtigen Nussbaum, in dessen Schatten eine verwitterte Holzbank stand. Wildblumen wuchsen um den kleinen Kräutergarten herum, dahinter blühte im Sommer ein Reigen an pastellfarbenen Hortensien und Holunder, von denen bis jetzt aber nur die Blätter zu sehen waren. Im Zentrum des Gartens stand das Pfarrhaus. Es war ein schlichtes Bauwerk, errichtet im bethánischen Stil, aus heimischem Buntsandstein und mit Sprossenfenstern, die von dunkelgrünen Fensterläden flankiert wurden. Um die Haustür rankten sich Marthas handverlesene Rosensorten. Noch ballten sich ihre Knospen zusammen, aber spätestens Mitte Mai würden sich die ersten Blüten öffnen.

Die Tür war nicht abgeschlossen, als Martha die Klinke hinunterdrückte. Das war bei ihnen nicht ungewöhnlich. Wer brauchte schon Schlösser, wenn man einen Schutzkreis hatte?

Elodea betrat das Haus zuletzt und schloss die Tür hinter sich. Durch das bunte Glasfenster über dem Türsturz fielen farbige Tupfen auf den Fliesenboden im Gang und ließen den Staub, der sich während ihrer Abwesenheit dort angesammelt hatte, noch deutlicher sichtbar werden. Rasch folgte sie den anderen nach links in die Wohnküche. Es war ein behaglicher Raum, dessen helle Wandfarbe das Licht, das durch die Fensterfront vom Garten hereinschien, ideal aufnahm. Auch die Möbel waren hell. An den Wänden standen Anrichten und Schränke mit Geschirr in so unterschiedlichen Farben und Formen, dass es wie wahllos zusammengewürfelt wirkte. Gleiches galt für die Stühle, die rings um einen massiven Kiefernholztisch in der Mitte des Raums gruppiert waren. Am Kopfende der Tafel stand ein eleganter Stuhl aus dunklem Holz, der von seiner Bauweise her auch aus dem Arbeitszimmer eines tenébrischen Gelehrten hätte stammen können. Rechts davon reihte sich ein gemütlicher Küchenstuhl mit kariertem Sitzkissen neben einen fast schon prinzessinnenhaften Polstersessel. Auch ohne es zu wissen, hätte sie sofort erkannt, wem welcher Platz am Tisch gehörte. Jede von ihnen ihren eigenen Stuhl auswählen zu lassen, war Marthas Idee gewesen, und Elodea war noch immer begeistert davon, weil sie, wie so vieles in diesem Haus, ihre unterschiedlichen Charaktere perfekt darstellten.

Hier war es anders als in Lorebas Stadthaus, in dem immer alles geordnet und aufeinander abgestimmt sein musste. In ihrem Häuschen in Eleringorn fanden keine wichtigen Abendessen statt, es repräsentierte nichts, war reiner Privatraum, Rückzugsort von der Welt. Und genau das war es, was sie daran so liebte.

»Ich denke, hier sollten wir morgen mal sauber machen«, meinte Martha und schlug mit der Handfläche auf ein Sitzpolster, woraufhin der Staub in Wolken aufstieg.

Cloé winkte ab. »Ja, ja, das machen wir, aber die Betonung liegt auf morgen. Heute wollen wir feiern, nicht wahr?«

Martha warf ihr einen skeptischen Blick zu. »Feiern?«

»Ja!« Tyrza war sofort begeistert. »Es muss doch nichts Großes sein. Lasst uns essen, draußen im Garten, so wie früher. Acte hat uns doch genug eingepackt. Kommt schon, ich hab das so vermisst.«

Trotz aller Müdigkeit ließen die anderen sich nicht lange bitten. Während Martha und Tyrza den Proviant der Brüder Mhyrias sichteten und lautstark diskutierten, was sie daraus auf die Schnelle kochen sollten, machten sich die anderen daran, den Tisch samt Stühlen nach draußen zu schleppen. Inmitten von Frauenmantel und Salbei deckten sie die Tafel. Sie verwendeten ihr Festtagsgeschirr, feines Porzellan und zerbrechliche Glaskelche neben Bienenwachskerzen in Schalen aus Bauernsilber, deren Inhalt Elodea mit einem Wort entfachte.

Als eine gute Stunde später alle versammelt waren, trug Martha das Essen auf. Verglichen mit den Gelagen Touleránts war es nicht gerade üppig, doch Elodea hätte Marthas Speisen allen Delikatessen im Palast vorgezogen. Es gab den Hauptgang des bethánischen Hochzeitsessens, Marthas Lieblingsgericht, und allein beim Anblick der Soße lief Elodea das Wasser im Mund zusammen.

»Ich hasse Meerrettich!«, maulte Cloé und zog einen Schmollmund, doch als sie sah, dass Acte ihnen außerdem noch zwei Flaschen Thurmaner mitgegeben hatte, besserte sich ihre Laune schlagartig. Tyrza schüttelte den Kopf. Sie hatte für bethánischen Wein nichts übrig, nannte ihn nur abfällig *Arme-Leute-Fusel*. Elodea aber liebte ihn, nicht nur weil sie Tochter tenébrischer Winzer war, sondern weil er, anders als die schweren Edeltropfen Galenes, nach Leben schmeckte, nach Straßenfesten, Tanz und Geselligkeit.

Mit Einbruch der Dunkelheit wurde es spürbar kühler. Im Westen verschwanden gerade die letzten Sonnenstrahlen, und der Mond stieg über die Wipfel des Tals, als die Aurenen ihre Gläser hoben. »Auf uns!«, sagte Martha, der als Köchin der Trinkspruch zustand. »Und auf das Leben!«

Es wurde ein ausgelassener Abend. Noch lange über die zweite Flasche hinaus saßen sie draußen im Schein der Kerzen, lachten und plauderten, während der Duft des Flieders um sie herum von Stunde zu Stunde intensiver wurde.

Nach einer Weile holte Tyrza ihre Geige und begann, Lieder zu spielen, die sie alle noch von früher kannten. Auf *Der Kammerfrau Lied* folgte der *Askysche Traubenreigen*, dessen Refrain sogar Cloé, die dem Wein schon ausgiebig zugesprochen hatte, aus voller Kehle mitsang. Glücklich lehnte sich Elodea in ihrem Stuhl zurück. *Eigentlich könnte man jetzt die Zeit anhalten*, dachte sie. *Oder zumindest den Moment einfangen und aufbewahren, in meinem Kontemplet vielleicht, damit man in schlechten Zeiten wieder von diesem Glücksgefühl zehren kann.* Hier, im Kreis von Lorebas Schutzformeln, war es leichter als anderswo, die Außenwelt wenigstens ein paar Momente lang auszublenden. Schon bald, das wusste Elodea, würden sie diese Außenwelt wieder betreten müssen. *Aber nicht heute Abend.* Heute wollte sie leben, lachen, feiern. An dem Ort, der ihre Heimat war, zusammen mit den Menschen, die ihr am meisten bedeuteten und zu denen sie gehörte. Also schenkte sie sich noch einmal nach und hob ihr Glas.

# ELLERYS KLAGE

Obwohl es am Vorabend spät geworden war, standen die Aurenen früh auf. Die Sonne hatte sich gerade erst über die Hügel geschoben, doch als Elodea in der Küche eintrudelte, waren die anderen längst versammelt.

»Kauen, nicht schlucken«, wies Loreba Cloé an, die mit Leidensmiene und ganz offenbar verkatert auf ihrem Stuhl hing, während sie ihr ein Stück hellbraune Wurzel reichte.

Tyrza feixte. »Tja, das kommt davon, wenn man nicht weiß, wann Schluss ist.«

Loreba warf ihr über den Tisch hinweg einen strengen Blick zu, und Tyrza hob abwehrend sie Hände. »Ich meine ja nur. Sonst bin ich es immer, die sich so was anhören muss.«

Nach einem ziemlich kargen Morgenbrot beratschlagten sie, was es zu tun gab. Cloé wollte, sobald sich ihre Kopfschmerzen gebessert hatten, im Wald jagen gehen, Tyrza und Martha planten einen gründlichen Hausputz, während Loreba und Elodea endlich Ellery besuchen wollten. Nicht nur, um ihre alte Freundin wiederzusehen, sie brauchten auch dringend jemanden, von dem sie sich in Zukunft Lebensmittel beschaffen konnten, jetzt, wo normales Einkaufen für sie unmöglich geworden war.

Als sie auf den Feldweg traten, der hinunter in den Ortskern und zum *Rebenhof* führte, auf dem Ellery mit ihrer Familie lebte, spürte Elodea zum ersten Mal seit ihrer Ankunft leichtes Unbehagen. Bis jetzt hatten weder Loreba noch sie darüber nachgedacht, wie sie Ellery begegnen sollten. Es lag schließlich eine lange Zeit zwischen ihrem letzten Treffen und heute. Bestimmt war mittlerweile auch in Eleringorn die Nachricht von ihrer Flucht angekommen. Was würde Ellery dazu sagen, wenn plötzlich zwei der Gesuchten vor ihrer Tür standen? Der Preis, den Obsidia auf sie ausgesetzt hatte, reichte sicher bei vielen aus, um alte Loyalitäten zu vergessen. Elodea tastete nach dem kleinen Buch in der Tasche ihres Kleides. Sie hatte nicht vor, es zu benutzen. Zumindest hoffte sie, es nicht zu müssen.

Loreba hatte absichtlich diesen Zeitpunkt für ihren Besuch

gewählt. Es war spät genug, um sicher zu sein, dass die meisten Dorfbewohner schon auf den Feldern oder in der Stadt waren, und gleichzeitig noch zu früh für die Mittagspause. Trotzdem blieben sie wachsam, als sie zwischen den Höfen hindurch auf das Gasthaus im Zentrum des Ortskerns zuschlichen. Die beiden hatten die Tür noch nicht erreicht, da wurde sie bereits aufgeworfen.

Sofort tauchten sie hinter einer Wäscheleine ab, die sich quer zwischen zwei Häusern spannte. Elodea spähte hinter einem Laken hervor. Eine Frau war im Türrahmen erschienen. Sie trug einen Wasserbottich. Keuchend klemmte sie ihn mit einer Hand unter den Arm und fasste sich mit der anderen an den Rücken.

»Mein Gott ...« Loreba schob das Tuch ein Stück zur Seite. »Es ist Ellery.«

Elodea musste zweimal hinschauen, um zu erkennen, dass es sich bei der Frau um ihre alte Freundin handelte. Obwohl Ellery erst um die vierzig war, wirkte ihr Gesicht eingefallen. Dunkle Ringe lagen unter ihren Augen. Es sah aus, als wäre sie in den paar Monaten ihrer Abwesenheit um Jahre gealtert. Elodea und Loreba tauschten hinter der Wäscheleine einen Blick. Auf Lorebas Stirn zeichneten sich Sorgenfalten ab. Sie richtete sich auf und trat aus ihrem Versteck.

»Ellery?«

Ellery fuhr herum. Dann weiteten sich ihre Augen, der Holzbehälter fiel scheppernd zu Boden. »Loreba? Elod...« Ihre Brauen zogen sich zusammen. »Was macht ihr hier? Seid ihr wahnsinnig? Ihr seid alle in Gefahr, die Königin lässt euch suchen, ihr müsst ...«

»Beruhige dich!«, fiel ihr Loreba ins Wort. »Lasst uns reingehen. Schnell.«

Rasch führten sie die fassungslose Ellery zurück in ihr Haus. Mit einem Blick über die Schulter vergewisserte sich Elodea, dass niemand sie gesehen hatte, bevor sie die Tür hinter sich schloss.

Die drei hasteten durch den leeren Schankraum und die Stiege hinauf in die private Stube der Wirtsleute. Es war nur ein kleiner Wohnraum. Die Deckenbalken vor dem offenen Kamin waren im Laufe der Jahre vom Ruß ganz schwarz geworden, und die Ausstattung war schlicht, trotzdem wirkte es gemütlich.

Ellery blickte zwischen den beiden Aurenen hin und her. »Ich verstehe nicht ... Wie konntet ihr wieder hierherkommen? Ihr musst euch irgendwo verstecken, so weit von Tenébra weg, wie es geht, am besten im Ausland.«

»Ellery ...« Loreba drückte sie mit sanfter Gewalt in einen Holzstuhl vor dem Kamin, da ihre Knie angefangen hatten zu zittern. »Es gibt keinen Ort, an dem wir sicherer wären als hier. Dafür haben wir gesorgt.«

»Ach richtig, ihr habt ja euren Schutzkreis.« Sie sah zu Boden. Als sie wieder aufblickte, waren ihre Augen tränennass. »Was haben sie mit euch gemacht! Sie wollten dich töten, Loreba. Himmel, sie wollen es immer noch!«

»Aber ich lebe. Wir alle sind in Sicherheit, es gibt ... Leute, die uns geholfen haben, aus Tenébra zu fliehen. Leute, die auch etwas gegen Obsidia unternehmen. Es geht uns gut. Aber du wirkst, wenn ich ehrlich bin, nicht besonders gesund ...«

Einen Moment sah Ellery aus, als wüsste sie nicht, ob sie lachen oder weinen sollte. »Was soll man denn machen? Die Zeiten sind nun mal, wie sie sind. Ich muss irgendwie meine Familie ernähren.«

»Ich dachte, dein Mann und du, ihr besitzt eure eigenen Felder?«, fragte Elodea. »Und das Wirtshaus? Reichen eure Einnahmen nicht mehr?«

Normalerweise hatte der Rebenhof immer ordentlich Umsatz gemacht und Ellerys Familie einen bescheidenen Wohlstand gebracht – keinen Reichtum, aber genug, um gut davon leben zu können.

»Früher, ja«, meinte Ellery mit einem bitteren Lachen. »Aber nach den ganzen Steuererhöhungen und Abgaben ... Wer geht schon noch ins Wirtshaus, wenn man nicht mal zu Hause genug auf den Tisch bringt? Bryon wird den ganzen Tag auf dem Boden der Königin zum Frondienst eingesetzt. Alle Familien müssen die Hälfte der Ernte an den Staat abtreten. Wir glauben, sie brauchen so viel, damit sie ihre Soldaten ernähren können. Ständig hört man von Männern, die für irgendwelche angeblichen Vergehen zwangsverpflichtet werden. Die Armee scheint in letzter Zeit so schnell zu wachsen. Mittlerweile kommen die Steuereintreiber jede Woche, wer nicht genug abzugeben hat, wird hart bestraft. Im Dorf wurden schon zwei Männer zum Militärdienst eingezogen, weil sie die Steuerbeträge nicht aufbringen konnten. Ihre Familien leiden dadurch natürlich nur noch mehr. Ich weiß einfach nicht mehr, was ich noch tun soll, Loreba. Wenn die Königin so weitermacht, können wir das nicht mehr lange durchhalten. Im Moment geht es bei uns ja noch gerade so, aber anderswo verhungern Menschen, obwohl sie den ganzen Tag arbeiten.« Jetzt liefen Tränen über Ellerys Wangen.

Elodea tauschte einen schnellen Blick mit Loreba. Im Gesicht ihrer Meisterin lag ein harter Ausdruck, und Elodea wusste, dass sie dasselbe dachten: Wie hatte man es nur geschafft, Ellery alle Lebensfreude zu nehmen? Ellery, einer robusten Frau, die mit beiden Beinen im Leben stand.

»Wir werden einen Weg finden«, sagte Loreba mit bebender Stimme. »Deine Familie wird nicht hungern. Das verspreche ich dir.«

»Und wie soll das gehen? Du hast doch selbst kein Geld mehr. Sie haben dich enteignet, schon vergessen?«

»Für dich reicht es noch.«

Ellery presste die Lippen zusammen und nickte stumm. Dass sie ihr nicht widersprach oder protestierte, war ein Zeichen dafür, wie sehr sie Hilfe benötigte. »Danke«, murmelte sie und starrte mit trübem Blick an die Wand.

»Wir müssen dich auch um einen Gefallen bitten«, sagte Loreba. »Möglicherweise wird in nächster Zeit ein Mann ins Dorf kommen, er heißt Elliott. Würdest du ihn zu unserem Haus führen? Unauffällig, so dass niemand im Dorf etwas mitbekommt? Ich wäre dankbar, wenn du uns helfen könntest, unsere Anwesenheit geheim zu halten. Das Letzte, was ich will, ist, dass es im Dorf Gerüchte gibt, das Pfarrhaus sei wieder bewohnt.«

Ellery wirkte mit ihren Gedanken ganz woanders. Sie nickte, ohne weiter nachzufragen. Vielleicht hatte sie auch gar nicht richtig zugehört.

Plötzlich drang aus einem Zimmer weiter hinten im Haus gedämpftes Husten. Das Geräusch schien Ellerys Starre zu brechen. Sie sprang auf und sah dann mit erschrockener Miene Loreba an, als würde sie sie auf einmal mit anderen Augen sehen. »Ich ... Wie konnte ich das vergessen ... Da sitze ich die ganze Zeit und ... habe nicht nachgedacht. Loreba, du bist gerade rechtzeitig gekommen. Erinnerst du dich noch an Caecilia?«

»Ja, sicher. Deine älteste Tochter, oder?«

Ellerys Gesicht nahm einen gequälten Ausdruck an. »Sie ist krank. Es ist keine normale Grippe. Seit Wochen geht das jetzt schon so, sie kann nicht aufstehen, hat Fieber, und es wird immer schlimmer. Ich kann mir keinen Arzt aus der Stadt leisten, und unsere Apothekerin im Dorf ist mit ihrer Weisheit am Ende. Bitte. Du musst ihr helfen.«

Lorebas erhob sich rasch. »Natürlich.«

Ellery führte Loreba und Elodea in einen Nebenraum. Erneut hörten sie das Hustengeräusch, diesmal viel lauter. Es kam von einem Bett in der Ecke, die das winzige Fenster nur schwach beleuchtete. Unter einem Berg von Decken lag Caecilia. Nur ihr Gesicht lugte zwischen den Leinentüchern hervor, mit denen sie bis zum Hals zugedeckt war. Sie war jung, gerade einmal zehn Jahre alt, mit auffallend hellem Haar, das zerzaust in alle Richtungen abstand. Auf ihrer Haut lag ein Schweißfilm, sie hielt die Augen geschlossen und hustete schwer. Ihre Lippen waren brüchig und aufgerissen, auf ihrem Gesicht hatten sich rote Flecken ausgebreitet, die wohl vom Fieber herrührten. Caecilia regierte nicht, als sich ihre Mutter neben sie setzte und ihre Hand nahm. Auch als Loreba sich über sie beugte und ihr die Stirn fühlte, machte sie keine Anstalten, die Augen zu öffnen.

»Ungewöhnlich«, murmelte Loreba, während sie mit dem Zeigefinger einen Punkt an Caecilias Hals abtastete und die Flecken in ihrem Gesicht begutachtete. »Ich habe einen Verdacht. Es sieht ganz so aus … Ja.« Sie nickte grimmig, als bestätigte sie sich selbst. »Sedaeisches Fieber.«

Ellery machte ein ratloses Gesicht, und Loreba setzte zur Erklärung an: »Es ist eine Kinderkrankheit. Eigentlich gilt sie schon jahrzehntelang als ausgerottet, aber in letzter Zeit …« Sie kniff die Lippen zusammen. »Die Gesundheitsversorgung hat in letzter Zeit stark abgenommen. Die medizinische Fakultät beobachtet schon seit zwei Jahren, dass sich Krankheiten wieder ausbreiten, die längst als besiegt galten. Vieles davon wäre eigentlich leicht heilbar, aber wenn die Spitale von unserer Königin nicht mehr ausreichend finanziert werden …« Der Rest des Satzes blieb in der Luft hängen, und Elodea spürte den Zorn dahinter.

»Kannst du sie heilen?«, fragte Ellery.

Loreba öffnete den Mund, schloss ihn aber gleich darauf wieder. »Ich werde alles versuchen, was in meiner Macht steht. Aber Caecilia muss hier weg. Für Erwachsene und Jugendliche ist das Fieber keine Gefahr, sie können sich nicht anstecken, deine jüngeren Kinder aber schon.«

»Ich könnte sie zu meinen Eltern nach Ashkya bringen«, schlug Ellery vor. »Aber es ist ein langer Weg. Und ich kann hier nicht weg, jemand muss sich schließlich um die Wirtschaft kümmern.«

»Wir könnten sie doch zu uns holen«, schaltete sich Elodea ein. »Sie pflegen, bis sie wieder gesund ist. Bei uns gibt es keine Kinder, und es ist rund um die Uhr jemand da, der auf sie aufpasst.« Sie sah zwischen den beiden Frauen hin und her, selbst ganz zufrieden mit ihrem Einfall.

Einen Moment trat Stille ein, dann holte Ellery hörbar Luft. »Würdet ihr das wirklich tun?«

»Wenn du nichts dagegen hast.« Loreba nickte ihrer Schülerin anerkennend zu. »Dann kann Elodea gleich ein paar nützliche Lektionen in Heilkunst lernen. Wo doch unser Unterricht in den letzten Monaten gezwungenermaßen unterbrochen wurde.«

»Natürlich habe ich nichts dagegen, wie könnte ich auch!«, rief Ellery und umarmte ihre Freundinnen. »Bei euch ist Caecilia in den besten Händen. Wenn ihr geholfen werden kann, dann von euch. Wartet, ich hole Gered, er soll den Wagen bereit machen.«

• • •

Eine halbe Stunde später lag Caecilia zugedeckt mit Mänteln und Tüchern auf den Heuwagen ihres Vaters. Die Aurenen hatten sich hinter sie gekauert, versteckt unter einer Plane und zwischen den Mehlsäcken, die Ellery ihnen mitgegeben hatte. Ihr Bruder Gered steuerte den Wagen und ließ es so aussehen, als führe er ihn bloß aufs Feld, während er stattdessen heimlich den Weg zum Pfarrhaus einschlug.

Vor dem Schutzkreis verabschiedeten sie sich voneinander. Gered kehrte ins Tal zurück, und die Aurenen trugen Caecilia zu zweit über die Grenze.

Auf der anderen Seite zog Cloé im Garten gerade ein Reh ab. Vorsichtig löste sie mit dem Messer Fell und Haut vom Fleisch.

Das Geräusch erinnerte Elodea an das Reißen zusammenhängender Papierbögen. Sie schauderte. Was Menschen an der Jagd gefiel, würde sich ihr vermutlich nie erschließen. Cloé fuhr herum und hob ihre Klinge, als sie die beiden mit Caecilia in ihrer Mitte bemerkte.

»O Cloé, du und dein Verfolgungswahn«, schnaufte Elodea und setzte das Holzbrett, auf dem sie Caecilia transportierten, schwer atmend im Gras ab. »Nimm das Messer aus meinem Gesicht! So langsam solltest du doch gemerkt haben, dass hier niemand Fremdes reinkommen kann.«

»Ach ja?« Cloé ließ die Waffe sinken. »Das hier ist eine Fremde, oder irre ich mich?« Sie wies mit der Messerspitze auf Caecilia am Boden.

»Das ist Ellerys Tochter«, warf Loreba ein. »Und sie ist krank.« Sie hatte ihren tadelnden Lehrerinnenblick aufgesetzt, mit dem sie normalerweise nur Studenten bedachte, die es wagten, in ihrem Kurs unaufgefordert zu sprechen.

Cloé schielte zu Caecilia hinunter, dann senkte sie den Kopf. »Das wusste ich nicht. Wartet, ich helfe euch.«

Gemeinsam legten sie Caecilia auf das Bett in Faryas leerem Zimmer. Elodea vermied es, die persönlichen Gegenstände, Bücher, Kleider und Erinnerungsstücke ihrer ehemaligen Freundin anzuschauen, die noch immer im Raum verteilt waren, als sei Farya nur kurz einkaufen gegangen. Sogar Martha und Tyrza schienen den Raum bei ihrer Putzaktion ausgelassen zu haben. Auf dem Nachttisch ruhte eine dicke Staubschicht, aber die Missachtung, mit der alle Bewohner dieses Zimmer straften, führte nur noch deutlicher vor Augen, dass jemand im Haus fehlte.

»Elodea, geh in die Küche und bring mir *Famorugans Tinktur*«, wies Loreba sie an, während sie sich neben Caecilia auf einen Stuhl setzte, und riss sie damit aus ihren Gedanken. »Oder nein, bring am besten gleich alles, was wir noch im Medizinschrank haben. Und eine Wasserschüssel.«

Als Elodea zurückkam, war Cloé gegangen. Offenbar hielt sie es keine Sekunde länger als nötig in Faryas altem Zimmer aus.

»Danke. Stell es auf den Nachttisch.« Loreba rückte ihren Stuhl näher ans Bett und legte ihr Kontemplet auf die Knie. Elodea sah zu, wie ihre Finger ein Wort entlangfuhren und ihre Meisterin es sich stumm vorsagte, um die Aussprache zu üben. Man sollte meinen, als Magierschülerin hätte sie sich mittlerweile daran sattgesehen, doch es faszinierte sie immer wieder aufs Neue, wenn Loreba ihre Kräfte einsetzte. Die Sprache, die Worte im Kontemplet waren das eigentlich Magische, nicht Loreba selbst. Erst durch das Aussprechen des geschrieben Wortes wurde die Magie frei, die den alten Vokabeln innewohnte. Das, was die meisten Menschen als Magie betrachteten und was von Meister zu Schüler weitergegeben wurde, war im Grunde nur die Fähigkeit *Finyrisch*, die Ursprache der Bewohner dieses Landes, korrekt auszusprechen. Die Sprache besaß die Magie, nicht die Menschen. Zum Heilen brauchten Magier daher keine echten Kräuter, schon das Aufsagen ihrer Namen genügte, um die Heilkraft, die in der finyrischen Bezeichnung der Pflanzen lag, freizusetzen.

Loreba hob eine Hand und legte sie auf die Schale. »*Lynessam*«, murmelte sie, und in der fremden Sprache klang ihre Stimme ungewohnt melodisch. Während sie das Wort mehrmals wiederholte, verrührte sie das Wasser mit dem Finger. Allmählich färbte sich die Flüssigkeit dunkelblau, ein scharfer Geruch nach Minze stieg daraus auf. Sie tauchte ein Leinentuch hinein und legte es auf Caecilias Stirn.

Elodea konnte die heilende Kraft spüren, die Loreba geweckt hatte, sie verbreitete sich im Zimmer und ließ Schauer über ihre Arme wandern.

Loreba rieb noch eine Salbe in Caecilias trockene Lippen ein, dann stand sie auf. »Lassen wir sie schlafen«, verkündete sie. »Das Wasser wird die Krankheit aus ihrem Körper ziehen. Zumindest hoffe ich das.«

»Sei ehrlich«, sagte Elodea und senkte vorsichtshalber die Stimme, damit Caecilia nichts mitbekam. »Als du Ellery gesagt hast, du würdest *tun, was in deiner Macht steht* ...«

»Da habe ich es auch so gemeint«, unterbrach sie Loreba bestimmt.

»Ich weiß. Aber mir kam es vor, als wolltest du vor Ellery nicht zugeben, wie schlimm es wirklich ist. Wird ihre Tochter das hier überleben?«

Loreba zögerte einen Moment. »An dieser Krankheit kann man sterben«, gab sie leise zu. »Sie wäre daran gestorben, wenn keiner sie behandelt hätte. Heilen mit Magie ist nicht meine stärkste Disziplin, das gebe ich zu. Aber zur Not können wir immer noch auf Medikamente zurückgreifen. Sie wird wieder gesund.«

Elodea sah zu Caecilia, der es noch kein bisschen besser zu gehen schien. »Sollte man nicht inzwischen eine Verbesserung feststellen können?«

»Wir sind Magier, Elodea, keine Wunderheiler«, sagte Loreba streng. »Alles in der Natur braucht seine Zeit. Du musst Geduld haben. Wenn du etwas tun willst, kannst du draußen ein paar Kräuter für Tee sammeln. Martha will einen neuen Grundvorrat. Geh, bevor du noch das ganze Haus nervös machst.«

Elodea schürzte die Lippen, nickte dann aber. Wenigstens gab es irgendetwas, mit dem sie sich ablenken konnte. Auch wenn es nur Blumenpflücken war.

•••

Als sie sich auf den einsamen Weg zum Dorf machte, war ihr Kopf gefüllt mit Fragen, die sie längst nicht zum ersten Mal beschäftigten. Immer waren es dieselben, und immer fand sie keine Antwort darauf: Wieso? Wieso musste das alles geschehen? Wieso war Obsidia, wie sie war? Spürte sie denn gar keine Verantwortung ihrem Volk gegenüber? Kein Mitleid? Keine Schuld? Elodea versuchte zu ersinnen, was in Obsidias Kopf vorgehen mochte. Die Königin konnte nicht einfach nur machthungrig sein. Die absolute Macht über Land und Volk besaß sie bereits. Nein, Obsidia musste krank sein. Psychisch labil, machtbesessen und größenwahnsinnig. Das war wahrlich keine gute Mischung.

Elodea nahm kaum wahr, dass sich der Weidenkorb in ihrer Hand allmählich füllte, während sie die Wiesen entlang des Feldwegs abschritt. Als sie fast hinter der Kirche angekommen war, hörte sie von weiter unten am Weg plötzlich Stimmen. Eigentlich war es nur ein Flüstern, fast wie ein Windhauch, doch Elodea nahm es sofort als fremdartiges, nicht zum Tal gehörendes Geräusch wahr. Ohne zu überlegen, drückte sie sich mit dem Rücken in den nächstbesten Holunderbusch. Seit ihrer Flucht aus Tenébra hatte sie ein Gespür für Gefahren bekommen. Die Gedanken in ihrem Kopf begannen, sich zu überschlagen. Wer um alles in der

Welt machte sich jemals auf den Weg hier herauf? Eine Aurene konnte es nicht sein, Ellery war ebenfalls unwahrscheinlich. Blieb nur noch eine Möglichkeit.

Sie lugte hinter den Ästen hervor. Ihr Atem wurde flach, und ihr Herz pochte umso schmerzhafter gegen ihre Rippen, je näher die Fremden kamen. Mit der Hand tastete sie nach dem Kontemplet in ihrer Tasche. Gleichzeitig gab sie es auf, sehen zu wollen, wer sich näherte, machte sich so klein wie möglich und presste die Augenlider zusammen.

Jetzt konnte sie schon Schritte hören. Auch die Stimmen wurden deutlicher. Es handelte sich offenbar um zwei Männer. Elodea öffnete die Augen wieder einen Spaltbreit. Die beiden hatten aufgehört, miteinander zu reden, schienen aber ganz in ihrer Nähe zu sein. Auf einmal hörte sie ein Geräusch direkt hinter sich, gefolgt von einem Raunen: »Halt an! Dort hinter dem Busch. Da versteckt sich jemand.«

Wellen aus Hitze schossen durch Elodeas Körper. Mit einer Hand umklammerte sie ihr Kontemplet. Zum Nachschlagen war es zu spät. Aus dem Augenwinkel sah sie den Schatten eines Mannes vor sich auftauchen. Es war nur eine Frage von Sekunden, bis er sie entdecken würde. Elodea biss die Zähne zusammen. Sie hatte keine Wahl. Mit klopfendem Herzen streckte sie die Hand aus, klärte ihren Geist, wie Loreba es ihr immer einschärfte, konzentrierte sich mit aller Kraft auf die Worte – und stützte hinter dem Strauch hervor.

# ALTE WUNDEN

Elodea wusste, dass ihr nur ein kurzer Moment der Überraschung blieb. Ohne zu zögern, streckte sie den Arm aus und ließ ihre Zunge die alten Worte formen.

»*Agyllas!*«

Der Druckstoß schnellte aus ihrer Hand hervor, wellte sich über ihre Finger und schoss dann auf ihre Angreifer zu. Ein Schmerzensschrei und der dumpfer Schlag, der deutlich machte, dass etwas auf den Boden knallte, zeigten ihr, dass sie ihr Ziel gefunden hatte.

Erst jetzt ließ Elodea die Hand sinken. Die Erkenntnis traf sie wie ein Fausthieb. Es war nicht irgendjemand, der da vor ihr auf dem Weg lag.

»Elliott!« In den paar Sekunden, die es brauchte, bis Elodea begriff, was sie getan hatte, stürzte der andere Mann von rechts heran und beugte sich über ihn. Erst auf den zweiten Blick sah sie, dass es Lyonel war.

»Tut mir leid.« Sie fiel auf die Knie. »Ich wollte das nicht!«

Elliott seufzte und hielt sich die Hand an die Schulter, an der sie ihn offenbar getroffen hatte. »Schon gut. Wir hätten uns nicht so anschleichen sollen.« Er versuchte sich an einem Lächeln. »Ist mein Anblick so schrecklich? Ihr seid ja ganz bleich ...«

»Ach, hört auf.« Sie half Elliott auf die Beine und lehnte ihn gegen Lyonel. »Ist Euch schwindelig, tut sonst noch was weh?«

»Wenn er schon wieder Sprüche klopfen kann, scheint es nicht so schlimm zu sein«, wandte Lyonel ein.

»Es wird nur einen blauen Fleck geben, mir geht es gut. Wirklich, alles in Ordnung. Schaut mich nicht so schuldbewusst an.«

Elodea schüttelte den Kopf. »Wisst Ihr, wie ihr mich erschreckt habt? Was macht ihr hier, mitten am helllichten Tag?«

»Wir sind nach Betháne gereist, weil wir mit euch reden müssen. Eure Freundin Ellery hat uns hier hoch geschickt. Näheres erklären wir gerne, wenn wir in Sicherheit sind.« Lyonel hatte einen vielsagenden Blick aufgesetzt, der vermutlich so etwas wie *vertraulich* ausdrücken sollte.

»Schön. Wenn er laufen kann, bringe ich euch zu unserem Haus. Folgt mir. Es ist nicht mehr weit.«

Einige Minuten später hatte Elodea die beiden bis zum Schutzkreis geführt. Fluchend fiel ihr ein, dass sie den Korb mit Kräutern am Wegrand hatte stehen lassen, doch Lyonels Blick lenkte sie von ihrem Ärger ab. Man sah ihm die Skepsis förmlich an, als er das heruntergekommene Haus mit dem verwilderten Garten in Augenschein nahm.

Er schluckte. »Dafür wolltet Ihr so unbedingt hierher zurück?«

»Wartet ab.« Elodea lächelte verstohlen und reichte den beiden die Hand.

Die Männer starrten sie an.

»Ihr kommt nur so rein. Es gibt einen Schutzkreis, schon vergessen?« Sie musste sich das Lachen verkneifen, als sie die noch verdutzteren Gesichter der Brüder Mhyrias sah.

Mit einem Schritt traten sie über die Grenze. Elodea spürte, wie Elliott neben ihr schauderte, als er die unsichtbare Linie passierte. Fast hatte sie Mitleid mit ihm. Sie wusste selbst, dass der Übergang ziemlich unangenehm sein konnte. Als sie sich ein wenig gefasst hatten, hoben die beiden den Kopf und erstarrten.

Elodea konnte es ihnen nachfühlen. Für sie, die vorher nur ein halbverfallenes Sandsteinhaus gesehen hatten, war der Anblick des Pfarrhauses wahrscheinlich ein Schock. Wenn auch einer von der angenehmeren Sorte.

»Hat es den vorlauten Herren die Sprache verschlagen?«

»Wie ist das möglich?« Lyonel blinzelte mehrmals, als könne er nicht glauben, dass das, was er sah, Realität war, während sein Blick über Marthas Beete und die frischgeschnittenen Rosen wanderte.

»Nun, wir Magier haben eben auch so unsere Geheimnisse. Jetzt kommt, oder wollt ihr hier Wurzeln schlagen?«

Im Flur stießen sie auf Loreba und Cloé, die am Boden knieten und die Fliesen schrubbten.

»Lyonel!« Loreba stand auf. Rasch schob sie sich eine lose Haarsträhne hinters Ohr und glättete ihre Schürze. »Wir haben nicht so schnell mit Eurem Besuch gerechnet.«

»Was ist Euch denn passiert?«, fragte Cloé nach einem Blick auf Elliotts dreckiges Hemd und ohne lange Zeit mit einer Begrüßung zu verschwenden. Wenn sie überrascht war, die beiden zu sehen, ließ sie es sich nicht anmerken.

»Ach, nichts Tragisches. Elodea hat es mit den Verteidigungsmaßnamen nur ein wenig zu genau genommen.«

Cloé hob die Brauen. »Ihr meint, sie hat Euch eine verpasst?«

»Es war ein Unfall.« Elodea warf Elliott einen finsteren Blick zu. Er brauchte es ja nicht gleich jedem zu erzählen.

Cloé begann zu kichern. Auch Loreba sah für einen Moment belustigt aus, wurde aber recht schnell wieder ernst. »Geht in die Küche, Elliott, und setzt Euch, ich werde mir das gleich noch mal ansehen. Von hier aus erste Tür rechts.«

Als Elliott verschwunden war, brachten sie Lyonel ins Wohnzimmer. Es war ein gemütlicher Raum mit tiefen Deckenbalken, einem offenen Kamin und Sofas in Beerenfarben. Zum Glück hatte Martha erst vor kurzem das Durcheinander aus Musikinstrumenten, Büchern und leeren Teetassen beseitigt. Im Vergleich zu dem penibel organisierten Versteck der Brüder Mhyrias herrschte bei ihnen für gewöhnlich eher das kreative Chaos.

Innerhalb weniger Minuten hatte Cloé die Hausgemeinschaft zusammengetrommelt und am Wohnzimmertisch versammelt. Auch Elliott, um dessen Schulter sich jetzt ein großer Leinenverband schlang, gesellte sich mit Loreba zu ihnen.

Nachdem Martha sich mindestens zwanzigmal vergewissert hatte, dass ihre beiden Gäste ausreichend versorgt waren, ergriff Elodea kurzentschlossen das Wort: »Also? Was führt euch so schnell wieder zu uns?«

»Wir kommen bedauerlicherweise nicht mit guten Nachrichten«, begann Lyonel ernst. »Ich weiß, wir wollten euch eigentlich Bedenkzeit geben, aber das ist jetzt nicht mehr möglich. Unsere Quellen aus Tenébra brachten uns neue Informationen.« Er schwieg einen Moment. »Meine Schwester setzt ihren Plan, einen Krieg zu entfachen, tatsächlich in die Tat um. Ich hätte nie gedacht, dass sie das so schnell durchzieht. Es ist nur noch eine Frage von Wochen, bis sie ihr Vorhaben öffentlich macht. Und sobald sie das tut, kann sie ihre Armee sogar noch verdreifachen. Ganz legal. Das Schlimmste ist aber, wir wissen jetzt, wen sie angreifen will: unser Nachbarland Padmador.«

»Das kann sie nicht ernst meinen.« Loreba rieb sich die Stirn, als hätte sie plötzlich heftige Kopfschmerzen. »Padmador ist militärisch viel stärker. Einen Krieg mit diesem Land können wir niemals gewinnen.«

Lyonel nickte. »Es ist sinnloses Blutvergießen, keine Frage. Aber meine Schwester glaubt, wir könnten sie besiegen, weil wir es schon einmal geschafft haben.«

»Das waren ganz andere Umstände! Damals haben wir verteidigt, nicht angegriffen. Wir hatten Unterstützung aus dem Ausland und Canoras Opfer.«

»Obsidia sieht das nicht so.«

»Dann muss ihr Einhalt geboten werden, ein für alle Mal.« Cloé hatte eine grimmig entschlossene Miene aufgesetzt. »Sicher seid Ihr nicht ohne Absichten zu uns gekommen, Lyonel. Was gibt es zu tun?«

»Nun …« Lyonel fuhr sich über die Lippen. »Gestern hat uns ein Angebot erreicht. Einer unserer Boten, den wir nach Morugan geschickt haben, ist zurückgekehrt. Mit reichlich Geld und einer Nachricht des Grafen. Er wäre bereit, den Widerstand zu unterstützen.«

»Das ist großartig!«, begann Tyrza aufgeregt, doch Lyonel brachte sie mit einer Handbewegung zum Schweigen.

»Es ist ein Erfolg, ja. Aber für weitere Verhandlungen kann ich keinen einfachen Boten mehr schicken. Er ist ein Graf. Um ihm unsere weiteren Pläne zu unterbreiten, brauchen wir jemand *Repräsentablen*, jemand von Stand, mit einem bekannten Namen, bei dem man sich gleichzeitig sicher sein kann, dass diese Person den Widerstand voll und ganz unterstützt.« Sein Blick wanderte ans andere Ende der Tafel. »Jemanden wie …«

»Mich.«

Alle Köpfe wandten sich zu Loreba. »Das war es doch, was Ihr sagen wolltet, oder, Lyonel?«

Lyonel schluckte, als würde ihr scharfer Ton ihn plötzlich einschüchtern. »Es war nur eine Idee. Ich kann verstehen, wenn Euch das zu gefährlich ist. Eigentlich hat der Graf in seiner Nachricht durchblicken lassen, dass er mit mir persönlich sprechen will. Aber ich kann die Brüder Mhyrias im Moment nicht verlassen, es gibt so viel zu regeln. In ein paar Wochen werden Elliott und ich einige unserer Leute in Ashkya treffen. Sie kommen aus Galene. Wir haben dort noch einen Stützpunkt, und sie wollen uns Nachrichten bringen, die für einen Brief zu vertraulich sind. Alle anderen hochgestellten Persönlichkeiten, die uns unterstützen, sind mehr oder weniger Geheiminformanten. Sie zu schicken wäre nicht klug.«

Lorebas Miene war ausdruckslos. »Ich verstehe.«

»Bitte. Ich weiß, wir verlangen viel, aber ... Ihr wärt nicht ungeschützt, wir könnten Euch ein paar unserer Männer mitschicken, falls es auf dem Weg Schwierigkeiten ...«

»Ich werde gehen«, unterbrach Loreba ihn entschieden. »Aber allein. Ich bin eine Magierin und kann mich selbst verteidigen, alles andere zieht nur ungewünschte Aufmerksamkeit auf sich.«

Elodea starrte sie an. Das konnte sie doch nicht ernst meinen? Sie waren kaum einen Tag hier, und schon wollte ihre Meisterin sich wieder in Lebensgefahr bringen? Hatte sie denn aus den letzten Wochen nichts gelernt? *Nicht schon wieder*, hämmerte es in ihrem Kopf. *Das mache ich nicht mehr mit.*

Martha seufzte, doch keine der anderen Aurenen widersprach. Sie wussten, dass es unmöglich war, Loreba von etwas abzubringen, wenn sie es sich erst einmal in den Kopf gesetzt hatte. Aber Elodea war nicht wie die anderen. Sie konnte Loreba nicht schon wieder gehen lassen. So leicht würde sie es ihr nicht machen.

»Ich komme mit«, verkündete sie laut. Loreba wollte den Mund zum Protest öffnen, doch Elodea, die schon damit gerechnet hatte, schnitt ihr das Wort ab. »Ich bin auch eine Magierin und deine Schülerin. Habe ich nicht das Recht, dich zu begleiten, wenn ich das will?«

Loreba presste die Lippen zusammen. »Doch, das hast du. Aber ich habe die Aufgabe, dich zu schützen.«

»Und wie willst du das anstellen, wenn du in Morugan bist?«, fragte Elodea schnell. »Nur wenn ich dich begleite, hast du überhaupt die Chance dazu. Und wo wir gerade dabei sind, was ist mit den anderen Grafen?« Sie richtete das Wort an Lyonel. Was sie vorhatte, war gewagt und wahrscheinlich auch dumm. Loreba würde sie dafür verwünschen, aber sie musste Lyonel einfach überzeugen. Und wenn das nur mit ein bisschen Risiko ging, dann sollte es eben so sein. »Ich kann mir gut vorstellen, dass die Gräfin von Touleránt euch unterstützt, wenn ihr jemand eure Pläne erklären würde.« Sie machte eine bedeutungsschwere Pause, bevor sie ihren

Trumpf ausspielte. »Jemand, den sie kennt, jemand, dem sie vertraut. Ich, zum Beispiel.«

Lyonel runzelte die Stirn. »An Touleránt habe ich auch schon gedacht. Aber ich wusste nicht, dass Ihr ein so gutes Verhältnis zur Gräfin habt.« Er musterte sie forschend. »Würdet Ihr das tun? Zu ihr reisen, versuchen, sie zu überzeugen? Woher wisst Ihr, dass sie Euch nicht an Obsidia verrät, wenn Ihr einfach so bei ihr auftaucht?«

»Sicher sein können wir uns nie. Aber ich kenne Isobel. Und ich vertraue ihr.«

Von Cloé kam ein Schnauben. »Alle Katastrophen der Weltgeschichte fingen mit diesem Satz an.«

Elodea ignorierte sie. »Dann ist es ausgemacht?« Sie hob das Kinn. »Ich begleite Loreba. Nach Touleránt und nach Morugan.«

»Vielleicht habe ich da auch noch …«, begann Loreba, doch Elodea fiel ihr ins Wort.

»Ich frage nicht nach deiner Erlaubnis. Ich bin volljährig, und ich habe diese Wahl getroffen, ob es dir passt oder nicht. Die letzte Entscheidung liegt bei Lyonel.«

Der Anführer der Brüder Mhyrias schien sich auf einmal in seiner Rolle nicht mehr besonders wohlzufühlen. Sein Blick schwankte zwischen Loreba, die ihn so streng ansah, als könne sie mit bloßer Gedankenkraft sein Urteil beeinflussen, und Elodeas erwartungsvoller Miene.

»Ich … Nun, einen Versuch ist es wert«, sagte er schließlich. »Allerdings«, fügte er hinzu, »ist mir nicht ganz klar, wie Ihr es anstellen wollt, unangemeldet ins Schloss der Gräfin zu kommen.«

Über Elodeas Gesicht huschte ein Lächeln. Fast erstaunte es sie selbst, wie kühn sie auf einmal war. Und wie gut sich die Dinge fügten. »Das ist leicht. Bald ist der April vorbei, und in der ersten Maiwoche feiert der toulinische Hof seinen traditionellen Frühjahrsball.«

Sie hatte eine triumphierende Miene aufgesetzt, doch Lyonel schaute immer noch verständnislos. »Ball …?«

Elodea beugte sich zu ihm und senkte verschwörerisch die Stimme: »*Maske*nball«, flüsterte sie grinsend.

• • •

Vorsichtig öffnete Elodea die Tür zu Lorebas Arbeitszimmer im ersten Stock.

Elliott saß am Schreibtisch, inmitten der hohen Bücherregale aus Kirschholz, und schrieb im Schein der Öllampe einen Brief. Vermutlich seine Rückmeldung an die Brüder Mhyrias, die ihnen mitteilen sollte, dass Lyonel und er sicher angekommen waren.

»Ich wollte Euch nicht stören«, sagte Elodea rasch, als er aufsah.

Elliott zwinkerte. »Das tut Ihr nicht. Kommt rein.«

»Wie geht es der Schulter?«, fragte sie und setzte sich auf den freien Stuhl vor dem Schreibtisch.

Es war ihr vertrauter Platz, der Platz der Schülerin, und das Gefühl, hier zum ersten Mal nicht Loreba gegenüberzusitzen, war ein bisschen gewöhnungsbedürftig. Beim Gedanken daran, wie sie Loreba vorhin in den Rücken gefallen war, spürte sie noch immer den Anflug eines schlechten Gewissens. Es war nicht die feine Art gewesen, sie so vor vollendete Tatsachen zu stellen und Lyonel gegen sie auszuspielen. Aber eine andere Möglichkeit hatte sie ihr mit ihrer Sturheit nicht gelassen. Hätte sie Loreba Zeit gegeben, Argumente gegen ihren Vorschlag zu finden, hätte ihre Meisterin Lyonel mit ziemlicher Sicherheit überzeugt, dass es zu gefährlich war, sie mitzunehmen. Und das hatte Elodea nicht zulassen können. Ihr Versprechen, nie wieder Zuschauerin zu sein, war für sie kein leeres Wort gewesen. Sie würde ein zweites Loánne verhindern. Notfalls auch gegen Lorebas Willen.

»Alles in bester Ordnung, das sagt übrigens auch Eure Meisterin.« Elliott legte den Federhalter zur Seite und faltete die Hände. »Ihr macht Euch doch nicht immer noch Vorwürfe? Ich habe Euch doch schon gesagt, dass ich genauso gehandelt hätte.«

Elodea schüttelte den Kopf. »Deswegen bin ich nicht hier« Sie griff in die Tasche und zog das *Kompendium Avenischer Geschichte* hervor, das sie in Praetimaria auf dem Markt gekauft hatte. »Eigentlich wollte ich es Euch schon vor ein paar Tagen geben, aber dann war irgendwie nie die richtige Gelegenheit.« Behutsam legte sie das Buch auf die Tischplatte.

Elliotts Augen weiteten sich, als sie über den Titel wanderten.

»Ihr saht so aus, als würdet Ihr es gerne haben, und ich dachte, es wäre wenigstens eine kleine Geste, um Euch für Eure Hilfe zu danken.« Sie beobachtete, wie er das Buch hochhob und über den Einband fuhr, als streichelte er etwas Lebendiges.

Wenn sie ehrlich war, wusste sie selbst nicht so genau, wieso sie das Buch gekauft hatte. Es war mehr ein spontaner Entschluss gewesen, was an sich schon deswegen bemerkenswert war, da Elodea für gewöhnlich die Spontanität eines Felsblocks besaß. Vielleicht war es ein Augenblick der *Herzensschau* gewesen, wie Loreba die Fähigkeit der Magier nannte, in bestimmten Momenten die Gefühle von Menschen zu erahnen, vielleicht aber auch einfach Intuition.

Elliott schüttelte den Kopf. »Ihr habt wirklich eine gute Beobachtungsgabe. Danke«, sagte er und sah ihr in die Augen. »Dieses Buch wünsche ich mir seit langem.«

»Dann interessiert Ihr Euch für Geschichte?«

Seine Augen leuchteten. »Schon immer. Es ist doch spannend, wie die verschiedensten Menschen im Laufe der Jahrhunderte ihre Herausforderungen gemeistert haben. Wie sie schon damals vor denselben Problemen standen wie wir heute. Da kann man so viel lernen!«

Elodea lachte. »Gott, Ihr hört Euch an wie Loreba. Wieso seid Ihr nicht zur Universität gegangen?«

Auf einmal nahm Elliotts Gesicht einen bitteren Ausdruck an. »Ich wollte. Seit ich klein war, habe ich davon geträumt. Bei den klügsten Köpfen des Landes lernen, diskutieren, die Bibliothek sehen, Bücher lesen, von denen man in der Schule, wenn überhaupt, nur die Titel lernt … Aber es hat sich nicht ergeben.«

»Nicht ergeben? Habt Ihr gar nicht versucht, ein Stipendium zu bekommen? Vielleicht hättet Ihr es geschafft.«

Elliott schnaubte. Er hielt einen Moment inne und betrachtete Elodea, als überlegte er, ob sie es wert war, dass er weitersprach. »Mein Bruder und ich«, sagte er schließlich und wandte den Blick ab. »Wir sind unehelich. Meine Mutter hat uns allein großgezogen, wenn man das überhaupt großziehen nennen kann. Sie hing mehr an ihrer Flasche als an uns.«

»Oh.« Elodea schaute betreten zu Boden. Das hatte sie nicht gewollt. Ihn an so etwas zu erinnern … Sie überlegte, wie sie das Thema wechseln sollte, doch Elliott sprach schon weiter.

»Irgendwann hat sie so viel gesoffen, dass sie daran gestorben ist. Ich war damals acht.« In seiner Stimme lag eine solche Bitterkeit, dass es Elodea schauderte. Elliott schien sie gar nicht mehr richtig wahrzunehmen. Er hatte sich in seine Gedanken zurückgezogen, und es kam ihr vor, als betrachtete er Bilder, die niemand außer ihm sehen konnte. »Mein Bruder Simon und ich haben versucht, es zu verheimlichen. Nachts haben wir sie im Wald vergraben und dann einfach so weitergelebt, als wäre nie was gewesen. Wir haben den Hof im Prinzip ohnehin schon all die Zeit allein geführt. Aber die Nachbarn sind nach ein paar Wochen dahintergekommen, und sie haben uns ins Waisenhaus gesteckt.«

»Die Nachbarn?«

Elliott lachte trocken. »Die Soldaten natürlich. Wenn du in unserem Land zum Waisen wirst, hast du zwei Möglichkeiten. Entweder du gehst ins Heim, hast ein Dach über dem Kopf und verpflichtest dich im Gegenzug, in die Armee einzutreten, sobald du alt genug bist, oder sie setzen dich auf die Straße. Seit Obsidias Vater regiert, gibt es keine Hilfe mehr ohne Gegenleistung.« Seine Miene verdüsterte sich. »Mein Bruder hat bei der Armee Karriere gemacht. Er ist mittlerweile Hauptmann der Streitkräfte in Téska. Simon Melvar, der Name sagt Euch sicher auch etwas. Aber ich, ich habe mich nie so richtig einfügen können. Ganz ehrlich, ich habe es gehasst. Der Drill lag mir nicht, und bald war ich für Simons Karriere nur noch ein Klotz am Bein. Ich glaube, er wollte mich loswerden. Sie haben mich irgendwann nach Morugan abgeschoben, zur Bewachung von Lyonel. Den Rest der Geschichte kennt Ihr bereits.«

Elodea schluckte. Was sie eben gehört hatte, musste erst einmal verdaut werden. »Euer Bruder ist Hauptmann von Obsidias Heer?«

»Ja«, sagte Elliott schulterzuckend.

Sie schüttelte fassungslos den Kopf. »Und das ist Euch ... egal?«

»Es ist sein Problem, wenn er seinen Machttrieb über sein Gewissen stellt. Ich kann daran nichts ändern.«

»Aber macht Euch das denn gar nichts aus? Ihr sagt doch, dass ihr euch sehr nahe standet? Wieso versucht Ihr nicht, eure Beziehung wieder zu verbessern? Es ist schließlich Euer Bruder.«

Elliott vermied es, sie anzusehen. »Jetzt klingt Ihr schon wie Lyonel.«

»Na und? Habe ich nicht recht?«

Er seufzte. »Ich habe mit meiner Familie abgeschlossen. Jeder von uns ist ein freier Mensch, der seine eigenen Entscheidungen trifft. Mehr kann ich dazu nicht sagen.«

»Aber ...«

»Gute Nacht, Elodea.«

Elliott wandte sich wieder seinem Brief zu. Seine Miene wirkte gleichgültig, doch Elodea spürte, dass mehr dahintersteckte, als er vor ihr zugeben wollte.

»Na schön.« Heute hatte es keinen Sinn mehr zu streiten. Sie würde mit Martha sprechen, wie man Elliott helfen konnte, die war die beste Ansprechpartnerin bei zwischenmenschlichen Fragen.

Elliott tat, als schriebe er, bis Elodea die Tür hinter sich geschlossen hatte. Dann aber warf er die Feder auf den Tisch und vergrub das Gesicht in den Händen. Eine ganze Weile saß er so zwischen Lorebas Bücherregalen. Es war unmöglich festzustellen, ob er weinte oder einfach nachdachte.

Schließlich ging ein Ruck durch seinen Körper. Mit einer einzigen Bewegung zerriss er das Papier vor sich und zog stattdessen eine neue Seite hervor. Nach einem kurzen Moment, den er unschlüssig auf das weiße Blatt starrte, setzte er den Federhalter wieder an und begann mit den ersten Worten: *An Simon Melvar ...*

• • •

*Ihre Hände strichen durch wisperndes Gras, Sonnenlicht verfing sich zwischen den Halmen. Sie lief über die Wiese vor dem Haus, schwebte förmlich, ihre Füße schienen den Boden kaum zu berühren. Alles war spannend. Die Grillen, die Erde, das Johanniskraut, das wie Blut färbte, wenn man es zwischen den Fingern verrieb ...*

*Sie war ein Kind. Frei von Sorgen, frei von Vergangenheit.*

*»Wo willst du hin?«, rief plötzlich eine Männerstimme.*

*Sie wandte sich um. Vor ihr lag ein dunkles Speisezimmer. Eine Familie saß beim Essen, in der Ecke stand ein Mädchen.*

*»Setz dich wieder!«, blaffte der Mann. »Wir sind noch nicht fertig.«*

*»Ich will nicht mehr mit Nathaira kämpfen.« Die Stimme des Mädchens war dünn. »Sie tut mir weh!«*

*Der Mann stand auf und packte das Kind an der Schulter.* »Sie *macht dich stark! Leben ist Kampf. Und in dieser Familie gewinnen wir ihn. Es wird Zeit, dass du das lernst.« Die Worte hinterließen einen dumpfen Nachhall in ihrem Kopf.*
*Der Raum löste sich auf, und sie war wieder im Garten. Sie wollte zum Haus, doch noch bevor sie die Tür erreicht hatte, sprang sie auf und versank in einer Flut aus Farben. Feuer, Wasser, Sterne, Gischt und Gold schwappten über sie hinweg, und plötzlich stieß aus dem Nichts die Atyre herab. Blut benetzte den Sandstein. Sie fiel, stürzte die Stufen hinunter und dann weiter, tiefer in die Dunkelheit ...*
Loreba öffnete die Augen, schweißgebadet. Ihr Herz pochte so heftig, dass sie das Gefühl hatte zu ersticken. Sie brauchte ein paar Sekunden, bis sie sich bewusst wurde, dass sie nur geträumt hatte. Zitternd setzte sie sich auf. *Ganz ruhig. Das war nicht echt.*
Mit der Hand strich sie sich die verschwitzten Haarsträhnen aus der Stirn. Fast unbewusst tastete sie nach ihrem Nacken, als erwartete sie dort tatsächlich einen Einschnitt zu spüren. Sie hatte schon damit gerechnet, dass sie die Stufen der Gerechtigkeit in ihren Träumen verfolgen würden. Trotzdem schockierte es sie, wie verletzlich sie plötzlich war. In den letzten Tagen hatte sie sich so schwach gefühlt. Es schien fast, als sei ein Teil ihrer Persönlichkeit in Tenébra geblieben. Als sei ihr Mut auf den Stufen der Gerechtigkeit stellvertretend für sie gestorben. Aus den Medizinvorlesungen, die sie als Studentin besucht hatte, wusste sie, was Extremereignisse für Auswirkungen auf die Psyche haben konnten. In ihrer Erinnerung hörte sie förmlich noch, wie Aensley über die Folgen von Traumata referierte.
Loreba wischte den Gedanken beiseite. Albträume waren eine ganz normale Reaktion auf ein schreckliches Erlebnis, ihr Geist würde einfach Zeit brauchen, die vergangene Woche zu verdauen.
*Ich bin nur müde, nicht gebrochen.* In dieser Nacht klang es wie eine Lüge.
Beim Gedanken an das kleine Mädchen und den Mann aus ihrem Traum lief ihr ein Schaudern den Rücken hinunter. Auch das war typisch für die menschliche Psyche. Schreckliche Ereignisse der Gegenwart wurden mit schrecklichen Ereignissen der Vergangenheit verknüpft und die damit wieder aus dem Unterbe-

wusstsein geholt. Manchmal hasste sie die Art und Weise, wie der Mensch funktionierte.

Sie brauchte dringend frische Luft. Mit ihrem Morgenmantel um die Schultern ging sie, leise, um die anderen nicht zu wecken, den Gang entlang zur Haustüre.

Wie von selbst fanden ihre Füße den Weg durch das kühle Gras, als sie unter den Sternen zum Nussbaum lief. Sie war so sehr mit ihren Gedanken beschäftigt, dass sie den Mann zunächst gar nicht bemerkte, der mit dem Rücken zu ihr am Fuß des Baums auf ihrer Bank saß. Erst als er nur noch wenige Meter von ihr entfernt war, erkannte sie ihn. Einen Moment lang überlegte sie, ob es besser war, ins Haus zurückzukehren. Doch dann besann sie sich anders.

»Lyonel?«

Trotz ihrer Umsicht zuckte er zusammen, als sie sich neben ihm auf die Bank sinken ließ.

»Loreba.« Nachdem Lyonel seinen ersten Schreck überwunden hatte, lächelte er. »Ein bisschen spät für einen Spaziergang, oder?«

Fröstelnd zog sie ihren Mantel enger um die Schultern. »Ich habe schlecht geträumt.«

»Verstehe.« Er nickte ernst. »Das ist sicher nicht leicht zu verarbeiten, was in der letzten Wochen passiert ist.«

Loreba wusste nicht recht, wie sie darauf antworten sollte. Schließlich entschied sie sich für die Wahrheit. »Ich bin einfach erschöpft. Es ist anstrengend, gegen seine Zeit zu leben. Auf Dauer macht es so müde. Als würde man ständig stromaufwärts schwimmen. Noch dazu allein. Manchmal habe ich das Gefühl, ich kämpfe mit meinen Ansichten auf verlorenem Posten. Unsere Werte werden verraten, und das ganze Land schaut schweigend zu.«

»Missdeutet dieses Schweigen nicht als Zustimmung. Ihr habt mehr Unterstützer, als Ihr denkt.«

Loreba hatte keine Lust, das Thema weiter zu vertiefen. »Und Ihr? Warum sitzt Ihr um die Uhrzeit noch hier?«

»Ach.« Er machte eine wegwerfende Geste. »Zu viele Sorgen im Kopf.«

Loreba nickte verständnisvoll und wandte den Blick ab. Sie gehörte nicht zu denen, die ihr Gegenüber zum Reden drängten. Das hier war Lyonels Privatsache, und die ging sie nichts an.

Doch Lyonel fing ganz von selbst an, sich zu erklären: »Es ist…«

Er schien mit seiner Antwort zu ringen und sah sie nicht direkt an. »Wisst Ihr, ich muss die ganze Zeit daran denken, was passieren würde, wenn wir meine Schwester tatsächlich stürzen könnten. Wie es danach wäre ...«

»Dann würdet Ihr König werden.«

»Und eben das ist es, was mich beunruhigt. Ich weiß nicht, ob ich der König sein kann, den Avendúr braucht. Woher soll ich wissen, ob mir das Herrschen liegt? Ich habe Angst, dass mich die Macht verändern könnte. Dass ich süchtig danach werde und nicht bereit bin, sie abzugeben, wie wir es beschlossen haben. So viele Könige sind daran gescheitert. Ich will nicht werden wie meine Schwester.«

»Wenn Macht eine so große Versuchung für Euch wäre, hättet Ihr sie auch als Anführer der Brüder Mhyrias missbraucht.« Loreba schüttelte den Kopf. »Ihr tragt doch schon jetzt viel Verantwortung, und es gelingt Euch. Wieso sollte das als König anders sein?«

Lyonel rang die Hände. »Es ist das Amt an sich. Warum ist mir das Recht gegeben, über dieses Land zu herrschen? Ich habe mir nichts davon verdient, alles, was zählt, ist, dass ich der Sohn meines Vaters bin, und das widert mich an. Dieses Schloss, dieser Thron ... Alles daran erinnert mich an ihn. Er war es, der das Adelsgeschlecht von Betháne nach Benoatriz' Tod an die Macht gebracht hat, und jede Respektsbekundung, alle Titel, überhaupt den Anspruch gegen meine Schwester habe ich ihm zu verdanken. *Ihm*, einem Mann, der mich mein ganzes Leben lang verleugnet hat! Versteht Ihr jetzt, warum ich mich nicht gerade darauf freue, seine Nachfolge anzutreten?« Diesmal blickte er Loreba direkt an.

Sie kannte diesen Gesichtsausdruck. Unter der Wut las sie in seinen Augen vor allem Traurigkeit. »Ich glaube, ich verstehe Euch sehr gut«, flüsterte sie.

»Ihr habt auch Probleme mit Eurer Familie, oder?«, fragte Lyonel zögerlich. »Es heißt, Ihr hättet keinen besonders guten Draht zu den restlichen Elgyns.«

»So, sagt man das?« Diesmal war es Loreba, die Lyonel nicht ansehen wollte. In ihrer Stimme schwang Bitterkeit mit, und danach schwieg sie lange, bevor sie antwortete: »Es geht mir wie Euch, Lyonel. Wir hatten beide kein Glück mit unseren Vätern.«

»Herr Elgyn war Staatsbeamter meines Vaters, richtig? Er hat nicht dem Adel angehört, aber Eure Familie ist wohlhabend, und so ist er schnell aufgestiegen. Justizvollzug war sein Bereich, oder?«

Loreba schnaubte. »Justizvollzug … Ja, so kann man es auch nennen.«

Als Lyonel ihr einen verständnislosen Blick zuwarf, schüttelte sie nur den Kopf. »Er hat Verhöre geführt«, stieß sie mit zusammengepressten Lippen hervor. »Ihr wisst sicher selbst, dass schon Euer Vater seine Gegner gerne mal ins Gefängnis wandern ließ und ihnen irgendwelche Verbrechen anhängte – eine Eigenschaft, die Eure Schwester wohl geerbt hat. Nun, diese Verbrechen zu erfinden, war die Aufgabe meines Vaters. Er hat mich mitgenommen, sobald ich alt genug war, damit ich schon frühzeitig in die Realität eingeführt würde.« Das kleine Mädchen aus ihrem Traum geisterte plötzlich wieder durch ihre Gedanken, und diesmal drängte sie es nicht zur Seite. »Ich habe Dinge gesehen, die kein Kind sehen sollte«, flüsterte sie heiser. »Er hat diese Menschen psychisch vernichtet, hat ihre Menschlichkeit gegen sie ausgenutzt, bis er sie gebrochen hatte. Ich glaube nicht, dass er es genossen hat, er war kein Sadist. Oft hat er sich selbst dafür verabscheut. Aber er hat es trotzdem getan, weil er gehofft hat, dass er, wenn er ein paar Jahre die Drecksarbeit machen würde, irgendwann den Adelstitel bekäme, den er sich so gewünscht hat. Das ist natürlich nie passiert. Euer Vater hat ihn ausgenutzt und dann fallengelassen. Aber vorher, als er noch von seiner Sache überzeugt war, sollte ich auch mal so werden wie er. Mein Studium war bloß obligatorisch. Ein bisschen höhere Bildung, um zu zeigen, wie viel Geld wir hatten. Nur habe ich ihm einen Strich durch die Rechnung gemacht. Schon in den ersten Wochen an der Universität wusste ich, dass ich sie nie mehr verlassen würde. Ihr müsst verstehen, mein ganzes Leben wurde mir vorgeschrieben, was ich zu denken und glauben hatte. Und plötzlich war ich an einem Ort, an dem der höchste Wert das freie Denken war. An der Universität durfte ich diskutieren, bekam Antworten. Am liebsten hätte ich alles studiert. Ich fand meine Stimme. Und ich lernte, sie zu benutzen.«

Lyonel lachte. »Das hat Eurem Vater sicher nicht gefallen.«

»O nein. Er wollte, dass ich nach Hause komme, sobald er merkte, wie ich mich veränderte. Aber einige meiner damaligen

Magister kannten meine Situation und haben mich unterstützt. Als ich das Trivium abgeschlossen hatte, gaben sie mir eine Stelle in der Bibliothek, damit ich mir den Rest des Studiums selbst finanzieren konnte.« Sie lächelte. »Nach meiner Abschlussarbeit wurde ich dann Tutorin für Zeitgeschichte. Das war zu viel für meinen Vater. Er hatte nicht vorgesehen, dass ich eigene Wege gehe. Es gab diesen einen Streit … Danach hatten wir lange Zeit keinen Kontakt mehr. Ein paar Jahre später bin ich zur Magistra meiner Fakultät berufen worden. Und daraufhin hat er mich enterbt. Meine Cousine Nathaira hat dann seine Nachfolge angetreten. Sie ist in dieser Rolle richtig aufgegangen.«

»Was für ein Trottel«, sagte Lyonel aus einem Impuls heraus. »Entschuldigt, aber wie kann man denn auf so eine Tochter nicht stolz sein? Ihr seid die jüngste Magistra an der Universität seit was weiß ich wie vielen Jahren, Ihr seid mutig, klug, gütig … und eine Magierin!«

»Ja«, sagte Loreba, »das ist auch so etwas. In meiner Familie gibt es schon seit Generationen Magier. Bei uns geben Vater oder Mutter die Gabe an ihre Kinder weiter, damit sie in der Familie bleibt. Alles nach dem Motto: *Jeder, der kein Elgyn ist, verdient es nicht, unser Schüler zu sein.* Dabei widerspricht das völlig dem Gedanken der ursprünglichen Magier. Die Gabe wird auch deshalb nicht vererbt, sondern weitergegeben, damit nicht immer dieselben Familien privilegiert sind. Es soll eine Durchmischung geben, über alle Schichten und Altersgruppen hinweg.«

»Bedeutet das, Euer Vater ist gleichzeitig auch Euer Meister?«, fragte Lyonel mit Abscheu in der Stimme.

Loreba schüttelte den Kopf. »Gott bewahre, nein. Meine Mutter hat mir die Gabe weitergegeben. Sie ist beim Reiten verunglückt. Ich war damals noch jung, habe kaum Erinnerungen an sie. Aber aus den Erzählungen meiner Großeltern und ihren Tagebüchern weiß ich, dass sie ein ganz anderer Mensch war als mein Vater. Ihr könnt Euch nicht vorstellen, wie er reagiert hat, als ich schließlich seine Regeln gebrochen und Elodea zu meiner Schülerin gemacht habe. *Verrat an der Familie* waren, soweit ich mich erinnere, seine Worte.«

»Und ich dachte, nur ich hätte so eine nette Familie …«, murmelte Lyonel.

»Kurz danach ist er dann krank geworden. Meine Tante sagt, er hätte sich selbst heilen können, aber er wollte nicht. Zuerst habe ich gar nichts davon mitbekommen, erst am Sterbebett hat er ihr erlaubt, mich zu benachrichtigen.« Sie schluckte. »Ich habe versucht, ihn zu überreden, sich behandeln zu lassen. Er hat abgelehnt. *Jemanden, der so viel Schuld auf seinen Schultern trägt, beugt die Last der Jahre*, hat er gesagt.« Loreba hielt inne und ließ die Bilder vor ihren Augen vorbeiziehen. »Er war so verändert. *Lass mich sterben*, hat er immer wiederholt. *Lass mich bei deiner Mutter sein.* Und er hat gelächelt. Ich habe meinen Vater früher nie lächeln sehen. Er wirkte irgendwie erleichtert, hat von Elodea gesprochen, dass es ihm leidtäte und dass er meine Wahl guthieße. Er wollte, dass ich ihm verzeihe.«

»Und? Habt Ihr?«.

»Ja. Er lag im Sterben.« Loreba senkte den Kopf. »Was hätte ich denn machen sollen?«

Lyonel bemerkte Tränenspuren auf ihren Wangen. Es war ein seltsames Gefühl, eine so starke Person wie sie weinen zu sehen, und er ahnte, dass er gerade eine Seite an ihr sah, die sie nicht vielen zeigte. Allein, dass sie sich ihm gegenüber so geöffnet hatte … Irgendetwas musste sie heute Nacht aufgewühlt haben. Zögernd, nicht wissend, ob er das Richtige tat, berührte er sie sachte an der Schulter. Er wartete darauf, dass sie zurückzuckte oder ihn abschüttelte, doch sie tat es nicht.

»Es war gut, dass Ihr Frieden schließen konntet«, sagte er leise.

Loreba tupfte sich mit dem Ärmel die Tränen ab: »Ich bin auch froh. Immer wenn ich an meinen Vater und sein Ende denke, wird mir wieder klar, wie dankbar ich für die Menschen bin, die heute in meinem Leben sind. Sie sind mir mehr Familie, als es meine Verwandtschaft je war.«

»Ich weiß«, flüsterte Lyonel. »Es ist beneidenswert, was Ihr Euch hier aufgebaut habt. Allein dieses Haus. Ich bin erst seit einem Tag hier, und es ist schon so vertraut. Es ist kein Versteck wie unser Haus in Praetimaria, ich weiß nicht, es …«

»Es ist ein Zuhause«, unterbrach ihn Loreba. »Es ist Heimat.«

»Heimat?« Lyonel zuckte mit den Schultern. »Tut mir leid, ich hatte nie eine.«

»Heimat ist der Ort, an dem man sein kann, wer man ist«, sagte

Loreba sanft. »An dem die Masken fallen und wir uns nicht mehr verstellen müssen.« Sie lächelte. »Das sagt zumindest Elodea immer.«

»Und wenn man gar nicht weiß, wer man ist?«

»Wie meint Ihr das?«

Er seufzte. »Ich war nie wirklich ich selbst. Ich weiß, das klingt komisch, aber mein ganzes Leben lang habe ich in Rollen existiert. Der Gefangene, der Königssohn, der Rebell, der Anführer ... Ich komme mir vor wie eine Figur, auf die man immer verschiedene Namen schreibt. Versteht Ihr? Ich weiß nicht, wer ich bin, ohne meine Aufgaben, ohne meinen Titel. Ihr habt Euer Leben selbst in die Hand genommen, habt Eure Leidenschaft zum Beruf gemacht und Euch mit den Leuten umgeben, die ihr mochtet. Ich bin der Anführer der Brüder Mhyrias, der Thronfolger. Aber wer ist Lyonel?«

Loreba musterte ihn gründlich. »Ich glaube, Ihr müsst andere Fragen stellen. Wer wollt Ihr denn sein? Was macht Euch glücklich?«

Lyonel schwieg einen Moment, dachte über ihre Worte nach. »Ich reise gerne. Auch wenn Elliott mich für meine Alleingänge manchmal gern umbringen würde. Aber wirklich, ich liebe es, nur ein Pferd, ein Schwert und ich. Das Unterwegssein, irgendwie beruhigt mich das immer. Vielleicht liegt es daran, dass ich seit meiner Kindheit eingesperrt wurde, erst aus Scham, dann zu meinem Schutz. Am liebsten würde ich die Welt sehen. Die ganze, nicht nur Avendúr. Ich würde über die Grenzen der bekannten Länder reiten, dorthin, wo unsere Vorfahren einst hergekommen sind.«

Loreba lächelte. »Na, seht Ihr. Doch kein so unbeschriebenes Blatt, wie Ihr glaubt.«

»Und was macht Loreba Elgyn glücklich? Eine Magistra ist in solchen Dingen sicher anspruchsvoller.«

Sie warf ihm einen Seitenblick zu. »Längst nicht so anspruchsvoll, wie Ihr glaubt. Mal sehen. Ich liebe meinen Beruf. Ich liebe es, zu lernen und zu lehren, diesen Moment zu sehen, wenn meine Schüler auf einmal etwas begreifen. Das ist unbezahlbar. Ich liebe Bücher. Und natürlich die Menschen um mich herum. Auch wenn sie mich manchmal fast zur Verzweiflung treiben ... So wie heute.«

»Sprecht Ihr von Elodeas Auftritt vorhin?«, fragte Lyonel schmunzelnd.

Loreba schürzte die Lippen.

»Es tut mir leid«, sagte Lyonel rasch, als er ihren Blick bemerkte. »Wenn ich gewusst hätte, dass Ihr sie nicht dabeihaben wollt ...«

»So ist es ja gar nicht. Ich möchte einfach nur, dass sie in Sicherheit ist.«

»Kommt schon«, er zwinkerte ihr zu. »Sie will es doch ganz offensichtlich so. Und wirklich gefährlich wird es nicht, sonst hätte ich Euch gar nicht um Hilfe gebeten. Das in Morugan wird ein Kinderspiel, und wenn Elodea die Wahrheit sagt und die Gräfin wirklich eine potenzielle Unterstützerin ist, dann wüsste ich nicht, worüber wir uns Sorgen machen sollten. Genießt es. Ich habe schon eine Menge über die ausschweifenden Bälle Toulerànts gehört. Ein bisschen essen, tanzen ... Das wird Euch guttun.«

Loreba schnaubte. »Ich tanze nicht.«

Fast wäre Lyonel mit dem Kopf gegen einen niedrigen Ast gestoßen, so schnell setzte er sich auf. »Was soll das heißen? Ihr könnt nicht tanzen?«

»Können schon. Ich mache es nur nicht.«

In Lyonels Miene lag ganz offensichtliche Bestürzung. »Was? Warum?«

Loreba wandte sich leicht verärgert zu ihm um. »*Warum?* Ist das denn so wichtig? Ich mag es einfach nicht besonders, von Fremden angefasst zu werden. Tanzen ist so etwas Überflüssiges.«

»Aber es ist ausgeschlossen, dass Ihr auf einen Ball geht und nicht tanzt. Habt Ihr in der Uni denn nie solche Veranstaltungen?«

»Doch. Aber wie Ihr wisst, war ich schon eine Weile nicht mehr dort. Und in Loánne gab es so wenige, die mit mir tanzen wollten ...«, bemerkte sie spitz. »Ich bin wohl ein wenig eingerostet.«

Lyonel überhörte die Ironie in ihrer Stimme. »Dann wird es vielleicht Zeit für etwas Nachhilfe.«

Bevor Loreba etwas erwidern konnte und bevor er selbst überhaupt darüber nachdachte, was er da gerade tat, war er aufgestanden und hielt ihr die Hand entgegen. »Darf ich bitten?«

Loreba starrte auf seine ausgestreckte Hand. »Das ist nicht Euer Ernst?«

»Kommt schon. Vergesst für einen kurzen Moment die Magistra und lasst Euch darauf ein. Es ist ein Uhr nachts, niemand beobachtet uns. Vertraut mir. Es wird Euch gefallen.«

Loreba erhob sich unsicher und strich ihren Mantel glatt. »Wir sind keine zwanzig mehr«, sagte sie, ging aber trotzdem einen Schritt auf ihn zu.

»Ach nein?« Lyonel grinste und trat zurück, um sich zu verbeugen. »Ist nächtliches Tanzen im Garten in unserem Alter verboten?«

Kopfschüttelnd versank Loreba in einen Knicks, wobei sich ihr Mantel in Wellen über den Rasen breitete. »Ihr seid verrückt.«

Leise lachend zog Lyonel sie zu sich heran. Er bemerkte, wie sie zitterte, als er die Hand an ihre Hüfte legte. »Alles in Ordnung?« Sein Blick ruhte auf ihren Augen. Ihm war bisher nicht aufgefallen, dass sie blau waren. Ihr Mund war geöffnet, in leichter Überraschung. Er konnte ihren Atem auf der Haut spüren, und in seinem Nacken breitete sich ein Prickeln aus. »Folgt mir einfach, ja? Schritt für Schritt ...«, flüsterte er.

Sie nickte, ohne ihre Augen von seinen abzuwenden.

Hätte sie jemand in dieser Nacht beobachtet, er hätte vermutlich nicht mehr gesehen als ein Paar, das recht unbeholfen und stolpernd versuchte, in einem Garten ohne Musik zu tanzen. Vermutlich hätte er sich einen Moment gewundert, dann aber schnell das Interesse verloren und den beiden den Rücken gekehrt. Hätte ein Beobachter aber länger verharrt und zugesehen, wie sie sich allmählich aneinander gewöhnten, wie sie in der Stille einen gemeinsamen Takt fanden, mutiger wurden und mit ihrem Tanz schon bald den ganzen Garten einnahmen. Wie er sie in seinen Armen hielt und sie sich fallen ließ bis kurz vor den Boden, wo ihre Haare schon das Gras streiften, bevor er sie wieder hochhob und ihre Nasenspitzen sich fast berührten ... Dann hätte er vielleicht ein anderes Bild gehabt. Vielleicht hätte er sich in eines der alten Lieder versetzt gefühlt, in dem die Königin mit Schattenhaar und seidenem Gewand, das im Tanz silberne Wirbel warf, ihren Ritter auf einer Waldlichtung traf und mit ihm bis zur Morgendämmerung tanzte. Vielleicht hätte er tatsächlich vergessen, wen er da in Wahrheit sah. Vergessen, dass die zwei gar nicht zusammengehörten. Vergessen, dass ihre Geschichte alles andere als ein Märchen war.

# UNTER DIE HAUT

Nur weil ihr Elgyn heißt, habt Ihr noch lange nicht das Recht, auf diesem Platz zu sitzen!« Aensley Famorgan verschränkte ihre Arme und starrte die Frau an, die sich vor ihren Augen in Lorebas Schreibtischstuhl fläzte. Neben ihr im Türrahmen schnappte Tutor Holwein nach Luft. Er hatte ihr sofort Bescheid gegeben, als die Soldaten in der Universität aufgetaucht waren, und in seiner Miene spiegelte sich Aensleys Entsetzen.

»Magistra Famorgan.« Lysander Farosch löste sich von der Wand. Natürlich, das hätte sie sich denken können. Wenn irgendwo etwas passierte, war Obsidias Schlächter nicht weit. »Bedauerlicherweise *haben* wir das Recht.« Er hob seine Hand und offenbarte das Papier darin. »Durchsuchungsbefehl der Königin.«

Holwein trat vor, um Lysander das Dekret abzunehmen, doch Aensleys Blick war nach wie vor auf die Frau am Schreibtisch geheftet.

*Nathaira Elgyn. Die Lieblingsmagierin der Königin ...* Loreba hatte nie über ihre Cousine gesprochen. Aensley wusste, dass sich die beiden seit ihrer Kindheit verabscheuten, aber wie Lysander Farosch hatte sich auch Nathaira mittlerweile einen gewissen Ruf aufgebaut. Und dem zufolge stand sie, was Brutalität anging, ihrer Herrin um nichts nach. Gerade konzentrierte sie ihre Zerstörungswut auf das Eigentum der Universität.

Aensley war seit ihrer Verhaftung nicht mehr in Lorebas Arbeitszimmer gewesen. Ab und an schickte sie jemanden, der abstaubte, doch mehr hatte sie nicht fertiggebracht. Direkt vor dem bodentiefen Fenster, das den Blick zum Fluss freigab, stand der Schreibtisch aus polierter Kastanie. Die Bücherregale reichten bis zur Decke, und das Grün der Wandfarbe spiegelte sich in den Zierfacetten wider, die den oberen Rand des Bleiglasfensters schmückten. Darunter, mit Gold abgesetzt und von der Morgensonne durchglüht, leuchtete das Motto der Universität: *Unser ist der Zweifel.* Früher war Lorebas Arbeitszimmer schön gewesen, jetzt glich es eher einem Schlachtfeld. »Was glaubt Ihr, hier zu finden?«, fragte Aensley und beobachtete, wie die Soldaten Schubladen ausleerten und den Boden mit Papier fluteten. »Ein Banner mit der Aufschrift *Tötet die Königin*?«

Lysanders Augen blitzten, doch Nathaira Elgyn kicherte nur. Man hätte es als Sinn für Humor interpretieren können, wäre aus ihrem Lachen nicht so deutlich der Wahnsinn herauszuhören. *Wenn unsere Königin ein Talent hat, dann ist das, zielsicher die größten Sadisten dieses Landes um sich zu versammeln.*

Aensleys Blick wanderte über das gravierte Milchglas von Lorebas Leselampe und blieb an einem Stapel halbkorrigierter Hausarbeiten hängen, der noch immer auf der Schreibtischplatte lag. An den Rändern konnte sie Lorebas Anmerkungen in roter Tinte erkennen. Sie schluckte. *Als wäre sie nur kurz aus dem Zimmer gegangen.* »Magistra Elgyn hat diesen Raum seit Monaten nicht mehr betreten. Denkt Ihr allen Ernstes, sie hat noch vor ihrer Verhaftung ihre Flucht geplant? Das ist doch lächerlich!«

»Ist es das?« Lysander trat auf sie zu. »Sollen wir vielleicht lieber *Euer* Arbeitszimmer durchsuchen lassen? Ihr habt Euch geweigert, ihr Todesurteil zu unterschreiben, habt sie besucht, am Morgen der Hinrichtung … Das macht Euch verdächtig.«

Neben ihr zuckte Tutor Holwein zusammen, doch Aensley schnaubte nur. »Ist man jetzt schon verdächtig, weil man eine Freundin nicht ans Messer liefern will?«

»Wenn diese Freundin eine Verräterin ist, schon«, kam es von Nathaira Elgyn. Noch immer saß sie am Schreibtisch und strich mit einer Selbstverständlichkeit über Lorebas persönliche Dinge, dass in Aensley der Ekel schäumte. Sie öffnete Lorebas Füller, kritzelte auf ihrem Briefpapier, stellte leere Kaffeetassen auf den Kopf …

»Lasst das liegen!« Am liebsten hätte Aensley ihr den Gegenstand aus der Hand geschlagen. Nathairas Finger hatten sich um ein kleines Buch mit klatschmohnfarbenem Einband geschlossen. Es war Lorebas Notizbuch, ein Geschenk ihrer Schülerin, von Elodea selbst gebunden. Aensley bebte vor Wut und Ohnmacht. Nathaira durfte das nicht. Durch diese Seiten blättern, ihre intimsten Gedanken lesen, war wie Lorebas nackte Haut berühren. Nein, nicht Haut, was Nathaira sich da gerade anmaßte, ging viel tiefer. Man brauchte nicht unbedingt ein Kontemplet, manchmal reichten auch schon einfache Worte, um in die Seele eines Menschen zu blicken.

Nathaira grinste. »Süß, wie Ihr sie schützen wollt. Warum ist dieser Kram überhaupt noch hier? Loreba hat keine Lehrerlaubnis mehr, wo ist ihr Nachfolger?« Ihr Blick wanderte zu Holwein. »Da! Der macht doch offensichtlich ohnehin schon die Arbeit, ernennt ihn endlich zum Magister.«

Holwein schien sich auf einmal unwohl zu fühlen, vor allem als er Aensleys Blick auffing. »Einen neuen Magister zu berufen, dauert«, murmelte er. »Die Fachschaften müssen zusammentreten...«

»Dann lasst sie zusammentreten!« Mit einem Klatschen befahl Lysander seinen Soldaten, die Kisten voll beschlagnahmter Gegenstände nach draußen zu tragen. Offenbar war die Aktion zur Zerstörung von Lorebas letzter Privatsphäre beendet. Auch Nathaira erhob sich. Zu zweit traten sie auf Aensley zu. Die Stimmung im Raum hatte sich verändert. Von Lysanders sonst so vergnügtem Plauderton war nichts mehr übrig. »Findet einen neuen Magister für Geschichte, oder ich finde einen für Euch«, sagte der Hauptmann mit gefährlich leiser Stimme. »Es würde helfen, den Verdacht von Euch zu lenken.«

»Welchen Verdacht?«

Er trat noch ein Stück näher. »Ich kann es nicht beweisen, noch nicht, aber ich fühle, dass Ihr oder Bischof Garwein Eure Finger bei dieser Sache im Spiel habt. Kirche und Universität waren schon immer die Wiegen des Hochverrats. Wenn es diesmal wieder so ist, Aensley Famorgan, wenn Ihr irgendwie in Loreba Elgyns Flucht verstrickt seid, dann werde ich das herausfinden. Und ich schwöre, das wird schmerzhaft für Euch.«

Als die Soldaten gegangen waren, standen nur noch Holwein und Aensley im Zimmer. Draußen, auf dem Rasen vor dem Fenster, saß eine Gruppe Studenten in den ersten Sonnenstrahlen. Ihr Lachen drang durch die Scheiben und verlor sich im leeren Raum.

»Sie werden dreister«, sagte der Tutor in die Stille. »Vor einem Jahr hätten sie sich das noch nicht getraut. Wie willst du reagieren?«

Aensley sah ihn an. »Wie wohl? Glaubst du, ich gebe klein bei? Loreba ist Magistra, bis sie stirbt oder zurücktritt. Ich muss noch fähig sein, meinen Studenten in die Augen zu schauen. Wir können ihnen nicht selbstständiges Denken predigen und uns gleichzeitig den Beschlüssen dieser Tyrannin beugen!« Als sie sah, wie Holwein die Lippen zusammenkniff, packte sie die Wut. »Es steht dir frei, mir zu widersprechen. Wenn du scharf auf ihre Stelle bist, nur raus damit!«

Er wurde bleich, und sofort bereute Aensley ihre harten Worte. Holwein verdiente ihren Zorn nicht. Seit Lorebas Festnahme war die Arbeit an ihm und seinen Kollegen hängengeblieben, aber keiner von ihnen hatte sich je beklagt oder einen neuen Magister gefordert. Auf ihre Weise hielten sie Loreba die Treue.

Holweins Blick wanderte zum leeren Schreibtischstuhl seiner Vorgesetzten, und er schüttelte den Kopf. »Sie fehlt mir«, flüsterte er. »Wirklich. Aber ich habe auch Angst. Diese Fakultät hat schon einmal gebrannt.«

»Dazu wird es nicht wieder kommen«, sagte Aensley mit fester Stimme. »Ihr seid unter meiner Verantwortung, und ich werde alles tun, um das Leben eines jeden hier zu schützen.« Sie wandte sich zur Tür, aber Holwein packte sie am Arm.

»Es ist doch nichts dran, an dem, was Farosch sagt?« Er sah die Magistra an. »Du hast mit Lorebas Flucht nichts zu tun?«

Aensley hielt seinem Blick stand. In Holweins Augen lag echte Sorge. *Er hat Angst um mich.* Einen Moment war sie kurz davor, sich ihm anzuvertrauen, bis ihre Wachsamkeit schließlich doch die Oberhand gewann. Es reichte, wenn sie diese Bürde trug. Je weniger ihre Kollegen wussten, desto sicherer waren sie. Aensley räusperte sich und nickte in Richtung der Hausarbeiten auf Lorebas Schreibtisch. »Es wird Zeit, dass die jemand zurückgibt. Kümmerst du dich darum?«

»Lenk nicht ab.« Holwein trat an den Tisch und fächerte die Papierbögen auf, doch noch ehe er sich mit den Arbeiten in den Armen zur Tür wandte, war Aensley Famorgan fort.

Der Tutor blinzelte. Er war ehrlich verblüfft. Zum ersten Mal, seit er an der Universität war, hatte er eine Frage gestellt und keine Antwort erhalten.

# REGENREIGEN

»Das gehört so, Elodea. Stell dich nicht so an!« Gereizt versuchte Tyrza, zwei Zöpfe, die sie aus ihren Haaren geflochten hatte, zusammenzuführen, was keine dankbare Aufgabe war, da Elodea immer wieder unter ihren Händen abtauchte. »Jetzt halt endlich still, sonst dauert es nur noch länger!«

Nach einem letzten schwachen Protestversuch gab Elodea auf und ließ sich mit einem Seufzen zurück auf ihren Stuhl fallen. Eine ganze Woche ging das nun schon so.

»Als Lyonel meinte, wir sollten uns kleidungstechnisch in Touleránt und Morugan ein wenig anpassen, hat er bestimmt nicht gemeint, dass du alles bis ins Detail selbst entwirfst«, sagte Elodea zaghaft, während sie beobachtete, wie Tyrza die merkwürdigen Zöpfe mit Nadeln feststeckte.

»Unsinn«, entgegnete Tyrza unwirsch. »Ihr wollt doch, dass eure Tarnung authentisch wirkt?«

»Ja, schon, aber ...«

»Na also, dann beschwer dich nicht. Morugan ist nicht Betháne. Da kannst du nicht so rumlaufen wie hier, oder du fällst auf.«

Martha, die auf dem Sofa gegenüber saß, sah von ihrem Strickzeug auf und warf ihr einen mitleidigen Blick zu. Elodea verdrehte nur die Augen. Wenn Tyrzas Kleiderwut so weiterging, würde sie noch ernsthaft in Versuchung kommen, Loreba doch allein reisen zu lassen.

»So, jetzt sind wir fertig«, verkündete Tyrza ein paar Minuten später und erlaubte Elodea, ihren Kopf wieder zu bewegen.

Erleichtert und mit schmerzendem Nacken betrachtete sie Tyrzas Meisterwerk im Wandspiegel. Ihre dunkelblonden Haare waren zu einer Vielzahl straffer Zöpfe geflochten und anmutig am Kopf festgesteckt. »So habe ich mir eher die Kriegerinnen von Thebe vorgestellt«, murmelte Elodea. »Bist du sicher, dass man in Morugan so aussieht?«

»Glaub mir, Elodea, das«, sagte Tyrza schnippisch und wies auf die Zöpfe, während sie mit der anderen Hand das Sammelsurium aus Haarklammern und Spangen auf dem Tisch zu ordnen versuchte, »ist die Zierde der moruganischen Frau. Wenn ihr dort so auftaucht, wir niemand merken, wer ihr wirklich seid. Bei Hofe trägt jeder so was.«

»Ich bin gespannt, wie du das Loreba verkaufen willst.«

»Gut, dass du mich erinnerst.« Tyrza stemmte die Hände an die Hüften. »Wo steckt die eigentlich schon wieder? Sie weiß ganz genau, dass ich ihre Maske für den Ball noch anpassen muss!«

Elodea wandte den Blick nicht von ihrem Spiegelbild ab. »Keine Ahnung. Kümmert sich wahrscheinlich um Caecilia.«

»Oder um Lyonel ...«, raunte Martha.

»Lyonel? Wieso dachte ich mir das schon?« Tyrza legte den Kopf schief. »In letzter Zeit ist sie oft mit ihm zusammen, ist euch das aufgefallen?«

»Ja, Tyrza, ist es«, sagte Martha und ließ ihr Strickzeug sinken. »Aber wenn du mich fragst, ist das gut so.«

»Was meinst du damit?«

»Naja, Lyonel tut ihr gut. Er bringt sie zum Lachen. Wenn sie mit ihm zusammen ist, blüht sie endlich wieder richtig auf.«

»Aha. Du meinst also die beiden *mögen* sich«, schlussfolgerte Tyrza mit dem Anflug eines Grinsens.

Martha hob abwehrend die Hände. »Nur mal langsam! Ich meine gar nichts. Ich habe lediglich festgestellt, dass sie sich gut zu verstehen scheinen. Alles andere geht uns nichts an. Das ist allein Lorebas Sache.«

»Schade. Die beiden würden so gut zueinanderpassen.«

»Tyrza!«

»Ist schon gut, ich sag ja gar nichts mehr«, kicherte sie. »Man wird sehen, wie sich die Sache entwickelt.« Mit einem verschwörerischen Lächeln auf den Lippen packte sie ihre Haarspangen zusammen und verließ fröhlich vor sich hin summend den Raum.

Martha sah ihr kopfschüttelnd nach. »Also wirklich. Als gäbe es keine wichtigeren Themen.«

»Lass sie. Du kennst Tyrza doch.«

»Ja. Aber manchmal muss ich mich schon sehr über sie wundern.« Martha seufzte. »Vielleicht werde ich allmählich einfach zu alt für diese Hühnerschar.«

»Hühnerschar?« Elodea verzog gespielt beleidigt den Mund.

»Was soll das denn heißen? Schon mal ein Kissen im Gesicht gehabt?«

• • •

Es war ein nebliger Morgen nach einem Gewitter, an dem Loreba und Elodea aufbrachen. Ihre Pferde waren gesattelt, Proviant gepackt und Tyrzas neue Kleider sicher verstaut. Martha stand in der Haustür und mühte sich darum, nicht zu weinen. Man sah ihr an, dass es ihr schwer fiel, Loreba schon wieder einer so unsicheren Unternehmung entgegengehen zu lassen, doch sie riss sich zusammen.

Loreba gab ihr gerade letzte Ratschläge, wie sie sich in ihrer Abwesenheit um Caecilia zu kümmern hatte, der es inzwischen schon wesentlich besser ging. Ihre Worte, Tees und Tinkturen hatten tatsächlich Wirkung gezeigt. Allmählich bekamen Caecilias Wangen wieder eine blassrosa Färbung, ihre Beine zitterten nicht mehr bei jeder Bewegung, und das Fieber war verschwunden. Natürlich wurde es ihr mit fortschreitender Genesung zusehends langweiliger. Einem Kind in ihrem Alter zu erklären, dass es den ganzen Tag nur im Bett liegen sollte, war nicht gerade leicht, vor allem nicht, wenn es so intelligent war wie Caecilia. Sie hielt die Aurenen ziemlich auf Trab. Elodea hatte ihr Schach beigebracht, und mittlerweile bewegte Caecilia die Figuren schon geschickter als sie. Sogar Loreba hatte sie einmal geschlagen, und das hatte ihre Meisterin – auch wenn sie es nie zugeben würde – tatsächlich ein bisschen erschrocken.

Elodea stand abseits des Trubels und ging ein letztes Mal ihr Gepäck durch. Nicht nur Martha war beunruhigt, auch sie ließ das Haus mit gemischten Gefühlen zurück. Zwar zeigte sie das nicht offen, schließlich war sie es gewesen, die darauf bestanden hatte, Loreba zu begleiten, aber gerne ging sie trotzdem nicht. Es fühlte sich falsch an, sich von Lyonel und Elliott zu verabschieden, wenn die beiden hier in *ihrem* Zuhause blieben, während sie selbst abreiste.

Fast war sie wütend auf die Brüder Mhyrias, die ihren kurzen Frieden mit ihrer Ankunft zerstört hatten. Elodea betete, dass sich Lyonel in seinen diplomatischen Bemühungen nicht verkalkuliert hatte. Erst gestern Abend hatte sie Martha mit Loreba diskutieren hören:

»*Ich kann nicht verstehen, dass du wieder da rausgehen willst, jetzt, wo wir hier gerade so etwas wie Frieden gefunden haben! Wir sind auf der Flucht, um Gottes willen, hat dir ein Todesurteil noch nicht gereicht?*«

»*Martha. Ich kann nicht hier zwischen Rosen und Hortensien sitzen und so tun, als würde mich die Welt nichts mehr angehen. Die da draußen haben keinen Frieden. Und wenn ich das durch irgendetwas ändern kann, werde ich es tun. Verstehst du das nicht?*«

Martha hatte den Kopf geschüttelt. »*Nein, ich verstehe das nicht. Du kannst die Welt nicht im Alleingang retten, Loreba. So wichtig bist selbst du nicht. Auch nicht wenn du noch hundertmal die Heldin spielst...*«

Dann war sie gegangen, und Loreba hatte ihr nachgesehen, stumm, bis sie Elodea hinter der Tür entdeckt hatte. »*Hast du auch das Gefühl, dass ich weniger die Heldin spielen sollte?*«, hatte sie mit ausdrucksloser Stimme gefragt.

Und Elodea hatte eine Antwort gegeben, die sie selbst überrascht hatte und die sie im Nachhinein fast bereute: »*Nein. Wir sind in einer Zeit geboren, in der jedem anständigen Menschen nichts anderes übrigbleibt, als zum Helden zu werden.*«

Jetzt, wo es ausgesprochen war, musste sie auch danach handeln.

• • •

Das Schloss von Touleránt lag ungefähr zwei Tagesreisen von Eleringorn entfernt. Bei ihrer Reise nach Tenébra hatte Elodea die Strecke innerhalb eines Tages bewältigt, doch damals war sie auch in einer Kutsche und ohne Pause gefahren. Heute waren sie nicht in Eile und konnten es ruhiger angehen lassen. Das erste Stück ihres Weges führte sie hinunter ins Tal der Nocram. Von da an folgten sie dem Flusslauf in Richtung Süden.

Es war ein angenehmer Tag zum Reiten. Ein paar vereinzelte Wolken trübten den Himmel, aber noch regnete es nicht. Die Nocram floss gemächlich neben ihnen, und kaum Wind bewegte die Weidenbäume zu ihren Seiten. Elodea war erstaunlich guter

Stimmung. Sie summte vor sich hin, sang Lieder und freute sich an der Natur. Auch Loreba schien die Reise zu genießen, gab jedoch nach etwa einer Stunde zu bedenken, dass das Wetter nicht mehr lange halten würde.

Tatsächlich sollte sie recht behalten. Kurz nachdem sie nahe der Stadt Ashkya eine Brücke passiert hatten, die Ost und Westufer der Nocram miteinander verband, begann sich der Himmel zuzuziehen. Bald darauf fielen die ersten Tropfen, rasch verdichteten sie sich zu einem stetigen Prasseln, das leise auf Gras und Blätter niederging. Ihrer Laune tat das allerdings keinen Abbruch.

»Ein bisschen wie in den alten Geschichten, oder?«, meinte Loreba. »*Meister und Schüler, die auszogen, ein Abenteuer zu bestehen.*«

Elodea warf ihr ein Lächeln zu. »Werden wir auch entführte Prinzessinnen retten und Drachen besiegen?«

»Keine Drachen«, sagte Loreba, nun wieder ernst, und richtete den Blick nach vorn auf den Weg. »Nur eine Königin.«

• • •

Als der Regen Eleringorn erreichte, saßen die Aurenen gerade mit Lyonel und Elliott beim Mittagsessen. Kaum waren die ersten Tropfen gefallen, gab es für Tyrza kein Halten mehr. Sie kippte fast ihren Stuhl um, so schnell sprang sie auf und lief nach draußen in den Garten.

Durch das Küchenfenster beobachteten Elliott und Lyonel kopfschüttelnd, wie sie barfuß über das nasse Gras tanzte. Sie drehte sich, warf das triefende Haar über die Schultern, wirbelte im Kreis, hob die Hände zum Himmel und lachte dabei wie ein Kind.

»Lasst sie«, sagte Martha auf Lyonels verwirrten Blick hin. »Sie macht das öfter.«

»Aber wird sie sich nicht erkälten?«

»Tyrza ist alt genug, die weiß, was sie tut. Jetzt esst, sonst wird Euer Eintopf kalt.«

Nach zehn Minuten kehrte Tyrza völlig durchnässt, aber strahlend zurück. Martha hüllte sie sofort in eine Decke und schickte sie zum Umziehen, doch vorher legte Tyrza einen kleinen Stapel feuchter Papiere, die sie zum Schutz vor dem Regen unter ihrem

Kleid verborgen hatte auf den Esstisch. »Ellery stand vor dem Schutzkreis. Sie hat Briefe für uns dabeigehabt, die in den letzten Monaten an der Poststation für uns abgegeben worden sind. Schau sie mal an, vielleicht ist was Wichtiges dabei.«

Stirnrunzelnd blätterte Martha durch die Briefe. »Universität, Universität, Steuern – Unverschämtheit, da sitzt man im Gefängnis und soll noch Steuern zahlen?! Universität ... Oh, da ist einer für dich, Cloé.« Sie zog ein schmales Blatt Papier, das schlampig mit Wachs zusammengeklebt war, aus dem Stapel.

»Lies vor«, schmatzte Cloé mit dem Mund voller Eintopf.

Martha brach das Siegel und entfaltete den Brief. »*Cloé, ich habe deinen Mann gefunden. Gerbergasse 15, erster Stock, Nocthurau, Tenébra. Gezeichnet, ein Freund.*«

Marthas Miene erstarrte. Mit aufgerissenen Augen blickte sie zu Cloé, der ihr Löffel aus der Hand gerutscht war. Einen Moment lang starrten die beiden sich nur an. Dann, als wäre ein Hebel umgelegt worden, sprang Cloé auf und rannte zur Tür, dicht gefolgt von Martha, die versuchte, sie am Arm zu packen. »Cloé, nein, hör mir zu, hör mir zu!«

»Lass mich los!«, keifte Cloé und versuchte, Marthas Hand abzuschütteln, die sich wie ein Schraubstock um ihren Arm geschlossen hatte.

Martha dachte gar nicht daran. »Du wirst dich ins Unglück stürzen, das lasse ich nicht zu! Sei vernünftig, wir haben so oft darüber diskutiert, du hast doch damit abgeschlossen ...«

»Abgeschlossen?« Bei der Wucht ihrer Worte zuckten Lyonel und Elliott, die ganz und gar nicht verstanden, was hier gerade vor sich ging, zusammen. »Dieser Kerl hat mein Leben zerstört!«

»Nein, Cloé, hat er nicht! Das hier ist dein Leben, ja? Dein neues Leben! Willst du das alles aufs Spiel setzen? Ich lasse dich nicht gehen, und wenn ich dich einschließen muss!«

Einen Moment sah Cloé aus, als würde sie Martha schlagen wollen. Dann aber flachte ihr Wutanfall plötzlich ab. »Schon gut«, sagte sie kratzig. »Schon gut. Ich werde nicht gehen. Bist du jetzt zufrieden?«

»Es ist doch nur zu deinem Besten.«

»Ja, natürlich. Es ist immer alles *zu meinem Besten*.«

»Cloé ...«

»Lass mich! Ich will in mein Zimmer.« Mit diesen Worten rauschte sie davon, die Treppe hinauf, und ließ eine ziemlich hilflos aussehende Martha zurück.

Elliott und Lyonel tauschten über den Tisch vielsagende Blicke. »Frauen. Die spinnen doch alle irgendwie. Die eine rennt zum Spaß barfuß im Regen rum, und die andere schreit wegen ihrem Ehemann das ganze Haus zusammen«, murmelte Elliott verstohlen.

Martha wirbelte herum. Ihre Augen brannten vor Zorn, als ihr Blick auf Elliott fiel. »Was maßt Ihr Euch an?«, donnerte sie, und wieder zuckten die Männer zusammen. Keiner von ihnen hätte es für möglich gehalten, dass die sonst so sanfte Martha derart in Rage geraten könnte. »Ihr wollt über sie urteilen? Ihr, die Ihr sie gerade einmal ein paar Wochen lang kennt? Ihr habt keine Ahnung, was diese Mädchen durchgemacht haben! *Keine*, versteht Ihr?! Glaubt Ihr, Cloé sucht ihren Ehemann?« Sie ging ein paar Schritte auf sie zu, und ihr Mund verzog sich angriffslustig. »Sie sucht den Mörder ihrer Schwester! Und Tyrza? Nur weil sie singt und tanzt und sich freut, anstatt sich von ihren Erinnerungen auf den Boden drücken zu lassen, lacht Ihr sie aus? Was seid ihr für Menschen?« Martha warf ihnen einen abgrundtief verachtenden Blick zu. Dann machte auch sie auf dem Absatz kehrt und folgte Cloé hinaus in den Gang, wobei sie die Tür so fest zuschlug, dass die Messingtöpfe an der Wand schepperten.

Es dauerte lange, bis im Haus keine knallenden Türen mehr zu hören waren. Als schließlich wieder Ruhe in der Küche einkehrte, fragte sich Elliott, was wohl schwerer wog. Die Stille oder sein schlechtes Gewissen?

# MAIBALL

Elodea ließ das Schloss nicht aus den Augen. Sie hatte sich an den Rahmen des kleinen Fensters ihrer Dachkammer gelehnt und überblickte den Trubel der Geschäftsstraße zu ihren Füßen. Durch die unterschiedlich hohen Dächer von Lynesse und den Staub, den die Menschen mit ihren Fuhrwerken unter ihnen aufwirbelten, war es nur undeutlich zu erkennen. Doch immerhin, sie sah es, dort außerhalb der Stadt hinter den wogenden Feldern aus Lavendelbüschen, die sich ordentlich in Reih und Glied bis zum dunstigen Horizont erstreckten.

Natürlich, Lavendel ... Der Geruch steckte ihr quasi noch immer in der Nase, in dieser Provinz drehte sich beinahe alles um Lavendelöl, -parfüm und -salben. Feiner toulinischer Lavendel war in der ganzen Welt gefragt, er hatte den Reichtum der Provinz begründet, auch wenn er im Vergleich zu Korn- und Gemüsefeldern nur einen relativ kleinen Anteil an Anbaufläche ausmachte.

Während ihrer Verbannung hatte Elodea viel Zeit damit zugebracht, allein durch dieses Meer aus lila Halmen zu streifen. Wie in einem echten Meer konnte man sich leicht darin verlieren und eine Zeitlang vergessen, dass so etwas wie eine Außenwelt existierte.

Die Grafen Toulerânts waren nicht dumm gewesen, als sie beschlossen hatten, ihre Residenz nicht direkt ins Stadtzentrum von Lynesse zu bauen, sondern ein paar Kilometer außerhalb inmitten der Lavendelfelder. Nicht nur dass sie so genug Platz für ihre legendären Gartenanlagen geschaffen hatten, die Entfernung schirmte sie auch äußerst effektiv vom Dreck und Lärm der Provinzhauptstadt ab.

»Und? Was sagst du?«

Elodea wandte sich um. Loreba war aus dem Nebenzimmer getreten. In ihren hohen Schuhen musste sie fast den Kopf einziehen, um nicht den lächerlich niedrigen Türsturz zu streifen.

Die Dachkammer eines etwas heruntergekommen Gasthauses in einer Seitenstraße war das Einzige, was sie auf die Schnelle noch bekommen hatten. Wegen des Balls und der dazugehörigen Feste, die sich in der Stadt verteilten, waren fast alle anderen Häuser belegt. Elodea war das allerdings ganz recht so. Hier, etwas abseits der großen Straßen, war es weit weniger auffällig. Loreba vertrat zwar die Auffassung, die beste Tarnung seien große Menschenmengen, doch sie war sich da nicht so sicher. Zwar kannte niemand in Lynesse ihr Gesicht, und die Stadt war durch die Festlichkeiten von Besuchern aus dem ganzen Land geradezu überlaufen, doch ein wenig Abgeschiedenheit konnte nie schaden.

»Es sind die Haare, richtig?«, fragte Loreba, die ihrem Blick gefolgt war.

»Was? Nein!« Als ihr auffiel, dass sie Loreba die ganze Zeit angestarrt hatte, klappte sie rasch den Mund zu. »Du siehst ... großartig aus.«

Es stimmte. Sie hatte ihre Meisterin noch nie so gesehen. Tyrza hatte ein eindrucksvolles dunkelrotes Abendkleid für sie geschneidert, schulterfrei, aber mit kurzen Ärmeln. Es war bodenlang und am hinteren Saum so breit, dass es eine kleine Schleppe bildete. Am Überraschendsten aber war, dass Loreba die Haare offen trug. Elodea konnte sich nicht daran erinnern, wann ihre Meisterin sie das letzte Mal nicht hochgesteckt hatte. Jetzt flossen sie ihr, zu großen Locken gedreht, über die nackten Schultern. Es stand ihr wirklich gut.

»Eins ist sicher, erkennen wird dich so niemand«, bemerkte Elodea und stieß sich vom Fenster ab. Sie selbst trug ein zartes Kleid in Hellblau mit Perlen- und Kristallstickereien, das Tyrza *Allegorie des Frühlings* getauft hatte. Ihre Haare waren nach hinten genommen und jede Locke einzeln am Hinterkopf festgesteckt, nur ein paar wenige gewellte Strähnen umspielten ihr Gesicht. Ein Dutzend weißer Stoffblüten mit kleinen Aquamarinen in den Blütenkelchen ergänzte das Kunstwerk von einer Frisur. Wenn sie ihr Bild im Spiegel sah, glaubte sie fast, eine andere stünde ihr gegenüber.

Loreba sah an sich hinunter. »Ich war ewig nicht mehr auf irgendeiner Abendveranstaltung. Das letzte Mal, dass ich so ein Kleid getragen habe ...« Sie beendete den Satz nicht, als ihr klarwurde, was sie sagte, doch Elodea verstand sie auch so. Das weiße Kleid mit den langen Ärmeln, das so anmutig gefallen war und angeblich einmal Königin Benoatriz gehört hatte, war ihr noch lebhaft in Erinnerung. Genau wie der Anlass, zu dem es getragen worden war.

»Es wird gut gehen«, versuchte Elodea schnell das Thema zu wechseln. Teils, weil sie Loreba ablenken wollte, teils, weil auch sie selbst ziemlich nervös war. »Touleránts Bälle sind legendär.«

»Vor allem sind sie legendär teuer«, ergänzte Loreba. Es war ihr anzusehen, dass es ihr nicht gerade gefiel, für einen einzigen Abend so viel auszugeben, doch eine andere Möglichkeit, ins Schloss zu kommen, hatten sie nun mal nicht.

Loreba wandte sich zum Spiegel und legte ihre Maske um. Es war die gleiche, die auch ihre Schülerin trug, eine weiße aus Seide. Sie verbarg nur die Augen und war mit feinen Rosenstickereien verziert, die im richtigen Licht silbern schimmerten. Die Rosen waren Tyrzas versteckter Hinweis auf ihre Identität – so dezent, dass es keinem auffiel, aber genug, um sie daran zu erinnern, aus welchem Grund sie diesen Ball besuchten.

Um Punkt neun holte die bestellte Kutsche sie vor dem Gasthaus ab. Mit ihren Kleidern sorgten sie in der schäbigen Gasse für einiges Aufsehen, doch sobald sich die Kutschtüren hinter ihnen geschlossen hatten, vergaß Elodea die gaffenden Blicke und den Dreck der Stadt. Ihr Herz begann, schneller zu schlagen, nicht nur wegen Nervosität und Aufregung, ein kleines bisschen auch aus Vorfreude.

Als sie vor ein paar Wochen von hier weggeritten war, hatte sie nicht geglaubt, so bald zurückzukehren. Sie freute sich darauf, Ivette und die Gräfin wiederzusehen. Natürlich bestand die Möglichkeit, dass sie von den beiden verraten werden könnte, aber daran glaubte sie nicht. Bei den anderen Hofdamen und Bediensteten war sie sich allerdings nicht so sicher. An einem Hof wie dem Touleránts gab es immer Leute, die für die richtige Summe sogar ihre eigene Familie ans Messer liefern würden. Und deswegen war der Ball die beste Möglichkeit, sich unerkannt an den Hof zu schleichen. Selbst wer sie schon einmal gesehen hatte, würde unter der Maske nicht erkennen, dass sie es war. Die eigentliche Kunst bestand darin, sich der Gräfin zum passenden Zeitpunkt zu offenbaren. Und nur der Gräfin.

»Wie ist sie eigentlich?«, fragte Loreba nach einer Weile. Sie hatten die Stadt mittlerweile hinter sich gelassen und fuhren über die breite Straße zwischen den Lavendelfeldern zum Schloss.

»Wer?«

»Na, deine Gräfin.«

»Oh.« Elodea runzelte die Stirn. »Sie ist wirklich in Ordnung. Eine gute Herrscherin. Klug, gerecht, mürrisch ab und zu, wenn sie jemand nervt …« *Ein bisschen so wie du,* lag ihr auf der Zunge, doch sie sprach es nicht aus. Stattdessen sagte sie: »Ich denke, ihr werdet euch mögen. Aber vielleicht behältst du zur Sicherheit deine politischen Ansichten heute mal für dich. Du weißt schon, Demokratie und so.«

Loreba hob die Brauen, verkniff sich aber einen Kommentar.

Langsam kam das Schloss in Sicht. Elodea streckte den Kopf aus dem Kutschfenster und genoss den Fahrtwind, während sie die Prachtstraße in Richtung Haupttor entlangfuhren. Sie kamen durch einen kleinen Wald, Linden säumten den Weg, und der Duft ihrer Blüten hing schwer in der Abendluft. Bei dem Geruch fühle sich Elodea unwillkürlich an den Hof des Philosophischen Instituts in Tenébra erinnert, an die alte Linde in seiner Mitte, und sie fragte sich, ob es Loreba womöglich ebenfalls so ging und ob sie deshalb so schweigsam war.

Kurz vor dem ersten Tor wurden die Linden schließlich von Zypressen abgelöst. Die Straße verbreiterte sich, als sie die Schlossmauer passierten und durch die Allee in die Gärten einfuhren. Sorgsam gestutzte Buchshecken säumten die Kiespfade, die zwischen den Blumenbeeten zu versteckten Rosenlauben und Wasserspielen tiefer im Park führten. An ihren Knotenpunkten standen Springbrunnen, gesäumt von mythischen Figuren: Nixen, Nymphen und Feen, allesamt mit Blüten im Haar und Füllhörnern in den Händen, aus denen sich Getreide oder Weintrauben ergossen. Der Hofgarten war bestimmt von Geometrie, alles war in Form gebracht und zurechtgeschnitten, ganz anders als in den Gärten Bethánes. Entlang der Hauptwege waren Fackeln aufgestellt, die in der Dämmerung den Weg zum Schloss wiesen, und in vielen Büschen flackerten Windlichter.

Wie aus dem Nichts tauchte die weiße Fassade des Schlosses vor ihnen auf.

Anders als das Schloss in Tenébra hatte dieses keine Türme,

Säulengänge oder versteckte Innenhöfe. Es war ein einheitlicher Bau mit einem Haupthaus und zwei Seitenflügeln, doch gerade diese Symmetrie verlieh dem Gebäude das gewisse Etwas. Die geschlossene Fassade wurde nur hin und wieder von Balustraden und säulengestützten Balkonterrassen unterbrochen, die einen Blick auf den umliegenden Park offenbarten. Direkt an den Südflügel schloss sich die Orangerie an, der Lieblingsort der Gräfin, an dem sie im Winter ihre Zitrusbäume verwahrte.

Hoch über den goldenen Toren, die Garten und Hof trennten, flatterten die toulinischen Banner, ein weißer Schwan auf hellblauem Grund. Ein Wachmann in Uniform war davor postiert und hielt ihre Kutsche mit einer Handbewegung an. Aus dem Fenster reichte ihm Loreba den Beutel mit ihrem Eintrittsgeld.

Gelangweilt drehte er die Münzen in der Hand und zählte nach, bevor er sie durchwinkte.

Elodea tauschte einen Blick mit Loreba und atmete durch. Allmählich begann sie, sich zu entspannen. Der erste Teil ihres Plans war schon einmal geschafft.

Auf dem Hof fuhr ihre Kutsche einen Bogen, bevor sie vor dem Hauptportal zum Stehen kam. Loreba bezahlte den Kutscher, dann ordneten sie ihre Röcke und stiegen aus.

Durch das offene Portal drangen Stimmengewirr und Musik nach draußen. Sie waren spät dran und der Ball schon seit einer Stunde in vollem Gange. Langsam und so anmutig wie möglich schritten sie zwischen den Fackeln hindurch in die Eingangshalle. Eine Gruppe kichernder Hofdamen drängte sich an ihnen vorbei in Richtung Gärten, dicht gefolgt von ein paar Höflingen, die sie an den Händen hinter sich herzogen. In der Luft hing der Geruch nach etwas Süßem und Alkoholischem, und Elodea fragte sich unwillkürlich, ob es klug gewesen war, so spät zu kommen. Als sie den Kopf hob und ihr Blick auf das Treppenhaus vor ihnen fiel, vergaß sie allerdings ihre Sorgen. Die Eingangshalle der Residenz gehörte zu dem Eindrucksvollsten, was avenische Architektur zu bieten hatte. Zwei ausladende Marmortreppen führten nebeneinander in die oberen Stockwerke, gesäumt von Laternen und Blättergirlanden aus weißem Stuck. Auch die Wände waren stuckverziert, große Glastüren führten in die Säle im Erdgeschoss, in denen der Ball stattfand. Am bemerkenswertesten war allerdings der Anblick hoch über ihren Köpfen, ein riesiges Deckenfresko, das den Himmel darstellte. Eine Gruppe überlebensgroßer Schwäne flog über die ganze Länge des Bildes. Am linken Rand brach ein schillernder Paradiesvogel aus einer gemalten Wolke hervor. Oder war es ein Phönix? Funken tanzten um seinen Feuerschweif, und sein purpurn gefiederter Körper schien sich den Neuankömmlingen im Sturzflug entgegenzubiegen.

»Benoatriz von Touleránt«, flüsterte Loreba. »Der Phönix war ihr Wappentier. Sie haben ihr ein Denkmal gesetzt, wo es jeder sofort sehen kann. Wenigstens in Touleránt ehren sie noch die Größte ihres Hauses.«

Die Türen standen weit offen, als sie vorbei an den Gardisten in den Ballsaal traten.

In Büchern wurde dieser Moment immer als etwas Magisches beschrieben. Der Moment, in dem die Protagonistin als Letzte auf dem Ball erschien und sämtliche Blicke auf sich zog, während die Musik verstummte und der Königssohn vortrat, um ihr die Hand zum Tanz zu reichen …

Als Elodea den Saal betrat, hob allerdings niemand den Blick. Geschweige denn, dass Paare ihren Tanz unterbrochen hätten oder die Musik verstummt wäre. Einen Königssohn hatte ihre Geschichte ohnehin nicht zu bieten. Niemand nahm Notiz von den beiden Frauen, die soeben die Szene betreten hatten, und Elodea war fast ein bisschen enttäuscht. Unwillkürlich fragte sie sich, wie die Sache wohl aussehen würde, wenn die Anwesenden wüssten, um wen es sich bei ihnen handelte.

Wenigstens der Ballraum wirkte wie aus einem Märchen. Tausende von Kerzen erhellten den Gartensaal, ließen die elfenbeinfarbenen Tapeten schimmern und spiegelten sich im Marmorboden. Um die hohen Bogenfenster, die offen standen und den Blick in Richtung Garten lenkten, wanden sich Girlanden aus weißem Flieder, ebenso wie um das Geländer der Galerie über ihren Köpfen, wo sich jeder drängte, der nur zum Beobachten gekommen war.

Das Streichorchester spielte ein bekanntes Stück, so bekannt jedenfalls, dass sogar Elodea, die nichts von Musik verstand, die Melodie vertraut war. Wer tanzen wollte oder musste, hatte sich in langen Reihen aufgestellt, Frauen gegenüber Männern. Im Takt der Musik traten sie abwechselnd aufeinander zu, legten die Handrücken aneinander und entfernten sich wieder. Es war ein klassischer Werbetanz, ein kunstvolles Spiel aus Nähe und Distanz, bei dem Cloé vermutlich die Nase gerümpft hätte.

Die drei großen Kristalllüster, die von der Decke hingen, brachen das Licht in hundert Facetten und vergoldeten das Meer aus kostbaren Stoffen unter ihnen.

Elodeas Blick wanderte über die Tanzpaare, Zuschauer und leicht angetrunkenen Höflinge. Unter den Masken war es schwer, ein vertrautes Gesicht auszumachen.

»Siehst du sie?«, fragte Loreba, fast schreiend gegen die Lautstärke der Musik und der Menschen im Saal, während sie sich an den Wänden entlangbewegten und versuchten, so auszusehen, als hätten sie Spaß.

Elodea schüttelte den Kopf. Isobel schien sich weder unter den Tanzenden zu befinden noch bei den Schaulustigen am Rand. Je länger sie in der Menge nach der Silhouette der Gräfin suchte, desto stärker kam ihr ein Verdacht. Was, wenn sie den Ball nur eröffnet hatte und dann verschwunden war? Verwunderlich wäre es nicht, es war allgemein bekannt, dass Isobel für solche kostspieligen Ausschweifungen nicht viel übrighatte.

Aber dann sah Elodea sie doch. Die Gräfin von Touleránt stand auf der Galerie und blickte auf das Geschehen hinab. Sie trug ein schlichtes piniengrünes Kleid, elegant geschnitten, aber ohne große Verzierungen, und als Einzige im Saal zeigte sie ihr Gesicht offen ohne Maske. Vielleicht um als Gastgeberin für jedermann erkennbar zu sein, vielleicht aber auch – und das glaubte Elodea eher – um noch deutlicher zum Ausdruck zu bringen, wie wenig sie von dieser Veranstaltung hielt.

Loreba war ihrem Blick gefolgt. »Was sollen wir jetzt tun?«, raunte sie Elodea ins Ohr, damit die Gruppe älterer Damen, die neben ihnen offenbar gerade Hochzeitspläne für ihre Töchter schmiedeten, nichts mitbekamen.

»Wir versuchen, an sie heranzukommen«, grinste Elodea. »Und dann hoffen wir, dass ich in meinen Monaten als Hofdame genug toulinische Diplomatie gelernt habe, um das hier zu meistern.«

• • •

Isobel war gelangweilt. Lustlos drehte sie ihr Weinglas zwischen den Fingern und nickte mit gespielter Höflichkeit in Richtung der hohen Herren und Damen, die ihr die Aufwartung machten. Tage wie dieser gehörten zu den schlimmsten im Jahr. Tage, an denen sie lächeln und belanglose Konversationen mit Leuten führen musste, die entweder so durchtrieben waren, dass jedes Wort doppelt überlegt sein wollte, oder aber die Intelligenz einer Gartenschnecke besaßen. Sie seufzte. Ursprünglich war der Maiball eine öffentliche Veranstaltung gewesen, ein Fest unter freiem Himmel in den Lavendelfeldern von Lynesse. Doch dann hatte sich der Adel darauf gestürzt, und aus der Tradition war ein Schaulaufen der Schönen und Reichen geworden. Sie hatte versucht, das Ganze zu unterbinden. Doch nach den ersten heftigen Protesten hatte sie einsehen müssen, dass ihrem Hof dieser elende Ball wichtiger war, als sie gedacht hatte. Sie war nicht so dumm, sich mit dem niederen Adel wegen einer solchen Belanglosigkeit anzulegen und ihre militärische Treue aufs Spiel zu setzen. Gerade in Zeiten wie diesen war es wichtig, dass Touleránt geschlossen zusammenstand. Und zwar hinter ihr. Also gab sie ihnen ihr albernes Fest mit seinen noch alberneren Masken und sah zu, wie sie sich blamierten. Zugegeben, ab einem gewissen Alkoholpegel hatte die Veranstaltung sogar etwas dezent Amüsierendes. Es war immer interessant zu beobachten, wie Alkohol die Hemmungen fallenließ, und dieses weiße Blubberzeug mit Zuckerrand bestand sicher nicht aus Wasser. Viele der jungen Männer mussten sich schließlich erst einmal Mut antrinken, wenn sie – meist angetrieben durch ihre Mütter – in der Menge auf Brautschau gingen.

Das einzig wirklich Schöne an diesem Abend war die Musik. Isobel liebte Konzerte, das Gefühl, wenn der ganze Körper, die ganze Seele im Takt mitschwang und in den Melodien aufging. Leider hatte Musik aber auch die Eigenschaft, dass Erinnerungen an ihr klebenblieben wie an nichts anderem in der Welt. So war jedes neue Thema von Bildern begleitet. Isobel schloss die Augen und stand in einem Thronsaal über dem Meer. Sie sah die Tanzenden, die ineinander verwirbelten Kleider, die Hände, die sich hoben und doch kaum berührten. Sie spürte die Wärme der Berührung, wenn sie sich versehentlich streiften, und das Ziehen im Magen, weil die Sehnsucht danach wie Folter war. Schließlich sah sie auch den Strand mit dem Orangenhain, hörte die Wellen in der Stille unter den Sternen und das Geräusch von raschelnder Seide, von Leinen auf Leinen und Haut auf Haut.

Es war einer dieser Abende, an denen die Sehnsucht nach vergangenen Zeiten übermächtig wurde, nach all jenen, die ihre Liebe zur Musik geteilt hatten und jetzt längst tot waren.

*Mealla in Padmador, Thomas Garwein in Tenébra und ich hier in Touleránt. Wir sind die Letzten unserer Generation. Warum sind wir noch übrig? Warum müssen wir leben, nur um zu sehen, wie Obsidia alles zerstört, für das wir gekämpft haben?*

Auf einmal wollte sie nichts sehnlicher, als allein in einem dunklen Raum zu sein, um sich am Klavier den Erinnerungen hinzugeben.

*Gott, Isobel, seit wann bist du so sentimental?*

Sie fasste nach hinten und griff sich ein neues Glas Weißwein von Tablett eines Dieners. Noch knappe zwei Stunden, dann würde die Höflichkeit ihr endlich erlauben, sich zurückzuziehen.

Aus dem Augenwinkel sah sie plötzlich eine Bewegung auf der Treppe, die zur Galerie führte. Ringsherum stand alles voller Menschen, es war schwer, überhaupt jemanden auszumachen, doch das Mädchen mit den blonden Haaren und dem blauen Kleid kam ihr sofort bekannt vor. Sie hatte die Augen unter einer schmalen Maske verborgen, aber es waren ihr Gang und ihre Ausstrahlung, die sie verrieten.

Einen Moment lang glaubte Isobel, ihre Sinne hätten ihr einen Streich gespielt, dass sie vor lauter Langweile schon Gespenster sah. Es konnte einfach nicht sein. Seit Wochen galt sie als verschollen, auf der Flucht oder tot, vielleicht sogar schon in einem anderen Land, die Spekulationen kannten diesbezüglich keine Grenzen. Aber hier in Touleránt? Das war schlicht nicht möglich. Doch als die junge Frau näher kam und Isobel ihr Gesicht genauer erkennen konnte, wurde ihr klar, dass es keine Verwechslung war. Aus irgendeinem Grund war Elodea zurückgekehrt. Und sie war nicht allein.

• • •

Zur Gräfin vorzudringen, war schwerer als gedacht. Die kleine Treppe war vollgestopft mit lästernden Damen, die hinter vorgehaltener Hand das Geschehen unter ihnen kommentierten.

»Braun! Wie kann man nur Braun auf einem Ball tragen?«

»Ich glaube, es soll Bronze sein ...«

»Bronze, Braun, ist doch das Gleiche. Und schau mal, Laurelia, o Gott, sie muss mit dem dicken Henri tanzen, die Arme!«

»Darf ich mal?« Genervt schob sich Loreba an der Gänseschar vorbei und zog Elodea mit sich. Als sie am Ende der Treppe ankamen, war Loreba sichtlich schlecht gelaunt, vor allem nachdem sie feststellten, dass Isobel verschwunden war. »Wir haben sie verloren.«

Elodea seufzte. »Ich bin sicher, sie taucht wieder auf«, beschwichtigte sie Loreba, während sie mit den Augen den Raum absuchte. Von der Gräfin fehlte jede Spur. »Lass uns einfach warten, in Ordnung?«

Loreba verzog das Gesicht, nickte dann aber und trat an eines der geöffneten Fenster.

Mit Einbruch der Dunkelheit war es abgekühlt. Eine angenehme Brise wehte von den Gärten herauf und trug den Duft von Flieder mit sich. Im Mondlicht sahen die Buchshecken aus wie ein riesiger Irrgarten.

»Schau dir diesen Rasen an.« Loreba schnaubte. »Die armen Menschen, die das alles schneiden müssen ... Für eine einzige Person.«

»Neidisch??«

Die beiden wirbelten herum.

Isobel stand hinter ihnen. Sie lächelte, als sie ihre erschrockenen Gesichter sah. »Elodea Thurmar, hast du ein Gespenst gesehen?«

Elodeas Hirn brauchte ein paar Sekunden, dann sank sie rasch in einen Knicks und zog Loreba am Arm mit sich zu Boden. Sie kam nicht dazu, der Gräfin zu antworten. Ivette stürzte auf einmal hinter Isobel hervor und fiel ihr um den Hals.

»Ich wusste es, ich wusste es!« Ein Strahlen breitete sich auf Ivettes Gesicht aus. »Ich habe immer gesagt, dass wir dich nicht zum letzten Mal gesehen haben.« Sie wandte sich zur Gräfin um. »Habe ich es nicht gesagt?«

»Ja, Ivette, aber pass auf, sonst zerquetschst du Elodea noch«, meinte die Gräfin mit dem Anflug eines Schmunzelns. Es verflüchtigte sich allerdings recht schnell, als sie Elodea ansah. »Bei aller Freude, was tust du hier? Weißt du, wie ich mich erschrocken habe, als ich dich unten auf der Treppe gesehen habe? Du solltest dich verstecken, Obsidia lässt euch im ganzen Land suchen.«

»Das wissen wir«, wandte Elodea ein und senkte dabei die Stimme. »Wir hätten es auch nie riskiert herzukommen, wenn die Angelegenheit nicht so dringend wäre.«

Bei Elodeas Worten wandte sich die Gräfin um und sah Loreba an, als hätte sie erst jetzt bemerkt, dass sie auch da war. »Willst du uns deine Begleitung nicht vorstellen?«

»Oh, natürlich.« Sie hatte die toulinischen Sitten ganz vergessen. »Das ist …«

»Nicht hier!« Isobel sah sich hastig um. »Kommt mit. Ich weiß, wo wir ungestört reden können.«

So schnell es Höflichkeit und Vorsicht zuließen, schoben sie sich zwischen den Gästen die Galerie entlang. Elodea befürchtete schon, sie müssten sich unter den Blicken aller durch den Ballsaal drängen, doch Isobel eilte zu einer Tür in der Wand und winkte sie durch.

Sie befanden sich in einem dunklen Dienstbotengang. Durch die großen Fenster fiel Mondlicht auf den Boden, als sie geradeaus und dann durch verschiedene Türen hasteten. Allmählich kamen sie wieder in die Hauptgänge, Stuck zierte Wände und Gemäldegalerien. Ivettes Ballkleid schleifte vor ihr über den Schachbrettboden, Elodea musste aufpassen, nicht auf ihre Schleppe zu treten.

Endlich endete der letzte Gang vor einer weißen Flügeltür. Isobel brauchte beiden Hände, um sie aufzustoßen. Dahinter lag allerdings kein Zimmer, sondern …

»Die Bibliothek.« Elodea schluckte. Sie war während ihrer Zeit an diesem Hof einer ihrer Hauptaufenthaltsorte gewesen. Mittlerweile kannte sie fast jeden Winkel dieses Raums. Die hohen Bücherregale aus weißem Holz. Die Fresken an der Decke. Die schnörkligen goldenen Wendeltreppen, die auf die Galerien über ihren Köpfen führten. Die seidenbezogenen Sessel an den Marmortischen. Es war alles ein bisschen prunkvoller als in der Universitätsbibliothek Tenébras, doch dort hatte Elodea wenigstens immer das Gefühl gehabt, dass die Bücher im Vordergrund standen, während es hier vor allem auf den Raumschmuck anzukommen schien.

Isobel schloss die Tür und entzündete dann die Lampe auf einem der Lesetische. Sie bot ihnen nicht an, Platz zu nehmen, und so blieben sie um den Tisch versammelt stehen.

»Nun?« Sanftes Licht erhellte das Gesicht der Gräfin. Sie wirkte ernster als gewöhnlich. »Was ist so wichtig, dass es Magistra Elgyn riskiert, hierherzukommen?«

Loreba runzelte die Stirn und löste ihre Maske. »Ihr wisst, wer ich bin?«

Ein Lächeln zuckte um Isobels Mundwinkel. »Aus Elodeas Beschreibungen die richtigen Schlüsse zu ziehen, war nicht sehr schwer. Aber seid unbesorgt. Ich bin nicht Eure Feindin. Im Gegenteil, es ist mir eine Freude, Eure Bekanntschaft zu machen. Eine der jüngsten Magistrae in der Geschichte der Universität, die gleichzeitig so gefürchtet ist, dass die Königin persönlich ihren Tod befiehlt, wird am Tag der Hinrichtung von Unbekannten gerettet … Ich muss zugeben, auf diese Geschichte bin ich sehr gespannt.«

»Genau deswegen sind wir hier. Wir haben Neuigkeiten, die Euch interessieren könnten.« Sie warf einen Blick zu Ivette. »Vertrauliche Neuigkeiten.«

»Ivette kann bleiben«, sagte Isobel bestimmt. »Sie stellt keine Gefahr dar, das garantiere ich.«

Ivette tauschte einen Blick mit Elodea. Sie schien nicht sicher, in was sie da hineingeraten war.

»Also schön.« Loreba holte Luft. »Es gibt eine Widerstandsbewegung in Avendúr. Keine kleine Studentengruppe, wie wir es waren, sondern eine *richtige*. Sie nennen sich die Nachfolger der Brüder Mhyrias. Näheres kann ich Euch nicht sagen, nur dass sie es waren, die mich in Tenébra gerettet haben. Von ihnen haben wir erfahren, dass Obsidia plant, einen Krieg zu beginnen. Gegen Padmador.« Loreba stockte. Auch Elodea sah auf und wartete die Reaktion der Gräfin ab.

Die jedoch drehte nur gedankenverloren ihren Siegelring am Finger. »Padmador also …«

Elodea klappte der Mund auf. »Ihr wusstet davon?«

Isobel lachte leise und ließ sich in einen der Sessel hinter ihnen sinken. »Elodea, für wie naiv hältst du mich? Glaubst du allen Ernstes, ich schaue zu, wie Obsidia dieses Land zerstört? Auch ich habe meine Bündnisse und Spione in Tenébra. Ich habe Obsidia *explizit* darum gebeten, dass du deine Verbannung hier verbringst. Oh, ich hätte zu gerne ihr Gesicht gesehen, als sie gemerkt hat, dass sie nicht genügend Gründe hat, mein Gesuch abzulehnen. Sie misstraut mir schon lange, glaubt, dass ich hinter ihrem Rücken gegen sie arbeite. Und das ist eine der wenigen Vermutungen, mit denen sie richtigliegt.«

»Dann wisst Ihr noch mehr?«, fragte Loreba. »Ihr kennt Obsidias Pläne, ihre Strategie?«

»Nein. Ich weiß nur, dass ihre Dummheit sie dazu treibt, einen Krieg zu beginnen, mit wem, konnte ich nur vermuten. Aber Padmador? Wie kann man nur so wenig aus der Vergangenheit lernen? Nun gut. Also, wie planen die Brüder Mhyrias vorzugehen? Ich nehme an, euer Ziel ist der Sturz der Königin. Wie wollt ihr es anstellen?«

Loreba schürzte die Lippen. »Wir befürchten, dass alles auf eine militärische Konfrontation hinauslaufen wird. Die Heere der Grafen von Téska, Galene, Morugan und euch, Toulerànt, könnten es in einer Schlacht mit Obsidias Armee aufnehmen.«

»Vorausgesetzt, alle ziehen mit«, sagte Isobel. »Was meiner Erfahrung nach unwahrscheinlich ist.«

»Dann können wir nur hoffen, dass sich die Bevölkerung diese Kriegserklärung an Padmador nicht gefallen lässt und selbst kämpft.«

Isobel stieß ein Schnauben aus. »Wenn sie genauso energisch protestieren wie bei Eurer Hinrichtung, werden wir Tenébra sicher im Sturm einnehmen.«

»Diesmal geht es um mehr!« Loreba funkelte sie an. »Obsidia hat keine Chance, sie würde mit ihrer Armee nicht mal drei Kilometer weit über die padmedische Grenze kommen. Und Padmador würde sich rächen, kein Stein in Avendúr bliebe auf dem anderen, es wäre unser Unter…«

»Ich weiß, wie gefährlich ein Krieg ist, Magistra Elgyn.« Isobels Augen blitzten. »Ich war dabei damals, ich habe die padmedischen Eroberungskriege noch selbst miterlebt. Es ist nur meiner Tante Benoatriz und dem Opfer Eurer Vorgängerin Canora Valoar zu verdanken, dass Avendúr überhaupt noch existiert. Die Gegner, mit denen wir es damals zu tun hatten, lassen Obsidia von Betháne wie ein Lamm wirken, glaubt mir.«

»Und warum nutzt Ihr Eure alten Kontakte dann nicht mehr? Vielleicht hilft uns Padmador, die Königin zu stürzen, wenn sie von ihren Plänen erfahren.«

»Nein. Das dürfen sie nicht.« Isobel biss sich auf die Lippe. »Der Friedensvertrag, den wir damals mit Mealla von Padmador geschlossen haben, verbietet seinem Volk, bewaffnet auch nur den Fuß in unser Land zu setzten. Bricht er ihn, tritt der Bündnisfall ein. Und dann kann Obsidia für ihren Krieg sogar noch Hilfe aus dem Ausland anfordern. Was die Frauen von Thebe betrifft ... Sie haben uns damals nur unterstützt, weil unser Fall auch ihr eigenes Land gefährdet hätte. In unsere innenpolitischen Angelegenheiten werden sie sich nicht einmischen. Vethuse ist tot, und Hadesse herrscht ganz im Geist ihrer Mutter. Wir sind allein. Und deswegen habt Ihr recht, Frau Elgyn. Ein Umsturz muss von unserem Volk ausgehen. Es ist unsere einzige Chance.«

Loreba sah sie an, mit einem seltsamen Blick. »Darf ich Euch etwas fragen? Es hat mich schon immer interessiert. Als Benoatriz starb, wurde Euch die Krone angeboten. Aber Ihr habt abgelehnt, und so ist Obsidias Vater zum Zug gekommen. Warum?«

Es war der Gräfin anzumerken, dass Loreba mit ihrer Frage einen wunden Punkt getroffen hatte. »Fragt Ihr mich das als Magistra für Geschichte oder privat?«

»Beides.«

Sie zögerte, fast schon verärgert. »Was denkt Ihr denn? Ich war jung, überfordert. Meine größte Bezugsperson war gerade gestorben, nach jahrelangem Leiden. Auf meine Eltern war kein Verlass. Ich habe mich nach Touleránt zurückgezogen, manche sagen geflüchtet. Es ging damals nicht anders. Wenn Eure Vorgängerin so verehrt wird, ist die Fallhöhe ziemlich groß. Ich hatte Angst vor der Verantwortung.«

»Aber für Touleránt habt Ihr diese Verantwortung dann doch übernommen ...«

Isobel biss sich auf die Lippe. »Jeder Herrscher macht Fehler«, flüsterte sie. »Die Guten machen ihre nur einmal. Ich weiß um meine Schuld, Frau Elgyn. Hätten sie mich damals gekrönt, wäre heute einiges anders. Trotzdem kann ich nicht zurück. Alles, was mir bleibt, ist Schadensbegrenzung.«

»Dann heißt das, Ihr schließt Euch dem Widerstand an?«, fragte Elodea schnell.

»Das habe ich schon lange.«

Loreba stand die Erleichterung ins Gesicht geschrieben. »Es gibt noch eine Neuigkeit. Sagt Euch der Name Lyonel von Betháne etwas?«

Die Gräfin runzelte die Stirn. »Obsidias Bruder, der so jung gestorben ist?«

»Genau der. Nur dass er nicht tot ist.«

»Bitte?«

»Lyonel ist damals nicht gestorben. Sein Vater hat ihn verbannt, und Obsidia wollte ihn töten lassen, weil sie glaubte, er gefährde ihren Herrschaftsanspruch. Lyonel ist daraufhin geflohen und hat sich der Widerstandsgruppe angeschlossen, von der wir schon gesprochen haben. Er steht an unsrer Seite.«

»Nun.« Isobel schien geplättet. »Das nenne ich eine überraschende Wendung. Nicht, dass ich so etwas dieser Familie nicht zutrauen würde, aber ... Das klingt schon ein wenig ... dramatisch.« Sie zuckte mit der Schulter. »Mir soll es recht sein. Immerhin gibt es dann keinen Streit darüber, wer Obsidia auf den Thron folgen soll. Aber erzählt mir morgen mehr über Lyonel, ich muss das alles erst einmal verdauen.« Sie warf einen Blick auf die Standuhr in der Ecke. »Ich würde vorschlagen, wir kehren auf den Ball zurück. Mit etwas Glück sind mittlerweile alle so betrunken, dass mein Fehlen nicht weiter aufgefallen ist. Wir bleiben noch für ein, zwei Stunden, dann bringt Ivette euch auf eure Zimmer. Ich nehme an, ihr werdet noch ein paar Tage meine Gäste sein?«

»Wir ...« Loreba warf Elodea einen Blick zu. »Wir haben unser ganzes Gepäck in Lynesse, und die Pferde ...«

»Das kann ich alles für euch holen lassen. Bitte. Es würde mich freuen.«

Loreba gab sich geschlagen. »Das ist sehr großzügig von Euch.«

»Ach«, Isobel wies sie an, ihr aus der Bibliothek zu folgen, »im Grunde reiner Eigennutz. Ich möchte noch einiges über diese neuen Brüder Mhyrias wissen. Und zugegeben, es ist eine angenehme Aussicht, sich endlich mal wieder mit jemandem unterhalten zu können, der seinen Kopf nicht nur zum Frisieren hat.«

Isobel sollte recht behalten. Tatsächlich schien niemand im Ballsaal ihr Fehlen bemerkt zu haben. Die hohen Herrschaften waren zu sehr mit sich selbst beschäftigt, um überhaupt irgendetwas mitzubekommen, und wer vom Alkohol nicht schon benebelt war, dem hatte das Tanzen unter den wachsamen Augen der potenziellen Schwiegermütter vermutlich den Rest gegeben.

Wieder auf der Galerie, wandte sich die Gräfin zu Ivette und Elodea um: »Wieso geht ihr beide nicht auch ein wenig tanzen? Ihr müsst hier nicht so pflichtbewusst rumstehen. Los, ihr seid jung, sucht euch ein paar willige Opfer und geht unter die Leute!«

Elodea zögerte. Sie warf Loreba einen Blick zu, doch ihre Meisterin lächelte. »Nur zu.«

»Danke!« Ivette strahlte und hakte sich bei Elodea unter. »Komm mit, du musst mir noch so viel erzählen. Ich habe da diesen Höfling aus Tyrene kennengelernt, bildschön, sag ich dir. Und seine Muskeln! Da brauchst du wenigstens keine Angst haben, dass er dich beim Tanzen fallen lässt ...«

•••

Loreba sah den beiden nach, wie sie zwischen den Zuschauern verschwanden und sich den Tänzern anschlossen. Hin und wieder tauchte Elodeas himmelblaues Kleid aus der Menge auf, wenn sie und ihr Partner eine Hebefigur ausführten. Dann sah man sie lachen, mit geröteten Wangen und so glücklich wie lange nicht mehr.

»Gott, bin ich froh, dass ich aus dem Alter raus bin.« Isobel fasste nach hinten und griff sich zwei Weingläser vom Tablett einer Dienerin. »Wenn ich daran denke, wie es war, als ich noch von Höfling zu Höfling geschoben wurde ... Allein beim Gedanken an die schwitzigen Finger schüttelt es mich.«

Schmunzelnd nahm Loreba der Gräfin ein Weinglas ab. »Und trotzdem habt Ihr nie einen von ihnen geheiratet.«

»Stimmt. Aber man muss auch nicht immer gleich heiraten, um im Leben auf seine Kosten zu kommen.« Sie warf Loreba einen vielsagenden Blick zu. »Ihr versteht, was ich meine ...«

»Eigentlich nicht.«

»Sicher.« Isobel machte ein Gesicht, als könne sie sich nicht entscheiden, ob sie belustigt oder ungläubig schauen sollte. »Das braucht Ihr mir nicht zu erzählen. Bei Eurem Beruf? Bestimmt hattet auch Ihr schon den ein oder anderen Liebhaber.«

Vor zehn Jahren wäre Loreba auf solche Worte hin noch rot geworden. »Früher vielleicht«, murmelte sie und nippte an ihrem Glas. »Seit ich Magistra bin, ist das vorbei.« Kaum hatte sie den ersten Schluck getrunken, verzog sie das Gesicht. Es schmeckte viel zu süß. *Typisch Touleránt. Bei uns dürfte man so etwas nicht Wein nennen.*

Isobel legte den Kopf schief. »Respekt. Die Disziplin hätte ich nicht.« Sie gluckste. »Genauso wenig wie mindestens die Hälfte Eurer Kollegen. Aber für eine, die ihre Überzeugungen bis in den Tod vertritt, ist es sicher ein Leichtes, auch in anderen Lebensbereichen die nötige Selbstbeherrschung aufzubringen.« Sie setzte ihr Glas an die Lippen, ohne auf Loreba zu achten, die von der Distanzlosigkeit, mit der die Gräfin ihr Privatleben kommentierte, kurzfristig sprachlos geworden war. »Was die Ehe betrifft«, fuhr Isobel fort, »da teile ich die Auffassung meiner Tante. Das Leben als Herrscher verlangt absolute Hingabe, es ist nichts, was man an Kinder weitergeben sollte. Nur wenige eignen sich für diese Verantwortung, und man wird dazu sicher nicht geboren. Unsere liebe Königin ist das perfekte Beispiel dafür, was passiert, wenn die Falschen an die Macht kommen. Die Zeiten waren besser, als wir unsere Anführer noch gewählt haben.«

»Sieh an«, sagte Loreba und musterte sie auf einmal mit neuem Interesse. »Eine Gräfin mit demokratischen Ansichten.«

Isobel zuckte mit den Schultern. »Ich konnte mir nicht aussuchen, als was ich geboren wurde. Aber als was ich sterbe, das bestimme allein ich selbst.« Ihr Blick wanderte zu Lorebas kaum berührten Kelch. »Warum trinkt Ihr denn nichts?« In ihrer Stimme lag schon wieder diese Mischung aus Ironie und subtiler Stichelei. »Ihr mögt doch Wein? Ich habe mir sagen lassen, die Magister Tenébras seien Experten auf diesem Gebiet.«

»Nur wenn wir Hausarbeiten korrigieren. Die muss man sich manchmal schöntrinken.« Ihre Antwort war heraus, ehe sie richtig darüber nachgedacht hatte. Loreba sah das Grinsen in Isobels

Gesicht und hatte auf einmal den Eindruck, geprüft zu werden. Testete die Gräfin hier gerade ihren Humor? Ihre Intelligenz? Oder vielleicht das eine durch das andere? Rasch wandte sie ihre Aufmerksamkeit wieder der Tanzfläche zu. *Gott, diese Frau ist schlimmer als ich.*

Gerade flüsterte der junge Mann, mit dem sie tanzte, Elodea etwas ins Ohr. Sie kicherte über seine Äußerung und ließ zu, dass er sie in einer eleganten Drehung an sich zog, wobei die blonden Locken um ihr Gesicht hüpften. Loreba konnte nicht anders, als zu lächeln.

»Ihr liebt sie sehr«, stellte Isobel fest, die ihrem Blick gefolgt war.

Langsam, ohne die Augen vom Geschehen unter ihnen abzuwenden, nickte Loreba. »Sie ist …«

»Die Tochter, die Ihr niemals haben werdet.« Isobels Stimme war sanft. »Ich weiß.«

Loreba vermied es, sie anzusehen, und drehte stattdessen den Stiel ihres Weinglases zwischen den Fingern. »Manchmal frage ich mich, ob es nicht egoistisch war, sie zu meiner Schülerin zu machen«, gestand sie leise. »Ich meine, sie sollte doch eigentlich immer so sein.« Sie nickte in Richtung der Tanzenden. »Glücklich, unbeschwert. Elodea hat all diese Dinge durchgemacht, nur wegen mir, dabei habe ich geschworen, jeglichen Schaden von ihr abzuwenden. Jemand wie ich verdient keine Schülerin. Ich bin eine Rabenmutter.«

Zu ihrer Überraschung zeigte sich ein Lächeln um Isobels Mundwinkel. »Schon komisch«, meinte sie kopfschüttelnd. »Da seid Ihr im ganzen Land für Euren scharfen Verstand gefürchtet und versteht die einfachsten Dinge nicht. Die Liebe eines Menschen verdient man sich nicht. Sie wird einem geschenkt. Ihr habt euch gegenseitig ausgewählt, und ich glaube, wir können Elodea zutrauen, dass sie sehr genau gewusst hat, auf was sie sich einlässt. Dieses Leben, von dem ihr glaubt, es würde sie glücklich machen … Sie hatte das alles während ihrer Zeit hier. Aber glücklich war sie deswegen nicht. Elodea braucht keinen Beschützer mehr. Aus dem Alter ist sie raus. Sie braucht ein Vorbild. Jemanden, der beweist, dass man zum Held seiner Geschichte werden kann. Jemanden, der ihr zeigt, wie man seine Drachen besiegt, anstatt sie ihr aus dem Weg zu räumen. Und ich glaube, dafür seid Ihr genau die Richtige« Isobel zwinkerte und schwenkte ihr Weinglas. »Hört auf, Euch selbst schlechtzumachen, das erledigen schon andere für Euch. Also, wenn Ihr nichts dagegen habt, werde ich mich jetzt unauffällig betrinken. Was ist mit Euch? Schließt Ihr Euch an, oder habt Ihr vor, dieses Theater weiterhin bei vollem Verstand zu ertragen?«

Loreba hob die Brauen. »Haltet Ihr das für eine kluge Idee?«

»Keine Sorge. Ich handle auch betrunken noch vernünftiger als die meisten hier nüchtern. Und man muss den Leuten ab und zu einen Grund zum Lästern geben, bevor sie anfangen, etwas zu erfinden.« Sie nahm einen tiefen Schluck und ließ Loreba dabei nicht aus den Augen. »Ihr seid ja immer noch beim ersten Glas. Beeilt Euch besser. Um Mitternacht fangen die Trinklieder an. Glaubt mir, spätestens bei *Mein Mädel ist die schönste Rose Touleránts* werdet Ihr um jeden Tropfen Alkohol in Eurem Blut dankbar sein.« Mit diesen Worten stellte Isobel ihr leeres Glas zurück und nahm sich ein neues.

Es sollte nicht ihr letztes gewesen sein.

# UNTER STERNEN

Martha war in Sorge. Loreba und Elodeas Abreise lag nun schon Wochen zurück. und noch immer hatte sie nichts von ihnen gehört. Sie beruhigte sich auf ihre Weise. Wenn sie sicher war, dass Caecilia gut versorgt und alle anderen Dinge im Haus erledigt waren, ging sie hinaus in den Garten, um wie eine Besessene bis spät in den Abend hinein zu schuften.

Lyonel, der inzwischen von seiner Reise zurückgekehrt war, gefiel das gar nicht. Er fand, sie überanstrengte sich, doch Martha ließ sich nicht dazwischenreden. Zwar hatten Elliott und er sich entschuldigt, und der Haussegen war wieder einigermaßen eingerenkt, doch Ratschläge nahm sie von ihnen deswegen noch lange nicht an.

*Ich muss mich ablenken*, hatte sie zu ihm gesagt. *Wollt Ihr, dass mir die Decke auf den Kopf fällt und ich vor lauter Sorge eingehe wie meine Pflanzen, wenn man sie nicht gießt?*

Gläserweise kochte sie neue Marmelade ein, Apfel- und Rosenkonfitüre für eine ganze Armee.

Irgendwann konnte Lyonel das nicht mehr mit ansehen. »Was haltet Ihr davon, wenn wir einen Ausflug machen?«, fragte er Martha, als sie wieder einmal im Garten pflanzte. »Wir könnten ins Tal gehen und Caecilia nach Hause bringen.«

Martha war wenig begeistert. »Zu riskant. Heute sind viele Leute unterwegs.«

Es war Mittwoch, der Vortag zu Fronleichnam, und ganz Eleringorn befand sich schon seit der Früh auf den Beinen, um die Blumenteppiche für die Prozession zu legen. Die Kinder pflückten Blüten von den umliegenden Wiesen und Holunder, Pfingstrosen, Kamille und Rhabarbersamen aus den Gärten. Jede Straße schmückte ihren eigenen Altar, im Dorf herrschte fast Volksfeststimmung.

Lyonel fand es erstaunlich. Je schlechter es den Leuten ging, desto stärker klammerten sie sich anscheinend an religiöse Traditionen. Er hatte den ganzen Mittag damit zugebracht, vom Schutzkreis aus zu beobachten, wie sie mit Eifer eine Sache angingen, die ihnen kein Essen auf den Tisch stellen und auch sonst nichts einbringen würde. Er hatte es nie gehabt, dieses kindliche Vertrauen in eine höhere Macht. Wenn einem die eigenen Eltern den Tod wünschten und man seine Kindheit im Gefängnis verbracht hatte, brauchte man für die Vorstellung von einem liebenden Gott viel Phantasie. Zu viel. Er würde sicher keine Gottheit anbeten, die erlaubt hatte, dass einem Kind so etwas angetan wurde. Seine Vorstellung von Gerechtigkeit war eine andere. Und dafür brauchte er keine Religion, nur seinen Verstand. Doch bei Martha gab er nicht so schnell auf. »Kommt schon, das ewige Eingesperrtsein tut Euch nicht gut.«

»Ach nein?«, sagte sie spöttisch. »Ich war monatelang in Loánne eingesperrt. *Das* tat mir nicht gut. Jetzt bin ich zu Hause.«

»Martha! Ihr wisst genau, was ich meine. Ihr müsst etwas anderes sehen. Und denkt Ihr nicht auch, dass Caecilia ein Recht darauf hat, ihre Mutter mal wieder zu treffen? Allein können wir sie doch nicht gehen lassen.«

Das brachte Martha schließlich zum Einlenken: »Also gut. Aber Ihr werdet Waffen tragen. Und Tyrza und Cloé bleiben hier, ich will nicht, dass ihnen etwas passiert, wenn schon Loreba so unvernünftig ist.«

Zu dritt machten sie sich in der Nachmittagssonne auf den Weg. Unten im Dorf wurde gerade gekocht. Die Luft roch nach warmem Heu und Erde, der Abend war nicht mehr fern.

Ellery saß auf einer Bank im Garten, neben ihr ein Korb voll Obst. Mit geübter Handbewegung putzte sie Erdbeeren und ließ sie in eine Schüssel auf ihrem Schoß fallen. Sie sah erst auf, als Martha die Gartenpforte hinter sich schloss.

»Caecilia!«, ein Lächeln breitete sich auf ihrem Gesicht aus. Das Mädchen lief ihr entgegen, und sie schlang die Arme um ihre Tochter, wobei die Schüssel zu Boden rutschte und in letzter Sekunde von Lyonel aufgefangen wurde. Ellery achtete gar nicht darauf. »Wie geht es dir?«, fragte sie und fuhr Caecilia durch das Haar. »Bleibst du jetzt hier?«

»Ja, Mama. Martha sagt, ich bin wieder gesund.«

»Ist das wahr?« Sie sah zu Martha. »Vollkommen?«

»Vollkommen.«

In Ellerys Augen standen Tränen.

Caecilia tippte ihr auf die Schulter. »Darf ich Crisdan suchen und ihm sagen, dass ich wieder da bin?«

»Sicher, lauf schon.« Ellery sah ihr nach, dann wandte sie sich wieder an Martha. »Danke«, sagte sie eindringlich. »Danke für alles, was ihr getan habt. Sag das auch Loreba. Ihr müsst mir nichts vormachen, ich weiß, ohne sie würde Caecilia wahrscheinlich nicht mehr leben. Ich stehe tief in eurer Schuld.«

»Das ist Unsinn.« Martha machte eine wegwerfende Geste. »Wenn man helfen kann, hilft man.«

»Trotzdem, ich werde euch das nie vergessen. Wieso kommt ihr nicht rein und esst mit uns? Das könnt ihr mir nicht abschlagen.«

Zum Essen war Ellerys ganze Familie versammelt, ihr Mann, ihre vier Söhne und Caecilia. Es gab Auflauf und extra für Caecilia zum Nachtisch Erdbeeren in Rahm. Die sieben waren eine gesellige Runde, und Martha genoss es sichtlich, wieder unter Menschen zu sein. Das stellte auch Lyonel fest. Er selbst beteiligte sich selten an den Gesprächen, viel lieber beobachtete er Martha, die sich unterhielt, sogar sang oder mit den Kindern spielte und dabei so ausgelassen wie lange nicht mehr lachte. *Das tut ihr gut, das hat sie gebraucht*, dachte er. *Sie ist kein Mensch, der gern allein ist.*

Es war später Abend, als sie sich verabschiedeten. »Du denkst daran, mir nächstes Jahr einen Ableger deiner Kapuzinerkresse zu geben?«, fragte Martha, als Ellery sie zur Tür brachte.

»Erinnere mich im Herbst noch mal dran, sonst vergesse ich es wieder«, lachte Ellery.

»Verlass dich drauf.«

Zu zweit gingen Lyonel und Martha hinaus in die Dunkelheit. Die Nacht war schön, an manchen Stellen noch sternenklar und dabei warm. Keiner von beiden hatte sonderlich Lust, nach Hause zurückzukehren, und so schlenderten sie den Hügel hinter Ellerys Haus hinauf zum Waldrand.

»Seht Ihr das Sternbild da?«, fragte Lyonel leise. »In Morugan nennt man es die *Diamanten Gottes*.«

Martha kicherte. »Braucht Gott Diamanten?«

»Ich weiß nicht. Vielleicht. Warum nicht?«

»Nun, ich dachte eigentlich immer, dass wir Menschen für ihn wie Diamanten sind. Wieso sollte er uns denn sonst geschaffen haben, wenn nicht, weil wir ihm gefallen?«

»Da ist was dran«, gab Lyonel zu.

Am Waldrand angekommen, ließen sie sich auf dem Gras nieder und sahen ins Tal hinunter.

»Ich muss Euch danken, Lyonel«, sagte Martha unvermittelt. »Ihr hattet recht. Und ich war eine Ziege. Ohne Euch hätte ich niemals einen Tag wie heute erlebt.«

Lyonel winkte ab. »Seid Ihr mir nicht mehr böse? Elliott und ich wollten die Mädchen nicht beleidigen, wir haben einfach für einen Moment nicht richtig nachgedacht. Ich weiß, dass ich mich besser unter Kontrolle haben sollte.«

»Und ich mich auch«, seufzte Martha. »Es ist normalerweise nicht meine Art, so aus der Haut zu fahren, aber die Sache mit Cloé hat mich einfach aufgewühlt.«

»Hat dieser Mann wirklich ihre Schwester ermordet?«

»Nein.« Martha biss sich auf die Lippe. »Ganz so einfach war es nicht.« Einen Moment schien sie zu überlegen, ob sie ihm diese Geschichte wirklich erzählen wollte. »Cloé stammt aus einer wohlhabenden Familie. Niederer toulinischer Adel«, sagte sie schließlich. »Ihre Schwester hatte sich in einen Soldaten verliebt. Der hat sie verführt, hat versprochen sie zu heiraten und all so was. Das arme Mädchen hat ihm geglaubt. Als sie dann schwanger war, hat er sie fallengelassen und so getan, als hätte er nichts damit zu tun. Ihr Ruf war natürlich ruiniert. Niemand wollte sie mehr heiraten, ein uneheliches Kind in diesen Kreisen, Ihr könnt Euch den Skandal vorstellen.«

»Was ist mit ihr passiert?«

»Sie ist gestorben. Bei der Geburt des Kindes. Niemand kennt die genauen Umstände, aber was auch immer damals passiert ist, hat Cloés Familie zerrüttet.«

Lyonel sog scharf die Luft ein, doch Martha schüttelte nur den Kopf, als wollte sie die Erinnerung verscheuchen. »Cloé hat es nie verkraftet, bis heute nicht. Ihre Eltern haben sie dann auf die Universität geschickt, damit wenigstens sie nicht auf *dumme Gedanken* kommt. Sie hatte angefangen, mit Schwertern zu kämpfen und heimlich Fechtunterricht zu nehmen, das konnten sie nicht dulden. Für sie war Cloé ein Handelsobjekt, dessen Wert man schützen musste.« In ihrer Stimme lag Abscheu. »Cloé hat sich von ihnen losgesagt, sobald sie konnte. Ihr hättet sie sehen sollen, als sie zu uns kam. Sie war voller Hass, ich habe das noch nie so bei einem jungen Mädchen gesehen. All ihre Lebensenergie hat sie darauf verwendet, den Aufenthaltsort des Liebhabers ihrer Schwester herauszufinden. Sie hat Leute bezahlt, ihn zu suchen. Einer von denen hat wohl jetzt den Brief geschrieben. Erst als sie Farya traf, wurde es besser. Sie hatte eine beruhigende Wirkung auf Cloé, ich glaube, sie hat sie immer an ihre Schwester erinnert. Aber seid Farya fort ist ... Ich habe Angst, dass Cloé eine Dummheit macht. Sie redet immer davon, sich zu rächen. Loreba und ich konnten es ihr eine Zeitlang ausreden, aber jetzt, da sie weiß, wo er wohnt ...«

»Sie hat Euch doch versprochen, nicht nach ihm zu suchen. Ihr solltet ihr vertrauen.«

»Das versuche ich ja, aber ich habe eben Angst um die Mädchen. Manchmal muss man sie vor sich selbst schützen.«

»Selbst Tyrza?«, fragte Lyonel.

»Nein, Tyrza ist eine sanfte Seele. Manchmal zu sanft, wenn Ihr mich fragt.« Martha seufzte erneut, dann sagte sie unvermittelt: »Ihr Verlobter hat sie geschlagen. Sie war damals unsere Nachbarin. Ist nach Tenébra gekommen, um ihn zu heiraten, und er hat sich als Monster herausgestellt. Es war nicht leicht, aber als sie mir endlich vertraut hat, konnte ich sie da rausholen. Bitte erspart mir die Details.«

»Und ihr Verlobter? Hat der sich das einfach so gefallen lassen?«

Martha schnaubte. »Dem war das egal. Keine zwei Wochen später hatte er eine Neue. Nur Tyrzas Eltern haben sich von ihr abgewandt, als sie die Verlobung gelöst hat. Deswegen ist sie dann bei uns geblieben. Ihr wolltet doch wissen, wieso sie immer im Regen tanzt?«

Lyonel nickte langsam.

»Das war das Erste, was sie getan hat, nachdem sie ihn verlassen hat. *Seine Hände abwaschen*, hat sie gesagt. Wisst Ihr, es gibt einen großen Unterschied zwischen ihr und Cloé. Viele Leute sehen in Tyrza ein dummes, naives Mädchen und erkennen gar nicht, wie stark sie eigentlich ist. Bei allem, was sie durchmachen musste, hätte sie so leicht verbittern können. Aber das ist sie nicht. Sie hat ins Leben zurückgefunden, während Cloé sich in ihrem Hass vergraben hat. Ich weiß nicht, was passieren muss, dass sie endlich mit der Sache abschließen kann. Es macht mir wirklich Sorgen.«

»Sie wird ihren Weg finden«, sagte Lyonel bestimmt. »Cloé ist eine erwachsene Frau. So etwas braucht Zeit, glaubt mir, ich spreche aus Erfahrung. Man vergibt nicht von heute auf morgen. Es ist außergewöhnlich, was Ihr hier leistet, Martha, dass Ihr und Loreba diesen Mädchen ein Zuhause gegeben und euch für sie eingesetzt habt. Das tun nicht viele.«

»Ich weiß«, sagte Martha bitter. »Und schaut, wie weit es mit unserer Gesellschaft gekommen ist. Es gibt nur noch Leute, die Narben schlagen, aber keinen, der weiß, wie man heilt. Sich am Leid anderer zu erfreuen, ist wie auf Glasscherben zu tanzen. Stück für Stück zerstört es einen selbst. Ich wollte keine von denen sein.«

»Und was ist mit Euren Narben? Wer kümmert sich um die?«

Martha schaute verwirrt. »Meine Narben?«

»Da.« Lyonel deutete auf ihre Hand. »Ihr tragt einen Ring, aber ich sehe keinen Mann dazu.«

Kurz glaubte er, Martha würde aufstehen und ihn sitzenlassen. In ihrem Blick lag Schock. Lyonel hatte das Gefühl, schon wieder geradewegs ins Fettnäpfchen getreten zu sein. Seine Frage war zu persönlich gewesen, sie kannten sich noch nicht gut genug, als dass er das recht hatte, Martha so vor den Kopf zu stoßen.

Gerade als er zu einer Entschuldigung ansetzen wollte, sagte sie jedoch: »Ihr habt eine scharfe Beobachtungsgabe.« Der Goldreif funkelte, als sie den Ring in seine Richtung drehte. Sie sah ihn an, fast herausfordernd. »Ich bin Witwe. Seit fünfzehn Jahren. Mein Mann war krank, schon immer. Wir wussten, dass er nicht lange leben würde. Trotzdem haben wir geheiratet. Alle haben mir davon abgeraten, und nach seinem Tod konnte niemand verstehen, wieso ich mein Leben damit verschwende, diesen Mädchen zu helfen, anstatt mir einen neuen Mann zu suchen und eine eigene Familie zu gründen. Aber ich habe ihn geliebt. Einen anderen zu heiraten, kam mir vor wie Verrat.«

Lyonel schüttelte den Kopf. »Wer würde so etwas verlangen? Man kann einen Menschen nicht einfach ersetzen.«

Martha lächelte, und Lyonel hatte das Gefühl, dass er gerade in ihrer Achtung gestiegen war. »Nein, kann man nicht«, sagte sie. »Aber mein Leben lang haben Leute versucht, mir das einzureden.

Manche Menschen haben eine gewisse Vorstellung davon, wie und wie lange man trauern sollte. Ich wollte auch immer eine große Familie und viele Kinder. Aber es ist eben anders gekommen.« Sie reckte das Kinn und schaute in den Himmel. »So viele denken, ich vergeude mein Potenzial. Eine langweilige Hausfrau, die nur stricken und kochen kann. Aber das bin eben ich, versteht Ihr? Die Aurenen sind jetzt meine Familie, ich kümmere mich um diese Mädchen, ich sorge für sie. Und auch wenn mein Name dafür vermutlich nie in einem von Lorebas Geschichtsbüchern stehen wird, macht es mich glücklich Aber wo wir gerade beim Thema sind ...« Martha sah Lyonel forschend an. »Was ist das eigentlich zwischen Loreba und Euch? Ich habe Augen im Kopf, Euch liegt doch etwas an ihr.«

Lyonel wich ihrem Blick aus. »Sie ist eine interessante Frau«, sagte er schlicht.

Martha hob die Brauen. »Interessant? Ihr sprecht von Loreba Elgyn, und da fällt Euch nichts Besseres ein als *interessant*? Ist das Euer Ernst?«

»Ja.« Er spürte, wie ihm die Röte ins Gesicht stieg. Es musste furchtbar klingen, was er da gerade sagte. »Ihr habt recht. Sie ist mir schon aufgefallen, als ich sie das erste Mal in der Universität gesehen habe. Aber das würde ich ihr nie sagen.«

»Warum denn nicht?«

»Naja, zum einen ...« Lyonel hob die Hand, und auf sein Gesicht trat ein Ausdruck von Bitterkeit. »... gibt es das hier. Ein verkrüppelter Mann? Nicht gerade der Traum der Frauen, oder?«

Martha schüttelte den Kopf: »Da will er König von Avendúr werden und traut sich nicht mal, einer Frau seine Liebe zu gestehen. Macht es doch einfach. So wie ich es gesehen habe, mag sie Euch auch, und ich kenne sie seit ihrer Kindheit. Traut Euch, Lyonel, nehmt nicht Eure kleine Hand als Ausrede!«

»Diese Hand ist nicht immer so ein *kleines* Problem, wie Ihr denkt«, erwiderte er. »Aber darauf kommt es doch letztlich auch gar nicht an. Es gibt schwerwiegendere Gründe. Loreba ist eine Magistra. Sie darf und wird nicht heiraten, weder mich noch irgendjemand sonst.«

»Abwarten.«

»Was?«

»Ich sagte, *abwarten*.« Um Marthas Lippen kräuselte sich ein Lächeln. »Mal ehrlich: Wir haben keine Ahnung, ob und wann wir Obsidia besiegen. Dass Loreba jemals wieder an die Uni zurückkehren kann, ist doch noch gar nicht sicher. Geschweige denn, dass sie das will. Wieso lasst ihr Euch von einem *Könnte* und *Hätte* aufhalten? Wir leben jetzt. Und wer sagt Euch, dass sie nicht bereit wäre, ihre Stellung als Magistra für Euch aufzugeben und wieder als Tutorin zu arbeiten? Ihr könnt das alles nicht wissen.«

Lyonel schmunzelte. »Ihr gebt nie auf, oder?«

»Nein«, sagte Martha lächelnd. »Nicht wenn es um meine Familie geht.«

• • •

Es war schon spät, als sich Martha und Lyonel auf den Rückweg machten.

Kaum hatten sie die Grenze zum Grundstück der Aurenen übertreten, da sahen sie schon, wie Tyrza im Nachthemd auf sie zurannte. Sie wirkte aufgewühlt, das Haar flatterte ihr wild ums Gesicht. »Da seid ihr ja endlich!«, rief sie atemlos, »Ich wollte schon Elliott holen, aber den kann ich nirgends finden.«

»Elliott ist in Tenébra, er hat da was zu erledigen. Was ist denn los, wieso seid Ihr so aufgeregt?«, fragte Lyonel.

Tyrza ignorierte ihn. Sie wandte sich an Martha, und in ihrer Miene stand Verzweiflung. »Ich konnte nichts machen. Ich habe versucht, es ihr auszureden, aber sie hat nicht auf mich gehört. Cloé … Sie ist weg.«

Lyonel stützte Martha rasch am Arm, als die auf einmal schwankte. »Ganz ruhig«, sagte er. »Langsam. Wir werden sie finden, ja? Habt Ihr den Brief noch? Kommt schon, redet mit mir.«

Doch Martha schien seine Worte gar nicht richtig zu hören. »Nein«, flüsterte sie, die Augen weit aufgerissen. »Oh, bitte nicht.«

# DIE FRAU IN ROT

Ihr schwarzer Umhang raschelte über das Kopfsteinpflaster, als sie die Gasse entlangschritt. Sie bemühte sich erst gar nicht, leise zu gehen, sie war keine Diebin, die im Schutz der Nacht einen Mord begehen wollte. Die Gerechtigkeit versteckte sich nicht, sie zeigte ihr Gesicht, und wenn sie zuschlug, dann nicht im Verborgenen, sondern im Triumph.

Es hatte Jahre gedauert, sie an diesen Punkt zu führen. Tage und Nächte, in denen sie sich ausgemalt hatte, wie er sein würde, der Moment des Sieges. Wie köstlich er schmecken würde, nicht nur auf der Zunge, sondern in ihrer ganzen Seele. Wie er das Feuer löschen würde, das seit dem Tod ihrer Schwester ihr Herz auffraß.

Die Laternen flackerten, als sie in die Gerbergasse einbog. Im ersten Stock brannte noch Licht, schattige Umrisse von Menschen liefen an den Wänden. Ihr Herz klopfte. Sie verfluchte es dafür. Es sollte still sein, in eisigem Gleichklang schlagen, ruhig, kühl. Rasch lichtete sie die Kapuze und ließ den Umhang fallen. Es konnte heute Abend noch Regen geben, vielleicht würde sie ihn später noch einmal brauchen. Ihr Haar war makellos gekämmt. Sie hatte ihre Wangen mit Rot und ihre Augen mit Schwarz nachgezogen, ein Aufwand, den sie sonst nie betrieb. Unter dem Umhang trug sie ein langes Kleid aus Seide, es war skandalös geschnitten, mit einem Schlitz, der das halbe Bein frei ließ. Aus dem Ausschnitt zog sie einen Dolch. Seine zweischneidige Klinge blitzte im Laternenlicht. Nichts an ihrem Auftritt war dem Zufall überlassen. Sie hatte alles minuziös geplant, von der Taktik bis zum Aussehen. Selbst die Farbe ihres Kleides war bewusst gewählt. Rot war Blut, und rot würde ihre Rache sein.

•••

Ein paar Straßenzüge weiter fand derweil eine Begegnung ganz anderer Art statt. Elliott hatte nicht vor, erkannt zu werden, und genauso ging es dem zweiten Mann, der ihn im Seiteneingang eines schmalen Innenhofs empfing. Die beiden begrüßten sich, ohne die Kapuzen abzunehmen. Hätten sie es getan, so wäre einem Zuschauer aufgefallen, dass sie sich sehr ähnlich sahen.

»Bruder«, begann Elliott mit gedämpfter Stimme. »Danke, dass du gekommen bist.«

»Ich habe nicht viel Zeit«, sagte der andere. »Was willst du?«

»Ich weiß nicht. Sehen, wie es dir geht? Was du machst, wie du lebst. Fragen, die man seinem Bruder normalerweise stellen würde.«

»Wir sind keine normalen Brüder!«, fuhr ihn der andere an. »Du bist von der Armee desertiert und zu diesen Rebellen gegangen. Eigentlich müsste ich dich ausliefern!«

»Und warum tust du es dann nicht?«, fragte Elliott provozierend. »Na, Simon? Sag schon, was hindert dich?«

»Du bist mein Bruder«, sagte Simon steif. »Mein Blut.«

»Und? Obsidia hat ihren eigenen Bruder auch töten wollen. Du weißt es, versuch es nicht abzustreiten. Als ihr mich nach Morugan abgeschoben habt, wusstet ihr alle über Lyonel Bescheid. Weißt du, was ich glaube? Insgeheim denkst du, dass ich recht habe. Vielleicht willst du es nicht zugeben, weil du dir nicht eingestehen willst, dass deine ganze Karriere ein Fehler war, aber tief in dir drin weißt du, dass Obsidias Herrschaft unrecht ist.«

»Ich habe keine Ahnung, wovon du redest«, entgegnete Simon, doch seine Stimme klang nicht so selbstbewusst wie zuvor, fast als fürchte er sich vor dem Thema.

Elliott schüttelte den Kopf. »Und ob du Ahnung hast! Du bist bei der Armee, du kennst ihre Kriegsplanung, du weißt, dass sie dieses Land in den Ruin treiben wird. Und was ist mit deinen Leuten? Mit den Männern, die dir unterstellt sind und die sie quälen lässt? Die sie einberuft, weg von ihren Familien, nur weil sie die absurd hohen Steuern nicht mehr zahlen können?«

»Ich bin für die Soldaten erst zuständig, wenn sie in der Armee sind. Nicht für die Art und Weise, wie Obsidia sie rekrutiert.«

»Das ist die dümmste Ausrede, die ich je gehört habe.«

»Was willst du von mir?«, fuhr Simon ihn an. »Natürlich bin ich kein Anhänger der Königin! Aber was soll ich machen? Glaubst du, ich gebe deswegen meine Stellung auf, alles, was ich erreicht habe? Könige kommen und gehen, so wird es auch diesmal sein, und dann gibt es wieder andere Zeiten.«

»*Dann* wird Avendúr in Scherben liegen. Sie will Krieg, Simon, versteh das doch! Krieg! Und du wirst ihr Handlanger sein. Du wirst deine Männer in den Untergang führen, mit den Lügen, die sie dir einflüstert. Wechsle jetzt die Seiten, ich bitte dich, bevor es zu spät ist.«

Simon wich vor ihm zurück und schüttelte ruckartig den Kopf. »Nein. Nein, das kannst du nicht von mir verlangen.«

»Warum nicht?«

»Weil es zu spät ist! Ich habe mir hier mein Leben aufgebaut, in der Armee! Diese Männer vertrauen mir, sie respektieren mich. Das kann ich nicht einfach wegwerfen. Ich bin ein Soldat, Elliott, kein Rebell. Wenn das alles ist, was du mir zu sagen hast, dann entschuldige mich jetzt. Ich habe noch Verpflichtungen.«

»Simon, bitte!«, flehte Elliott, als sein Bruder an ihm vorbei zurück auf die Straße trat. »Komm zur Vernunft.«

Schon fast auf der anderen Straßenseite, wandte sich Simon ein letztes Mal zu ihm um. »Es tut mir leid«, sagte er leise. Dann ging er.

Plötzlich packte Elliott eine jähe Woge von Zorn. »Dann verschwinde doch!«, schrie er seinem Bruder nach, und es war ihm gleich, ob ihn ganz Tenébra hörte. »Drück dich vor der Verantwortung! Stirb für deine Königin! Du bist ein Mitläufer, ein Feigling! Hörst du? Ein Feigling!«

•  •  •

Mit ein paar geübten Handgriffen hatte Cloé das Fensterschloss aufgehebelt. Es war ein Leichtes gewesen, über das Dach der Nachbarn einzusteigen. So leise wie möglich schob sie die Scheibe hoch und sprang in den Raum. Sie landete auf allen vieren, geschmeidig wie eine Katze. Der Raum, in dem sie sich befand, war ein dunkles Schlafzimmer. Vom Zimmer nebenan waren Stimmen zu hören. Das Gelächter einer Frau zerriss die Stille. Behutsam strich Cloé ihr Kleid glatt und hielt ihren Dolch bereit, der im Dunkel des Zimmers kaum noch zu erkennen war. Sie hatte diesen Moment schon tausendmal durchlebt, wach wie schlafend, und wusste, was sie zu tun hatte.

Sie würde ins Nebenzimmer gehen. Er würde da sein.

Er, mit dem breiten Gesicht und den unterlaufenen Augen, mit dem schwarzen Haar und dem dummen Grinsen. Er würde sie sehen, ihr Gesicht zuerst und dann den Dolch. Vielleicht würde er schreien, wenn sich die Klinge in sein Herz senkte. Vielleicht würde er sie aber auch einfach nur anstarren.

*Rache*, würde sie flüstern, sein Blut auf ihren Händen. *Rache für meine Schwester.*

Dann würde sie zusehen, wie ihn mit jedem Tropfen Blut das Leben ein Stück mehr verließ, und wenn er schließlich aufgehört hatte zu atmen, würde sie Frieden haben. Endlich.

Vorsichtig schlich sie durch den dunklen Raum zur Tür. Im Rahmen hielt sie ein letztes Mal inne, sammelte sich, klärte ihre Gedanken. Dann trat sie mit einem schnellen Schritt in die Stube.

Sie sah ihn, noch ehe sie irgendetwas anderes wahrnahm. Der Soldat saß mit dem Rücken zur Wand an einem Holztisch, die leeren Schüsseln des Abendessens noch vor sich. Er war alt geworden. Sein Gesicht wirkte müde, es lag kein Lächeln in seinen Zügen, und von dem verführerischen Blick, der ihrer Schwester zum Verhängnis geworden war, war ebenfalls nichts mehr übrig.

Sie starrte in seine Augen, beobachtete, wie sein Blick über ihre Züge hin zu dem Dolch in ihrer Hand wanderte und ihn die Erkenntnis traf.

»Cloélise.«

*Er kennt meinen Namen noch*, dachte sie und umklammerte ihre Waffe noch fester. *Nach all den Jahren hat er nicht vergessen, wer damals geschworen hat, ihn zu töten.*

»Ich komme, um mein Versprechen einzulösen«, sagte Cloé, und obwohl sie ihre Stimme kalt klingen lassen wollte, lag ein unterschwelliges Zittern in den Worten.

Auf einmal rührte sich von der anderen Seite des Zimmers etwas. Eine Frau trat in ihr Bildfeld. »Nein!«, rief sie, als sie Cloés Absicht erkannte. »Was tut Ihr da?«

»Geh zur Seite!«, befahl der Soldat mit scharfer Stimme, als Cloé sich ganz langsam umwandte und die Waffe auf die Frau richtete, die daraufhin schreiend an die Wand zurückwich. »Cloélise, lass sie gehen! Das hier ist doch eine Sache zwischen uns beiden, oder nicht?«

*Ja, das ist es.* Sie wartete, bis die Frau so eingeschüchtert war, dass sie keine Gefahr mehr darstellte, dann richtete sie ihre Aufmerksamkeit zurück auf den Soldaten.

»Es tut mir leid«, wisperte er, und seine Stimme bebte vor unterdrückter Angst. Er war nicht aufgestanden. Noch immer saß er am Tisch, reglos, dort, wo er sterben würde. »Ich wollte das mit Lucretia nicht …«

»Wage es nicht, ihren Namen auszusprechen!«, schrie Cloé und machte einen Schritt vor. »Wegen dir ist sie tot!«

»Bitte«, flehte er. »Ich habe neu angefangen, ich bin ein anderer Mensch geworden, ich …«

»Und wo konnte meine Schwester neu anfangen?«, donnerte Cloé. »Sag mir, warum es gerecht sein soll, dass du hier sitzt und dein Leben genießt, während du ihres zerstört hast! Sag es mir!«

Er weinte. Tränen liefen über sein Gesicht, das immer so stolz gewesen war, und bei jedem Wort von ihr zuckte er zusammen, als hätte sie ihn geschlagen. »Bitte«, wimmerte er. »Für meinen Sohn.«

Wie aufs Stichwort begann aus einer Wiege in der Ecke des Raums ein Baby zu schreien. Das laute Wortgefecht musste es aufgeschreckt haben. Eine kleine Faust erhob sich aus dem Bettchen und streckte sich.

Cloé hielt inne. Ihr Blick wanderte von dem Soldaten zu der Wiege, vor der mittlerweile die Frau kauerte, schluchzend, und schützend die Arme über ihr Kind hielt.

»Bitte«, flüsterte der Soldat erneut, die Stimme nur ein Hauch.

Das hier war nicht vorgesehen gewesen. Sie hatte sich diesen Moment anders ausgemalt, triumphaler, schneller. Da war keine Frau gewesen und schon gar kein Kind. Mit aller Kraft versuchte sie, sich zu konzentrieren, richtete die Klinge auf das Herz des Mannes und schloss die Finger um den Griff, bis ihre Knöchel weiß hervortraten.

Die Lippen des Soldaten bebten, als er begriff, was ihm bevorstand. Zitternd schloss er die Augen.

*Ich werde es jetzt tun*, dachte Cloé. *Jetzt.*

Die Schreie des Babys hallten in ihren Ohren, und auf einmal waren Worte in ihrem Kopf, Marthas Stimme. *Glaubst du, sie hätte das gewollt? Ein Unrecht gegen das andere? Neue Narben schlagen, neuer Hass, neue Waisen? Willst du immer eine Sklavin sein?*

Sekunden verstrichen, und noch immer stand sie da, hatte es nicht getan, hatte nicht den Mut aufgebracht, ihrer Hand diesen letzten Stoß zu versetzen, der sie von ihrem Ziel trennte.

*Lass los, Cloé. Es wird dir nicht besser gehen. Ein Herz heilt nicht, nur weil man ein anderes zerschlägt. Lass los!*

Sie spürte nicht, wie sie das Messer sinken ließ. Es war, als griffe etwas nach ihrer Hand, zog sie zu Boden.

Der Soldat öffnete die Augen. Schweißperlen standen auf seiner Stirn, und er sah Cloé an, mit halbgeöffnetem Mund und ungläubigem Blick. »Warum?«

»Es geht nicht«, hörte sie sich sagen. »Ich kann nicht.«

Ehe er etwas entgegnen konnte, rannte sie, floh durch das Schlafzimmer, aus dem Fenster und hinab auf die Straße.

Es hatte zu gewittern begonnen. Im Haus war ihr das gar nicht aufgefallen. Wie hatte ihr das entgehen können? Verschwommen nahm sie wahr, wie durch die Regenschnüre Gestalten auf sie zukamen, doch sie war zu benommen, um wegzurennen.

»Cloé!«

Auf einmal waren Martha da, Tyrza und Lyonel. Noch bevor Cloé etwas anderes realisieren konnte, hatte Martha sie in die Arme genommen, war mit ihr auf den Boden gefallen und hielt sie fest.

»Was hast du getan?«, fragte Martha und fasste sie am Kinn, damit sie ihr in die Augen sehen musste. »Hast du …?«

Cloé schüttelte den Kopf, und als Martha erleichtert ausatmete, brachen die Tränen aus ihr heraus. Sie hatte lange nicht mehr geweint. So lange nicht mehr.

»Sch …« Martha zog sie enger an sich. »Es wird alles gut. Du hast das Richtige getan. Es wird alles gut werden.«

Ein Blitz erhellte die Gasse, ein tiefes Donnergrollen folgte.

*Es wird alles gut werden.*

Cloé nickte.

*Es wird alles gut werden.*

Und Cloé weinte, mitten auf der Straße, umringt von ihren Freunden, während ihr Regen und Tränen das Rot von den Wangen wuschen.

# MEISTERIN UND SCHÜLERIN

Der Regen fiel mild an diesem Morgen. Fast sanft gingen die Tropfen auf die beiden Aurenen nieder, doch mittlerweile hatte Elodea sich so an das Gefühl der ständigen Kälte und Nässe gewöhnt, dass sie es kaum bemerkte.

Moruganischer Regen war ein bitterer Guss, manchmal fein wie Nebel, manchmal hart wie Eis, aber stets klamm und kalt. Zwar gehörte laut Loreba schlechtes Wetter zu Morugan wie der Laubwald zu Betháne, doch trotzdem war Elodea erstaunt, wie selten hier die Sonne schien. Nur ab und an drang ein vereinzelter Strahl durch die Wolkendecke, ansonsten blieb der Himmel in tristes Grau gehüllt. Die dichten Nadelwälder, die große Teile Morugans einnahmen, trugen nicht gerade zur Stimmungsaufhellung bei. Die Bäume hier waren riesig und von so dunklem Grün, dass sie im Abendlicht fast schwarz wirkten. Einschüchternd und düster war der Wald, fast als sei er ein eigenes Königreich der Finsternis. Riesige, bizarr geformte Felsen und Teppiche aus Moosflechten bedeckten den Boden, Tiere sah und hörte man nur selten. Angeblich sollten hier Elche leben, doch die bekamen sie nie zu Gesicht. Stattdessen sah man von Zeit zu Zeit Orchideen am Wegrand, wie kleine Wunder aus einer anderen Welt. Es gab leuchtend rote auf hohen Stängeln, die schwarz aus dem Moos ragten; zarte, sternförmige, in der Farbe von Eis und Winterrosen; oder cremig weiße, besprenkelt mit lila Tropfen, als habe der Regen eine Farbe bekommen und sich auf ihren Blättern verkünstelt, wie ein Maler auf leerer Leinwand.

Loreba und Elodea ritten bereits seit Tagen, ohne Zeit zu verschwenden, in Richtung der Residenz von Morugan. Normalerweise lebte die Grafenfamilie Morugans in einem weißen Schloss, hoch oben im Gebirge, von dessen Zinnen sie die Seen und Wälder zu ihren Füßen überblicken konnten, doch der amtierende Graf herrschte lieber vom Tal aus. Man sagte, er hasste seine Provinz und dass er, sooft es ging, in den Süden nach Touleránt und Galene verschwand.

Elodea konnte ihn verstehen, auch sie sehnte sich geradezu

nach Touleránt zurück. Die Gastfreundschaft der Gräfin, die sie nach dem Ball noch für ein paar Tage in Anspruch genommen hatten, war etwas, dass man leicht vermissen konnte. Allein die kleinen Kuchen mit gezuckerten Rosenblüten zum Frühstück, die weiße Schokolade mit Lavendel oder das Apfelsorbet …

Dieser immerwährende Regen schlug ihnen allmählich ziemlich auf das Gemüt, und sie wünschten sich nichts mehr als eine heiße Tasse von Marthas Haustee und Morugan, sobald es ging, wieder zu verlassen.

Nach einem weiteren verregneten Tag kamen sie endlich in die Nähe von Norhol, der Hauptstadt Morugans. Sie hätten gerne eine Pause eingelegt, doch die Gefahr, erkannt zu werden, war ihr ständiger Begleiter, und so machten sie trotz Kälte und andauernder Nässe einen großen Bogen um die Stadt und folgten einem einsamen Weg zum Schloss.

Die Residenz des Grafen stand auf einer der kleinen Lichtungen im Wald und wirkte auf den ersten Blick nicht besonders spektakulär. Eigentlich sah sie aus wie ein schwacher Abklatsch des Schlosses von Touleránt, bei dem man sich mit den Details nicht viel Mühe gegeben hatte. Langsam spürte Elodea die vertraute Angst wieder in ihr aufsteigen.

Auch Loreba sah missmutig drein, als die beiden auf den Hof ritten und von ihren Pferden stiegen. »Seltsam, oder?«, meinte sie, während sie die tropfnasse Kapuze ihres Umhangs zurückschlug. »Keine Wachen.«

Mühsam schälte sie sich aus dem klammen Mantel. Die Magierumhänge waren der einzige Grund, warum sie mittlerweile nicht bis auf die Knochen durchnässt waren, denn Stoff und Farbe hatten sich den Witterungsbedingungen angepasst, um sie zu schützen. Darunter trug Loreba ein schwarzes Kleid mit steilem Kragen im moruganischen Stil, das Tyrza gefertigt hatte.

»Vielleicht kann er sich keine mehr leisten«, gab Elodea zu bedenken, während sie ihre Pferde unter dem Vordach anbanden. »Bei allem, was man so hört.«

Selbst als sie zum Eingangstor kamen, stand keine einzige Wache vor der Tür.

Lorebas Blick verfinsterte sich. »Fast ein wenig zu einfach, hier reinzukommen.«

»Hast du Angst?«, fragte Elodea mit einem Seitenblick auf ihre Meisterin.

»Ja. Aber ich vertraue Lyonel. Es wundert mich nur, dass ausgerechnet dieser Graf Kontakt mit ihm aufgenommen hat und sich dem Widerstand anschließen will. Er gilt nicht gerade als Rebell.«

»Morugan ist verarmt, seit es der Wirtschaft so schlechtgeht«, überlegte Elodea. »Er hat nichts mehr zu verlieren. Manchmal treibt das Menschen zu ungewöhnlichem Handeln.«

»Vielleicht.«

Zögernd betraten sie die Eingangshalle. Sie war nicht besonders groß und wirkte verweist, als sei lange niemand mehr hier gewesen. Eine ausladende Wendeltreppe führte in die oberen Stockwerke, doch auch die hatte ihre besten Tage längst hinter sich. Der Raum war vollkommen leer, allerdings drang aus einigen Zimmern, die von der Halle abzweigten, Flüstern, als würden viele Personen hastig durcheinanderreden.

Dann öffnete sich eine der Zimmertüren, und eine junge Frau, offenbar eine Hofdame, trat im Laufschritt heraus. Rasch ging sie auf die beiden Aurenen zu und neigte zur Begrüßung leicht den Kopf. »Was wünscht ihr?«, fragte sie mit zittriger Stimme.

Elodea machte sich schon darauf gefasst, ihr irgendeine Lügengeschichte aufzutischen. Sie war nicht sicher, ob das Personal über ihr Geheimtreffen mit dem Grafen informiert war und in wieweit man den Leuten hier trauen konnte, doch Loreba kam ihr zuvor. »Wir müssen den Grafen sprechen. In einer dringlichen Angelegenheit. Wir sind angemeldet.« Sie senkte die Stimme. »Unter dem Namen *Mhyria* ...«

Die Frau nickte. »Ja, davon bin ich unterrichtet. Dann folgt mir.«

Sie führte die Aurenen einen langen Gang im ersten Stock entlang und dann durch eine Flügeltür in den Salon. Vor zwei großen quadratischen Fenstern standen Möbel, die aussahen, als kämen sie direkt aus Touleránt. Die Wände waren geschmückt mit Porträts und Zierwaffen. Auf einem der Sofas saß ein kleiner Mann.

»Besuch für Euch, Graf«, sagte die Frau mit einem Knicks.

»Oh.« Der Graf warf Elodea und Loreba einen flüchtigen Blick zu. »Gut, dann kannst du gehen.«

Mit dem Grafen allein im Raum fühlte sich Elodea noch unbehaglicher. Auch Loreba sank nun in einen Knicks, und sie beeilte sich, ihr zu folgen.

Als sie sich wieder aufrichteten, bemerkte sie, dass der Graf sie aufmerksam musterte. Seine Augen waren blutunterlaufen, als leidete er unter Schlafmangel. »Mit wem habe ich die Ehre?« Er hatte eine merkwürdige Stimme, sie ähnelte eher jemandem, der gerade beim Stehlen erwischt worden war, als einem Grafen. »Mir waren die Brüder Mhyrias angekündigt. Lyonel von Betháne habe ich mir irgendwie anders vorgestellt.«

Loreba trat vor. »Das ist Elodea Thurmar. Und ich bin Loreba Elgyn. Lyonel lässt sich entschuldigen, er ist verhindert. Uns wurde aufgetragen, ihn im Gespräch zu vertreten.«

»So, so. Meisterin und Schülerin.« Langsam kam er näher. »Was für eine angenehme Überraschung. Ich bin gerade beim Mittagessen, wollt ihr euch nicht setzen?« Er wies auf ein kleines Serviertischchen in der Mitte des Raumes, auf dem tatsächlich Porzellangeschirr und Gläser standen. »Wir erwarten noch jemanden.«

Loreba warf Elodea einen Blick zu. »Ähm ... Wir wollen Euch wirklich nicht beim Essen stören ...«, sagte sie hastig mit plötzlich sehr angespannter Stimme. »So viel Zeit haben wir auch gar nicht, und ...«

»Dann werdet ihr euch die Zeit eben nehmen müssen.« Ein Mann war in der Tür erschienen.

Elodea und Loreba wirbelten herum.

Der Mann lächelte. Aber es war kein herzliches Lächeln. Er verzog nur den Mund, seine Augen blieben ausdruckslos, und in ihnen lang ein gefährlicher Glanz. »Es ist mir eine Freude, euch beide hier zu sehen.« Langsam trat er aus dem Türrahmen auf sie zu.

»Wer seid Ihr?«, fragte Elodea und wich zurück. Irgendetwas an diesem Mann, und sei es nur die Art, wie er mit ihnen sprach, jagte ihr einen Schauer über den Rücken.

»Erkennt Ihr mich nicht wieder? Nein? Hat sich mein Eindruck nicht länger gehalten?«

»Ich kenne Euch«, knurrte Loreba. »Ihr wart der Soldat, der meine Vorlesung gestürmt hat, damals in der Universität. Lysander Farosch. Anführer von Obsidias Leibwache.«

»Ganz genau«, stimmte er ihr vergnügt zu. »Und ihr seid die meist gesuchten Personen des Landes. Das heißt, wir müssen gewisse Vorsichtsmaßnahmen treffen.« Er schnippte mit den Fingern.

Sofort traten Soldaten hinter ihm hervor und bauten sich im Türrahmen auf.

Elodea spürte, wie Loreba nach ihrem Arm griff und sie von den Soldaten wegzog. Sie war blass geworden. Ihr Mund formte finyrische Worte, doch nichts geschah.

Entsetzt fasste sich Loreba an den Hals. Lysander lachte und trat noch einige Schritte vor. »Überraschung. Habt Ihr wirklich gedacht, ich wüsste mich nicht gegen Euch zu wehren? Schaut mal zu Henri dort drüben, ein sehr begabter Magier, der gerade dabei ist, Eure Kräfte zu blockieren.«

Zwei weitere Soldaten waren in den Raum gedrungen, gefolgt von einem Mann in einer dunklen Magierrobe. Ihre Abzeichen ließen keinen Zweifel aufkommen. Sie gehörten zur königlichen Garde.

»Schön, dass ihr euch entschieden habt, hier auch noch mal aufzutauchen«, blaffte Lysander die Soldaten an. »Schnappt euch die beiden!«

Elodea hatte nicht einmal Zeit zu schreien. Einer der Soldaten packte sie im Nacken, drängte sie gegen die Wand und hielt sie fest in seinem Griff. Der andere nahm sich Loreba vor und hielt sie an den Armen, so dass sie nicht um sich schlagen konnte. Elodea sah zu ihrer Meisterin hinüber, die immer noch nach ihrem Bewacher trat.

Lysanders Gesichtsausdruck hätte nicht genießerischer sein können. »Gebt es auf, Ihr kommt hier nicht mehr raus.«

Loreba hörte auf, sich zu wehren. Schwer atmend lehnte sie sich mit dem Kopf gegen die Wand.

»Ich sehe, Ihr begreift schnell.« Lysander feixte. »Ist es nicht schön, dass wir uns endlich einmal ungestört unterhalten können?«

»Reizend«, war Lorebas knapper Kommentar. Ihre Augen wanderten unablässig im Raum umher, als würde sie nach einem Fluchtweg suchen, den Lysander vielleicht übersehen hatte.

Elodea jedoch war starr vor Schreck. Sie konnte nur Lysander anstarren, der sich jetzt auf einem der Stühle vor dem Serviertisch niederließ.

»Wieso steht Ihr hier noch rum?«, fuhr er den Grafen von Morugan an, der sich seit dem Auftreten der Soldaten im Hintergrund gehalten hatte. »Ihr habt Eure Aufgabe erfüllt, die Königin wird es Euch danken, aber nun entfernt Euch!«

»Natürlich.« Die Stimme des Grafen zitterte leicht, als er sich kurz verbeugte und dann an den Soldaten vorbei durch eine der Türen verschwand.

Elodea biss sich auf die Lippe. Wir konnte man nur so charakterlos sein? Es war von Anfang an ein abgekartetes Spiel gewesen. Dieser Lysander und die anderen Soldaten hatten sie hier erwartet. Sie hatten gewusst, dass sie kommen würden.

»*Ihr* habt mit Lyonel Briefe geschrieben«, sagte Elodea leise. »Ihr habt uns glauben lassen, der Graf interessiere sich für den Widerstand, um uns in eine Falle zu locken.«

Ein Lächeln breitete sich auf Lysanders Gesicht aus. »Nein, das mit den Briefen war der Graf tatsächlich selbst. Aber natürlich in meinem Auftrag. Er hat es mir sofort mitgeteilt, als die Brüder Mhyrias ihn kontaktierten. Und wir haben die Chance ergriffen. Einem der Boten, die Lyonel anschließend hergeschickt hat, Informationen zu entlocken, war dann nicht mehr sonderlich schwer.«

»So?«, schnaubte Loreba. »Hat er Euch diese Informationen freiwillig gegeben?«

Lysander lächelte noch ein wenig breiter. »Nun, sobald wir erwähnten, dass meine Freunde und ich seiner Familie einen Besuch abstatten würden, sollte er sich weigern, erzählte er einfach alles ...«

»Ihr seid abscheulich!«, rief Elodea.

»Aber, aber. Ich bin doch nicht abscheulich. Ich bin klug. Menschen sind einfach zu leichte Opfer. Sie sind so berechenbar. Kaum erwähnt man Frau und Kinder, fangen sie das Jammern an und tun, was man will. Es wird fast schon langweil...«

»Ihr hört Euch auch gern selbst reden, oder?« Loreba funkelte ihn an.

»Na, dann haben wir doch etwas gemeinsam, Magistra Elgyn.« Lysander schien unbeeindruckt. »Ich denke, was ich zu sagen habe, dürfte Euch interessieren. Unser Informant hat uns einiges erzählt. Von den Brüder Mhyrias und ihren Plänen, von Eurer Flucht aus Tenébra, von denen, die Euch geholfen haben, von Lyonel und ihrem Stützpunkt in Praetimaria ...«

Die beiden standen da wie vom Donner gerührt. Niemals hätte Elodea gedacht, dass Lysander so viel wusste.

»Da sagt Ihr nichts mehr, was? Wenn alles nach Plan läuft, dann werden meine Leute in den nächsten Tagen diesen Stützpunkt stürmen.«

Elodea schnürte es die Kehle zu. Sie sah vor ihrem geistigen Auge das Haus in Praetimaria, sah Acte, Damian und all die anderen, die keine Ahnung hatten, dass sie verraten worden waren.

Als hätte Lysander ihre Gedanken gelesen, sagte er: »Um auf Lyonel zurückzukommen. Wir haben hier und heute eigentlich mit ihm gerechnet. Ich habe im Namen des Grafen ausdrücklich nach ihm verlangt. Es ist ein bisschen ärgerlich, zugegeben. Ich dachte, ihn heute endlich festnehmen und meiner Königin präsentieren zu können. Aber das macht nichts. Jetzt haben wir ja Euch.« Er erhob sich und ging auf die beiden Aurenen zu. »Ich bin sicher, *Ihr* wisst, wo er sich aufhält.«

Elodea sah zu Boden.

»Wollt Ihr mir vielleicht etwas erzählen, Fräulein Thurmar?« Lysander hatte sich ihr zugewandt.

»Sie weiß nichts!«, sagte Loreba schnell, bevor Elodea auch nur den Mund aufmachen konnte.

»Tatsächlich?« Langsam wandte sich Lysander zu ihr um.

»Ja. Die Pläne der Brüder Mhyrias sind geheim. Lyonel hat nur mir mitgeteilt, wo er sich zukünftig aufhalten wird«, log Loreba.

»Also ist er nicht mehr in Praetimaria?«

»Nein.«

Lysanders Miene verfinsterte sich, doch er sprach mit ruhiger Stimme. »Nun, damit habe ich ohnehin schon gerechnet. Wenn selbst Ihr Euer Versteck verlasst, um die Grafen Avendúrs von euren Plänen zu überzeugen, dann wird auch Lyonel nicht untätig herumsitzen. Er ist wieder in Betháne, oder? Er will die Königin töten!«

Loreba schwieg.

»Meine werte Frau Elgyn«, sagte Lysander ungeduldig, mit einem deutlichen Anflug von Ärger in der Stimme. »Ich muss Euch wohl nicht erklären, in was für einer Situation Ihr Euch befindet. Meine Leute und ich werden Euch nach Tenébra bringen, und dort wird Euer Todesurteil endgültig vollstreckt.« Er klopfte mit der Hand an seinen Gürtel.

Elodea folgte seinem Blick und sah, dass darin ein Messer in der Form einer schmalen Speerspitze steckte. Eine Atyre. Wie gelähmt starrte sie die Klinge an, während Lysander wieder grinste.

Offenbar hatte er genau das erwartet und weidete sich nun an ihrer Angst. »Ihr seid bereits tot, Magistra Elgyn. Durch Eure Flucht habt Ihr das Ende nur herausgezögert, entkommen könnt Ihr ihm nicht. Es sei denn …« Lysander hielt inne und trat direkt vor Loreba und ihre zwei Bewacher. »Es gäbe da etwas, das Ihr tun könntet, damit Euch die Königin verzeiht. Eine Sache geht ihr über alles: Lyonel. Seit Ewigkeiten versucht sie schon, ihn zu finden. Ihr wisst, wo er sich aufhält. Sagt es mir. Wenn Ihr schwört, Euren Widerstand aufzugeben und mir Lyonels Aufenthaltsort mitteilt, werdet Ihr Eurer Strafe entgehen. Nur eine kurze Antwort, und Ihr könnt wieder ein freies Leben führen.«

»Ein freies Leben in einem unfreien Land?«, fragte Loreba sanft.

Lysanders Gesicht nahm eine hässliche rote Färbung an. »Ich biete es Euch nur noch einmal an«, zischte er. »Verratet mir, wo Lyonel ist, und Ihr seid frei. Tut es nicht, und wir bringen Euch noch heute nach Tenébra, wo man Euch töten wird.«

»Ich war schon einmal bereit, zu sterben«, sagte Loreba. »Daran hat sich nichts geändert.«

Elodea sah, wie Lysander die Hände zu Fäusten ballte, doch als er sprach, war seine Stimme sehr ruhig. »Ich verstehe Euch nicht«, sagte er leise und beugte sich zu Loreba vor, bis ihre Gesichter nur noch einen Fingerbreit voneinander entfernt waren. »Ihr stammt aus gutem Hause, habt Geld, Einfluss, seid eine Magierin … Und trotzdem wollt Ihr Euer Leben einfach so wegwerfen. Warum?«

Einen Moment sah Loreba aus, als würde sie ernsthaft über die Frage nachdenken. »Weil die Alternative noch schmerzhafter wäre. Wenn ich nur überleben kann, indem ich alles sterben lasse, was mich ausmacht, meine Überzeugungen, meinen Glauben an eine höhere Gerechtigkeit, an eine Wahrheit, die größer ist als ich … Was genau überlebt dann eigentlich von mir?« Jedes ihrer Worte war sorgsam gewählt. Sie sprach zögerlich, fast als argumentierte sie nur für sich selbst. »Was ist das für ein Leben, dem ich meinen Sinn und meine Integrität geopfert habe? Schlimmer noch, für das ich die Wahrheit selbst verraten habe? Wie sollte ich so einen Tausch jemals vor mir verantworten?«

»Eure Integrität ist Euch wichtiger als Euer Überleben?« Lysanders Miene war eine Mischung aus Überraschung und Hohn. »Das ist wirklich ungewöhnlich. Ungewöhnlich dumm.«

»Mag sein.« Loreba reckte das Kinn. »Aber ich kann nun mal nicht gegen mein Gewissen leben. Es würde mich quälen, wie Ihr es niemals könntet.«

»Lächerlich!« Schnaubend wandte sich Lysander ab. Die fehlende Angst in Lorebas Stimme schien ihn rasend zu machen. »Wie kann man als Magistra nur diese alten Lügen schlucken? So etwas wie Wahrheit, Gott und Gewissen existieren nicht. Gesellschaft und Kirche haben sie erfunden, um unsere dunklen Seiten unter Kontrolle zu halten. Nur wenn die Wölfe gezähmt sind, können die Schafe überleben.«

»Glaubt Ihr wirk…«

»Genug!« Lysanders Stimme war um eine Oktave nach oben gerutscht. Er kreischte jetzt fast. »Genug! Ich will nichts mehr davon hören! Sagt mir endlich, wo Lyonel ist!«

»Das werde ich nicht.«

»Na schön, dann lasst Ihr mir keine andere Wahl.«

Hinter Lysander war plötzlich das Geräusch von klirrendem Porzellan zu hören. Er wirbelte herum. Der Mann, der die Tür bewachen sollte, hatte anscheinend versucht, sich etwas vom Mittagessen auf dem Serviertisch zu stehlen. Lysander drehte den Aurenen den Rücken zu und brüllte seinen Soldaten an.

»Elodea …« Loreba vergewisserte sich mit einem schnellen Blick, dass ihre Bewacher das Geschehen am Serviertisch verfolgten, bevor sie sich zu ihr beugte. »Siehst du die Klingen da drüben? Wenn ich *jetzt* sage, dann …« Weiter kam sie nicht, denn einer ihrer Bewacher hatte sich, verdrießlich dreinblickend, wieder zu ihnen umgewandt.

Elodea suchte Lorebas Blick. Was hatte sie ihr sagen wollen? Doch Loreba sah sie nicht an, ihre Augen waren auf einen Punkt oberhalb des großen Schrankes gerichtet, der an der Wand ihnen gegenüber stand. Dort, knapp über einem großen Landschaftsgemälde, hingen drei Zierschwerter in einer Wandhalterung, ungesichert und ohne Glasschutz.

Loreba schaute wieder zu ihrer Schülerin, und als sich ihre Blicke trafen, nickte Elodea. Sie hatte verstanden.

Mittlerweile war Lysander mit seinem ungehorsamen Soldaten fertig und kam wieder auf sie zu. »Verzeiht die kleine Unterbrechung«, sagte er geziert. »Nun wieder zu Euch, Magistra Elgyn. Da Ihr mir offenbar nicht freiwillig erzählt, wo Lyonel ist, müssen wir wohl zu anderen Mitteln greifen.« Er fasste an seinen Gürtel und zog die Atyre.

Loreba starrte das Messer an. Dann schloss sie die Augen, als müsste sie sich wappnen.

»Nein!« Elodea stemmte sich gegen die Arme ihrer Bewacher, als sie erkannte, was er vorhatte. »Hört auf!«

Lysander achtete nicht auf sie. Langsam trat er näher und hielt Loreba die Atyre entgegen. Fast lässig drückte er die Klinge an ihre Kehle. Loreba schauderte leicht, als der kalte Stahl ihre Haut berührte. Einen Moment flackerte Furcht in ihren Augen auf, doch bereits Sekunden später war ihr Blick wieder hart. Sie rührte sich nicht, sah Lysander an. Ein merkwürdiger Ausdruck lag in ihren Zügen, kein Hass, keine Wut. Nur Enttäuschung.

Auch Lysander schien das zu bemerken, er konnte ihrem Blick nicht standhalten. »Wisst Ihr, was ich denke?«, fragte er mit säuerlicher Miene, da sein Versuch, Loreba einzuschüchtern, offenbar nicht den erhofften Erfolg gehabt hatte. »Ich denke, Ihr seid einer dieser Menschen, die erst einmal ihren Stolz überwinden müssen, bevor sie reden. Aber seid gewiss: Ich werde Euch brechen. Glaubt mir, dieses Messer«, er machte einen Schlenker mit der Waffe in seiner Hand, »kann sehr überzeugend sein. Ich frage Euch also ein letztes Mal im Guten: Wo ist Lyonel?«

»Ich werde es Euch nicht sagen, ganz gleich, was Ihr tut«, wiederholte Loreba und blickte Lysander fest in die Augen.

»Nun, das werden wir noch sehen.«

»Nein!« Elodea schrie, als er das Messer fester gegen Lorebas Kehle drückte. Um den Rand der Klinge formte sich ein Blutstropfen. »Bitte, lasst sie in Ruhe!«

»Hört Ihr?«, fragte Lysander grinsend. »Eure Schülerin möchte Euch nicht sterben sehen. Wollt Ihr dem armen Ding das wirklich antun?« Seine Stimme klang genüsslich, sein Blick ruhte auf Lorebas bleichem Gesicht. »Sagt mir, wo Lyonel ist, nennt den verdammten Ort!«

Durch die Klinge an ihrem Hals war Lorebas Stimme fast tonlos. »Nein.«

»Dann werdet Ihr sterben!«, rief Lysander, diesmal beinahe kreischend. »Ich meine das ernst!«

Loreba lächelte. Mit dem Zeigefinger schob sie die Atyre ganz langsam von ihrer Kehle weg, und zu Elodeas Überraschung hielt Lysander sie nicht davon ab. Seine Augen waren auf ihre geheftet, als könne er sich nicht losreißen. »Sterben? Hier?«, flüsterte Loreba. »Wollt Ihr meinen Tod so verschwenden? Haltet mich nicht zum Narren. Hier ist zu wenig Publikum. Das würde Eure Königin Euch nie verzeihen.«

Lysander starrte sie an. Und in dem Moment seiner Sprachlosigkeit erhob Loreba ihre Stimme und rief mit aller Kraft, die sie noch aufbringen konnte: »Elodea, jetzt!«

# DAS GESCHICK DER MAGIE

Sie hatte nur wenige Sekunden. Zum Himmel flehend, dass ihr keiner der Soldaten sein Schwert in die Seite rammte, tauchte Elodea unter dem massigen Arm ihres Bewachers hindurch und hastete zum Serviertisch. Hinter ihr hörte sie die Soldaten schreiend ihre Schwerter ziehen. In einem weiten Satz sprang Elodea über den Tisch auf eine Anrichte. Aus dem Augenwinkel sah sie, wie Lysander fluchte und Loreba mit dem Handrücken einen so kräftigen Schlag versetzte, dass es sie von den Füßen riss. Er sprang über ihren reglosen Körper und schrie nach Verstärkung.

Als Elodea ihre Meisterin am Boden liegen sah, packte sie der Zorn. Mit neuer Kraft hievte sie sich einen Schrank hinauf, was nicht leicht war, da sie ihr schweres Kleid immer wieder nach unten zog. Sie hatte die Wandhalterung mit den Schwertern schon fast erreicht, da spürte sie, wie jemand nach ihrem Saum griff. Blindlings stieß sie ihr Bein nach unten und traf einen Soldaten mit der Schuhspitze im Gesicht. Er heulte auf und ließ sie wimmernd los. Blut spritzte aus seiner Nase. Elodea beachtete ihn nicht. Der rücksichtslose Zorn, der sie erfasst hatte, ließ keinen Platz für Mitleid. Sie steckte ihren Arm weit nach vorn zur Wandhalterung und erwischte eines der Zierschwerter an der Parierstange. Es lag lange nicht so gut in der Hand wie ein echtes, aber Elodea konnte nicht wählerisch sein. Mit der Waffe in der Hand sprang sie von Schrank und Anrichte zurück auf den Boden.

Ihr blieb nur ein kurzer Blick, um festzustellen, dass Loreba immer noch auf dem Teppich lag, unfähig zu kämpfen, da stürzte auch schon der erste Soldat heran. Nur mit Not konnte Elodea seinen Schwerthieb parieren. Die Wucht des Schlags ließ sie taumeln, sie glaubte, ihr Arm müsste brechen, als sich ihre Klinge gegen seine stemmte. Bei Cloé sah Kämpfen immer so leicht aus.

Elodea beherrschte keine Kampftechniken. Die Gelegenheiten, zu denen sie ein Schwert gehalten hatte, konnte man an den Fingern abzählen, und zum ersten Mal in ihrem Leben bereute sie das ernsthaft. Ziellos schlug sie auf den Soldaten ein, um ihn abzulenken. Gleichzeitig machte sie einen weiten Schritt und schob sich an ihm vorbei zur Tür, in der der Magier stand, der ihre Kräfte blockierte.

Der Soldat, der offenbar den Magier schützen sollte, hatte bis hierhin nicht eingegriffen, doch jetzt stürzte auch er auf Elodea zu. Sie wich aus, warf sich quer über den Serviertisch. Das Porzellan zerbarst. Unkontrolliert schlitterte sie und stürzte auf der anderen Seite zu Boden. Sie rappelte sich auf, gerade rechtzeitig, um einem der Soldaten entgegenzutreten, der mittlerweile um den Tisch gerannt war.

Stahl stieß auf Stahl, als Elodea sich verteidigte. Ihr Arm knickte unter der Härte des Schlags ein, doch sie trat zusätzlich nach den Beinen des Mannes, und er strauchelte.

Als sie den Magier erreichte, öffnete der den Mund, um sie mit einem Wort abzuwehren, doch Elodea hatte nur darauf gewartet. Er konnte nicht gleichzeitig ihre Magie blockieren und selbst welche wirken, das war nur den Mächtigsten der Geschichte gelungen, und dazu zählte er sicher nicht.

Sobald Elodea spürte, wie sich die Barriere um ihren magischen Sinn lockerte, schleuderte sie im Laufen das Schwert zur Seite und streckte den Arm aus.

»*Corralas!*«

Im Zimmer hob ein Brausen an. Die Wandteppiche blähten sich im Sturm, während ein Ball aus weißer Energie auf ihren Gegner zuschoss, der offenbar auf dieselbe Idee gekommen war. Ihre beiden Energiebündel trafen sich auf halber Strecke und zerbarsten mit einem knisterten Blitzen.

Elodea war schnell. Noch während die dunstigen Überbleibsel ihres Magieausbruchs in der Luft hingen und ihr die Sicht auf ihren Gegner versperrten, rezitierte sie eine Reihe weiterer melodischer Wörter. Die finyrische Sprache pulsierte durch ihre Adern. Sie schien sich zu materialisieren, wandelte sich in pure Energie, die wie Pfeile auf den Magier zuschoss. Ehe er auch nur einen Finger rühren konnte, brach er bewusstlos zusammen.

»Lernt daraus!«, zischte Elodea und wandte sich ab. Sie packte ein Messer vom Serviertisch und durchschlitzte Tyrzas aufwendig besticktes Kleid, um mehr Beinfreiheit zu haben. Dann drehte sie sich zu Loreba.

Ihr Herz setzte einen Schlag aus. Loreba lag nicht mehr auf dem Boden, sie rang mit Lysander, der sie an die Wand drückte und ihre Arme festhielt. Sofort spurtete Elodea los, doch ihre Hilfe war nicht nötig. Auch Loreba hatte ihre Magie zurück. Ihre Lippen formten ein Wort, etwas zischte und traf Lysander an der Schläfe. Augenblicklich sackte er vor ihren Füßen zusammen.

Schlitternd und völlig außer Atem kam Elodea vor dem bewusstlosen Hauptmann zum Stehen. »Alles in Ordnung?« Sie musterte ihre Meisterin. »Er hat dich ganz schön erwischt.«

»Ja.« Loreba stützte sich an der Wand ab, immer noch wacklig auf den Beinen. »Meine Hand ist verstaucht, glaube ich.«

Noch bevor Elodea antworten konnte, hörten sie von unten Stimmen. »Dann halt dich im Hintergrund.«

Sie hob ihre Hand, in der sie ein knisterndes Licht beschworen hatte, und stellte sich vor sie. Mit den Augen suchte sie fieberhaft nach einem Fluchtweg. Viel Zeit blieb ihr nicht, denn schon drang Lysanders Verstärkung in den Raum. Rasch huschten ihre Blicke über ihren bewusstlosen Anführer und zu den Aurenen hinüber. Es dauerte nur Sekundenbruchteile, bis sie begriffen.

Der erste Soldat hatte keine Chance. Elodeas Energiekugel traf ihn in den Bauch, ehe er auch nur die Waffe heben konnte, und seinen Gefährten erging es nicht besser. Elodea mochte kein Talent im Schwertkampf sein, aber in der Magie war sie zu Hause. Mit beiden Händen schleuderte sie Wörter durch den Raum. In einer Sekunde schienen Flammen um ihre Arme zu tanzen, dann tropfte pure Energie von ihren Fingern. Unsichtbare Druckstöße fegten die Soldaten zu Boden, während die Scherben des Porzellans wie Nadeln auf ihre Hände einstachen, damit sie ihre Waffen fallen ließen. Obwohl Elodea von den Techniken, die Magier im Krieg verwendeten, bisher nur die Grundfertigkeiten beherrschte, reichten diese einfachen Verteidigungsmethoden, um ihre Angreifer kampfunfähig zu machen.

»Bleib hier«, rief Elodea Loreba zu. »Ich schaue, wie wir hier rauskommen.« Ohne sich nach neuen Gegnern umzusehen, stieg sie über die bewusstlosen Körper und hastete in den Gang.

Vom Fuß der Wendeltreppe waren Schreie zu hören. Der Lärm musste das halbe Schloss auf den Plan gerufen haben, weshalb die Haupttreppe als möglicher Fluchtweg ausschied. Fieberhaft sah sie sich um und versuchte gleichzeitig, einen kühlen Kopf zu bewahren. Das hier war genau einer dieser Momente, auf die Loreba sie vorbereitet hatte. Sie war allein, auf sich gestellt, ohne ihre Meisterin, unter Zeitdruck und in Lebensgefahr. Ein Fluchtweg musste her, das war klar. Aber wo sollte der sein?

Elodea sah den Gang entlang. Türen. Fenster. Von einer Treppe war nichts zu sehen. Die Panik pochte in ihren Ohren. Was, wenn die Haupttreppe ihre einzige Verbindung nach unten war? Dann saßen sie hier in der Falle. Endgültig. Sie schloss die Augen, versuchte, sich zu sammeln. *Was sind meine Optionen?*

Ein Geräusch riss sie aus ihren Gedanken. Die Tür ihr gegenüber sprang auf, und ein Mann stürzte heraus.

Es war der Graf. In seiner Hand lag ein Schwert.

Elodea stolperte zurück, als er auf sie zulief. Sie wollte den Mund öffnen, um sich zu verteidigen, doch er war schneller und rammte ihr die Faust in den Magen. Für seine Statur hatte er einen ziemlich festen Schlag. Die Wucht ließ sie keuchen, alle Luft wurde aus ihrem Körper gedrückt. Benommen vor Übelkeit taumelte sie nach hinten und stieß gegen etwas Hartes. Ihre Knie wurden weich. Dann fiel sie.

Im Sturz riss sie um, was hinter ihr stand. Es knackte, splitterte, und Elodea krachte ins Nasse. Sie schrie. Ein plötzlicher stechender Schmerz breitete sich in ihrer linken Handfläche aus, mit der sie ihren Sturz hatte abfangen wollen. Elodea wandte den Kopf, um zu sehen, auf was sie gefallen war. Tränen schossen in ihre Augen. Sie saß in einer Wasserlache, der Boden um sie herum war übersät von Blütenblättern. Dazwischen glitzerten Glassplitter wie Kristall.

Nur langsam fügten sich in ihrem Kopf die Bilder zusammen. Sie musste über einen Tisch gestürzt sein und dabei eine Vase mitgerissen haben. Immer noch zitternd hob sie ihre pochende Hand aus der Pfütze, in der sich inzwischen rote Schlieren ihres Blutes ausbreiteten. Einige Splitter steckten noch immer in der Haut. Am liebsten wäre Elodea bei diesem Anblick auf der Stelle umgekippt. Vor ihren Augen tanzten schwarze Punkte, verschwommen sah sie, wie sich über ihr der Graf näherte.

*Ich kann nicht mehr*, dachte sie dumpf, der Schmerz trübte ihren Verstand. *Hilf mir, irgendwer.*

Plötzlich hörte sie Schritte und dann ein Geräusch wie von einer Peitsche. Elodea zuckte zusammen, als ein gebündelter Windstoß knapp an ihrem Gesicht vorbeisauste.

*Loreba!*

Die Miene ihrer Meisterin war eisern und ihre Stimme dunkel, als sie, ihre unverletzte Hand hoch erhoben, dem Grafen entgegentrat. Ein Hagel aus Energiepfeilen prasselte auf ihn ein, er rutschte in der Wasserpfütze aus und fiel neben Elodea zu Boden, wobei sich die Scherben der zerbrochenen Vase in seine Beine bohrten.

Loreba schlug ihm die Waffe aus der Hand und hastete zu ihrer Schülerin. »Warum hast du mich nicht gerufen?«, fragte sie besorgt und half Elodea aufzustehen.

»Er hat mich überrascht. Ich konnte nichts machen. Ich bin gestolpert und über diesen Tisch und in die Scherben gefallen.« Sie hielt ihr die Hand hin.

»Das kriegen wir schon wieder hin, keine Sorge«, versuchte Loreba sie zu beruhigen. »Aber erst einmal müssen wir hier raus.«

»Es gibt keinen Weg. Vielleicht sollten wir ... Was machst du da?«

Loreba war schon nicht mehr an ihrer Seite. Sie stand an einem Fenster, eines ihrer Beine bereits über den Rahmen geschwungen. Offensichtlich wollte sie springen, dabei befanden sie sich Dutzende Meter über dem Boden!

»Komm her, Elodea, schnell!«

»Was soll das, du kannst da nicht rausspringen!«, schrie Elodea und wankte zu Loreba, die mittlerweile auf dem Fensterbrett saß und sich mit ihrem unverletzten Arm an der Wand festhielt.

»Doch, genau das werden wir tun.«

»Bist du wahnsinnig, wir brechen uns den Hals!«

»Nein, das werden wir nicht. Und wie du schon gesagt hast, es gibt keinen anderen Weg.«

Elodea zauderte einen Moment. »Ich hoffe, du weißt, was du tust.« Dann kletterte sie ebenfalls auf das Fensterbrett. Als sie nach unten sah, kam wieder Panik in ihr hoch.

Tief unter ihnen lag der Schlosshof, ansonsten gab es weit und breit nichts, auf dem sie landen konnten. Sie sah Loreba an. »Ich schätze mal, du hast jetzt irgendeinen wirklich guten Plan.«

Noch bevor Loreba den Mund für eine Antwort aufmachen konnte, hörten sie hinter sich einen Schrei. Lysander stand mit gezückter Atyre im Türrahmen. Er bebte vor Zorn, und seine Wangen glühten. »Sie fliehen!«, schrie er. »Helft mir, sie flieh…«

»Ruhe!« Loreba hatte Finyrisch gesprochen, und die Stimme blieb ihm im Hals stecken. »Ich muss mich konzentrieren.« Lysander erstarrte noch im Laufen. Mitten in der Bewegung froren seine Glieder ein, und er krachte zu Boden. »Dass manche Männer nie wissen, wann sie verloren haben …« Ohne auf Elodeas entgeisterte Miene zu achten, wandte Loreba sich wieder dem Schlosshof zu. Sie murmelte etwas, dann spürte Elodea, wie die Luft um sie herum zu vibrieren begann.

»Gut, jetzt können wir«, sagte Loreba.

Irgendwo im Erdgeschoss brach ein Tumult los. Jemand musste Lysanders Hilferuf gehört haben.

»Ich springe da nicht runter!«, schrie Elodea. »Ich bin doch nicht lebensmüde!«

»Uns passiert nichts«, versicherte Loreba, aber Elodea schüttelte nur heftig den Kopf.

»Nein!«

»Doch.« Loreba fasste ihren Arm. »Vertrau mir.«

Elodea sah ihr in die Augen, holte Luft und versuchte, sich zu beruhigen. »Also gut.«

Von unten drang ein Schrei zu ihnen. Loreba umklammerte Elodeas Arm fester. »Ich habe dich. Lass dich einfach fallen.«

Elodea schloss fest die Augen und stieß sich vom Fensterbrett ab. Wind und Regen peitschten ihr ins Gesicht, als sie dem Boden entgegenfiel. Sie wagte es nicht, die Augen auch nur einen Spaltbreit zu öffnen, ein schreckliches Gefühl hatte sich in ihrem Magen ausgebreitet. Ein Gefühl, wie wenn man beim Treppensteigen eine Stufe vergaß, nur zehnmal schlimmer.

Dann war es plötzlich vorbei, und sie landete auf etwas sehr Weichem, das sich anfühlte wie ein Berg Federn. Elodea öffnete die Augen. Loreba und sie schwebten eine Handbreit über dem Boden in der Luft. Tatsächlich schienen sie auf einer Art unsichtbarem Kissen gelandet zu sein.

»Bist du in Ordnung?«, fragte Loreba.

Noch etwas benommen, nickte ihre Schülerin.

»Gut.« Loreba murmelte ein Wort, und sie fielen auf den Hof. »Wir müssen die Pferde holen«, sagte sie und sah zum Fenster hinauf, an dem sich jetzt einige Soldaten drängten.

»Ich mache das.« Elodea ging, so schnell es ihr möglich war, durch den strömenden Regen hinüber zum Vordach, aber mit nur einer Hand die Zügel zu lösen, war weitaus schwerer als gedacht. Sie brauchte viel zu lange.

Erneut drangen verzerrte Schreie aus dem Schloss. Das Hauptportal flog auf, und Soldaten stürzten heraus. Fast hätte Elodea geschrien. Panisch zerrte sie an dem Knoten, der ihr Pferd mit einem Pfosten des Vordaches verband, und endlich gab er nach. Während sie sich in den Sattel schwang, sah sie aus dem Augenwinkel, wie Lysanders Soldaten unter dem Vordach hervorhetzten und Anweisungen brüllten, die durch den Regen nicht zu hören waren. Sie schwärmten aus und füllten den gesamten Hof, manche von ihnen rannten zum Stall, um sich Pferde zu holen.

Einige Meter vor ihr rannte Loreba, ihre Stimme peitschte durch Regen und Wind. »Wo ist mein Pferd?«

»Ich konnte es nicht losbinden, sie sind uns auf den Fersen.« Mit einer ruckartigen Kopfbewegung wies sie auf Lysanders Leute. »Wir müssen zu zweit auf meinem reiten, komm schon, beeil dich!« Sie packte Loreba am Arm und half ihr, sich nach oben zu ziehen. »Festhalten!«

Hufe donnerten über den Hof, als Elodea und Loreba im Galopp die Flucht ergriffen. Elodea hielt die Zügel in ihrer unverletzten Hand und hatte sich leicht nach vorne gebeugt, um sich der Bewegung ihres Pferdes anzupassen. Den Schlosshof hatten sie rasch hinter sich gelassen, bald war das Einzige um sie herum der immergrüne Wald. Sie nahm ihre Umgebung nur noch undeutlich wahr. Der Regen tropfte ihr von der Nasenspitze kalt auf die Lippen, ihre Kapuze konnte dem Gegenwind nicht standhalten.

»Elodea!« Loreba hatte den Kopf gedreht und sah nach hinten. Ihre Stimme klang panisch.

Als Elodea sich ebenfalls umdrehte, sah sie, warum. Hinter ihnen zeichneten sich unverkennbar die Schemen galoppierender Reiter ab. Sie wurden verfolgt.

Hektisch griff sie nach den Zügeln und versuchte, das Pferd dazu zu bringen, noch schneller zu rennen. Angetrieben durch

Elodeas Rufe, jagte es nun den Weg entlang, doch es half nichts, die Belastung mit zwei Reiterinnen war einfach zu viel. So sehr Elodea auch versuchte, es zu noch mehr Geschwindigkeit anzutreiben, ihre Verfolger gewannen mehr und mehr an Boden.

»Halt an!«, schrie Loreba plötzlich gegen den Regen.

»Hast du den Verstand verloren?« Elodeas Stimme überschlug sich vor Anstrengung und Panik.

»Nein, habe ich nicht, halt an, dort vorn an der Kreuzung.« Sie deutete auf eine Weggabelung zwischen den Regenschnüren vor ihnen. Elodea konnte beim besten Willen nicht begreifen, wieso Loreba sie zum Anhalten bringen wollte, trotzdem hörte sie auf ihre Meisterin.

Schlamm spritzte auf, als die Hufe des Pferdes auf dem nassen Boden zum Stehen kamen.

»Schnell.« Loreba sprang aus dem Sattel und hastete in Richtung Wald. »Lass das Pferd zurück.«

Elodea rannte ihr nach, die Geräusche ihrer Verfolger im Nacken. Als sie das schützende Dickicht erreicht hatten, ließ sie sich erschöpft auf den moosbewachsenen Waldboden fallen.

Loreba jedoch verbarg sich hinter einem Baum am Wegrand und zog ihr Kontemplet aus der Tasche. Sie blätterte fahrig durch die Seiten, bis sie gefunden hatte, was sie suchte, und legte ihren Finger auf die Stelle. »*Legertha thrisis!*«

Erneut spürte Elodea die Luft vibrieren. Ein dünner Strahl silbrigen Rauches breitete sich in Lorebas ausgestreckter Handfläche aus. Er schlängelte sich zwischen den Bäumen hindurch auf den Weg, wurde dichter und irgendwie auch körperlicher. Zu Elodeas Entsetzen begann er sich nun auch um ihr Pferd zu schlingen, spann es ein wie in einen dunstigen Kokon. Einen Moment lang sah sie nur noch das Tier, regungslos, gänzlich in den silbernen Dunst gehüllt. Dann zeichneten sich die Umrisse von zwei Personen auf seinem Rücken ab.

Sie schlug die Hand vor den Mund, um nicht loszuschreien. Elodea sah sich selbst mit zerzausten Haaren und zerrissenem Kleid auf ihrem Pferd sitzen. Dahinter klammerte sich Loreba an ihre Schultern. Stumm vor Schreck schaute Elodea von der Loreba auf dem Pferd zur Loreba hinter dem Baumstamm. Was um alles in der Welt ging hier vor?

Sobald sich der Rauch wieder verzogen hatte, ließ sich die echte Loreba neben Elodea in den Matsch fallen.

»Was hast du da gemacht?«, keuchte Elodea und deutete durch das Gebüsch auf die Silhouetten der beiden falschen Aurenen.

»Es ist ein Hüllenspiegel«, wisperte Loreba. »Die Soldaten werden unsere Doppelgängerinnen verfolgen. Bis sie merken, dass die nur aus Rauch bestehen, sind wir längst ...«

Sie verstummte. Ein triumphierender Schrei war vom Weg zu hören. Kurz darauf stürmten die Soldaten mit ihren Pferden die Kreuzung.

»Da sind sie!«

Wie aufs Stichwort griff die Hüllenspiegel-Elodea nach den Zügeln.

Elodea sah nur noch, wie die Haare ihrer Doppelgängerin durch die Luft wirbelten, dann verschwanden die Hüllenspiegel im Wald, die Soldaten dicht auf ihren Fersen. Noch eine ganze Weile konnte man das Donnern der Pferdehufe auf dem Boden nachhallen hören, bevor Verfolger und Gejagte endlich fort waren.

Elodea atmete aus. »Das war knapp. Wieso hast du mir das noch nicht beigebracht? Das ist doch genial, wir könnten uns einfach immer Doppelgänger erschaffen.«

»Ganz so einfach ist es nicht«, sagte Loreba. »Hüllenspiegel kopieren, wie der Name schon sagt, nur eine Hülle. Sie sind geformte Energie, der Lehm der Magier. Man kann nicht mit ihnen sprechen, sie können nicht eigenständig denken, man kann sie nicht berühren, sonst lösen sie sich auf. Außerdem ist es sehr schwer, einen Hüllenspiegel herzustellen, der exakt so aussieht wie die Person, die er darstellen soll. Es ist unmöglich, die Augen eines Menschen abzubilden, für gewöhnlich sind es nur schwarze Löcher. Deshalb hoffe ich, dass unsere Doppelgängerinnen möglichst weit kommen, ohne sich umzudrehen, sonst werden die Soldaten wissen, dass sie getäuscht wurden. Wir sollten tiefer in den Wald, wo wir einigermaßen sicher sind, und unsere Verletzungen heilen. Die Scherben müssen sofort aus deiner Hand und die Wunde gereinigt werden.«

Elodea verzog das Gesicht. »Ich schätze, du hast recht.«

»Und dann müssen wir weiter nach Betháne. Wenn wir uns beeilen, können wir die Brüder Mhyrias vielleicht noch warnen.«

»Das schaffen wir doch nie ohne Pferde.« Elodea streckte ihre nassen Glieder aus.

»Wir haben keine andere Wahl«, sagte Loreba nüchtern und stand auf, indem sie sich an einem Baumstamm festhielt. »Irgendetwas wird uns einfallen. Übrigens ...« Sie sah ihre Schülerin an. »Danke. Du hast uns heute verteidigt, besser, als ich es konnte. Ich bin wirklich stolz auf dich.«

»So viel Lob aus deinem Mund? Was kommt als Nächstes, meine Heiligsprechung?« Elodea schüttelte den Kopf, lachte aber dabei. »Wirklich, wenn wir jemals wieder zu Hause ankommen, dann erinnere mich an das heutige Datum. Das muss ich mir im Kalender anstreichen.«

• • •

Martha fand Cloé am Fuß des Holunders im Kräutergarten. Sie hielt ihren Dolch in der Hand und schnitzte damit gedankenverloren an einem Rosmarinbusch herum.

»Wenn du deine Mahlzeiten in Zukunft ungewürzt zu dir nehmen willst, kannst du gerne weiter meine Pflanzen verschönern.« Martha ließ sich neben ihr in den Schatten sinken, doch Cloé zeigte keine Reaktion, verdrehte nicht einmal die Augen, wie man es von ihr erwartet hätte.

Der Abend lag über dem Garten der Aurenen. Warm und nach Erde duftend breitete er sich über Marthas Schützlinge in den Beeten, und wenn sie sich nicht solche Sorgen gemacht hätte, wäre ihr allein beim Anblick, wie sich Rose und Sonnenhut aneinanderschmiegten, das Herz aufgegangen. Ein paar Mohnblumen und Brennnesseln von den umliegenden Wiesen hatten sich zwischen sie verirrt, doch Martha dachte nicht daran, sie zu jäten. Sie war ihrem Garten eine Mutter, keine Herrin, die ausriss, was nicht ins Bild passte.

»He«, sagte sie zaghaft, während Cloé demonstrativ in die andere Richtung sah. »Willst du nicht langsam mal wieder reinkommen? Du versteckst dich schon den ganzen Tag vor uns.«

»Nein.« Cloé wirkte betreten, aber nicht mehr wütend. »Im Moment nicht.«

Martha legte ihr einen Arm um die Schultern. »Dir ist hoffentlich klar, dass dir niemand einen Vorwurf macht. Du hast ihm kein Haar gekrümmt, es gibt keinen Grund, sich schuldig zu fühlen.«

Cloé schnaubte. »Ich fühle mich auch nicht schuldig. Nicht wegen dem!« Dann sah sie wieder zu Boden. »Es ist nur ... Jahrelang habe ich geglaubt, es würde besser, wenn ich mich endlich gerächt habe. Dass ich dann frei wäre, meinen Frieden finde. Aber ... Als ich da stand ... Ich habe ihn gesehen und wusste, es hätte nichts geändert.«

»Ich verstehe«, sagte Martha leise.

»Du hast es mir von Anfang an gesagt«, murmelte Cloé kleinlaut. »Vergeben, abschließen, Frieden machen.«

»Ach, ich kann doch auch nicht wissen, was richtig ist. Das redet sich alles immer leichter, als es getan ist.«

»Nein.« Cloé klang auf einmal sehr entschieden. »Du hattest recht. Ich wollte es nicht begreifen. Ich habe nicht verstanden, wieso ich diesem Kerl verzeihen sollte. *Er* sollte sich schuldig fühlen. Dabei ging es nie um ihn. Hass, Rache, Rache, Hass ... Ich habe aufgehört, zu leben. Es hat mich vergiftet, kaputtgemacht. Das sehe ich jetzt. Und ich will es nicht mehr.«

»Bist du denn bereit dafür?«, fragte Martha. »Zu vergeben?«

»Das nicht«, sagte Cloé schnell. »Aber ich werde ihn nicht mehr hassen.« Sie fuhr mir den Fingern über ihren Dolch und hielt ihn dann Martha hin. »Nimm du ihn. Schließ ihn weg, irgendwohin, wo ich ihn nicht mehr sehe. Vielleicht komme ich sonst wieder auf dumme Ideen.«

Martha sah für einen Moment überrascht aus. »Nein.« Lächelnd nahm sie Cloés Hand und schloss sie sachte, aber bestimmt wieder um den Griff. »Ich vertraue dir. Du kannst die Verantwortung für dein Handeln selbst tragen. Vergeben muss man lernen. Irgendwann ... irgendwann wird es leichter. Und dann bist du bereit.«

Cloé zögerte, die Stirn verzogen und den Blick auf Martha geheftet, nahm den Dolch schlussendlich aber doch zurück. »Tut mir leid wegen deinem Rosmarin. Ich pflanze dir einen neuen.«

»Den größten Gefallen tust du mir, wenn du endlich zum Essen kommst«, sagte Martha mit einem Schmunzeln. »Wie sieht es aus? Meinst du, das schaffst du? Mir zuliebe?«

Cloé atmete tief durch, und es hörte sich an, als würde sie nach Jahren wieder Luft in ihre Lungen lassen. »Ich denke schon.«

Bevor sie Martha durch die Haustür folgte, wandte sie sich ein letztes Mal um. Der Dolch lag noch immer in ihrer Hand, sie wog ihn zwischen den Fingern und sah zu, wie das Sonnenlicht über den Stahl lief. Martha mochte ihr vertrauen, doch sie traute sich selbst noch nicht. Sie hatte gerade erst den ersten Schritt auf einem langen Weg zum Verzeihen gemacht. Wer sagte, dass sie nicht wieder rückfällig wurde? Im Moment wollte sie alles loswerden, was an ihre alte Wut erinnerte.

»Es reicht«, murmelte sie.

Dann holte sie Schwung und schleuderte die Klinge hinaus ins hohe Gras.

# SCHLANGE UND FEUER

Schreie. Schreie und ein Meer aus Flammen. Das war alles, was Damian wahrnahm.

»Acte!« Nun hustete er. Bei all dem Ruß war es fast unmöglich, normal zu sprechen. Flammen züngelten um ihn herum, der Qualm wurde immer dichter. »Acte!« Er rief ihren Namen, so laut er konnte.

»Damian?«

Er wirbelte herum. Acte kauerte schwer atmend in einer Ecke, die Schürze auf Mund und Nase gedrückt. Erleichtert rannte er auf seine Frau zu und schloss sie in die Arme. »Gott sei Dank! Wir müssen hier sofort raus«, sagte er zu ihr und hob sie hoch.

»Damian ...« Ihre Stimme zitterte vor Angst, Tränen liefen ihr über die Wangen. »Sie sind da, sie sind irgendwo hier, und sie haben diese Nathaira mitgebracht.«

*Nathaira.* Der Name jagte Damian einen Schauer über den Rücken.

»Wie viele von denen sind es?« fragte er, während er seine Frau durch den Raum trug und nach einem Ausgang suchte.

»Ich weiß nicht.« Actes Stimme überschlug sich fast, und sie klammerte sich fester an seinen Hals. »Vielleicht fünfzig.«

Damians Gedanken wurden düster. Fünfzig Soldaten, die hier aufgetaucht waren und sie angriffen. Das konnte kein Zufall sein. Sie waren verraten worden. Hektisch versuchte er in dem Rauch etwas zu erkennen, ein Fenster, eine Tür, irgendeinen Weg aus dieser Hölle, doch sosehr er sich auch bemühte, der Qualm war zu dicht. Seine Augen tränten, und er musste erneut husten.

»Damian, dort!« Acte zeigte auf ein zersprungenes Fenster in der Dunkelheit vor ihnen.

»Gut, halt dich fest.« Mit beiden Armen hob er Acte aus dem Fenster auf die Straße. Dann stemmte er sich selbst auf den Fensterrahmen und sprang nach draußen.

Die Nacht war zum Tag geworden. Das Hauptquartier der Brüder Mhyrias glich einem einzigen riesigen Feuerball. Flammen züngelten meterhoch in den Himmel und erhellten die Finsternis.

Auf der Straße um sie herum rannten Menschen, deren Gesichter er in der Dunkelheit nicht erkennen konnte, schreiend umher.

Hastig beugte er sich zu Acte hinunter, die hustend und würgend auf dem Straßenpflaster zusammengebrochen war, und half ihr auf die Beine. »Hör zu. Du musst fliehen, versteck dich irgendwo in der Stadt.«

»Ich gehe nur mit dir«, erwiderte Acte zitternd.

»Ich komme nach, versprochen. Lyonel hat mir vor seiner Abreise die Verantwortung übergeben, ich muss zuerst die anderen in Sicherheit bringen.«

»Geh da nicht wieder rein.«, flehte sie ihn an. »Bitte!«

Eine Gestalt bewegte sich plötzlich aus dem Flammenmeer und stolperte auf die Straße.

»Johanna!«, rief Damian erleichtert und rannte auf die Frau zu. »Wo sind die anderen, hat sich jemand retten können?«

Johanna schnappte nach Luft. »Es sind noch einige im Haus, es ging alles so schnell, ich …«

»Schon gut. Ich gehe rein und suche sie. Du bringst Acte und dich in Sicherheit.«

»Damian, nein …« Acte wimmerte.

»Doch. Du gehst mit Johanna.« Er trat auf sie zu und küsste sie. »Pass auf sie auf«, raunte er Johanna noch zu. Dann wandte er sich um und ging zurück zum brennenden Haus der Brüder Mhyrias. Doch bevor er überhaupt am Gebäude angelangt war, ließ ihn eine plötzliche Bewegung innehalten. Zuerst sah er nicht genau, was es war, aber dann erkannte er allmählich die Umrisse Dutzender Personen in Schatten zwischen den Häusern. Langsam kamen sie auf ihn zu.

Damian wich zurück.

Nun beleuchteten die Flammen ihre Gesichter und Körper. Es gab keinen Zweifel. Diese Leute waren Soldaten der Königin.

»Lauft!«, rief Damian heiser Johanna und Acte zu, während er, starr vor Schreck, die Soldaten fixierte, die jetzt alle Anwesenden auf der Straße einkreisten. Statt seiner Anweisung zu folgen, zogen sich die Frauen in eine Seitengasse zurück und beobachteten das Geschehen vor ihnen.

Einer der Soldaten hatte sich aus der Kreisformation gelöst und ging auf Damian zu. Als die Person näher herantrat, fiel ihm auf, dass es eine Frau war. Sie trug einen langen grünen Umhang, über den sich Muster wie Schlangenhaut zogen. In der Linken hielt sie ein Schwert, über ihrer Rechten schwebte ein Energieball. Noch bevor sie ihn ansah, erkannte Damian, wer diese Frau war. *Nathaira Elgyn.*

Es war zu spät. Alles war vorbei. Sein Leben war vorbei. Sobald Damian ihrem Blick begegnete, wusste er es. Vom Feuer im Schlaf überrascht, hatte er nicht die Möglichkeit gehabt, sich eine Waffe zu besorgen. Jetzt stand er mit leeren Händen da und sah zu, wie die Soldaten ihren Kreis enger zogen.

Ein Lächeln umspielte Nathairas Lippen, als sie auf ihn herabsah wie ein Greifvogel auf seine Beute. »Da hat es wohl doch jemand geschafft, dem Feuer zu entkommen.«

Ihre Stimme jagte Damian einen Schauer über den Rücken, und jeder Rest seiner Hoffnung zerrann unter ihrem Blick. Weglaufen hatte keinen Sinn mehr. Diese Frau würde ihn töten.

Als hätte sie seine Gedanken gelesen, hob Nathaira ihr Schwert auf die Höhe von Damians Brust.

*Es tut mir leid*, schoss es ihm durch den Kopf, während er die Klinge wie in Zeitlupe auf sich zurasen sah. *Es tut mir leid, dass du das mit ansehen musst, Acte.*

Mit einem dumpfen Geräusch durchstach ihn das Schwert. Er spürte ein reißendes Stechen in der Brust, seine Rippen brachen, die Knie versagten ihm. Nathairas Gesicht mit ihrem hasserfüllten Blick verschwamm vor seinen Augen. Dunkelheit legte sich um ihn, und er spürte, wie er fiel. Die Welt um ihn herum versank in Finsternis. Das Letzte, was Damian hörte, bevor er auf den Boden schlug, war das Tosen der Flammen und der Schrei seiner Frau.

# EIN NEUES VERSTECK

Elodeas Seite schmerzte, und ihre Lungen brannten vor Anstrengung. Sie presste die Hände an die Hüften und atmete pfeifend aus. Das Laufen zehrte allmählich an ihren Kräften. Schon vor einiger Zeit und schneller als erwartet, hatten Loreba und sie Morugan hinter sich gelassen. Zu Fuß hätte sie die Strecke nach Eleringorn wahrscheinlich umgebracht, doch das Glück war ausnahmsweise auf ihrer Seite gewesen, und sie hatten sich nachts heimlich auf den Wagen eines Obsthändlers schleichen können, der auf dem Weg nach Betháne gewesen war.

Bis kurz vor Tenébra waren sie als blinde Passagiere in seinem Wagen mitgefahren. Dann erst hatten sie bemerkt, dass der Mann einen anderen Weg einschlug, und sich heimlich davongestohlen. Seitdem schlugen sie sich zu Fuß durch. Immerhin hatten die beiden noch einige Früchte mitgehen lassen können, die jetzt ihr Überleben sicherten. Als Ausgleich hatte Elodea eine ihrer toulinischen Halsketten zwischen den Obstkisten versteckt. Mit dem Geld, was man dafür bekäme, konnte eine Familie problemlos einen Monat lang leben, und ihr Anblick würde den Händler zweifelsohne über den Verlust seiner Ware hinwegtrösten.

Elodea war froh, Morugan endlich verlassen zu haben. Diese Provinz der verregneten Tage und sternlosen Nächte, in der die Bäume das Licht schluckten und nicht einmal der Holunder gedieh, war ihr in dunkler Erinnerung geblieben. Trotz aller Müdigkeit war sie erleichtert, wieder in Betháne zu sein und den vertrauten Wald um sich herum zu spüren, der viel lebendiger, heller und vor allem trockener als der Morugans war. Ihr Haar hing mittlerweile in verknoteten Strähnen über ihre Schulten, Zweige und Blätter hatten sich darin verfangen. Tyrzas Kleid triefte vor Schlamm und glich einem Stück Lumpen. Mit jedem Meter, den sie ging, wurde das Brennen in ihrer Lunge und an ihren Fußsohlen schlimmer. Seitenstechen quälte sie, trotzdem hielten sie jetzt, so kurz vor dem Ziel, nicht mehr an, um auszuruhen. Sie mussten sich beeilen.

*Geh, Elodea, schneller, es ist nicht mehr weit, du musst Lyonel und die anderen warnen, bevor es zu spät ist, beeile dich doch!*, versuchte sie sich einzureden, wann immer sie glaubte, keinen Schritt mehr laufen zu können.

Loreba ging es nicht besser. Auch mit Magie war ihr verstauchtes Handgelenk noch nicht ganz geheilt. Dazu kam eine Erkältung, die sie sich im Regen eingefangen hatte und die sie zusätzlich schwächte.

Gegen Mittag erreichten sie Eleringorn. Wie von selbst lenkte Elodea ihre Schritte nicht durch das Dorf, sondern über die Felder und Wiesen hinauf zum Wald. »Wir haben es fast geschafft. Nur noch ein bisschen durchhalten«, versuchte sie, Loreba Mut zu machen, die an ihre Schulter gelehnt lief und am Ende ihrer Kräfte war.

Loreba antwortete nicht, ihr Körper zitterte.

*Wie lange wird sie noch gehen können?* Ihre Schulter, auf die Loreba gelehnt war, fühlte sich schon seit Stunden merkwürdig taub an. Die Müdigkeit steckte Elodea tief in den Knochen, sie spürte ihre Beine kaum noch.

Quälend langsam schleppte sie sich über die Hangwiesen. *Nur noch ein paar Schritte*, versuchte sie sich einzureden. *Nur noch ein paar Schritte, dann sind wir da.*

Endlich kam das Pfarrhaus in Sicht. Elodea sammelte ihre letzten Kräfte, auch Loreba sah auf. Zusammen traten sie durch den Schutzkreis. Sie spürte nicht mal, wie sie die magische Grenze überschritten, so erschöpft war sie. Auf der anderen Seite stolperte sie noch ein paar Meter vorwärts, dann sanken sie und Loreba zu Boden in das weiche, trockene Gras.

»Elodea?« Aus Richtung des Hauses war ein Geräusch zu hören. Es klang nach Martha. »Lyonel, Elliott! Schnell, kommt her!«

*Lyonel?* Elodea hob den Kopf. Ihr Hals schmerzte, und sofort wurde ihr schwarz vor Augen. Lyonel war wieder hier? Sie musste ihm sagen, dass Obsidias Leute das Hauptquartier der Brüder Mhyrias angreifen wollten!

Begleitet von Stimmengewirr hörte sie Leute auf sich zuhasten. Schatten tauchten über ihr auf, und sie vernahm einzelne Gesprächsfetzen:

»Elodea und Loreba! Was …«

»Die sehen ja furchtbar aus.«

»Martha? Bist du das?« Elodea blickte auf. Über ihr sah sie besorgte Gesichter. Benommen blinzelte sie.

»Ach du ... Elodea, was ist passiert?!« Martha fiel auf die Knie und half ihr, sich aufzusetzen.

Die Welt schwankte vor ihren Augen. Rasch griff ihr Martha unter die Arme und hielt sie fest. »Morugan war eine Falle!«, stammelte Elodea, während sie versuchte, das Schwindelgefühl in ihrem Kopf auszublenden. In kurzen stichwortartigen Sätzen erklärte sie, was ihnen zugestoßen war. Sie erzählte von dem Verräter in den Reihen der Brüder Mhyrias, von Lysander, der ihnen gedroht hatte, und von ihrer Flucht. Sobald sie geendet hatte, beugte sich Lyonel zu Loreba hinunter und hob sie hoch. Lorebas Blick war schon vom Schlaf verschleiert, als er ihren Kopf auf seine Schulter bettete.

»Ich bin es«, flüsterte er und legte ihr sachte seine unbrauchbare Hand auf die Wange. Er nickte Martha kurz zu und trug Loreba zum Haus hinüber.

»Komm, Elodea, du musst dich ausruhen, du bist verletzt«, sagte Martha.

»Nein!« Elodea packte sie am Arm. »Lysander hat gesagt, er wüsste, wo das Versteck der Brüder Mhyrias in Praetimaria ist, er will sie dort angreifen! Ich weiß nicht, wie viel Zeit wir seit unserer Flucht schon verloren haben, ihr müsst etwas unternehmen!«

Schweigen trat ein. Die Versammelten tauschten Blicke, vermieden es allerdings, Elodea anzusehen.

Marthas Gesicht hatte einen schmerzlichen Ausdruck angenommen. »Komm mit rein. Wir besprechen das später«, sagte sie und zog Elodea am Arm hoch.

»Nein! Ihr könnt doch nicht einfach zusehen, wie ...« Doch weiter kam sie nicht. Sobald sie wieder mit beiden Beinen auf dem Boden stand, begann die Wiese, vor ihren Augen zu kippen. Ein entsetzliches Schwindelgefühl breitete sich in ihrem Kopf aus und drang in Wellen durch ihr Bewusstsein. Vor ihren Augen wurde es dunkel, ihre Beine knickten ein. Wie aus weiter Ferne hörte sie einen Schrei und spürte, wie sich kräftige Arme um ihren Körper schlangen. Dann war da nur noch Leere.

• • •

Als Elodea wieder zu Bewusstsein kam, lag sie in ihrem Bett. Hinter ihrer Stirn pochte ein dumpfer Schmerz. Sie seufzte, bevor sie die Augen aufschlug. Durch das Fenster fielen vereinzelte Strahlen der Morgensonne, doch ansonsten war der Himmel draußen grau und mit tiefen Wolken verhangen.

Vorsichtig versuchte Elodea, ihre Arme auszustrecken, und schlug die Bettdecke zurück. Jemand hatte sie aus den verdreckten Stoffresten ihres Kleides befreit, sie trug nur noch das graue Untergewand. Außerdem waren ihr Haar gekämmt und die Überbleibsel der Wunde verbunden worden. Ein weißer Leinenverband schlang sich um ihre Handfläche und Finger, aber sie spürte keinerlei Schmerz. Schwerfällig drehte sie den Kopf zur Tür. Sie war nur angelehnt. Eine unheimliche Stille lag über dem Haus. In ihrem Innersten wusste Elodea, dass etwas nicht stimmte.

Sie zuckte, als ihre Füße den kalten Boden berührten. Auf ihrem Nachttisch standen eine erloschene Lampe und eine halb ausgetrunkene Kaffeetasse. Offenbar hatte jemand neben ihrem Bett Wache gehalten, während sie geschlafen hatte. Daneben lag ihr Morgenmantel. Mit klammen Fingern schlag ihn Elodea um sich und trat hinaus in den verlassenen Gang. Jede ihrer Bewegungen schmerzte. Ein Flüstern, nicht lauter als das Rascheln von Papier, kam aus einem der vorderen Räume. Als sie die Schwelle des Wohnzimmers erreichte, hielt sie vor Überraschung inne. Der Raum saß voll fremder Menschen. Sie alle verstummten bei ihrem Anblick.

»Elodea!« Martha erhob sich aus einem Sessel am Kamin. »Du bist aufgewacht! Wie fühlst du dich?«

»Gut«, sagte Elodea verwirrt, aber gleichzeitig erleichtert, Martha zu sehen. »Wie lange war ich weg?«

»Keine Sorge, du brauchtest deinen Schlaf. Ich habe ein bisschen Arznei auf deine Hand gegeben, aber Loreba hat gesagt, ihr hättet die Verletzungen schon fast vollständig mit Magie heilen können.«

»Loreba? Geht es ihr gut?«

»Bestens«, kam es von einem Sofa in der Ecke. Loreba saß dort, in einen wollenen Strickmantel gehüllt, und hob ihre bandagierte Hand. Sie sah noch ein wenig blass aus, doch ansonsten schien sie gesund zu sein. »Ist schon fast wieder verheilt.«

»Ich hoffe sehr für diesen Lysander, dass er mir nie begegnet, ansonsten verarbeite ich ihn zu Kleinholz«, zischte Cloé vom Tisch her.

»Ganz ruhig«, murmelte Tyrza, die neben ihr saß. »Wir wollen nicht in alte Muster zurückfallen.« Ihre Miene war angespannt.

Elodea sah sich im Zimmer um. Elliott und Lyonel saßen zu Lorebas Seiten auf dem Sofa. Zu ihrer großen Überraschung entdeckte sie am Fenster Johanna, eine Anhängerin der Brüder Mhyrias, die in Praetimaria die Vorräte verwaltet hatte. Neben ihr standen Männer, die sie nur vom Sehen her kannte.

»Was ist denn hier …?« Dann begann es ihr zu dämmern. All diese Leute hatte sie in Praetimaria kennengelernt. Dass sie nun hier waren, konnte nur eins bedeuten. »Lysanders Leute haben das Hauptquartier schon angegriffen, oder?«

Elliott sah zu Boden. »Vor ein paar Tagen«, sagte er knapp. »Die Soldaten haben das Haus angezündet während alle schliefen. Wer nicht rechtzeitig wach wurde und sich retten konnte, ist verbrannt.«

Elodea schlug die Hand vor den Mund und sank in den nächsten Sessel. Eine bleierne Schwere breitete sich in ihrem Magen aus.

»Wer ist …?« Elodea sprach die Frage nicht aus, doch trotzdem verstand Elliott, was sie meinte.

»Wir wissen nicht genau, wer alles entkommen ist. Es gibt einige Tote. Die meisten kennt Ihr nicht. Johanna, Syrell, Vanora, Clyde, Eonan und Acte haben sich bis nach Tenébra durchschlagen können. Ich habe Syrell vor einigen Wochen geschrieben, dass Lyonel und ich uns im Tantherá verié aufhalten und dass sie nach Ellery fragen sollen, wenn sie uns erreichen wollen. Daran haben sie sich wohl noch erinnert. Martha hat einen ziemlichen Schreck bekommen, als Ellery sie zu ihr brachte.«

Elodea ging im Geiste durch, was er gesagt hatte. »Acte ist hier? Ich sehe sie nicht. Und wo ist ihr Mann?«

Elliott schluckte. Neben ihm zuckte Lyonel leicht zusammen.

»Damian …« Elliott rang mit sich. »Er und Acte konnten aus dem Haus fliehen. Auf der Straße sind sie Johanna begegnet. Damian wollte noch mal ins Haus, um nachzusehen, ob noch jemand zu retten war, aber die drei wurden von Soldaten eingekreist. Nathaira, ihr wisst schon, die Magierin, die zu Obsidia übergelaufen ist, hat ihn getötet. Acte hat es mitangesehen.«

Elodea spürte, wie sich ihre Kehle zuschnürte. Damian war tot. Damian und noch viele andere, die sie nicht kannte und auch nie kennenlernen würde. Hass auf Nathaira kochte in ihr hoch und ließ sie die Hände zu Fäusten ballen. »Ich nehme an, Loreba hat euch erzählt, was seit unserem Aufbruch nach Touleránt passiert ist?«

»Ja, das hat sie«, antwortete Lyonel. »Und wir wissen mittlerweile, wer der Verräter aus unseren Reihen war.« Elodea horchte auf. »Er schloss sich uns an, nachdem die Frondienste ihn und seine Familie in den Ruin getrieben hatten. Wir setzten ihn als Boten ein. Er war auch auf der Versammlung im Hauptquartier, an der ihr teilgenommen habt. Es ist anzunehmen, dass Obsidia inzwischen weiß, wer hinter der Befreiung von euch Aurenen steckt. Auf jeden Fall weiß sie, dass wir ihren Sturz planen und dass wir durch das Land gereist sind, um Verbündete zu gewinnen. Unser Hauptquartier in Praetimaria hat sie zerstört, aber ich denke, niemand ahnt, wo wir uns im Moment aufhalten. Euer Haus hier ist ein wohlbehütetes Geheimnis. Unsere Leute in den anderen Regionen Avendúrs dürften auch sicher sein. Der Bote kannte nicht alle Verstecke, einzig das Hauptquartier hat er mit eigenen Augen gesehen.«

Elodea spürte einen Kloß im Hals. In einer Nacht war zerstört worden, was sich diese Menschen über Jahre aufgebaut hatten. Wie sollte man sich von so einem Schlag erholen? Sie wusste nicht, ob sie dazu fähig wäre. »Was wollt Ihr jetzt tun?«

»Na, was schon?« Lyonel zuckte mit den Schultern, es war eine Geste der Hilflosigkeit. »Wir trauern. Und dann machen wir weiter. Was bleibt uns anderes übrig? Wenn meine Schwester glaubt, wir geben so schnell auf, dann irrt sie. Eure Meisterin hat uns erlaubt, vorerst hier unterzukommen. Wir brauchten ein neues Versteck. Ich hoffe, Ihr habt nichts dagegen?«

»Natürlich nicht.«

»Also dann.« Martha richtete sich auf. Es war ihr anzusehen, dass sie die Trauerstimmung in diesem Zimmer nicht mehr ertrug. »Ich mache mich mal ans Essen. Es gibt ja jetzt mehr als genug hungrige Mäuler zu stopfen. Elodea, würdest du mir helfen, oder willst du dich noch ein wenig ausruhen?«

»Nein, nein.« Elodea war insgeheim froh über die Ablenkung.

Was sie soeben erfahren hatte, machte ihr schwer zu schaffen, und sie verspürte den dringenden Wunsch nach einer Tätigkeit, bei der sie nichts denken musste.

»Dann komm«, sagte Martha mit einem Lächeln und führte sie in die Küche. »Ich habe dir noch etwas zu erzählen. Es ist einiges passiert, während ihr fort wart.«

# FESTMAHL DER GRAUSAMKEITEN

Für die Aurenen war es ein düsterer Abend, doch nicht alle hatten in diesen Tagen Grund zur Trauer.
Als die Nacht über Tenébra hereinbrach, war es, als erwachte das Schloss auf dem Hügel zum Leben. Tausende von Kerzen erhellten jeden Winkel der hohen Gewölbehallen. Menschen drängten sich zwischen den Säulen und vor den Bogenfenstern, es herrschte ausgelassene Stimmung. Jeder Raum war erfüllt von den melancholischen Klängen tenébrischer Balladen. Die Musik kam von einer Gruppe im Thronsaal, der sich in eine Art Tanzraum verwandelt hatte. Unzählige Gäste in kostbaren Gewändern bewegten sich dort zur Melodie.

Auf der Stirnseite des Thronsaals war eine lange Tafel aufgebaut, die über und über mit Speisen beladen war. Es gab beliebte bethánische Gerichte wie Teszini, die mit Salbei, Ziegenkäse und karamellisierten Birnen gefüllten Teigrollen, aber es war auch Exotisches für ortsfremde Gäste darunter: rauchiges Bauchfleisch nach moruganischer Art oder Feigen aus Trevona, deren Geschmack die gewöhnlichen Bürger Tenébras nur vom Hörensagen kannten.

Am Kopfende der Tafel thronte die Königin. Zur Feier des Tages trug sie ein Kleid aus weinrotem Damast, und ein zierliches Diadem lag auf ihrem Haupt. Hätte ihr jemand Locken ins Haar gedreht, wäre es sicher noch besser zur Geltung gekommen, doch sie hasste Berührungen anderer Menschen. Selbst ihre Hofdamen durften sich ihr nicht öfter als unbedingt nötig nähern. Obsidia seufzte. Sie ärgerte sich immer wieder, dass Feste wie dieses notwendig waren. Eigentlich richtete sie nur selten große Feiern aus. Sie war lieber allein, zu viele Menschen machten sie nervös. Wer konnte schon sicher sein, dass nicht einer der Männer einen Dolch unter seinem samtenen Mantel versteckt hatte, den er bei nächster Gelegenheit in ihrer Brust versenken würde? Und was war mit Gift? Der Tod kannte so viele Wege. Selbst der Wachsamste konnte sie nicht alle überblicken.

Trotzdem, auch wenn es ihre wertvolle Einsamkeit kostete, irgendwie musste der Adel bei Laune gehalten werden. In letzter

Zeit hatten sie immer mehr besorgte Briefe der Grafen erreicht. Die Bevölkerung stünde kurz vor einer Rebellion, beteuerten sie. Ihrer Meinung nach sollte man die Menschen anhören und gegebenenfalls Steuern und Frondienste mildern. Obsidia hatte nur gelacht. Irgendwelche Bauern, die mit einer Rebellion drohten, kümmerten sie wenig. Ihr Heer war so stark wie nie zuvor, falls es nötig sein sollte, konnte sie einen Aufstand innerhalb weniger Tage niederschlagen, wo auch immer er sich ereignete.

Mürrisch wischte sie den Gedanken beiseite und wandte ihre Aufmerksamkeit stattdessen der Tanzfläche zu, auf der sich alles tummelte, was in Avendúr Rang und Namen hatte. Die Luft um sie herum war schwer von Sehnsucht. Noch immer sang die Musikerin ihre Ballade, und bei jedem ihrer langgezogenen Vokale regte sich in Obsidias Brust der alte Schmerz. An guten Tagen war er nicht mehr als ein fernes Ziehen, betäubt durch Arzneimittel oder Lysanders Schläge, unter dieser Wehklage aber begehrte er auf. Rasch nahm sie einen Schluck aus ihrem Kelch. Sie hatte verboten, Balladen zu spielen. Schon normale Musik konnte sie kaum ertragen, Obsidia hasste sie wie den Frühling, doch bei Balladen war ihre Geduld vollends erschöpft. *Trauer ist Schwäche. Warum gibt es eine Kunstform, die diesem Gefühl auch noch eine Stimme verleiht?*

Auf der Suche nach Ablenkung schweifte ihr Blick durch die Menge. Der Graf von Téska tanzte nur ein paar Meter von ihr entfernt mit seiner neuen Frau, deren Gesicht vor Einfalt strotzte. Sie war unbestreitbar ein hübsches Ding, noch dazu blutjung, mit veilchenblauen Augen und wogendem Goldhaar, doch ihr Lächeln hätte dümmlicher nicht sein können. Einen Moment überlegte Obsidia, wie der Graf wohl reagieren würde, wenn sie aufstünde und ihn um einen Tanz bäte. Wie fühlte es sich an, Hände auf ihrer Hüfte zu spüren? Warm? Kalt? Ihre Finger waren immer kühl, aber war das normal für einen Menschen?

Obsidia schauderte. Sie wusste so wenig von den Leidenschaften, die das Leben anderer Leute beherrschten, hatte ihre eigenen vergraben, tiefer noch als die Trauer. *Liebe, Mitleid, Reue … all diese Gefühle gehören den Schwachen*, hatte ihr Vater immer gesagt. Warum fiel es ihr dann so schwer, sie zu kontrollieren? Vielleicht sollte sie Lysander befehlen, ihr ein paar neue Striemen auf den Rücken zu geben. Der körperliche Schmerz lenkte immerhin ab, war ein berechenbares Gefühl, an dem sie sich festhalten konnte, sobald der Schmerz in ihrem Innern zuschlug. Auch wenn er sie, anders als von ihrem Vater behauptet, bis heute nicht von ihrer Schwäche geheilt hatte.

Erst nach einer Weile bemerkte sie, dass Isobel von Touleránt fehlte. Eigentlich hätte sie es sich denken können. Ihre hinter falscher Höflichkeit verborgene Feindschaft schwelte schon zu lange. Die alte Gräfin liebte das Leben, und Obsidia hasste sie dafür. Isobel nahm sich in letzter Zeit viel zu viel heraus, nur weil sie wusste, dass sie als ehemaliges Schoßhündchen von Königin Benoatriz die Herzen auf ihrer Seite hatte. Schon seit geraumer Zeit gab es Gerüchte, Isobel sympathisiere mit dem, was man den *akademischen Widerstand* nannte. Das war zweifelsohne ein Problem, zumal die Gräfin ein Heer befehligte. Vorerst musste Obsidia abwarten, wie sich die Dinge entwickelten, und wenn Isobel wirklich eine Gefahr darstellte, würde die Gräfin eben eines Tages einen kleinen Unfall haben ... All das waren wirklich keine Sorgen, mit denen sie sich heute Abend beschäftigen musste.

Die Sängerin hatte endlich ihr Lied beendet, und die Musiker begannen mit einem neuen, schnelleren Stück. Flöten und Fideln erklangen, die Stimmung wurde noch ausgelassener. Die Tanzfläche füllte sich zunehmends mit Menschen, die sich in Kreisformationen aufstellten und dann mit schnellen, schwungvollen Bewegungen tanzten.

Obsidia verdrehte die Augen und griff wieder nach dem Kelch, der zu ihrem Verdruss leer war. »Farya!« Sofort trat ihre Hofdame mit einer Verbeugung an den Tisch und schenkte ihr aus einer gläsernen Karaffe Wein nach. »Nimm Platz«, befahl die Königin und wies mit einer lässigen Handbewegung auf den Stuhl zu ihrer Rechten.

Farya folgte dem Befehl, wenn auch höchst widerwillig.

»Wo ist Lysander?«, fragte Obsidia, während sie einen Schluck Wein nahm.

»Er bringt Herrn Melvar und ein paar Männer des Kronrats her. In ein paar Minuten werden sie da sein.«

Obsidia verzog das Gesicht. *Kronrat*, dass sie nicht lachte. Diese Leute waren Figuren in ihren Händen, hilflos, wie Fliegen im Netz einer Spinne. Ja, Fliegen waren sie in der Tat, kleine schwache

Dinger unter der Kontrolle ihrer Königin, die zu Beginn vielleicht noch ein wenig gezappelt hatten, dann aber recht bald still geworden waren.

Kurz darauf drängten sich tatsächlich eine Gruppe Männer, begleitet von einer Frau, durch die Tanzenden auf ihren Tisch zu. Die Männer verbeugten sich, und auch die Frau machte einen Knicks vor der Königin.

Beim Anblick der Frau musste Obsidia unwillkürlich lächeln. Obwohl Nathaira Elgyn magische Fähigkeiten hatte und ihr die nie besonders geheuer waren, schätzte Obsidia sie. Etwas in Nathaira erinnerte sie an sich selbst. Sie sah es an ihren Augen, diesen Ehrgeiz. Beide waren sie zweite Wahl, hatten die Macht übernommen, weil ihre Verwandten zu schwach gewesen waren. Längst war Nathaira keine einfache Beamtin mehr wie einst ihr Onkel. Zusammen mit Lysander zählte sie zu ihren wertvollsten Dienern.

»Und?«, fragte Obsidia sie. »Hast du Neuigkeiten?«

»Das Hauptquartier der Rebellen gehört der Vergangenheit an.« Nathaira lächelte. »Ich hätte Euch eine Trophäe gebracht, aber ich sehe, Ihr seid beim Essen ...«

»Wie viele sind tot?«

»Alle.«

»Sehr gut.« Obsidia drehte den Kopf und sah Lysander an. »Nimm dir ein Beispiel. So geht man mit Rebellen um, nicht wie du in Morugan.«

Lysander biss sich auf die Lippe. Er wollte offenbar etwas sagen, doch die Königin hatte sich schon an einen anderen Mann gewandt. »Melvar? Was gibt es Neues aus Téska? Ist mein Heer kampfbereit?«

Der hagere Mann trat vor. »Königin, das Heer ist zahlenmäßig viel zu schwach, um im Kampf eine Chance zu haben. Ihr müsstet noch mindestens fünftausend Männer aufstocken, um ...«

Obsidia brachte ihn mit einer Handbewegung zum Schweigen. »Daran habe ich längst gedacht. Sobald wir Padmador den Krieg erklären, werden meine Boten die Nachricht verbreiten, dass alle Männer und deren erstgeborene Söhne in unser Heer einberufen werden. Ihr werdet ein Sonderkommando aus Soldaten zusammenstellen, das durch Avendúr reist und dafür sorgt, dass meinem Befehl ausnahmslos Folge geleistet wird. Wer sich weigert, in den

Krieg zu ziehen, wird hingerichtet. Ich muss ein Exempel statuieren. Haben wir uns da verstanden?«

»Meint Ihr, dass dieser Schritt wirklich notwendig ist?« Melvar schien nicht begeistert. »Er wird sicher einigen Unmut in der Bevölkerung auslösen. Was für eine Rechtfertigung für den Krieg gegen Padmador wollt Ihr dem Volk geben?«

»*Rechtfertigung?*«, zischte Obsidia. Wut begann in ihr zu brodeln. Seit der Flucht der Aurenen war sie noch reizbarer als ohnehin schon. »Ich bin Königin, ich beginne Kriege, wann es mir passt, und ich rechtfertige mich nicht dafür! Mein Vater wollte Padmador, also wird er es bekommen! Nur weil Ihr der Hauptmann meines Heeres seid, braucht Ihr mir noch lange nicht zu sagen, was ich zu tun habe!«

Einige der Tanzenden hielten inne und sahen erschrocken zur Königin hinüber.

Simon Melvar blickte rasch zu Boden. »Es tut mir leid, wenn ich Euch beleidigt habe, aber ich bitte Euch: Padmador hat uns nichts getan. Das Volk wird diesen Krieg niemals billigen und schon gar nicht unterstützen. Es wird Proteste geben. Ihr könnt nicht verlangen, dass die Familien ihre Männer und erstgeborenen Söhne ...«

»Genug!«, schrie Obsidia. »Es reicht, Melvar! Verlasst dieses Fest, kehrt nach Téska zurück und denkt darüber nach, was Ihr gerade gesagt habt. Seid dankbar, dass ich Euch schätze, sonst würde Eure Strafe nicht so mild ausfallen. *Niemand* widerspricht mir!«

Mit Zornesflecken im Gesicht sah Obsidia ihm nach, als er den Raum verließ.

»Herrin?« Nathaira trat vor und neigte ihr den Kopf entgegen. »Verzeiht, dass ich Eure Laune noch mehr trüben muss«, sagte sie, wobei allerdings ein diebisches Lächeln über ihre Lippen huschte. »Lysander und ich, wir haben bei unseren Nachforschungen noch etwas herausgefunden. Es betrifft die Verräter in unseren Reihen. Und ich fürchte, es wird Eure Vermutung bestätigen ...«

• • •

Avian Famorgan stand derweil am anderen Ende der Halle und ließ den Blick ziellos durch den Raum schweifen. Mit den Händen klammerte er sich an sein Weinglas, wie immer auf solchen Veranstaltungen, um nicht vollkommen wie ein Trottel auszusehen. Erst vor einer Minute hatte er auf die Uhr geschaut, nur um festzustellen, dass sich der Zeiger noch keinen Millimeter bewegt hatte. Avian hasste Empfänge wie diesen. Die belanglosen Gespräche, die falsche Höflichkeit, das gegenseitige Gegaffe und Lästern, überhaupt das Hofleben waren ihm im Herzen zuwider. Hätte die Königin nicht explizit die Anwesenheit aller Mitglieder des Kronrats gefordert, wäre er sicher erst gar nicht gekommen.

Seine Schwester stand am Fenster, heute ganz in Weiß gekleidet. Ihr blondes Haar hatte sie mit einem Kamm zurückgesteckt. Es war der einzige Schmuck, den sie je trug, ein Phönix aus Gold mit Bernsteingefieder, der Königin Benoatriz gehört hatte und den sie seit Jahren voller Stolz hütete. Am liebsten wäre Avian zu ihr gegangen, doch sie war in eine Unterhaltung vertieft, und der Blick, den Aensley ihm immer wieder von der Seite zuwarf, zeigte ganz deutlich, dass er unerwünscht war. Seit der Sache mit Loreba Elgyn hatte sich ihr Verhältnis nicht wieder entspannt.

Plötzlich entstand am Tisch der Königin ein Tumult. Avian wandte den Kopf, um zu sehen, was passiert war.

Obsidia hatte sich erhoben. Mit hasserfülltem Blick, die Hände auf die Tischplatte gestützt, starrte sie in den Saal. Ihre Wangen waren gerötet, der Wahnsinn stand ihr ins Gesicht geschrieben. »Aensley Famorgan!«, donnerte sie, wobei ihre Stimme Avian einen Schauer über den Nacken jagte.

Mit einem schrillen Ton erstarb die Musik. Die Hälfte der Leute im Saal tanzte nun nicht mehr, sondern verfolgte mit offenem Mund das Geschehen. Selbst Nathaira und Lysander, die der Königin in den letzten Minuten flüsternd Bericht erstattet hatten, waren vorsorglich zurückgewichen.

»Aensley Famorgan!«, wiederholte Obsidia noch lauter, und erst jetzt erkannte Avian, dass es der Name seiner Schwester war, den sie da schrie. »Wo ist sie? Bringt sie zu mir, auf der Stelle!«

Avians Gefahrensinn schlug Alarm. *Was will sie von Aensley? Hat sie zu viel getrunken?* Hastig blickte er sich unter den Mitgliedern des Kronrats um, doch auch dort waren nur verwirrte Mienen zu erkennen. *Ist das eine ihrer Launen? Was geht da vor?*

»Ich bin hier.«

Mit einem Raunen wandten sich die Köpfe um. Aensley war in die Mitte des Saals getreten. Auf einmal senkte sich Schweigen über die Versammelten. Wie Avian fragten sich auch die anderen Gäste, was Obsidias lautstarker Ausfall zu bedeuten hatte.

»Kommt vor zu mir«, zischte die Königin. »Hierher.«

Die Zuschauer wichen zur Seite und bildeten eine Gasse. Es war nun so still, dass man Aensleys Kleid über den Steinboden gleiten hörte. Alle Blicke waren auf die Magistra der Universität gerichtet, die mit verwirrter, aber nicht eingeschüchterter Miene an den Gästen vorbei zum Thron schritt.

»Majestät.« Aensley neigte leicht den Kopf, als sie ein paar Meter vor Obsidias Tafel zum Stehen kam. »Was wünscht Ihr?« Sie sprach ruhig und recht kühl, es war auch für den Dümmsten erkennbar, dass sie keine Freundin der Königin war.

Obsidia richtete sich auf und sah von ihrem Platz aus auf sie herab. »Gute Leute Tenébras! Vor euch steht eine Frau, die sich gegen ihre Königin und ihr Land verschworen hat!«

*Verschwörung?* Wie aufs Stichwort sprang ein Flüstern durch die Reihen. Jeder reckte sich, um einen Blick auf das Opfer zu werfen, das es, wodurch auch immer, geschafft hatte, Obsidias Zorn auf sich zu ziehen.

Avian stand da wie zu Stein erstarrt. *Das kann nicht stimmen! Meine Schwester ist doch keine Verschwörerin!*

Ohne auf die Umstehenden zu achten, rempelte er sich einen Weg durch die Menge nach vorn, bis er kurz hinter Aensley stehen blieb.

»Streitet Ihr es ab, Aensley Famorgan, dass Ihr in die Befreiung von Loreba Elgyn verwickelt wart?« Obsidias Gesicht war zu einer Mischung aus triumphalen Grinsen und Zorn verzerrt. »Streitet Ihr ab, dass Ihr taktische Informationen über den Verlauf der Hinrichtung an die Brüder Mhyrias weitergegeben habt? Dass Ihr sie unterstützt, seit Jahren, mit Geld und Unterschlupf in Eurem Haus?«

*Nein.* Ein Gewicht sank in Avians Magen. Das konnte nicht wahr sein! Aensley war vielleicht keine Anhängerin der Krone, aber in so etwas verwickelt ... nein!

Doch noch im selben Moment kam ihm der Gedanke, dass es vielleicht sehr wohl stimmen konnte. Der Junge, der sie besucht hatte, in der Nacht vor der Hinrichtung, ihr angeblicher Student ... Er war ihm damals schon merkwürdig vorgekommen. Und hatten sie nicht sogar von so etwas gesprochen? *Ich stehe hoch in der Gunst der Wache*, hatte er gesagt.

Avian begann zu zittern. Wie hatte sie das vor ihm geheim halten können? Sie lebten unter einem Dach!

»Ich leugne es nicht«, sagte Aensley mit fester Stimme, und Avian traute seinen Ohren kaum.

Auch Obsidia schien nicht mit der Wahrheit gerechnet zu haben. »Ihr leugnet es nicht? Ihr gebt Eure Verbrechen also zu, vor allen? Wisst Ihr eigentlich, dass ich Euch hierfür töten kann?«

»Nein!« Ohne darüber nachzudenken, was er tat, stolperte Avian aus der Menge hervor und stellte sich vor seine Schwester. »Bitte, Majestät, Gnade!«

Er wusste, dass er lächerlich aussah, unbewaffnet, mit nicht gerade eindrucksvoller Statur, doch irgendwas musste er tun. War er nicht Oberhaupt der Kirche? Wer, wenn nicht er, hatte das Recht, Gnade zu fordern? Aensley war eine Frau von Stand, Obsidia konnte sie nicht einfach töten!

»*Gnade?*« Aus der Nähe sah er, wie sich Obsidias Nasenflügel weiteten. Der bedrohliche Ton in ihrer Stimme ließ keinen Zweifel offen, auf welch dünnem Eis er sich bewegte.

Ohne dass er es merkte, schob sich Aensley an ihm vorbei. Dabei streifte sie seinen Arm. Kurz verschränkten sich ihre Finger, und Avian dachte, dass sie ihm dadurch Mut machen wollte. Erst als sie sprach, begriff er, was diese Geste in Wahrheit bedeutete. Abschied.

Mit erhobenem Haupt trat seine Schwester Obsidia entgegen. »Ich bereue nichts«, sagte sie laut, damit es alle im Saal hören konnten. »Ihr hattet kein Recht, Loreba Elgyn zu töten.«

»Ich *bin* das Recht!«, bellte Obsidia. Sie zitterte vor Zorn, ihre Brust hob und senkte sich unkontrolliert, und ihr Atem ging in unregelmäßigen Stößen. »Ich bin Eure Königin!«

»Benoatriz von Toulerànt war die letzte *wahre* Königin dieses Landes«, gab Aensley zurück, und ihm Gegensatz zu Obsidias blieb ihre Stimme trotz der Lautstärke ruhig. »Sie hat mit ihrem Volk regiert und nicht gegen es, sie hat die Wissenschaft gefördert und das freie Denken, anstatt Bücher zu verbrennen, hat ihr Leben geopfert für unseren Frieden! Und wenn man ihren letzten Willen befolgt hätte, dann wäre die Monarchie mit ihr gestorben. Die Zeit der Könige ist vorbei, sie war vorbei schon vor Eurem Vater. Ihr seid nur ein Mensch, Obsidia. Nichts anderes als ein großes Kind, dem man zufällig eine Krone auf den Kopf gesetzt hat.«

Das war zu viel. Noch während sie sprach, erkannte jeder im Saal, dass Aensley Famorgan eine Grenze überschritten hatte.

Obsidias Augen wurden zu Schlitzen, ihre Nasenlöcher blähten sich. »Wache!«

Sofort traten zwei Soldaten vor und packten Aensley an den Armen. In der Menge entstand Tumult. Manche boxten sich mit Gewalt nach vorn, um sicherzugehen, dass sie bei dem Spektakel, das sie gleich erleben würden, die besten Plätze hatten.

Auf ein Nicken Obsidias schlenderte Lysander zu ihnen herüber und zog im Laufen beiläufig ein Messer.

»Holt eine Feuerschale!«, wies Obsidia einige Diener an, wobei sie Aensley nicht aus den Augen ließ, die trotz ihres mutigen Auftretens blass geworden war. »Zeig Magistra Famorgan, wie man seiner Königin begegnet, Lysander. Sorg dafür, dass sich die Botschaft ins Gedächtnis brennt.«

»Nein!« In Avians Miene spiegelte sich der Horror, als er erkannte, was sie vorhatte. »Majestät! Das könnt Ihr nicht tun, bitte, ich flehe Euch an!«

»Und schafft dieses armselige Stück Abschaum nach draußen«, sagte Obsidia, ohne auch nur einen Blick auf Avian zu werfen.

Ein paar Soldaten griffen seine Arme und schleiften ihn unter Protest und den Blicken der Gäste aus dem Saal.

Die Stimmung hatte sich verändert. Nicht wenigen Umstehenden stand das Grauen ins Gesicht geschrieben. Noch nie hatte man den stillen Avian Famorgan so gehört. Selbst als die Türen hinter ihm schon zugeschlagen waren, schrie er den Namen seiner Schwester. Die Verzweiflung in seiner Stimme ließ niemanden kalt.

Obsidia bebte noch immer vor Wut ob der Schmähungen, die ihr Magistra Famorgan entgegengeschleudert hatte, doch als sich die Augen wieder auf sie richteten, erfüllte sie noch ein anderes Gefühl. Absolute Macht. All diese Leute hatten Angst vor ihr. Wie sie dastanden, den Kopf eingezogen, wie Kinder, die man beim

Stehlen erwischt hatte. Ein höhnisches Lachen kam über ihre Lippen, und es hallte durch den Thronsaal. Ja, das hier war der richtige Ort, der richtige Augenblick, ihren Plan zu verkünden. Niemand würde es wagen, ihr zu widersprechen.

»Schaut und seht, was mit Magistra Famorgan geschieht. In naher Zukunft werde ich mich jedes unserer Feinde entledigen«, rief sie mit lauter Stimme. »Aurenen, Brüder Mhyrias, sie alle werde ich fallen sehen! Aber wir haben noch größere Feinde als diese Verräter. Vor weniger als fünfzig Jahren hat das Land Padmador gegen uns Krieg geführt, einen langen, leidvollen Krieg. Nun ist endlich die Zeit gekommen, da wir stark genug sind, uns zu rächen!«

Ein Flüstern setzte ein, die Menschen schienen verwirrt. »Wir ziehen in den Krieg! Eure Königin beweist Euch ihre Stärke. Heute«, sie wies auf Aensley zu ihren Füßen, »und morgen!«

Obsidia stieg die Stufen ihres Throns hinab, bis sie nur noch einige Zentimeter vor Aensley stand. Die Leiterin der Universität sah ihr trotzig in die Augen, Stolz funkelte in ihrem Blick.

»Erkennt, wer Eure Herrin ist!«

»Ich bin meine eigene Herrin«, gab Aensley mit bebender Stimme zurück. »Und ich stehe gegen Euch bis zu meinem letzten Atemzug.«

»Oh, meine Liebe …« Obsidia beobachtete von der Seite, wie ihre Diener die Feuerschale hielten und Lysander seine Klinge in der Glut wendete. »Ich glaube, wenn er mit Euch fertig ist, werdet Ihr überhaupt nicht mehr stehen können.«

Mit einer eleganten Drehung warf sie ihre Schleppe hinter sich und ließ sich auf dem Thron nieder.

Aensley zitterte, als Lysander die glühende Klinge aus dem Feuer zog, an ihre Seite trat und ihren Unterarm packte.

Mit erhobenem Messer wartete er wie alle anderen in der Stille auf seinen Befehl.

Obsidia lehnte sich zurück. Die Beine überschlagen, nahm sie einen großen Schluck aus ihrem Kelch. Sie hatte den Geschmack noch auf der Zunge, als sie das Schweigen brach: »Fang an. Wer in Ohnmacht fällt, ist als Nächster dran, also reißt euch bitte zusammen!« Kichernd stürzte sie den restlichen Wein hinunter und schloss die Augen.

Als sie die ersten Schreie hörte, lächelte sie. *Nein, ich brauche wirklich keine Feste,* dachte sie. *Mein Fest ist der Krieg, meine Macht der Wein, an dem ich mich betrinke, und das hier Musik für meine Ohren.*
*Vater wäre stolz auf mich.*

# STUMME SCHREIE

Am folgenden Montag herrschte in der Universität gespenstische Stille. Durch die Flure hallten weder Lärm und noch Gelächter. Die Kursräume waren verwaist, und in den letzten Rängen der Hörsäle saßen, anders als gewöhnlich, keine verschlafenen Studenten mit Restalkohol im Blut. Wer sich nicht ausgekannte, hätte vielleicht geglaubt, es seien Semesterferien oder ein Feiertag, aber dem war nicht so.

Das hier war eine andere Art von Stille. Eine, die lauter sprach, als es Worte jemals gekonnt hätten. Sie war Bestürzung, Trauer, Schock und Wut zugleich. Stummer Protest. Niemand würde heute einfach so zum Alltag übergehen. Nicht nach dem, was gestern geschehen war.

Wie ein Lauffeuer hatte sich die Nachricht in Tenébra verbreitet. Noch vor der Frühmesse wussten ganz Thurau und Agona, was sich am Abend im Schloss ereignet hatte. Man hatte die Leiterin der Universität festgenommen, wurde in den Gassen gemurmelt. Es hieß, dass sie in die Zellen tief unter dem Schloss geworfen worden war, dass sie dort sterben sollte ... Und dass es Krieg geben würde.

Wenn man geglaubt hatte, durch diese Ankündigung entbrenne ein Straßenkampf, so hatte man allerdings falsch gelegen. Die Bürger Tenébras waren nie die Ersten bei Revolten gewesen. So auch diesmal nicht. Und doch ...

Als Tenébra an diesem Morgen erwachte, war die Stadt der Bücher selbst zum Buch geworden. Sie waren über Nacht aufgetaucht: Worte, mit weißer Kreide auf Stein geschrieben, auf Hausfassaden, Straßenecken, Fensterläden, Pflastersteinen, sogar Dächern. Niemand wusste, wer oder wie viele dafür verantwortlich waren. Vermutlich Studenten, den unterschiedlichen Handschriften nach zu schließen, mindestens fünfzig, aber wer konnte schon sicher sein? Es waren Zitate. Zitate aus all den verbotenen Büchern, die ihre Königin im Laufe der Jahre verbrannt hatte, gefolgt von den Namen der dazugehörigen Autoren. Und dazwischen immer wieder ein und derselbe Ruf:

*Ihr könnt uns das Mitleid nicht verbieten!*

Es war genau jener stumme Protest wie an dem Tag, als Loreba Elgyn hingerichtet werden sollte und die Menschen vor ihr auf die Knie gegangen waren.

Von jedem Zitat gingen Kreidepfeile aus. Folgte man ihnen, fand man sich irgendwann auf der Vhera Viscalae wieder. Dort, wo das Zentrum der Bücherverbrennungen gewesen war, dort, wo Menschen ihr Leben ließen, für das, was in diesen Büchern stand. Dort liefen nun alle Linien zusammen zu einem letzten großen Zitat, gut lesbar für jedermann, mitten auf den Stufen der Gerechtigkeit.

*Wenn sie schweigen, werden die Steine schreien.*

# DEN BOGEN ÜBERSPANNT

Gegen Abend ritt ein Späher der Brüder Mhyrias durch das Tal zum Anwesen der Aurenen hinauf. Er atmete schwer, denn er war in Windeseile von Tenébra hergehetzt. In einer Hand fasste er die Zügel, die andere hielt er krampfhaft um ein Blatt Papier geklammert.

Elodea sah ihn schon von weitem. Sie saß auf der Gartenmauer außerhalb des Schutzzaubers und hielt Wache. Nicht weil der Zauber an Wirkung verloren hätte, sondern weil sie die vielen Brüder Mhyrias, die inzwischen bei ihnen ein und aus gingen, durch den Schutzzauber führen musste. Ohne das Beisein einer Aurene konnte niemand die magische Grenze überschreiten, und so hielten die fünf nun abwechselnd Wache, um Neuankömmlinge in Empfang zu nehmen. Elodea merkte sofort, dass etwas nicht stimmte, als der Mann keuchend vom Pferd stieg.

»Ist Euch etwas zugestoßen?«

Der Mann schüttelte ruckartig den Kopf. »Viel schlimmer. Unsere Befürchtung ist wahr geworden!«

Elodea verstand nicht, was er meinte. Sie hatte viele Befürchtungen, und es fiel ihr schwer, abzuwägen, welche die Schlimmste war. »Kommt erst einmal rein.« Mit sanfter Gewalt bugsierte sie ihn durch den Garten ins Haus.

Fast alle Aurenen und Brüder Mhyrias saßen im Wohnzimmer, als sie eintraten. Ihre Gesichter waren noch immer von Trauer und Verlust gezeichnet, es herrschte bedrückte Stimmung.

»Elodea, du bringst Neuigkeiten?« Lyonel sah von seiner Teetasse auf. Er saß mit Loreba am Kopf des langen Besprechungstisches, dahinter gruppierten sich die anderen auf Sofas und Sesseln.

Elodea musste sich erst noch daran gewöhnen, dass er sie mit *du* ansprach. Gestern waren sie übereingekommen, die Höflichkeitsformen endlich abzulegen, wenn sie nun schon unter einem Dach lebten. Sie trat an Lorebas Seite und nahm Platz, bevor sie ihm antwortete: »Dieser Mann hier sagt, es sei etwas passiert.«

Lyonel sah dem Späher in die Augen. »Was ist los, Faene? Erkläre dich.«

Der Mann ließ sich auf einen Stuhl sinken und legte dann eine Rolle Papier auf den Tisch. »Diese Plakate hängen überall in der Stadt. Königliche Boten reisen umher und verkünden es in den Provinzen.« Er beobachtete, wie Loreba und Lyonel das Schriftstück entrollten und zu lesen begannen. Auch Elodea beugte sich vor.

*Auf Befehl unserer Königin, Obsidia von Betháne, haben sich alle Männer Avendúrs ab dem vierzehnten Lebensjahr bis zum Ende dieses Monats in Téska einzufinden, um sich dem königlichen Heer anzuschließen.*

*Die Königin erklärt Padmador hiermit offiziell den Krieg.*

*Wer seine Unterstützung verweigert und versucht, diesen Befehl in irgendeiner Weise zu umgehen, wird mit dem Tod bestraft.*

*Die Anordnung ist ab sofort bindend und allen im Reich zu übermitteln.*

»Ich habe auf mehr Zeit gehofft«, sagte Loreba, als sie fertig gelesen hatte. In ihrer Stimme lag keine Wut, keine Verzweiflung, doch diese Emotionslosigkeit machte Elodea mehr Angst als alles andere. Lyonel lehnte sich in seinem Stuhl zurück. Er wirkte wie ein müder alter Mann. Seufzend fuhr er sich über die Stirn und gab das Schriftstück an die anderen weiter. »Obsidia führt unser Land also wirklich bereitwillig in den Untergang.«

»Nicht, wenn wir es verhindern«, sagte Loreba.

»Wir sind zu schwach. Nur Touleránt hat sich offiziell dem Widerstand angeschlossen. Téska und Morugan werden nicht kämpfen, und aus Galene haben wir keine Informationen. Der innere Kreis der Brüder Mhyrias umfasst gerade mal fünfzig Leute, der äußere ein paar hundert. Und das gegen ein Heer von über zehntausend Mann.«

»Du vergisst das Heer der Gräfin von Touleránt.«

»Wir wären immer noch nicht genug, um auch nur den Versuch zu starten, Obsidia stürzen zu wollen. Unser Plan ist gescheitert.«

»Und deshalb sollen wir jetzt aufgeben? Es darf keinen Krieg geben. Wir müssen das verhindern, egal, wie schlecht unsere Chancen stehen!«, schaltete sich Cloé ein, nachdem sie fertig gelesen hatte.

»Natürlich geben wir nicht auf. Ich versuche ja nur, die Chancen von Sieg und Niederlage abzuwägen. Ohne die anderen Grafschaften können wir Obsidia nicht zur Abdankung zwingen!«

»Wir allein vielleicht nicht. Aber du vergisst eine andere Macht im Staat«, sagte Loreba plötzlich.

Alle sahen sie an.

»Welche Macht soll das sein?«, fragte Lyonel.

»Das Volk. Die Zivilbevölkerung, Menschen wie du und ich. Die Menschen, die es betrifft. In Praetimaria klang es noch so, als würdest du sie fest in deinen Plan miteinrechnen.«

Lyonel schnaubte. »Die Mehrheit hatte schon immer zu viel Angst, um sich öffentlich gegen Obsidia zur Wehr zu setzen. Ich habe wirklich geglaubt, sie würden sich erheben, wenn das Maß voll wäre. Aber selbst jetzt noch, selbst in diesem Leid, bleiben sie stumm. Was soll sich daran noch ändern?«

»Eine ganze Menge, denke ich.« Loreba lächelte, als sie Lyonels verständnislose Miene sah. »Sieh mal«, fuhr sie fort, »man muss kein großer Denker sein, um zu wissen, dass Padmador militärisch stärker ist als Avendúr. Ein Krieg mit diesem Land bedeutet massenhaftes Sterben. Glaubst du, die Leute wissen das nicht? Glaubst du, die Familien lassen ihre Männer und Söhne ohne Widerspruch in einen Krieg ziehen, wenn sie genau wissen, dass sie nicht zurückkehren werden? Glaubst du, sie lassen es zu, dass sie wie Spielfiguren geopfert werden?«

»Nein«, sagte Lyonel, offenbar nachdenklich geworden. »Das glaube ich nicht.«

»Eben. Bis jetzt haben sich die Leute alles gefallen lassen, weil sie Angst um ihre Familie, ihr Haus und ihre Arbeit hatten. Sie haben alle Ungerechtigkeit und Unterdrückung ertragen, weil es noch etwas zu verlieren gab. Aber jetzt hat es Obsidia endgültig zu weit getrieben. Sie hat den Bogen überspannt. Wenn sie zwischen einem Krieg mit Padmador und einer Rebellion gegen die Königin wählen müssen, dann werden sie sich für die Rebellion entscheiden.«

»Ich verstehe deinen Gedanken«, sagte Lyonel langsam. »Und du hast vollkommen recht. Aber das würde bedeuten, dass unser Land auf einen Bürgerkrieg zusteuert.«

»Besser ein Bürgerkrieg, bei dem Obsidia vernichtet wird, als ein Krieg mit dem Ausland, bei dem Avendúr vernichtet wird«, sagte Cloé. Sie verschränkte die Arme. »Dann sind wir uns einig?«

Lyonel sah auf: »Einig mit was?«

»Na einig, dass wir eine Gegenoffensive starten. Ihr seid nicht wochenlang durch das Land gereist und habt Verbündete gesucht, um jetzt darauf zu hoffen, dass der Rest der Bevölkerung die Sache in die Hand nimmt, oder? Wir haben uns doch die ganze Zeit genau auf diesen Moment vorbereitet. Auf dem Zettel steht, dass sich alle Männer bis Ende des Monats in Téska einfinden sollen. Das heißt, wir haben noch um die drei Wochen Zeit, den Kampf gegen Obsidia vorzubereiten, bevor sie in Richtung Padmador zieht. So etwas muss organsiert werden, und wir, sozusagen als Widerstandkämpfer der ersten Stunde, könnten das übernehmen. Du hast selbst gesagt, Lyonel, das wir Aurenen zu Symbolfiguren des Widerstands geworden sind. Wenn jemand die Menschen dazu bringen kann, gemeinsam gegen Obsidia zu kämpfen, dann wir. Und wenn wir dann noch die Nachricht verbreiten, dass du lebst und sozusagen als Erbe Avendúrs bereitstehst ...«

»Das klingt schon sinnvoll, aber wie sollen wir das realisieren?«, fragte Lyonel.

»Obsidias Heer ist in Téska stationiert. Das heißt, im besten Fall können wir das Schloss von Tenébra in einem Überraschungsangriff einnehmen und Obsidia stürzen«, sprudelte Cloé los. »Falls sie schnell genug ist und ihr Heer gegen uns marschieren lässt, können wir gegen ihre Soldaten kämpfen. Mit der Armee von Toulerànt und mit Unterstützung aus dem Volk müssten wir sie besiegen können.«

»Der Plan ist nett, aber ich sehe ein paar Probleme in der Ausführung«, sagte Elliott, der inzwischen um den Tisch herumgekommen war. »In zwei Wochen aus einer Horde Bauern, Handwerkern und Kaufleuten eine Armee zu machen, ist ein enormer Kraft- und Logistikaufwand.«

»Ich habe auch nicht gesagt, dass es leicht wird!«, fuhr ihn Cloé an.

Elliott achtete nicht auf sie. »Um Obsidia in einer direkten Schlacht besiegen zu können, bräuchten wir schon mindestens genauso viele Männer wie sie. Und die Zahlen ihres Heeres sind nur Schätzungen, im Grunde haben wir keine Ahnung, wie stark es ist. Ganz davon zu schweigen, dass sie besser ausgebildet sind, Waffen und Kriegsgerät haben ...«

»Ja, das sind auch meine Bedenken«, seufzte Lyonel. »Aber noch wissen wir nicht einmal, wie die Menschen auf Obsidias Kriegserklärung reagieren. Wir müssen abwarten, wie sich die Lage im Land entwickelt, bevor wir handeln. Erst einmal werden wir Boten in die einzelnen Provinzen schicken, die von der Stimmung berichten sollen.«

»Ich hoffe, dass wir diesen Wahnsinn aufhalten können«, sagte Martha leise und schloss die Augen.

»Ich auch«, stimmte ihr Loreba zu. »Aber ich glaube, dass sich jetzt einiges ändert. Die Leute werden sich diese Anordnung nicht gefallen lassen.«

• • •

Loreba sollte recht behalten. Bereits ein paar Tage später kehrten die Boten mit der Nachricht zurück, dass es in Tenébra Proteste gegen die neue Ankündigung gegeben hatte. Begonnen hatte alles mit Schmierereien an Hauswänden, Zitaten aus verbotenen Büchern. Angestachelt vom Widerstand dieser Unbekannten hatten die Bürger den Stadtrat Tenébras zu einer Audienz bei der Königin geschickt, um sie vom Wahnsinn ihres Plans zu überzeugen. Obsidia jedoch hatte nicht mit sich reden lassen und den Bürgermeister mitsamt aller Stadträte kurzerhand abgesetzt.

Von da an waren die Bewohner Tenébras und der umliegenden Dörfer auf die Straße gegangen. Obsidia hatte sofort Soldaten geschickt, doch die hatten anscheinend nicht mit dem Kampfgeist der Menschen gerechnet. Bevor sie die Demonstrationen auflösen konnten, wurden Beamte der Königin niedergeschlagen, Soldaten mit Schaufeln und Heugabeln verdroschen und öffentlich Beleidigungen gegen die Königin geschrien. Noch nie hatte es in einer beschaulichen Provinz wie Betháne Proteste von derartiger Heftigkeit gegeben.

Aber damit nicht genug. Ermutigt durch die Beispiele der Bürger in Tenébra, erhob sich überall im Land Widerstand gegen Obsidia. In unscheinbaren, friedlichen Dörfern wurden Soldaten auf der Durchreise attackiert, Steuern und Frondienste verweigert.

Während die Brüder Mhyrias in Toulerànt von einer weitestgehend friedlichen Stimmung berichteten, erreichten die Ausschreitungen in Morugan ein nie gekanntes Ausmaß. Dort hatte sich eine große Gruppe von Bürgern zusammengefunden, die den Grafen dazu bewegen wollte, sich gegen den Befehl der Königin zu stellen. Was mutig begann, hatte in einer Reihe Hinrichtungen geendet. Mindestens zwanzig Aufständische waren vor den Augen ihrer Nachbarn und Freunde öffentlich umgebracht worden. Daraufhin hatten Massen aus tobenden Bürgern das Schloss gestürmt. Einem Boten zufolge hatte der Graf versucht zu fliehen, wurde aber erwischt und noch an Ort und Stelle erschlagen.

Der Sturm, den Obsidia gesät hatte, brach nun mit aller Kraft über sie herein. Sie hatte ihr Volk vollkommen unterschätzt. War die Wut schon jahrelang kurz vor dem Siedepunkt gewesen, so schäumte sie nun über. Nie war ein Machtwechsel so nah. Es schien, als würden die Menschen erst jetzt merken, zu was sie fähig waren, wenn sie geschlossen kämpften. Der Widerstand war nun nicht mehr nur die Sache einzelner Gruppen. Er hatte sich auf das ganze Land ausgeweitet und war zum flammenden Inferno geworden.

Eine Woche nachdem Obsidia Padmador den Krieg erklärt hatte, beriefen Aurenen und Brüder Mhyrias im Wohnzimmer eine Versammlung ein.

Als Elodea den Raum betrat, saßen die meisten anderen schon um den großen Holztisch herum. Auf der Tischplatte waren Papierrollen ausgebreitet, angespannte Stimmung lag in der Luft. Elodea setzte sich neben Cloé, die heute, wenn das überhaupt möglich war, noch finsterer dreinblickte als sonst.

Nachdem Ruhe eingekehrt war, ergriff Lyonel das Wort. »Wir müssen eine Entscheidung treffen. Das ganze Land rebelliert, wir können nicht länger warten. Wenn wir die Sache übernehmen wollen, dann ist jetzt der richtige Zeitpunkt.«

»Und wie sollen wir vorgehen?«, fragte Cloé mit verschränkten Armen.

»Zuerst stimmen wir ab. Das Letzte, was wir gebrauchen können, ist Uneinigkeit in den eigenen Reihen. Wer ist dafür, dass wir Obsidia den Kampf ansagen, mit allen Konsequenzen, die das haben wird?«

Elodea sah sich um. Cloé und Elliott hatten die Hand gehoben, die anderen zögerten noch, dann schlossen sich alle, Elodea inbegriffen, an.

Lyonel nickte zufrieden in die Runde. »Gut. Dann werden wir alle Maßnahmen einleiten, die nötig sind, um Obsidia so schnell wie möglich entgegentreten zu können.«

»Halt. Wir haben noch etwas vergessen«, warf Elliott ein. »Wir brauchen jemanden, der unserer Seite vorsteht. Einen Anführer. Natürlich sollte derjenige nicht alle Entscheidungen allein treffen, wir wollen schließlich keine zweite Obsidia. Aber er sollte eine natürliche Autorität besitzen und die Dinge in die Hand nehmen können, sonst wirken wir nach außen schnell unorganisiert.« Elliotts Blicks wanderte den Tisch entlang und blieb an Lyonel hängen.

Auch die anderen sahen sich um. Die Brüder Mhyrias blickten automatisch zu Lyonel hinüber, die Aurenen zu Loreba.

»Nun, wir werden uns doch einigen können«, meinte Elliott nach einer kleinen Pause und sah zwischen Loreba und Lyonel hin und her.

»Lyonel ist der Beste für diese Aufgabe«, sagte Loreba bestimmt und nahm der Situation damit ihre Schärfe.

»Danke für euer Vertrauen.« Lyonel erhob sich. »Ich werde es nicht enttäuschen.«

»Hoffen wir es«, raunte Cloé missmutig. »Wie fahren wir denn jetzt fort, *Anführer*?«

»Zuerst schicken wir Boten in die Provinzen. Sie werden die Nachricht verbreiten, dass sich alle, die gegen Obsidia kämpfen wollen, im Tantherá verié in Betháne sammeln sollen. Syrell, Alesandre, ihr seid dafür verantwortlich. Sucht die anderen zusammen und brecht so bald wie möglich auf. Wenn alles so funktioniert, wie ich es mir denke, dann wird sich die Nachricht wie ein Lauffeuer verbreiten. Viele werden kämpfen wollen. Es ist nur wichtig, dass ihr die Nachricht im Namen von uns Aurenen und Brüdern Mhyrias verkündet. Und schreibt, dass ich lebe. Nehmt euch alle Männer, die wir haben, es muss schnell und weit im Land verteilt werden, bevor Obsidia Wind davon bekommt. Und jemand soll nach Touleránt reiten. Wir werden ja sehen, ob die Gräfin jetzt, wo es ernst wird, immer noch auf unserer Seite steht.«

Die angesprochenen Männer nickten und gingen.

»Lyonel, es gibt noch weitere Neuigkeiten aus Tenébra«, sagte der Bote namens Faene und erhob sich aus seinem Stuhl. »Kurz bevor Obsidia ihre Kriegserklärung öffentlich machte, hat sie auf einem Ball ihre Entscheidung dem Adel verkündet. Anscheinend hat sie mittlerweile herausgefunden, wer uns in Tenébra unterstützt hat. Sie hat Aensley Famorgan ins Gefängnis geworfen.«

»Was?« Lorebas Augen weiteten sich.

Faene nickte traurig. »Obsidia war außer sich. Sie hat ihr vor den Augen der Ballgäste die Worte *Ich gehorche* in den Arm brennen lassen, als sie sich weigerte, vor ihr zu knien.«

»Wir müssen sie da rausholen«, sagte Loreba sofort. In ihrer Miene stand Entsetzen.

Der Thronfolger fuhr sich über die Stirn. »Wie stellst du dir das vor?«, fragte er müde. »Schnell die Wachen überlisten und ins Schloss einbrechen? Das geht nicht so einfach.«

»Doch! Irgendeinen Weg muss es geben, wenigstens einen Versuch. Bitte! Sie war an meiner Seite, als ich gefangen war, jetzt kann ich sie umgekehrt doch nicht im Stich lassen!«

»Lyonel, sie hat recht«, mischte sich Elliott ein. »Wir müssen was machen. Das können wir nicht so stehenlassen.«

»Und was schlägst du vor?«, fragte Lyonel.

»Es gibt Geheimgänge im Felsen unter dem Schloss, die in die Kerker führen. Fluchtwege früherer Herrscher. Wir könnten sie so rausbringen, vorbei an den Wachen.«

»Die Sache hat einen Haken, oder?« Loreba hob die Brauen. »Wenn es einen Weg ins Schloss gäbe, hättet ihr ihn doch längst benutzt, um eure Leute einzuschmuggeln.«

Elliott verzog den Mund. »Die Türen am Ende können nur von innen geöffnet werden. Das heißt, wir brauchen jemanden im Schloss, der das für uns macht.«

»Wir haben aber niemanden«, ergänzte Lyonel missmutig.

»Nein. Zumindest niemanden, dem der Zutritt zu den Kerkern gestattet ist.«

»Doch«, sagte Loreba plötzlich, »haben wir. Was ist mit ihrem Bruder, Avian Famorgan?«

»Der?« Elliott schnaubte. »Ich weiß ehrlich gesagt nicht, ob mit dem was anzufangen ist. Er war immer ein ziemliches Fähnchen im Wind.«

Loreba schüttelte den Kopf. »Ich habe ihn anders kennengelernt. Er ist vielleicht nicht der größte Rebell, aber er hat ein Herz. Überlasst mir die Sache, ich weiß schon, wie ich an ihn rankomme.«

»Du planst nicht, dich in Gefahr zu bringen, oder?«, fragte Lyonel mit gerunzelter Stirn.

»Nein. Aber ich brauche jemanden, der mir eine Verbindung zu Bischof Garwein in Tenébra herstellt.«

»Kein Problem. Ich möchte nur gern wissen, was du vorhast ...«

»Das«, sagte Loreba, »wirst du noch bald genug erfahren.«

# KEIN TAG ZUM STERBEN

Avian hatte schlecht geschlafen. In dieser Nacht und in der davor, länger, als er sich erinnern konnte. Seit Tagen aß er kaum, dafür trank er öfter und weit mehr als ihm guttat. Der Schock saß noch immer tief. Egal ob wach oder schlafend, stets sah er nur ein Bild: Aensley vor Obsidia, Aensley in der Gewalt einer Frau, die alles mit ihr anstellen konnte. Seine Phantasie war brutaler, als es die Königin jemals sein konnte. In den dunkelsten Farben malte er sich den Zustand seiner Schwester aus. Die Vorstellung lähmte und quälte ihn gleichermaßen, er war nicht mehr imstande, etwas zu tun. Sogar die kleinsten Tätigkeiten fielen ihm schwer. Es war zum wahnsinnig werden.

Als er die Kirche betrat, nahm er seine Kapuze ab und sah sich um. Avian wusste, dass er mittlerweile furchtbar aussehen musste, mit rot geäderten Augen, unrasiertem Bart und eingefallenen Wangen, doch nichts hätte ihm gleichgültiger sein können.

Obwohl es Sonntag war, herrschte in der *Eclessa Aurelia* inmitten des Gartens von Agona wenig Betrieb. Tenébras Studentenkirche war immer schwächer besucht, stand im Schatten der großen Bischofskathedrale nebenan, aber Avian mochte sie. Die Decke hier bildete den Nachthimmel ab, und zwischen den aufgemalten Sternen schloss sich das Strebewerk der Stützpfeiler wie ein echtes Blätterdach. Tag und Nacht duftete es nach dem Bienenwachs der Opferkerzen, und selbst Avian, der sich von den Dingen des Glaubens so oft erschlagen fühlte, wurde beim Eintreten leichter ums Herz.

Die Sonne war gerade aufgegangen. Erste Strahlen schoben sich schon über die Sandsteinbögen der hohen Fenster und fielen durch die Apsis ins Hauptschiff, als er sich vor einen Seitenaltar setzte. Aurelia, die erste Magistra Tenébras, sah, in bunte Glasscherben gebannt, vom Fenster über ihm herab, und ihr ernster Blick erinnerte ihn an eine andere.

Er hatte ihre Schrift sofort erkannt, kaum dass seine Diener ihm den Brief gebracht hatten. Eine einzige Karte, ohne Absender oder besonderen Schmuck, versehen mit drei sorgfältig gewählten Sätzen in schräger Handschrift:

*»Selig, die hungern und dürsten nach der Gerechtigkeit, denn sie werden satt werden.«*
*Manchmal findet man Gerechtigkeit an den ungewöhnlichsten Orten. Vor der Sonntagsmesse in der Kirche der Studenten zum Beispiel.*
Noch während er zum hundertsten Mal über die Bedeutung dieser Botschaft nachdachte, spürte er plötzlich eine Hand auf der Schulter und zuckte zusammen.
»Nicht erschrecken«, flüsterte eine Männerstimme in sein Ohr.
»Was zu…«
»Nein, dreht Euch nicht um!«, fügte die Stimme hastig hinzu, als Avian den Kopf wenden wollte. »Man darf nicht sehen, dass wir miteinander reden, versteht Ihr?«
Avian spürte die Präsenz des Mannes in der Bank hinter ihm, seinen Atem im Nacken, und ihm lief eine Gänsehaut den Rücken hinab. Trotzdem tat er wie geheißen und fixierte mit den Augen die Hortensien auf dem Altar. »Bischof Garwein?«, wisperte er ebenso leise.
»Ja«, antwortete der Mann, und in seiner Stimme lag Erleichterung. »Ich bin hier im Auftrag von Loreba Elgyn. Ihr habt ihre Nachricht erhalten?«
»Sonst wäre ich nicht hier. Was hat das alles zu bedeuten?«
»Wir werden Euch helfen, Eure Schwester zu befreien.«
Avian gab sich alle Mühe, nicht zu keuchen, aber sein Herz konnte er nicht täuschen, und es hämmerte jetzt gegen seine Brust. »Das ist unmöglich«, presste er hinter zusammengebissenen Zähnen hervor.
»Nichts ist unmöglich«, beharrte Garwein. »Es gibt Wege ins Schloss, Geheimgänge, und Magistra Elgyns Verbündete kennen einige. Das ist zumindest eine Chance, sie da rauszuholen.«
»Wieso sagt Ihr mir das?« So langsam verstand Avian nicht mehr, wer hier eigentlich auf wessen Seite stand. »Ich glaube nicht an Euren Gott, genauso wenig wie Aensley. Wir gehören nicht zu Eurer Gemeinde, Ihr seid uns nichts schuldig. Warum riskiert Ihr, uns zu helfen? Seid Ihr Teil des Widerstands?« Er atmete aus. »Ihr wart das mit den Zitaten am Tag nach ihrer Verhaftung, oder? Ihr und noch ein paar Studenten. *Wenn sie schweigen, werden die Steine schreien* … Das ist ein Schriftwort!« Als Garwein nicht

widersprach, wurde Avian ärgerlich. »Ich könnte Euch bei der Königin verraten, ist Euch das klar?«

Er spürte, wie Bischof Garwein in seinem Nacken leise lachte. »Ich habe keine Angst vor Euch oder Eurer Königin, Famorgan. Aber ich habe Angst um Eure Schwester. Und ich weiß, dass Ihr das auch habt, obwohl Ihr alle Welt etwas anderes glauben machen wollt. Wieso sonst habt Ihr seit Tagen kaum das Haus verlassen, nicht einmal Eure Fensterläden geöffnet? Wieso sonst sitzt Ihr hier vor mir wie ein Häufchen Elend?«

Avian schluckte, und auf einmal war er froh, dass Garwein sein Gesicht nicht sehen konnte. »Sie fehlt mir«, flüsterte er. »Jeden Tag. Ich kann den Gedanken nicht ertragen, dass sie stirbt.«

»Dann verhindert es!« Bischof Garwein sprach so energisch, wie es flüsternd möglich war. »Wir brauchen Euch, Famorgan. Der Geheimgang, der direkt in die Kerker führt, kann nur von innen geöffnet werden.«

»Und da habt Ihr ausgerechnet an mich gedacht?«

»Ich kann es nicht tun. Seit Magistra Elgyns Flucht lässt mich die Königin nicht mehr in die Nähe irgendwelcher Gefangener. Bitte. Ich weiß um Euer Risiko«, sagte der Bischof hastig. »Wenn man Euch enttarnt, wird Obsidia Euch töten, machen wir uns da keine Illusionen. Aber Magistra Elgyn hat an Euch geglaubt. Und ich tue es auch. Werdet Ihr wenigstens darüber nachden…«

»Nicht nötig«, unterbrach ihn Avian. Schon im Angesicht von Loreba Elgyns Todesangst hatte der Panzer aus Gleichgültigkeit, hinter dem er sich jahrelang verschanzt hatte, Risse bekommen. Nun zerbrach er endgültig. Seine Lippen zitterten. »Aensley ist meine Schwester. Sagt mir, wann und wo. Ich werde es tun.«

• • •

Selbst um die Mittagszeit war es in den Gängen unter dem Schloss dunkel und kühl.

Farya sah kaum die Hand vor dem Gesicht, als sie den steingefliesten Flur mit den Felswänden entlangging. Sie war noch nie in den Kerkern gewesen, und entsprechend unwohl fühlte sie sich. Schmale Schächte in der Decke warfen im Abstand von ein paar Metern Tageslicht auf den feuchten Boden. Ab und zu hörte man das Plätschern von Wasser, das den Fels hinablief, ansonsten war es totenstill. So weit hinten in den Verliesen gab es nur noch wenige Zellen. Schwere Eisentüren waren in die Wände eingelassen, mit winzigen Sichtgittern. Die einzige Verbindung der Gefangenen zur Außenwelt.

Farya steuerte auf eine Tür ganz am Ende des Gangs zu. Als sie an den Wachposten vorbeiging, grinsten sie hämisch, doch sie beachtete die Männer gar nicht erst. Farya war es gewohnt, verhöhnt zu werden. Seit sie im Schloss festgehalten wurde, war sie das Lieblingsziel von Personal und Hofgesellschaft. *Die Abtrünnige*, nannte man sie, *die falsche Aurene*. Mittlerweile ertrug sie es mit Gleichmut. Etwas Besseres verdiente eine wie sie nicht. Noch immer trieb ihr die Erinnerung an jenen Tag vor Gericht Scham auf die Wangen. Es war ein Fehler gewesen, das war ihr längst klargeworden. Ein Fehler, ein Moment der Schwäche, den sie nie mehr ausbügeln konnte. Nicht einmal die Aufstände der letzten Wochen hatten die Brüder Mhyrias dazu gebracht, wieder Kontakt mit ihr aufzunehmen. Sie hatte schon ewig nichts mehr von Damian gehört. Es schien, als habe selbst er sie vergessen.

*Sie wollen dich nicht mehr*, war ihre bittere Erkenntnis gewesen. *Es ist zu spät, Farya, Chance vertan.*

Als sei dies nicht schon Strafe genug, war Obsidia heute Morgen eine neue Idee gekommen, wie sie ihre Hofdame quälen konnte. Farya war beauftragt worden, sich in Zukunft um Aensley Famorgan zu *kümmern*, was im Klartext hieß, dass sie ihr Sterben überwachen sollte. Ab sofort musste sie ihr das Essen bringen und Obsidia über ihren Zustand Bericht erstatten, was zuvor die Diener getan hatten. Es war eines von Obsidias perfiden psychischen Spielchen, durch das sie ihre Macht über alles und jeden in ihrer Umgebung demonstrieren wollte. Sie wusste genau, dass Farya Aensley von der Universität kannte, dass sie bei ihr Medizin studiert und durch Loreba sogar einmal ein freundschaftliches Verhältnis zu ihr gehabt hatte. Farya jetzt zu zwingen, hilflos dabeizustehen, wie ihre ehemalige Magistra langsam, aber sicher starb, entsprach genau Obsidias Verständnis von Spaß.

Quietschend schloss einer der Soldaten die schwere Gefängnistür am Ende des Gangs auf.

Farya hob ihr Kleid an, ihr war kalt, und das lag nicht nur an der Temperatur. Sie musste all ihren Mut zusammennehmen, als sie den Fuß über die Schwelle setzte.

Mit dem Krachen der Tür, die hinter ihr ins Schloss fiel, breitete sich eine Gänsehaut über ihren Nacken aus. Farya ignorierte es. Ihre Finger krallten sich um die Schüssel in ihren Händen, und sie trat zögerlich ein paar Schritte vor.

»Magistra Famorgan?«

In der Zelle herrschte fast vollständige Dunkelheit. Es gab kein Fenster, das einzige Licht fiel durch das kleine Sichtgitter in der Tür.

Im hinteren Winkel des Raums hörte sie plötzlich eine Bewegung, gefolgt von einem Husten.

Mit zittrigen Händen entzündete Farya eine ihrer mitgebrachten Kerzen und leuchtete damit, den Arm vor sich ausgestreckt, auf die Stelle, an der sie ihre ehemalige Lehrerin vermutete.

Am Rand des flackernden Lichtscheins erkannte sie eine Gestalt vor der Wand. Sie lag auf dem Steinboden, ein Bein angezogen, das weißes Kleid schmutzig und stellenweise in Fetzen hängend. Ihre blonden Locken flossen ungebunden über den Steinboden und verdeckten ihr Gesicht, während sich ihr Körper unter Hustenkrämpfen hob und senkte.

Rasch stellte Farya ihre Kerze in eine Wandnische und kniete sich über die Frau. »Magistra Famorgan? Erkennt Ihr mich?«

»Farya.« Aensleys Stimme war brüchig, wie bei jemandem, der sich heiser geschrien hatte. Sie machte sich nicht die Mühe, den Kopf zu heben. »Hat Obsidia dich geschickt? Möchte sie ihrer *Botschaft* noch etwas hinzufügen?«

Farya wurde siedend heiß, als sie verstand, auf was sie anspielte. »Lasst mich Euren Arm sehen«, piepste sie schüchtern. »Vielleicht kann ich etwas machen.« Sie berührte Aensleys Ärmel und schauderte. Der Stoff war klamm. Das Liegen auf dem feuchten Steinboden musste ihren Körper völlig ausgekühlt haben. Sofort fühlte Farya ihre Stirn, und der Verdacht bestätigte sich. Unter ihrem viel zu dünnen Kleid glühte Aensley Famorgan im Fieber.

»Geh. Lass mich sterben, Mädchen. Damit ist uns beiden am meisten geholfen.«

Als Aensley sich zur Wand drehte, fiel Faryas Blick auf ihren Unterarm, den sie merkwürdig vom Körper abgewinkelt hielt.

Er war mit Blut verkrustet, doch das stammte nicht von den Brandwunden. Dort, wo ihr Lysander die Worte *Ich gehorche* in die Haut gedrückt hatte, war das Fleisch verbrannt und rot. Darunter jedoch standen andere Worte, eingeritzt mit einem spitzen Gegenstand und schwerer zu lesen, da sie heftig geblutet hatten: *nur meinem Gewissen.*

Faryas Augen weiteten sich vor Entsetzen. »Magistra! Wart Ihr das?«

Als sie nach ihrem Arm griff, wandte sich Aensley zum ersten Mal zu ihr um. »Ich musste«, sagte sie, und in ihrer Stimme voller Schmerz war ein Anflug von Stolz zu hören. »Es hat mich so geekelt...«

»Wie?«

Aensley zog die andere Hand unter ihrem Kleid hervor und zeigte, dass sie einen Haarkamm darin umklammert hielt. Seine Zacken waren dunkel vom Blut.

»Ich fasse es nicht!« Farya starrte sie an, für einen Moment unschlüssig, ob sie Aenleys Verhalten für besonders standhaft oder besonders dumm halten sollte. »Wollt Ihr eine Blutvergiftung provozieren?«

»Was spielt das denn noch für eine Rolle? Ich bin doch bereits tot.«

Farya sah in ihre Augen und schüttelte den Kopf, langsam, noch immer wie paralysiert. »Nein. Nein, das seid Ihr nicht.« Mit einem Mal packte sie eine jähe Woge von Trotz. Sie fasste Aensley an den Schultern und hievte sie in eine sitzende Position. Die Magistra griff sich an die Stirn und seufzte, offenbar war ihr schwindelig geworden, doch Farya achtete nicht darauf. »Ihr werdet das hier überleben, verstanden? Mit mir zusammen. Das ganze Land rebelliert, Obsidia wird nicht mehr lange Königin sein. Ihr müsst nur länger leben als sie. Und ich werde Euch dabei helfen.«

Aensley lehnte den Kopf an die nasse Wand und schloss ihre Augen. »Du bringst dich nur selbst in Gef...«, begann sie, wurde aber von einem neuen Hustenkrampf unterbrochen.

»Lasst das mein Problem sein.« Farya hielt sie fest, bis der Husten aufhörte, ihren Körper zu schütteln. »Obsidia hat mir aufgetragen, für Euch zu sorgen, also werde ich das auch tun. Und zwar mit aller Sorgfalt.« Sie reichte ihr die Schüssel, die sie mitgebracht hatte. »Hier. Esst. Ich werde Euch mehr bringen, sobald ich kann, Besseres. Ihr seid krank, es darf nicht noch schlimmer werden. Wir müssen Euch irgendwie warm halten und Eure Wunden reinigen. Und wegen der Medizin … Aber Ihr seid die Expertin, was glaubt Ihr, dass Ihr am dringendsten braucht?«

Langsam schien Aensley zu begreifen, dass Farya es ernst meinte. »Was ich wirklich bräuchte, wäre ein gutes Schmerzmittel«, murmelte sie. »*Somnium doloriane*, vielleicht.«

Farya runzelte die Stirn. »Doloriane ist zu stark. In Eurem Zustand und neben allem, was ich Euch sonst noch geben muss, damit Ihr hier nicht an Lungenentzündung oder Blutvergiftung sterbt, könntet Ihr genauso gut Gift schlucken.«

Aensley machte ein Gesicht, als erlebte sie gerade zum ersten Mal, dass sie jemand auf ihrem Fachgebiet bevormundete. Dann aber kniff sie die Lippen zusammen. »Wahrscheinlich hast du recht.«

»Habe ich.« Farya erhob sich. »Wir könnten es mit Mohn versuchen, aber falls das nicht hilft, müsst Ihr die Schmerzen vorerst aushalten. Wenn alles gutgeht, kann ich, was wir brauchen, vom Medizinschrank der Königin abzweigen, ohne dass Obsidias Arzt etwas merkt. Nehmt schon mal die Kerzen und Zündhölzer hier. Es ist kein Tageslicht, aber besser als nichts. Bis die letzte abgebrannt ist, werde ich wieder da sein.«

An der Tür rief Aensley sie noch einmal zurück. »Warum tust du das für mich?«, fragte sie mit nach wie vor ungläubigem Blick.

Farya wandte sich um. Auf ihren Lippen lag ein trauriges Lächeln. »Aus demselben Grund, wieso Ihr das da getan habt«, sagte sie und wies auf Aensleys Arm. »Wir können Obsidia nicht das letzte Wort überlassen, oder? Sie darf nicht gewinnen. Ich wollte immer Ärztin werden. Und wenn die Königin glaubt, ich schaue tatenlos zu, wie jemand vor meinen Augen dahinsiecht, dann hat sie sich geirrt. Das ist gegen meine Natur.« Farya reckte das Kinn. »Ich will, dass ihr kämpft, Magistra. Heute ist kein Tag zum Sterben.«

# RUHE VOR DEM STURM

Die folgenden Tage waren mit die aufregendsten, die Elodea je erlebt hatte. Das Haus war fast leer, da die meisten Brüder Mhyrias im Land unterwegs waren, um die Nachricht ihres Kampfes gegen Obsidia zu verbreiten. Nur Lyonel, Elliott, Acte und die fünf Aurenen waren noch hier. Doch obwohl sie nun wieder weniger Leute zu versorgen hatten, ging ihnen die Arbeit nicht aus.

Drei Tage nachdem die Brüder Mhyrias aufgebrochen waren, trafen die ersten Kämpfer im Flusstal ein.

Es war eine kleine Gruppe von fünf Männern und zwei Frauen, die aus einem Dorf dreißig Kilometer östlich von Tenébra stammten. Sie erzählten, einer der Brüder Mhyrias hätte die Nachricht vom Kampf gegen Obsidia im Wirtshaus verkündet. Außerdem teilten sie ihnen mit, dass noch weitere Leute mit ihren Familien folgen wollten und sie sich in den nächsten Tagen auf viele Neuankömmlinge gefasst machen sollten.

»Das sind gute Neuigkeiten«, sagte Lyonel, als sie ihm davon berichteten. »Es wird nicht mehr lange dauern, bis sich unser Plan im ganzen Land verbreitet hat. Wenn es stimmt und in den nächsten Tagen noch mehr Leute ankommen, müssen wir darauf vorbereitet sein. Elliott, Cloé und Tyrza, geht hinunter ins Tal und versucht, die ungefähre Zahl der Kämpfer zu erfassen. Ihr habt Verantwortung für die Unterkunft der Leute. Sorgt dafür, dass im Flusstal entlang der Straße ein Lager aus Zelten errichtet wird. Kinder und alle, die nicht kämpfen wollen, schickt ihr hier ins Seitental, wo wir sie in Sicherheit bringen werden. Elodea und Martha, ihr kümmert euch um jeden, der hier Schutz sucht. Loreba, du leitest mit mir zusammen die strategischen Maßnahmen. Sobald wir genug Leute sind, werden wir entscheiden, wann und wie wir Obsidia angreifen. Das sind eure Aufgaben für die nächsten Tage. Erstattet mir bitte weiterhin über alle Vorfälle Bericht.«

Elodea und Martha verbrachten die nächste Zeit damit, das Tal für einen Ansturm von Menschen zu rüsten. Eine Zeitlang gesellte sich auch Elliott zu ihnen und half. Elodea genoss seine Anwesenheit. Durch seine humorvolle Art löste sich mehr als einmal die Anspannung, die im Angesicht der kommenden Ereignisse herrschte. Mittlerweile waren sie wirklich gute Freunde geworden. *Nur* Freunde, wie Elodea Martha mehrmals versicherte, wenn die ihr nach einem Gespräch mit Elliott ihr wissendes Lächeln zuwarf.

Mit jedem Tag, der verging, wurde Elodea sich da zwar zusehends selbst unsicherer, doch sie schob alle Gedanken an Elliott beiseite. Wenn sie die nächsten Wochen überleben wollten, mussten sie sich nun wirklich auf andere Dinge konzentrieren.

Während sich im Flusstal die Kämpfer sammelten, entstand auch bei ihnen ein regelrechter Strom aus Menschen, die entlang der Hangwiesen ins sichere Gelände gebracht werden mussten. Die meisten davon Mütter und Kinder, deren Väter kämpfen wollten und die selbst noch zu jung dafür waren.

Elodea und Martha kümmerten sich um alle, so gut es ging, doch ihre Lebensmittel reichten hinten und vorne nicht. Irgendwann gab es nur noch Brotsuppe, und Elodeas Laune sank in den Keller. Wenn die Versorgung all dieser Menschen selbst mit dem Geld der Brüder Mhyrias jetzt schon so schwierig war, wie sollten sie das bis zu einer Schlacht durchhalten?

Doch sie wurde bald darauf eines Besseren belehrt. Die Brüder Mhyrias kamen aus Touleránt zurück, und jeder von ihnen hatte Dutzende Soldaten, Pferde und Wagen voller Hilfslieferungen dabei. Außerdem berichteten sie, dass Touleránt ein Bündnis mit dem Grafen von Galene geschlossen hatte, der nun auch bereit war, seine Truppen für den Marsch gegen Obsidia einzusetzen. In Kürze sollten sie eintreffen.

Diese Nachrichten beflügelten alle in ihren Bemühungen. Immer neue Menschen strömten nach Eleringorn, um vereint zu kämpfen, Menschen aus allen Schichten: Bauern, Kaufleute, Handwerker, Weber, sogar einige Adelige mitsamt ihrer Dienerschaft. Langsam, aber sicher sammelte sich in Betháne eine Armee.

Am Abend des vierzehnten Tages nach Obsidias Kriegserklärung saßen Aurenen und Brüder Mhyrias im Wohnzimmer zusammen und berieten über die aktuelle Situation. Eine hitzige Diskussion war entbrannt. Sie konnten sich nicht entscheiden, wann der richtige Moment war, Obsidia anzugreifen.

»Besser wir greifen jetzt an, als dass wir abwarten, bis Obsidia ihre Armee hierhergeschickt hat!«, rief Elliott energisch. »Noch können wir Obsidia überraschen, also worauf warten wir?«

»Wir warten auf die Armeen der verbündeten Grafschaften!«, entgegnete Lyonel. »Obsidia hat längst erfahren, dass wir uns zum Kampf gegen sie sammeln. Unsere Späher sagen, dass sie schon dabei ist, ihre Armee zusammenzuziehen. In diesem Moment sind ihre Soldaten auf dem Weg hierher nach Tenébra.«

»Das sagst du einfach so?« Cloé war empört. »Dann sollten wir erst recht so schnell wie möglich kämpfen. Die Leute warten nur auf deinen Befehl, Lyonel. Avendúr ist bereit!«

»Nein! Wir brauchen Touleránt. Ohne sie sind wir in Unterzahl. Ich verstehe nicht, warum Isobel noch nicht eingetroffen ist.« Er schüttelte den Kopf. »Irgendetwas muss schiefgelaufen sein.«

•••

Nach der Versammlung trat Loreba an Elodea heran. »Kann ich mit dir sprechen?«, fragte sie, als Elodea von ihrer Arbeit aufsah und sie bemerkte.

Elodea runzelte die Stirn über die strenge Miene ihrer Meisterin, nickte aber. Zusammen gingen sie durch den Garten zur Bank unter dem alten Nussbaum und setzten sich.

»Elodea«, sagte Loreba, nachdem sie eine Weile geschwiegen hatte. »Ich wollte mit dir reden, weil … also weil …« Sie wirkte, als wolle sie sich die Haare raufen.

»Was ist denn? Schon seit die ersten Kämpfer eingetroffen sind, bist du so angespannt.«

»Ist das ein Wunder? Das alles hier bedeutet Krieg. Endgültig Krieg.«

»Ja, und? Das haben wir längst ausdiskutiert. Ich verstehe nicht, wo dein Problem liegt, keiner von uns kämpft gern.«

»Aber kämpfen wirst du, nicht wahr?« Lorebas Gesicht hatte einen schmerzlichen Ausdruck angenommen. »Du willst kämpfen in dieser Schlacht, und ich kann dich nicht davon abhalten.«

Langsam dämmerte es Elodea. »Darum geht es? Um *mich*? Du hast Angst, dass mir etwas passiert, wenn ich kämpfe?«

»Natürlich habe ich das!« Loreba sah sie mit zusammengepressten Lippen an. »Du bist meine Schülerin.«

»Aber das brauchst du nicht«, sagte Elodea rasch. Dass Loreba sich auch noch wegen ihr sorgte, war das Letzte, was sie wollte. »Ich kann schon auf mich aufpassen.«

Loreba lächelte traurig. »Kannst du das? Ich hatte, ehrlich gesagt, gehofft, dich umstimmen zu können. Das du hierbleibst, in Sicherheit.«

»Und dich wieder allein in die Gefahr schicke?« Elodea schüttelte empört den Kopf. »Nein, Loreba. Das mache ich nicht mehr mit.«

»Sei vernünftig. Du kannst nicht in eine Schlacht ziehen. Du hast, abgesehen von unserem kleinen Intermezzo beim Grafen, keinerlei Kampferfahrung, keine Waffen.«

»Irgendeine Mistgabel wird schon noch für mich übrig sein.«

Loreba überhörte die Ironie. »Du könntest dabei umkommen!«

»Dann komme ich eben um, na und?«

»Du weißt nicht, wovon du redest, das kannst du mir nicht antun, du …«

»*Du* hast es mir doch auch angetan!«, rief Elodea. »Was war denn in Loánne? Wer musste zuschauen, wie sie dich wie eine Verbrecherin behandelt haben? Jetzt erwarte ich im Gegenzug, dass du auch meine Entscheidung akzeptierst. Ich werde kämpfen! Es sind auch meine Zukunft und meine Freunde, die ich schützen kann, und ich rechtfertige mich nicht länger dafür!«

Elodea hatte die letzten Sätze lauter gesprochen als geplant. An Lorebas erschrockenem Gesichtsausdruck konnte sie ablesen, dass die Sache ein wenig aus dem Ruder gelaufen war, aber es passierte auch nicht oft, dass sie ihrer Meisterin so vehement widersprach.

Loreba wollte den Mund öffnen, doch Elodea kam ihr zuvor. Jetzt, wo sie sich in Rage geredet hatte, war es schwer, wieder aufzuhören. »Ich will nichts mehr hören! Ich bin eine erwachsene Frau, und du hast mich nicht zu bevormunden.«

Für einen Moment schien Loreba sprachlos, und bei dem ungewohnten Anblick spürte Elodea ein Gefühl von Triumph. Sie wusste, dass es falsch war, was sie da gerade tat, ungerecht und vielleicht auch anmaßend. Doch die Lust am Zerstören war inzwischen so mächtig geworden, dass sie sich von dem Sog mitreißen ließ. »Nur weil du meine Meisterin bist, heißt das nicht, dass du alles in meinem Leben bestimmen kannst. Du hast bloß Angst, ich könnte aus deinem Schatten treten!«

Loreba erbleichte. Elodea, über sich selbst erschrocken, machte auf dem Absatz kehrt und rannte hinüber ins Haus, wo sie ihre Zimmertür zuschlug.

Kaum war sie allein, fiel ihre Streitlust in sich zusammen. Mit der Erkenntnis kam die Reue.

*Was hast du bloß gemacht?*, dachte sie und rutschte an der Tür entlang zu Boden. Sie schlug die Hände über dem Kopf zusammen. *Das habe ich nicht gewollt!*

• • •

»Sag mal, hast du mir überhaupt zugehört?«

»Was?« Elliott sah von seinen Papieren auf. »Oh, ja klar, Bischof Garwein und Famorgan haben schon die Rettungsmission für Aensley geplant.«

Lyonel schüttelte den Kopf: »Da sind wir doch schon gar nicht mehr. Ich habe dich gefragt, ob wir endlich Nachricht von den Truppen aus Touleránt erhalten haben? Wo bist du denn mit deinen Gedanken?«

Elliotts Blick wanderte aus dem Fenster des Wohnzimmers hinüber zum Nussbaum, wo noch vor wenigen Minuten Elodea mit ihrer Meisterin gesessen hatte.

Lyonel folgte seinem Blick und seufzte. »Wann wirst du dem Mädchen endlich sagen, dass du es magst?«

Elliott lief rot an, und das passierte ihm nicht häufig. »Ich weiß nicht, wovon du redest.«

»Nein? Du hast doch schon in Praetimaria ein Auge auf sie geworfen, gib's zu. Ich kenne dich zu lange, als dass du mir etwas vormachen könntest. Wieso sprichst du sie nicht einfach darauf an? Dann wüsstest du endlich Bescheid, und wir könnten wieder konzentriert arbeiten.«

»Aus demselben Grund, wieso du dich nicht traust, Loreba anzusprechen«, konterte Elliott. »Du hast genauso Angst davor, einen Korb zu bekommen, wie ich.«

»Das ist etwas ganz anderes«, erwiderte Lyonel, wobei allerdings auch er leicht errötete. »Loreba und ich sind ein paar Jährchen älter als ihr, da ist das nicht mehr so einfach.«

»Ach ja?« Elliott grinste spöttisch. »Bekommt der Satz *Ich liebe dich* im Alter eine kompliziertere grammatische Struktur?«

»Sehr witzig«, sagte Lyonel trocken. »Wir sind wohl beide nicht gerade die größten Frauenhelden …«

»Wem sagst du das.«

»Also schön.« Lyonel sah ihn an. »Wir machen eine Verabredung. Eine Woche, in Ordnung? Länger werden wir wahrscheinlich ohnehin nicht mehr haben, bevor alles losgeht. In einer Woche haben wir den beiden unsere Liebe gestanden.«

Elliott schmunzelte. »Ist das dein Ernst? Also gut, abgemacht.« Über den Tisch voller Papiere hinweg schlugen sich die beiden Männer in die Hände. »Und wenn einer von uns kneift?«

»Dann schmeißt er beim nächsten Wirtshausabend eine Runde«, sagte Lyonel. »Vorausgesetzt, wir erleben noch einen.«

• • •

Die meisten Bewohner des Hauses schliefen bereits, als Elodea durch den Gang zum Wohnzimmer schlich.

Die Tür war nur angelehnt. Von drinnen floss ein schmaler Streifen Licht auf den ausgetretenen Steinboden, doch es waren keine Stimmen zu hören.

*Loreba ist also noch wach.* Elodea holte tief Luft. Sie hatte es gehofft und gleichzeitig auch nicht.

Beim Gedanken an ihr Verhalten spürte sie Scham auf den Wangen brennen. Sie wusste, dass es längst an der Zeit war, sich zu entschuldigen, doch das war ein Schritt, der ihr nicht gerade leichtfiel. Sie war zu weit gegangen, eindeutig. Ihre Worte hatten Loreba verletzt, ein Blick in das Gesicht ihrer Meisterin, und ihr war es klar gewesen.

Vorsichtig schob sie die Tür auf und spähte in den Raum.

Loreba saß auf dem Sofa im Schein einer Lampe und las. Sie hatte sich zugedeckt, durch das offene Fenster strömte Nachtluft herein, und man konnte den Holunder riechen.

Auf die Entfernung war nicht zu erkennen, welchen Titel der

Buchrücken trug, doch Elodea wusste, was Loreba las, wenn sie Ruhe suchte: Canora Valoars *Minnade*, ein für Elodeas Verhältnisse schwieriger Text, den Loreba aber heiß und innig liebte. Ihr ganzes Exemplar war voller Notizen, und wenn sich Loreba dazu durchrang, in ein Buch zu schreiben, musste es wirklich etwas Besonderes sein.

Elodea wagte es nicht, sich zu räuspern oder anderweitig auf sich aufmerksam zu machen. Sie wartete, bis Loreba von selbst aufsah und sie bemerkte.

»Elodea!« Sofort klappte sie ihr Buch zu.

»Ich wollte dich nicht stören«, murmelte Elodea und wippte unruhig von einem Fuß auf den anderen. »Es ist nur ... Tut mir leid.« Jetzt, wo die Worte einmal gesagt waren, spürte sie, wie ihr ein Stein vom Herzen fiel. »Wegen vorhin. Ich weiß gar nicht, was in mich gefahren ist.«

Loreba sagte nichts. Sie sah sie nur an, mit ernstem Blick, und Elodea hatte auf einmal das Gefühl, dass es ihr lieber gewesen wäre, wenn sie geschrien hätte. Die offensichtliche Enttäuschung in ihrer Miene war schlimmer als jede Standpauke.

»Hast du wirklich das Gefühl, in meinem Schatten zu stehen?«, fragte Loreba leise.

In Elodeas Brust wand sich ein schmerzhafter Knoten. »Nein«, murmelte sie mit gesenktem Kopf. »Ich war nur wütend.«

»Nur wütend?« Die Skepsis war Loreba deutlich anzusehen. »Du musst mir nichts vormachen, irgendetwas liegt dir doch auf der Seele.«

»Es ist ...« Elodea mied ihren Blick. Ja, es gab etwas, dass ihr auf der Seele lag. In den letzten Wochen hatte sie geglaubt, die alten Unsicherheiten endlich hinter sich gelassen zu haben, aber es hatte dann doch nur ein falsches Wort gebraucht, um ihre Zweifel wieder hochzuschwemmen. Sie hatte Loreba nie davon erzählt. Vielleicht war es an der Zeit, dass sich das änderte. »Sie haben mir immer gesagt, dass ich nicht hierhergehöre«, begann sie. »Meine Verwandtschaft. Dass ich nicht mithalten kann mit Leuten wie dir. Und als du gesagt hast, dass du mir nicht zutraust, zu kämpfen ...«

Sie sah die Veränderung in Lorebas Miene, als die das Gestammel ihrer Schülerin kombinierte und die richtigen Schlüsse daraus zog. Ihr Blick wurde weicher. Dann legte sie ihr Buch zur Seite und deutete auf den Platz ihr gegenüber. »Komm. Setz dich.«

Mit hängenden Schultern ließ sich Elodea auf das Sofa sinken.

»Wer genau hat was genau zu dir gesagt?«

»Das ist lange her, ich war noch nicht deine Schülerin«, sagte Elodea und seufzte. »Auf meiner Geburtstagsfeier, weißt du noch? Meine Tante …«

»Ah, ja.« Über Lorebas Mundwinkel huschte ein amüsiertes Lächeln. »Ich erinnere mich. Die Frau mit hohem Mitteilungsbedürfnis.«

Das war eine ziemliche Beschönigung, fand Elodea. *Lästermaul* wäre treffender gewesen. Trotzdem musste sie über die Wortwahl schmunzeln. Loreba verabscheute Tratsch. Was ihre Tante als Freizeitbeschäftigung betrieb, war für sie ein Zeichen mangelnden Charakters. Das und die Art und Weise, wie sie sich ausdrückte, wie sie ihre Sätze baute und die Fragen, die sie stellte, hatten sie auf jeder Familienfeier der Thurmars wie ein Fremdkörper wirken lassen.

Elodea holte Luft und bereitete sich darauf vor, die Worte auszusprechen, die sie seit Jahren mit sich herumgetragen hatte. »Meine Tante hat mir gesagt, dass ich es nicht wert bin, eine Magierin zu sein, und dass du das auch noch irgendwann herausfinden wirst. Dass ich eine Enttäuschung für dich sein würde.«

Loreba sah aus, als wäre ihre momentan größte Enttäuschung, Elodeas Tante nicht hier und jetzt mit einem gutplatzierten Wort gegen die nächste Wand schleudern zu können. Doch als sie sprach, war ihre Stimme sachlich. »Und? Wie denkst du darüber?«

Elodea biss sich auf die Lippe. Sie schämte sich, es zuzugeben. »Ich habe Angst, dass sie recht hat.«

Als sie in Lorebas Augen schaute, war der Ausdruck darin sanft. »Elodea«, sagte sie, »ich habe damals keine Stunde gebraucht, um zu erkennen, was deine Tante ist. Eine durch und durch verbitterte Frau, die ihren mangelnden Selbstwert damit kompensiert, andere kleinzureden. Ihre Worte sind Gift. Mach nicht den Fehler, es zu trinken.« Sie beugte sich vor und nahm Elodeas Hände. »Hör mir mal zu. Ich habe dich nicht zu meiner Schülerin gemacht, weil du es wert gewesen wärst oder ich Leistung von dir erwarte. Du brauchst mir nichts zu beweisen. Es stimmt, du bist nicht wie ich.

Das musst du auch nicht sein. Und wenn du ganz ehrlich zu dir bist, weißt du das auch. Erst vor kurzem hat mir jemand gesagt, dass man sich die Liebe eines Menschen nicht verdient. Sie wird einem geschenkt. Gleiches gilt für uns Magier. Ich kann dir nicht sagen, warum ich dich ausgewählt habe, genauso wenig wie man eine Mutter fragen kann, warum sie ihr Kind liebt. Aber eines kann ich dir mit Sicherheit sagen: Ich habe es nie bereut. Im Übrigen hattest du vorhin nicht ganz unrecht« Loreba seufzte. »Ich erwarte von dir, dass du mich mein Leben führen lässt, wie ich es will, mit allen Gefahren, und ich selbst halte dich davon ab. Das steht mir nicht zu.«

»Ich verstehe deine Angst«, murmelte Elodea. »Wirklich. Aber ich habe es einfach satt, dass mir jemand anderes erklärt, zu was ich fähig bin und zu was nicht.«

»Ich weiß«, sagte Loreba. »Es stimmt, ich wollte dich nie im Kämpfen unterrichten. Nicht weil ich glaube, du könntest es nicht, sondern weil ich es selbst nicht gerne tue. Mein Vater hat mich jahrelang gezwungen, mit Nathaira zu üben, wie man Menschen gefügig macht, und es sind keine besonders schönen Erinnerungen, verstehst du? Aber das hier ist anders. Ich kann dich nicht beschützen. Keine Mutter kann das. Aber ich kann dich bestärken. Du musst deine Kämpfe selbst austragen können, ob in dieser Schlacht oder in einer anderen. Und deswegen werde ich tun, was meine Aufgabe ist. Dich unterrichten. Morgen fangen wir an.«

Elodea hob die Brauen. »Schon?«

»Natürlich. Die Zeit wird knapp. Und du hast noch einiges zu lernen.«

# LAVENDELKRIEG

Die Belagerung hatte im Morgengrauen begonnen.
Sie waren zu Tausenden gekommen. Männer in Rüstungen, ausgestattet mit schwerem Kriegsgerät, die schwarzroten Panzer und Helme leuchtend wie Blut und Onyx im Sonnenlicht.

Isobel stand am Fenster ihres Schlafzimmers und starrte auf die schwarze Masse, die zu ihren Füßen gegen die Schlossmauern brandete.

»Wie lange geht das schon so?«, fragte sie, ohne sich umzudrehen.

»Ein paar Stunden. Aber sie greifen nicht an, Herrin«, sagte ihr Kommandant, der direkt hinter ihr stand. »Ich glaube, sie wollen uns einschließen, belagern. Damit Ihr nicht nach Tenébra ...«

»Ja, Amias, ich kann Euch folgen«, unterbrach ihn Isobel unwirsch. »Und ich verstehe auch durchaus die Situation. Obsidia hat einen Teil ihrer Armee abgespalten, um mich daran zu hindern, den Rebellen zur Hilfe zu kommen.«

»Und das war zugegeben kein dummer Plan. Wenn Ihr nicht aus dem Schloss kommt, könnt Ihr kein Heer befehligen. Die Truppen des Grafen von Galene sind auch noch nicht eingetroffen.«

Isobel schwieg und sah hinab auf die zerstörte Zypressenallee. Ihr Garten glich einem frischgepflügten Feld. Über Blumenbeeten und Rabatten hatten Obsidias Soldaten ihr Lager aufgeschlagen und umzingelten das gesamte Schloss.

»Ihr Kommandant hat uns vor einer Stunde eine Nachricht geschickt«, sagte Amias. »Ihr habt noch geschlafen«, fügte er rasch hinzu, als er Isobels Blick bemerkte, »ich wollte Euch nicht stören. Sie verlangen, dass Ihr Eure Truppen für den Kampf gegen die Rebellen zur Verfügung stellt. Obsidia fordert Euren Treueeid ein. Ansonsten werden sie das Schloss dem Erdboden gleich machen.«

*Treueid.* Isobel schnaubte. »Ja, ich habe einst geschworen, für meine Königin zu kämpfen. Aber ich habe auch geschworen, die Menschen dieser Provinz zu schützen und vor Gewalt zu bewahren. Wenn nun die Königin diejenige ist, von der Gewalt ausgeht, welcher Eid steht dann höher?«

»Darüber darf ich mir kein Urteil erlauben«, sagte Amias ausweichend.

»Dann werde ich es Euch abnehmen: mein Gewissen. Ich unterstütze keine Tyrannin, gleich, wie viele Eide ich, im Glauben, sie sei eine rechtsschaffene Person, abgelegt habe. Sie will dieses Schloss dem Erdboden gleich machen? Fein. Es war ohnehin zu groß.«

»Herrin«, flehte Amias. »Bitte, kommt zu Vernunft. Das ist Wahnsinn!«

»Nein. Das ist Hoffnung. Ruft den niederen Adel zusammen. Sagt ihnen, ihre Lehnsherrin fordert ihre Unterstützung im Kampf. Praktischerweise wohnen sie ohnehin gerade unter meinem Dach, weil morgen dieser unselige Ball stattfinden soll. Da wird es doch ein Leichtes sein, sie zu versammeln, oder etwa nicht? Danach schickt Ihr Vögel nach Galene, unauffällige, damit die da draußen sie nicht abschießen. Sagt dem Grafen, ich brauche seine Männer hier in Touleránt, so schnell wie möglich.«

Amias schien sich nicht ganz wohlzufühlen, doch er verneigte sich widerspruchslos und ging.

*Wieso legt Ihr es so darauf an, gehasst zu werden, Obsidia?*, fragte sich die Gräfin, während sie hinaus auf das schwarze Zeltmeer sah. *Ihr allein gegen den Rest der Welt? Was habt Ihr davon? Erklärt es mir, denn ich kann es nicht verstehen.*

Kopfschüttelnd wandte sich Isobel zur Tür, wo Ivette wartete.

»Ihr seht müde aus«, stellte ihre Hofdame fest.

Isobel seufzte. »Ich fühle mich auch so. Man erwacht nicht jeden Tag mit einer Armee in seinem Vorgarten.«

»Vielleicht solltet Ihr Euch noch ein bisschen hinlegen, bis der Rat tagt.« Ihr Gesichtsausdruck strahlte diese Mischung aus Sorge und Angst aus, den sie in letzter Zeit öfter zeigte.

»Nein«, entgegnete Isobel entschieden. »Wir haben zu tun. Ich möchte, dass du mir meine Rüstung bringst, die silberne mit dem hellblauen Umhang.«

Ivette klappte der Mund auf. »Das Erbstück von ...«

»Ja, genau. Das Erbstück von Königin Benoatriz. Sie ist lange nicht getragen worden, aber ich denke, der Anlass ist ihrer würdig.«

»Ich eile.«

Sie eilte wirklich. Nach wenigen Minuten war Ivette zurück und begann, die vielen glänzenden Teile behutsam auf Isobels Bett auszubreiten. Schritt für Schritt half sie ihrer Herrin in die alte Rüstung. Zuerst kam das Hemd, hellblaue Seide, mit weiten, offenen Ärmeln und hohem Kragen. Dann die Hose aus grauem Leder mit Metallbeschlägen an Knie und Schienbein, zum Schluss der silberne Brustharnisch mit dem in Weißgold aufgeprägten Wappenschwan Touleránts.

Die Gräfin betrachtete ihr ungewohntes Bild im Spiegel.

»Sie ist Euch ein wenig zu groß«, sagte Ivette, »aber es wird trotzdem gehen.«

Isobel hätte gern gelacht. *Zu groß! Das nenne ich Ironie.*

Auf einmal sah sie Bilder vor ihrem inneren Auge, ein anderes Schlafzimmer, ein anderes Schloss. Vor dem Fenster hatten die Lilien geblüht, mit ihrem verdammten Duft, den Isobel seit diesem Tag nicht mehr ertragen konnte. Im Geiste trat sie wieder ans Bett der Sterbenden. Auf der Stirn ihrer Tante glitzerte noch das Öl der letzten Krankensalbung. Sie hatten das gleiche schwarze Haar, die gleichen grauen Augen. Ihr Atem wurde jetzt minütlich schwächer. *Bewahre die Freiheit*, hatte Benoatriz geflüstert. *Sie ist noch so zerbrechlich. Du musst sie verteidigen, Isobel. Wenn sie stirbt, war alles umsonst.*

Beim Anblick ihres Spiegelbilds spürte Isobel plötzlich, dass sie zitterte. Königin Benoatriz war eine Legende gewesen, ihr Vorbild, als Herrscherin und als Mensch. *Phönix* hatte man sie genannt, weil sie ihr Land aus der Asche gehoben hatte. Aber Phönix hin oder her, gestorben war sie trotzdem. Dabei hatte sie noch so viel erreichen wollen. Eine richtige Verfassung, Demokratie … neues Fleisch für alte Gedanken. Als sie starb, waren diese Ideen ihr Vermächtnis gewesen. Und Isobel hatte ihr Erbe weitergegeben, blindlings in die Hände von Obsidias Vater. *Ich kann keine Königin sein, mein Platz ist in Touleránt*, hatte sie gesagt. Bescheidene Worte, aber in Wahrheit nichts als die Flucht vor der Verantwortung. Es war der Fehler ihres Lebens gewesen, eine Schuld, mit der sie bis heute leben musste. Wiedergutzumachen war sie nicht. Nichtsdestotrotz musste sie es versuchen.

Vielleicht konnte ihr die Rüstung ihrer Tante ein bisschen von der eigenen Schwäche und Angst nehmen. Denn auch wenn sie vor Amias und Ivette so großgesprochen hatte, in ihrem Inneren schnürten sich ihr beim Gedanken an eine Schlacht sämtliche Eingeweide zusammen. Vor allem wenn sie sich ausmalte, was Obsidia mit ihr anstellen würde, sollten sie unterliegen.

*Hoffen wir, dass ich meiner Tante wenigstens heute ähnlich bin*, dachte sie. *Das wird gleich kein leichtes Treffen.*

• • •

Amias hatte den Gartensaal des Schlosses kurzerhand zum Ratszimmer umfunktioniert. Die Vertreter des niederen Adels flanierten an den Bogenfenstern, lachend, scherzend. Erst als Isobel eintrat, brach das allgemeine Gemurmel ab und die Anwesenden neigten zur Begrüßung den Kopf.

Isobel verschwendete keine Zeit mit Höflichkeiten. »Meine Damen und Herren, wir haben uns hier zusammengefunden, weil wir uns, wie Ihr sicher unschwer erkennen könnt, in einer Notlage befinden.«

»Ist die Notlage so groß, dass Ihr nicht mal mehr Zeit hattet, Stühle zu besorgen?«, fragte einer der Männer unter spöttischem Gelächter.

»Dies ist keine Sitzung«, entgegnete Isobel kühl. »Ich werde euch eine Frage stellen, und ihr beantwortet sie, das dauert nicht lange. Wirklich, fünf Minuten Stehen wird euch nicht umbringen. Wenn alle Männer dieses Landes so wehleidig sind, dann wundert es mich nicht, dass Obsidia hier so leichtes Spiel hatte.«

*Eins zu null für mich*, dachte Isobel zufrieden, als sie die beleidigten Mienen sah.

»Ich fordere euren Beistand«, sagte sie laut. »Touleránt braucht eure Waffen und Männer, wir werden dieser Belagerung nicht nachgeben.«

Einen Moment herrschte Stille, doch die edlen Herrschaften gewannen ihre Fassung schnell zurück. »Ihr verlangt von uns, dass wir uns gegen die Königin verschwören? Das ist Hochverrat! Dafür opfere ich meine Truppen nicht!«

»Ach ja?«, unterbrach ihn Isobel. »Ist es etwa auch Hochverrat, Krieg mit einem befreundeten Land zu verhindern? Der Hauptmann dieses Heeres dort draußen hat klare Forderungen gestellt. Er verlangt unsere Truppen für Obsidias Fehde gegen Padmador. Wollt ihr das?«

Die Adeligen verfielen in peinlich berührtes Schweigen. Keiner von ihnen schien so weit gedacht zu haben.

*Weil ihr nichts anderes tut als saufen und Gelage abhalten, genau wie Obsidia es von euch will. Wieso liegt die militärische Macht nur immer in den Händen solcher Stümper?*

»Seht ihr?«, sagte Isobel, nun wieder in sachlichem Tonfall. »Wir haben keine andere Wahl als Rebellion. Wir tragen Verantwortung für die Menschen Touleránts, wir können sie nicht einfach sehenden Auges in den Untergang rennen lassen. Aber dafür brauche ich eure Truppen. Mit meiner Armee allein können wir die Belagerung nicht durchbrechen. Ihr werdet Vögel zu euren Residenzen schicken und eure Leute herrufen, während ich die da draußen irgendwie hinhalte. Also? Werdet ihr euch mir anschließen?«

Eine Weile geschah nichts. Dann trat einer der Männer vor, zog sein Schwert und warf es Isobel vor die Füße. »Für Touleránt«, sagte er.

Endlich kam Bewegung in die Grafen. Einer nach dem anderen legten sie Isobel ihre Waffen zu Füßen, bis sie sich schließlich vor ihr stapelten wie ein Reisighaufen aus geschliffenem Stahl.

Isobels Skepsis wich einem aufgeregten Herzklopfen. Sie hörte sich ihren Dank aussprechen, aber in Gedanken war sie weit weg. *Was sagst du jetzt? Bist du nun zufrieden mit mir, Benoatriz?*

•••

Als der Abend kam, trat Isobel in ihrer Rüstung an die Balustrade und sah auf das feindliche Heer herab.

Amias hatte nicht lange gebraucht, ihre Armee zu versammeln. Noch vor Sonnenuntergang, so hatte er gesagt, würden sie am Horizont erscheinen und Obsidias Männer von hinten attackieren. Die Truppen des niederen Adels sollten im Laufe der Nacht zu ihnen stoßen, und auch die Antwort des Grafen von Galene, die Isobel zusammengeknüllt in ihrer Hand hielt, wonach sein Heer schon auf dem Weg war, bestätigte sie in ihrem Vorhaben.

Der richtige Moment zum Angriff war gekommen. Sie sah

rechts und links die Schlossfassade entlang, wo sich Pfeilspitzen aus den Fenstern schoben, und ging in Deckung.

*Für die Freiheit*, dachte sie, als sie den Arm hob und ihren Bogenschützen das Zeichen gab.

In einem surrenden Regen ging die erste Salve Pfeile auf Obsidias vollkommen überraschte Soldaten nieder.

Touleránt hatte seine Seite gewählt.

# EINE FRAGE DER ÜBUNG

»Schneller!«, peitschte Lorebas Stimme durch den Garten. »Parade, Riposte ... Du bist zu langsam!«

Mit einem Blitzen tippte der Stab an Elodeas Schienbein, und ehe sie überhaupt reagieren konnte, fiel sie der Länge nach ins Gras. Sie stöhnte. Ihre Arme und Beine mussten mittlerweile von blauen Flecken nur so übersät sein.

»Wenn ich Nathaira wäre, dann wärst du jetzt tot«, bemerkte Loreba knapp, als sie in ihrem Sichtfeld erschien. Sie hatte die Spitze ihres knisternden Stabs auf Elodeas Kehle gesenkt.

Gleich nachdem sie beschlossen hatte, ihre Schülerin in magischem Zweikampf zu unterrichten, hatte Loreba ihr das *Waffenfertigen* beigebracht. Konkret waren damit sämtliche magischen Kniffe gemeint, mit denen man Energie zu Schilden, Schwertern und Pfeilen formen konnte. Was sich so einfach anhörte, hatte sich allerdings schnell als harte Arbeit herausgestellt. In den ersten Tagen war Elodea allein beim Versuch, durch bloße Gedankenkraft einen Stab aus Energie in ihrer Hand entstehen zu lassen, der Schweiß auf die Stirn getreten. Ganz zu schweigen von den vielen Nachtstunden, in denen sie über ihr Kontemplet gebeugt saß und neue Vokabeln notierte, die Loreba ihr diktierte. Manchmal dauerte es ewig, bis sie die Aussprache eines Wortes so perfektioniert hatte, dass sie die Magie darin freisetzen konnte. Finyrisch war eine der schwierigsten Sprachen der Welt und Loreba keine Lehrerin, die sich mit halbherzigen Bemühungen zufriedengab.

Erst gestern war es ihr gelungen, einen einfachen Energiestab zu beschwören, nicht so groß und von so leuchtendem Weiß wie der Lorebas – ihrer war an manchen Stellen noch so blass, dass man hindurchsehen konnte –, aber immerhin etwas. Statt ihren Erfolg zu würdigen, hatte Loreba das allerdings als Zeichen gesehen, jetzt mit dem richtigen Unterricht anzufangen, und der bestand vor allem daraus, sie in allen erdenklichen Varianten auf den Boden zu werfen.

Ständig verlangte sie von ihr irgendwelche Paraden und ließ ihren Stab dabei durch die Luft wirbeln, dass es Elodea allein beim

Zusehen schlecht wurde. Sie hatte schon genug damit zu tun, ihren Stab überhaupt zu bewegen, ohne sich selbst zu treffen. Die Stärke der verwendeten Energie war genau so austariert, dass jeder kräftigere Schlag auf den Körper des Gegners einen Schwall Energie aussendete, der eine längere Bewusstlosigkeit hervorrief, und Elodea war nicht besonders scharf darauf, die Wirkung am eigenen Leib zu testen.

»Steh auf!« Ungeduldig wog Loreba ihren Stab in der Hand.

»Ich kann nicht mehr«, murrte Elodea und hievte sich auf die Knie.

»Du hast keinen einzigen meiner Angriffe abwehren können«, sagte Loreba streng. »Wir machen so lange weiter, bis du es schaffst, und wenn wir morgen noch hier stehen. Stell dich nicht an wie ein kleines Kind! Wer war es denn, der unbedingt kämpfen wollte? Ein Wort von dir, und wir hören ...«

»Nein.« Entschieden richtete Elodea sich auf. Sie würde sich nicht die Blöße geben, jetzt schlappzumachen.

»Gut.«

Elodea ging in Angriffsposition. Sie konzentrierte all ihre Gedanken auf ihre Hand und ließ die Worte auf ihrer Zunge Gestalt annehmen: »*Lanra!*«

Ein gebündelter Strahl weißer Energie schnellte zu beiden Seiten ihrer Handfläche hervor, bis er eine Länge von anderthalb Metern erreicht hatte. Er lag kühl und glatt zwischen ihren Fingern, mit einem angenehmen Gewicht, und strahlte dabei ein gleichmäßiges Leuchten aus. Loreba wartete nicht, bis ihre Schülerin sich sortiert hatte. Mit einer schnellen Bewegung trat sie vor und ließ ihren eigenen Stab herabsausen.

Elodea parierte. Es stoben keine Funken, als die Stäbe aneinanderkrachten, doch sie konnte das Pulsieren der Energie fast körperlich spüren. Einen Moment lang war Elodea abgelenkt, zu erfreut über ihren kleinen Erfolg, dass sie nicht beachtete, was Loreba tat. Sie bemerkte die Reihe aus Energiepfeilen erst, als die schon auf ihre Brust zurasten.

Elodea erstarrte. Reflexartig öffnete sie die Hände und hielt sie schützend vor ihren Körper. Der Energiestab löste sich in Wohlgefallen auf. Sie hatte die Konzentration unterbrochen, doch es war ihr egal. Etwas Älteres hatte die Führung übernommen, von dem

Moment an, da sie die Pfeile bemerkt hatte. Ihr Überlebensinstinkt sagte, was sie zu tun hatte.

»*Corrales!*«

Vor ihren Händen breitete sich eine Wand aus blauer Substanz aus. Wasserenergie, die in Sekundenschnelle zu gefrieren schien. Raureif überzog den Rasen, und mit einem Splittern krachten Lorebas Pfeile in die Eisschicht. Elodea wurde von der Wucht des Aufpralls nach hinten geschleudert. Der Schild zerbarst in kristalline Bruchstücke, die auf Elodea herabprasselten wie ein Hagelschauer, doch immerhin blieb sie unverletzt.

»Willst du mich umbringen?«, schrie sie, als Loreba sich hinunterbeugte, um ihr aufzuhelfen.

Ihre Meisterin hob abwehrend die Hände. »Beruhige dich. Die Pfeile hätten dich nie erreicht, wenn du es nicht fertiggebracht hättest, eine Abwehr zu schaffen. Ich wollte dich nur testen. Und es hat ja auch geklappt.«

Elodea warf ihr einen finsteren Blick zu. »Sind deine neuen Lehrmethoden überhaupt legal?«, murrte sie und rieb sich ihr Bein.

»Im Krieg gibt es kein *legal*. Zumindest für Nathaira nicht. Besser, du lernst das von mir als von ihr. Für heute reicht es, ruh dich aus.«

»Bin ich wirklich immer noch so schlecht? Wir üben doch jetzt schon seit Tagen ...«

»Du kämpfst nicht *so* übel, und gegen einen Nichtmagier würde es sicher reichen«, sagte Loreba. »Aber jemandem wie Nathaira kannst du noch nicht die Stirn bieten, und es ist wichtig, dass du dich nicht überschätzt. Das könnte sonst sehr schnell tödlich enden.«

Müde und mit schmerzenden Knochen trottete Elodea über die Wiese zum Haus.

Sie wäre gern noch ein wenig im Garten geblieben und hätte die Ruhe genossen, die man hier für gewöhnlich fand, doch im Moment herrschte geschäftigeres Treiben als auf einem Marktplatz. Weiße Zeltreihen zogen sich vor dem Schutzzauber über die Wiesen. Das gedämpfte Klappern von Schüsseln und Essgeschirr drang aus den Zelten, dünne Rauchfäden stiegen in den Himmel auf. Es war Abendessenszeit, und die Stimmen der vielen Kinder und ihrer Mütter, die hier Unterschlupf gefunden hatten, während ihre Verwandten bald um Leben und Tod kämpfen würden, hallten durch die Luft.

Elodeas Blick fiel auf Cloé, die über den Kiesweg zu ihr herüberschlenderte. Auf dem Rücken trug sie Pfeil und Bogen, an ihrer Seite hingen zwei Schwerter.

»Gehst du jagen?«, fragte Elodea.

»Nein, ich übe. Lyonel hat gesagt, wir sollen die Zeit nutzen, die uns noch bleibt, und das tue ich.« Sie griff an ihren Gürtel und klopfte auf eins ihrer Schwerter. »Wie sieht's aus, Lust auf ein Duell?«

»Danke, nein. Loreba hat mich schon den ganzen Mittag lang gequält.«

Cloé zuckte mit den Schultern. »Wie du meinst. Aber schau mal, Elliott sieht durch das Fenster zu uns, willst du ihn nicht ein bisschen beeindrucken?« Sie feixte, bis Elodea ihr gegen das Schienbein trat. »Aua! War doch nur Spaß.«

»Unheimlich witzig. Wieso kümmerst du dich nicht um dein eigenes Liebesleben?«

»Welches Liebesleben?« Cloé hob theatralisch die Arme. »Du müsstest doch mittlerweile wissen, dass ich in etwa den Charme einer Distel habe, da ist es ...«

In diesem Moment räusperte sich hinter ihnen jemand. Elodea schnellte herum, und als sie die Frau ins Auge fasste, zog sich ihr Magen zusammen.

Actes Wangen waren weiß, ihre Augen blutunterlaufen. In den vergangenen Wochen hatten sie nur wenige Worte miteinander gewechselt, sogar während der Mahlzeiten war sie allein in Faryas Zimmer geblieben. Der Schmerz über Damians Verlust hatte sie innerlich aufgezehrt, bis zu dem Punkt, an dem selbst Tränen nicht mehr halfen.

»Kannst du mir das beibringen?«, fragte Acte jetzt und deutete auf Cloés Waffen. Ihre Stimme klang wie aus weiter Ferne.

»Was, Schwertkampf?« Cloé musterte sie mit unverhohlener Verwunderung.

»Ja. Ich möchte kämpfen lernen.«

»Acte ...«, begann Elodea mit sanfter Stimme. »Es ist verständlich, dass du ...«

»Hör auf, ich weiß, was du sagen willst! Ich *werde* kämpfen, und keiner von euch kann mich hindern!«

Cloé verzog das Gesicht. Es war ihr anzusehen, dass eine Spitze auf ihrer Zunge lag, doch im Angesicht von Actes Trauer beließ sie es bei einem skeptischen Blick. »Hast du überhaupt die Kraft, ein Schwert zu halten?«

Actes Augen verengten sich. »Ich bin vielleicht keine Aurene, und ich habe nichts geleistet, weshalb man mich als Heldin feiern würde«, sagte sie mit bebender Stimme, »aber ich habe Damian geliebt. Nathaira Elgyn wird für seinen Tod bezahlen!«

Nun schaute Cloé doch belustigt. »Du willst Rache? Ich glaube, ich habe dich unterschätzt. Also schön, du kannst bleiben. Aber ich warne dich: Ich bin keine sanfte Lehrerin.«

»Das ist mir gleich.« Acte warf im Laufen ihren schwarzen Trauerschleier ab. »Fangen wir an.«

Elodea ließ die beiden alleine und ging zurück zum Haus, in der Hoffnung, wenigstens dort ein wenig Ruhe zu finden. Als sie ins Wohnzimmer trat, waren nur Elliott, Caecilia und Ellery da. Elliott lag auf dem Sofa, offenbar fertig mit der Welt, und zwischen Mutter und Tochter stand ein Schachbrett. Eine große Anzahl weißer Figuren türmte sich auf Caecilias Seite, während Ellery bis jetzt weitestgehend leer ausgegangen war.

»Na, am Gewinnen?«, fragte Elodea und ließ sich in einen Sessel sinken. Anscheinend warteten die beiden auf Loreba, die gestern angekündigt hatte, sich noch einmal von Caecilias vollständiger Genesung überzeugen zu wollen.

Caecilia grinste. »Schach.«

»Schon wieder?« Ellery seufzte und bewegte lustlos einen Läufer nach vorn. »Ich begreife dieses Spiel einfach nicht.«

Caecilia grinste noch breiter, während sie einen ihrer Bauern an den Platz von Ellerys König setzte. »Schachmatt!«, rief sie und klatschte sich selbst Beifall.

»Großartig.« Ellery begann, die Figuren zusammenzuräumen, bevor sie sich Elodea zuwandte. »Was gibt es Neues von Lyonel? Wann werden wir angreifen?« Sie sprach leise, damit Caecilia nichts mitbekam, doch die spitzte die Ohren und versuchte, jedes Wort aufzuschnappen. Elliotts Lider zuckten.

»Er wartet noch immer auf die Truppen aus Toulerânt«, sagte Elodea.

Ellery runzelte die Stirn. »Warum? Mittlerweile sind doch genug Leute hier angekommen. Wozu brauchen wir dann noch das Heer der Gräfin?«

Von Elliott war ein Schnauben zu hören, und auch Elodea schüttelte den Kopf. »Wir sind noch lange nicht genug. Überleg doch mal: Bei uns kämpfen ganz normale Bürger, keiner von ihnen ist kampferfahren oder auch nur annähernd so gut bewaffnet wie die Soldaten Obsidias.«

»Aber besteht Obsidias Heer nicht größtenteils auch aus normalen Bürgern? Sie hat doch schon immer Männer aus ganz Avendúr zum Wehrdienst abgeordnet.«

»Schon«, murmelte Elodea. »Aber ...« Ihr Blick fiel auf das Spielbrett, das immer noch zwischen Caecilia und Ellery lag. Plötzlich kam ihr ein anderer Gedanke. »Warte mal. Du hast recht. Für Obsidia sind ihre Soldaten nur Spielfiguren, ohne Gefühle oder eigenen Willen«, sagte sie langsam. »Aber sie irrt sich. Es stimmt, ihr Heer besteht fast nur aus Bürgern, die sie rekrutiert hat. Das heißt, diese Soldaten kämpfen nicht freiwillig. Im Gegenteil: Wenn sie zum Kämpfen gezwungen wurden und dafür ihre Familien verlassen mussten, werden sie einen ziemlichen Hass auf ihre Königin haben. Damit macht sich Obsidia, ohne dass sie es merkt, in ihren eigenen Reihen angreifbar. Ich frage mich, ob man diese Tatsache im Kampf gegen sie nutzbar machen kann ...«

Jetzt tat Elliott nicht mehr, als würde er dösen. Er öffnete die Augen, und auf einmal wirkte er hellwach.

»Wie willst du das während einer Schlacht anstellen?«, fragte Ellery. »Willst du zu den Soldaten hingehen und ihnen sagen, sie sollen aufhören zu kämpfen, weil sie das im Grunde ihres Herzens gar nicht wollen? Und dann umarmen sich alle, und am Himmel erscheint ein Regenbogen?« Die Ironie in ihrer Stimme war nicht zu überhören.

»Ich weiß nicht, wie und ob es überhaupt etwas bringt. Das war nur so ein Gedanke«, entgegnete Elodea schnell, doch Elliott schüttelte den Kopf.

»Den Gedanken hatte ich auch schon«, gab er zu. »Es kann vielleicht funktionieren. Aber ich war beim Heer. Der Gehorsam wurde diesen Männern so tief eingeprügelt, ohne ihre Hauptmänner auf unserer Seite haben wir kaum Chancen mit Argumenten.«

»Mama«, kam es in diesem Moment von Caecilia, die es offenbar satt hatte, vom Gespräch der Erwachsenen ausgeschlossen zu werden. »Kann Elodea eine Geschichte erzählen?«

»Wieso fragst du sie nicht selbst?«

»Elodea? *Bitte* …!« Caecilia schaute sie mit großen Augen an. Sie hatte ihren Bettelblick aufgesetzt, bei dem sie ganz genau wusste, dass sie am Ende höchstwahrscheinlich bekommen würde, was sie wollte.

»Ich gehe dann mal wieder.« Elliott stand auf. »Viel Spaß«, murmelte er und zwinkerte ihr im Vorbeigehen zu.

Elodea seufzte. Schon seit Wochen lag ihr Caecilia mit dem Erzählen schon in den Ohren, seit sie gehört hatte, wie Elodea einigen kranken Kindern Legenden erzählt hatte. »Na schön.« Sie lehnte sich zurück. »Was willst du hören?«

Caecilias Gesicht strahlte. »Von der Magie! Erzähl mir von den Magiern. Wieso gibt es sie, wie funktionieren eure Kräfte, einfach alles!«

Elodea hob die Brauen. Insgeheim hatte sie damit schon gerechnet. Caecilia hatte Loreba und sie in den letzten Tagen so oft beim Üben beobachtet, es war nur eine Frage der Zeit gewesen, bis ein so kluges Mädchen anfing, in diese Richtung Fragen zu stellen. »Also gut. Wie wäre es mit dem Mythos von der Erschaffung der Magie?«

Caecilia nickte eifrig und setzte sich aufrechter hin.

»Mal sehen …« Elodea versuchte, so gut es ging, einen Erzählton anzuschlagen. Hoffentlich überforderte sie Caecilia mit dieser Geschichte nicht. Um die Entstehung der Magie rankten sich viele Legenden, und keine war leicht zu verstehen. »Die Magie ist alt in unserem Land«, begann sie. »Man erzählt sich, dass die ersten Menschen, die es bewohnten, die *Fiornuir*, ein durch und durch magisches Volk waren. Magie ging ihnen von der Hand wie uns das Atmen, sie formten die Dinge ihrer Welt, wie sie es brauchten, stets verantwortungsvoll, im Sinne aller. Ihre Magie, sagt man, war ein Geschenk Gottes, frei von Makel und Bösem. Lange lebten sie in Frieden, mit der Welt und miteinander. Selbst als die heutigen Avenen, unsere Vorfahren, mit Schiffen über das Meer kamen, um auf ihrem Land zu siedeln, nahmen sie die Fremden auf und teilten ihren Besitz. Es gab keine blutigen Eroberungskriege, wie sie in anderen Kontinenten abgelaufen sein sollen. Die Völker vermischten sich durch Heirat, man teilte alles und lebte gut von der gegenseitigen Hilfe. Doch im Laufe der Zeit stellten die Fiornuir fest, dass von Generation zu Generation die Fähigkeit, ihre Welt zu lenken, abnahm. Die Magie wurde verwässert, schwächer. Mit den Avenen war das Böse nach Avendúr gekommen. Neid, Hass, Machtgier und Fehden, Dinge, die das Volk der Fiornuir bis dahin nicht gekannt hatte. Sie waren mit diesen dunklen Gedanken, die bald überall um sich griffen, überfordert und mussten erst lernen, womit die Avenen schon seit Jahrtausenden Erfahrung hatten: dem Bösen zu widerstehen. Doch sie schafften es, wie es die Menschen auch heute noch schaffen, mit Charakterstärke, Willen, Liebe und Mut. Trotzdem schien ihre bedingungslose Verknüpfung mit der Welt zerstört. Die Natur gehorchte ihnen nicht mehr. Den Ältesten der Fiornuir war klar, dass sie handeln mussten. Sie setzten sich zusammen und erfanden einen Ritus aus Worten, der das Talent, ihre Welt zu manipulieren, von ihnen trennte und in das Einzige einschloss, dass sie als geeignet und umfassend genug betrachteten: ihre Sprache. Indem sie alle Magie an ihre Sprache banden, konservierten die Ältesten sie, lösten sie vom Menschen und damit auch von Gut und Böse. Die Magie wurde neutral. Es lag von nun an in der Verantwortung eines jeden Einzelnen, für was er sie einsetzten wollte. Man hatte die Sprache zum Träger der Magie gemacht, ihr dadurch aber die eigentliche Funktion genommen. Denn niemand ohne magische Kräfte konnte sie mehr richtig verwenden. Was diese Sprache eigentlich ausmacht, die Melodien, die feinen Nuancen, das typisch Liedhafte, wird nur von Magiern beherrscht. Bis heute. Das ist mit ein Grund, wieso sich das Avenische später als Landessprache durchgesetzt hat.«

Caecilia hing an ihren Lippen, sie schien vor Fragen zu beben. »Aber wie funktioniert das? Sagst du einfach das finyrische Wort für Luft und kannst jemanden durch die Gegend schleudern?«

»Nein.« Elodea überlegte, wie sie einen Sachverhalt, der so schwierig war, dass er die Wissenschaft seit Jahrhunderten beschäftigte, einem elfjährigen Mädchen am besten erklären sollte. »Du musst dir die Magie als Energie vorstellen. Jedes finyrische Wort trägt seine individuelle Energie in sich. Und natürlich orientiert die sich an der Bedeutung, die dieses Wort früher hatte. Das finyrische Wort für *Wasser* hat also belebende, aber auch zerstörende Energie. Es kann welke Pflanzen wieder gesund machen oder Mauern einreißen. Das kommt immer auf die Kombination mit anderen Worten an. Außerdem tragen nicht alle finyrischen Vokabeln Magie in sich. *Logos* ist ein altes Wort aus einer toten Sprache, das so viel wie *Vernunft*, *Ordnung* und *Sinn der Welt* bedeutet. Gleichzeitig ist es aber auch eine Bezeichnung für *Wort* selbst, und deswegen nennen wir Vokabeln, die einen magischen Sinn in sich tragen, *Logien*. Alle, die das nicht tun, heißen *Phrasen* oder einfach *Leere Worte*. Dazu zählen zum Beispiel abstrakte Bezeichnungen, die sich der Mensch ausgedacht hat, um geistige Konzepte zu beschreiben, wie Schuld, Hoffnung oder Frieden. Für uns Magier sind sie wertlos.«

»Warum?«

»Das ist vielleicht noch zu schwer für dich … Schau mal. Die Energien der Magie finden immer Entsprechungen in der Natur. Wenn wir das finyrische Wort für Feuer sagen, erzeugen wir Wärme, weil das echte Feuer das auch tut. So etwas wie Frieden gibt es aber in der Natur nicht. Es ist nur die Interpretation eines Zustands, eine Erfindung der Menschen, verstehst du?«

Caecilia sah sie an und legte den Kopf schief. »Ziemlich arrogant, findest du nicht? Nur weil ihr Magier nicht fähig seid, über die Magie von Frieden und Hoffnung zu befehlen, wie es euch gerade passt, streitet ihr gleich ab, dass es sie gibt? Woher wollt ihr wissen, dass die Fiornuir früher keine Macht über solche Dinge hatten? Vielleicht haben sie bei der Übertragung auf die Sprache ja eine Art Kindersicherung eingebaut. Unsere Vorfahren sind dem Bösen schließlich schon einmal verfallen. Womöglich hielten sie es für sicherer, wenn die kommenden Magier nur noch Macht über Feuer, Wasser und Pflanzen bekommen, aber von den wirklich weltbewegenden Kräften ihre Finger lassen?«

Elodea sah auf sie herab, sprachlos. *Dieses Kind ist einfach zu klug für sein Alter.* »So sind wir Menschen nun mal«, sagte sie, ohne ihre Augen von Caecilia abzuwenden. »Wir messen die Größe der Welt an der Größe unseres Verstands.« Sie seufzte. »In Wahrheit wissen wir nur wenig über unser Talent. Jahrtausendelang haben Magier Worte verbunden, um zu sehen, wie die Magie sich in den Kombinationen veränderte. Das ist ein bisschen, als würde man mit Bauklötzchen spielen und schauen, wie viele unterschiedliche

Gebäude man aus den gleichen Teilen hinbekommt. Mittlerweile gibt es einige feste Formeln, die sich bewährt haben, aber jeder Magier probiert immer wieder selbst aus, was funktioniert, und findet neue Wege. Wortneuschöpfungen sind der Kern unseres Handwerks. Das ist auch der Grund, wieso die Kontemplete ursprünglich erfunden wurden. Als es noch keine Universitäten und Bibliotheken gab, musste das Wissen um die finyrische Sprache individuell weitergegeben werden, von Meister zu Schüler, von Generation zu Generation. Niemand wollte es riskieren, auch nur ein Fragment des Sprachschatzes zu vergessen, deshalb schrieb man ihn auf. Denn ist die Sprache erst einmal verloren, ist es unsere Magie auch.«

»Aber warum wird das Talent dann nicht mehr vererbt? Das wäre doch viel sicherer?«

»Ganz einfach. Das Finyrische ist jetzt Träger der Magie. Jede Erwählung zum Magier muss, wie alles andere auch, über diese Sprache laufen. Damals durfte sich jeder der Magier erster Generation einen Schüler erwählen, dem er die Macht, über die Sprache zu gebieten, weitergab. Es gibt einen rituellen Satz, den der Meister zu seinem Schüler sagt, während sie sich die Hände reichen und auf den der Schüler dann antwortet. Das und die freie Entscheidung der beiden, sich aneinander zu binden, besiegelt die Beziehung, die sie miteinander eingehen. Damit kein Handel mit der Magie entsteht und es immer eine Wahl des Herzens ist, wurde damals festgelegt, dass nur ein Schüler pro Meister erlaubt ist. Hat man seinen Schüler erst einmal erwählt, vergisst man den finyrischen Satz, der das Ritual beschließt. Für immer. Es ist dann ...«

In diesem Moment klopfte es an der Tür. Elodea wunderte sich darüber, seit Tagen ging hier jeder ein und aus, ohne lange Zeit mit Höflichkeiten zu verschwenden. »Ja, bitte?«

Eine Frau trat ein.

»Johanna, was gibt es?«, fragte Elodea und erhob sich aus ihrem Sessel. Actes beste Freundin war schon seit Wochen hier, doch noch nie hatte Elodea sie so aufgeregt erlebt. Sie trippelte hin und her, als hätte sie es eilig.

»Lyonel schickt mich«, sagte sie hastig. »Die Aurenen sollen sofort zu ihm kommen.« Johanna holte Luft. »Obsidia hat uns einen Boten geschickt.«

## SOLANGE WIR HOFFEN

Nein, du gehst da nicht hin!« Loreba folgte Lyonel im Laufschritt und versuchte, ihn am Arm zu packen. Die anderen Aurenen hatten Mühe, ihnen zu folgen.

Lyonel wirbelte herum. »Loreba, lass mich los!«

»Nein! Wer weiß, was dieser Mann im Schilde führt, vielleicht wird er versuchen, dich zu töten! Lass uns mit ihm sprechen.«

»Auf keinen Fall, ich bin der Anführer, das ist meine Pflicht!«

Sie waren auf dem Weg ins Flusstal und damit ins Lager der Widerstandskämpfer. Den ganzen Weg über versuchte Loreba nun schon, Lyonel davon abzuhalten, Obsidias Boten zu empfangen, doch er blieb beratungsresistent.

Statt auf Lorebas verkniffene Miene zu achten, wandte er sich an Elliott. »Du hast dafür gesorgt, dass ihm niemand etwas tut?«

»Keiner rührt ihn an. Wir bewachen ihn nur und sorgen dafür, dass er uns nicht hinterrücks überfällt.«

»Gut.«

Sie erreichten die Stelle, an der sich die Hügel öffneten und ins größere Flusstal übergingen. Die Abendsonne stand tief über dem Wald und tauchte die grünen Hangwiesen zu beiden Seiten des Tals in sanftes Gold. Zwischen ihnen floss die Nocram gemächlich in Richtung Ashkya. Noch war die Sonne nicht untergegangen, doch im Osten konnte man bereits den blassen Halbmond hinter einem Schleier aus Wolken erahnen. Normalerweise war das Flusstal geprägt von Streuobstwiesen und Feldern, die sich bis zum Waldrand erstrecken, doch nun war das Bild ein anderes: Hunderte weiße Zelte zogen sich die Hänge hinauf. Man konnte kaum noch Gras erkennen, nur einige schmale Pfade zum Laufen waren frei gelassen worden.

»Beeindruckt?«, feixte Cloé, als sie Elodeas Miene sah. »Ja, du hast ganz schön was verpasst, während du dich um die kleinen Kinder gekümmert hast. Komm mit.« Sie fasste Elodea am Arm und beeilte sich, zu den anderen aufzuschließen, die schon weitergegangen waren.

Zusammen mit Elliott und Lyonel betraten sie das Lager. Viele

Menschen saßen vor ihren Zelten, kochten Abendessen oder unterhielten sich leise, während die Aurenen entlang der Pfade durch die Reihen schritten. Elodea konnte kaum die Augen von den unterschiedlichen Kämpfern lassen, die sie im Vorbeigehen sah. Männer und Frauen, teilweise schon in Rüstungen, mit Schwertern und Messern bewaffnet. In ihren Gesichtern las sie Unruhe, Angst, aber auch Hoffnung. Das Lager schien endlos zu sein, es war ihr ein Rätsel, wie sich Elliott in diesem Gewirr zurechtfinden konnte, doch nach einer Viertelstunde gelangten sie endlich an den westlichen Rand des Zeltmeeres.

Elodea sah sofort, dass sie hier richtig waren. Mehrere Dutzend Männer umringten einen einzelnen Mann mit Pferd. Sie hatten die Spitzen ihrer Speere auf seine Brust gerichtet und ließen ihn keine Sekunde aus den Augen.

Als Lyonel, Elliott und die Aurenen sich näherten, neigten die Männer den Kopf wie zur Begrüßung ihrer Befehlshaber.

»Senkt eure Waffen«, wies Lyonel sie an und blieb in drei Metern Entfernung zum Boten stehen.

Der Mann trug eine schwarze Rüstung. Von seinen Schultern fiel ein Umhang in leuchtendem Blutrot, und auf seinem metallenen Brustpanzer prangte das Wappen der Königin mit dem Wahlspruch ihrer Familie: *Ewig die Ersten.*

»Ihr kommt in Frieden?«, fragte Lyonel, während er seinen Blick auf ihm ruhen ließ.

Der Bote begann zu lächeln, und es war die Art von Lächeln, die einem das Blut in den Adern gefrieren ließ. An Lyonels Stelle wäre Elodea jetzt ein paar Meter zurückgewichen, doch er machte keine Anstalten, sich zu bewegen. Kurz war sie versucht, eine Warnung auszurufen, doch sie biss sich gerade noch rechtzeitig auf die Lippen, denn der Bote hatte zu sprechen begonnen: »Nun, ich komme ohne Waffen, aber das heißt nicht, dass ich in Frieden komme.«

»Sagt, was Ihr zu sagen habt. Und dann geht mir aus den Augen«, befahl Lyonel.

»Ich hatte nicht vor, mich hier lange aufzuhalten«, antwortete Obsidias Bote abfällig.

»Dann sind wir uns einig. Kommt zur Sache.«

Der Bote räusperte sich gekünstelt. »Unser aller Königin und Schutzherrin, Obsidia von Betháne, hat Meldung erhalten...«

»Ich sagte, Ihr sollt zur Sache kommen! Spart Euch das Herrscherlob, Ihr kniet hier nicht vor meiner Schwester.«

»Na schön.« Die Augen des Gesandten glitzerten vor unterdrückter Wut. »Ist es wahr, dass sich hier eine Gruppe Kämpfer zusammen gefunden hat, die plant, gegen die Königin zu ziehen?«

Beinahe hätte Elodea gegluckst. Es mochte ja sein, dass in der Politik manche Fragen nur der Form halber gestellt wurden, aber bitte, was glaubte dieser Bote denn sonst, dass sie hier veranstalteten? Zelten auf dem Land?

»Allerdings«, erwiderte Lyonel, nicht ohne einen gewissen Stolz in der Stimme. »Und wir sind inzwischen nicht mehr die kleine Gruppe aus ein paar einzelnen Widerstandkämpfern. Ihr seht es ja ...« Er wies auf die Zelte um sich herum.

Der Bote lächelte wieder. »Glaubt Ihr, meine Herrin weiß das noch nicht? Sie kennt die genauen Zahlen eurer *Widerstandkämpfer*. Sie weiß, dass Ihr der Anführer dieser Verschwörer seid, und sie weiß auch, dass Ihr euch Unterstützung von den Grafen Galenes und Touleránts geholt habt.«

Lyonel schien einen Moment überrascht, dann aber sagte er: »Na und? Es spielt keine Rolle, was sie weiß. Wir werden kämpfen, und wir werden gewinnen!«

»Am liebsten würde ich Euch auf der Stelle die Kehle aufschlitzen«, zischte der Bote. Die Aurenen rückten enger um Lyonel, doch der ließ sich nicht beeindrucken. »Leider habe ich andere Befehle. Die Königin hat längst ihre Truppen zusammengezogen. Das Heer sammelt sich in Tenébra und ist schon in diesem Moment kampfbereit. Euer kleiner Widerstand hier wird weggefegt werden wie ein morscher Baum im Sturm.«

»Wird er nicht«, sagte Lyonel. »Wir sind bereits viele, und jeden Moment kann das Heer von Touleránt hier eintreffen.«

Der Bote brach in solches Gelächter aus, dass die Männer alarmiert ihre Speere hoben. »Das denke ich nicht. Die Königin hat einen Teil ihrer Soldaten nach Touleránt geschickt. Das Schloss der Gräfin wird zur Stunde belagert. Wir haben Isobel noch die Chance gegeben, Seiten zu wechseln, doch sollte sie sich weigern, wird sie zusammen mit ihrer Phönixtante in der Asche der Geschichte verschwinden.«

Loreba machte ein Gesicht, als würden ihr die schlechten Metaphern allein schon körperlichen Schmerz bereiten, und Lyonel sah aus wie jemand, dem gerade der Boden unter den Füßen weggezogen worden war. »Was ...?«

»Nun, die Königin war Euch eben einen Schritt voraus«, sagte der Bote gehässig. »Ich frage Euch deshalb nur einmal: Wollt Ihr wirklich so viele Menschenleben opfern? Ohne Touleránt habt ihr keine Chance! Kapituliert, und wir werden das Leben aller hier schonen. Ich biete es Euch nur einmal an.«

Elodea sah zu Lyonel hinüber, der dastand wie zu Stein erstarrt. Zusammen mit allen anderen wartete sie auf seine Antwort.

»Zu kapitulieren bringt den Menschen gar nichts«, sagte er langsam. Ein seltsamer Glanz lag in seinen Augen. »Obsidia wird im Krieg gegen Padmador Massen an Leben opfern. Der einzige Weg, das zu verhindern, ist, sie zu stürzen. Wir werden kämpfen.«

Wie zur Bestätigung rückten die Bewacher des Boten mit ihren Speerspitzen näher an ihn heran.

»Also gut. Ihr wollt es nicht anders«, knurrte der Bote. Dann hob er seine Stimme und rief so laut, dass es alle Menschen im Umkreis von zwanzig Metern hören mussten: »In diesem Fall sagt Euch Königin Obsidia den Kampf an. Unwiderruflich und unbarmherzig wird sie eine Schlacht gegen Euch führen, die jeden vernichten wird, solltet Ihr es wagen, Euch Tenébra zu nähern.«

Ein Raunen ging durch die umliegenden Zeltreihen. Menschen strömten auf den Eingang des Lagers zu, um zu sehen, was vor sich ging. Der Bote ließ sich davon nicht beirren. Nach den letzten Worten schwang er sich auf den Rücken seines Pferdes, machte scharf kehrt und galoppierte durch das Tal davon.

Lyonel wartete nicht ab, bis er außer Sichtweite war. Er ließ sich auf den Boden fallen und vergrub das Gesicht in den Händen.

Elliott beugte sich rasch zu ihm hinunter und klopfte ihm auf die Schulter. »Wir schaffen das schon.«

»Aber wie?« Lyonel sah auf, in seiner Miene stand Verzweiflung. »Ohne Touleránt sind wir in der Unterzahl.«

»Es gibt immer einen Weg.«

Mittlerweile hatte sich um Lyonel, Elliott und die Aurenen ein Menschenauflauf gebildet. Die Leute tuschelten miteinander, tauschten die Bruchstücke an Neuigkeiten, die sie aufgeschnappt hatten, bis es genug waren, um sich ein Bild zu machen.

»Touleránt? Kann uns Touleránt jetzt doch nicht helfen?«

»Und dieser Bote, was wollte der?«

»Ist das Lyonel, der da auf dem Boden liegt?«

»Lyonel, du musst zu den Leuten sprechen«, sagte Loreba mit einem Blick auf die Menge. »So schnell es geht, bevor Gerüchte entstehen.« Sie reichte ihm die Hand und half ihm auf. »Sag, dass Touleránt uns nicht mehr helfen kann, dass der Kampf kurz bevorsteht. Sie müssen wissen, was auf dem Spiel steht, wenn wir nach Tenébra ziehen.«

»Glaubst du, irgendjemand wird dann noch mit uns kämpfen?«

»Das musst du riskieren.« Loreba schüttelte den Kopf. »Du willst ein besserer König sein als deine Schwester? Dann fang damit an! Sag die Wahrheit! Lass deinen Leuten eine Wahl.«

»Also gut.« Lyonels Gesicht hatte wieder den harten Ausdruck eines Befehlshabers angenommen, den er in den letzten Wochen so oft zeigen musste. »Dann werde ich zu ihnen sprechen.«

»Ich schlage vor, wir gehen ein Stück den Berg hinauf, damit man dich überall sieht, wenn du sprichst«, meinte Elliott.

»Und ich werde meine Magie einsetzen, damit man dich kilometerweit hört«, fügte Loreba hinzu.

Sie bahnten sich einen Weg durch die Menschen, die inzwischen aus ihren Zelten geströmt waren und die kleinen Laufpfade verstopften. Auf der östlichen Seite des Flusses standen die Zeltreihen noch nicht ganz bis zum Wald. Von dort aus konnte man das ganze Tal überblicken. Elodea sah ins Lager hinab und beobachtete die Leute, die zwischen den Zelten herumwuselten wie Ameisen. Nicht zum ersten Mal staunte sie über die Menge an Menschen, die sich zum Kämpfen im Flusstal versammelt hatte. Von ihrem Hügel aus gesehen, schien alles winzig, doch das machte erst möglich, dass sie die Dimension begriff. Im Vergleich zu diesen Massen kam sie selbst sich auf einmal ziemlich unbedeutend vor.

Loreba ging zu Lyonel und legte ihm zwei Finger an den Hals, während sie mit geschlossenen Augen ein Wort murmelte. »Jetzt kann dich jeder verstehen«, sagte sie und zog ihre Hand weg.

Lyonel stieg hinauf bis zum Waldrand, die Aurenen und Elliott blieben ein paar Schritte unterhalb stehen.

»Kämpfer Avendúrs!«

Elodea zuckte zusammen, als seine Stimme bestimmt zehnmal lauter als sonst durch das Tal hallte.

»Zu euch spricht Lyonel von Betháne, hört mich an!«

Unten im Lager kam Unruhe auf. Rebellen traten vor ihre Zelte, und auch ohne einzelne Gesichter zu sehen, wusste Elodea, dass sie mit angespannter Miene nach der Quelle der Stimme suchten. Es dauerte eine Weile, bis die Mehrzahl der Menschen Lyonel auf dem Hügel entdeckt hatte. Sie strömten ihm entgegen, manche blieben respektvoll am Fuß des Hügels zurück, andere rannten bis zu ihnen hinauf. Viele sahen ihren Befehlshaber und Thronfolger zum ersten Mal. Nur langsam ebbte das Tuscheln ab. Erwartungsvolles Schweigen breitete sich in der Menge aus.

Lyonel wandte sich ein letztes Mal zu Loreba um, die ihm aufmunternd zunickte. Dann begann er mit seiner eigentlichen Rede: »Kämpfer, Verbündete und vor allem Bürger Avendúrs!« Er hielt kurz inne, um seine Worte nachwirken zu lassen. Tausende von Augenpaaren waren auf ihn gerichtet. »Wir alle haben schwere Zeiten hinter und wahrscheinlich noch schwerere vor uns. Deshalb möchte ich euch nicht verschweigen, wie es im Moment um uns steht. Ein Bote der Königin war hier, wie viele von euch sicher schon wissen. Er teilte uns mit, dass Obsidia ihre Truppen zusammengezogen hat und gegen uns kämpfen wird. Außerdem forderte er uns zur Kapitulation auf. Das habe ich abgelehnt.«

Anerkennendes Klatschen drang aus der Menschenmenge. Lyonel zögerte, offenbar überrascht von der Unterstützung. Dann aber fuhr er fort:

»Das ist leider noch nicht alles. Wie ihr wisst, habe ich in den letzten Tagen unseren Angriff auf Obsidia hinausgezögert, da ich die Ankunft der Truppen aus Touleránt erwartet habe. Der Bote teilte uns mit, dass die Gräfin von Obsidia festgehalten wird. Sie kann uns nicht mehr rechtzeitig bis zur Schlacht erreichen. Das heißt, wir kämpfen in Unterzahl. Ich werde euch zu nichts zwingen. Unsere Chancen stehen schlecht. Wer unter diesen Umständen nicht mehr kämpfen will, darf gehen, und keiner wird ihm einen Vorwurf machen.«

Lyonel hielt inne. Er wartete, aber niemand sprach. Das Schweigen lag so geballt über dem Tal, selbst die Vögel schienen verstummt.

Schließlich schrie jemand: »Wer jetzt geht, ist doch schon besiegt! Wir geben nicht auf! Wir kämpfen!«

Diese Worte fanden einigen Beifall, von allen Seiten war zustimmendes Murmeln zu hören, bis Lyonel Schweigen gebot. Die Miene des Thronfolgers hatte sich verändert. Er sah nicht länger besorgt oder ängstlich aus. Seine Anspannung war noch da, aber sie hatte sich in etwas anderes verwandelt. In seinen Augen lag ein Funkeln, und als er sprach, ballte er die Fäuste. »Ja, wir werden kämpfen! Ich lasse nicht zu, dass Obsidia zerstört, was unsere Vorfahren jahrtausendelang bewahrt haben. Noch bevor der Morgen kommt, werden wir angreifen! Vielleicht sind wir zahlenmäßig unterlegen, aber dafür kämpfen wir für unsere Überzeugung! Obsidia kämpft nur wegen ihres Wahnsinns und ihres Strebens nach Macht. Wir kämpfen für das, woran wir glauben, was wir lieben! Für unsere Heimat, unsere Freiheit, unser Recht, in Frieden zu leben! Und deswegen werden wir sie besiegen!«

Tosender Jubel brandete durch das Tal, und Elodea konnte nicht anders, auch sie stimmte in den Beifall ein. Die Widerstandkämpfer riefen sich selbst Mut zu, schrien, klatschten. Ihre Begeisterung war ansteckend. Ein paar berauschende Sekunden lang erfüllte Elodea das Gefühl von Unverwundbarkeit. Sie sah zu Lyonel auf, der von der Abendsonne perfekt in Szene gesetzt wurde, und auf einmal begriff sie, was Loreba meinte, wenn sie sagte, dass von charismatischen Persönlichkeiten immer auch Gefahr ausging. Hatte sie überhaupt auf den Inhalt seiner Rede geachtet? Oder hatte sie sich nur von seiner Vortragsweise mitreißen lassen? Lyonel mochte seine Rhetorik für ihre Zwecke einsetzen, aber durch die gleichen Mittel waren schon Kriegen angestiftet worden.

Sie war froh, als Lyonel wieder zu ihnen herunterstieg und sich die Menge allmählich zerstreute. Auf Augenhöhe war er beruhigend menschlich.

»Ich wusste gar nicht, dass du so gut sprechen kannst«, sagte Elliott und klopfte seinem Freund auf die Schulter.

»Ich auch nicht«, gab Lyonel zu. »Irgendwie ist es mit mir durchgegangen. Gut.« Er straffte die Schultern. »Wir haben Zeit bis Sonnenaufgang, uns auf die Schlacht vorzubereiten. Das muss reichen. Du wirst bald nach Tenébra aufbrechen, Elliott?«

»Ja. Famorgan erwartet mich, sobald es dämmert.«

»Viel Erfolg, aber sei vorsichtig. Ihr Aurenen, ich möchte, dass ihr die Kinder und Mütter vom bevorstehenden Kampf in Kenntnis setzt. Danach solltet ihr versuchen, ein wenig zu schlafen. Ihr werdet eure Kräfte brauchen.«

»Dann wird es jetzt also wirklich ernst«, sagte Cloé grimmig. »Wir marschieren nach Tenébra.«

Lyonel nickte. »Ja, aber der Plan ist nach wie vor, zu Obsidia durchzudringen und sie zum Abdanken zu bewegen. Ich will dieser Stadt so wenig schaden wie möglich.«

»Und was, wenn sie keinen Zentimeter nachgibt? Wenn sie vor dir steht und sich weigert aufzugeben?«

»Dann«, sagte Lyonel mit düsterer, aber entschlossener Miene, »werde ich sie töten.«

# BRUDER UND SCHWESTER

Wenn ein Bankett mit Obsidia der Fütterung in einer Raubtiergrube glich, dann war Farya das Lamm. Rechts und links von ihr saß eine Riege der schrecklichsten Menschen, die Avendúr zu bieten hatte. Machtgierige Hyänen, die nur darauf geierten, einen Happen von Obsidias Krone abzubekommen, neben Sadisten, wie es Nathaira und Lysander waren.

Die Königin, ganz in ihr übliches Schwarz gewandet, saß am Kopfende der Tafel und kaute an einem Hühnerbein, während Simon Melvar flüsternd auf sie einredete. Seit dem Zwischenfall auf dem Ball war der Hauptmann deutlich in ihrer Gunst gesunken, doch Obsidia brauchte ihn und seinen Einfluss auf die Truppen nach wie vor. Gerade jetzt, wo er ihr Heer von Téska nach Tenébra überführt hatte.

Was sie besprachen, interessierte Farya nicht besonders, sie war mit den Gedanken woanders. Schon seit Tagen gingen Gerüchte im Schloss um, die Rebellen planten, Tenébra zu belagern und die Königin zu stürzen. Dass Obsidia nun auch noch ihre Armee hierherverlegt hatte, stachelte die Spekulationen noch mehr an.

»Farya«, sagte sie Königin plötzlich, und am Tisch verstummten die Gespräche.

»Ja, Eure Majestät?« Faryas Stimme zitterte, als sie sich auf ihrem Platz vorbeugte und Obsidia in die Augen sah.

»Du hast mir heute noch gar nicht berichtet, wie es unserem Gast geht. Was macht Aensley Famorgan? Immer noch so hochmütig?« Sie feixte.

Farya spürte, wie ihr die Hitze in die Wangen stieg, doch als sie sprach, war ihre Stimme kalt. »Sie stirbt. Langsam, aber sicher rafft der Kerker sie dahin. Ich gebe ihr noch eine Woche. Zwei, wenn sie zäh ist.« Sie bemühte sich um eine niedergeschlagene Miene. Vielleicht hätte sie wehmütig klingen und ein wenig mehr Drama ins Spiel bringen sollen, doch sie war keine besonders gute Schauspielerin, und falsche Tränen lagen ihr nicht.

Obsidia sah trotzdem zufrieden aus. »Danke, mein Kind. Kopf hoch, du wirst der Verräterin doch nicht hinterhertrauern?«

»Nein, natürlich nicht«, entgegnete Farya und senkte unterwürfig den Kopf.

Als sie endlich die ersehnte Erlaubnis zum Aufstehen erhielt, beeilte sich Farya, die Versammlung so schnell wie möglich zu verlassen. Wegen des Banketts war sie ohnehin schon spät dran. Sie lief hinunter in die Küchen, wo Tamsin, ein befreundetes Dienstmädchen, bereits auf sie wartete.

»Du bist reichlich spät«, beschwerte sie sich, als sie Farya verstohlen einen Korb reichte.

»Tut mir leid, es ging nicht schneller. Ist alles drin?«

»Alles, was du mir auf die Liste geschrieben hast.«

»Gut. Danke dir.«

Eilig machte sich Farya mit dem Korb auf den Weg in den Kerker. Die Wachsoldaten wurden gerade von der Nachtschicht abgelöst, als sie im hintersten Gefängnisgang ankam.

»Das Gleiche wie immer?«, fragte der Wachaufseher, während sie sich näherte.

»Ja. Wollt Ihr reinschauen?«, entgegnete Farya und hielt ihm den Korb hin.

»Nicht nötig. Wir wissen, dass Ihr den höchstpersönlichen Auftrag der Königin habt, für unseren Gast zu sorgen.« Er grinste, und Farya versuchte sich wie immer an einer unberührten Miene. Sie warf ihm einen abfälligen Blick zu und rauschte wortlos an ihm vorbei.

Kerzen beleuchteten das feuchte Gefängnis, und im Gegensatz zu ihrer ersten Begegnung saß die Leiterin der Universität aufrecht auf ein paar Decken, als Farya eintrat. Bei jedem Besuch hatte sie Magistra Famorgan mehr Kerzen gebracht, und inzwischen war der Boden ihrer Zelle ein Lichtermeer.

Aensleys Miene erhellte sich. »Farya. Du kommst spät, ist etwas passiert?«

Seufzend stellte Farya ihr den Korb zu Füßen und setzte sich gegenüber auf den Steinboden. »Obsidia hat ein Bankett abgehalten, um sich mit ihren Kriegstreibern zu beraten«, erklärte sie, »Und ich musste natürlich dabei sein. Sie wollte Bericht über Euren Zustand.«

»Was hast du ihr erzählt?«

Farya zuckte mit den Schultern: »Was sie hören wollte. Ich habe ihr gesagt, Ihr sterbt.«

»Charmant.« Aensley verzog die Mundwinkel zu einem kleinen Lächeln.

Dass ihr Humor zurück war, wertete Farya als ein gutes Zeichen. Die Medizin, die sie ihr brachte, wirkte offenbar. Jedenfalls war Aensleys Husten wesentlich besser geworden, und sie fror und fieberte nicht mehr. Ihr Kreislauf war noch immer schwach, und Farya wusste, dass ihr selbst die kleinste Bewegung Schmerzen bereitete, doch immerhin war ihr Lebenswille wieder erkennbar. Mit jedem ihrer Besuche arbeitete Farya daran, dass das auch so blieb.

»Ich dachte, das sei die sicherste Variante, Obsidia über Euren Zustand im Unklaren zu lassen«, sagte Farya. »Wenn sie Verdacht schöpft, Ihr könntet Euch erholt haben, wird sie mir verbieten, zu kommen. Ich verstehe ohnehin nicht, wieso sie nicht langsam misstrauisch wird.«

»Sie traut dir nicht zu, dass du dich gegen sie stellst«, meinte Aensley schlicht. »Seit du die Seiten gewechselt hast, warst du für sie immer die klassische Verräterin, ein Feigling. Obsidia hat deinen Willen unterschätzt. Und deine Fähigkeit zur Reue.«

»Das hat sie in der Tat. Wie fühlt Ihr Euch heu…«, wollte Farya gerade fragen, als sie draußen vor der Tür plötzlich lautstarkes Stimmengewirr wahrnahm. Es klang, als stritten sich zwei Männer.

Aensley legte die Stirn in Falten und lauschte. »Das hört sich an wie …« Auch Farya erkannte jetzt die Männerstimme, die am anderen Ende des Ganges mit einem der Wachsoldaten sprach. »Avian«, hauchte Aensley und tauschte einen überraschten Blick mit ihr. »Hast du ihn hergebracht?«

Farya schüttelte den Kopf: »Nein. Aber ich kann nachschauen. Wartet, ich bin sofort zurück.«

Sie stand auf und öffnete die Gefängnistür. Im Gang herrschte wie üblich Schummerlicht, es war nicht einfach, die Personen zu erkennen, die sich am Eingang des Korridors anschrien.

»Ich bin ein Geistlicher, ich habe das Recht auf Gefangenenbesuche!«, hörte sie Avian Famorgan sagen. In seiner Stimme lag ein leichtes Zittern, und das schien auch der wachhabende Soldat zu merken.

»Sie ist Eure Schwester, Ihr seid befangen«, entgegnete er nüchtern. »Zum dritten Mal: Ich kann Euch hier nicht durchlassen.«

»Aber …«

»Nein!«

»Lasst Ihn ein.« Farya war aus dem Halbdunkel getreten und baute sich vor den beiden Männern auf, die bei ihrem Anblick zusammenzuckten.

Aus der Nähe sah sie, wie bleich Famorgan war. Unter seinen Lidern hingen Augenringe, als hätte er nächtelang nicht geschlafen, sein Bart war schlecht rasiert und sein Blick glasig. Er machte einen verzweifelten Eindruck, doch als er Farya erkannte, weiteten sich plötzlich seine Augen. In den Bruchteil von Sekunden, da sich ihre Blicke begegneten, legte er alles, was er an Ausdruck aufbieten konnte: *Helft mir!*

»Ihr habt mir gar nichts zu sagen«, schnauzte der Wachhabende abschätzig.

»Nein«, entgegnete Farya ebenso kalt. »Aber die Königin. Sie selbst hat Famorgan erlaubt, heute herzukommen, um seine Schwester zu sehen, und mich beauftragt, Euch das auszurichten.«

Der Wachmann wirkte einen Moment lang verwirrt. Unsicher schaute er zwischen Farya und Famorgan hin und her.

»Geht doch nach oben und fragt«, fuhr Farya fort, nun mit forscherer Stimme, da sie bemerkte, wie gut ihre Lüge funktionierte. »Ich warne Euch nur, die Königin befindet sich schon bei der Nachtruhe, und Ihr wisst ja, sie schätzt es nicht besonders, wenn man sie wegen solcher Kleinigkeiten stört.«

»Schon gut«, gab sich der Mann geschlagen. »Aber nur zehn Minuten, dann will ich keinen von Euch mehr sehen.«

Famorgan mied ihren Blick, während sie zusammen an dem Soldaten vorbei den Korridor entlanggingen. Seine Augen huschten über die Wände, als würde er etwas Bestimmtes suchen. Plötzlich hielt er inne und sah sich zu der Wache um, die ihm wieder den Rücken zugewandt hatte. Bevor Farya auch nur blinzeln konnte, hatte er den Arm nach dem Fackelhalter vor sich ausgestreckt und drehte ihn in einer einzigen Bewegung auf den Kopf.

Farya sprang mit einem erstickten Schrei zur Seite, als sich auf einmal der Boden unter ihren Füßen zu bewegen begann. Dort, wo noch Sekunden zuvor massiver Felsboden gewesen war, schob sich nun eine Steinplatte wie eine Falltür auf und offenbarte ein klaffendes schwarzes Loch. »Was ...!?«

Famorgan griff nach ihrer Hand und zog sie von der Öffnung am Boden weg. Ein halbes Dutzend Männer mit Fackeln und Schwertern in den Händen zwängte sich auf einmal aus dem Loch ins Freie und stürzte auf die Wachen am Ende des Ganges.

»Geheimgang«, war Famorgans kurzer Kommentar. Ohne auf Faryas schockierte Miene zu achten, zog er ein Messer aus einer verborgenen Tasche in seinem Wams. »Wo ist Aensley?«

Mit zitternden Fingern, noch immer zu entsetzt, um sprechen zu können, deutete sie in die entsprechende Richtung.

Von weiter vorne im Gang waren jetzt Kampfgeräusche zu hören, doch sie währten nicht lange. So weit hinten im Kerker gab es kaum noch Wachen, die Angreifer hatten sie schnell überwältigt.

»Wer sind die?«, fragte sie und beeilte sich, mit Famorgan Schritt zu halten. »Woher wusstet Ihr von diesem Gang?«

»Nicht meine Idee«, gab Famorgan stockend zurück. »Die Brüder Mhyrias.«

Faryas Herz machte einen Satz. »Das sind Brüder Mhyrias? Dann müsst Ihr mich mitnehmen!« Sie packte ihn am Arm. »Bitte!«

»Von mir aus. Ich habe nichts dagegen, aber jetzt müssen wir erst einmal meine Schwester da rausholen.«

Aensley saß noch immer da, wo Farya sie zurückgelassen hatte, als die beiden in die Zelle stürzten. Für einen Moment starrten sich Bruder und Schwester nur an. Sie, die Frau, die mit zerrissenen Kleidern in einem Meer aus Kerzen saß, zu schwach, um alleine aufzustehen. Er, der Mann mit gehetztem Gesichtsausdruck und einem Messer in der Hand, von dem er nicht mal wusste, wie er es richtig halten sollte.

Aensleys Blick wanderte über sein Gesicht zu den blutunterlaufenen Augen und den eingefallenen Wangen. Avians von ihrem verwirrten Haar über ihr schmutziges Kleid zu dem weißen Verband, der ihre Wunden verbarg.

Farya hielt sich im Hintergrund, sie wollte nicht stören. Immer wieder schaute sie besorgt zum Gang, über den sich mittlerweile die Brüder Mhyrias näherten.

»Avian«, hauchte Aensley schließlich, verblüfft und wohl auch ein wenig erschrocken. »Wieso bist du hier?«

»Loreba Elgyn hat mich benachrichtigt, dass die Brüder Mhyrias eine Rettungsmission für dich planen, und sie haben noch jemanden gebraucht, der sie ins Schloss schmuggelt.«

Aensleys Gesicht blieb ausdruckslos. »Du, ein Rebell? Das sind ja ganz neue Töne. Hast du die Seiten gewechselt?«

»Ich stehe auf keiner Seite!« Die Wucht seiner Worte schien selbst Aensley zu überraschen. »Ich konnte dich doch nicht hierlassen!« Er trat auf sie zu und kniete sich auf den Steinboden. Scheu streckte er die offene Hand aus und hielt sie seiner Schwester entgegen, die, nach wie vor, die Arme schützend um ihren Körper gelegt, in der Ecke kauerte.

»Dieses ewige *Auf wessen Seite stehst du?*, das Misstrauen, die Wut, dir wir aufeinander haben. Ich will das nicht mehr. Ja, vielleicht war ich politisch nicht auf deiner Seite, Aensley. Aber ich war immer, immer *an* deiner Seite. Du bist meine Schwester. Und du kannst mich so oft feige nennen, wie du willst, kannst mich beschimpfen, wann es dir passt. Aber bitte komm mit mir.«

Aensley nickte. Langsam streckte sie ihren verletzten Arm aus und griff nach Avians Hand. Er zog sie auf die Füße, und als ihre Beine unter der ungewohnten Belastung einknickten, hob er sie kurzerhand hoch. »Ist dir klar, was du hier machst?«, fragte Aensley. Ihre Augenlider flackerten. Sie war benebelt von der plötzlichen Kreislaufschwäche, trotzdem konnte sie den Blick nicht von ihm abwenden. »Was ist mit der Ehre unserer Familie?« In ihrer Stimme lag eine leichte Belustigung. »Dem Ansehen der Famorgans? Wird ihm nicht gerade guttun, wenn du eine Verbrecherin befreist ...«

»Du bist meine Familie«, sagte Avian entschlossen und hielt seine Schwester fest in den Armen, während er sie über die Schwelle des Gefängnisses trug. »Du und sonst niemand.«

# WORTE IN DER NACHT

Zur selben Zeit lief Lyonel durch die nächtlichen Straßen Eleringorns und schaute in den Sternenhimmel. Die Weinflasche in seiner Hand zitterte leicht, er nahm nun fast minütlich einen Schluck, um sich zu beruhigen. Ellery hatte keine Fragen gestellt, als er in den Rebenhof gekommen war und sie sich geholt hatte. In ihren Augen war sogar so etwas wie Mitleid zu lesen gewesen. Mitleid für die Verantwortung, die er trug. Mitleid für die Bürde, die ihm keiner abnahm und die niemand verstand.

Um ihn herum war es still geworden. Die meisten Leute in den Zelten schliefen seit einigen Stunden, doch für ihn war an Ruhe nicht zu denken. Eigentlich hatte er vorgehabt, ins Pfarrhaus zurückzukehren, aber auf halben Weg den Hügel hinauf hielt er am Portal der kleinen Kirche plötzlich inne. Die Tür stand einen Spaltbreit offen, und durch das Halbdunkel konnte er den Umriss einer Person wahrnehmen, die mit dem Rücken zu ihm saß.

Er hatte sich schon den ganzen Abend gefragt, wo sie steckte.

Leise ging er den Mittelgang entlang nach vorn. Durch die Bogenfenster über dem Altar sah man die Mondsichel schimmern, die bleiches Licht in die Kirche warf. Die Fenster im Hauptschiff waren allesamt aufwendig gearbeitet. Manche zeigten Bilder, ein Feld voll Lilien, einen Mann mit einem Lamm im Arm, eine sternenumkränzte Frau. Die im Altarraum aber waren aus schlichtem Weißglas, das in der Dunkelheit eine kornblumenblaue Farbe angenommen hatte. Feine Muster zierten die Glasfacetten, und im Licht der Kerzen wirkte es, als zögen Rauch und silberne Schlieren über die Scheiben. Es herrschte eine fast unwirkliche Stille. Auf dem Hochaltar brannten Kerzen, das Ewige Licht leuchtete in seiner roten Fassung, doch ansonsten war es dunkel.

Sie saß allein in der ersten Bank, und als er sie ansprach, zuckte sie zusammen.

»Nicht erschrecken, ich bin es nur.«

»Lyonel.« Einen Moment starrte Loreba ihn an, dann atmete sie aus. »Musst du dich so anschleichen?«

»Entschuldige.« Er deutete auf den Platz neben ihr. »Darf ich mich setzen? Oder störe ich dich beim Beten?«

»Nein. Ich meine, du störst nicht, bitte.« Sie beobachtete ihn, als er sich setzte, ihr Blick wanderte langsam zu der Flasche in seiner Hand und dann zu seinem Gesicht. »Trinken wird die Angst nicht besser machen.«

Lyonel fühlte, wie ihm die Röte in die Wangen stieg. Mit der Flasche in der Hand musste er aussehen wie ein dahergelaufener Säufer. Er wandte die Augen von Loreba ab und heftete sie auf das kleine rote Licht im Altarraum.

»Willst du darüber reden?«, fragte Loreba sachte.

Er schüttelte den Kopf, nicht als Antwort auf ihre Frage, sondern einfach, um seine Gedanken zu sortieren. »Ich plane meine Schwester zu töten«, sagte er nach einer Weile plötzlich, als erschrecke er über sich selbst. »Und das Schlimme ist, ich kann sie nicht einmal hassen. Sie hat all diese Menschen umgebracht und all diese Leben zerstört, und trotzdem. Ich kann sie einfach nicht als ein Monster sehen. Ich habe sie durchschaut, verstehst du? Sie ist ein Kind. Ein einsames, trauerndes Mädchen, das noch immer den Tod seines Vaters nicht verwunden hat. Er war ihre einzige Bezugsperson, dafür hat er gesorgt. Als er starb, war sie völlig allein. Und in ihrer Einsamkeit, in ihrer Unfähigkeit, andere Beziehungen aufzubauen, hat sie sich an das Einzige geklammert, das ihr von ihm geblieben ist. Seine Ideologie. Und die verteidigt sie jetzt, koste es, was es wolle. Sie ... sie tut mir einfach leid. Und ich weiß nicht, was passiert, wenn ich ihr gegenüberstehe, ob ich sie wirklich töten kann. Ich habe solche Angst zu versagen, als König, als Anführer ... Ich meine, allein meine Hand ...«

»Du hast mit einer Hand mehr geschaffen als die meisten mit zwei!«, sagte Loreba. »Bitte, lass die Selbstzweifel. Du musst deine Schwester nicht als Monster sehen, um ein guter Anführer zu sein. Unseren Gegnern die Menschlichkeit abzusprechen, macht uns selbst weniger menschlich. Dieses Land braucht nicht noch mehr Monster. Hass besiegt keinen Hass.«

»Sondern?« Lyonel hob die Brauen. »Ist es die Liebe, auf die du hinauswillst?«

»Es ist immer die Liebe«, murmelte Loreba. »Warum sonst tun wir, was wir tun?«

»Liebe besiegt keine Armee«, gab Lyonel mürrisch zurück. »Liebe tötet keine Menschen. Und wir werden morgen vermutlich beides tun müssen. Was sind wir dann? Tyrannen? Oder Helden, weil wir unser Land vor etwas noch Schlimmerem bewahren wollen? Ihr Magier habt es gut, ihr müsst nicht töten, ihr könnt mit den richtigen Worten gezielt bewusstlos machen. Mit einem Schwert ist das deutlich schwieriger. Und wenn meine Schwester gewinnt, wenn ich mir vorstelle, was sie mit mir machen wird ...« Er sah auf den Grund seiner Weinflasche, dann knurrte er ärgerlich und stellte sie unter die Bank. »Wie hast du das damals in Loánne ausgehalten?«, fragte er, die Stimme ausdruckslos. »Das Wissen, dass du sterben wirst? Dieses Gefühl, dass du völlig allein damit bist? Wie meistert man Todesangst?«

»Gar nicht«, sagte Loreba. »Man durchleidet sie, Sekunde um Sekunde. Es waren die schlimmsten Stunden meines Lebens, ich kann es nicht beschönigen. Aber ich war nicht allein.« Sie hob den Kopf und sah zum Altar. »Und du bist es auch nicht.«

Bei ihren Worten merkte Lyonel, wie sich in seiner Brust etwas schmerzhaft zusammenkrampfte. Er musste sie endlich fragen, musste es wissen. Nicht wegen seiner dummen Wette mit Elliott, einfach für sich. Auch wenn er die Antwort im Grunde schon kannte.

Als er sie ansah, versuchte er, seine Gefühle unter Kontrolle zu halten und das Ganze nüchtern und erwachsen anzugehen. »Ich nehme an, du wirst zur Universität zurückkehren, wenn das hier vorbei ist«, stellte er mit bebender Stimme fest. Er bemühte sich, die Worte möglichst teilnahmslos klingen zu lassen, doch innerlich flehte er, nicht die Antwort zu hören, die er vermutete.

»Ja«, antwortete Loreba leise. Das Lächeln war aus ihrem Gesicht verschwunden. »Das werde ich.«

Er nickte. Nichts weiter. Sein Herz war nicht zerbrochen, sein Leben nicht zu Ende. Aber die Bilder waren weg. Die zarte Hoffnung auf ein Leben. Auf ein Leben mit ihr. »Das hatte ich befürchtet.«

Lorebas Gesichtsausdruck wirkte gequält. »Du dachtest nicht ...«

»Nein«, sagte er rasch und räusperte sich. »Also nein, doch ... Martha hat etwas in die Richtung erwähnt, dass du ... es dir unter Umständen vielleicht anders überlegst ...« Noch während er es aussprach, kam er sich dumm vor. Wie ein kleiner, dummer Junge, ohne jegliche Erfahrung. Was hatte er sich dabei gedacht, einer Magistra seine Liebe zu gestehen?

Loreba sah ihn an, und er hasste das Mitleid in ihrem Blick. »Martha denkt immer, sie müsste mir einen Ehemann besorgen. Sie glaubt, ich wäre sonst einsam. Aber ich habe mich entschieden. Schon vor langer Zeit.«

»Hast du es denn nie bereut? Bist du nie in Versuchung gekommen, anders zu leben?« Schon wieder bereute er die Worte, noch ehe sie richtig ausgesprochen waren. *Ja, reite dich noch weiter rein.*

»Doch.« Über Lorebas Gesicht huschte ein Lächeln. »Denn auch wenn manch einer anderes behauptet, ich bin nicht aus Stein. Und du, du bist ... eine Herausforderung.«

*Herausforderung?* Dann empfand sie also doch etwas für ihn?

»Aber nicht Herausforderung genug, um etwas an deiner Meinung zu ändern?«

»Nein. Ich musste mich entscheiden, wie alle anderen Magister auch. So ist es eben. Ich wusste, auf was ich mich einlasse. Jeder trifft im Leben Entscheidungen und schließt damit Dinge aus. Du für deinen Thron und damit ein Stück weit gegen deine Freiheit. Andere verlassen für ihre Ehe ihre Heimat und ihre Familie dort.« Sie seufzte. »Manche Entscheidungen wirken vielleicht schärfer als andere. Aber im Grunde ist es immer das Gleiche.«

Lyonel sah sie an, hilflos, mit dem Wissen, dass sie recht hatte, und versuchte, seine Verlegenheit zu überspielen. »Es tut mir leid«, sagte er, und ein ziemlich gezwungenes Lächeln zuckte an seinen Mundwinkeln. »Ich wollte nicht ... Wenn ich dir zu nahe getreten bin ...«

»Bist du nicht. Vermutlich habe ich dir auch falsche Hoffnungen gemacht. Ich hätte eher etwas sagen müssen, aber ... Als wir getanzt haben, im Garten, da war es ... also, da habe ich mich schon gefragt, wie es wäre ...«

»... wenn du mich küssen würdest«, murmelte Lyonel, den Blick in die Ferne gerichtet. Als er Loreba überraschten Gesichtsausdruck bemerkte, wusste er, dass es offenbar nicht das war, an was sie gedacht hatte. Nie hatte er so schnell gespürt, wie er rot wurde. *Habe ich das gerade ... oh, du Idiot.*

»Wirklich? Hast du?« Loreba wirkte verdutzt, fast belustigt. Und dann, zu seiner großen Überraschung, beugte sie sich plötzlich zu ihm. Ehe er sich versah, hatte sie ihm die Hände auf die Brust gelegt. Ihr Gesicht war jetzt so nah an seinem, dass er ihren Atem hören konnte. Als ihre Lippen seine Haut berührten, spürte Lyonel, wie sich ein Kribbeln in seinem Nacken ausbreitete. Einen Wimpernschlag später hatte sie sich bereits von ihm gelöst.

Lyonel starrte sie an. Sein erster Impuls war, sie wieder an sich zu ziehen. Er wollte sie berühren, in den Arm nehmen, ihren Kuss erwidern. Es kostete ihn alle Selbstbeherrschung, nichts davon zu tun. Noch immer spürte er ihre Wärme, dort, wo ihre Hände auf seiner Brust gelegen hatten.

Auch Loreba sah ihn an, schweigend. Dann flüsterte sie: »Die Frau, die dich bekommt, kann sich glücklich schätzen. Es wird ihr leichtfallen, dich zu lieben.«

Lyonel blinzelte. Wie in Zeitlupe hob er seine starre Hand und legte sie an ihre Wange. Die unbeweglichen Finger fuhren ihr Kinn entlang, über ihre Lippen. Sie rührte sich nicht, schien den Atem anzuhalten. »Ich glaube, sie wird es schwer haben«, murmelte er. »Jetzt habe ich einen Vergleich.«

Loreba stand abrupt auf. Zu seiner Verwunderung und ein bisschen auch zu seiner Freude merkte er, wie verlegen sie auf einmal wirkte. »Ich gehe jetzt besser.«

»Loreba?« Sie hatte die Tür schon erreicht, als er sie noch einmal zurückrief. Im Dunkel des Portals zeichnete sich ihre Silhouette ab. »Wenn das morgen vorbei ist ... Es wird doch irgendwann einmal der Tag kommen, an dem du keine Magistra mehr sein willst. Gibt es bei euch keinen Ruhestand?«

Er konnte ihr Gesicht nicht richtig erkennen, trotzdem meinte er, den Anflug eines Lächelns aus ihren Worten herauszuhören. »Solange wirst du nicht warten wollen.«

»Und wenn doch?« Er zögerte. »Ich will nur wissen ... hätte ich eine Chance? Eines Tages ... irgendwann?«

Durch die Dunkelheit sah sie auf ihn zurück. »Vielleicht.«

Noch bevor sie ging, wusste Lyonel, dass sie genauso wenig daran glaubte wie er.

• • •

»Was ist denn hier los?«

Avian hörte sofort, dass die Stimme Loreba Elgyn gehörte. Sie hatte diesen Befehlston, den auch seine Schwester beherrschte, wie eine, die es gewohnt war, dass man ihr Rede und Antwort stand. Jetzt klang sie allerdings eher erschrocken, und er konnte es ihr nachfühlen. Wenn er nichtsahnend sein Schlafzimmer betreten und es voll fremder Menschen gefunden hätte, wäre es ihm vermutlich nicht anders gegangen.

Trotzdem drehte er sich nicht um. Sein Blick ruhte auf seiner Schwester, die mit geschlossenen Augen im Bett vor ihm lag. Farya hatte ihr eins von Magistra Elgyns Kleidern angezogen und ihre Wunden neu verbunden, bevor der junge Mann, Elliott, sie fortgeschickt hatte. Aensleys Brille und ihr Phönix-Haarkamm lagen neben ihr auf dem Nachttisch. Jetzt, wo er wusste, was sich seine Schwester damit angetan hatte, war Avian froh, dass jemand das Blut davon entfernt hatte.

»Tut mir leid, es ging nicht anders«, kam es nun von Elliott. »Du warst nicht da, und wir wussten nicht, wohin wir sie sonst bringen sollten ...«

Erst jetzt schien Magistra Elgyn Aensley zu bemerken. Avian hörte sie keuchen. »Wie geht es ihr?«

Schritte näherten sich dem Bett, hielten dann aber plötzlich inne. »Lass sie schlafen«, flüsterte Elliott. »Du kannst nichts für sie tun. Farya hat ihr für den Transport ein Schmerzmittel gegeben, im Moment muss sie einfach nur ausruhen.«

»Farya? Ist sie hier?« Der Schock war Magistra Elgyn deutlich anzuhören.

»Ja. Ich habe sie im Wohnzimmer warten lassen. Komm mit, ich erkläre es dir draußen.«

Auch als die Tür schon hinter ihnen geschlossen war, hörte Avian, wie sie im Flüsterton miteinander diskutierten, doch es hätte ihm nicht gleichgültiger sein können. Seine Hand war fest um Aensleys Finger geschlossen. Im Schlaf wirkte sie friedlich, gesund, ihre Gesichtszüge entspannt. Aber Avian hatte gesehen, wie ihr Körper unter der Bettdecke aussah. Sie war schmächtig geworden, und ihre Haut, noch immer blass vom Fieber, war mit Blutergüssen überzogen. Lysander, sagte man, hatte sie an jenem Abend bis zur Bewusstlosigkeit geschlagen. Als er mit ihr fertig gewesen war, hatte Aensley den Thronsaal nicht mehr auf eigenen Füßen verlassen können. Avian zweifelte keine Sekunde an der Glaubwürdigkeit dieser Aussage. Seine Augen wanderten über das weiße Leinen um ihren Arm. Vorhin, als Farya damit beschäftigt gewesen war, ihren Verband zu wechseln, hatte er die Verletzung darunter zum ersten Mal aus der Nähe gesehen. Die Worte, die sich Aensley selbst in die Haut geritzt hatte: *… nur meinem Gewissen.* Er ballte die Hand zur Faust.

»Avian …« Seine Schwester hatte die Augen geöffnet. Blinzelnd sah sie zu ihm auf. »Ich habe schon genug blaue Flecken, auch ohne dass du meine Finger zerquetschst.«

»Tut mir leid.« Rasch ließ er sie los.

»Keine Angst, Bruder«, Aensley lächelte verschlafen. »Du musst mich nicht festhalten. Ich laufe schon nicht weg.«

»Dir traue ich alles zu …«

Sie lachte, doch Avian merkte ihr an, dass sie gegen die Müdigkeit kämpfte. Als sie sich zum Nachttisch beugte und nach ihrer Brille tastete, griff sie daneben und hätte fast ihren Haarkamm auf die Nase gesetzt. »Ist nur das Schmerzmittel«, murmelte sie auf Avians besorgte Miene hin. »Macht ein bisschen durcheinander.« Sie schaute sich im Zimmer um. »Wir sind in Lorebas Haus, oder?«

Er nickte. Dann brach die Frage aus ihm heraus, die ihn seit der Eskalation im Schloss beschäftigte. »Warum hast du mir nicht gesagt, dass du den Widerstand unterstützt?«

Einen Moment sah Aensley ihn nur an, lange und über den Rand ihrer Brille hinweg, was er schon unter normalen Umständen hasste. »Wie hätte ich das riskieren können?«, fragte sie leise. »Du warst doch der Königstreue. Woher hätte ich wissen sollen, woran ich bei dir bin, ob deine Worte im Kronrat ernst gemeint waren oder du aller Welt nur etwas vorgemacht hast?«

Avian schwieg. »Ich habe mir selbst etwas vorgemacht«, murmelte er dann. »Das war das Problem.«

Bildete er es sich nur ein, oder sah er auf einmal Schmerz in ihren Augen? »Ich weiß.« Aensleys Stimme wurde weich, wobei er nicht sicher war, ob aus Absicht oder Müdigkeit. »Ich wusste es seit Jahren. Und deswegen muss ich mich bei dir entschuldigen. Jeden Tag habe ich gesehen, wie unglücklich du bist, und anstatt dir zu helfen, habe ich dich verspottet. Du bist dein ganzes Leben lang in dieses Amt gedrängt worden, hast eine Bürde getragen, die ich nie kennenlernen musste. Du wolltest mich schützen. Und ich habe dich dafür verachtet.«

»Das ist nicht mehr wichtig«, sagte Avian entschieden. Er wollte das Thema wechseln, sie sollte sich nicht auch noch wegen ihm Sorgen machen, doch gleichzeitig spürte er bei ihren Worten eine Wärme in sich, die er lange nicht gefühlt hatte. »Ruh dich aus. Du bist in Sicherheit. Alles andere wird schon wieder. Wir reden, wenn es dir wieder gutgeht.« Er wollte aufstehen, doch aus dem Augenwinkel sah er, wie sich Aensleys Gesichtsausdruck plötzlich merkwürdig veränderte. »Was ist denn?«

Zuerst sagte sie nichts, schluckte nur. »*Wenn es mir wieder gut geht?*« Ihre Augen waren glasig. »Und wann soll das sein? Schau mich an. Ich kann kaum mehr laufen. Wenn ich mein eigenes Spiegelbild sehe, wird mir schlecht. Halb Tenébra war dabei, als ich bewusstlos geschlagen wurde, als ich geschrien habe, bis meine Stimme versagte. Mein Körper ist ruiniert. Wie soll ich jemals wieder mit Selbstbewusstsein vor meine Kollegen treten? Alle haben mich so gesehen.« Ihre Lippen zitterten. »Ich bin gebrochen.«

Avian starrte sie an. Er kannte Aensley gut genug, um zu wissen, dass das, was da aus ihr sprach, nicht wirklich sie war, aber offenbar hatte dieser Abend im Schloss sie nicht nur körperlich tief erschüttert. *Mach dir keine Sorgen. In ein paar Wochen wirst du sehen, dass deine schwächsten Stunden in Wahrheit deine stärksten waren. Alle Narben, die dann noch übrig sind, wirst du als das tragen, was sie sind: Zeichen deiner Tapferkeit. Schwester, du bist stärker als sie.*

All das hätte er ihr sagen können, doch er wusste, dass seine Worte nicht zu ihr durchdringen würden. Nicht heute Nacht. Nicht solange sie noch unter Schmerzmitteln und den Eindrücken der letzten Wochen stand. Mit klugen Worten konnte er ihr im Moment nicht helfen.

Normalerweise war seine Schwester keine, die in den Arm genommen werden wollte. Heute aber brauchte er nur die Hand auszustrecken, und sie sank ihm entgegen, mit ihrem ganzen Gewicht. Sie legte ihre Wange an seine Brust, und er hielt sie. Wiegte sie wie ein Kind nach einem Albtraum. Fuhr ihr über den Rücken und die bebenden Schultern. Strich ihr durchs Haar. *Ich bin bei dir, Aensley, ich bin für dich da.* Avian zeigte es ihr auch ohne Worte.

Lange verharrten sie so, bis bei Aensley Erschöpfung und Schmerzmittel schließlich übermächtig wurden und er ihren Kopf vorsichtig zurück in die Kissen bettete. Als er ihr die Brille abnahm und wieder auf den Nachttisch legte, fiel sein Blick auf den Haarkamm daneben. Der Bernsteinphönix glühte im Lampenlicht. Man hätte kein besseres Wappentier für ihre letzte Königin wählen können. Benoatriz von Touleránt, Canora Valoar ... Phönixe waren sie alle gewesen, die Heldinnen Avendúrs, Aensleys Vorbilder. Gebeugt und doch nicht gebrochen, tot geglaubt und doch wiedererstanden. Er presste die Lippen zusammen. Auf einmal spürte er so etwas wie Trotz. Seine Schwester war nicht gebrochen. Das würde er nicht zulassen. Sie musste kämpfen. Kämpfen wie die Aurenen, wie die Brüder Mhyrias, wie Thomas Garwein, Lyonel von Betháne und all jene, die der Königin die Stirn geboten hatten, über ihre Belastungsgrenzen hinweg. Sie, mit ihren Ideen von der Liebe und der Freiheit. So oft am Boden, noch immer nicht besiegt. In diesem Moment glaubte Avian an sie. Er, der in seinem Leben nie an etwas geglaubt hatte, weder an Gottheit noch an Idee.

»Phönix aus der Asche, Aensley«, flüsterte er und sah auf die schlafende Frau herab. »Das werdet ihr sein.«

• • •

Auf der anderen Seite des Gangs wälzte sich Elodea schlaflos in ihrem Bett. Sosehr sie sich auch bemühte, sie fand einfach keine Ruhe. Erst jetzt, wo sie allein war, trat ihr klar vor Augen, was da morgen auf sie zukam. Es würde Tote geben, da musste sie sich nichts vormachen. Elodea grauste es bei dem Gedanken, selbst jemanden töten zu müssen. Zwar hatte ihr Loreba Methoden gezeigt, wie man seine Gegner ausschalten konnte, ohne sie ernsthaft zu verletzen, doch wer wusste schon, was da morgen auf sie zukommen würde. Obsidias Soldaten waren nicht böse, sie waren Leute aus dem Volk, eigentlich genauso Opfer wie alle anderen. Keiner von ihnen hatte den Tod verdient. Schon gar nicht von ihrer Hand.

*Warum tun wir das? Warum töten wir uns, führen Krieg? Menschen sind schrecklich.*

Elodea drehte sich auf die Seite. Dieser Kampf würde Leben kosten, und ihr war bewusst, dass auch sie sterben konnte. Würde es weh tun? Würde sie es schaffen, dem Tod so zu begegnen, wie Loreba? Oder würde ihr Selbsterhaltungstrieb gewinnen und sie um ihr Leben betteln? Plötzlich war ihr schrecklich heiß.

»Elodea?« Elliotts Gesicht erschien im Türrahmen. Als er sah, dass sie wach lag, trat er ein. »Ich soll dich holen, die anderen warten im Wohnzimmer.«

»Jetzt?« Sie setzte sich auf. Es dauerte doch noch Stunden bis zum Morgengrauen, warum wurden sie schon jetzt geweckt? »Ziehen wir los?«

Er schüttelte den Kopf, sagte aber nichts mehr. Elodea war verwirrt. Leise, bedacht, möglichst niemanden aufzuwecken, stieg sie aus ihrem Bett und folgte Elliott in den Gang. Als sie an Lorebas Zimmer vorbeikamen, streifte ihr Blick den Türspalt, und sie erstarrte. Die Lampe auf dem Nachttisch beleuchtete das Gesicht von Aensley Famorgan. An ihrer Seite, halb im Bett, halb in Lorebas Lesesessel, lag ihr Bruder. Noch im Schlaf hatte er schützend den Arm um seine Schwester geschlungen.

Elliott bemerkte ihr Zögern. Sachte, aber bestimmt schob er sich vor sie und schloss die Tür. »Es geht ihr gut«, fügte er als Erklärung hinzu. »Lassen wir den beiden wenigstens für heute ein bisschen Frieden.«

Im Wohnzimmer war der Rest der Aurenen bereits versammelt. Sie hatten Lampen entzündet, aber nicht Platz genommen. Alle vier standen neben der Tür wie Fremdkörper in ihrem eigenen Haus. Irgendetwas stimmte nicht.

»Was ist denn …?« Ihr Blick wanderte von einer zur anderen, über Marthas blasses Gesicht und Cloés verschränkte Arme. Dann fiel er auf das Mädchen im Sessel gegenüber.

Farya Talmhol hob den Kopf. Als Einzige im Raum saß sie, und mit den im Schoß gefalteten Händen wirkte sie wie eine Angeklagte vor Gericht.

Elodeas Herz schien gleich mehrere Schläge auszulassen. Keine der Aurenen wagte, zu sprechen, sie ließen den Moment des Wiedersehens in der Schwebe, unfähig zu irgendeiner Handlung. So lange hatten sie sich nicht gesehen.

Faryas Haut war bleich, und Elodea wusste nicht, ob es an der

Situation oder an ihrer gesamten Verfassung lag, dass sie so aussah. Ihr silberblondes Haar wurde durch ein Netz in der gleichen Farbe gehalten. Sie trug einen Männerumhang, der wohl Elliott gehört hatte, und ein Satinkleid, das bis auf den Boden fiel. Ihr Blick war scheu. Immer wieder sah sie zu Elliott, als hoffte sie, er würde sie verteidigen.

Der jedoch verließ seinen Platz im Türrahmen nicht. »Ich werde euch gleich allein lassen«, sagte er in die Stille. »Vorher möchte ich nur noch eines sagen: Farya ist hier, weil sie uns Brüder Mhyrias seit Monaten unterstützt. Dass Magistra Famorgan noch lebt, ist allein ihr zu verdanken. Hätte sie sich in den letzten Wochen nicht um sie gekümmert, wären wir mit unserer Rettungsaktion heute viel zu spät gekommen. Sie verdient, dass ihr sie anhört.« Elliott sah sie an, eine nach der anderen. Dann ging er.

Die Stille, die er zurückgelassen hatte, türmte sich zwischen Farya und den Aurenen auf wie eine Wand. Minutenlang sagte niemand ein Wort. Stumm stand die alte Anklage im Raum, die Szene glich eher einem Straftribunal als dem rührseligen Wiedersehen alter Freundinnen. Alle Augen waren auf Farya gerichtet, die jetzt, wo Elliott weg war, ziemlich verlassen aussah.

»Nun ...«, begann Loreba. »Möchtest du gar nichts sagen?«

Farya sah zu ihr hinüber. Sie schauderte unter ihrem Blick. »Was könnte ich denn noch sagen?« Ihre Stimme zitterte, und Elodea spürte plötzlich ein enges Gefühl im Hals. Mehrmals schluckte sie, aber es wollte nicht verschwinden. Nichts hätte die Aurenen in dieser Nacht, in der sie ohnehin schon angespannt waren, mürber machen können, als auch noch Farya wiederzusehen. Ein Teil von ihr wollte losrennen und die verlorene Freundin einfach in die Arme schließen, aber ihr Verstand mahnte sie, erst einmal abzuwarten.

Endlich sah Farya auf. Sie bewegte die Lippen, Elodea sah ihr an, wie mühsam es für sie sein musste, ihre Gefühle in Worte zu fassen. »Ich kann nichts sagen, das wiedergutmacht, was ich getan habe«, sagte sie, und es klang, als würde ihr diese Tatsache selbst am meisten Schmerz bereiten. »Ich habe euch im Stich gelassen, als wir am verwundbarsten waren. Ich war nicht die Freundin, die ich hätte sein sollen, und habe euch verraten.«

»Was du nicht sagst«, zischte Cloé.

Bei der Schärfe ihrer Worte zuckte Farya zusammen. »Ich verstehe, dass ihr mich hasst«, fuhr sie fort »Und ich erwarte nicht, dass ihr mir verzeiht.« Auf einmal klang es, als sei sie dem Weinen nahe. »Ich habe euer Vertrauen nicht mehr verdient, aber ... aber ...«

»Oh, Kind, hör auf!« Ohne sich um die Reaktionen der anderen zu kümmern, ging Martha auf Farya zu und setzte sich an ihre Seite. Sie schüttelte den Kopf. »Dieses *Asche auf mein Haupt* kann man ja nicht mit ansehen. Keiner von uns hasst dich. Wie kommst du auf so etwas?«

»Ich ...« Farya blinzelte. »Ich habe euch enttäuscht, ich habe unsere Ideen verraten, ich ...«

»Und trotzdem bist du immer noch dasselbe Mädchen, das mal unsere Freundin war.« Jetzt nahm auch Tyrza die letzten paar Schritte auf sie zu, und ehe Farya etwas anderes tun konnte, als erstaunt die Augen aufzureißen, hatte sie ihr bereits die Arme um den Hals geschlungen. »Deinen Fehler haben wir gehasst«, schluchzte sie, während sie Farya so fest an sich drückte, dass die nach Luft japste. »Nicht dich.«

Elodea tauschte einen Blick mit Loreba, und sie sah das Lächeln auf ihrer Miene.

»Wie immer bist du zu voreilig, Tyrza.« Cloé trat aus dem Schatten ihrer Ecke. Ihre Mundwinkel verzogen sich zu einem freudlosen Lächeln, während ihre Augen das Mädchen auf dem Sofa durchbohrten. »Du lagst ganz richtig mit deiner Vermutung, Farya Talmhol«, sagte sie. »*Ich* habe dich gehasst.«

Martha und Tyrza starrten sie mit geschockter Miene an, doch Farya blieb ruhig. Sie nickte nur, als würde sie verstehen. »Es tut mir leid, Cloé. Ich kann mir denken, wie sehr du gelitten haben musst.«

»So, kannst du das?« Cloés Lippen bebten. »Weißt du auch, wie oft ich dir hinterhergeschrien habe, damals im Gericht? Wie lange ich geglaubt habe, das alles sei ein Traum, ein schlechter Scherz? *Töchter der Freiheit* hat man uns genannt, Farya, Töchter der *Freiheit*. Was hast du mit dieser Freiheit gemacht? Du ...«

»Zur Freiheit gehört auch, dass man falsche Entscheidungen treffen darf«, mischte sich Tyrza ein, doch Cloé ignorierte sie.

»Du warst die Dienerin der Königin!« Ihre Stimme wurde immer lauter. »Du hast an Obsidias Seite gesessen, bei ihren hübschen Festchen, hast ihr die Haare gekämmt und gelächelt, während sie wahrscheinlich gerade Lorebas Todesurteil unterschrieben ...«

»Cloé!« Farya war aufgestanden. Sie machte zwei Schritte auf sie zu, hielt dann aber plötzlich inne. »Du hast recht. Ich war die Dienerin der Königin. Aber sei gewiss, *zu lächeln* hatte ich nicht viel.«

»Nein?« Cloe schnaubte. »Hast du rausgefunden, dass Obsidia...«

»Sie hat mich geschlagen.«

Auf einmal wurde es ganz still im Raum. Cloé verstummte, und Elodeas Blick schnellte zu Farya, deren Gesichtszüge jetzt wie versteinert waren. »Der ganze Hof hat mich verspottet. Mich zu demütigen, war ihre Lieblingsbeschäftigung.« Faryas Kinn zitterte, an ihrem Hals traten die Sehnen hervor, als sie schluckte. Dann sprudelten die Worte nur so aus ihr heraus: »Ich weiß noch, als sie rausgefunden hat, dass ich vor dem Prozess Medizin studiert habe. *Wir können nicht zulassen, dass nur wegen dieser Verräterin deine Ausbildung unterbrochen wird*, hat sie gesagt. Es war eines ihrer Spielchen. Ist ein Diener am Hof krank geworden, hat sie ihn zu mir gebracht, nicht zu einem Arzt. Und wenn ich mit meiner Diagnose dann wie erwartet falschlag ...« Farya schloss die Augen. Tränen lösten sich und rannen ihr in schneller Folge über die Wangen. »Es war die Hölle. Ich wollte sterben. Ein paarmal war ich fast so weit. Aber weißt du, was mich abgehalten hat?« Sie sah Cloé ins Gesicht. Ihre Unterlippe bebte. »Du. Ich wusste, du an meiner Stelle würdest kämpfen. Und an diesen Gedanken habe ich mich geklammert. Ich musste hoffen, dass ich noch zu euch gehöre, dass ich eine Aurene bin, mehr bin als Obsidias Spielzeug. Sonst hätte ich nicht überlebt.«

Zu Elodeas Überraschung hatten sich auf einmal auch Cloés Augen mit Tränen gefüllt. Wann hatte man sie je weinen sehen? »Das habe ich nicht gewusst.«

Farya schien um Fassung zu ringen und presste die Lippen zusammen, um ihr Beben zu unterdrücken. »Sag mir: Habe ich umsonst gehofft? Bin ich noch eine von euch?« Neben ihr rutschte Martha unruhig auf dem Sofa herum, doch Faryas Blick war nach wie vor nur auf eine gerichtet. »Ich will die Antwort von dir, Cloé. Du brauchst nur den Kopf zu schütteln, und du bist mich los. Ich werde gehen, und du musst mich nie mehr sehen. Aber wenn du nickst, dann weiß ich, dass ich bleiben soll, dass du mir verzeihst, es zumindest versuchst. Also? Bin ich noch eine Aurene?«

Cloé starrte sie an. Sie schwieg, die Tränen rannen in Rinnsalen über ihren Hals, und dieser Anblick passte so gar nicht zu dem taffen Mädchen, das sie sonst war. Auch die anderen sagten kein Wort, schauten stumm zwischen den beiden hin und her, warteten auf eine Reaktion.

Schließlich rührte Cloé sich. Aber ihre Geste war kein Nicken. Es war auch kein Kopfschütteln. In einer einzigen Bewegung überwand sie die Distanz zwischen ihnen und schloss Farya in die Arme. »Bleib«, flüsterte sie, das Gesicht im Haar ihrer Freundin verborgen. »Bitte bleib.«

Elodeas Blick begegnete dem der anderen, und auf einmal spürte sie, wie sich der Knoten aus Angst in ihrer Brust löste. *Menschen sind schrecklich*, dachte sie. *Wir tun uns weh, führen Kriege gegeneinander. Und doch ...* Sie schaute auf Cloé und Farya, die sich in den Armen lagen.

Irgendwann saßen sie auf dem Boden, alle Aurenen zusammen. Sie lachten. Sie weinten. Cloé ließ Farya gar nicht mehr los. Sie klammerte sich an ihre Freundin, als fürchtete sie, jemand könne sie ihr wieder von der Seite zu reißen, und es erinnerte Elodea an die Famorgan-Geschwister, ein paar Türen von ihnen entfernt. *Wer zu etwas wie der Versöhnung fähig ist, kann noch nicht ganz verloren sein.*

Es gab Momente, in denen man auf einen Schlag das Gefühl hatte, die Welt zu verstehen. Ihren Sinn zu durchdringen, nicht nur mit dem Verstand, sondern mit jeder Faser des Körpers. Momente, in denen einem plötzlich alles logisch erschien, wie bei einem Webmuster, von dem man sonst nur die einzelnen Fäden gesehen hatte und jetzt das ganze Bild wahrnahm. Solche Augenblicke waren selten, und sie dauerten meist nur Sekundenbruchteile, doch dieser war so einer für Elodea.

Auf einmal wusste sie, dass die morgige Schlacht nicht ihr Ende sein würde. Das hier, ihre Freundschaft, war etwas Größeres, etwas, das die Grenzen dieser Welt sprengte, wie es nichts sonst konnte. Größer als Obsidia, größer als sie selbst, eine ganz andere Maßeinheit. Und wenn Canora Valoar in einem von Lorebas komplizierten Büchern sagte, nur durch die Liebe allein könne man das Leben begreifen, dann hatte Elodea in diesem Augenblick zum ersten Mal eine Ahnung, was sie damit wohl gemeint hatte.

# KAMPF UM AVENDÚR

Die Nacht war längst nicht mehr schwarz, der Morgen graute bereits, als sie aus der Ferne das Signal hörten. Sofort sprangen die Aurenen auf. Das Geräusch war laut und tief, es hallte durch das Tal und ihr geöffnetes Fenster wie fernes Donnergrollen. Über Elodeas Nacken kroch eine Gänsehaut.

Außerhalb des Schutzkreises brach Tumult los. Drei Mal erklang das Horn, und das reichte, um sämtliche Schlafende aufzuschrecken. Nicht alle verstanden sofort, was das Signal bedeutete, aber die Nachricht, dass der Sturm auf Tenébra bevorstand, verbreitete sich schnell. Einige Kinder begannen zu weinen, die Mütter redeten schlaftrunken durcheinander, doch sie blieben in ihren Zelten.

Dafür rannten die Brüder Mhyrias nun aus dem Haus, hellwach und schon vollständig in Schlachtrüstung gekleidet. Die Aurenen sahen einander an. Dann fassten sie sich an den Händen.

»Da seid ihr ja.« Lyonel erschien im Türrahmen. Im Stehen warf er sich ein Hemd über. »Ihr habt das Signal gehört?«, versicherte er sich hastig.

»Natürlich. Wann brechen wir auf?«, wollte Cloé wissen.

»Sobald es geht. Ich ziehe mich um, und dann muss ich nach unten ins Lager. Hoffentlich sind die Kämpfer schon alle auf den Beinen.«

Cloé nickte. »Wir machen uns auch fertig«

»Gut, ich werde dann in Kürze zu euch stoßen. Oh …« Lyonel hielt inne, sein Blick war auf Farya gefallen. »Eine Aurene mehr. Elliott hat mir schon erzählt, was bei Magistra Famorgans Befreiung passiert ist.« Er neigte leicht den Kopf. »Es freut mich, Eure Bekanntschaft zu machen. Ihr entschuldigt mich.«

Elodeas Kleidung lag auf dem Bett bereit, als sie in ihr Zimmer trat. Tyrza hatte sie ihr gebracht, es war eine Maßanfertigung, die sie unter ihrem Mantel tragen sollte. Mit ihrem Körper wappnete sie auch ihren Geist, während sie die Rüstung anlegte. Sie schlüpfte in eine Hose und ein Mieder aus Leder mit dazu passenden Schnürstiefeln. Zuletzt warf sie sich ihren Magiermantel um die Schultern. Ihr Haar flocht sie zu einem strammen Zopf.

Prüfend besah sich Elodea im Spiegel. Es war kein Mädchen mehr, das sie da anstarrte. Sie sah wie eine Kämpferin aus, wie eine der Magierinnen in den alten Legenden. Heute hatte ihr Umhang das schmutzige Rotbraun von altem Blut angenommen. Wo er Falten warf, zeichnete der Stoff die Schatten in Schwarz nach. *Willst du mir damit etwas sagen?* Vielleicht war es eine Prophezeiung, eine Warnung, doch das spielte keine Rolle mehr. Grimmig straffte Elodea die Schultern. Sie war bereit.

Die anderen Aurenen warteten bereits im Garten, als sie zu ihnen trat. Tyrza, Farya und Martha trugen schlichte Kleider und weiße Binden um die Arme, die sie als Sanitäter auszeichneten. Sie würden nicht an der Front kämpfen, sondern sich während der Schlacht um die Verletzten kümmern. So war wenigstens für sie, die nicht kämpften, aber trotzdem helfen wollten, ein wenig mehr Sicherheit gewährleistet. Neben ihnen stand Avian Famorgan, ebenfalls als Sanitäter gekleidet.

»Ihr reitet mit uns?« Loreba trat an seine Seite, wie üblich mit ernster Miene. Sie hatte ihre dunklen Haare zu einer Hochsteckfrisur geflochten und halb unter der Kapuze ihres Magierumhangs verborgen. In den gefalteten Händen hielt sie ihr Kontemplat. »Was ist mit Aensley, weiß sie davon?«

»Sie schläft«, sagte Famorgan. Seine Miene war entschlossen, er sah nicht mehr aus wie der Mann, den Elodea aus Tenébra in Erinnerung hatte. »Das ist alles mit Lyonel abgesprochen. Aensley hätte euch in diesem Kampf unterstützt und kann es nicht mehr. Jetzt gehe ich an ihrer Stelle. Ich weiß, ich war nie ein Rebell. Vielleicht war ich auch ein Feigling. Aber ich habe lange nicht einmal gewusst, wofür ich überhaupt kämpfen soll. Ich habe an nichts geglaubt.«

»Und jetzt tut Ihr es?«

»Ja. Es klingt vielleicht seltsam, aber ... ich glaube daran, nichts glauben zu müssen. Die Freiheit, alles zu denken, alles zu hinterfragen. Die Königin und ihre Ideologie, genauso wie jede andere. Und deswegen kämpfe ich wie ihr für die Freiheit. Ich kämpfe für die Freiheit, zweifeln zu dürfen.«

»Respekt. Das hätte ich Euch gar nicht zugetraut.« Cloé wog

ihr Schwert lässig in der Rechten. Ihre Haare wehten offen im Wind, auf ihrem Rücken trug sie einen Köcher voll weiß gefiederter Pfeile, den dazugehörenden Bogen hielt sie in der anderen Hand. Sie sah gefährlich aus, düster, wie ein entfesselter Sturm.

»Dann passt bloß auf, dass Ihr Eurer Schwester Ehre macht, Famorgan.«

Schweigend traten sie auf den Weg hinaus ins Flusstal, während die Sterne über ihnen allmählich immer mehr verblassten. Im Lager herrschte hektisches Treiben, schon von weitem hörten sie den Lärm der Widerstandskämpfer, die von den Brüder Mhyrias, je nach Bewaffnung, in Abteilungen zusammengestellt wurden. Angst lag in der Luft wie eine ansteckende Krankheit.

Zügig gingen die Aurenen mit Avian bis zum nördlichen Ende des Lagers. Dort warteten bereits Lyonel, Elliott und Acte.

Lyonel trug eine vollständige Rüstung mit einem Schwert, das in einem edel geschwungenen Knauf endete, und selbst Acte hatte eine Klinge an ihrer Seite. Sie schien es tatsächlich ernst zu meinen, kämpfen zu wollen.

Sie begrüßten sich durch Kopfnicken, Lyonel wirkte konzentriert, während Elliott neben ihm in einer Kiste kramte und ein paar Dolche herausnah, die er an die Aurenen verteilte.

»Nur für den Fall«, sagte er. »Ich möchte nicht, dass euch etwas passiert, wenn wir Brüder Mhyrias euch in der Schlacht nicht mehr schützen können.«

Cloés Augen wurden gefährlich schmal. »Wir können uns gut selbst wehren!«

»Du vielleicht, aber diejenigen von euch, die unsere Sanitäter unterstützen, nicht. Bitte, nehmt sie, mir zuliebe.«

Mit einem gemurmelten Danke griff Elodea einen der Dolche, dann schwang sie sich auf ihr Pferd, das schon fertig gesattelt auf sie wartete.

»Dann los.« Auf das Kommando des Thronfolgers setzten sie sich in Bewegung. Wie eine stählerne Wand mit den Aurenen und Brüder Mhyrias an der Spitze schoben sich die Rebellen durch das Tal. Kaum einer sprach, nur das Geräusch der Waffen und Rüstungen erfüllte die kühlte Morgenluft. Sie wandten sich nach Osten. Kilometerweit erstreckten sich hier Weiden und Wald, die, wie der Fluss, noch in bläulichen Dunst gehüllt waren. Die ersten Strahlen der Sonne fielen auf die Wiese unter ihnen und ließen die Tautropfen funkeln. Alles sah nach einem traumhaften Tag aus, lieblich und mild, fast als wollte die Natur den Menschen mit aller Macht vor Augen führen, wie absurd es war, was sie hier veranstalteten. In Betháne Krieg zu führen, war wie Schlangen ins Paradies zu tragen.

Elodeas Magen verkrampfte sich, während sie weiter durch das Flusstal ritten, zwischen den Hügeln hindurch, die auf beiden Seiten aufragten, immer an der Vya Vorese entlang, bis sich am Horizont schließlich die Dächer Tenébras abzeichneten.

Man könnte sie hören, lange bevor man sie sah. Die Soldaten Obsidias machten sich keine Mühe, ihre Anwesenheit zu verschleiern. Ihre Schreie eilten ihnen voraus wie eine Warnung.

Elodea spürte, wie sich Martha auf dem Pferd neben ihr anspannte. Sie konnte es ihr nicht verdenken, auch ihr lief beim Klang der Schlachtrufe ein Schauder über den Rücken.

Dann endlich sahen sie ihre Gegner. Seltsam körperlos, wie ein einziger stählerner Mann stand Obsidias Heer vor den Stadtmauern Tenébras und erwartete sie. Die Soldaten waren alle gleich uniformiert. Sie bildeten Reihen aus Schwertkämpfern und Reitern, sobald sie die Rebellen kommen sahen, auf den Mauern positionierten sich Bogenschützen. Elodea blieb fast der Atem weg, es waren viel zu viele ...

Auch die anderen zeigten deutliche Anzeichen von Angst, als sie die scheinbar endlose Masse ihrer Gegner wahrnahmen. Lyonel biss sich auf die Lippe, Tyrza hatte zu zittern begonnen, und Loreba schloss kurz die Augen, wie sie es damals in Schloss Loánne getan hatte, als sie dachte, sie müsste sterben.

»Sanitäter, reitet jetzt nach hinten, es ist so weit«, sagte Lyonel, wobei er den Blick nicht vom Geschehen vor ihm abwandte.

Elodea spürte den Drang, ebenfalls umzukehren, als sich die drei Aurenen mit Famorgan verabschiedeten und zu den Hilfskräften ritten. Ein unbändiges Gefühl der Sinnlosigkeit hatte von ihr Besitz ergriffen.

Das feindliche Heer kam ihnen nun ein Stück entgegen. Fünfhundert Meter vor ihnen bauten sie sich auf.

Jetzt, wo die Rebellen direkt vor ihnen standen, brüllten Obsidias Soldaten nicht mehr. Stumm senkte die erste Reihe ihre Waffen zum Angriff. Sie rührten sich nicht, beließen es bei dem halben Kilometer Abstand und verharrten in Wartestellung.

Elodea wollte gerade einen Blick zu Lyonel werfen, da sah sie, dass sich das gegnerische Heer teilte und eine Art schmale Gasse bildete. Ein Soldat auf einem nachtschwarzen Pferd löste sich aus der Menge und ritt ihnen entgegen.

Unruhe kam in die Reihen der Widerstandskämpfer. Flüstern hob an, aber Elodea brauchte nicht erst die aufgeregten Stimmen, um zu erkennen, dass sie Lysander Farosch gegenüberstanden.

Er wartete einen Moment, bis sich das Gemurmel wieder gelegt hatte. Dann rief er: »Was wollt Ihr, Lyonel, mit einem bewaffneten Heer vor der Hauptstadt dieses Landes?«

Auch Lyonel ritt ihm jetzt ein Stück entgegen. »Liefert Obsidia aus, und niemand wird verletzt«, brüllte er. »Wir sind nicht als Eroberer gekommen, sondern um die Königin ihres Amtes zu entheben, das sie durch Verbrechen an ihrem Volk missbraucht hat.«

Lysander lachte. »Ihres Amtes entheben?« Seine Stimme war klar und herrisch, obwohl er schrie. »Man kann eine Königin nicht ihres Amtes entheben. Was ihr tut, ist Hochverrat.« Er hielt inne, um seine Worte nachwirken zu lassen.

Elodea spürte Zorn in sich hochkochen. Sie wusste nicht, woher sie den Mut nahm, es war wohl besser, dass sie nicht lange darüber nachdachte. Elodea richtete sich im Sattel zu voller Größe auf. »Wir haben keine Angst vor euch!«, schrie sie mit aller Kraft. »Auch eine Schlange stirbt, wenn man ihr den Kopf abschlägt!«

Die Widerstandskämpfer jubelten. Sie hoben die Hände und reckten ihre Waffen in den heller werdenden Himmel.

Lysander schäumte. »Also schön! Die Zeit der Gnade ist vorbei! Soldaten! Lasst sie ihren Verrat mit Blut bezahlen!«

Nun kam auch von der anderen Seite Gebrüll. Die Soldaten setzten sich in Bewegung und marschierten mit erhobenen Waffen auf die Rebellen zu.

Lyonel zog sein Schwert. Wie ein Pfeil aus Licht ragte es in die Luft und brach die Morgensonne. »Für die Freiheit«, rief er und übertönte mit seiner Stimme fast den Lärm der herandonnernden Soldaten. »Kämpft für unsere Freiheit!« Dann gab er seinem Pferd die Sporen und ritt los, auf das Heer der Königin zu.

Die drei verbliebenen Aurenen galoppierten an seiner Seite. Hinter ihnen stürmten die Widerstandskämpfer vorwärts, froh, endlich den Befehl zum Angriff bekommen zu haben. Wind peitschte an Elodea vorbei, als sie mit gemurmelten Vokabeln einen Energiestab beschwor und Schutzworte um sich legte.

Das feindliche Heer kam immer näher. Zwischen Widerstandskämpfern und Soldaten lagen kaum mehr hundert Meter. Der Wind schien ihre Angst wegzublasen. Elodea fühlte nichts als Wut. Sie umklammerte ihren Stab fester.

*Fünfzig Meter, dreißig Meter ...*

Sie warf Loreba und Cloé einen letzten Blick zu.

*Zwanzig Meter, zehn Meter ...*

Jetzt konnte sie ihre Gegner genau erkennen. Einen flüchtigen Moment lang sah sie Lysander in der Menge vor ihr verschwinden.

*Fünf Meter ...*

Ihr Kopf war wie leergefegt, einzig ein Gedanke beherrschte sie.

*Kämpfe, Elodea, kämpfe!*

Mit einem Geräusch, als würde die Welt aus der Bahn geworfen, trafen die beiden Armeen aufeinander. Schreie erfüllten die Luft. Elodea tauchte in die Masse der Gegner ein und stieß ihren Stab nach unten. Das Holz splitterte, als sie den Schild eines Soldaten mit einem einzigen Lichtblitz teilte. Der Mann kreischte, und Elodea nutzte den Moment der Schwäche, um ihn mit einem platzierten Schlag bewusstlos zu machen.

Eine Salve schwarzer Pfeile sauste über ihren Kopf und schlug ein gutes Stück von ihr entfernt in die Reihen der Soldaten ein. Lyonel musste den Befehl zum Schießen gegeben haben. Elodea riss ihr Pferd herum. Aus dem Augenwinkel bemerkte sie, dass auch auf sie ein Pfeil zielte. Hastig schrie sie eine Beschwörung und schoss ihr Wort im gleichen Moment ab, in dem auch der Soldat die Bogensehne losließ. Wort und Pfeil trafen sich auf halber Strecke. Mit dem Ratschen von berstendem Holz zerfetzten sie sich gegenseitig, Federreste regneten herab, während Elodea schon auf den nächsten Kämpfer zuritt. Sie wartete nicht, bis er den ersten Schritt machte. Der Soldat versuchte, ihre Hiebe zu kontern, doch er schien noch nicht allzu viel Übung mit dem Schwert zu haben. Schließlich gelang es ihr, sein rechtes Schulterblatt zu streifen.

Er schrie vor Schmerz, als ihm die Haut durch die Rüstung hindurch versengt wurde, und Elodea konnte nicht anders, sie hatte Mitleid. Hier kämpften die freien Bürger Avendúrs gegen die zur Wehrpflicht gezwungenen Bürger Avendúrs. Es war ein aberwitziger Kampf, sinnlos, einzig und allein durch Wahnsinn und Unfähigkeit einiger weniger verschuldet.

Ja, es gab auch die überzeugten Soldaten. Männer, denen das Kämpfen Freude bereitete, die sich auf Elodea stürzten, als sei eine Magierin zu töten ihr größter Traum. Doch die Mehrzahl ihrer Gegner war genauso überfordert wie sie. In ihren Augen, die aus den Sehschlitzen starrten, lag blanke Angst.

Um Elodeas Herz ballte sich der Horror, als sie einen Soldaten vom Pferd warf und er im Sturz seinen Helm verlor. Der Junge, der darunter zum Vorschein kam, konnte kaum vierzehn sein.

»Gnade, Herrin!«, flehte er, noch ehe sie ihren Stab auf seine Kehle senkte. »Bitte! Ich will wieder nach Hause! Ich will einfach nur nach Hause!«

Elodea konnte es ihm nachfühlen.

• • •

Es war ein schauerliches Bild, das sich Simon Melvar vom Fenster des Thronsaals aus bot. Die Wiesen zwischen Fluss und Stadtmauer waren eine Hölle aus Feuer, Schreien und Tod. Widerstandskämpfer versuchten, mit Leitern und Seilen die Wehranlagen zu überwinden, während die Verteidiger brennende Pfeile auf sie niederschossen.

Er wusste nicht, vor was es ihm mehr grauste: dass seine Männer, die er selbst in den Krieg geführt hatte, dort unten starben, oder dass sein Bruder irgendwo unter den Kämpfern der Rebellen war.

*Vielleicht hätte ich es wirklich verhindern können*, dachte er, und seine Finger krallten sich um den Fensterrahmen. *Was soll das denn für ein Ende nehmen?*

»Wir haben die Stärke der Rebellen unterschätzt«, sagte Lysander hinter seinem Rücken. Er, Nathaira und die Mitglieder des Kronrats hatten sich um Obsidias Thron versammelt. »Die Armee hat es schwerer als gedacht, wir können nur mäßige Verluste schlagen.«

*Die Armee.* Simon lag ein bitterer Geschmack auf der Zunge. *Als ob meine Männer gar keine Menschen wären.*

»Natürlich können wir sie besiegen, Eure Majestät«, fuhr Lysander fort. »Aber bis zum Abendessen wird es nichts mehr.« Nathaira kicherte.

Unter den Mitgliedern des Kronrats herrschte angespannte Stimmung. Am Morgen hatten sie herausgefunden, dass Aensley Famorgan aus ihrem Gefängnis entkommen war. Zwar konnte die Magistra in ihrem Zustand eine längere Flucht kaum überlebt haben, aber allein die Tatsache, dass Rebellen ins Schloss eingedrungen waren, verunsicherte viele. Nur die Königin war die Ruhe selbst. Sie hatte sich dem Anlass entsprechend in eine schwarze Rüstung gekleidet, und ein dunkler Umhang aus Rabenfedern hing über ihrer rechten Schulter.

»Was können wir tun, um die Sache zu beschleunigen?«, fragte Obsidia sachlich nüchtern.

»Lasst es mich mit ihnen aufnehmen.«

Beim Klang dieser Stimme wandte sich Simon um.

Nathaira Elgyn hatte gesprochen. Die ganze Zeit schon war sie um den Thron geschlichen, als wartete sie nur auf den Befehl, endlich zuschlagen zu dürfen. Die Schlangenhaut auf ihrem Mieder glänzte, als sie sich zu Obsidia vorbeugte. »Erlaubt mir, die Rebellen zu töten. Ich weiß, wie wir sie zermürben.«

»Du allein?« Lysander hob die Brauen. »Fast alle unserer Magier sind desertiert, nachdem sie von der Kriegserklärung gegen Padmador erfahren haben ...«

Nathairas Augen verengten sich. »Ich bin die mächtigste Magierin des Landes, diese armseligen Statisten haben mich nur behindert.« Sie wandte sich an Obsidia. »Bitte, Majestät. Lasst es mich Euch beweisen.«

Obsidia war offenbar nicht ganz wohl bei der Sache. »Und wer verteidigt mich, wenn du weg bist?«

»Sobald ich Loreba und ihre kleinen Freunde getötet habe, braucht ihr keinen magischen Schutz mehr. Und ich werde sie töten, das schwöre ich Euch.«

Allein bei ihrem Blick jagte es Simon einen Schauer über den

Rücken, doch Obsidia schien recht angetan. »Also schön. Du bekommst diese eine Chance, Nathaira. Enttäusche mich nicht.«

• • •

Die Sonne stieg immer höher, während die Schlacht unter ihr mit unveränderter Heftigkeit tobte. Es war bereits Mittag, doch keiner der Kämpfer leistete sich längere Pausen als für einen Schluck Wasser. Längst erstreckte sich das Schlachtfeld nicht mehr nur über das Flusstal. Die Rebellen waren durch das Tor in die Stadt eingedrungen und kämpften mittlerweile in den Gassen Thuraus.

Obwohl die Armee der Königin zahlenmäßig überlegen war, hielten sich die Widerstandskämpfer gut und verursachten immer wieder erhebliche Löcher in der Formation ihrer Gegner. Trotzdem war es ein langer, ungleicher Kampf, und Elodea spürte ihre Kräfte schwinden. Sie hatte sich in den Schutz der Stadtmauer geflüchtet, um ein paar Minuten auszuruhen. Ihr rechter Arm, mit dem sie ihren Energiestab führte, war schon so erschöpft, dass ihr sogar das Ausstrecken Schmerzen bereitete. Vielleicht war es doch keine so gute Idee gewesen, mitzukämpfen. Sie war am Ende, als Sanitäterin hätte sie den Rebellen womöglich mehr geholfen.

Gerade als sie sich eine verschwitzte Haarsträhne aus der Stirn strich, bemerkte sie etwas, das sie alle Müdigkeit vergessen ließ. Flüchtig sah sie eine der Sanitäterinnen über die Wiese hechten, dicht gefolgt von einem Dutzend Soldaten.

Sofort sprang sie auf. »Martha!?«

Elodea sah sie nur von hinten, doch die Silhouette ließ keine Zweifel offen. Was trieb sie hier? Sollte sie sich nicht hinter den Frontlinien um die Verletzten kümmern, die man ihr brachte? Hatten die Soldaten etwa die Helfer überfallen?

»Ich bin hier!«, schrie Elodea, während sie im Rennen eine weiße Lichtkugel beschwor. »Komm her!«

Martha reagierte nicht, wandte nicht einmal den Kopf. *Wieso läuft sie denn weg? Wieso lässt sie sich nicht helfen?*

Elodea beeilte sich, Schritt zu halten. Seltsamerweise zeigten Marthas Verfolger kein Interesse an ihr oder an der Schlacht. Sie schienen geradezu auf Martha fixiert, zielstrebig, wie Schweißhunde bei der Jagd. *Das ist nicht normal.*

»Martha! Martha, verdammt, hörst du mich!?« Endlich war sie nah genug, um ihre Energiekugel loszuschießen. Das geladene Licht blähte sie im Laufen zu voller Größe, Elodea zielte und … schoss nicht. Sie brachte es nicht über sich. Irgendetwas an dieser Sache kam ihr sehr seltsam vor. »Martha, dreh dich um!«

Nun war Elodea fast bei ihr angekommen. Sie bemerkte nicht einmal, dass sie ohne Gegenwehr an den Soldaten vorbeilaufen konnte. Direkt hinter ihrer Freundin kam sie zum Stehen. Gerade wollte sie Martha an der Schulter packen, da wandte die sich endlich um.

Elodea erschrak und sprang zurück. Sie wollte schreien, doch kein Laut kam ihr über die Lippen. Die Martha vor ihr hatte keine Augen. Da waren nur schwarze Löcher.

# LEERE WORTE

Der Gedanke erfasste Elodea, noch ehe sie Luft holte. *Ein Hüllenspiegel. Das war nicht Martha.* Langsam kam die Erinnerung, Lorebas Worte hallten in ihrem Kopf wider, als sei es erst gestern gewesen: *Hüllenspiegel haben Schwächen. Es ist unmöglich, die Augen eines Menschen dadurch darzustellen, für gewöhnlich sind das dann nur schwarze Löcher, ohne irgendeine Farbe ...*

»Du bist nicht echt!« Elodea wusste, dass der Hüllenspiegel sie nicht verstehen konnte, doch es war ihr gleich. Es war ihr auch gleich, dass sie sich mitten in der Schlacht befand. Ihr Schock hatte sich in Zorn gewandelt, und sie wollte nur noch eins: Rache.

Ohne nachzudenken, sprang sie nach vorn und stieß der Hüllenspiegel-Martha einen Energiestab ins Herz. Augenblicklich löste sie sich auf, Schlieren aus Dunst umhüllten Elodea und nahmen ihr die Sicht. Doch davon ließ sie sich nicht beirren. Jetzt ging sie auf die Hüllenspiegel der Soldaten los und wirbelte ihren Stab durch die Luft. Sie stach ihnen in die leeren Augenhöhlen, bis alles um sie herum nur noch aus Rauch bestand. Aber selbst dann hörte sie noch nicht auf, wie wild um sich zu schlagen. Zorn pulsierte durch ihre Adern und füllte sie mit neuer Energie. Plötzlich sah sie zu ihrer Linken einen Mann durch den Rauch auf sich zurennen. Sie hob ihren Stab, bereit zuzuschlagen, doch der Fremde schien nur darauf gewartet zu haben. Mit einer gekonnten Handbewegung, deren Heftigkeit sie fast vom Boden riss, wurde sie zu Fall gebracht.

»Nein!« Elodea schrie, vollkommen überrascht, während ihr der Mann die Hände auf den Rücken drehte. Sie versuchte, ihm in die Arme zu beißen, ihn zu kratzen oder zu treten, doch er war viel stärker.

*Das kann es doch nicht gewesen sein!?* Sie hatte nicht so viel durchgemacht, dass sie jetzt von irgendeinem Soldaten getötet wurde! War sie in einen Hinterhalt geraten? *Jemand hat gewusst, dass ich Martha helfen würde. Sie wollten mich ablenken.* Nun brauchte dieser Soldat nur noch den Rest zu erledigen.

»Hör doch auf, so zu strampeln, ich will dir nur helfen, Mädchen!«, sagte der Fremde, als er sie über die Schulter warf und durch den Rauch der zerstörten Hüllenspiegel trug.

Elodea hielt inne, verwirrt. Sie kannte diese Stimme. Woher? Touleránt? Morugan? Oder früher? »Was wollt Ihr von mir?«, krächzte sie.

»Oh, du dummes Mädchen!« Er machte einen Schlenker, suchte einen Weg durch das Kampfgetümmel zum Fluss. »Rennst ihnen geradewegs in die Arme! Hat dir deine Meisterin noch nie etwas von einem Hüllenspiegel erzählt?«

Sie drehte den Kopf, um den Fremden anzusehen. Es war nicht einfach, denn er hielt ihre Hände weiterhin fest zusammen, als fürchtete er, sie könnte erneut um sich schlagen. Tatsächlich. Sie kannte dieses Gesicht.

Der Mann, der sie trug, war Damian.

Elodea fehlten die Worte. Mit einem Mal spürte sie, wie ihr ganzer Körper erschlaffte, und war insgeheim dankbar, getragen zu werden. »Wie bist du …?«, stieß sie hervor.

»Jetzt nicht, warte, bis du in Sicherheit bist.«

Als sie das Flussufer erreichten, war zwischen den Bäumen eine Gruppe Personen versammelt. Elodea kannte nur wenige von ihnen, doch die weißen Binden an ihren Armen zeigten an, dass es sich um Sanitäter handeln musste.

Damian blieb stehen und legte sie sachte auf dem sandigen Boden ab. Sie hörte Geflüster um sich herum, und dann tauchte das Gesicht von Farya über ihr auf. »Geht es dir gut?«

Elodea nickte schwerfällig, drehte den Kopf aber zu Damian. »Du lebst …«

»Sieht ganz so aus, nicht?« Er schmunzelte. »Ein befreundeter Magier hat mich in Praetimaria aufgelesen, als alle dachten, ich wäre tot. Ich habe ziemlich viel Blut verloren, aber er hat mich gesund gepflegt. Dann ist er mit mir hergekommen, um die Heiler zu unterstützen. Gerade rechtzeitig, wie es aussieht.«

Elodea schüttelte den Kopf. »Das ist …« Sie lächelte, wurde aber gleich darauf wieder ernst. »Wer hat diese Hüllenspiegel erschaffen? Das war eine Falle, oder?«

»Ja, das war eine Falle«, sagte Damian und tauschte einen raschen Blick mit Farya. »Es gibt eigentlich nur eine Möglichkeit, wer es gewesen sein könnte. Nathaira.« Beim Klang des Namens lief ein Schaudern durch die Reihen der Heiler.

Auch Elodea zuckte innerlich zusammen. »Wieso tut sie das, was hat sie davon?«

Damian verzog die Mundwinkel. »Es macht ihr Spaß. Euch einfach zu töten, wäre zu langweilig.«

»Wir müssen die anderen warnen.« Elodea setzte sich auf. »Wo sind sie, hat irgendjemand Loreba gesehen?«

»Sie war vorhin kurz bei mir«, sagte Farya mit zittriger Stimme. »Natürlich hat sie erkannt, dass es Hüllenspiegel sind. Sie ist los und versucht, Martha und Cloé zu warnen, wir ... He, wo willst hin?«

Elodea war aufgesprungen. Wenn Loreba die anderen suchte, dann würde sie das auch tun.

Ohne auf Faryas Rufe zu reagieren, rannte sie die Uferböschung hinauf und über die Wiesen, mitten hinein ins Kampfgeschehen.

Sie brauchte nicht lange, um die Stelle zu finden, an der die Hüllenspiegel ihr Unwesen trieben. Dichte Rauchwolken stiegen in den blauen Himmel und nahmen den Kämpfern die Sicht. Zu ihrer Linken gellte ein Schrei durch die Luft, es klang verdächtig nach Martha.

Elodea erfasste die Situation sofort. Die echte Martha kauerte wimmernd am Boden. Um sie herum war ihre ganz persönliche Hölle losgebrochen. Was Nathaira hier veranstaltete, hatte mit einfacher Kriegsführung nichts zu tun. Hüllenspiegel von sterbenden Aurenen stürmten auf Martha ein wie Schreckgespenster. Elodea sah sich selbst auf die Knie sinken, eine Lanze ragte ihr aus der Brust.

Sie riss den Kopf herum. Von allen Seiten stierten ihr leere Augenhöhlen entgegen, gefüllt mit schwarzem Schatten, doch es war auch ein echter Soldat dabei, der von hinten auf die weinende Martha zuging. Die bemerkte ihn nicht, und plötzlich begriff Elodea, was Nathairas Plan bezwecken sollte: Diese Hüllenspiegel dienten nur der Ablenkung. Einige echte Soldaten waren unter sie gemischt, die angriffen, während das Opfer mit den übrigen beschäftigt war.

Elodea rannte los. »Martha, hinter dir!«

Der Kreis aus Hüllenspiegeln zerbarst auf einen Schlag in

Rauchwolken. Elodea blinzelte, für einen Moment war sie blind. Als sie wieder freie Sicht hatte, stürzte der Soldat bereits auf Martha zu.

»Nein!« Er hatte einen Dolch gezückt. Mit einer Hand riss er Martha an den Haaren nach hinten, mit der anderen hielt er ihr die Klinge an die Kehle. Ohne überhaupt an Magie zu denken, warf sich Elodea zwischen die beiden und schleuderte den Dolch beiseite. Zu dritt stürzten sie auf das Gras. Der Soldat stieß einen Schmerzensschrei aus, als Elodea und Martha auf ihn fielen, doch so schnell gab er sich nicht geschlagen. Er war stark und wälzte sich am Boden, bis er Elodea von sich werfen konnte. Sofort zog er ein weiteres Messer aus seinem Umhang. Sein Arm hob sich und stieß auf Elodeas Hals hinab.

Die jedoch rollte blitzschnell zu Seite. Der Soldat verlor sein Gleichgewicht. Mit aller Kraft schubste Elodea ihn von sich weg.

Er taumelte und riss Martha um, die sich hinter ihm schon halb wieder aufgerichtet hatte. Ein Schrei, ein Knacken, dann war Martha unter ihm begraben. Nur ihr blondes Haar war zwischen seinen massigen Armen sichtbar.

Elodea lag noch immer auf dem Boden, starr vor Entsetzten. Irgendwo in der Ferne schrie jemand ihren Namen. Phantasierte sie etwa? Dann sah sie plötzlich Loreba und Cloé durch den Rauch auf sich zurennen. Sie erreichten den Soldaten, Cloé stieß ihm ihren Dolch ins Bein und hievte ihn dann von Marthas reglosem Körper.

»Elodea!« Loreba zog sie in eine Umarmung, die sie nach Luft ringen ließ. »Gott sei Dank! Für einen Moment dachte ich … Cloé und ich waren auf dem Weg, aber wir hätten euch niemals rechtzeitig erreicht!« Sie umarmte Elodea noch fester. »Jage mir nie wieder so einen Schreck ein, hörst du? Nie wieder!«

»Du hast Martha gerettet. Ohne dich wäre sie jetzt tot«, meinte Cloé anerkennend. Elodea hätte vor Erleichterung fast geschrien. Martha war am Leben und ließ sich von Cloé aufhelfen. Stöhnend umklammerte sie ihr Handgelenk. Rasch beugte sich Loreba über sie. »Da ist vielleicht was gebrochen«, sagte sie und fuhr mit dem Zeigefinger ihre Hand entlang.

Das war also dieses Knacken vorhin gewesen, deshalb hatte Martha geschrien.

»Wir bringen dich zurück zu den Sanitätern«, versprach Loreba. »Damian hat einen Magier mitgebracht, der soll sich das ansehen.«

»Du wusstest, dass Damian lebt?«, fragte Elodea, an ihre Meisterin gewandt.

»Nein. Wir sind uns vorhin über den Weg gelaufen. Ich war genauso überrascht wie du. Aber er wollte unbedingt helfen, und ich habe ihn gebeten, dich vor den Hüllenspiegeln zu warnen.«

»Warum haben die es so auf uns abgesehen? Was ist das für ein Spiel?«

»Nathairas Spiel. Es hat nichts mit euch zu tun. Sie will mich fertigmachen, und dazu ist ihr jedes Mittel recht.« Lorebas Blick ging wieder zu Cloé, die noch immer die wimmernde Martha im Arm hielt. »Kannst du Martha allein zu den Heilern bringen,?«

Cloé runzelte die Stirn. »Sicher, aber kommst du nicht mit?«

»Nein.« Lorebas Miene verfinsterte sich. »Ich muss mich um meine Verwandtschaft kümmern.«

»Ich helfe dir!«, sagte Elodea entschlossen. »Zwei Magierinnen sind besser als eine.«

Einen Moment lang sah Loreba aus, als wolle sie den Kopf schütteln. Dann aber nickte sie. »Also gut. Verlieren wir keine Zeit.«

Mittlerweile erstreckte sich die Schlacht längst über die ganze Altstadt Tenébras. Es war schwer, in den verwinkelten Gassen Thuraus einen Überblick zu behalten. Loreba und Elodea rannten durch das zerstörte Stadttor und zwischen den Kämpfern hindurch, vorbei am Kleinen Markt und weiter die Nocram-Gasse entlang, doch Nathaira konnten sie nirgends entdecken.

»Wie sieht sie denn aus?«, schrie Elodea durch den Lärm, der von den engstehenden Hausfassaden widerhallte.

»Du wirst sie erkennen, glaub mir. Sie ist irgendwo hier und gebraucht Magie. Ich kann es spüren.«

Loreba lief voran, und Elodea gab ihr von hinten Deckung, während sie durch das Gedränge hetzten. Sie rannten vorbei an zerstörten Geschäften. Die Fensterscheiben eines Papierhändlers waren geborsten und durch die vielen Menschen so zertreten worden, dass sie wie eine feine Schicht Pulverschnee auf dem Kopfsteinpflaster ruhten. Überall wirbelten Papierbögen über kaputte Schubladen, Kleiderreste und zerschlissene Bettwäsche. Es herrschte reines Chaos. Wer nicht kämpfen wollte oder konnte, hatte sich längst in die oberen Stockwerke geflüchtet und beobachtete von dort das Geschehen.

Loreba entdeckte den Hinweis auf Nathairas Aufenthaltsort als Erste: Als sie die Stelle erreichten, an der die Nocram-Gasse die Vhera Viscalae kreuzte, sah sie weiter hinten am Marktplatz ein Zucken wie von Lichtblitzen.

Auch Elodea blieb nun wie angewurzelt stehen. Es schienen Strahlen aus bloßer Energie zu sein, nicht körperlich, aber sprühend vor Kraft. Zweifelsohne war hier eine Magierin am Werk.

Die beiden tauschten einen Blick. Langsam pirschten sie sich an die Stelle heran, wo die Magierin kämpfte. Auf der Vhera Viscalae gab es keine Deckung, also blieben sie im Schatten hinter den Stufen der Gerechtigkeit und spähten an den Sandsteinstufen vorbei. In der Mitte des Platzes stand eine Frau. Elodea brauchte nicht erst Lorebas geflüsterte Worte, die ihr verrieten, um wen es sich handelte.

Nathaira Elgyn hatte, wie ihre Meisterin, dunkles Haar und helle Porzellanhaut. Grelle Lichtkugeln tanzten um ihre rechte Hand. In der Linken hielt sie ein Schwert, dessen Griff nicht wie üblich mit Leder, sondern mit grüner Schlangenhaut überzogen war. Auch ihr Brustharnisch bestand aus Schlangenhaut, sogar ihr Magiermantel war im Schulterbereich mit Schuppen besetzt.

Nathaira musste unglaubliche Kräfte besitzen. Sie kämpfte gegen ein halbes Dutzend Menschen gleichzeitig, schoss zweien Energiekugeln in den Bauch, während sie ihre Klinge in der Brust eines anderen versenkte. Die Pflastersteine unter ihr waren rot vom Blut der toten Männer und Frauen. Keiner schien ihr gewachsen.

Loreba drehte sich zu ihrer Schülerin um. »Ich versuche, von hinten an sie ranzukommen, folge mir nicht.«

»Aber ...«

»Nein! Schau sie dir doch an, du bist nicht stark genug. Bitte, bleib hier.«

Widerstrebend gehorchte Elodea. Loreba ging geduckt hinter der Treppe hervor und näherte sich der Stelle, an der Nathaira immer noch mit dem Rücken zu ihr kämpfte. So unauffällig wie möglich schlich sie sich heran, doch gerade, als sie ihren frisch beschworenen Stab heben wollte, erstarrte Nathaira. »Netter Versuch, Cousinchen.«

Mit einer eleganten Drehung wirbelte Obsidias Magierin herum und sah Loreba ins Gesicht, die wie erstarrt stehen geblieben war.

Elodea schnappte nach Luft.

Einen Moment lang spiegelte sich die Erschrockenheit auch in Lorebas Gesicht, dann sagte sie trocken: »Hast du seit neustem überall Augen?«

Nathaira lachte, und ihr Gesicht, das von den Energieflammen in ihren Händen unheimlich zum Leuchten gebracht wurde, wirkte merkwürdig verzerrt.

Ganz langsam richtete sie ihr Schwert auf Loreba. »Nennen wir es ein gutes Gehör«, sagte sie süßlich. Ihr Blick wanderte über Loreba und die verbliebenen Kämpfer, die sich jedoch rasch zurückzogen, sobald sie merkten, dass Nathaira abgelenkt war. »Du willst dich mit mir duellieren, Cousine?«

»Du lässt mir keine andere Wahl. Deine Hüllenspiegel ...«

»Oh, haben sie dich erschreckt?« Nathaira schmunzelte. »Tut mir leid, aber ich musste einfach sichergehen, dass du herkommst.«

»Warum?«

»Weil ich dich hier töten will, auf den Stufen der Gerechtigkeit. Es soll doch auch ein bisschen ästhetisch sein, findest du nicht?« Nathairas Lippen formten sich zu einem Lächeln, während sie Loreba unablässig taxierte. »Ich muss gestehen, ich brenne darauf, dich endlich mal wieder zu schlagen. Weißt du noch, wie dein Vater uns früher gegeneinander antreten gelassen hat? Wie ich dein hübsches Gesicht in den Schlamm gedrückt habe?« Sie kicherte. »Du hast schon immer besser mit der Feder als mit dem Schwert gekämpft, Loreba. Geh an deinen Schreibtisch zurück.«

Elodea spürte, dass Nathaira ihre Meisterin so lange reizen wollte, bis sie in einem unüberlegten Moment das Duell eröffnete. Die Situation schien ihr unheimlichen Spaß zu machen.

»Wieso nennt man dich eigentlich stark?«, stichelte sie weiter. »Ausgerechnet dich, die immer gegen mich verloren hat, die auf den Stufen der Gerechtigkeit gekniet hat wie eine gewöhnliche Verbrecherin. Gut, dass dein armer Vater das nicht mit ansehen musste. Du warst wirklich die Enttäuschung seines Lebens. Da muss erst die ungeliebte Cousine kommen und tun, für was das Töchterchen zu schwach war.«

Loreba schwieg. Sie machte keine Anstalten, sich von Nathaira provozieren zu lassen, behielt den Abstand unverändert bei und den knisternden Stab ruhig zwischen ihren Händen.

Um sie herum war es still geworden. Ganz still. Kein einziger Soldat oder Rebell im Umkreis von fünfzig Metern kämpfte mehr. Alle Aufmerksamkeit war auf die beiden Magierinnen gerichtet, die sich unablässig umkreisten.

Elodea hielt es nicht mehr in ihrem Versteck. So leise wie möglich stahl sie sich in die Zuschauermenge und zog Elliotts Dolch.

Plötzlich bemerkte sie, wie Nathaira für einen Augenblick das Gesicht von Loreba abwandte und zu ihr hinübersah, als hätte sie ihre Anwesenheit gespürt. Ihr Mund verzog sich zu einem wölfischen Grinsen. »Ist sie das?« Sie geierte wie ein Hund, dem man einen besonders saftigen Fleischbrocken vorgeworfen hatte. »Die Bauerngöre, die du zu deiner Schülerin erwählt hast?«

Loreba wirbelte herum, und als sie ihrem Blick folgte, erbleichte sie. »Lass Elodea aus dem Spiel.«

»Warum denn?« Nathaira sprach nun in einen munteren Tonfall. Fast beiläufig trat sie ein paar Schritte auf Elodea zu. »Sie gehört doch jetzt immerhin zur Familie. Nicht wahr, hübsches Kind? Obwohl ... Nein, wenn ich mir sie genauer ansehe ... *hübsch* trifft es da nicht wirklich.«

»Lass sie los!«, schrie Loreba, als Nathaira nach Elodeas Wange griff. Der Zorn stand ihr ins Gesicht geschrieben, sie hielt den Stab nun so fest umklammert, dass ihre Fingernägel weiß hervortraten.

Nathaira feixte. Ganz langsam, fast genüsslich wandte sie sich zu Loreba um. »Eins frag ich mich aber doch«, sagte sie mit Unschuldsmiene. »Wieso hast du *das da* ausgewählt? Ich meine, sie macht nicht gerade den klügsten Eindruck, man könnte auch sagen, sie wirkt dumm. Zweifelsohne nicht deine Geistesgröße, seit wann gibst du dich mit Minderwertigem zufried...«

Ohne Vorwarnung schnellte Lorebas Stab hervor und schlug mit voller Wucht gegen Nathairas Klinge. Die aber schien nur darauf gewartet zu haben, dass Loreba die Beherrschung verlor. Mit einer

Drehung löste sie sich aus der Situation, schwang ihr Schwert über den Kopf und ließ es auf Lorebas rechte Schulter herabsausen. Loreba wich zur Seite aus. Sie sandte einen Energiestoß auf Nathairas Schienbeine, doch ihre Cousine entzog sich ihr kichernd.

All das ging so schnell, dass Elodea Mühe hatte, mit den Augen zu folgen. Nicht wenigen Zuschauern blieb der Mund offen stehen.

Endlich verstand sie, wieso Loreba nicht gewollt hatte, dass sie mitkämpfte. Dieses Duell war ein Tanz, eine perfekt einstudierte Choreographie. Die Magierinnen schleuderten sich Vokabeln entgegen, die Elodea nicht einmal kannte. Worte in der alten Sprache flossen wie Liedverse zwischen den beiden hin und her, in einem Moment hagelten Eissplitter auf Nathaira hinab, im nächsten hatte sie schon einen blauen Feuerstoß beschworen, der den Boden zum Glühen brachte.

Die Minuten zogen sich in die Länge. Loreba keuchte, Elodea erkannte, wie viel Kraft es sie kostete, das ungeheure Tempo aufrechtzuerhalten. Ihre Meisterin war längst an der Belastungsgrenze, doch Nathaira zeigte keine Ermüdungserscheinungen.

*Sie hatte recht*, dachte Elodea. *Kämpfen gehört nicht zu Lorebas Stärken. Nathaira ist besser. Sie ist viel besser.*

Und so geschah, was geschehen musste: Loreba war mit ihrer Parade einen Moment zu spät, Nathairas Energiekugel sauste unter ihrem ausgestreckten Arm hindurch und traf sie hart am Oberschenkel. Sie stolperte. Nur mit Mühe konnte sie sich vor einem Sturz bewahren, aber noch bevor sie sich fangen konnte, schleuderte Nathaira ihr schon ein neues Wort entgegen.

Lorebas Körper wurde steif. Reglos, wie von unsichtbaren Fesseln gebunden, erstarrte sie mitten in der Bewegung.

Nathaira kicherte. »Du wirst alt.« Sie hob die Hand und krümmte die Finger über dem Boden. Einen Moment lang geschah nichts. Dann löste sich einer der großen Pflastersteine aus dem Fundament und stieg in die Luft, bis er, ähnlich den Energiekugeln, über ihrer Handfläche ruhte.

Ein feines Lächeln umspielte Nathairas Lippen, als sie auf ihre Cousine zuging.

Loreba konnte nicht zurückweichen, doch in ihren Augen las Elodea Panik. Nathaira drehte die Hand in ihre Richtung. »*Murare!*«

Der Stein traf Loreba mit voller Wucht. Sie wurde nach hinten auf die Stufen der Gerechtigkeit geschleudert, während Nathaira lachte und die Umstehenden schrien. Lorebas Rücken schmetterte gegen den Sandstein. Der Energiestab in ihren Händen zerbarst.

»Wie leicht du doch zu besiegen bist«, rief Nathaira. »Immer noch das kleine Mädchen … Was? Schon genug?«

Loreba stöhnte. Langsam hievte sie sich auf die Knie, dann auf die Füße, doch ehe sie wieder gerade stand, kickte ihr Nathaira in die Kniekehlen, und sie fiel zurück auf den Boden.

»Leider zu langsam.«

Das hier war längst kein Duell mehr. Lorebas Schmerz war Nathairas Sport. Sie spielte mit ihr wie eine Katze, die ihre Beute quälte, anstatt sie sofort zu töten. Wieder und wieder schlug sie auf Loreba ein und beobachtete dabei mit fast wissenschaftlicher Neugier deren Reaktionen. Es schien, als wollte sie testen, wie oft ein Mensch wieder aufstand, bevor man ihn endgültig gebrochen hatte. Schließlich reichte es ihr offenbar doch. Sie holte aus und rammte ihrer Gegnerin den Schwertknauf gegen den Kiefer.

Schlaff, vollkommen benommen vom Schmerz, sackte Loreba zusammen. Diesmal blieb sie liegen.

»Nein!« Elodea stürzte los. Sie stolperte die ersten Stufen nach oben und fiel vor ihrer Meisterin auf die Knie. Loreba atmete noch. Seufzend öffnete sie die Augenlider, als Elodea die Hand unter ihren Kopf schob. Ein Husten ging durch ihren Körper. Dann drehte sie sich zur Seite und spuckte Blut.

Die Zuschauer keuchten.

»Haben wir uns etwa überschätzt, Cousinchen?« Mit erhobenem Haupt drehte Nathaira ihr den Rücken zu, sie schien sich vor dem Publikum in Szene zu setzen. »Du hättest bei deinen Büchern bleiben sollen. Los, steh auf! Was soll deine Schülerin von dir denken, wenn ich dich am Boden liegend töte?«

»Nein!«, flehte Elodea, als Nathaira sich wieder zu ihr umwandte. »Sie kann nicht mehr, hört auf, bitte!«

Nathaira lachte. Es war ein höhnisches, Gänsehaut erregendes Lachen, wahnsinnig wie das ihrer Herrin. »Tut mir leid, Kind. Aber ich habe lange auf diesen Moment gewartet. Zu lange.«

»*Rena.*« Loreba sah zu ihr hoch. In ihrer Miene stand nur noch Schmerz, und es dauerte einen Moment, bis Elodea begriff, dass sie finyrisch mit ihr sprach. Keiner auf dem Platz sollte sie verstehen. Diese Worte waren allein für sie bestimmt. »*Rena*«, wiederholte Loreba. *Tochter.* »*Annemne.*« *Lass mich zurück.*

*Nein.* Elodeas Gedanken waren zu Eis erstarrt. Ihr Blick wanderte von Loreba zu Nathaira. Sie hatte beim Üben einen kleinen Vorgeschmack darauf bekommen, was sie in einem Duell mit dieser Frau erwartete. Wenn selbst ihre Meisterin sie nicht besiegen konnte, was für eine Chance hatte sie dann?

»Cousinchen! Wenn du bei drei nicht wieder auf den Beinen bist, beende ich es so!«

Nathairas irres Lachen hallte ihr in den Ohren, und auf einmal packte Elodea etwas, das Verzweiflung, Mut oder Dummheit sein konnte. Loreba würde nicht sterben. Nicht hier, nicht jetzt. Das war kein Ende für eine Frau wie sie.

*Ich werde nie wieder Zuschauerin sein.* Waren das nicht ihre Worte gewesen?

Elodea stand auf. Sie spürte Tränen in den Augen, doch anders als beim letzten Mal auf den Stufen der Gerechtigkeit schämte sie sich nicht dafür. Mit einem Schrei aus Schmerz und Wut zerbrach das letzte bisschen Angst in ihr. Sie schleuderte Elliotts Dolch zu Boden, wandte das Gesicht Nathaira zu – und trat mit leeren Händen in den Ring.

Die Umstehenden wichen noch ein Stück weiter zurück, als sich die Schülerin schützend vor ihrer Meisterin aufbaute, beide Fäuste geballt.

Nathaira grinste. »Geh mir aus dem Weg, Mädchen.«

*Nein. Nein. Diesmal nicht.*

Sie hatte sich geschworen, nicht mehr nur dabei zu stehen, wenn andere über ihr Schicksal entschieden. Aus diesem Grund hatte sie kämpfen lernen wollen. Genützt hatte es am Ende nicht viel.

*Ich werde nie wieder Zuschauerin sein.*

»Ihr habt recht«, sagte Elodea mit bebender Stimme, und Nathaira, die das Lachen scheinbar kurzfristig vergessen hatte, starrte ihre neue Gegnerin nun mit offenkundigem Erstaunen an. »Ich kann Euch und Loreba nicht das Wasser reichen. Ich bin nicht so gut.« Tränen flossen ihr über die Wangen, Elodea machte sich keine Mühe, sie zurückzuhalten. »Aber auch David hat Goliath besiegt.«

Dann, zu Nathairas Verblüffen, ging sie in die Knie, zog ihr Kontemplet aus der Tasche und begann zu blättern.

*Ihr haltet mich für ein Kind*, dachte sie, während sie die Seiten umschlug. *Also werde ich handeln wie ein Kind.*

Elodea sah Caecilia vor sich, ihr Gespräch vor der Schlacht, und wusste, dass es ihre einzige Chance war. Sie konnte Obsidias Magierin nicht besiegen. Ihre lächerlichen Kampfkünste hatten kaum in der Schlacht gereicht, sie würde im Duell gegen diese Frau keine Minute bestehen. Gewalt und Tod waren Nathairas Gebiet. Elodea musste Pfade nehmen, von denen ihre Gegnerin keine Ahnung hatte.

Und endlich fand sie, wonach sie suchte.

Nathaira hatte ihre Fassung inzwischen wiedergewonnen. »Wirklich?«, fragte sie spöttisch. »Du musst nachschlagen? Hast du nicht einmal deine Vokabeln gelernt?« Um ihre Hand tanzte plötzlich eine grüne Flamme.

Elodea hörte sie nicht. Mit zitternden Händen hob sie ihr Buch auf, den Blick auf die Seite geheftet, und stellte sich Nathaira entgegen. Es war das schwierigste Wort, das sie sich je ausgesucht hatte. Selbst in der Schriftform war ein Hauch der Melodie zu spüren, die es gesprochen entfalten würde, und sie hatte es nie zuvor geübt. Warum auch, es war ein *Leeres Wort*, seine Verwendung galt als unsinnig, unmöglich. Ein letztes Mal wiederholte sie im Geist die Silben.

Dann hob sie den Kopf. Und alles geschah zugleich.

Nathaira lachte wieder, und das grüne Leuchten um ihre Finger ballte sich zu einer Kugel aus Energie, die auf Loreba und ihre Schülerin zuschoss, während Elodea die Augen schloss und – hoffend, flehend – das finyrische Wort für Liebe rief.

Noch bevor die letzte Silbe über ihre Lippen geperlt war, noch bevor die Melodie des Wortes den Raum zwischen ihr und ihrer Gegnerin eingenommen hatte, wusste Elodea, dass, was auch immer sie sich erhofft hatte, gelungen war. Äußerlich war nichts geschehen. Weder hatte sich die Erde aufgetan und Nathaira verschlungen, noch war der Himmel über ihnen in Feuer versunken. Und doch schien sich das finyrische Wort zwischen ihnen auszubreiten und zu verdichten wie eine Wand. Nathairas Angriff verebbte im Niemandsland, unfähig, dem Mädchen mit dem Buch in der Hand zu schaden, das gerade die Oberfläche einer Dimension berührt hatte, von der sie beide nichts verstanden. Was hier passierte, war größer als Elodeas Gabe, war das Eingreifen einer Macht, die alles auf diesem Platz in den Schatten stellte.

Als sie die Wogen des Wortes erfassten, schienen Zeit und Raum nicht mehr zu existieren. Der Augenblick verharrte in Vollkommenheit. Es gab kein Oben, kein Unten, keinen Anfang und kein Ende. Nichts als diesen Splitter Liebe, in ihrer pursten Form, der in ihre Welt ragte und sie durchbohrte, mitten durchs Herz.

Elodea glaubte zu schreien, doch kein Laut kam über ihre Lippen. Sie hatte ein warmes Gefühl erwartet. Herzklopfen. Schmetterlinge. Aber die Macht, die sie spürte, war weder rührselig noch romantisch. Sie war glühender Stahl auf eine eitrige Wunde gedrückt. Sie war der Blitz in völliger Finsternis. Vor allem aber war sie das Feuer, eine Flamme, die in die finstersten Winkel ihrer Seele leuchtete.

Der Schmerz brachte Elodea um den Verstand. So, wie sie war, mit ihren Fehlern und Dunkelheiten, konnte sie diese Macht nicht festhalten, war wie eine Schale, die das Meer fassen wollte, eine Lampe, die versuchte, die Sonne einzuschließen. Gleichzeitig verzehrte es sie aber nach nichts anderem. Wie den Falter zog es sie zum Licht, und in diesem Moment war es ihr gleich, ob sie dabei verbrannte.

Dann fiel sie auf die Knie, und es war vorbei. Elodea hörte ihre eigene Stimme, die letzten Silben ihres Wortes, die in der Ferne verebbten. Sie kniete wieder in Zeit und Raum, es konnte keine Sekunde vergangen sein. Niemand um sie herum hatte etwas mitbekommen.

Auch Nathaira schien nicht zu merken, dass ihr Angriff misslungen war. Noch immer lachte sie, so laut, dass sie die Bewegung in den hinteren Reihen der umstehenden Soldaten übersah.

Eine Gestalt bahnte sich den Weg durch die Zuschauer auf sie zu.

Flüstern hob an, doch Nathaira hörte nicht, was hinter ihrem Rücken vor sich ging. Niemand rief der Magierin eine Warnung zu, niemand stoppte die Person, die sich da von hinten an sie heranschlich und durch Nathairas übermütiges Lachen geschützt wurde.

Es war Acte.

Leise, die Entschlossenheit im Gesicht und das viel zu große Langschwert in den Händen, blieb sie zwei Meter hinter Nathaira stehen.

»Herrin!«, versuchte ein einziger königstreuer Soldat zu warnen, doch es war längst zu spät.

Elodea sah Nathaira in Zeitlupe den Kopf wenden, sah, wie Acte ihr Schwert mit aller Kraft auf Schulterhöhe hob. »Das ist für Damian!«

Nathairas Augen wurden riesig, als sie das Schwert herabstoßen sah. Die Waffe durchstach ihren Hals, ehe sie sich wehren konnte. Kein Schrei kam ihr mehr über die Lippen. Einzig ein Ausdruck von grausamer Überraschung lag in ihren Zügen.

Nathaira Elgyn sank auf die Knie, und ihre Finger tasteten nach der tödlichen Halswunde, die Acte ihr zugefügt hatte. Sie schien zu wissen, dass nichts sie mehr retten konnte. Ihr Blick verriet es. Ein letztes Mal atmete Nathaira gurgelnd und am ganzen Körper zitternd aus, dann sackte sie zur Seite, fiel auf den Boden und rührte sich nicht mehr.

# KIRCHENSTURM

Einige Sekunden lang verharrte der Moment in der Schwebe. Die Umstehenden starrten voll Überraschung auf Nathairas toten Körper.

Acte stand nicht minder überrascht daneben, das blutbefleckte Schwert noch immer in der Hand, mit einem Gesichtsausdruck, als könne sie nur schwer begreifen, was sie gerade getan hatte. Die Überraschung währte allerdings nicht lange.

»Ergreift sie!«, schrie der Soldat, der zuvor versucht hatte, Nathaira zu warnen, und löste damit die Starre. »Los!«

Elodea öffnete ihr Kontemplet und wollte Acte zu Hilfe eilen, doch schon hatten sich die Widerstandskämpfer wie ein schützender Wall um sie formiert. Schwerter wurden gezogen, Pfeile sausten durch die Luft. Der Kampf tobte von neuem.

Sie gab ihr Vorhaben auf und rannte stattdessen zu Loreba hinüber, die noch immer außer Gefecht auf den Stufen der Gerechtigkeit lag. »Hat sie dich sehr verletzt?«

Loreba betastete ihren Kiefer und schüttelte den Kopf. »Ein paar Platzwunden, nichts, was sofort Heilung bräuchte. Du ... Was hast du da gemacht?« Sie starrte ihre Schülerin an. »In einem Augenblick hat Nathaira dich angegriffen, und dann ist ihre Energie plötzlich an dir abgeprallt. Wie hast du das geschafft?«

Elodea zögerte. Einen Moment lang wollte sie ihr alles erzählen. Wie sie die Liebe gerufen und diese Macht geantwortet hatte. Wie sie ihr durchs Herz gefahren war, Himmel und Erde durchdrungen hatte, als bestünden die Grenzen ihrer Welt nicht mehr. Aber irgendetwas sagte ihr, dass jetzt nicht der richtige Zeitpunkt war.

»Ich weiß nicht, was passiert ist«, sagte sie stattdessen. Es war nicht mal gelogen.

»Loreba!«

Als Elodea den Kopf herumriss, sah sie Lyonel durch das Gemenge auf sich zurennen, dicht gefolgt von Damian, Elliott, Avian Famorgan und den restlichen Aurenen. Sein Blick wanderte über Nathairas Leiche am Boden, und seine Augen weiteten sich: »Was ...?«

»Sie ist tot«, entgegnete Loreba trocken. »Acte hat sie von hinten überrascht und mir damit vermutlich das Leben gerettet.«

Damian war bleich geworden. »Acte ist *hier*?«

»Sie wollte dich rächen. Und das hat sie, wie es aussieht, jetzt auch geschafft. Na los, geh schon und such sie, bevor jeder außer ihr weiß, dass du noch lebst.« Kopfschüttelnd sah Loreba ihm nach, bevor sie sich mit zusammengezogenen Brauen an die Aurenen wandte. »Wieso seid ihr hier? Solltet ihr nicht bei den Sanitätern bleiben?«

»Wir werden angegriffen«, sagte Martha. »Obsidia lässt unser Krankenlager am Fluss mit Brandpfeilen beschießen.«

»Die Verletzten waren dort nicht mehr sicher«, fügte Lyonel rasch hinzu. »Wir wussten nicht, wohin mit den Leuten, die ganze Stadt ist inzwischen ein einziges Schlachtfeld, und da hatte Herr Famorgan die Idee, sie in die Kirchen zu bringen.«

Loreba sah nicht ganz überzeugt aus. »Glaubst du wirklich, deine Schwester lässt sich von Heiligenbildchen und Weihwasser aufhalten?«

»Nein. Aber vielleicht ihre Soldaten. Famorgans Idee ist die beste, die wir haben. Für euch Aurenen gibt es allerdings eine andere Aufgabe. Farya hat sich bereit erklärt, einen Zugang zum Schloss zu suchen. Unsere Leute sind dabei, das Haupttor einzunehmen, aber Obsidias Verteidigung ist zu stark. Es muss auch noch andere Eingänge geben, versteckte …«

»Die sich, wie wir wissen, nur von innen öffnen lassen …«, kam es von Cloé.

»Das ist in dem Fall egal.« Farya trat auf sie zu. »Es gibt einen Dienstboteneingang. Man muss klingeln, aber eigentlich macht dort immer jemand auf. Ich habe ihn benutzt, als ich mich mit Damian getroffen habe. Vielleicht haben wir Glück, und wer immer auf der anderen Seite steht, lässt uns ein. Ich habe ein paar Freunde im Schloss. Bitte.« Sie sah die Aurenen an. »Lasst es uns versuchen.«

Cloé knurrte, schien ihr aber nicht widersprechen zu wollen. »Na schön. Dann los.«

• • •

Mittlerweile war Obsidia die Nervosität deutlich anzumerken. Sie rutschte unruhig auf ihrem Thron herum, und als die Tür aufgeworfen wurde und Lysander, ohne groß auf Höflichkeitsformen zu achten, hereinstürzte, stand sie auf.

»Und? Was gibt es Neues?« Ihre Stimme zitterte, selbst hier oben in ihrer sicheren Festung hatte sie mitbekommen, dass die Lage in der Stadt nicht unbedingt zum Besten stand. Die Rebellen waren zwar nach wie vor unterlegen, aber selbst Nathairas Angriff hatte ihnen noch nicht den Todesstoß verpasst.

Simon wusste nicht, ob er sich darüber freuen oder weinen sollte. *Wenn es doch nur einen Weg gäbe, meine Leute und die Elliotts zu retten, das hier endlich zu beenden ...* Doch es wollte ihm keiner einfallen.

Lysander holte Luft. »Nathaira ist tot.«

Ein Raunen ging durch die Anwesenden. Obsidia sank auf ihren Thron zurück.

»Die Rebellen stehen am Tor«, fuhr er fort. »Noch halten wir es, aber die scheinen mit aller Gewalt hier reinzuwollen. Sie haben ihre Verletzten vom Flussufer in die Kirchen gebracht. Bischof Garwein gewährt ihnen Schutz.«

Obsidia nickte. »Gut, Lysander«, sagte sie nüchtern. »Ich erwarte, dass wenigstens du mich verteidigst. Nimm dir ein paar Leute und kontrolliere alle Eingänge zum Schloss. Sie sind schon einmal hier eingedrungen, um Magistra Famorgan zu befreien, niemand sagt, dass sie das nicht wieder tun.«

Lysander grinste. »*Ich* werde Euch nicht enttäuschen.« Dann verbeugte er sich tief.

»Garwein«, knurrte Obsidia, als ihr Hauptmann gegangen war. »Ich wusste immer, dass diese verdammte Kirche ein Verräternest ist. Aber das wird sich jetzt ändern. Melvar!«

Simon schreckte an seinem Platz am Fenster auf, als er so plötzlich angesprochen wurde. »Eure Majestät?«

»Sammelt einige Eurer Männer und stürmt die Kirchen, jede einzelne!«, wies sie ihn an. »Legt Feuer, brennt sie nieder, mit allen, die drin sind. Meine anderen Soldaten sollen weiterkämpfen, ich lasse nicht zu, dass die Verräter weiter vordringen.«

»Majestät ...« Entsetzt schüttelte Simon den Kopf und trat ein paar Schritte auf sie zu. Das konnte nicht ihr Ernst sein? Es war eine Sache, einem Mann in einer Rüstung entgegenzutreten, aber Schutzlose töten? Verletzte? Noch dazu an einem geweihten Ort? Das war einfach nicht ... richtig. »Die Kirchen stürmen?«, echote er, und ihm war bewusst, wie begriffsstutzig er klingen musste.

»Ja.« Obsidia blickte mit einer Mischung aus Belustigung und Verachtung auf ihn hinunter. »O bitte! Sagt nicht, Ihr fürchtet Euch vor einem gekreuzigten Zimmermann? Ihr seid doch kein abergläubisches Waschweib!«

Simon spürte, wie ihm die Hitze in die Wangen stieg. Nein, er war kein Waschweib. Sein Glaube an einen liebenden Gott war mit seiner Mutter gestorben, ertränkt am Boden einer Flasche. Er war danach nie wieder in eine Kirche gegangen. Aber trotzdem waren da die Erinnerungen ... Seine Großeltern, wie sie mit Elliott und ihm im Advent die Krippe angeschaut hatten ... Gegen Ende hin hatten beide nicht mehr viel wahrgenommen und kaum noch jemanden erkannt. Doch wenn man mit ihnen alte Kirchenlieder gesungen hatte, dann war ihre Erinnerung für ein paar Momente zurückgekehrt. Und ihre Augen hatten geleuchtet. Was würden sie sagen, wenn sie sehen könnten, was aus ihm geworden war? Ein Mörder. Ein Mörder und Plünderer an allem, was ihnen heilig gewesen war. »Ich kann nicht«, würgte er hervor, ganz leise, als wollte er gar nicht gehört werden.

»Bitte?« Der gefährliche Unterton in Obsidias Stimme ließ erkennen, dass sie ihn sehr wohl verstanden hatte.

»Ich kann das nicht!« Simon sprach jetzt lauter, und die Bestimmtheit in seinen Worten überraschte ihn selbst. Er dachte nicht eine Sekunde darüber nach, was er da eigentlich gerade tat. Selbst die Umstehenden, die bei seinen Worten scharf die Luft einsogen, kümmerten ihn nicht.

*Elliott hatte recht*, schoss es ihm durch den Kopf. *Er hatte mit allem recht.*

»Ich bin nicht Euer Mörder!«, schrie er Obsidia entgegen. »Ich habe meine Männer für Euch in den Tod geführt, das ist Schuld genug, aber ich werde keine Verletzten töten, nur damit Ihr weiterhin mit einer Krone herumstolzieren könnt! Wenn Ihr das wollt, dann tut es selbst. Schaut ihnen in die Augen, wenn Ihr sie tötet! Nur eines kann ich Euch versprechen: Schlachtet Schutzlose, schändet ihre Heiligtümer, tretet den Glauben Eures Volkes mit

Füßen, und Tenébra wird sich gegen Euch wenden! Selbst jene, die Euch bis jetzt unterstützt haben. Damit will ich nichts zu tun haben. Sucht Euch eine andere Marionette!«

Ohne Reaktionen abzuwarten, machte er auf dem Absatz kehrt und durchschritt den Thronsaal bis zum Portal.

»Kommt zurück! Was erlaubt Ihr Euch, Melvar?«, keifte Obsidia hinter seinem Rücken. »Meine Armee wird mich immer schützen! Sobald meine Truppen aus Touleránt zurück sind, wird jeder Widerstand hier dem Erdboden gleichgemacht!«

Kurz vor der Tür wandte sich Simon noch einmal um. Obsidia war aufgestanden. Wie eine Furie kauerte sie auf den Stufen zu ihrem Thron, an ihrem Hals traten die Sehnen hervor.

Er wählte seine Antwort gut. »Vielleicht«, sagte Simon, bevor er sich endgültig abwandte. »Aber vielleicht steckt Euer Kopf bis dahin auch schon auf der Stadtmauer.«

• • •

*Findet einen Eingang*, hatte Lyonel gesagt, doch es fiel Elodea schwer, seinen Befehl zu befolgen und sich nicht in die Kampfhandlungen einzumischen, wenn sie sah, dass rechts und links von ihnen ihre Leute starben.

Sie waren den Weg zum Schloss hinaufgerannt, durch schmale Gässchen und steile Treppen. Der Horror der Schlacht war von hier oben nur noch deutlicher zu erkennen. In den Straßen Thuraus wimmelte es von Menschen, weiter in Richtung Flusstal schien etwas in Flammen zu stehen. Tote lagen auf dem Kopfsteinpflaster, die Luft schmeckte nach Metall.

Elodea schluckte, als sie auf ihre Stadt hinabsah. *Lass es bald zu Ende sein. Lass uns Obsidia finden*, flehte sie stumm.

Faryas Dienstboteneingang befand sich in der Nähe der Kutschauffahrt an den oberen Wehrmauern. Er lag etwas versteckt in der Mauer, doch wenn man ein paar Meter zurücktrat, konnte man bis zum Tor und den dort kämpfenden Soldaten sehen. Schon seit Minuten machte sich Farya an der Tür im Fels zu schaffen, aber bis jetzt hatte niemand auf ihr Klingeln geantwortet. Martha und Tyrza hatten sich abgewendet. Sie standen am Rand des Hügels mit Blick zur Stadt, und in ihren Mienen spiegelte sich das Grauen.

*Das bringt doch nichts. Wir sollten kämpfen, statt hier rumzustehen.* Es zog Elodea förmlich in Richtung Tor, sie wollte die Widerstandskämpfer dort unterstützen, und Loreba schien es ähnlich zu gehen. Cloé war die Warterei längst zu lästig geworden. Mit der Hand schon halb am Köcher, pirschte sie sich ans Kampfgeschehen heran, als ...

»Hilfe!«

Elodea riss den Kopf herum. Farya stand gegen die Schlossmauer gedrückt. Hinter ihr, wo zuvor die Türe gewesen war, klaffte nun ein Loch. Jemand hatte geöffnet. Aber es war kein befreundeter Diener.

Über sie gebeugt, das Messer in der Hand, stand Lysander Farosch.

Elodeas Beine reagierten schneller als ihr Verstand. Sie hechtete los, Farya rief erneut um Hilfe, und Lysander riss sie vor sich, das Gesicht den Aurenen zugewandt.

»Nein!«, Cloés Schrei hallte in Elodeas Trommelfell wider, so panisch klang er.

»Haltet ...!«, schrie Loreba von irgendwoher, aber Elodea verstand sie nicht richtig. Das einzig Wichtige war, Lysander dieses Messer aus der Hand zu schlagen, bevor ...

Farya kreischte. Lysanders Finger schlossen sich um ihre Schultern. Mit der anderen Hand hob er das Messer. Er grinste. Und dann, als Elodea schon fast bei ihnen war, als sie den Arm schon nach ihm ausgetreckt hatte, stieß er zu.

Die Schreie der Aurenen gellten durch die Luft, als sie zusehen mussten, wie sich die Klinge tief in Faryas Rippen bohrte.

# ELLIOTTS TRUMPF

Die Zeit schien still zu stehen. Für Elodea fühlte es sich an, als hätte Lysander *ihr* das Messer in die Rippen gerammt. Sie konnte nicht schreien, das Grauen überkam sie wie ein stummer Fluch.

Lysander zog sein Messer aus Faryas Körper und begann zu lachen, während die Aurene zuerst auf die Knie und dann auf den Boden sank.

»NEIN!« Der Schrei war so voller Verzweiflung, dass sich Elodea die Nackenhaare sträubten. Cloé lief, das Gesicht vor Schmerz verzerrt, an ihr vorbei. Sie warf einen kurzen Blick auf Farya, nur um zu sehen, dass sie ihr nicht helfen konnte, dass alles zu spät war. Dann rannte sie dem immer noch lachenden Lysander hinterher, der Anstalten machte, in Richtung Tor zu verschwinden.

»Sieh mich an, wenn ich dich töte! Bleib hier, du Feigling! Du Mörder!«

Lysander kehrte ihr den Rücken, immer noch lachend. »Als ob Ihr mich töten würdet. Wir wissen beide, dass Ihr dazu viel zu gut seid!«

Voll Zorn riss Cloé einen ihrer weiß gefiederten Pfeile aus dem Köcher, spannte den Bogen und schoss.

Mit einem Surren, als würde die Luft geteilt, schlug der Pfeil zwischen Lysanders Schulterblättern ein. Er stockte. Das Lachen blieb ihm im Hals stecken. Einen Moment stand er noch, dann fiel er nach vorn auf den Bauch und blieb liegen.

»Mörder!«, schrie Cloé und trat nach ihm, bis er sich schmerzerfüllt zu ihren Füßen wand. »Stirb! Du sollst sterben!« Tränen mischten sich unter ihre Schreie, wimmernd kauerte sie über ihm und schlug mit den Fäusten auf sein Gesicht ein.

Martha erreichte sie als Erste und zog sie gewaltsam von Lysander weg, der sich längst nicht mehr regte. »Komm mit. Lass ihn liegen. Komm, wir müssen nach Farya sehen«, hörte Elodea sie sagen, bevor sie aufstand und mit Cloé zurück zu den anderen lief, die mittlerweile einen Halbkreis um Farya gebildet hatten.

Sofort warf sich Cloé neben ihr auf den Boden und griff nach der Hand ihrer Freundin. Mit der anderen fuhr sie über ihre Wunde. »Ganz ruhig«, versuchte sie Farya zu trösten, die nur noch schwach atmete, und strich ihr über das Haar. »Loreba kann das heilen ... Oder? Loreba?«

Loreba schüttelte kaum merklich den Kopf. »Ich bin keine Heilerin. Er hat den Rippenbogen zertrümmert. Ich ...« Lorebas Augen hatten sich mit Tränen gefüllt, und auch Elodea spürte, dass sie kurz davor war, zu weinen, während Cloé erneut schrie: »Nein! Du musst etwas tun, du ...«

»Nicht ...«, Faryas Stimme war nur ein Hauch, weniger als ein Flüstern. Cloé drückte ihre Hand fester, und auch Loreba kniete sich neben sie. Schnell huschten Faryas Augen zwischen ihnen hin und her. Sie rang nach Atem. Eine Träne lief ihr die Wange hinunter, als sie zu ihren Freundinnen aufsah. »Ich habe den Eingang gefunden.«, hauchte sie. »Nur ... Er war schneller ...«

»Ich weiß«, flüsterte Cloé. »He, schau mich an.« Faryas Augenlider hatten geflackert, doch nun sah sie wieder klar. »Ich bin da. Ich bin da.«

»Gut.« Farya atmete seufzend aus. »Dann bin ich froh.« Ihr Atem wurde schneller, während das Leben aus ihrem Körper wich. Sie starb unter ihren Händen, nichts konnte es aufhalten. Mit einem letzten, intensiven Blick sah sie jede der Aurenen an. Dann schloss sie die Augen. Ein Schaudern überkam sie, ihr Körper erzitterte.

Dann bewegte sich Farya nicht mehr. Schlaff löste sich ihre Hand aus Cloés und fiel auf die Erde.

»Farya?« Cloé beugte sich über sie. »Farya!«

»Sie ist fort.« Tyrza trat heran und legte Cloé sanft die Hände auf die Schultern.

»Nein! Nein, das kann nicht sein!« Cloé griff nach Faryas Arm, fühlte nach ihrem Puls. »Sie, sie ...« Mit einem Schluchzen sank sie zu Boden.

»Cloé ...« Rasch schloss Tyrza die schreiende Cloé in die Arme, deren ganzer Körper vor Weinkrämpfen erzitterte.

Auch Elodea schossen Tränen in die Augen. Die ganze Zeit hatte sie versucht, sie zu unterdrücken, nun konnte sie sich nicht mehr wehren. Sie spürte kaum, wie Martha nach ihrem Arm griff und ihn fest umschloss. Heiße Tränen rannen über ihre Wangen und nahmen ihr die Sicht. Auf einmal war alles wieder da. Der Schmerz, dieser unglaubliche Schmerz, der sich wie Hunger in den Magen bohrte und jede gute Erinnerung verblassen ließ.

Die Schlacht um sie herum bemerkten sie gar nicht, sie war auch nicht wichtig. Ihre Welt hatte sich auf den toten Körper ihrer Freundin reduziert, alles andere schien unbedeutend und fern. Eine Weile schwiegen die Aurenen, jede in ihre eigene Trauer vertieft, bis Cloé schließlich aufstand. »Wir müssen sie hier wegbringen. Wer hilft mir?«

»Was ist mit dem Eingang?«, fragte Tyrza und wies auf den schmalen Dienstbotendurchgang in der Mauer. »Sollten wir nicht wenigstens nachsehen, wo der hinführt?«

Martha zauderte. »Ich weiß nicht ...«

»Farya hat teuer dafür bezahlt!«, fuhr Cloé sie an. »Natürlich nutzen wir ihn. Aber jemand muss hierbleiben und mir helfen.«

Elodea tauschte einen Blick mit ihrer Meisterin und wusste, dass sie beide das Gleiche dachten.

»Wir gehen«, sprach es Loreba aus. »Elodea und ich können uns am besten verteidigen. Ihr anderen lauft zur Bischofskirche. Bringt Farya dorthin und sagt Lyonel Bescheid, dass wir einen Weg nach drinnen entdeckt haben. Es wird Zeit, dass das alles hier ein Ende findet.«

• • •

Als Simon die Bischofskirche durch das Hauptportal betrat, schlug ihm ein Lärm entgegen, den er so nicht erwartet hätte. Die schweren Bänke waren zur Seite geschoben worden, und auf dem Sandsteinboden lagen dicht an dicht die Verwundeten. Der heilige Raum glich einem Lazarett. Es roch nach Schweiß und Blut, Menschen weinten oder schrien. In diesem Durcheinander war es schwer, jemanden auszumachen, und als er endlich Elliotts Blondschopf in der Menge erkannte, fiel ihm ein ganzer Berg an Sorgen von der Brust.

Sein Bruder lieferte sich gerade einen aufgeheizten Wortwechsel mit Bischof Garwein auf den Stufen zum Altarraum. »Dies ist ein Haus Gottes, keine Festung, und wenn ich sage, die Türen werden nicht verschlossen, dann bleibt das auch so!«, sagte Garwein.

»Kümmert Euch lieber darum, dass hier auch die verletzten Soldaten hergebracht werden, nicht nur die Leute Eurer Seite.«

Simon sah, wie Elliott fluchend die Fäuste ballte, während er dem Bischof nachsah. Er trat noch ein paar Schritte vor, bis er direkt hinter ihm stand. »Elliott.«

Als sein Bruder herumwirbelte und ihn erkannte, klappte ihm der Mund auf. »*Du?*« Seine Hand wanderte zum Schwert an seinem Gürtel, doch Simon hob rasch die Arme und signalisierte, dass er unbewaffnet war. »Ich komme in Frieden. Ihr habt nichts von mir zu befürchten.«

Elliott zog die Brauen zusammen und musterte ihn. »Wieso bist du hier?«, knurrte er. »Hat *sie* dich geschickt?«

Simon schüttelte den Kopf. »Du hattest recht. Mit allem ... Dass ich zu bequem war, meine Stellung aufzugeben, dass ich nur an mich gedacht habe, dass ich ein Idiot war ... aber ... Ich kann das jetzt einfach nicht mehr. Ich kann nicht mehr mit ansehen, was hier passiert.«

Sein Bruder knirschte mit dem Zähnen. »Hat aber lange gedauert, bis du das einsiehst ...«

»Ich weiß. Und es tut mir leid. Ich ... Ich hätte gar nicht erst zulassen dürfen, dass wir uns so ... verlieren. Ich hoffe, du verzeihst mir das irgendwann.«

»Darüber denke ich nach, wenn das hier vorbei ist«, entgegnete Elliott kühl. »Jetzt kannst du erst einmal unter Beweis stellen, wie viel dir wirklich an deinen Leuten liegt. Man sagt, du hast den größten Einfluss auf sie. Dann bring sie dazu, die Verteidigung Tenébras einzustellen.«

»Die Verteidigung einstellen?« Wäre die Lage nicht so ernst gewesen, hätte Simon fast gelacht. »Wie glaubst du, soll das gehen? Ich kann nicht zu jedem hinrennen und fragen, ob er nicht lieber desertiert.«

»Das lass mal meine Sorge sein. Ich habe schon eine Idee, aber dafür brauche ich dich. Würdest du zu deinen Männern sprechen, wenn du die Möglichkeit dazu hättest? Würdest du sie zur Niederlegung der Waffen auffordern? Glaubst du, sie würden dir folgen?«

»Ja«, begann Simon. »Ich denke schon, aber ...«

»Sehr schön«, schnitt ihm Elliott das Wort ab. »Das war alles, was ich wissen wollte.« Er wandte sich um. »Acte?«

Aus der Menge der Verletzten löste sich eine Frau, die, sehr zu Simons Überraschung, bis über beide Ohren strahlte, als sie auf Elliott zuging. »Was gibt es?«

»Ist dieser Magier, der deinen Mann geheilt hat, noch hier?«
Acte runzelte die Stirn. »Ja, warum?«
»Dann bring ihn her. Schnell, es ist wichtig.«
Simon hatte seinen Bruder selten so aufgeregt gesehen. Er trat von einem Bein aufs andere, während er wartete, bis sich schließlich ein Mann in einem langen Umhang seinen Weg durch die Kranken zu ihnen bahnte. »Ihr habt mich rufen lassen?«

»Ja.« Elliott verschwendete keine Zeit mit Begrüßungen und kam gleich zur Sache. »Ich habe Loreba Elgyn einmal eine Vokabel verwenden sehen, die menschliche Stimmen verstärkt. Beherrscht Ihr das auch?«

Der Mann nickte. »Das dürfte kein Problem sein.«
»Gut.« Elliott packte Simon an der Schulter und zog ihn vor sich. »Dann macht das bitte bei meinem Bruder.«

Langsam begriff Simon, was Elliotts Plan war. Er drehte sich zu ihm um und sah ihm in die Augen. »Ich habe eine Bedingung für das hier«, sagte er scharf. »Wenn ich meine Soldaten zum Aufgeben bringen kann, dann erwarte ich, dass du und dein Anführer ihnen Straffreiheit zusichert. Sie werden für die Verteidigung Tenébras nicht zur Rechenschaft gezogen, weder jetzt noch später.«

»Das kann ich dir so pauschal nicht garantieren.«
»Du musst, wenn du willst, dass ich dir helfe. Elliott! Das einzige Verbrechen dieser Männer war, nicht mutig genug für euren Widerstand zu sein. Sie haben Obsidias Befehle befolgt, weil sie Angst um ihre Familie und ihr Leben hatten. Willst du das halbe Land vor Gericht bringen? Meine Männer vertrauen mir, ich liefere sie nicht von einem Schlächter zum nächsten!«

»Na schön«, sagte Elliott widerwillig. »Dann bekommst du deine Straffreiheit. Aber jetzt sei still und lass den Mann seine Arbeit machen.«

Simon spürte einen unangenehmen Druck auf den Stimmbändern, der aber verflog, als der Magier die Hände wieder von seiner Kehle nahm.

Elliott danke ihm und gab seinem Bruder dann mit einem Winken zu verstehen, dass er ihm folgen sollte. Zusammen stiegen sie vom Altarraum hinunter ins Seitenschiff und in die Sakristei. Von dort führte eine Wendeltreppe hinauf in den Kirchturm.

Simon wurde bei den vielen Stufen und dem Tempo, das sein Bruder vorlegte, fast schwindelig, er war froh, als sie endlich oben angekommen waren. Eine Öffnung in der Turmspitze, versehen mit einen Geländer, fast wie eine kleine Balustrade, offenbarte den Blick über ganz Tenébra. Diesseits der Lycram waren die Gassen Thurraus überfüllt mit Kämpfern. Die Altstadt glich einem Hexenkessel, während auf der anderen Seite des Flusses im Universitätsviertel Agona und weiter oben in Majorim noch verhältnismäßig viel Normalität herrschte.

Elliott sah ihn an. »Bereit?«

Simon nickte, mit zusammengebissenen Zähnen. Er wusste noch nicht genau, was er eigentlich sagen wollte. Trotzdem fasste er Mut und begann zu sprechen: »Soldaten Avendúrs!« Er erschrak, als er sich der Kraft seiner eigenen Stimme bewusst wurde, die hundertfach verstärkt von den Fassaden widerhallte.

Unten in der Stadt regte sich etwas. Köpfe wandten sich um, suchten nach dem Ursprung der Stimme. Es dauerte, bis sie ihren Hauptmann im Turm erkannten, doch sobald sie begriffen, hörte jeder zu.

»Ich spreche zu euch nicht als Befehlshaber, nicht als Diener der Königin, sondern als Kamerad!«, rief Simon jetzt. »Ihr alle, *wir* alle haben tapfer gekämpft. Doch für was? Diese Schlacht ist ein Kampf zwischen Bürgern Avendúrs. Auf der einen Seite stehen jene, die ihre Wehrpflicht erfüllen, weil man es ihnen befohlen hat, auf der anderen jene, die rebellieren, weil sie nicht mit ihrem Gewissen vereinbaren können, was Obsidia von uns erwartet. Ich weiß, die meisten von euch wurden zum Kampf gezwungen. Ihr habt euch dem Befehl der Königin gebeugt, um eure Familie und euer Hab und Gut zu schützen. Das ist ehrhaft, aber es bringt uns nicht mehr weiter. Wir können diese Schlacht gewinnen, ja. Wir können jeden Rebellen hier töten, können ihre Verletzten in den Kirchen verbrennen lassen, wie es die Königin von mir verlangt hat.« Bei seinen letzten Worten kam in der Stadt Unruhe auf. »Aber einen Krieg gegen Padmador«, fuhr er fort, »den können wir nicht gewinnen. Ich werde es euch nicht länger verheimlichen.

Ich werde euch nicht länger zwingen, zu sterben oder Unschuldige zu töten. Meine Zeit als Sklave der Königin ist vorbei! Folgt meinem Beispiel, legt die Waffen nieder oder schließt euch den Rebellen an, und sie garantieren jedem von euch Straffreiheit! Ihr habt mein Wort. Wir können einen neuen Anfang schaffen, jetzt, bevor es zu spät ist. Die Wahl liegt bei euch. So spricht Simon Melvar, Hauptmann der Armee, im Namen aller freien Bürger dieses Landes!«

Simon hielt inne. Fast im selben Moment spürte er die Stimmgewalt, die ihm der Magier verliehen hatte, schwinden. Langsam glitt sein Blick durch die Straßen. Zunächst rührte sich niemand. Die Soldaten sahen zu ihrem Hauptmann auf, selbst die Rebellen wirkten ungläubig. Dann jedoch ließ einer der Männer in der Gasse direkt unter ihnen sein Schwert sinken. »Ich wähle die Freiheit!«, schrie er. Die Kameraden zu seinen Seiten taten es ihm nach, erst zögernd, dann euphorisch. Waffen wurden fallen gelassen, und schon bald breitete sich die Geste über die Altstadt aus, wie eine Welle.

»Freiheit!«, hallte es durch Thurau. »Freiheit für Avendúr!«

*Freiheit für Avendúr!*

Simon sah zu seinem Bruder, und der anerkennende Blick, den Elliott ihm zuwarf, zeigte ihm, dass er alles richtig gemacht hatte.

*Ich habe es geschafft. Ganz allein, ohne Blutvergießen oder Gewalt, allein durch Ehrlichkeit und Worte.*

Obsidias Heer existierte nicht mehr.

# KÖNIGSKINDER

»Das, Simon, war genial. Hätte glatt von mir sein können.« Elliott trat neben seinen Bruder und sah auf die Vhera Viscalae hinunter. »Damit gewinnen wir. Wir müssen einfach gewinnen. Das ist mindestens die Hälfte aller Soldaten, soweit ich sehen kann!«

»Bleibt für Obsidia noch die andere Hälfte«, mahnte Simon, wenngleich Elliotts Worte ihn mit Stolz erfüllten. »Ich habe getan, was ich konnte, aber sie ist noch nicht besiegt. Ihr Rebellen müsst die Gunst der Stunde nutzen.«

»Das wird Lyonel schon wissen. Wir ...« Elliott stoppte abrupt.

Auch Simon hatte es bemerkt. Unten in der Stadt kam erneut Bewegung auf. Schreie hallten durch die Gassen, Rufe der Überraschung, die nach und nach in Jubel übergingen.

»Was zum ...?« Simon beugte sich über die Brüstung des Turms und spähte zum Flusstal.

Die Kämpfer vor der Stadtmauer hatten ihre Waffen erhoben, eine Geste der Freude und des Triumphes. Er konnte auf den ersten Blick nicht erkennen, was dort unten vor sich ging, doch als auch er sich weiter vorbeugte, sah er etwas Riesiges, dass sich wie eine weiße Wand am äußeren Ende des Flusstals in Richtung Tenébra schob.

Sein Herz schlug schneller. Hatte Obsidia Verstärkung geordert? Und wenn ja, wieso jubelten die Soldaten dann so? War seine Rede etwa doch nur ein kurzes Strohfeuer gewesen und längst wieder vergessen?

»Simon!« Elliott keuchte und schob sich an ihm vorbei. »Das sind Soldaten!«

»Bist du sicher?« Er spürte neue Panik in sich aufwallen.

»Ja. Aber sie tragen weiße Rüstungen. Nicht schwarz-rot wie die Obsidias.«

»Du hast recht.« Simon kniff die Augen zusammen. »Was ...« Doch er brachte seinen Satz nicht zu Ende, Elliott hatte einen Schrei der Überraschung ausgestoßen. »Das ist wirklich nicht Obsidias Armee! Das ist ToulGeschäft!«

Sein Bruder hatte recht. Mittlerweile konnte auch er die hellblauen Banner und Lanzenwimpel mit dem toulinischen Wappenschwan erkennen, die vor den Mauern in der Sonne leuchteten. »Dann haben sie sich freigekämpft?«, fragte er, ohne den Blick abzuwenden.

»Es sieht ganz so aus.«

Unter ihnen bot sich ein erstaunliches Bild. Rebellen und Soldaten strömten in Richtung Flusstal. Die verbliebenen Kämpfer Obsidias sammelten sich zu einem einzigen großen Pulk und marschierten auf das toulinische Heer zu, das mittlerweile das westliche Stadttor erreicht hatte.

Aber auch die Widerstandskämpfer formierten sich wieder zu einer geschlossenen Streitmacht. Unterstützt durch ihre neuen Mitstreiter, schoben sie die Soldaten vor sich her, bis sie auf die toulinische Armee trafen.

An der Spitze des Heers ritt auf einem Schimmel Isobel von Touleránt. Aus der Entfernung konnte Simon sie nicht mehr erkennen, doch ihre Stimme hallte wie mit magischer Verstärkung durch die Stadt bis zu ihnen herüber: »Angriff!«

Helle Trompeten perlten durch die Straßen. Die Soldaten Touleránts schrien und hoben ihre Waffen, während von der anderen Seite die Widerstandskämpfer angriffen. Fast hilflos mussten die Soldaten der Königin zusehen, wie sie von beiden Seiten eingekreist wurden.

Elliott stieß ihm in die Seite. »Komm, das will ich mir aus der Nähe anschauen!«

Zusammen rannten sie die Wendeltreppe hinunter und zurück in die Kirche. Doch noch bevor sie sich auch nur ansatzweise orientiert hatten, kam ihnen schon Lyonel von Betháne entgegen, dicht gefolgt von Avian Famorgan und einer Gruppe Frauen. Simon hatte Lyonel bis jetzt nur aus der Ferne erlebt, doch die Ähnlichkeit mit seiner Schwester war verblüffend.

»Hast du das gesehen?«, fragte Elliott atemlos. »Touleránt ist gekommen.«

»Ich weiß, ich weiß.« Der Thronfolger wirkte fahrig. »Hör zu: Die Aurenen haben einen Weg ins Schloss gefunden. Elodea und Loreba sind schon auf den Weg nach drinnen, wir müssen ihnen nach!«

Elliott riss die Augen auf. »Sie sind da alleine reingegangen? Sind die wahnsinnig?«

»Ich fürchte, ja«, erwiderte Lyonel mit Sorgenfalten. »Deswegen, schnell, wir brauchen ein paar Männer. Wir wissen nicht, wie viele von Obsidias Soldaten im Schloss sind, besser, wir rechnen mit dem Schlimmsten. Wenn wir ihr erst einmal gegenüberstehen, können wir nicht mehr rennen. Dann müssen wir bereit sein.«

• • •

Von irgendwoher schallte eine Trompete.

»Hörst du das?« Alarmiert wirbelte Elodea herum und spähte in die Dunkelheit hinter ihr.

Auch Loreba wandte den Kopf. »Vielleicht blasen sie zu einem neuen Angriff«, flüsterte sie, aber ihre Stimme klang nicht allzu überzeugt. »Umso wichtiger, dass wir endlich vorankommen.«

Sie befanden sich in einem dunklen Gang mit niedriger Decke, gerade so breit, dass ein Mensch darin gehen konnte. Fackeln spendeten ein wenig Licht, doch trotzdem konnten sie nicht sehen, was sich hinter der nächsten Biegung verbarg. Sie mussten tief im Schlossfelsen sein, da war sich Elodea sicher.

Bis jetzt waren ihnen auf Faryas Dienstbotenweg weder Soldaten noch sonst eine Menschenseele begegnet. Nun aber, als der Gang leicht anstieg, machte sich von neuem Angst in Elodeas Brust breit. Loreba ging voran, einen Energiestab vor sich ausgestreckt, als hielte sie ein Schwert, und Elodea gab ihr von hinten Deckung. An den Wänden liefen Wasserrinnsale den Fels hinab, sie glitzerten wie Schneckenspuren, wo das Licht der Fackeln auf sie fiel.

Schließlich kamen sie vor einer schlichten Holztür zum Stehen. Elodeas Herz pochte ihr in den Ohren, doch sie nickte Loreba zu, bevor die möglichst leise den Türgriff nach untern zog.

Dann standen sie in einer Art Eingangshalle. Hohe Säulen rahmten den Saal, der vollkommen leer war. Auch aus den umliegenden Gängen waren keine Geräusche zu hören. Offenbar hatte Obsidia die meisten ihrer verbliebenen Soldaten zur Verteidigung ans Tor beordert.

»Was jetzt?«, wisperte Elodea in die Stille.

Lorebas Augen wanderten die Wände entlang. »Ich glaube, ich weiß, wo wir sind«, sagte sie leise. »Komm mit.«

Zusammen schlichen sie eine breite Steintreppe hinauf in die Galerie der Halle. Große Bogenfenster säumten die Gänge. Hätten es die beiden nicht so eilig gehabt und einen Blick hinausgeworfen, sie hätten das Heer Touleránts sehen können, das am Ufer der Nocram den letzten Rest von Obsidias Anhängern bekämpfte.

Es war fast unheimlich still. Nur ihre Schritte hallten im Gemäuer wieder, als sie über immer breiter werdende Gänge auf eine große Flügeltür zuliefen.

»Halt dich hinter mir und leg dir ein paar Worte bereit«, wies Loreba ihre Schülerin an, bevor sie mit einer leichten Handbewegung die Tür aufschwingen ließ.

Vor ihnen erstreckte sich der Thronsaal von Tenébra. Bis auf den Kronrat und die Leibgarde der Königin war er menschenleer. In dem kurzen Moment der Überraschung, der verging, bis die Anwesenden realisierten, wer da gerade in der Tür erschienen war, richtete Elodea den Blick nach vorn zum Thron.

Obsidia sah auf sie herab. Anders als ihre Soldaten schien sie nicht besonders überrascht. Sie hatte den Kopf erhoben, so dass man die Krone auf ihrem Kopf in voller Pracht erkennen konnte. Auf ihren Schultern ruhte ein Krönungsmantel. Mit der rechten Hand stützte sie sich auf ein Schwert aus schwarzem Stahl. Ganz sanft schlossen sich ihre knochigen Finger um sein Heft, fast als wollte sie es besänftigen.

Nur mit Mühe riss sich Elodea von dem Anblick los und zwang sich, ins Gesicht der Frau zu sehen, die ihr Leben aus den Fugen geworfen hatte. Das Schwarz ihrer Kleidung ließ ihre Haut noch blasser, fast krank wirken. Ihre Wangen waren eingefallen, und um ihre Augen zeigten sich ganz deutlich die Spuren durchwachter Nächte. Ohne ihre Krone hätte man sie nicht für eine Königin gehalten. Eher für ein verängstigtes Mädchen, das sich in diesen Thron kauerte, alles wäre es der einzig sichere Ort in einer Welt aus Flammen.

»Nein!« Die Stimme durchdrang den Raum wie eine Peitsche. Obsidia war aufgestanden und hatte ihren Wachen, die sich schon auf sie stürzen wollten, mit einem Handzeichen Einhalt geboten. Sofort erstarrten die Männer in der Bewegung und sahen zu ihrer

Königin auf. Noch immer alle überragend, stand sie auf den Stufen ihres Throns.

»Loreba Elgyn«, sagte sie leise, und sie legte einen Klang in die Worte, dass es Elodea fröstelte. »Ich habe mich gefragt, wen sie wohl schicken, um die Drecksarbeit zu erledigen ... Aber ausgerechnet Euch? Damit hätte ich nicht gerechnet.«

»Wir sind nicht gekommen, um Euch zu töten«, entgegnete Loreba bestimmt. »Ergebt Euch, und Ihr lebt.«

Obsidia lachte trocken. »Haltet Ihr mich für so dumm? Wir wissen beide, dass ich dafür längst zu weit gegangen bin.« Es sollte sicher selbstbewusst klingen, doch Elodea nahm ganz deutlich das Zittern in ihren Worten wahr. »Eure Rebellenfreunde würden mich zerreißen, sobald ich auch nur einen Fuß aus diesem Schloss setze, wie sie es mit dem Grafen von Morugan getan haben. Werdet Ihr mich also töten? Oder habt Ihr Mitleid mit einer Frau in Todesangst?« Über Obsidias Mundwinkel huschte ein spöttisches Lächeln, aber es wirkte aufgesetzt und passte nicht zu ihrer Stimme, die jetzt offenkundig bebte.

»Todesangst?« Lorebas Worte waren nur ein Zischen.

Elodea warf einen raschen Blick zur Seite. Ihre Meisterin hatte die Hände zu Fäusten geballt, und ihre Augen waren hart.

»Versucht nicht, *mir* zu erzählen, wie sich Todesangst anfühlt«, flüsterte Loreba.

Obsidia schien über die Schärfe in ihren Worten erschrocken, doch als sie sich wieder etwas gefangen hatte, kniff sie die Augen zusammen und nickte. »Ich verstehe. Ihr wollt Rache, nicht wahr? Deswegen seid Ihr allein gekommen. Ihr wollt mich eigenhändig töten als Vergeltung für Euer Todesurteil.«

Loreba starrte sie an. Für einen Moment sah es tatsächlich so aus, als wollte sie lachen, aber dann schüttelte sie den Kopf. »Rache!«, stieß sie hervor, und in ihrer Stimme lag eine Verachtung, die Elodea noch nie bei ihr wahrgenommen hatte. »Was will ich mit Eurer Rache? Ihr könntet tausend Tode sterben, es würde nie sühnen, was Ihr mir und meiner Familie angetan habt.« Obsidia schauderte. Loreba schien sie mit ihrem Blick förmlich festzunageln. »Wisst Ihr, wie es sich anfühlt, vor einem Gericht zu stehen, das sein Urteil schon vor der Anklage gefällt hat? Wie es ist, wenn man wie eine Verbrecherin abgeführt wird, ohne auch nur die Chance, sich zu verabschieden von denen, die man liebt?« Bei diesen Worten huschte ein Ausdruck des Entsetzens über Obsidias Gesicht, als würde sie sich plötzlich an etwas erinnern. Sie schien etwas sagen zu wollen, doch Loreba ließ es nicht zu.»Wisst Ihr, wie es ist, wenn Eure Schülerin zu Euch kommt, ein Mädchen, das Ihr wie eine Tochter liebt, und weinend in Euren Armen liegt, weil sie Euch nicht verlieren will? Ihr wollt sie trösten, sagen, dass alles gut wird, aber es geht einfach nicht, weil Ihr ganz genau wisst, dass es eine Lüge ist, dass nichts je wieder gut werden wird!« Lorebas Lippen bebten, als sie die Stimme erhob und Obsidia erneut zusammenzuckte. »Ihr habt mir das angetan! Ihr seid hier Täterin, nicht Opfer! Und Ihr seid es, deren Gewissen brennen sollte, nicht unseres.«

Obsidias Blick verfinsterte sich. »Arrogant wie eh und je«, knurrte sie.»Doch leider sprecht ihr zur Falschen. Ihr werdet verstehen, wenn ich Eure Auffassung nicht teile. Wachen! Beseitigt sie. Ein für alle Mal.«

Die Soldaten rund um Obsidia reagierten schnell, und bevor sich eine von ihnen rühren konnte, streifte ein Schwert Lorebas Hose und zerriss einen Fingerbreit das Leder.

Loreba keuchte und sprang zurück. Elodea stürzte auf die Soldaten zu. Noch im Laufen beschwor sie einen Lichtpfeil und riss den Arm hoch, bis plötzlich eine andere Stimme durch den Saal hallte: »Stopp!«

Elodea wirbelte herum. Eine Gruppe Rebellen, darunter Elliott, Avian Famorgan und die restlichen Aurenen, war im Türrahmen erschienen. An ihrer Spitze stand Lyonel, das Schwert gezückt.

»Stopp!«, wiederholte er, wobei Obsidias Soldaten zur Seite wichen. »Kein Blut mehr!« Er gab seinen Leuten ein Zeichen, und sie blieben zurück, während er auf Obsidia und ihre Bewacher zuging.

Elodea eilte zu Loreba und warf einen kurzen Blick auf die Schnittwunde an ihrem Bein, doch es war nur eine oberflächliche Verletzung, und sie wandte sich rasch wieder ab.

Langsam ging Lyonel auf Obsidia zu, die nun erneut von ihren Soldaten umgeben war. »So sieht man sich also wieder ...«, sagte er und blieb direkt vor ihrem Thron stehen, wobei er sich von den gezückten Speeren nicht beeindrucken ließ.

»Lyonel.« Obsidias Stimme wirkte wie das Knurren eins hungrigen Raubtiers. »Das hätte ich mir denken können.«

»Ja. Darauf lief es doch schon die ganze Zeit hinaus, nicht?«, fragte er ruhig und trat noch einen Schritt vor. »Du gegen mich, Bruder gegen Schwester, Königin gegen Rebell …«

Ganz langsam hob Obsidia ihren Mantel und stieg ein paar Stufen zu ihm hinab, bis sie kaum zwei Handbreit voneinander entfernt waren. Sie sah ihn an, dann beugte sie sich vor und spuckte vor seine Füße. »Du wagst es, nach meiner Krone zu greifen?«, zischte sie. »Nach *meiner* Krone?!«

Lyonel wich nicht zurück. »Du hast deine Krone bereits verloren, als du angefangen hast, dein Volk zu knechten«, sagte er kühl.

Obsidia bebte vor Zorn, und die Röte stieg ihr ins Gesicht, doch Lyonel war noch nicht fertig. »Sieh dich doch an«, fuhr er fort. »Sieh, was aus dir geworden ist. Was muss Macht nur für eine schreckliche Versuchung sein, wenn sie es schafft, aus einem Kind jemanden zu machen, der im Stande ist, seine Geschwister zu ermorden. Ja, ich weiß, was du getan hast«, sagte Lyonel, als er sah, wie Obsidia die Augen aufriss. »Sag es ihnen. Sag ihnen allen hier, wie du deine Macht verteidigt hast.«

»Du kannst davon nicht wissen«, würgte Obsidia hervor, doch ihr plötzlich gehetzter Ausdruck verriet, dass sie sich nicht sicher war.

Elodea tauschte einen schnellen Blick mit Loreba. Sie hatte absolut keine Ahnung, was dort gerade zwischen den Geschwistern vorging oder über was Lyonel eigentlich redete.

»Sie hätte Enite geheißen, richtig?« Lyonel sprach nun so leise, dass es für die Umstehenden schwer war, seine Worte zu verstehen, doch Obsidia hing an seinen Lippen. »Unsere Schwester. Wie lange hat es gedauert, bis du dich dazu durchgerungen hast, nachdem Mutter gestorben war? Zwei Tage, drei? Was hat Vater dir erzählt? Dass Enite deine neue Konkurrentin um den Thron wird? Dass sie gesund ist, anders als dein verkrüppelter Bruder, der nie eine Gefahr war? Dass du nicht mehr sein Ein und Alles bist, dass du ersetzt werden kannst, wenn du ihm nicht mehr so gehorchst, wie er will?«

»Sei still!« Obsidias Stimme war fast ein Kreischen. Ihre Finger krallten sich um den Griff ihres Schwertes, doch ihr Blick war nach wir vor auf Lyonels Augen geheftet, als könnte sie sich nicht davon losreißen.

»Ah.« Um seine Lippen huschte ein Lächeln »Also hat er dir mit so etwas gedroht? Er wollte dich abhärten, stimmt's, dich auf Linie halten. Liebesentzug, wenn du nicht gehorcht hast, grausam für ein Kind und vor allem für dich, die du so nach Zuneigung gehungert hast ...«

»Ich ...« Obsidias Lippen zitterten.

»Deswegen hast du es getan, nicht wahr?«, fragte Lyonel sachte. »Es war keine eiskalt geplante Tat, mehr ein Reflex, ein Selbstschutz aus Eifersucht und Verzweiflung. Du hast sie da in der Wiege liegen sehen, unbeaufsichtigt, und du warst so wütend ...« Obsidia klebte jetzt förmlich an seinen Lippen, sie fixierte ihn, als nähme sie nichts mehr außenherum wahr. »Dann hast du deine Hände um ihren Hals gelegt, so lange, bis sie aufgehört hatte zu schreien.«

Elliott sog scharf die Luft ein, und für einen Moment kam Bewegung in die Umstehenden. Lyonel jedoch nahm keine Notiz davon. »Aber Enite war gar nicht unbeaufsichtigt, richtig?«, bohrte er weiter. »Jemand hat dich beobachtet, die ganze Zeit lang, und er ist nicht eingeschritten, um dich abzuhalten. Was hat er zu dir gesagt, als er dich gefunden hat, weinend, neben deiner toten Schwester. Was hat unser *Vater* zum Mord an seiner Tochter gesagt?«

»Er hat gesagt«, echote Obsidia abwesend, als betrachtete sie ihre Erinnerung, »er hat gesagt, dass er stolz auf mich ist. Dass ich so mit allen meinen Gegnern umgehen muss, weil es der einzige sichere Weg aus der Angst ist. Er hat mich in den Arm genommen und gesagt, dass er mich liebt.«

Lyonel biss die Lippen zusammen und nickte, als fühlte er sich in seinen Vorahnungen bestätigt. Langsam trat er einige Schritte von Obsidias Thron zurück, ließ die Spannung zwischen ihnen brechen. »Und von dem Tag an hat er gewusst, dass du sein bist«, bemerkte er mit bitterer Stimme. »Dass du immer ihm gehören wirst, ein perfektes Werkzeug. Er hat dich zum Opfer gemacht, aber zur Täterin bist du selbst geworden. Und bis heute, bis über seinen Tod hinaus, machst du noch genau, was er von dir wollte. Du bist Königin und doch nicht mehr als eine Sklavin.«

Obwohl Lyonel nur leise sprach, fühlte Elodea, dass Obsidia diese Worte schwerer trafen als alles, was er bisher zu ihr gesagt hatte. »Ich bin keine Sklavin!«, stieß sie hervor. »Ich hätte unser Land wieder groß und Vater stolz gemacht. Nicht ich bin schlecht, die Welt ist es!«

»Die Welt ist der Ort, zu dem wir sie machen!«, entgegnete Lyonel bestimmt. »Und wir haben die Wahl: Wollen wir eine Welt, in der Kinder mit einer starren Hand zum Sterben in die Berge geschickt werden? In der befreundete Länder einander bekriegen? In der die Universität für diejenigen verschlossen bleibt, die nicht das Glück hatten, mit einem klangvollen Nachnamen geboren zu werden? Oder wollen wir eine Welt, in der wir alle als ebenbürtige Menschen leben dürfen?«

Obsidias Augen verengten sich zu Schlitzen. Trotz der Entfernung meinte Elodea zu spüren, wie es in der Königin kochte. »Na schön.« Mit einem leisen Rascheln ließ sie ihren Umhang zu Boden fallen, stieg die letzten Stufen hinab und hob ihr schwarzes Schwert. »Dann kämpfe für deine Welt, Lyonel.«

Die Umstehenden wichen zurück und bildeten eine Art Kreis um die beiden Gegner, während Lyonel seinerseits das Schwert in Kampfposition brachte.

»Lyonel, tu das nicht!«, rief Elliott entsetzt. Er hatte die Augen aufgerissen und war schon halb dabei, sein Schwert hervorzuziehen, doch Lyonel fiel ihm ins Wort. »Nein. Ich will nicht, dass noch mehr Blut in diesem Kampf vergossen wird. Ich bin der Anführer der Widerstandskämpfer, und ich muss meine Pflicht tun. Dieses Duell wird den Krieg beenden. Ein für alle mal.«

»Aber ...«

»Und nichts, was du sagst, wird daran etwas ändern.«

Elliott verstummte. Ein Ausdruck völligen Unverständnisses trat auf sein Gesicht, doch Lyonel achtete nicht auf ihn. Er schien überhaupt auf niemanden mehr zu achten. Einzig Obsidia nahm er wahr, und er begann, sie mit seinen Augen zu taxieren.

Rasch ließ Elodea den Blick über die Umstehenden schweifen. Keiner schien so recht zu wissen, was er tun sollte. Die Blicke der Soldaten, Rebellen und Aurenen waren auf die beiden Personen in ihrer Mitte gerichtet, die vielleicht als Einzige in diesem Land die Macht hatten, den Kampf wirklich zu beenden.

»Du kennst die Regeln für ein offizielles Duell, Lyonel?«, fragte Obsidia, ohne ihn aus den Augen zu lassen. »Kein Außenstehender darf in unseren Kampf eingreifen, bis es zu Ende ist. Kannst du ohne deine Hand überhaupt kämpfen?«

»Ein Mensch hat zwei Hände, schon vergessen?«

Elodea fiel auf, das Lyonels Schwert in seiner Hand leicht zitterte, während er auf seine Schwester zuging, als sei sie der Tod höchstpersönlich. Er kämpfte mit links, seine steife Hand hing nutzlos an der Seite. Obsidia hingegen blieb ganz ruhig. Ihre eisblauen Augen verhärteten sich, und ihr ganzer Körper schien sich anzuspannen. Trotzdem wagte keiner von beiden den ersten Schritt zu machen und das Duell zu eröffnen. Wachsam und vorsichtig umkreisten sie sich. Schließlich, als Elodea schon überlegte, worauf sie eigentlich warteten, schnellte Lyonels Klinge wie ein stählerner Blitz nach vorn.

Obsidia reagierte schneller, als Elodea es ihr zugetraut hätte. Mit einer schwungvollen Drehung parierte sie Lyonels Angriff und setzte zum Gegenschlag an. Das Klirren von Stahl erfüllte die Luft, als Obsidia und Lyonel in einem schnellen Wechsel aus Angriff und Parade aufeinander eindroschen.

Lyonel war ein guter Kämpfer, doch man sah auf den ersten Blick, dass auch Obsidia nicht zum ersten Mal ein Schwert in Händen hielt. Sie sprang und wich aus, wenn sie Lyonels Klinge nicht abfangen konnte, nur um dann postwendend zu einem Konter anzusetzen, dessen Wucht die Umstehenden zusammenzucken ließ.

Anders als bei dem Duell zwischen Loreba und Nathaira hatte dieser Kampf keinen Hauch Leichtigkeit. Er wirkte, wie er war, ein verbittertes, brutales Kräftemessen, bei dem niemand bezweifelte, dass am Ende nur noch einer der Kontrahenten aufrecht stehen würde. Trotz der Brutalität schien keiner der beiden seinem Gegenüber ernsthaft Schaden zufügen zu können. Sie waren sich ebenbürtig. Dennoch gaben sie nicht auf und kämpften verbissener denn je. Obsidias Schläge schienen mit der Zeit sogar noch stärker zu werden, obwohl sie heftig keuchte. Lyonel biss die Zähne zusammen und hielt ihren Angriffen stand, auch wenn mit jeder Abwehrmethode sein Gesicht blasser wurde.

»Dir ist klar, was ich tun werde, wenn du erst einmal tot bist, Lyonel?«, rief Obsidia zwischen zwei Angriffen, offenbar in der

Hoffnung, ihn ablenken zu können und so einen Vorteil zu erringen. »Ich werde die Aurenen und Brüder Mhyrias töten, jeden einzelnen! Und du wirst nicht mehr da sein, um sie zu schützen!«

*Oh, bitte hör nicht auf sie!*, flehte Elodea im Stillen, doch Lyonel schien bei Obsidias Worten mitten in seiner Bewegung zu zögern.

Obsidia grinste nur, dann schnellte wie aus dem Nichts ihr Schwert hervor und traf Lyonels Klinge, die schlaff in seiner Hand lag. Erschrocken fuhr Lyonel zurück und musste hilflos mit ansehen, wie sein Schwert durch die Luft geschleudert wurde und in zwei Meter Entfernung gegen eine der Säulen prallte.

Obsidia brach in schallendes Gelächter aus, während sie langsam auf Lyonel zuging, der jetzt ohne Waffe dastand. »Wie leicht du dich doch ablenken lässt, Bruder! Es ist so einfach, dich zu manipulieren, wenn man das Richtige sagt.«

Lyonel fluchte und ballte die leere Hand zur Faust.

»Nimm sein Schwert an dich«, befahl Obsidia einem ihrer Soldaten mit einer beiläufigen Handbewegung.

»Du willst mich ohne Waffe töten?«, fragte Lyonel bemüht ruhig. »Ist das nicht ein wenig ungerecht von dir?«

Obsidia lächelte erneut und kam langsam auf ihn zu. »Das Leben ist nicht gerecht, und gleich, wie oft du es beschwörst, daran wird sich nie etwas ändern.« Ohne Vorwarnung holte sie mit ihrem eigenen Schwert aus und schlug Lyonel mit der stumpfen Seite gegen die Rippen, dass es ihn von den Füßen riss.

»Nein!« Loreba schrie, als sich Obsidia über Lyonel beugte und das Schwert hob. Einzelne Rebellen zogen ihre Waffen und wollten losrennen, doch Obsidias Soldaten waren sofort zur Stelle und bauten sich wie eine Wand vor ihnen auf. Auch Elodea wurde zurückgedrängt. Aus dem Augenwinkel nahm sie wahr, wie sich Avian Famorgan an den Soldaten vorbei unter die Leute des Kronrats mischte.

»Lasst es sein.« Lyonels Stimme schien dumpfer als gewöhnlich. Er kauerte auf einen Arm gestützt am Boden und sah zu ihnen auf. »Ihr kennt die Regeln eines Duells, ihr dürft nicht eingreifen.« Obwohl Lyonel Schmerzen zu haben schien, richtete er sich eine Handbreit auf und sah seinen Leuten direkt in die Augen. »Bitte. Wartet, bis es vorbei ist.«

»Oh, da müsst ihr nicht mehr lange warten«, spottete Obsidia.

Sie beugte sich erneut zu Lyonel hinab und fasste ihm unters Kinn, wodurch er gezwungen war, sie anzusehen. »Noch ein paar letzte Worte, bevor du stirbst, Bruder? Was? Keine Freiheitsreden mehr? Kein Vortrag über die Macht der Liebe?«

Die Soldaten um sie herum brachen in schallendes Gelächter aus, während die Rebellen vor unterdrückter Wut bebten.

Elodea bewunderte, wie ruhig Lyonel in diesem Moment blieb. »Es ist immer die Liebe, Obsidia«, sagte er und warf Loreba einen Seitenblick zu.

»Wie rührend.« Sie packte ihn an den Haaren und riss seinen Kopf in den Nacken. Ihre Lippen waren ganz nah an seinem Ohr. »Nur leider bringt dich das jetzt nicht weiter. Ich werde dich töten, Lyonel. Ich werde dich besiegen, genau wie deine Freunde in Praetimaria, wie Magistra Famorgan und ...«

»Aensley lebt!«

Alle Köpfe wandten sich um. Avian Famorgan war vorgetreten. Hinter ihm wich der Kronrat an die Wand zurück, doch er stand ganz ruhig. In seiner Miene brannte Zorn. Obsidia hatte ihm das Gesicht zugewandt, die Augen zu Schlitzen verengt. Doch sie war es nicht, die Famorgan ansah. Kurz streifte sein Blick den Lyonels. Er nickte kaum merklich. Dann griff Famorgan in seine Tasche und schleuderte etwas durch den Raum, direkt vor Obsidias Füße. Metall und Edelsteine blitzten, als sie im Flug das Licht reflektierten.

Es war ein Haarkamm.

»Aensley lebt«, wiederholte er. Famorgans Lippen bebten, während sein Blick den der Königin hielt. »Ihr habt sie nicht besiegt. Keinen von ihnen. Aber sie werden Euch besiegen.«

Obsidia sah zu ihm auf, ihr Mund öffnete sich. Und in dem Moment der Ablenkung, als Famorgan lächelte und sie ihren Fehler begriff, rammte Lyonel ihr sein Knie in die Magengegend.

Die Königin würgte, stolperte rückwärts. Ehe sie handeln konnte, hatte sich ihr Bruder ihrem Griff entrissen. In verzweifelter Geste versuchte sie, ihr Schwert zu heben, doch Lyonel kam ihr zuvor. Mit einem Schrei griff er Famorgans Kamm vom Boden und stieß ihn in Obsidias Bauch. Die Zacken splitterten, brachen, doch einige bohrten sich wie Dolche durch das Leder bis in ihr Fleisch.

Obsidias Augen wurden weit. Sie lockerte den Griff um ihr

Schwert, die Waffe glitt ihr aus der Hand, und ehe sie zu Boden fiel, hatte Lyonel sie aufgefangen. Er drehte das Schwert, bis die Spitze auf seine Besitzerin zeigte. Für den Bruchteil von Sekunden sahen sich Bruder und Schwester an.

»Es tut mir leid«, sagte Lyonel.

Dann trieb er die Klinge in ihren Rippenbogen.

Elodea öffnete den Mund, aber der Schrei blieb ihr in der Kehle stecken. Neben ihr fasste sich Martha ans Herz, stumm im Schock. Sie war nicht die Einzige. Auch Obsidias Soldaten schienen wie gelähmt. Für die Rebellen galt das allerdings nicht. Kaum hatten sie den ersten Schreck überwunden, gellten Befehle durch die Luft, und als Elodea den Kopf wandte, sah sie, dass die Brüder Mhyrias zu den Waffen griffen. Sie hatten die Soldaten überwältigt, ehe die auch nur einen Finger rühren konnte.

Elodea stand daneben, noch immer sprachlos, und starrte auf den dunkeln Fleck, der sich unaufhaltsam auf Obsidias Kleid ausbreitete.

Langsam, wie in Zeitlupe, wanderte Obsidias Blick von Lyonel zu der Stelle, an der das Schwert aus ihrem Körper ragte. Ihre Augen weiteten sich vor Entsetzten. Sie schauderte und verlor das Gleichgewicht, als Lyonel die blutüberströmte Klinge herauszog, doch ihr Bruder war sofort zur Stelle. Vorsichtig nahm er sie in die Arme und ließ sich mit ihr auf die Steinfliesen sinken.

Um sie herum war es still geworden. Elodea brauchte nicht hinzusehen, um zu wissen, dass alle Bewacher Obsidias niedergeschlagen worden waren. Die Rebellen kamen zurück und stellten sich schweigend neben die Aurenen.

Zu ihren Füßen tastete Obsidia nach der Wunde unter ihrer Brust und zuckte zusammen, als ihre Hände den tiefen Einschnitt spürten. Blut strömte daraus hervor, bahnte sich weiterhin unaufhaltsam einen Weg über das schwarze Leder und rann auf ihre zitternden Hände, die sie sich vor das Gesicht hielt, als wolle sie nicht begreifen, was sie da sah. Obsidias Augen suchten Lyonels. Ihr Blick wirkte ängstlich, wie der eines Kindes, als würde sie Lyonel ohne Worte fragen: *Ist das der Tod?*

»Ja, Schwester.« Er sah auf sie herab. »Das ist das Ende. Das ist dein Ende.« Ein Schluchzen erschütterte die Königin. Sie wand sich in seinen Armen, schrie, kämpfte und rang mit sich selbst.

Lyonel drückte sie behutsam zu Boden. »Lass los«, sagte er überraschend sanft. »Einen Kampf gegen den Tod kann niemand gewinnen. Auch du nicht.«

Obsidia hielt inne, sah ihn aus großen Augen an. »Lyonel ...«

Er hielt ihr die geöffnete Hand entgegen, und sie griff danach wie eine Ertrinkende.

»Ich wollte, dass er stolz auf mich ist«, flüsterte sie, den Blick auf ihren Bruder fixiert. »Ich wollte alles richtig machen, damit er ... damit ...«

»Ich weiß.« Lyonels Stimme war brüchig. »Aber du hast die Liebe einfach beim Falschen gesucht. Er konnte nicht geben, was er nicht besaß.«

Ungewollt versetzte es Elodea einen Stich, sie so zu sehen. Wie sie da lag, in seinen Armen. Schluchzend, sterbend ... Nichts war mehr von der herrschsüchtigen Tyrannin zu spüren. Im Tod war sie schwach. Hilflos. Elodea versuchte, sich gegen das aufkeimende Gefühl des Mitleids zu wehren, doch es gelang ihr nicht recht.

Auch Lyonels Züge waren nicht länger hart. Er umklammerte Obsidias Hand beinahe ebenso fest wie sie die seine. »Es tut mir leid«, wisperte er. »Wenn du dich ergeben hättest ...«

»Nicht.« Obsidia verzog das Gesicht, wahrscheinlich hatte sie Schmerzen. »Hör auf.«

Es fiel Elodea schwer, sich nicht abzuwenden. Wenn in den Heldenepen ein Feind starb, dann ging das meistens schnell. Eine tödliche Verletzung, ein paar letzte Worte, gleich gefolgt vom Triumph der Helden. Aber das Sterben ihrer Feindin war nicht wie in den Büchern. Die Frau zu ihren Füßen litt, blutend, zitternd. Und es hörte einfach nicht auf.

Obsidia hatte die freie Hand auf den Bauch gepresst, zwischen ihren Fingern floss im Rhythmus ihres Herzschlags Blut aus der Wunde. »Mir ist kalt«, flüsterte sie. Ihre Wangen und Lippen waren inzwischen fast farblos.

Elodea konnte das Unbehagen in den Reihen der Rebellen spüren, hin und wieder scharrten in der Stille ihre Stiefel über den Steinboden. Wahrscheinlich hatte sich jeder von ihnen in den letzten Monaten mindestens einmal ausgemalt, wie er die Königin für das bezahlen lassen würde, was sie ihnen angetan hatte. Kein Schmerz der Welt wäre genug für sie, auch Elodea hatte das gedacht. Doch hier im Thronsaal schienen ihre Rachegedanken auf einmal weit weg.

*Sie ist kein Monster.* Lorebas Worte hallten in ihrem Kopf, und zum ersten Mal verstand Elodea sie wirklich. Nein, die Königin war kein Monster. Sie war ein Mensch, ein leidender Mensch. War es da nicht natürlich, Mitgefühl zu haben?

Sekunde quälte sich auf Sekunde, Atemzug auf Atemzug. Mit jedem Ausatmen sickerten Blut und Leben aus Obsidias Körper. Für einen Moment entspannte sich dann ihr Gesicht, nur um sich beim nächsten Luftholen, wenn der Schmerz zurückkam, wieder zu verkrampfen. In ihrem Fall war das Wort Todeskampf keine Übertreibung.

Irgendwann, nach Minuten, wurde ihr Atem endlich leiser. Erst als er kaum noch hörbar war, nahm Obsidia auf einmal die Hand von ihrer Wunde und legte sie zur Überraschung aller an Lyonels Wange. »Bruder.« Hinter ihren Worten war keine Stimme mehr. »Bruder, ich ...«

Ein Schaudern lief durch ihren Körper. Fast im selben Moment glätteten sich die Falten auf Obsidias Stirn. Ihre Finger lösten sich, zeichneten im Abrutschen eine Blutspur über Lyonels Kinn. Der Kopf sank ihr zu Seite, die Krone glitt aus ihrem Haar. Als sie zu Boden fiel, klang es wie der Schlag einer Totenglocke.

Niemand rührte sich. Sie alle standen da wie versteinert und starrten auf Obsidia, die einer Puppe gleich in Lyonels Armen lag. Unfähig zu begreifen, dass sie gestorben war, dass Lyonel sie tatsächlich getötet hatte.

»Bringt mir mein Schwert«, sagte Lyonel tonlos, ohne den Blick von Obsidia abzuwenden, bis ihm einer der Rebellen seine Waffe reichte. Sachte ließ Lyonel den Körper seiner toten Schwester auf den Boden vor ihrem Thron sinken. »Finde Frieden«, flüsterte er und schloss ihre Augen.

Mit ausdrucksloser Miene ging er an den Aurenen vorbei bis zu einem der Bogenfenster, öffnete es und trat auf den Balkon, der dahinter lag. Dort hob er sein Schwert und reckte es hoch in den blauen Himmel. Die Geste des Sieges.

Einen Moment lang herrschte Stille. Dann löste sich auf einmal die Spannung um sie herum.

Es war, als hätte Lyonel einen Hebel umgelegt. Die Rebellen begannen zu jubeln und rannten hinaus auf den Balkon. »Die Königin ist tot! Die Königin ist tot!«, riefen sie aus Leibeskräften.

Mit rasender Geschwindigkeit verbreitete sich die Nachricht in der Stadt. Von unten drang Lärm zu ihnen herauf, und bald war ganz Tenébra erfüllt von den Jubelschreien der Widerstandskämpfer und der toulinischen Armee. »Wir haben gewonnen!«, hörte man von überall her. »Wir haben sie besiegt!«

Lyonel stimmte nicht in den Jubel ein. Er wirkte nachdenklich, fast traurig, als er sein Schwert sinken ließ. Kämpfer strömten in den Thronsaal, um mit ihm zu sprechen und ihn zu bejubeln, doch er schien mit den Gedanken weit weg zu sein.

Auch die Aurenen jubelten nicht. Ohne einen Blick auf die feiernde Menge zu werfen, rannten sie aufeinander zu und fielen sich in die Arme. Es brauchte keine Worte. Eng umschlungen standen sie da, weinten und lachten gleichzeitig. Um sie herum herrschte ein Chaos der Emotionen. Kämpfer jubelten, Soldaten hoben die Hände, um sich zu ergeben, und irgendwo in der Menge trug Lyonel seine tote Schwester davon. Er, die Brüder Mhyrias und die Gräfin von Toulouránt wurden gefeiert wie Helden. Die Erleichterung, die von allen Seiten auf sie einstürmte, war überwältigend, und schließlich ließen sich die Aurenen anstecken.

Der Albtraum der letzten Jahre hatte ein Ende gefunden. Obsidia war tot, sie lebten, niemand brauchte mehr zu kämpfen oder einen Krieg zu fürchten.

Es war vorbei.

# IM ZEICHEN DER SIEGER

Die Sonne stand tief über Tenébra, als die Aurenen zusammen mit Lyonel in die Stadt hinunterstiegen. In den Gassen herrschte reges Treiben. Ärzte, Helfer und Magier liefen umher, um die Verletzten zu versorgen, die nach der Schlacht hierhergebracht worden waren.

Inmitten der Menge kniete Bischof Garwein über einem Verwundeten. Er nickte Loreba zu, als sie vorbeigingen. Die übrigen Kämpfer saßen auf der Straße, ruhten sich aus, aßen, tranken und konnten immer noch nicht begreifen, dass es wirklich vorbei war.

Auf dem Marktplatz hatte man in langen Reihen die Toten aufgebahrt.

Elodeas Blick wanderte über die Männer und Frauen, die im Kampf gegen Obsidia gefallen waren, und ein bitterer Geschmack legte sich auf ihre Zunge. *Es hätte nicht sein müssen*, schoss es ihr durch den Kopf. *Diese Menschen könnten noch leben, hätte man Obsidia rechtzeitig Einhalt geboten. Und Farya könnte noch bei uns sein ...*

Plötzlich stob die Menschenmenge auseinander.

Isobel von Touleránt schritt auf sie zu, wobei ihre Rüstung bei jedem Schritt das Licht reflektierte. Sie begrüßte die Aurenen, bevor sie sich an Lyonel wandte. Lange und durchdringend sah sie ihn an. »Lyonel von Betháne?«

»Der bin ich«, entgegnete er mit einem höflichen Nicken.

»Wenn das so ist«, sagte die Gräfin und sank vor ihm in einen tiefen Knicks. »Majestät.«

»Bitte, lasst doch diese Förmlichkeiten.« Rasch reichte er Isobel die Hand, um ihr aufzuhelfen. »Ich habe Euch zu danken. Euer Eingreifen kam wirklich im richtigen Moment.«

Sie machte eine abwinkende Geste. »Wir tun alle unsere Pflicht. Ihr wart es also, der die Königin getötet hat?«

»Ja.« Lyonel senkte den Blick.

Die Gräfin musterte ihn nachdenklich. Ihre Augen ruhten auf Lyonels Wange und wanderten die Blutspur entlang, die Obsidias Finger dort hinterlassen hatten »Ich denke, Ihr braucht erst einmal ein wenig Zeit für Euch. Wenn Ihr es gestattet, werde ich die Grafen des Landes über den Ausgang der Schlacht informieren und sie nach Tenébra rufen, damit Eure Krönung so bald wie möglich stattfinden kann. Im Moment befinden wir uns in einem Machtvakuum, wir brauchen, so schnell es geht, einen neuen Herrscher. Ich würde mich außerdem mit Vertretern des Volkes treffen. Schon vor der Schlacht gab es Stimmen, die als Konsequenz aus Obsidias Schreckensherrschaft eine Änderung im System forderten. Es ist an der Zeit, dass sie gehört werden. Was meint Ihr?«

»Ich wäre Euch sehr dankbar«, sagte Lyonel mit einem schwachen Lächeln.

Auch Isobel lächelte jetzt. »Dann werde ich gleich anfangen. Und ihr solltet euch auch ein wenig ausruhen«, fügte sie an die Aurenen gewandt hinzu. »Begrabt eure Freundin, nehmt euch Zeit, zu trauern. Ich werde euch über die Geschehnisse hier in Tenébra auf dem Laufenden halten.«

• • •

Der Morgen nach der Schlacht brach grau und wolkenverhangen an. Eine Kälte, die nicht zum bethánischen Sommer, wohl aber zu Elodeas Gemütszustand passte, lag in der nebeligen Luft.

Noch benommen vom Schlaf wankte sie zum Bad. Es war still um sie herum. Draußen vor dem Schutzkreis standen die verlassenen Zelte der Frauen und Kinder geisterhaft weiß über die Wiesen verteilt, niemand außer den Aurenen und Brüdern Mhyrias befand sich mehr hier. Das war auch gut so, denn gestern Abend hatten sie nur noch das Bedürfnis nach Ruhe gehabt und waren todmüde in ihre Betten gefallen.

Elodea war dankbar für die kurze Phase des Nichts-mehr-denken-Müssens, die der Schlaf mit sich brachte, war dankbar für diese Auszeit von den körperlichen und seelischen Schmerzen der Schlacht. Doch jetzt, an diesem neuen Morgen, kamen zumindest letztere mit voller Wucht zurück.

Vollkommen ausgelaugt schälte sie sich endlich aus ihrer blutverschmierten Kleidung und schloss die Tür. Im Badezimmer hing der schwache Geruch von Aloe und Lorbeeröl. Tyrza hatte Aensley Famorgan vorhin beim Baden geholfen, damit die im heißen

Wasser nicht bewusstlos wurde, und ihre verletzte Haut gesalbt. Obwohl sie immer noch nicht sicher auf den Beinen war, hatte die Magistra darauf bestanden, mit ihnen in die Stadt zu kommen.

Heute würden sie Farya beerdigen.

Mittels Magie ließ sie sich in wenigen Minuten eine neue Wanne ein. Die Wärme tat ihr gut. Sie wusch sich den Schmutz vom Körper, erst sachte, bis sie das getrocknete Blut an ihrem Unterarm bemerkte. Es war nicht ihr eigenes, musste von einem der Soldaten stammen, gegen die sie gekämpft hatte. Eine Weile starrte sie es an. Dann packte sie eine Bürste und schrubbte, bis die Haut rot war. Erst als sie Schmerz spürte, hörte sie auf. Ihr Blick ging zu den Phiolen und Gläsern mit Wundölen, die Tyrza zurückgelassen hatte. Es spielte keine Rolle, der richtige Balsam würde ihre Haut wieder heilen lassen.

*Schade, dass es keine Salbe für die Seele gibt.*

In ein neues Kleid gehüllt, machte sie sich auf den Weg zurück. Die anderen saßen bereits im Wohnzimmer und ließen sich am Kaminfeuer die Haare trocknen. Niemand sprach, als sie eintrat, es herrschte vollkommene Stille.

Als es schließlich ganz hell wurde und die Sonne vor dem Fenster die Nebelwand durchbrach, ergriff Martha das Wort. »Lasst uns gehen.«

Schweigend legte jede von ihnen schwarze Kleidung und Schleier an. Danach versammelten sie sich vor dem Haus.

Elliott und Damian warteten schon auf sie. Die beiden hielten eine Bahre in ihrer Mitte, auf die Cloé noch am Abend zuvor ihre tote Freundin gebettet hatte.

Farya trug ein Kleid aus elfenbeinfarbener Seide, im Stil der bethánischen Tracht geschnitten, mit weiten Ärmeln und dunkelgrünen Zierborten. Ihr Haar war in ein silbernes Netz gehüllt, und über ihrer Stirn ruhte ein Kranz aus Efeu, wie es in Tenébra bei einem Begräbnis Brauch war. Faryas Hände lagen verschränkt auf einer einzigen silbernen Rose, die in der Morgenröte schimmerte.

In Stille stellten sich die Aurenen zu ihren Seiten auf, während Elliott und Damian die Bahre anhoben. Avian Famorgan stützte Aensley, die, an seine Schulter gelehnt, leise weinte. Lyonel war nicht bei ihnen. Noch gestern Abend hatte er seine Schwester beerdigt, und was er gefunden hatte, als er sie für das Begräbnis bereitet hatte, musste ihm den Rest gegeben haben. Er war völlig durcheinander zurückgekommen und hatte mit seinem Schwert auf eines der leeren Zelte eingeschlagen, bis Loreba dazwischengegangen war.

»Was ist passiert?«

»Ihr Rücken ...«, hatte Elodea ihn von ihrem Fenster aus stammeln hören. »Sie hat ihren eigenen Körper zerstört! Wieso ist nie jemand eingeschritten? Warum hat niemand sie vor ihm beschützt? Es ist seine Schuld, alles!«

»Dein Vater ist lange tot.«

»Nicht in ihrem Kopf. Diese Familie, dieser Thron ... Ich kann nicht mehr, Loreba. Und ich will auch nicht mehr.«

Von da an hatte er sich zurückgezogen mit der Begründung, er müsste nachdenken.

In einer Prozession aus mehreren Kutschen fuhren sie nach Tenébra. Noch gestern Abend hatten sie darüber diskutiert, wo man Farya bestatten sollte, und schließlich hatte Cloé ein Machtwort gesprochen. Sie war der Meinung, Farya verdiente einen Platz im Garten von Agona zwischen den Gräbern der berühmten Söhne und Töchter der Stadt. Faryas Wahlheimat war immer Bethánе gewesen, und sie hatte den Garten geliebt. Gab es also einen besseren Ort, an dem sie die letzte Ruhe finden konnte?

Die Straßen waren ungewöhnlich leer. Selbst als sie in Tenébra ankamen, wirkte Thurau wie ausgestorben. Neben der Kirche am Eingang des Gartens von Agona wartete nur eine kleine Menschenansammlung auf sie, darunter Bischof Garwein. Inmitten der marmornen Gedenksteine berühmter Wissenschaftler und Dichter hatten sie das Grab ausgehoben. Im Frühling zogen sich hier Teppiche von weißen Märzenbechern über den Boden, jetzt im Spätsommer abgelöst durch wilde Minze, die büschelweise zwischen den Bäumen wucherte.

Elliott und Damian traten zur Seite und ließen die Bahre in die Erde sinken.

Cloé schob sich an ihnen vorbei, die Augen tränengefüllt und mit einem Strauß weißer Lilien im Arm, den sie sachte auf Faryas Hände legte. »Ich dachte, es wird wie früher«, flüsterte sie kaum hörbar. »Endlich wieder alle vereint. Es war zu kurz. Viel zu kurz ...« Ein Schluchzen unterbrach Cloé. »Du fehlst mir«, wisperte sie. »Du fehlst mir so sehr.« Cloé wandte sich um, und Tyrza schloss sie in die Arme, tupfte ihre Wangen ab.

Als sie wieder in der Reihe standen, trat Bischof Garwein vor, um den Ritus zu sprechen. Elodea bekam nicht viel davon mit. Das Begräbnis verschwamm hinter einem Schleier aus Tränen. Die Lieder sang sie mit, auch wenn ihre Stimme bei jeder zweiten Note versagte. Die Stimmen der Aurenen verbanden sich zu einer einzigen Totenklage, und in ihr lag der Schmerz von Jahren. Es würde dauern, bis sie nicht mehr nur Trauer fühlten. Bis die Hoffnung zurückkehrte und mit ihr die Erinnerung in Dankbarkeit. Doch irgendwann, das wussten sie, würde die Seele heilen. Es hatte schon begonnen.

Und so standen sie da, mit tränennassen Augen, aber Hand in Hand, während der Wind durch die Bäume fuhr und den Duft von wilder Minze herantrug.

• • •

Eine Woche nach dem Kampf kehrte in Avendúr allmählich wieder Ruhe ein. Das hieß allerdings nicht, dass sich auch die politische Lage entspannte. Im Moment schwebte das ganze Land in einem Zustand der Herrschaftslosigkeit, wie ihnen die Gräfin von Toulveránt mitteilte. Deshalb waren die Grafen einstimmig der Meinung, dass Lyonels Krönung so schnell wie möglich stattfinden sollte. Unklarheit herrschte allerdings noch immer über ihr zukünftiges politisches System. Viele Rebellen und auch die bürgerlichen Vertreter aus den Provinzen, die Isobel zu Beratungen nach Tenébra geladen hatte, forderten einen Übergang zur Demokratie. Die Grafen blieben skeptischer. Sie wollten die Monarchie nicht so leicht aufgeben, und Isobel hatte in den letzten Tagen nichts anderes getan, als zwischen beiden Fronten zu vermitteln, um einen Kompromiss zu schließen, der Avendúr wieder regierbar machte.

Heute Abend sollte nun endlich das abschließende Treffen zwischen den Grafen und Volksvertretern stattfinden. Auch die Aurenen waren dazu geladen, und so machten sie sich am Nachmittag mit Lyonel auf den Weg in die Stadt.

Zuerst waren sie ein wenig schockiert gewesen, als ihnen Lyonel mitgeteilt hatte, dass dieses Treffen in Schloss Loánne stattfinden sollte. Doch Loreba meinte, es sei vielleicht der beste Weg, mit der Vergangenheit abzuschließen, wenn man an den Ort zurückkehrte, und so hatten sie keine Einwände erhoben.

Ein Diener geleitete sie über eine steinerne Wendeltreppe in den kreisrunden Versammlungsraum. Vier Bogenfenster waren in die Wand eingelassen und offenbarten einen Blick auf den Sonnenuntergang über Tenébra, weshalb Elodea schlussfolgerte, dass sie sich in einem der Türme befinden mussten, weit weg von Lorebas altem Gefängnis.

An einem langen Holztisch saß eine Gruppe Männer und Frauen, die wohl die angekündigten Vertreter des Volkes sein mussten, denn als sie sich einander vorstellten, kamen ihr die Namen allesamt unbekannt vor. Ihre Tischnachbarn fielen ihr dagegen sofort ins Auge. Neben ihnen saßen die Famorgan-Geschwister Aensley und Avian, gegenüber Bischof Garwein.

»Magistra Famorgan!« Tyrza lief auf sie zu und strahlte. »Ihr seht gut aus. Wirklich, der Schnitt steht Euch hervorragend.«

Aensley lächelte scheu, als wüsste sie nicht mehr, wie man ein Kompliment annahm. Sie trug ein neues Kleid aus dunkelblauem Stoff, und es schmiegte sich wie eine Rüstung um ihren verletzten Körper. Tyrza hatte es ihr geschneidert, nachdem Aensley festgestellt hatte, dass sie für ihre gesamte Universitätsgarderobe zu schmal geworden war. *Das kriegen wir schon wieder hin*, hatte sie gesagt, als sie die Tränen in ihren Augen bemerkt hatte. *Ich weiß, was Euch diese Kleider bedeuten, für Euren Beruf und alles ... Aber es ist nur Stoff. Den können wir leicht ersetzen.* Wie keiner anderen war es Tyrza in den letzten Tagen gelungen, Aensleys Selbstbewusstsein wieder aufzubauen. *Ich habe auch mal so ausgesehen wir Ihr. Es braucht Zeit, aber Ihr werdet sehen, dass Ihr hinter diesen Wunden immer noch dieselbe seid. Meine Verletzungen sind geheilt. Eure werden es auch.*

Heute war der erste Tag seit dem Vorfall auf Obsidias Ball, da Aensley sich wieder in der Öffentlichkeit zeigte. Die Ärmel ihres neuen Kleides reichten bewusst nur bis zu den Ellenbogen. Darunter war ihre Narbe deutlich zu erkennen. Loreba hatte ihr angeboten, sie mit Magie zu heilen, doch Aensley wollte es nicht. *Manche Dinge dürfen nicht vergessen werden*, hatte sie gesagt.

»Da seid ihr ja.« Isobel knickste vor Lyonel, bevor sie ihn am Arm fasste. »Meine Damen und Herren! Soeben ist unser zukünftiger König eingetroffen. Erweist ihm die Ehre.«

Augenblicklich trat Stille im Turmzimmer ein. Wer von den Anwesenden bis jetzt noch in ein Gespräch vertieft war und ihre Ankunft gar nicht bemerkt hatte, verstummte.

»Majestät.« Eine Frau in einer Robe aus Bärenfell trat auf Lyonel zu und verbeugte sich. »Erlaubt, dass ich mich vorstelle: Nela, Gräfin von Morugan.«

Einen Moment stutzte Elodea. Der Graf von Morugan war doch jemand anderes gewesen, bis ihr einfiel, dass der Mann, den sie kennengelernt hatten, in den Aufständen von seinem eigenen Volk getötet worden war. Nela musste wohl seine Nachfolgerin sein.

»Es ist mir eine Freude«, antwortete Lyonel höflich mit einem Kopfnicken, während Nela wieder zurücktrat.

»Nun, willkommen ... *Majestät*«, sagte ein anderer Mann, der an einem der Fenster stand und sich offenbar nicht die Mühe machen wollte, seinen Platz zu verlassen.

Elodea erkannte ihn ohne viel Mühe als Grafen von Téska. Sie hatte ihn bereits in Touleránt auf dem Ball zu Dreikönig gesehen.

»Danke«, erwiderte Lyonel kühl. Elodea entging sein Unterton nicht. Der Graf von Téska hatte es abgelehnt, sich dem Widerstand anzuschließen. Erst als sein Volk, ähnlich wie in Morugan, zur Rebellion gegen ihn gerufen hatte, musste er schließlich einlenken und Obsidia die Unterstützung für einen Krieg gegen Padmador verweigern. Es war also verständlich, dass Lyonel nicht allzu gut auf ihn zu sprechen war.

Als Letztes trat ein hagerer Mann in einer Art ockerfarbener Toga vor. Er lächelte Lyonel und den Aurenen zu. »Mein Name ist Marcellus von Galene, es ist mir eine Ehre, Majestät.«

Lyonel lächelte ebenfalls. »Die Ehre ist ganz meinerseits. Ich habe Euch ebenso wie der Gräfin von Touleránt für Eure Unterstützung im Kampf zu danken.«

Marcellus schüttelte den Kopf. »Dankt mir nicht. Es war zu unser aller Wohl.«

»Also«, begann Isobel, nachdem er zurückgetreten war. »Wenn wir dann alle Höflichkeitsfloskeln abgehandelt haben, können wir anfangen. In den letzten Tagen haben wir lange verhandelt, aber mittlerweile sind wir zu einem Ergebnis gekommen. Nach der katastrophalen Herrschaft von Königin Obsidia herrscht in weiten Teilen der Bevölkerung die Meinung, dass wir nicht nur einen neuen Herrscher, sondern auch eine neue Staatsform brauchen. Die letzten Jahre dürfen sich niemals wiederholen. Ein Übergang zu Gewaltenteilung und Demokratie ist unumgänglich. Trotzdem sind wir uns auch einig, dass ein solcher Übergang nur Schritt für Schritt erfolgen kann. Kein Land entwickelt sich über Nacht zu einem demokratischen Staat, wir müssen Chaos und Unsicherheit vermeiden. Zuerst werden wir die Verfassung reformieren. Diese Aufgabe möchten wir gern in die Verantwortung von Magistra Elgyn geben.«

»In meine Verantwortung?« Es war das erste Mal, dass sich Loreba am Gespräch beteiligte.

»Ja.« Isobel lächelte. »Die Provinzen haben Vertreter gewählt, die in den nächsten Monaten an einer neuen Verfassung arbeiten werden, unter Eurer Leitung. Natürlich nur, wenn es mit Eurer Lehrtätigkeit vereinbar ist. Ihr seid rehabilitiert, für den entstandenen Schaden durch Prozess und Haft werdet Ihr entschädigt, dafür habe ich Sorge getragen. Also?«

»Ich denke darüber nach«, sagte Loreba in die Stille hinein.

»Gut«, fuhr Isobel fort. »Dann weiter im Text. Wir wollen Lyonel immer noch zum König krönen, doch er wird stark eingeschränkte Befugnisse haben. Die Macht im Land geht in Zukunft von einem gewählten Parlament aus, dem der König im Laufe der nächsten Jahre mehr und mehr Macht abtreten wird. Im Übergang werden wir eine konstitutionelle Monarchie sein, mit einem Parlament und einem König, die nach Lyonels Tod in eine rein parlamentarische Demokratie übergeht. Lyonel ist somit der letzte König Avendúrs. Im Moment haben wir noch kein Parlament, die Wahlen werden einige Zeit in Anspruch nehmen. Aus diesem Grund habe ich euch alle hier versammelt, damit wir die dringlichen Entscheidungen gemeinsam treffen. Eine davon betrifft den Umgang mit Obsidias Anhängern. Lysander Farosch sitzt schon seit längerem im Kerker ...«

»Was? Aber mein Pfeil ...?« Elodea spürte, wie sich Cloé neben ihr verkrampfte. »Er lebt?«

»Ja.« Isobel machte ein Gesicht, als bedaure sie diesen Umstand selbst am meisten. »Meine Soldaten haben ihn vor dem Schloss gefunden. Es ist auch schon Anklage gegen ihn erhoben worden. Mord, Körperverletzung, Kriegsverbrechen. Da kommt einiges zusammen. Und ... nun ja, es ist so. Die Leute sind nicht gerade begeistert, dass Obsidia so still und heimlich gestorben ist. Und als Ihr sie dann auch noch in der Familiengruft bestattet habt ...« Sie warf Lyonel einen Seitenblick zu. »Das hat Unmut ausgelöst. Es befriedigt den Wunsch nach Rache einfach nicht. Und da dachte ich ...«

»Eine öffentliche Hinrichtung«, beendete Cloé den Satz für sie, und ihre Augen blitzten.

»Nun ... Es würde die Lage zumindest etwas entspannen.« Jetzt, wo Cloé es ausgesprochen hatte, wirkte Isobel auf einmal unsicher. Vor allem als ihr Blick auf Loreba fiel.

Lyonel nickte. »Ich verstehe ...«

»Was!?« Loreba starrte ihn an. »Das kannst du doch nicht erlauben? Wir sprechen ...«

»Dieses Monster hat Farya ermordet!«, rief Cloé dazwischen. »Farosch verdient es, zu sterben, und zwar mehr als einmal. Ich bin dafür!«

Unter den Mitgliedern des Rates erhob sich zustimmendes Murmeln. Loreba tauschte einen Blick mit Bischof Garwein, der nur den Kopf schüttelte.

»Aensley? Du willst das auch?«

Auf Lorebas Worte hin schaute Magistra Famorgan zu Boden. »Ich kann nicht anders«, sagte sie leise. »Nicht nach dem, was er mit mir gemacht hat.«

Elodea rutschte unbehaglich auf ihrem Stuhl herum. Sie wollte, sie konnte über so etwas nicht entscheiden. »Ich enthalte mich«, verkündete sie und lehnte sich zurück, während Martha sich ihr nickend anschloss. Es war ihr egal, ob es feige war, den anderen die Entscheidung zu überlassen. Für so etwas war sie nicht die Richtige. Sie war keine Politikerin, wollte keine solche Macht und hatte sich auch nie gewünscht, an einer Veranstaltung wie dieser teilzunehmen.

»Dürfte ich um Handzeichen bitten?«, fragte Isobel in die Runde. »Wer ist dafür, über Lysander Farosch die Todesstrafe zu verhängen?«

Fast alle hoben die Hände, nur Loreba und Garwein verharrten regungslos. An der Art, wie sie die Lippen zusammenkniff, sah Elodea, dass Loreba gerne etwas gesagt hätte, doch es war eine Abstimmung, und ob es ihr passte oder nicht, auch sie musste ihr Ergebnis akzeptieren.

Die Gräfin nickte. »Gut. Nun, jetzt, wo auch diese Sache geklärt ist ...«, sagte sie müde und zog einige Papiere heran. »Können wir damit anfangen, Lyonels Krönung zu planen. Ich würde sagen, wir ...«

»Halt.« Lyonel hatte sich erhoben.

Überrascht blickte die Gräfin von ihren Papieren auf. »Majestät?«

»Nein. Nicht Majestät. Ich habe euch allen eine Mitteilung zu machen.« Er schaute einen Moment auf seine Hände, dann sah er den Versammelten in die Augen. »Ich werde auf meinen Thronanspruch verzichten.«

»Was?« Die Papiere glitten aus Isobels Händen und segelten mit leisem Rascheln zu Boden.

Auch die anwesenden Brüder Mhyrias tauschten Blicke, blieben aber stumm, während am Tisch aufgeregtes Stimmengewirr einsetzte. Elodea wusste nicht, was sie sagen sollte. Sie war absolut sprachlos.

»Lyonel, das kannst du nicht tun!«

»Warum?«

»Nein, tu das nicht!«

»Ruhe!« Die Gräfin von Toulerànt stand nun ebenfalls auf. Beide Arme auf die Tischplatte gestemmt, starrte sie Lyonel an. »Wieso?«, fragte sie nüchtern.

»Weil ... Weil ich nicht der König sein kann, den dieses Land braucht.«

»Habt Ihr Euch das gut überlegt?«

»Ich habe in den letzten Tagen viel nachgedacht. Und ja, ich habe es mir gut überlegt. Wisst ihr ...« Lyonel trat eine paar Schritte in die Mitte des Raums, so dass er nun zu allen sprach. »Meine Familie war schon viel zu lange an der Macht. Obsidia war nicht geeignet dafür, und ich bin es auch nicht. Ich bin doch gar kein Politiker, allein dieses Treffen zeigt das überdeutlich. Ihr alle hier wisst zehnmal besser, wie man ein Land zu führen hat. Nur weil ich als Sohn eines Königs geboren bin, macht mich das nicht zu einem guten Herrscher. Und ich will auch gar keiner sein. Eine Person hat mir das klargemacht. Sie weiß, was sie will, und ich weiß es jetzt auch.« Er drehte sich zu den Aurenen um. Langsam ging er zu ihnen hinüber, bis er direkt neben Loreba stand. »So wie ihr Platz an der Universität ist, mit allen Konsequenzen, so ist meiner bei den Brüdern Mhyrias. Ich habe vielleicht einige Zeit gebraucht, um das zu erkennen, aber dafür bin ich mir jetzt ganz sicher. Der Thron wird an jemand anderen gehen müssen.«

Loreba lächelte. Sie sagte nichts, doch die Art, wie sie Lyonels Hand drückte, und ihre fehlende Überraschung zeigten, dass sie von seinen Plänen gewusst haben musste, ihn vielleicht sogar darin bestärkt hatte.

»O Gott, jetzt küsst euch bloß nicht, das kann ja keiner mitansehen« Cloé verdrehte seufzend die Augen.

Tyrza begann zu kichern, doch Martha warf den beiden von der Seite einen vernichtenden Blick zu, und sie sahen rasch zu Boden.

Ein Räuspern unterbrach sie. Elodea wandte den Kopf, um zu sehen, wer gesprochen hatte. Zu ihrem Verdruss war es der Graf von Téska, der mit genervter Miene am Fenster lehnte. »Ich will ja nicht unhöflich sein«, sagte er zu den Aurenen, wobei die Unhöflichkeit aus jeder seiner Silben sprach, »aber würdet ihr eure Unterhaltung auf später verlegen, damit wir jetzt wichtigere Dinge diskutieren können? Denn falls es Euch noch nicht aufgefallen ist, Lyonel, wir stehen jetzt ohne König da. Eure Entscheidung mag vielleicht das Beste für *Euch* gewesen sein, aber uns stellt sie vor eine schwierige Situation.«

Lyonel löste sich von Loreba und ging auf den Grafen von Téska zu. »Ob Ihr es glaubt oder nicht, ich habe mir darüber Gedanken gemacht. Wenn Ihr es erlaubt, würde ich einen Kandidaten vorschlagen, der meiner Meinung nach am besten für das Amt geeignet wäre.«

»So?« Der Graf zog skeptisch die Augenbrauen hoch. »Nur leider steht es Euch nicht zu, die Wahl des neuen Königs zu treffen. Ihr seid von jetzt an kein Thronfolger mehr.«

»Also bitte«, unterbrach ihn Marcellus von Galene aufgebracht. »Lyonel ist noch immer Graf der Provinz Betháne, auch wenn seine Familie nun nicht mehr den König stellt. Somit hat er das Recht auf Mitsprache.«

Der Graf von Téska schnaubte verärgert, doch Lyonel achtete nicht auf ihn. Er warf Loreba einen Blick zu, und sie nickte. Dann sagte er: »Ich schlage Isobel von Touleránt vor.«

Einen Moment herrschte Schweigen. Alle Augen richteten sich auf die Gräfin, die wie erstarrt am Kopfende des Tisches saß.

»Nein«, sagte sie mit tonloser Stimme.

»Doch.« Lyonel ging ein paar Schritte auf sie zu. »Ihr seid Herrscherin über die größte Provinz Avendúrs. Euer Volk achtet Euch. Ihr habt Euch als Erste dem Widerstand angeschlossen und nie den Sinn für Gerechtigkeit verloren, während alle anderen Mächtigen die Augen verschlossen haben. Euch traue ich zu, dass Ihr die neue Herrschaftsordnung unterstützt und nicht versucht, sie von innen auszuhöhlen. Ihr würdet das Lebenswerk Eurer Tante nicht in den Staub treten.«

»Soll das ein Scherz sein!?«, schaltete sich der Graf von Téska ein. »Ihr wurde die Krone schon einmal vor die Füße geworfen, aber sie war zu feige, sich der Verantwortung zu stellen, und hat uns damit überhaupt erst in diese Misere gebracht! Touleránt sollte nie wieder an die Macht kommen.«

»Um Himmels willen, Jonathan!«, rief der Graf von Galene. »Nur weil deine Frau dich wegen einem toulinischen Edelmann verlassen hat, ist nicht alles dort schlecht ...«

Der Graf von Téska errötete. »Darum geht es doch gar nicht! Ich traue es Isobel einfach nicht zu. Die letzte weibliche Herrscherin hat dieses Land fast in den Ruin getrieben durch ihren Kriegswahnsinn! Es wird Zeit für die starke Hand eines Mannes, der die Nation wieder aufrichtet, nicht diese alte ...«

»Mäßigt Euch!«, fuhr ihn Loreba an, und beim Klang ihrer Stimme zuckte der Graf zusammen. »Was nehmt Ihr Euch für ein Recht heraus, so zu sprechen? Ich glaube, Ihr habt vergessen, wo Ihr seid.«

»Es scheint fast so.« Isobel runzelte die Stirn. »Ich meine mich zu erinnern, dass Ihr selbst einer der treusten Anhänger dieser *wahnsinnigen* Königin wart«, bemerkte sie kühl. »Erst als Euer eigenes Volk sich gegen Euch wandte, habt Ihr die Seiten gewechselt. An Eurer Stelle wäre ich lieber still.«

»Sehr richtig«, bekräftigte der Graf von Galene. »Ich spreche mich für Isobel als Königin aus. Stimmt ihr mir zu?«

»Das tue ich«, antwortete die Gräfin von Morugan.

Die Volksvertreter bejahten einstimmig: »In unserem Namen und im Namen unserer Provinz.«

»Nun.« Der Graf von Téska knirschte mit den Zähnen. »Dann bin ich wohl überstimmt.«

»Das nennt man Demokratie.« Bei ihren Worten huschte ein Ausdruck grimmiger Genugtuung über Lorebas Gesicht. »Gewöhnt Euch schon mal daran.«

»Fein. Téska beugt sich dem Votum.«

Lyonel wirkte erleichtert. »Ihr habt es gehört«, sagte er, an Isobel gewandt. »Nun liegt die Entscheidung bei Euch. Ich frage Euch also, Isobel, Gräfin von Touleránt: Nehmt Ihr das Amt an, mit all den Pflichten und Anforderungen, die es an Euch stellen wird?«

»Ich ...« Sie holte tief Luft. »Es ...«

»Ihr habt mir vor nicht allzu langer Zeit gesagt, auf die Krone zu verzichten, sei ein Fehler gewesen, den Ihr nie mehr korrigieren könntet«, mischte sich Loreba auf ihr Zögern hin ein. »Nun ... Jetzt könnt Ihr ihn korrigieren. *Die guten Herrscher machen ihre Fehler nur einmal.* Eure Worte, richtig?«

Der ganze Raum hielt den Atem an, doch Isobels Aufmerksamkeit galt nur Loreba. »Richtig.«

»Dann handelt auch danach!« Lorebas Blick war unbarmherzig. »Helft unserem Land in eine neue Zeit. Macht Benoatriz stolz. Es ist nicht zu spät, ihr Erbe anzutreten. Bringt zu Ende, was sie begonnen hat.«

»Also gut.« Isobel seufzte. »Wo muss ich unterschreiben?«

•••

»Fahrt ohne mich.« Mitten in der Eingangshalle, als sie das Schloss schon fast verlassen hatten, hielt Loreba plötzlich inne. »Ich bestelle mir später eine Kutsche. Vorher möchte ich mir noch etwas ansehen.«

Die Aurenen stellten keine Fragen, als Loreba die Treppe zum ersten Stock hinaufstieg. Sie alle wussten, wo sie hinwollte, und

Elodeas Kehle wurde eng. Sie tauschte einen Blick mit Martha. »Sollen wir ihr nach?«

»Geh du.« Martha gab ihr einen kleinen Schubs in Richtung Treppenabsatz. »Ich kann da nicht mehr rein. Tut mir leid.«

Elodea sah den anderen hinterher, wie sie nach draußen in den Spätsommerabend traten. Sie seufzte, bevor sie sich abwandte und Loreba folgte.

Bei Sonnenschein sah alles viel weniger bedrückend aus. Die dunklen Wandvertäfelungen, der fenstergesäumte Gang mit Blick auf die Altstadt. Bei ihrem letzten Besuch war Frühling gewesen, eine Jahreszeit der Veränderung. Jetzt kam der Herbst, und mit seinem Licht machte er Schloss Loánne und ihre Erinnerungen neu.

Elodea holte Luft und betrat den Raum, in dem Loreba die schlimmsten Stunden ihres Lebens verbracht hatte.

Die Abendsonne, die durch das Fenster fiel, tauchte ihn in einen warmen Goldschimmer und ließ helle Lichtflecken auf den Holzdielen tanzen. Loreba stand in der Mitte ihres alten Zimmers, reglos und schweigend. Elodea wusste nicht, ob Loreba sie gehört hatte, bis sie zurücktrat und die Tür hinter ihnen schließen wollte.

»Nicht«, sagte Loreba, ohne sich umzudrehen. »Sie muss offen bleiben.«

Elodea beobachtete besorgt, wie Loreba im Raum umherging. Ihre Hände schlossen sich um die Bettpfosten, fuhren das dunkle Holz hinunter und strichen über das Leinen der Betttücher. Die Dielen knarzten, als sie zum Fenster trat und in den Garten sah. Wo im Frühjahr nur vereinzelte Blätter gewesen waren, bogen sich die Zweige jetzt mit schwarzen Holunderbeeren.

»Es kommt einem vor wie aus einem anderen Leben, oder?«, sagte Elodea in die Stille.

Loreba sah sie nicht an. Ihre Finger berührten die Scheibe, und als sie sich lösten, schien sie erstaunt, dass sie Abdrücke auf dem Glas hinterlassen konnte. Für sie musste die Rückkehr nach Loánne fast unwirklich sein. Als würde man in der Kulisse seines eigenen Albtraums spazieren gehen. Eines Albtraums, der fünf Monate lang ihr Alltag gewesen war. »Die Erinnerung wird blasser, ja«, murmelte sie. »Aber ganz wird sie nie vergehen.«

»Hast du deshalb gegen Lysanders Hinrichtung gestimmt?«

Loreba setzte sich auf die breite Fensterbank und faltete die Hände im Schoß. »Ich kann nicht zustimmen, dass jemand durchmacht, was ich durchmachen musste.«

Elodea sah nicht, wo da der Zusammenhang war. »Lysander ist nicht du. Du warst unschuldig. *Sein* Tod ist gerecht.«

»Rache ist keine Gerechtigkeit«, sagte Loreba sachte. »Zumindest nicht nach meiner Definition. Nathaira ist tot, Obsidia ist tot. Ihre Befehlshaber stehen vor Gericht. Ich finde, es reicht. Haben wir nicht genug Tod gesehen?«

Normalerweise hätte Elodea ihr widersprochen. Lysander hatte Leid verursacht, das nicht zu vergeben war. Er verdiente zu sterben, und sie konnte Lorebas Mitleid nicht verstehen, doch beim Stichwort Nathaira war ihr plötzlich ein anderer Gedanke gekommen. Einer, der ihr seit der Schlacht auf der Seele brannte. Sie durchquerte den Raum und setzte sich Loreba gegenüber ans Fenster. »Ich muss dir etwas beichten ... Als du gegen Nathaira gekämpft hast, bei den Stufen der Gerechtigkeit. Es war kein Zufall, der uns gerettet hat. Ich habe ein Leeres Wort ausgesprochen, die finyrische Bezeichnung für Liebe.« Aus dem Augenwinkel sah sie, wie sich Lorebas Miene veränderte. »Und ... ich habe es wieder versucht, mehrmals, aber es gelingt mir einfach nicht mehr. Was war da anders, wie ... wie konnte ich die Liebe rufen?«

Loreba schwieg, eine lange Zeit sah sie Elodea nur an. Sie schien zu überlegen, Hypothesen zu bilden. »So etwas ist in der Vergangenheit schon vorgekommen«, sagte sie dann. »Was du beschreibst, geht weit über unser Talent hinaus, es sind Mächte, die wir nicht begreifen können. Du wolltest mich schützen, selbstlos, warst bereit, dich für mich zu opfern. Dein Ruf war ein Hilfeschrei. Und irgendetwas hat dir geantwortet. Was auch immer es war, Nathaira ist dagegen nicht mehr angekommen.«

»Dass es Nathairas Hass besiegen konnte, ergibt Sinn. Aber warum hat mir das Wort dann so weh getan?« Es war die eigentliche Frage, die Elodea beschäftigte. »Diese Macht dahinter war das Schönste, was ich je gefühlt habe, und gleichzeitig habe ich mich so schlecht gefühlt wie noch nie. Ich hatte plötzlich alle meine Fehler vor Augen, und irgendwie wusste ich, dass sie mich hindern würden, ihr näherzukommen. Wirklich, ich kenne mich mit Heimweh aus, aber das war nochmal eine andere Art von Sehnsucht. Wie kann etwas, das angeblich Liebe ist, so weh tun?«

Diesmal schien Loreba schnell auf eine Antwort zu kommen. »Was du erlebt hast, war Liebe in Reinform. Pure Liebe ist das pure Gute. Du bist das nicht. Und im Kontakt mit ihr sind dir deine eigenen Fehler viel deutlicher bewusst geworden als sonst. Das ist meine These. Manche würden andere Erklärungen finden. Dass du phantasiert hast, weil dich der Versuch, ein solches Wort auszusprechen, zu sehr angestrengt hat, zum Beispiel.«

»Aber daran glaubst du nicht?«

»Nein.« Loreba seufzte. »Vielleicht sollten wir einfach dankbar sein, dass uns irgendetwas an diesem Tag geholfen hat. Die Weisheit akzeptiert, dass sie nicht alle Dinge zwischen Himmel und Erde verstehen kann. Manches bleibt ein Geheimnis. Viel wichtiger ist doch, dass *du* es warst, die Nathaira geschlagen hat. Und zwar nicht mit ihren eigenen Mitteln, wie ich es versucht habe. Du warst die Klügere von uns beiden.« Loreba sah ihr in die Augen. Um ihre Mundwinkel formte sich ein feines Lächeln. »Wenn die Schülerin ihre Meisterin übertrifft, dann soll das schon etwas heißen. Ich bin wirklich stolz auf dich. Und ich hoffe, auch du hast jetzt ein für alle Mal begriffen, was in dir steckt.« Sie stand auf, und beim Anblick von Elodeas verlegener Miene lächelte sie nur noch mehr. »Komm. Hier gibt es nichts mehr für uns. Gehen wir nach Hause.« Zu zweit kehrten sie in die Eingangshalle zurück. Diesmal erwarteten sie keine Wachen, niemand hinderte sie am Gehen. Der Ort war kein Gefängnis mehr und sie keine Gefangenen. Schloss Loánne entließ sie, die Tore so weit, wie es die alten Angeln tragen konnten.

# DER LETZTE FEIND

Als Bischof Thomas Garwein den Raum betrat, brauchten seine Augen erst eine Weile, bis sie sich an die Dunkelheit gewöhnt hatten. Er befand sich weit im hinteren Teil des Kerkers, wo Fenster selten waren, in derselben Zelle, aus der sie vor kurzem Magistra Famorgan gerettet hatten. Das Gefängnis war ihm von seinen Besuchen bei gefangenen Widerstandskämpfern mittlerweile schon vertraut, unter Obsidias Regentschaft hatte er es jede Woche mindestens einmal besucht.

Doch die Person, die ihn nun erwartete, war kein Widerstandskämpfer.

Sie hatten ihm ein neues Hemd angezogen. Blütenweiß, fast stechend in der Dunkelheit, leuchtete der saubere Stoff ihm entgegen, als das Licht seiner Kerze auf den Gefangenen hinabfiel.

*Weiß. Was für eine Ironie*, dachte Thomas und presste die Lippen zusammen.

Der Mann, der sein eigener Gott gewesen war, sah auf, als er die Tür hinter sich schloss. Seine Arme lagen noch immer in Ketten, obwohl er sich schon seit Wochen nicht mehr gegen die Wachen wehrte.

*Sie haben noch immer Angst vor ihm. Da sitzt er und wartet auf seine Hinrichtung, im finstersten Loch, das dieses Schloss zu bieten hat, fast schon eine Leiche, und sie haben noch immer Angst.*

Aber Lysander Farosch sah nicht aus wie einer, vor den man sich fürchten musste. Die Wochen im Kerker hatten ihn gebrochen. Seine Augen lagen in tiefen Höhlen, ihr Blick ging ins Leere. Seine Haare hatte irgendjemand gekämmt, trotzdem wirkten sie stumpf. Seine Wangen waren eingefallen, und das ironische Lächeln, das um seine Mundwinkel zuckte, als er Thomas erkannte, hatte alle Schärfe verloren.

»Bischof«, stellte er mit rauer Stimme fest, er musste lange nicht mehr gesprochen haben. »Ihr seid gekommen.«

»Ihr habt mich rufen lassen«, erwiderte Thomas und hockte sich ihm gegenüber auf den Boden, damit er dem Mann in Ketten in die Augen sehen konnte.

Lysander schmunzelte. »Ich glaubte trotzdem nicht, dass Ihr wirklich kommt ... Wie fühlt man sich denn so auf der Seite der Sieger? He, wartet! Kein Grund, gleich beleidigt zu sein!«, rief er, als Thomas Anstalten machte, wieder aufzustehen.

Thomas hatte nicht die geringste Lust, sich noch länger von diesem Mann beschimpfen zu lassen. Einen Moment lang hatte er tatsächlich geglaubt, Lysander meinte es ernst, dass ihn das Gefängnis vielleicht verändert hatte.

*Ich hätte es besser wissen müssen. Ein Mann, der keinen Respekt vor dem Leben hat, hat auch keinen vor dem Tod.*

»Ich habe meine Arbeit nicht unterbrochen, um mich verspotten zu lassen, Farosch«, entgegnete er kühl. »Da Ihr scheinbar weder beichten noch um Vergebung bitten möchtet ...«

»Was wollt Ihr denn von mir hören?«, unterbrach ihn Lysander laut, und seine Ketten klirrten, als er versuchte, sich aufzusetzen. »Dass ich Angst habe? Ja, ich habe Angst, ich habe eine Scheißangst!«

Thomas wandte sich erschrocken zu ihm um, gerade rechtzeitig, um zu sehen, wie Lysander schluckte. Er sank zurück auf den Boden und schloss die Augen. »Könnt Ihr einfach hierbleiben, bitte«, flüsterte er mit bebender Stimme. »Ihr müsst nicht mal was sagen, bleibt einfach hier. Das ist doch Eure Pflicht. *Liebt Eure Feinde und betet für die, die Euch verfolgen.*« Wieder zuckte ein Lächeln um seine Lippen. »Muss ausgerechnet ich Euch daran erinnern?«

»Sicher nicht.« Ohne ihn aus den Augen zu lassen, setzte sich Thomas wieder auf den Boden. Eine Weile beobachtete er Lysander, der sich mit den Händen über das Gesicht fuhr, dann wagte er schließlich doch einen Versuch: »Gott ...«

»Ich will nichts von Eurem Gott!« Lysander riss die Augen auf. Er schien auf so etwas schon gewartet zu haben, denn seine Antwort kam ihm viel zu flüssig von den Lippen. »Es gibt keinen Gott. Ihr habt mich besiegt, weil Ihr und Eure Rebellenfreunde stärker waren als ich. Ich war schwach, Ihr wart stark. Jetzt habt Ihr die Macht, und ich sterbe. Jäger und Opfer, Sieger und Besiegte. So ist der Lauf der Dinge. Alles andere ist Träumerei.«

Thomas hörte seine Worte gar nicht richtig. Was ihn interessierte, waren Lysanders Augen und der Ausdruck in ihnen. Unsicherheit. Er hatte immer angenommen, der Zweifel wäre das Kreuz der Gläubigen. Nun wurde ihm zum ersten Mal bewusst, dass auch Atheisten damit zu kämpfen hatten.

»Wenn Ihr Euch so sicher seid, dass es Gott nicht gibt, warum bin ich dann hier?«, fragte er leise.

Lysander lachte ihn nicht aus. Er zeigte im Grunde gar keine Reaktion. Stattdessen schloss er die Augen und lehnte den Kopf gegen die Mauer. »Seid einfach still, Garwein. Bitte. Seid einfach mit mir still.«

Und das waren sie. Thomas wartete, geduldig, minutenlang und beobachtete den Mann vor sich.

Dann begann Lysander plötzlich doch zu sprechen. »Könnt Ihr mir sagen, wie sie gestorben ist? Die Wachen behaupten, es sei grausam gewesen. Aber ich glaube, sie lügen. Sie mögen es, mich zu quälen, wisst Ihr.«

Es dauerte einen Moment, bis Thomas ihm folgen konnte. »Ihr meint die Königin? Nun, ich war nicht dabei. Sie hat wohl nicht lange gelitten. Das sagt zumindest Lyonel von Betháne.«

»Der!« Lysander spuckte bei der Erwähnung des Namens auf den Boden. »Mörder!«

»Ziemlich gewagte Anschuldigung. Vor allem aus Eurem Mund.«

»Warum?« In Lysanders Blick lag etwas Herausforderndes. »Er hat sie doch ermordet, oder etwa nicht? Nur weil ihr jetzt auf der Siegerseite steht, bleibt ein Mord immer noch ein Mord. Ich meine ... Er hätte sie ja nicht umbringen müssen. Warum ist sie nicht eingesperrt worden oder verbannt oder ...«

»Ihr Tod scheint Euch nahezugehen.«

Lysander funkelte ihn nur an, doch plötzlich war es Thomas, als blickte er hinter die Fassade des Hauptmanns. In seinen Augen, weit hinter der aufgesetzten Selbstsicherheit, las er die Wahrheit. *Natürlich. Wie konnte ich so blind sein?* Er hatte es nie auch nur in Erwägung gezogen. Es war zu schwer gewesen, sich den Hauptmann als Mensch mit Privatleben vorzustellen, selbst für ihn. Allein der Gedanke, dass jemand, der zu solcher Brutalität fähig war, auf normale Weise fühlen könnte ... Das kam davon, wenn man in seinen Feinden mehr Monster als Mensch sah.

Thomas schaute ihm noch immer in die Augen. Seine Stimme war heiser. »Ihr habt sie geliebt.«

»*Geliebt.*« Lysander schnaubte. »Macht Euch nicht lächerlich, Bischof! Ihr habt doch keine Ahnung, wovon Ihr redet! Als ob das so leicht gewesen wäre. Ich meine, selbst wenn, sie hätte sich doch nie lieben lassen. *Ich brauche das Monster in dir, nicht den Mann*, hat sie gesagt. Und ich habe alles gemacht, was sie wollte, sogar … Aber selbst da hat sie niemals … Ich bin nie an sie rangekommen, ich …« Seine Brauen zogen sich zusammen. »Was spielt das überhaupt noch für eine Rolle? Sie ist tot!«

Thomas sah auf Lysander herab, und mit Entsetzen wurde ihm bewusst, welche Tragödie da gerade vor ihm zutage trat. Seine Kehle schnürte sich zu. Einmal ans Licht gebracht, war die Wahrheit klar und scharf wie eine Scherbe. Dieser Mann trauerte. Die Liebe, die er fühlte, war unerfüllt gewesen, giftig, verdreht und zerstörerisch. Trotzdem trauerte er. Jeden anderen hätte Thomas längst in den Arm genommen. Aber das hier war Lysander Farosch. Der Mörder von so vielen. Sein Feind.

»Ich sehe sie«, fuhr Lysander fort, »jede Nacht. Obsidia, meine ich. Immer will sie mir irgendwas sagen, und ich kann sie nicht verstehen. Dann kommt Farya dazu. Das Mädchen, das ich als Letztes getötet habe. Ich sehe alle meine Opfer, aber sie am häufigsten.«

Thomas atmete zischend aus. Er hatte gar nicht bemerkt, dass er bei Lysanders letzten Sätzen die Luft angehalten hatte. Entweder wurde der Hauptmann allmählich wahnsinnig, oder er hatte tatsächlich so etwas wie ein Gewissen.

»Sie lässt mich nicht in Ruhe, redet auf mich ein, aber … Wenn es einen Gott gibt … wenn das, was Ihr glaubt, wahr ist, dann … dann lag ich so falsch … das kann er mir nicht vergeben. Das darf er mir nicht vergeben. Das wäre nicht gerecht.«

»Er kann«, sagte Thomas mit bebender Stimme, und es überraschte ihn selbst, sich so zu hören. »Bittet ihn darum. Ihr sehnt Euch doch danach, ich sehe es Euch an. Farosch, seid nicht dumm!«

Lysander schüttelte den Kopf. In seinem Blick lag etwas Undefinierbares, etwas, das, was auch immer es war, sehr schmerzhaft sein musste. »Ihr versteht nicht. Es ist für mich besser, wenn es ihn nicht gibt. Dann ist einfach alles vorbei. Sollte es ihn doch geben, dann fängt meine Hölle jetzt erst an. Und mit diesem Wissen könnte ich die nächste Stunde nicht durchhalten.«

Thomas packte ihn an den Schultern, und es war ihm egal, dass Lysander zusammenzuckte. »Er *will* Euch vergeben!«

»Aber *ich* will nicht!« Lysander starrte ihn an. »Was auch immer kommt, ich verdiene es! Ihr habt keine Ahnung, was ich alles getan habe. Wüsstet Ihr es, würdet Ihr mich nicht mal mehr anschauen. Garwein, wenn es Euren Gott gibt, dann habe ich mit jedem einzelnen Atemzug meines Lebens gegen ihn gekämpft. Es ist zu spät. Ich krieche nicht in meinen letzten Stunden aus Todesangst zu ihm zurück und winsle um Vergebung. Versteht Ihr nicht? Ich brauche keinen, der meine Schuld auf sich nimmt. Lieber in Freiheit untergehen als in Abhängigkeit von irgendeinem Gott gerettet werden. Lieber grausame Gerechtigkeit als billige Gnade.«

»Wollt Ihr deswegen unbedingt durch die Atyre sterben? Damit Eure *grausame Gerechtigkeit* noch ein wenig grausamer wird?«

Lysander hob das Kinn. »Ich bin Soldat. Und ich sterbe auch wie einer. Gift ist etwas für Feiglinge. Ihr könnt mir viel vorwerfen, aber nicht, dass ich feige bin.«

Thomas setzte zum Sprechen an. Er hätte gern noch etwas gesagt, zum Beispiel, dass es genauso Feigheit war, sich selbst zu verdammen, nur um einer anderen Gerichtsbarkeit zuvorzukommen. Aber genau in diesem Moment wurde hinter ihnen die Tür aufgeschlossen.

Ein Wachmann erschien im Rahmen. »Es ist Zeit.«

Lysander ließ sich nicht hetzen. »Hier«, er griff in die Hosentasche und zog einen knittrigen Brief hervor, den er Thomas in die Hand drückte. »Die wollten, dass ich ein Testament verfasse. Ich habe noch einiges an Geld und ein paar Häuser. Die Hälfte davon bekommt die Universität. Sagt Eurer neuen Königin, sie soll es irgendwie tarnen. Ich glaube nicht, dass Magistra Famorgan etwas annimmt, wenn sie weiß, von wem es kommt. Den Rest kann Euer Verein haben.«

»Mein ... Die Kirche?«

»Ja. Nehmt es für die Waisen. Vielleicht haben ein paar von denen dann irgendwann mal eine andere Möglichkeit, als wie ich zur Armee zu gehen.«

Thomas starrte den Brief an, dann Lysander. Er wusste nicht, was er sagen sollte. »Seid sicher, dass Euer Wille geachtet wird.« Zwei weitere Wachen traten ein, banden den Gefangenen los und nahmen ihn in ihre Mitte. Auch Thomas richtete sich auf. »Möchtet Ihr, dass ich Euch begleite?«

»Wenn es Euch nichts ausmacht. Irgendjemand wird meine Überreste auflesen müssen, sobald alles vorbei ist, und mir wäre wohler bei dem Gedanken, dass Ihr es seid, bevor ich auf irgendwelchen Spießen ende. Jetzt schaut nicht so düster, Garwein. Nehmt es positiv. Weniger als eine halbe Stunde, und Ihr braucht mein Gesicht nie wieder zu sehen.«

»Nicht in diesem Leben«, sagte Thomas leise. »Vielleicht aber im nächsten.«

»Oh, Bischof …« Lysander lächelte traurig. »Euer Herz muss wirklich ein schöner Ort sein. Aber *daran* könnt selbst Ihr nicht ernsthaft glauben.«

• • •

Es regnete in Strömen, als sie durch die Haupttüre des Amtshauses auf die Stufen der Gerechtigkeit traten. Noch standen sie unter dem Vordach, Lysander von seinen Wachen eingerahmt, der Bischof an seiner Seite.

Isobel hatte angeordnet, dem Gefangenen den üblichen Weg zum Podium zu ersparen, der mitten durch die auf dem Platz versammelten Menschen führte, aus Angst, dass die wütende Menge ihn noch vor der Richtstätte töten könnte.

Wie sich herausstellte, war diese Angst nicht ganz unbegründet. Thomas hatte schon viele Hinrichtungen ansehen müssen, aber die Lautstärke, das Ausmaß an Zorn und Hass, der ihm entgegenschlug, kaum dass sie das Amtshaus verlassen hatten, übertraf alles, was er bisher erlebt hatte.

»Mörder!«, schrie es ihnen entgegen. »Fahr zur Hölle!«

Lysander zuckte. Er hatte den Kopf eingezogen, und sein Kiefer bebte. Im Tageslicht wirkte er noch blasser.

Unter dem Vordach war Tenébras Prominenz versammelt. Hohe Beamte und Mitglieder des Parlaments.

Loreba Elgyn stand kaum zwei Meter von ihnen entfernt. Sie schrie nicht. Ernst und schweigend ruhte ihr Blick auf Lysander, und als Thomas zu ihr hinüberschaute, sah sie ihm für einen kurzen Moment in die Augen.

»Garwein?« Lysanders Stimme war schwach, und im Geschrei der Menge ging sie fast unter. Er wandte sein Gesicht dem Bischof zu. »Werdet Ihr für mich beten?«, flüsterte er heiser.

Thomas öffnete den Mund, doch ehe er etwas sagen konnte, wurde den Soldaten ein Zeichen gegeben, und sie zogen Lysander hinaus in den Regen.

Die Menge kochte. Durch die Regenschleier sah man Fäuste, die in die Luft gereckt wurden, Lysander hielt den Kopf gesenkt. Es war ein Gejohle, dass Thomas schlecht wurde.

Lysanders Beine zitterten, als sie ihn auf die Knie drückten. Ein Beamter des Kronrats verlas das Urteil, doch die Menge schrie nun so laut, dass nichts zu verstehen war. Ohne dass er es wahrnahm, sank auch Thomas auf die Knie und begann stumm zu beten.

Ein zweiter Mann trat unter dem Dach hervor und stellte sich hinter Lysander. Kurz war zwischen den Regenschnüren ein metallisches Blitzen zu sehen, als er die Atyre hervorzog und über Lysanders Nacken hob.

Thomas wollte sich konzentrieren, weiterbeten, aber er konnte den Blick nicht von Lysander abwenden. Das Hemd klebte ihm inzwischen am Körper, von seinen Haaren tropfte der Regen, es war nicht mehr zu erkennen, ob er weinte, aber seine Schultern zitterten.

»... *dein Wille geschehe* ...«, sagte Thomas laut, um den Faden nicht zu verlieren, es war ihm egal, dass die Umstehenden über ihn zu tuscheln begannen. Er schloss die Augen, doch Lysanders zuckende Schultern wollten ihm nicht aus dem Kopf gehen.

Plötzlich drang ein Laut durch den allgemeinen Lärm, ein einziger menschlicher Schrei, der Regen und Gejohle durchschnitt wie ein Messer. Er hallte von den Hauswänden wider und fuhr Thomas bis ins Mark.

»Es tut mir leid!« Lysander hatte den Kopf zum Himmel erhoben. Regen rann über sein Gesicht, sein ganzer Körper schien zu beben. »Bitte!«, schrie er über die Köpfe hinweg. »Es tut mir leid!«

»... *wie im Himmel, so auf Erden* ...« Thomas rang um die Worte, mit jeder Zeile wurde er lauter, aber er musste weitersprechen, es war seine Pflicht. »... *unser tägliches Brot gib uns heute* ...«

Die Atyre wurde noch ein Stück höher gehoben. Für einen Moment sah Thomas den Regen von der Spitze des Messers auf

Lysanders Nacken tropfen, dann stieß sie herab, und der Mann sackte zur Seite.

Thomas senkte den Kopf. Er wollte nicht sehen, doch hören musste er, und der ohrenbetäubende Jubel um ihn herum trieb ihm die Galle in den Hals. Mit zusammengebissenen Zähnen zwang er sich zur Konzentration. »... *und vergib uns ... und vergib uns ...*«

Lysanders weißes Hemd hatte sich am Rücken inzwischen rot gefärbt. Er war längst tot, zusammengesunken am Rand des Podests, doch der Menge schien das nicht zu reichen. Sie schlugen ihn, trommelten mit den Fäusten auf seinen Körper und zerrten ihn fast auf die Stufen, bis die Soldaten schließlich einschritten.

Thomas wusste nicht mehr, wann er zu weinen begonnen hatte. Noch immer rang er um sein Gebet, bis sich schließlich eine Hand auf seine Schulter legte. Er sah auf und blickte in die Augen von Magistra Elgyn. Seine Stimme war nur noch ein Krächzen. »Ich muss ...«

»Ich weiß« Ihre Miene war wie versteinert, doch ein Blick von ihr genügte, damit er verstand.

*Lasst mich Euch helfen.*

Ohne die Hand von seiner Schulter zu nehmen, sah Loreba Elgyn nach vorne in den Regen und griff seine Worte auf. »*Und vergib uns unsere Schuld*«, schloss sie mit klarer Stimme. »*Wie auch wir vergeben unseren Schuldigern.*«

• • •

Es schien, als habe die Nacht dem Regen Einhalt geboten. Noch immer zogen dunkle Wolkenfetzen über den Himmel, das Kopfsteinpflaster glänzte vor Nässe, doch bis auf den Wind hatte sich das Wetter beruhigt.

Thomas schlug die Haustür hinter sich zu und stapfte mit hochgeschlagenem Mantelkragen in Richtung Vhera Viscalae. In seinem Kopf tobte noch immer ein Sturm. Seit Lysanders Hinrichtung am Morgen war er nicht zur Ruhe gekommen. Weder Gebet, noch Schreibtisch- oder Gartenarbeit hatten ihn von den Bildern in seinem Geist ablenken können: Lysander, der zu Boden fiel, sein Blut, das über den Sandstein floss ... Thomas wusste nicht, was es war, das ihn antrieb. Er hatte Mitleid für Lysander empfunden, natürlich, aber im Gegensatz zu anderen Verurteilten der letzten Jahre war sein Tod selbstverschuldet und als Strafe gerechtfertigt. Es war vielmehr die Art und Weise, wie die Menge auf seinen Tod reagiert hatte, die Thomas schockierte. *Als wären sie keine Menschen mehr ... als hätten Hass und Masse sie vollkommen enthemmt.* Er verstand ihre Wut und konnte sie mehr als nachfühlen, wenn er daran dachte, wie Obsidias Hauptmann die letzten Jahre in seiner Stadt gewütet hatte, aber dennoch ... *Ich habe gedacht, wir hätten Blutgier und Mordlust endlich hinter uns. Obsidia ist tot, und trotzdem vergiftet ihr Geist uns nach wie vor. Wann hört das auf?*

Vielleicht hatte ihre zukünftige Königin recht gehabt, dachte Thomas, als er auf den verlassenen Marktplatz trat. Vielleicht war Lysanders Hinrichtung für die Menschen nötig gewesen. Für die gefühlte Gerechtigkeit, für das Abschließenkönnen, für den Neuanfang.

Aber jetzt war Schluss.

Vor den Stufen der Gerechtigkeit hielt er inne und wuchtete die schwere Spitzhacke von seiner Schulter, die er für seine Gartenarbeit gebraucht hatte. Der Regen hatte Lysanders Blut bereits vom Stein gewaschen, in seiner Erinnerung aber sah er es noch immer. Er rollte die Ärmel hoch und machte sich im Schutz der Dunkelheit an die Arbeit. Schlag um Schlag stieß Metall auf Stein, bis die ersten Brocken splitterten. Während Thomas auf das Sandsteinpodest einschlug, öffneten sich ringsherum Fenster. Aufgeschreckt durch den Lärm steckten einige Anwohner die Köpfe aus den Rahmen.

Thomas war es egal. Er achtete nicht auf sie und hieb weiter in den Stein, durch den sich inzwischen feine Risse zogen. Der Schweiß rann ihm den Rücken hinunter, doch er dachte gar nicht daran aufzuhören. Nicht bevor dieser Ort ein für alle Mal der Vergangenheit angehörte.

Um ihn herum nahm das Getuschel zu, Türen wurden geöffnet, und auf einmal sah er aus dem Augenwinkel Schatten neben sich, erst einen, dann immer mehr. Stumm standen sie um ihn herum, in den Händen hielten sie Hämmer, Meißel, Äxte, alles, was sie auf die Schnelle hatten auftreiben können. Thomas sah überrascht von einem zum anderen. Einige der Männer kannte er, Gemeindemitglieder und Freunde, doch es waren auch welche darunter, die seine Kirche sonst eher mieden. Sie alle vereinte die Entschlossenheit, das stumme Einverständnis, als sie ihre Werkzeuge anhoben, um dem Bischof zu helfen. Niemand sprach. Mehr als zehn Minuten lang schlugen sie unter den Blicken der Frauen am Fenster auf den Stein ein, bis das Murmeln wieder anhob und die Männer inne hielten. Ein Raunen ging durch die Zuschauer. Mit einem Mal wichen sie vom Bischof weg, der sich aufrichtete und mit der Hand den Schweiß von der Stirn wischte, bevor er sich umwandte, um zu sehen, was passiert war.

Die Männer hatten eine Gasse gebildet. Thomas sah an ihnen vorbei auf die Person, die vor ihm stand, und das Herz wurde ihm schwer.

Sie trug wieder das Blau der Magister. Ihr Umhang darüber war dunkler als die Nacht, und bei jedem Windstoß kräuselte er sich wie Wasser um ihre reglose Gestalt. Als sie den Kopf hob und ihre Kapuze zurückstrich, trafen sich ihre Blicke.

Loreba Elgyn wusste sich auch ohne Worte Respekt zu verschaffen. Ob es nun an ihrem Haar lag, das sie noch strenger zurückgesteckt hatte als sonst, oder an der Art, wie sie die Versammlung ansah – ernst wie immer, aber mit einer Schärfe, die man nicht von ihr kannte –, jeder machte ihr bereitwillig Platz, als sie auf den Bischof zuging.

Thomas hatte nicht damit gerechnet, dass sie nach der Hinrichtung noch in der Stadt sein würde. Er sah sie an und versuchte sich an einem Lächeln, doch sie blieb ernst. In ihren Augen lag ein Ausdruck, den er nur zu gut kannte. Es war mehr als die Müdigkeit von zu vielen schlaflosen Nächten, und es war auch keine Trauer. Es war der Ausdruck einer Frau, die Todesangst durchwacht hatte. Einer Frau, die der Dunkelheit begegnet war und noch heute gegen die Nachwirkungen kämpfte.

Auf einmal spürte Thomas Wut in sich aufflammen. Wie musste es für sie gewesen sein, heute Morgen auf den Stufen der Gerechtigkeit zu stehen und einen anderen das durchleiden zu sehen, was einmal für sie gedacht gewesen war? Sie hatte Lysander mit ihrer Anwesenheit einen letzten Respekt erwiesen, obwohl sie nicht einmal für seinen Tod gestimmt hatte. Wo waren ihre Freunde gewesen, Cloélise Loán und all jene, die Lysanders Tod verantworten mussten? Hatten sie nicht den Mut gehabt, den Konsequenzen ihrer Entscheidung ins Auge zu sehen? Sie hätten für ihn beten und seine letzten Worte hören sollen, nicht Magistra Elgyn und er.

*Immer sind wir es*, dachte Thomas und biss die Zähne zusammen. *Andere schlagen kaputt, und wir lesen die Scherben auf, schauen, was zu retten ist, unermüdlich.*

Er hatte gewusst, was er für ein Leben wählte, damals, als er bei seiner Bischofsweihe auf dem Boden gelegen und zusammen mit der versammelten Gemeinde die Heiligen der Kirche angerufen hatte. Trotzdem hatte er geweint. Heimlich, verborgen vor den Blicken der Versammelten, das Gesicht dem Steinboden zugewandt, weil er beim besten Willen nicht gewusst hatte, wie er diese Bürde, die man ihm anvertraut hatte, tragen sollte. Es war ihm über die Jahre mehr oder weniger gelungen, aber noch heute gab es Tage wie diesen, an denen er dachte, dass ihn die Last seines Amtes erdrückte.

Loreba Elgyn hatte ihm geholfen, vor all diesen Leuten die Fassung zu bewahren. Was war dabei hinter ihrer ernsten Fassade vorgegangen? War sie wie er den ganzen Tag lang nicht zur Ruhe gekommen, weil die Bilder sie verfolgten, die Erinnerungen? Weil sie wusste, tief in ihr drin, dass der Albtraum nicht vorbei war, dass es noch diese eine letzte Sache zu tun gab, bevor sie mit der Vergangenheit Frieden schließen konnte?

Er sah ihr in die Augen und nickte. Mit einem Scheppern warf er das Gartenwerkzeug zu Boden und trat zurück. Das hier war ihr Kampf, lange bevor es seiner geworden war. Niemand anderes als sie hatte das Recht, ihn zu beenden.

Loreba Elgyn schritt an ihm vorbei, bis sie direkt vor den Stufen der Gerechtigkeit stand. Die Werkzeuge der Männer hatten dem Sandstein zugesetzt, doch noch war das Podium stabil. Thomas hörte, wie sie Luft holte. Dann hob sie die Arme, streckte die Finger aus, geisterhaft weiß vor den dunklen Hausfassaden, und füllte die Nacht mit einer Reihe jener alten finyrischen Worte, die ihre Welt geformt hatten.

Als hätte jemand ihren Ruf erhört, schien sich die Luft zu verdichten. Bevor Thomas sie auch nur warnen konnte, knackte es, und ein tiefer Riss schnellte durch das Sandsteinpodium. Der Felsblock zerbrach in zwei Hälften, die wie geplatzte Eierschalen auf das Kopfsteinpflaster fielen.

Als sich die Staubwolke etwas gelegt hatte, trat Thomas vor. Loreba Elgyn hatte die Arme wieder gesenkt und starrte auf die zerstörte Richtstätte. Ihre Augen glänzten, und im Laternenlicht sah der Bischof eine Träne auf ihrer Wange.

»Nie wieder«, flüsterte sie.

Thomas wusste nicht, was er sagen sollte. Es war nicht der Moment für tröstende Worte. Stattdessen nahm er ihre Hand und drückte sie.

»Nie wieder«, versprach er.

# EIN GOLDENER TAG

Elodea schloss die Augen und atmete den Bücherduft ein. Noch immer lag er in der Luft, nach Monaten der Vernachlässigung und Einsamkeit. Er strömte ihr entgegen, der vertrauteste Geruch der Welt, kaum hatte sie das Beschlagnahmt-Siegel vom goldenen Türknauf gerissen. Die rote Farbe der Eingangstür hatte schon bessere Tage gesehen, und auch die Scheiben hätten eine Politur gebraucht können, doch sobald sie den Raum dahinter betreten hatte, war es für sie, als sei die Zeit stehengeblieben.

Die Glocke klingelte, als die Tür hinter ihr ins Schloss fiel, und der helle Klang hallte laut in der Stille aus Staub, Büchern und Erinnerung. Es mochte das erste Geräusch sein, das ihr Laden seit langer Zeit hörte.

Wenn Elodea den Blick durch die Regalreihen schweifen ließ, konnte man leicht den Eindruck gewinnen, dass sich in all der Zeit nichts verändert hatte. Dass das hier ein Ort war, der die Umbrüche, die Tränen und die Krisen der letzten Monate unberührt überstanden hatte. Ein letztes Stück heile Welt. Doch man brauchte die Bücher nur genauer anzusehen, um festzustellen, dass dies nicht der Fall war. Jede Lücke in den Regalen, jede leere Stelle unter dem Namen eines Autors war eine klaffende Wunde, eine Erinnerung daran, dass es überall Narben gab, sichtbare und verborgene.

Ein wenig verloren stand Elodea zwischen ihren Büchern und atmete. Ein, aus. Ein, aus.

Auch Narben konnte man heilen. Zumindest bis zu einem gewissen Grad, das hatte sie in den Jahren als Magierschülerin schon gelernt.

*Ich will niemand sein, der sich am Zerbrochenen freut. Ich will wieder zusammensetzen, heilen*, sagte Martha immer.

Ja, auch Elodea wollte heilen. Und mit den sichtbaren Narben würde sie beginnen. Sie rollte die Ärmel hoch. Machte sauber. Wischte den Boden. Putzte die Fenster. Entfernte den Staub, und vertrieb die Stille. Polierte das Ladenschild aus Messing. Öffnete die Türen. Und schließlich, als sie genug Mut gefasst hatte, ging sie nach hinten in den letzten Winkel ihres Lagers und holte die Kisten mit all den Büchern hervor, die sie versteckt hatte. Gerettet vor den Feuern des letzten Herbstes durch ausgetauschte Einbände und Umschläge. Ihr kleiner, ganz persönlicher Widerstand.

Kiste um Kiste leerte sie die verbotenen Gedanken auf den Boden, bis sie durch ein Meer aus Papier zur Tür warten musste, um sich zu kaufen, was sie benötigen würde, damit die Bücher ihre alten Kleider zurückbekamen. Stoffe, Leder, Leim. Materialen für mehrere Dutzend neue Einbände, auf denen wieder die echten Titel unter den echten Namen stehen sollten.

Dann begann sie zu arbeiten. Erst langsam, bis sich ihre Finger wieder an die Schritte gewöhnt hatten, bald aber immer flinker. Sie arbeitete und arbeitete, füllte die Luft mit neuem Bücherduft, so lange, bis sie das Gefühl hatte, wieder frei atmen zu können.

Manchmal leistete ihr Elliott Gesellschaft. Er saß dann zumeist schweigend neben ihr, folgte ihren stummen Anweisungen oder sah einfach nur zu.

Wenn von Zeit zu Zeit der Schatten kam, die Erinnerung an die letzten Wochen, war er da und legte rasch das Buch zur Seite, an dem sie gerade arbeitete, damit ihre Tränen nicht die Arbeit von Stunden zerstörte, bevor er sie leise in den Arm nahm. Es würde dauern, bis sie nicht mehr das Gefühl hatte, auf der Flucht zu sein. Bis es für sie normal war, Loreba morgens in die Universität gehen zu lassen und Tyrza in die Schneiderei und Cloé an Faryas Grab, ohne die Angst, dass sie vielleicht nicht mehr wiederkamen. Wenn man sich so an den Ausnahmezustand gewöhnt hatte, musste man wohl erst wieder lernen, wie Alltag ging.

Leicht fiel es ihnen allen nicht. Man sah es daran, wie Loreba in jeder Mittagspause unter einem anderen Vorwand im Laden vorbeikam, um sicherzugehen, dass es Elodea gut ging und dass sie noch da war, wohlbehalten und vor allem am Leben. Wie unsicher sie gewesen war, als sie sich wieder hinter ihren alten Schreibtisch in der Universität gesetzt hatte, fast ängstlich, als fürchtete sie, man könnte ihr alles gleich wieder wegnehmen. Man sah es an Martha, die sie alle noch mehr bemutterte als sonst, und daran, wie nahe sie in den ersten Wochen alle am Wasser gebaut gewesen waren. Man sah es an Lyonel, der vor dem Grab seiner Schwester kniete und Monologe führte, an Cloé, die sich in Marthas Begleitung zu einem Gespräch mit einem Mann und seiner kleinen Familie durchgerungen hatte. Diesmal ohne Dolch und rotes Kleid.

*Hab Geduld*, hatte Elliott gesagt. *Auch an die Freiheit muss man sich gewöhnen.*

Elodea war geduldig. Buch für Buch füllte sie die Löcher in ihren Regalen, und mit jedem kehrte ein Stück Leben zurück. Und schließlich wurde es allmählich leichter.

Das Glück kam leise. Es war kein Freudentaumel und auch kein ekstatischer Rausch, wie nach dem Sieg über Obsidia. Still und heimlich legte es sich auf die Regalbretter, bis sie jeden einzelnen Platz mit neuen Büchern gefüllt hatte.

Fast jeden. Direkt über der Tür hatte sie eine Lücke gelassen. Ein anderes Buch würde eines Tages dort stehen, und wenn es das tat, dann wusste Elodea, dass sie mit der Vergangenheit endgültig Frieden geschlossen hatte. Aber bis dahin war es ein weiter Weg. Ihre Geschichte musste erst noch geschrieben werden.

•••

Am Morgen von Isobels Krönung leuchteten die Eichenblätter im Garten von Agona Ton in Ton mit den Landesfarben an den Häusern ringsherum.

Nicht nur die Bürgerschaft, die ganze Stadt hatte ihr Festtagsgewand angelegt. Girlanden von Weinlaub wanden sich entlang der Straßen Thuraus, schon samstags zuvor waren Hauseingänge und Pflastersteine blitzblank gefegt worden. In der Bischofskirche übten die Stadtchöre gemeinsam die Ouvertüre der Krönungszeremonie am Abend, und in den Gassen Thuraus zitterten die Scheiben vom Hall der Fanfarenzüge.

Avian Famorgan kehrte allem Trubel den Rücken, als er durch das Haupttor in den Garten von Agona trat. Es war verblüffend, wie schnell die Geräusche der Stadt verebbten, kaum dass man die Mauer mit dem schmiedeeisernen Zaun hinter sich gelassen hatte. In diesem Teil der Gärten, der im Schatten der Bischofskirche lag, standen die Bäume weniger dicht. Zwischen den Stämmen blitzten marmorne Grabsteine hervor. Avian hatte fast vergessen, dass der

Garten gleichzeitig letzte Ruhestätte berühmter Söhne und Töchter der Stadt war.

Er fand Garwein am Fuß einer Eiche. Der Bischof kniete vor einem frischen Grab, die Ärmel seiner Amtskluft hochgerollt und in den Händen zwei entwurzelte Astern, von denen die Erde bröckelte. Neben ihm saß ein blasses Mädchen mit schwarzem Haar. Sie kam ihm bekannt vor, und auch ohne auf die Vorderseite des Grabsteins zu sehen, wusste Avian, wer in diesem Grab lag. Sie hatte seiner Schwester das Leben gerettet und war gestorben, ehe er ihr dafür danken konnte.

Er selbst hatte Aensley auf die Beerdigung Farya Talmhols begleitet, keine zwei Monate war das her. Schlimmere Szenen konnte man sich kaum vorstellen. Es hatte einem das Herz zerrissen, selbst ihm, als dieses Mädchen, Cloé, vor dem offenen Grab gestanden und geweint hatte, wie er nie jemanden hatte weinen hören. Jetzt wirkte sie um einiges gefasster, auch wenn sie noch immer zu bleich war. Bischof Garwein murmelte etwas, und sie nickte, bevor sie ihm die Pflanzen abnahm. Die Herbstastern wippten und neigten die Köpfe, als sie in die Erde gesetzt wurden, fast, als verbeugten auch sie sich vor der Toten im Grab.

Garwein sah auf. »Herr Famorgan.« Seine Stimme klang überraschend freundlich. Avian war aufgefallen, dass er seit Obsidias Tod bedeutend besser auf ihn zu sprechen war. Vielleicht redete er sich das aber auch nur ein, weil er selbst nun entspannter im Umgang mit der Kirche war. Aensleys Rettung hatte etwas in ihm bewegt, etwas aufgebrochen, von dem er sich jahrelang eingeredet hatte, dass es tot war. Er konnte noch nicht genau benennen, was es war, aber parallel zu der Beziehung zu seiner Schwester hatte sich auch die zu ihm selbst verbessert. Er war nun bereit für den nächsten Schritt.

»Kann ich Euch kurz allein lassen?«, fragte Bischof Garwein Cloé. Sie nickte, kurz huschte ihr Blick zu Avian, doch sie schien ihn nicht sonderlich interessant zu finden und wandte sich gleich wieder den Pflanzen vor ihr zu.

Garwein stand auf und klopfte sich die Erde von der Kleidung. *Seltsam*, dachte Avian. *Er sieht eigentlich gar nicht aus wie ein Bischof.* Dreckige Hände, Arme, die Holz hacken und Steine wuchten konnten. Er war ein Mann der Worte und der Tat. *Ein Kind der*

*Erde, das irgendwie auf die Idee gekommen ist, seine Hände zum Himmel auszustrecken ...*

Avian beschloss, dass er Thomas Garwein mochte.

»Schön, Euch zu sehen«, begrüßte Garwein ihn, und so, wie er es sagte, hätte Avian fast geglaubt, er meinte es ernst. »Besuch so früh am Morgen? Wer hat Euch gesagt, dass ich hier bin?«

»Eure Haushälterin. Läuft die Seelsorge schon so schlecht, dass Ihr Euch als Gärtner betätigen müsst, um über die Runden zu kommen?«, bemerkte er neckend mit einem Blick auf Garweins verdreckte Kleidung.

Der Bischof schüttelte lächelnd den Kopf. »Das hier ist Seelsorge. Der Beistand eines Priesters für die Menschen hört auch außerhalb der Kirchenmauern nicht auf. Das müsstet Ihr eigentlich am besten wissen.«

Avian biss sich auf die Lippe. »Was Ihr für Aensley getan habt ...«

»Reden wir nicht darüber«, sagte Garwein und winkte ab. »Wie geht es ihr?«

»Besser. Am Anfang war sie ein bisschen ... Naja, sie hat ziemlich oft geweint. Aber seit sie wieder an der Uni ist, wird sie langsam wieder die Alte. Was manchmal ziemlich anstrengend ist.«

Bischof Garwein lachte. »Das kann ich mir vorstellen. Und wie geht es Euch?«

Avian zögerte. Was er wirklich in den letzten Wochen gedacht und gefühlt hatte, welchen Umbruch er momentan durchmachte, war eigentlich nichts, worüber er mit anderen Leuten als seiner Schwester reden wollte. Bischof Garwein allerdings war jemand, der an seiner Veränderung keinen geringen Anteil hatte. Und außerdem war er schon von Berufs wegen zum Schweigen verpflichtet. »Ich weiß nicht ...«, begann Avian. »Ich fühle mich irgendwie befreit. Wie ein frisches Blatt Papier. Ein neues Kapitel. Wisst Ihr, was ich meine? Es ist ... alles auf Anfang.« Avian holte tief Luft. Was er sagen wollte, hatte ihn schon lange beschäftigt, aber er hatte nie den Mut gehabt, es dem Bischof gegenüber auszusprechen. »Ihr hattet recht. Ich habe es nicht wahrhaben wollen, aber es stimmt, ich kenne meinen Platz in der Welt nicht. Mein Leben lang habe ich mir etwas vorgemacht. Was ich tue, bin nicht ich.« Er griff in die Tasche und zog eine Schriftrolle hervor. »Hier«, sagte er und reichte sie Garwein, der nur einen flüchtigen Blick darauf warf, als kannte er den Inhalt bereits. »Ich lege mein Amt als Vorsitzender der Kirche nieder. Sieht ganz so aus, als würde Euer Wunsch endlich in Erfüllung gehen. Es ist noch nicht offiziell, aber … in der neuen Verfassung werden Kirche und Staat getrennt. Ich wäre aber ohnehin zurückgetreten. Eure Kirche braucht jemanden an ihrer Spitze, der von dem überzeugt ist, was er redet. Ich bin einfach kein Mann des Glaubens. Wenn ich ehrlich sein soll, weiß ich nicht, wer ich überhaupt bin.«

»Ich denke, Euer Rücktritt ist ein guter erster Schritt auf dem Weg, das herauszufinden«, sagte Garwein. »Wisst Ihr schon, was Ihr jetzt tun werdet?«

Avian zuckte mit den Schultern. »Unsere neue Königin hat mir angeboten, Lyonel als Diplomat nach Padmador und Thebe zu begleiten. Die Idee gefällt mir. Wer weiß, vielleicht sehe ich so auf meine alten Tage noch die Welt. Im Moment möchte ich einfach nur für eine Weile weg von hier.«

»Verständlich.« Bischof Garwein streckte Avian die Hand entgegen und sah ihm in die Augen. »Der Abstand tut Euch sicher gut. Ich hoffe trotzdem, wir sehen uns mal wieder.«

Avian zögerte kurz. Dann schloss er Garweins Hände in seine. »Das hoffe ich auch«, sagte er und meinte es aufrichtig.

•••

Elodeas Blick ging über die Köpfe der Menge ins Rot und Gold der Wälder. Selbst hier in der Stadt lag der Geruch von reifen Äpfeln, zu Hause in Eleringorn bogen sich die Bäume mittlerweile schon unter dem Streuobst. Es war die Zeit der Weinlese, das Ende des Sommers. Und genau wie die Natur, trat auch Avendúr in eine neue Zeit ein. Letztes Jahr um Erntedank hatten Bücher gebrannt und den Himmel getrübt, heute aber, am Tag von Isobels Krönung, war er so blau und klar, wie man es sich nur wünschen konnte.

Mit dem Abendläuten begann endlich der offizielle Teil der Feierlichkeiten. Krönungen fanden traditionell immer bei Sonnenuntergang statt, und so strömten nun Tausende Schaulustige auf den Platz vor dem Schloss, das zum ersten Mal seit Wochen seine Pforten wieder geöffnet hatte. Sie drängten sich am Eingang, um einen Blick auf die Auserwählten werfen zu können, die zur Zeremonie geladen waren.

Prächtige Kutschen fuhren vor, Mitglieder der Provinzräte, Adelige und anderweitig Berühmte traten, flankiert von Soldaten, durch die Menge ins Schloss.

Auch Elodea und die Aurenen gehörten zu den Ehrengästen. Wie alle anderen hatten sie sich zur Feier des Tages herausgeputzt, sogar Cloé war von Tyrza in ein Festkleid gesteckt worden, und man konnte ihren Unmut darüber ganz deutlich sehen.

Die meisten Geladenen waren bereits nach drinnen gegangen, um ihre Plätze einzunehmen, doch das Protokoll für den heutigen Tag sah vor, dass die Ehrengäste erst kurz vor der Königin selbst ins Schloss einzogen. Also standen sie zusammen mit den Brüdern Mhyrias am Portal und warteten auf das Signal, das den Beginn der Zeremonie ankündigte.

Elodeas Hände waren schon ganz schwitzig vor Aufregung. Sie faltete sie vor dem Körper, um nicht die blumenbestickte Seide ihres Kleides zu ruinieren, als sie sich in die Zweierreihe der Ehrengäste stellte. Gesellschaftliche Ereignisse wie dieses boten so viele potentielle Möglichkeiten, sich zu blamieren, und ihr Kopf spielte sie alle durch.

*Wo steckt Elliott eigentlich?* Er war ihr beim Einzug als Partner zugeteilt, ließ sich aber immer noch nicht blicken. Langsam wurde sie wirklich unruhig. Auf den Aurenen und Brüdern Mhyrias lastete die meiste Aufmerksamkeit, und sie hatte absolut kein Interesse, vor den Augen aller ohne ihren Partner einzulaufen. Nervös ließ sie den Blick über die Menschen schweifen. Auch Loreba stand noch in einiger Entfernung und war in ein Gespräch vertieft. In den Armen hielt sie ein Buch, das sie an sich drückte wie ein neugeborenes Kind. Tage und Nächte hindurch hatte sie an der neuen Verfassung gearbeitet, um den ersten Entwurf bis zur Krönung fertigzustellen, hatte sich Argumente angehört, diskutiert und unterschiedlichste Meinungen irgendwie zusammengebracht. Nur in einem Punkt war sie nicht zu Kompromissen bereit gewesen und hatte ihr Herzensanliegen letztlich auch durchgesetzt: Sobald diese Verfassung in Kraft trat, würde es in Avendúr keine Todesstrafe mehr geben.

»Immer noch so aufgeregt?«, fragte Elliott, als er endlich neben ihr auftauchte und ihren Blick bemerkte.

»Etwas.«

»Das brauchst du nicht. Heute ist doch unser Tag, oder? Der Neuanfang. Du solltest es genießen, man erlebt nicht alle Tage eine Krönung. Womöglich nie wieder. Was kann denn schon schiefgehen?«

*Ich könnte beim Einzug über mein Kleid stolpern und mich vor allen Anwesenden blamieren*, dachte Elodea, doch sprach sie diese Befürchtung nicht aus.

»Würdest du eigentlich mal mit mir ausgehen, wenn das alles hier wieder etwas ruhiger geworden ist?«, fragte Elliott unvermittelt. »Oder wenigstens mit mir tanzen? Heute Abend vielleicht?«

Elodea starrte ihn an, und als sie sah, wie er errötete, hätte sie fast gelacht. »Natürlich«, antwortete sie grinsend. »Ich dachte schon, du fragst nie.«

Endlich hörten sie die Fanfaren, und die Ehrengäste begannen, unter dem lauten Jubel der Umstehenden, mit dem Einzug ins Schloss.

»Also dann …« Zwinkernd hielt Elliott ihr den Arm hin. »Darf ich bitten?«

»Gerne.« Sie legte ihre Hand auf seine, und zusammen folgten sie Lyonel und Loreba durch das blumenumsäumte Schlossportal, die Freitreppe hinauf zum Thronsaal.

Elodea spürte förmlich, wie Tyrza hinter ihr nach Luft schnappte, als sie eintraten, und sie konnte es ihr nicht verdenken.

Die Strahlen der Abendsonne fluteten den Saal mit warmem Licht und ließen die Wände erstrahlen, als seien sie aus purem Gold. Girlanden aus weißen Chrysanthemen wanden sich um Säulen und Fenster. An der Stirnseite der Halle, wo früher das Zeichen Obsidias geprangt hatte, hingen nun Dutzende verschiedenfarbige Banner zur Ehrung der Gefallenen.

Auch die Wappen der Provinzen waren darunter, und als sie durch den Raum an den Säulen vorbeischritten, bemerkte Elodea das Zeichen der Aurenen, die silberne, auf nachtblaue Seide gestickte Rose, die für Farya stand.

*Elliott hat recht*, dachte sie, während sie mit den anderen Ehrengästen unter den aufmerksamen Blicken aller Anwesenden ihren

Platz ganz vorne in der ersten Reihe einnahmen. *Dieser Tag ist so wichtig für uns und unsere Zukunft, wir haben so lange auf ihn gewartet. Ich sollte jede Sekunde davon genießen.*

Entschieden lächelnd wandte sie sich den anderen Aurenen zu und beteiligte sich an ihren Gesprächen, bis sie erneut von Fanfaren unterbrochen wurden.

Augenblicklich verstummten die Unterhaltungen, und überall im Saal wandten sich die Köpfe zum Eingang. Ein Raunen der Bewunderung ging durch die Reihen der Gäste, als sie ihre künftige Königin sahen. Begleitet von den erhabenen Klängen des Krönungsmarsches schritt Isobel durch den Mittelgang. Von allen Menschen im Saal trug sie mit Abstand die schlichtesten Gewänder. Ihr Kleid war aus weißer Seide, wie es der Tradition entsprach, aber ohne jeden Schmuck, und sie hatte auf den Krönungsmantel verzichtet. Es schien, als wollte Isobel schon zu Beginn ihrer Regentschaft andeuten, dass sich mit ihr das Herrscherbild unwiderruflich verändern würde. Während die meisten Könige am Tag ihrer Krönung alles auffuhren, was sie an Reichtum besaßen, um ihre Macht zu demonstrieren, hatte sie beschlossen, sich als das zu zeigen, was sie war: zerbrechlich, sterblich. Ein Mensch wie jeder andere.

Direkt neben ihr lief Ivette, die vor Stolz strahlte. In den Händen hielt sie, auf ein dunkelblaues Samtkissen gebettet, die Krone Avendúrs. Ein Phönix aus Gelbgold fasste mit aufgespannten Flügeln orangefarbene Edelsteine, die im Licht der Sonne zu glühen schienen.

»Wahnsinn«, flüsterte Tyrza ehrfürchtig in Elodeas Ohr. »Wenn man bedenkt, wer die schon alles getragen hat.«

Inzwischen war die Gräfin vor den Stufen des Throns angekommen und hielt inne. Die Musik verstummte, alle erhoben sich.

Lyonel und Loreba lösten sich aus der Menge und schritten nach vorn. Als Bruder der letzten Königin hatte Lyonel die Ehre, Isobel zu krönen. Entschlossen nahm er Ivette die Krone ab und stellte sich auf die Stufen über der Gräfin, die zu seinen Füßen niederkniete, während Loreba ihr zur Vereidigung die Verfassung entgegenhielt.

»Bürgerinnen und Bürger Avendúrs«, begann Lyonel und eröffnete damit den alten Krönungsritus. »Wir sind heute hier versammelt, um den Amtseid unserer neuen Königin Isobel von Touleránt zu hören und ihr die Krone und damit die Herrschaft über unser Land anzuvertrauen. Erhebt jemand Einspruch dagegen?«

Elodea wandte den Kopf zum Grafen von Téska, doch der blieb stumm wie alle anderen.

»Ich frage Euch also: Schwört Ihr, eine Königin der Gerechtigkeit, der Güte und der Aufopferung für dieses Land zu sein?«

Isobel hob die Hand über das Buch. »Ich schwöre es.«

Dann kam etwas Neues. »Und schwört Ihr, die Macht des Parlaments zu achten? Die Verfassung dieses Landes anzuerkennen und Euch ihr zu beugen?«

»Ich schwöre es.«

»So erhebe ich Euch hiermit, kraft meines Amtes, zur Königin von Avendúr«, rief Lyonel, neigte sich zu Isobel und setzte ihr die Krone auf das Haupt. »Möget Ihr dieses Land mit derselben Weisheit lenken, die schon die letzte Herrscherin aus Touleránt auszeichnete.«

Einen Moment lang herrschte gespannte Stille, der ganze Saal schien den Atem anzuhalten. Dann half Lyonel der neuen Königin aufzustehen, fasste ihre Hand und rief den Gästen zu: »Ehrt Isobel von Touleránt, die letzte Königin von Avendúr!«

»Lang lebe die Königin!«, erwiderten sie wie aus einem Mund und verneigten sich.

Als sie sich wieder aufrichteten, traten die Grafen nach vorne, knieten nacheinander vor Isobel nieder und schworen ihr im Namen ihrer Provinzen die Treue.

Applaus erfüllte den Saal, als der letzte seinen Schwur abgelegt hatte. Isobel atmete sichtbar aus und lächelte verstohlen, auch sie schien erleichtert.

»Nun kommen wir zum letzten Teil«, rief Lyonel. »Darf ich euch bitten, aufzustehen.«

Die Gäste erhoben sich unter lautem Stühlerücken und folgten der Königin. Elodea wusste, was jetzt kam. Traditionell zeigte sich der neue Herrscher immer auf dem großen, terrassenähnlichen Balkon vor dem Thronsaal der Bevölkerung.

Während sie sich hinter Isobel und ihren Hofdamen aufstellten, wurde eines der Bogenfenster geöffnet. Elliott drehte sich zu ihr um und sah sie an. Draußen brandete Jubel auf, als Loreba und

Lyonel mit Isobel vor die Bürger Tenébras traten. Sie würden die Nächsten sein.

»Bereit?«, fragte er und reichte ihr die Hand.

Elodea nahm sie. »Bereit.«

Zu zweit wandten sie sich der Balkontür zu. Draußen konnten sie Lyonel sprechen hören. Die Dächer Tenébras leuchteten im Abendlicht. Da war kein Rauch von Büchern, der die Sicht getrübt hätte. Nur blauer Himmel.

*So klar*, dachte Elodea, *so schön.*

Und Hand in Hand traten sie in eine neue Zeit.

## Er ist ihr Seelenverwandter.
## Und sie seine größte Gefahr.

Ein neues Leben! Nichts wünscht Lenora sich mehr, als Kreatives Schreiben an der berühmten Akademie in Dunkelfelsen zu studieren. Doch dann taucht Kilian auf, und gibt Lenora mehr als deutlich zu verstehen, dass ihre Anwesenheit in Dunkelfelsen nicht erwünscht ist. Wie kann ein vollkommen Fremder so voller Hass ihr gegenüber sein? Und trotzdem spürt Lenora, dass in Kilian mehr vorgeht, als er zuzugeben bereit ist.
Dunkelfelsen wird Lenoras Leben verändern – doch auf ganz andere Art und Weise, als sie es geplant hat. Denn das Schicksal hat seinen eigenen Plan ...

Kate S. Stark
**Die Dunkelheit deiner Seele**
400 Seiten, Klappenbroschur

Weitere Informationen zum Kinder- und Jugendbuchprogramm der S. Fischer Verlage finden sich auf *www.fischerverlage.de*

AZ 7335-0509/1